STRAUSS*Edition*

Fritz Schmoll genannt Eisenwerth

DAS PROJEKT

Ein POTSDAM-Roman

STRAUSS *Edition*

Inhalt

Für Brigitte*, † 2019,*
die meine Freude über das Erscheinen
des Buches von Herzen geteilt hätte.

I.
Mai 1990

Heger stand im feuchten Gras am Ufer. In seine Schuhe drang Nässe, seine Zehen wurden langsam kalt. Auch Haar und Schultern fühlten sich feucht an. Sein Anzug in dieser merkwürdig bräunlich-violetten Farbe, die gerade Mode war, bekam vom dünnen Regen allmählich dunkle Flecken.
Weiter links auf der anderen Havelseite arbeiteten einige Männer in graugrüner Regenkleidung. Soweit er es durch den Nieselregen erkennen konnte, waren sie damit beschäftigt, die Grenzbefestigung abzubauen. Die meisten der Betonpfähle standen schon frei, Stacheldraht und das verrostete Metallgitter, die dazwischen gespannt waren, lagen nun auf dem Fahrweg, den man hier für die Grenztruppen freigehalten und befestigt hatte. Ein Lastwagen, auf dem ein Kran montiert war, lud das deformierte und zerdrückte Metall auf. Nur leise kam das Quietschen und Pfeifen der Hydraulik auf dieser Seite an.
Heger ging ein paar Meter auf und ab, krallte bei jedem Schritt die Zehen ein, um die Kälte zu vertreiben, und sah den Enten und Lietzen auf dem stillen Wasser zu, die ihm heute missmutig vorkamen. Ab und zu schaute er durch das Gebüsch in Richtung Straße. Dort holperten vereinzelt Autos mit klackendem Geräusch über die breiten Fugen der gegeneinander verschobenen Betonplatten der Fahrbahn. Ein Wagen näherte sich langsam und hielt an. Heger wandte sich vom Ufer ab und ging den Trampelpfad zwischen den Büschen in Richtung Straße, stieg über einen niedergetretenen verrosteten Draht und zwei umgekippte Holzpfosten. Er erreichte das auffällig große Auto gerade als sich die hintere Wagentür öffnete.

Mit einer für seine Körperfülle erstaunlichen Behändigkeit stieg ein großer Mann aus. Dieser Anblick rechtfertigte zum ersten Mal in Hegers Augen die Größe solcher Wagen, zuvor hatte er derartige Limousinen immer als ganz persönlich gemeinten Einschüchterungsversuch empfunden, aber wenn Männer von solchen Ausmaßen zu transportieren waren …

Heger versuchte, aus der Innentasche seines Jacketts eine der neu gedruckten Visitenkarten herauszuziehen, aber die hatte sich im Futter derart verkantet, dass er sie ohne Knick und Eselsohr nicht herausbekam. Noch während er im Inneren seines Anzugs herumfummelte, war der Dicke auf ihn zugekommen und schaute ihn mit einem offenen Lächeln an, das sein ganzes fleischiges Gesicht überzog und zwei sehr blaue Augen strahlen ließ.

„Herr Heger, nehme ich an. Baum, mein Name. Tut mir ja so leid, dass Sie bei diesem Wetter auf mich warten mussten, hoffentlich haben Sie sich nichts geholt. Na, wir werden uns nachher aufwärmen, wenn es Ihre Zeit erlaubt.“

Heger hatte schließlich den Versuch mit den Visitenkarten aufgegeben und streckte dem Ankömmling die Hand zum Gruß hin. Der aber hatte sich gerade umgewandt, denn auch die Fahrertür des Autos war nun geöffnet, und ein Mann in grauem Anzug mit militärisch kurzem Haarschnitt, breiten Schultern und straffer Haltung stand daneben.

„Stumm, Sie warten am besten beim Wagen“, sagte Baum zu seinem Fahrer, und bemerkte so gar nicht Hegers ins Leere vorgestreckte Rechte, die er langsam und unschlüssig wieder sinken ließ und dann in der Hosentasche verbarg.

„Nun zeigen Sie mir doch mal, was Ihr Auftraggeber zu bieten hat“, sagte Baum, legte seine breite Hand auf Hegers mittlerweile völlig durchnässtes Schulterpolster und schob ihn mit einem leicht Berlinernden, „geh’n ’Se ma vor“ in Richtung Ufer.

Es war Hegers erste Besichtigung, und was er in der Umschulung zum Immobilienmakler gelernt hatte, konnte er hier überhaupt nicht anwenden. In der Schulung war es ihm plausibel vorgekommen, dass Familien mit kleinen Kindern Eigentumswohnungen besichtigen, um dann Kaufabschlüsse zu tätigen, die dem Makler fette Provisionen eintragen.

Hier kommen Sie in die Diele, dort können Sie eine Garderobe anbringen, rechts der schöne Blick vom Balkon …, hatten sie im Rollenspiel geübt und anhand von Videoaufnahmen besprochen, korrigiert und ausgefeilt. Nun stand er gleich beim ersten Mal nicht mit Vatermutterkind in der Diele einer Wohnung, sondern mit Baum selber, einem der Größten der Branche, am Ufer und bekam nicht nur nasse Füße und Haare, sondern auch feuchte Hände und Schweißperlen auf der Stirn. Die Provision, in D-Mark natürlich, die er erzielen könnte, wäre mehr als ein gutes Gehalt für drei Jahre. Baums Gesicht, das ihm zunächst so väterlich freundlich erschienen war, wurde nun ernst, er kniff die Augen ein wenig zusammen und spähte zum jenseitigen Ufer. Der Fluss war hier breit wie ein See, und Park und Schloss rechts vom Grenzzaun drüben auf dem Hügel verschwanden fast im Regen.

„Na ja“, sagte Baum, „das drüben kenne ich ja schon, aber auch hier, ganz schön, Lage und Blick und so. Sagen Sie mal, Heger, Baugrund, was wissen wir da? Grundwasserstand? Bodengutachten? Oder wenigstens Baugrundkarte, ach, gibt's hier natürlich noch nicht. Also, irgendwelche Facts dazu?“

„Richtig ist, unsererseits muss das Angebot noch untersetzt werden. Nur, ich bitte um Verständnis, das hier war Grenzgebiet, nicht zugänglich für normale Bürger. Bodenuntersuchungen, all das konnten wir noch nicht veranlassen.“

„Müssen wir auch nicht“, Baum war in verwirrender Weise entgegenkommend, „können wir auch im Kaufvertrag regeln.

Nur eines muss klar sein, wir können für irgendwelche Altlasten keine Haftung übernehmen. Wenn hier in der Vergangenheit 'was war, Sie wissen schon, Altöl aus den Zweitaktern der Grenztruppen oder so, da können wir nicht für grade stehen. Muss Sache des Verkäufers sein und bleiben. Na, unser Notar wird da einen Vorschlag machen, mit dem Ihr Auftraggeber schon wird leben können. Es soll ja schließlich 'was dabei rüberkommen, für Ihre schöne Stadt hier. Wäre ja ein Jammer um dieses gesegnete Stückchen Land, wenn's so bliebe wie's jetzt ist. Nein, da müssen wir 'was hinzaubern, so richtig große Klasse. So etwas für Diplomaten und Spitzenmanager. Für Leute, die es auch zu schätzen wissen, wenn sie vom Frühstückstisch aus den Blick auf das Schloss da drüben haben. Wissen Sie, nicht weit von hier, da hinten", Baums Hand wies vage in den dünnen Regen, „da ist meine Mutter groß geworden. Offizierstochter, klar, waren alles Offiziere und Beamte, die hier in der Gegend wohnten. Für mich ist das hier so etwas wie zurück zu den Wurzeln."

Heger nickte und lächelte und nickte weiter und lächelte noch mehr, stimmte zu, bestätigte und sagte, er sehe das alles ganz genauso.

In der Schulung war das immer als der Punkt bezeichnet worden, bei dem man mit dem Interessenten einen Notartermin vereinbaren musste.

„Also dann veranlasse ich jetzt einen Notartermin", sagte Heger, aber das musste irgendwie falsch gewesen sein, denn Baum lachte so sehr, dass nicht nur sein Doppelkinn und die fetten Backen, sondern der ganze Mann zu beben begannen.

„Sie sind gut, Mann", japste er, „ha, ha, ha… Sie sind gut, lieber Heger, wer will mir denn hier was verkaufen, wer? Wem gehört das überhaupt?"

„Rechtsträger waren ja wohl die Grenztruppen der NVA, ich soll im Auftrag der Grenztruppen… ."

„Im Auftrag der Nationalen Volksarmee? Mein lieber Heger, haben Sie denn je in das Grundbuch geschaut? Ich weiß ja nicht, aber ich denk mir, da wird Eigentum des Volkes drinstehen. Soweit ich da durchblicke, durch eure komischen Rechtsverhältnisse … Wir sind das Volk, ha ha ha, und das hier ist Eigentum des Volkes, ha ha ha. Wenn Sie das Volk zum Notar mitbringen …“, Baum lachte und lachte und Heger fühlte sich begossen, nicht nur vom Regen.

Martenthaler schob die Gardinen einen Spalt beiseite. Draußen wurde es eben hell, der Himmel war bedeckt und das frühe Tageslicht noch schwach. Unten sein alter Mercedes, sonst wenige Autos. Auf dem Bürgersteig gegenüber einige Mütter, die Kinder, viele verschlafen und heulend, hinter sich herzerrten oder in der Karre vor sich herschoben. Ihr Ziel, die Krippe um die Ecke, war von seinem Fenster aus nicht zu sehen. Das Haus gegenüber, Beton mit einer Oberfläche aus graubraunen Kieseln. Geschosshohe Platten, in deren Fugen hier und da kleine Büschel Grünes sprossen.
Er ließ die Gardine los und hob die Arme über den Kopf, streckte sich, gähnte, ließ die Arme wieder fallen und schlurfte ins Bad, zog den Schlafanzug aus, pinkelte und schaute in den Spiegel. Er mochte den Anblick des eigenen Körpers nicht sonderlich. Obgleich er ein bisschen Sport trieb, leichtes Konditionstraining, ein wenig Hantelgymnastik, fand er seinen Bauch zu fett, die Oberarme zu dünn, das Kinn nicht energisch genug. Gerne hätte er ein kantiges, zerfurchtes, verlebtes, erfahrenes Gesicht gehabt. Nichts von alledem.
Das Wasser aus der Dusche kam erst lange Zeit kalt, dann wärmer, aber mit mäßigem Druck. Früher hatte er gerne lange und so heiß geduscht, dass seine Haut rot, das Bad eingenebelt und der Spiegel beschlagen war, danach kurz sehr kalt, dann heftig

mit dem Handtuch abgerubbelt. Nur so konnte er das morgendliche Gefühl der Bewegungsunfähigkeit überwinden. Hier ging das nicht, scheiterte schon am Wasserdruck. Also eher knapp gewaschen, fröstelnd und müde in die Kleider.
Zum Anzug und dem hellblauen Hemd passen drei Krawatten, rot mit kleinem Muster, blau mit dezenten Schrägstreifen oder geblümt. Er schaute wieder in den Spiegel und hielt sich jedes der drei Exemplare vor die Brust. Zögerte lange, als wär's eine Entscheidung von großer Tragweite. Band die Rotgemusterte um und war mit seinem Äußeren noch unzufriedener, als vor dem Duschen. Zeigte seinem Spiegelbild die Zunge und murmelte: Zunge raus, macht noch keinen Einstein draus.
Die Küche hat kein Fenster. Vom Klappstuhl am Klapptisch aus kann er entweder zur Seite auf Spülbecken und Herd schauen oder zur anderen Seite durch die geöffnete Tür in den Flur. Tee, zwei Scheiben Brot, ein Apfel. Vollkornbrot und andere Apfelsorten als langweilige *Golden Delicious*, hier hießen sie *Gelber Köstlicher*, gab es in der Kaufhalle nicht. Schlichten, weißen, ungesüßten Joghurt, Bioqualität im Viertelliter-Mehrwegglas brachte er sich vom wöchentlichen Einkauf aus Zehlendorf mit.
Mantel, Schirm, kleine Ledermappe mit den Unterlagen von gestern, eine Banane für den Nachmittag. Im Treppenhaus Radiomusik verschiedener Sender hinter den Wohnungstüren, Stimmen der Bewohner, Geschirrklappern, Kaffeeduft. Unten in mehreren Briefkästen Zeitungen. Drei Provinzblättchen gab es hier seit letztem Dezember, die *Neuen Nachrichten*, jüngst vom Verlag der führenden Zeitung Berlins gekauft und mit deren Layout und Logo aufgestylt, die *Allgemeine*, früher Volksstimme und Organ der Bezirksleitung der SED, und *Das Blatt,* in der Wende gegründet und schon wieder nahe dem Abgrund. Der heißt hier Gesamtvollstreckung, zu Hause sagte man Konkurs. Die Einkaufsmöglichkeit heißt hier *Kaufhalle*, mein Stadtteil ist ein *Wohnkomplex*.

Frau Nehlsen ist immer schon da, wenn Martenthaler zwischen acht und halbneun zum Dienst kommt.

„Früher haben wir um sechs Uhr dreißig angefangen, in der Produktion ging's schon um sechs los, neun ist normal schon Frühstückspause", sagte ihm Frau Nehlsen.

Frau Nehlsen hat das Vorzimmer unter Kontrolle und damit Telefon, Postaus- und Eingang, Schriftsätze, Dienstwege, Sitzungspläne, Arbeitszeiterfassungsbögen, also eigentlich die gesamte Organisation, Martenthaler eingeschlossen.

Sie sei Facharbeiter für Büroorganisation, hatte sie ihm gleich am ersten Tag stolz erzählt. „Wieso Facharbeiter, Sie sind doch eine Frau", hatte er mit der Naivität des Neulings gefragt und gemeint: „Warum sagen Sie nicht Facharbeiterin?" Sie aber war gekränkt, nicht jede Vorzimmerdame hatte den Facharbeiterbrief. „Wir Frauen in der DDR ...", fing sie einen längeren Vortrag an.

Später begriff er, hier gab es kein Femininum für Qualifikationsbezeichnungen. Frau Staatsanwalt, Frau Diplom-Jurist, noch lange war er verwirrt, wenn sich Mitarbeiterinnen oder Bewerberinnen mit Titeln in der männlichen Form vorstellten.

Das anfängliche Missverständnis führte zu keiner ernsthaften Verstimmung. Frau Nehlsen nahm ihn mit aller Unvoreingenommenheit auf und akzeptierte ihn als neuen Chef. Das Verhältnis zwischen beiden gedieh auf der Basis gegenseitiger Neugier. Auch heute. Frau Nehlsen war offenbar guter Dinge, sie hatte Kaffee gebrüht und der freundliche Morgengruß mit ihrer ausgestreckten Hand hießen ihn willkommen. Sie war gewiss schon seit zwei Stunden im Dienst, hatte das kleine Radio leise laufen, machte es aber sogleich aus, als er reinkam. Sie brachte ihm eine Tasse Kaffee, Milch und Zucker wie immer, legte ihm den ersten Stapel Schriftstücke auf den Schreibtisch, die Postmappe, den Pressespiegel, schloss das Fenster und verließ sein Zimmer mit dem Hinweis, vom Rat des Bezirks habe jemand angerufen.

Sie hatten noch keinen Generalstaatsanwalt, die Gründung der Länder sollte auch erst im kommenden Oktober erfolgen, doch die Justiz musste natürlich weiterhin funktionieren. Die Kollegen, die wie er selber auch zumeist aus Nordrhein-Westfalen in die Bezirke Potsdam, Cottbus und Frankfurt an der Oder gekommen waren, hatten für den Neuaufbau der Ämter und Gerichte zu sorgen.

„Wir müssen den Leuten beibringen, was ein Rechtsstaat ist, das wissen die nicht und können die nicht wissen. Wir haben dafür eine bedeutende Verantwortung. Meine Damen und Herren, Sie sind dem Aufruf unseres Ministers gefolgt und zeigen Bereitschaft, diese große Herausforderung anzunehmen. Der Herr Minister und die gesamte Landesregierung werden mit Interesse beobachten, wie Sie ihre Aufgabe wahrnehmen und, wie wir alle hoffen, meistern. Wir denken, dass ihr Mut ein wichtiges Signal ist für unsere gemeinsamen und vereinten Anstrengungen, den Menschen in der untergehenden …, äh im Osten …, äh im Gebiet der sogenannten …, ich meine im Gebiet der beizutretenden DDR …“ Es wäre fast eine feierliche Verabschiedung der Kollegen im Düsseldorfer Justizministerium geworden, hätte sich der Staatssekretär bei seiner Ansprache im dortigen kleinen Sitzungszimmer am Ende nicht doch verheddert. Kein Wunder, bei den zahlreichen Begriffen, die in der Presse und in amtlichen Verlautbarungen zur Bezeichnung dessen verwendet wurden, was seit fast vierzig Jahren Deutsche Demokratische Republik hieß, und nun in Auflösung begriffen war.

Der Anrufer vom Rat des Bezirkes Potsdam konnte nur der Kollege aus Köln sein, der hier für die Reorganisation der Gerichte und Staatsanwaltschaften zuständig war. Martenthaler kannte ihn von früher, hatte alsbald Kontakt mit ihm aufgenommen, als er erfahren hatte, dass der sich auch in den Osten hatte abordnen lassen. Bestimmt wollte er die schon längst fällige Liste der benötigten Stellen, ein Organigramm und zumindest Stichpunkte für Stellenbeschreibungen der künftigen Staatsanwaltschaft beim Landgericht

Potsdam anmahnen. Martenthaler entschloss sich, erst am späten Nachmittag zurückzurufen. Es gab zwar eine Richtlinie der letzten demokratisch gewählten Volkskammer, dass Richter und Staatsanwälte aus dem Justizwesen der DDR zu überprüfen seien, aber die Ausschüsse, die dies übernehmen sollten, arbeiteten noch gar nicht. Und Martenthaler hatte für sich selber noch gar keine klare Linie gefunden, wie er mit den bisherigen Beschäftigten verfahren sollte. Er holte tief Luft und zog aus dem Stapel roter Ordner die Akte mit der Aufschrift Organisationsaufbau.

Ehe er den Hefter aufschlug, nahm er einen Schluck Kaffee und schaute aus dem Fenster. Im Hof, vor der zweigeschossigen Remise, roter Backstein, schwarzes Schieferdach, waren drei Dienstwagen geparkt, robuste Fahrzeuge vom Typ Lada, eines dunkelrot, die anderen beiden hellbeige. Ein Mann hatte eine der Autotüren geöffnet und machte sich im Wageninneren zu schaffen, ein Eimer und weiteres Putzzeug standen vor dem Auto. Er stieg aus und entleerte den Aschenbecher in den Eimer, warf zerknülltes Papier und einen angebissenen Apfel hinterher. Am Parkplatz, quer zur alten Remise, waren ein paar eingeschossige Schuppen aus Holz mit Teerpappe gedeckten Dächern, die zwischen den Pfosten ein wenig durchsackten und zwei Flügeltore, die ein bisschen schief in den Angeln hingen. Eines davon stand offen, im Innern konnte er eine Art Lager oder Werkstatt erkennen. Autoteile säuberlich geordnet in Regalen, Werkzeug, eine Werkbank, Reifen und Felgen hingen an der Rückwand. Die Staatsanwaltschaft beschäftigte zwei Fahrer und einen Kraftfahrzeugmechaniker, um damit so etwas wie eine Autoreparaturwerkstatt zu unterhalten. In NRW hatte das Justizministerium einige geleaste Dienstwagen und man konnte den Fahrdienst anfordern. Ansonsten fuhren die Leute ihr Privatauto, Dienstfahrten konnte man abrechnen, wenn sie vorher beantragt und genehmigt waren. Eine Autoreparatur auf dem Hof der Staatsanwaltschaft beim Landgericht Köln? Undenkbar.

War das hier überhaupt eine Staatsanwaltschaft? Keine mehr und noch nicht wieder. Es waren Räume des Bezirksgerichts, in denen Martenthaler sein Büro hatte. Wer von seinen Mitarbeitern vor einigen Monaten bei Gericht, der Staatsanwaltschaft oder der Abteilung für Staatssicherheit des Rates des Bezirkes beschäftigt war, wusste er selber noch nicht so ganz genau.
Aber zunächst einmal Organisationsaufbau. Wenn er von den Verhältnissen zu Hause ausging und voraussetzte, jeder der drei Bezirke, aus denen das Land Brandenburg demnächst entstehen würde, hätte ein Landgericht, so müsste seine künftige Behörde etwa fünfzig Staatsanwälte und eine etwa gleich große Zahl sonstiger Beschäftigter haben. Entschlossen nahm er ein leeres Blatt, legte es quer vor sich auf den Tisch, malte oben in die Mitte ein rechteckiges Kästchen und schrieb LOStA hinein, das Kürzel für Leitender Oberstaatsanwalt. Welche Abteilungen wären nötig? Auf jeden Fall Kapitalverbrechen, Jugendsachen, Verkehrsdelikte, allgemeine Sachen, eine politische Abteilung. Politische Abteilung: Würde er damit anecken? Würde das als westliche Siegerjustiz aufgefasst? Oder war es gerade das, was hier erwartet wurde? Und natürlich Wirtschaftskriminalität. Was war mit Rauschgift? Was mit sexueller Gewalt und Kinderpornographie? Beides in Köln große Abteilungen, aber hier? Er beließ es bei sieben Kästchen unter dem des Leitenden Oberstaatsanwaltes, das würde passen, bis auf Weiteres jeweils mit sieben Dezernenten besetzt. Er schrieb eine Sieben in jedes Kästchen. Der Rest des Organigramms war dann schnell gemacht, Sekretariat für den LOStA, Geschäftsstelle, Kanzlei, Wach- und Botendienst, Archiv und so weiter.
Von der Personalverwaltung, hier hieß sie *Kaderleitung*, hatte er sich eine Liste der bisherigen Beschäftigten erstellen lassen, ebenso wie Fragebögen bezüglich SED- oder Stasi-Zugehörigkeit die er vorläufig und eigenmächtig, aber doch im Sinne der von der Volkskammer erlassenen Richtlinie, selber zusammentragen ließ. Nach seiner

Aufforderung an die Mitarbeiter, diese Fragebögen innerhalb einer Frist wahrheitsgemäß auszufüllen und zurückzugeben, kamen in kurzer Zeit Kündigungsschreiben vieler der früheren Staatsanwälte auf seinen Tisch. Was blieb, war eine überaus dürftige Besetzung für den Arbeitsanfall, den man bei der hiesigen Staatsanwaltschaft zu erwarten hatte.
Demgegenüber war der übrige Apparat der Behörde all zu aufgebläht, Fuhrpark, Kantine, mehrere Hausmeister und Reinigungskräfte, eine kleine Baubrigade für Reparaturen, Maler, Klempner, Maurer, ja sogar einen Arzt und eine Friseurin beschäftigte die Staatsanwaltschaft. Martenthaler würde zahlreiche unerfreuliche Entlassungsgespräche führen müssen. Was ihm da bevorstand, war nicht das, was er sich gedacht hatte, als er zu Hause aufgebrochen war, um hier Aufbauarbeit zu leisten. Kein Wunder, dass manch ein Mitarbeiter seinen Gruß auf den Fluren kaum erwiderte.
Er bat Frau Nehlsen herein und diktierte ihr eine Liste mit Stichworten zu den Stellenbeschreibungen. Sie war flott in Steno, weit besser als die meisten Sekretärinnen in Köln. Und sie hatte, was es hier nicht so häufig gab, eine Schreibmaschine mit elektronischem Zeilenspeicher. Es war zwar ein klobiges und etwas lautes Gerät vom RFT Teltow, nicht zu vergleichen mit den neuen IBMs oder Olivettis zu Hause, aber Tippfehler ließen sich auch damit auf einfache Weise korrigieren.

„Wenn das geht, Frau Nehlsen, bitte noch heute Nachmittag. Ich möchte es gerne selber rüberbringen zum Rat des Bezirkes."
Martenthaler stand auf, streckte seinen Rücken und schaute auf den Hof. Der Fahrer wienerte jetzt den Lack des roten Lada mit einem gelben Tuch. Für einen Fahrer gab es auf der Liste, die nun bei Frau Nehlsen auf dem Tisch lag, keine Stellenbeschreibung. Und den Lada müsste man verschrotten, oder besser noch an einen Russen verkaufen, was aber natürlich für die öffentliche Hand ganz und gar unmöglich war. Ihm aber kam dieser Hof gerade

recht, bot er doch eine Gelegenheit, seinen alten Mercedes bei Bedarf hier abzustellen.

Die Tankstelle mitten in Charlottenburg war schon vor ein paar Jahren aufgegeben worden, zwei junge Leute hatten die Räume angemietet, vollständig umgebaut, und betrieben hier nun so etwas wie eine Mischung aus Bar und Bistro. Sie war schnell zum beliebten Treffpunkt der berufstätigen Leute geworden, die hier in der Gegend erste Erfolge bei Banken, Steuerberatungs- und Anwaltskanzleien, als Übersetzer und EDV-Berater oder in Architektur- und Bauingenieurbüros erlebten, nicht das große Geld zwar, aber schon gar nicht irgendwelche Bescheidenheit.
Baum hätte sich dieses Lokal nicht ausgesucht, aber der gerade zum Notar bestellte Anwalt, mit dem er seit einiger Zeit ganz gerne zusammenarbeitete, wählte diesen Treffpunkt nahe seiner Kanzlei. Baum las die seltsame Speisekarte, auf der Salate, Gemüsegratins, Flans und allerlei gastronomische Lyrik verzeichnet waren, wie: Wir servieren unsere Linguine al dente an einer leichten Mousseline mit Streifen vom norwegische Wildlachs... Nichts war darunter, was einen Mann von seinem Format mittags wirklich hätte satt machen können. Wenn es nach ihm gegangen wäre, hätte man noch die paar Meter zum Kudamm gehen können und jenes gediegene Lokal aufsuchen, das seit Jahrzehnten üppige Portionen aus besten Zutaten und in höchster Qualität servierte, dazu ein oder zwei frisch gezapfte Biere, vielleicht einen Aquavit hinterher, Kaffee und Zigarre... Baum war sehr für Flexibilität, was das Geschäftliche anging, aber in seiner Lebensführung bewahrte er Tradition. Die wichtigen Entscheidungen fällte er vormittags zwischen zehn und zwölf, und wenn er das Gefühl hatte, richtig entschieden zu haben, dann gönnte er sich mehr als einen kleinen Salat der Saison an Himbeer-Balsamico-Dressing.

Baum war eher in seine Gedanken versunken, die noch immer mit der Entwicklung der Berliner Gastronomie haderten, als in die Speisekarte, da trat der Notar mit einem freundlichen Gruß an den Tisch und einem „hübsch geworden hier", legte er den Mantel ab und setzte sich sogleich. Für Baums Gefühl war er etwas zu begeistert von der Einrichtung in hellen Tönen sowie den großformatigen Schwarzweißbildern an den Wänden mit schönen Frauen im Straßencafé und jungen Männern Lambretta fahrend, Szenenfotos aus Fellini-Filmen, die der Espressolieferant zur Verfügung gestellt hatte. Sie kannten sich lange genug, Baum konnte nach der Bestellung ohne Umschweife auf den Zweck des Treffens kommen.

„Das wird doch auf einen Beitritt der einzelnen Länder zum Grundgesetz zur Bundesrepublik hinauslaufen", fing er an. „Geht ja nicht anders. Woher soll denn sonst das Geld kommen für den Umbau drüben?"

Der Notar hatte auch die Nachrichten verfolgt und nickte.

„Da werden Sie doch das DDR-Recht in bundesdeutsches überleiten müssen. Wie kann das gehen, wie muss man sich das vorstellen", fragte Baum weiter.

„Die arbeiten ja schon an so einem Vertrag. Und der Krause macht doch im Grunde, was Schäuble sagt. Die Volkskammer wird abstimmen müssen, wird aber wohl zustimmen, was sonst? Und was sie jetzt, seit den Wahlen beschlossen haben und noch beschließen, wird wohl Bestand haben, das ist doch irgendwie demokratisch zustande gekommen. Und das ältere Recht …" Der Notar wiegte den Kopf.

„Gut, nehmen wir mal an, Beitritt nach Artikel 23, Grundgesetz auch im Osten, Eigentumsgarantie, Artikel vierzehn. Was passiert dann mit dem Volkseigentum?"

„Na, da wird es ja demnächst schon so ein Gesetz der Volkskammer geben. Der Runde Tisch will ein Sondervermögen einrichten, treuhänderisch verwaltet, mit allen Vermögenswerten drin und allen Verbindlichkeiten, und dann soll nach und nach verkauft werden", referierte der Notar.

„Weiß ich, wird schwierig. Alle sagen, das wird ein tolles Geschäft, ich glaub's nicht, wird schwierig, denk ich mir, schwierig. Haben Sie drüben mal irgendwas genauer angesehen, sagen wir mal Kabelwerke Oberspree, uralte Anlagen oder IFA Ludwigsfelde? Acht Mal so viele Leute produzieren da einen Laster, der ein Viertel so viel wert ist wie einer von Daimler oder Scania."

„Qualifizierte Arbeitskräfte, Märkte im Osten, Kontakte in die UdSSR... Ähm: wie? GUS! Ja jedenfalls: Sibirien ist groß. Riesiger Bedarf für robuste, billige Produkte!"

Eine der blonden Studentinnen, die hier servierten im T-Shirt und mit langer Kellner-Schürze, brachte vier Gläser, eine Flasche Mineralwasser und eine Karaffe Weißwein. Ein wenig unbeholfen schenkte sie in die hochstieligen Gläser ein, die auf dem Tablett gefährlich schwankten. Baum nahm einen Schluck von dem italienischen Pinot. Er mochte diese Art Wein nicht sonderlich. Passte zum Lokal, fand er, schmeckte nach nichts. Leicht und trocken, schon die Begriffe verband er eher mit Mangel als mit Genuss. Versonnen blickte er der Kellnerin nach, dann wandte er sich wieder seinem Gesprächspartner zu: „Ist ja egal, ich meine nicht Produktionsbetriebe. Was wird mit volkseigenen Grundstücken? Nicht Industriegrundstücke, sondern sonst so, alles was nicht privat geblieben ist und das ist ja wenig, das alles ist doch sogenanntes Eigentum des Volkes."

„Ja, also die Wohngebäude..."

Wieder unterbrach Baum: „Ja, ja, Stalinallee und Hellersdorf und so, ich weiß, gibt's ja das Gesetz, ist in GmbHs einzubringen. Auch so ein Käse als wären diese Wohnungsbaugesellschaften hier im Westen so tolle Vorbilder. Neue Heimat, wissen Sie noch? Ha ha ha..."

Baum lachte laut und hörte nicht auf, lachte sogar Tränen über sein eigenes Bonmot, wischte sich die Augen und schnäuzte energisch in ein großes, weißes Taschentuch, ehe er fortfuhr: „Nein, ich meine, es gibt doch massenweise Grundstücke, die nicht mit Wohnungen bebaut oder nicht landwirtschaftlich genutzt sind und nicht zu einem Industriebetrieb gehören, aber als Eigentum des Volkes gelten."

„Diese Grundstücke, wo die früheren Eigentümer alle schon hingefahren sind aus dem Westen? Muss ja komische Geschichten geben. Neulich las ich, einer fuhr in Kleinmachnow mit seinem Benz vor und wollte …"

„Ja, ja, hab ich auch gelesen." Baum war nicht so geduldig wie sonst, vielleicht wirkte der Weißburgunder anders auf ihn als frisch gezapftes Bier. „Das wird eine gesetzliche Regelung geben müssen für diese Fälle. Faustrecht ist nicht in Deutschland. Wir machen unsere Revolutionen in geordneten Bahnen. Also, wie wird so ein Gesetz aussehen?"

Der Notar hob die Schultern: „Da soll wohl alsbald noch 'was in die Beratung der Volkskammer. Die Russen, also die Sowjetunion will ja, dass die Enteignungen aus den Besatzungsjahren, fünfundvierzig fortfolgende, nicht angetastet werden. Ansonsten Rückgabe, wo's möglich ist, Geldentschädigung, wo die Rückgabe nicht geht. Legaldefinition dessen, was rückgabefähig ist, so etwa …"

„Ebent!"

„Was heißt eben?"

„Na, stellen Sie sich das mal vor: wer kriegt so ein Grundstück zurück, wo einer 1959 abgehauen ist, mit sechzig vielleicht, heute längst tot, und seine Kinder: eins in Milwaukee, eins in Canberra, eins in Gütersloh?"

„Erbengemeinschaft", sagte der Notar. „Die werden's zu Geld machen wollen."

„Ebent! Ein riesiger Grundstücksmarkt. Und wer wird den besten Schnitt machen? Ich meine, außer euch Notaren?“ Wieder lachte Baum herzlich über seinen eigenen Scherz.

„Naja, schon klar, man muss sich frühzeitig die Filetstücke sichern.“ Der Notar ahnte, wieso Baum ihm ein kurzfristiges Treffen vorgeschlagen hatte. Das gute Verhältnis zu Baum gefiel ihm immer besser.

„Filetstücke, genau! Ich hab eins an der Hand. Aber ich kenne die Alteigentümer nicht. War Sperrgebiet der NVA, der Grenze, aber nicht direkt am Zaun, sondern auf der anderen Seite an der Havel. Brachland heute, aber super Lage. Nur, wer ist Eigentümer, wer verkauft mir das? Ich dachte, Grundbuchrecherche, da setz' ich einen Notar ran. Ich denke, wenn da eine größere Beurkundung folgt, ist doch so ein bisschen Vorarbeit nicht zu viel verlangt.“

Die gute Stimmung des Notars verflog: „Waren Sie schon mal im Keller des Amtsgerichts in Weißensee, wo die meisten Grundbuchakten liegen? Unsortiert. Nicht fortgeschrieben, noch mit Kriegsschäden, von Feuchtigkeit zerfressen, von Staub und Spinnweben überzogen!“ Er war lauter geworden.

Die blonde Kellnerin, die gerade mit zwei großen weißen Tellern an den Tisch kam, schreckte ein wenig zurück und blickte beim Stichwort Spinnweben erschrocken auf die beiden kleinen Häufchen Nudeln mit zartrosa Sauce und grünen Basilikumblättchen, als würde sie Spinnweben servieren, aber dann stellte sie die Teller entschlossen vor die beiden Herren und verschwand.

Baum nahm die Gabel, und ehe er sie in die Linguine stieß, deutete er mit den Zinken auf sein Gegenüber: „Potsdam, nicht Berlin. Der Keller dort soll übrigens auch nicht appetitlicher sein, hört man. Gehen Sie mal hin. Hier sind Adresse und Flurstücksnummern der Grundstücke, über die ich eine komplette Grundbuchrecherche haben will.“ Er zog einen zusammengefalteten Zettel aus der Tasche und schob ihn über den Tisch. Weil der Notar so angewidert schaute, setzte er versöhnlich hinzu: „Und außerdem sind Sie jetzt hier eingeladen. Nach dieser dürftigen Vorspeise“, damit stieß er die Gabel in das Nudelhäufchen und drehte sie, „gehen wir was Richtiges essen.“

Martenthaler hatte sich mit seinem ehemaligen Kommilitonen in Berlin verabredet, mit dem zusammen er damals in den siebziger Jahren einige Semester verbracht hatte, als die Studentenbewegung bereits ausgefranst war in zahllose, einander bekriegende Gruppen und Grüppchen. Er selbst war dann an die Uni Münster zurückgekehrt, wurde dort mit einem Thema zur Entstehung der Strafprozessordnung im Deutschen Reich nach 1870 promoviert, hatte das erste Staatsexamen abgelegt und in NRW das Referendariat absolviert. Ulrich hingegen war in Westberlin geblieben, mit seinem Prädikatsexamen kam er leicht in ein Richteramt. Anfangs war er davon zwar sehr enttäuscht gewesen, als Amtsrichter in Charlottenburg ödeten ihn die ganzen Scheidungs-, Vormundschafts- und Erbschaftsstreitigkeiten an, mit denen er an den Sitzungstagen gleich dutzendweise zu tun hatte, an. Nach einer Berufung an eine Strafkammer des Landgerichts, und dort alsbald zum Vorsitzenden bestellt, war er aber sehr zufrieden mit seiner Situation. Steuererleichterungen in Westberlin, eine große Altbauwohnung zu überaus günstiger Miete, ein Verhältnis und später die Ehe mit einer erfolgreichen Scheidungsanwältin, zwei Kinder die prächtig gediehen, zeitliche und finanzielle Ressourcen für Konzert, Theater, Urlaubsreisen und manch gute Flasche Rotwein. Das alles erschien Martenthaler immer wie die Illustration des Satzes, den seine Mutter einst gerne wiederholte: Kind, eine gesicherte Position in der Justiz ist doch nicht zu verachten!
Heute hatte er seinen alten Mercedes genommen, den er in Potsdam kaum brauchte, und war über die Glienicker Brücke und die lange Königstraße nach Wilmersdorf gefahren. Es dauerte eine

ganze Weile, ehe er die Adresse in der ruhigen Parallelstraße zum Kurfürstendamm wiederfand, und es dauerte noch viel länger, bevor er eine Parklücke in der Nähe entdeckte. Das Haus, das er vor Jahren zum letzten Mal aufgesucht hatte, war inzwischen restauriert worden, nicht nur der üppige Stuck an der Fassade war hell gestrichen, sondern auch die Eingangshalle mit der Jugendstil-Tür zum Aufzug hatte man gereinigt, ausgebessert und die Marmorfliesen aufpoliert.

Ulrich war viel dicker, als Martenthaler in Erinnerung hatte, sein Haar, das er jetzt ganz kurzgeschnitten trug, war merklich gelichtet. Aber er stand strahlend in der offenen Wohnungstür mit ausgebreiteten Armen und drückte ihn herzlich an den Bauch.

„Mensch Alter, jetzt bist du auch hier, welche Freude! Komm rein!"

Auch die Wohnung kam Martenthaler verändert vor, wahrscheinlich frisch renoviert, das Parkett aus hellem Eichenholz, abgeschliffen und mit Wachs behandelt, die antiken Möbel, Erbstücke aus der Familie von Ulrichs Frau, waren ergänzt um eine ausladende, ledergepolsterte Sitzgruppe. Ob früher schon von der reich stuckierten Decke ein üppiger antiker Kronleuchter hing, war ihm nicht mehr erinnerlich. Im Gegensatz zu Ulrich hatte sich dessen Frau kaum verändert, schlank, blond, die Haare straff nach hinten zum Knoten gebunden, im schwarzen anliegenden Pullover und mit kleiner Perlenkette. Auch sie reichte ihm die Wange zum Kuss, ohne ihn an sich zu drücken, das hätte er wohl auch abgewehrt.

„Und du, Linksradikaler, hilfst jetzt, den Sozialismus zu Grabe tragen?"

„Ach, Sozialismus, Ulrich. Die kennen doch nicht mal ihre Klassiker!"

Ulrich goss aus einer Flasche, die bereits entkorkt in einem silbrigen Gestell bereitlag, von dem Roten in die bauchigen Gläser. Martenthaler mochte diese schweren Bordeaux gar nicht so sehr, immer blieb ein pelziges Gefühl auf den Zähnen zurück, ein schlichter Süditaliener wäre ihm lieber gewesen. Ulrich aber schwenkte das Glas, steckte seine Nase in die Öffnung, sog tief die Luft ein und nahm einen Schluck, auf dem er ein wenig herumkaute. Er nickte wie zur Bestätigung seiner Wahl und dann erst trank er ihm und seiner Frau zu: „Tja, die Klassiker. *Lohnarbeit und Kapital, Lohn, Preis und Profit*, das ging ja noch, aber Kapitalkurs I, II und III, das war doch zu viel gescheites Gequatsche. Du wolltest ja in den Semesterferien mal alle drei Bände komplett lesen …"

„Genau. In Münster in der Unibibliothek. Reni ging zu ihrem Ferienjob in die Versicherung, ich setzte mich über den Marx. Täglich von acht bis zwölf und eins bis fünf, wie ein Werktätiger, mächtig revolutionär. Bis zum Anfang von Band zwei hab' ich das noch durchgehalten, dann waren die sechs Wochen rum und der revolutionäre Schwung dahin. Später dachte ich, es müsste auch noch Lenin drankommen, aber *Der Imperialismus als höchstes Stadium des Kapitalismus* hat mich dann doch nicht mehr so recht überzeugt…"

„Übrigens, wie geht's denn Reni und den Kindern?" schaltete sich Ulrichs Frau ein.

„Er ist doch abgehauen." Ulrich war besser informiert, mit ihm telefonierte er ab und zu.

„Sie ist abgehauen, mit einem jungen Praktikanten aus ihrer Praxis", korrigierte Martenthaler. „Nein, eigentlich ist sie gar nicht abgehauen, um ehrlich zu sein, sie hat mich vor die Tür gesetzt. Sie hat auch gar nicht lange versucht, mir was vorzumachen, so mit, viele Patienten, bis in die Nacht arbeiten … . Sie kam einfach an und sagte: Ich weiß, das wird jetzt nicht leicht für dich, aber ich muss ein neues Leben anfangen. Ohne dich. Es war schön mit dir, aber jetzt geht es nicht mehr."

„Psychologinnen können ganz schön radikal sein." Ulrich warf ihm einen mitfühlenden Blick zu und nahm einen Schluck aus seinem Glas.

„Und? Scheidung schon beantragt?“, fragte Ulrichs Frau.

„Ha, ganz die Fachanwältin! Nein, nein, noch ist das Trennungsjahr gar nicht ganz rum. Aber ich weiß auch nicht, neulich kam so ein langer Brief von Reni, reichlich weinerlich, gar nicht so ihre Art. Irgendwie scheint sie so was Endgültiges doch nicht zu wollen, der Kinder wegen, schreibt sie.“

„Musst aber aufpassen! Könnt ja sein, du machst Karriere hier im Osten“, schob Ulrichs Frau nach. „Wegen jeglicher Versorgungsansprüche, die du bis zur Scheidung noch erwirbst, müsstest du ihr dann einen Ausgleich zahlen. Kann teuer werden. Mach das lieber zügig mit der Scheidung. Ich kann dich ja vertreten“, schlug sie vor.

„Vielen Dank, das wird sich alles zeigen, aber ich komme gerne auf dein Angebot zurück, wenn's denn soweit ist. Hauptsache es geht jetzt so einigermaßen, die Kinder sehe ich alle zwei Wochen, das ist schon okay.“

„Fährst du immer hin, oder kommen die?“

„Die Große ist ja schon etwas entspannt, käm auch mal hierher, aber der Kleine lehnt es rundweg ab, in diesen, wie er sagt, muffigen und abgeranzten Osten zu kommen. Das Letzte wäre das hier… Ach, so 'ne Trennung ist einfach immer irgendwie Scheiße, vor allem für die Kinder…“ Martenthaler nahm jetzt auch einen tiefen Schluck.

„Hast du denn eine vernünftige Bleibe in Potsdam“, schnitt Ulrich ein anderes Thema an. „Soll ja schwierig sein, hört man.“

„Ein Kollege, auch aus Köln, hat einen Cousin in Potsdam, der gleich im letzten Winter nach München gegangen ist, als Installateur oder so, zunächst für ein Jahr. Der hat seine bisherige Wohnung nicht aufgegeben. Bei fünfundfünfzig Ostmark Miete im Monat ja kein Problem. Und ich kann da erst mal wohnen. Ich hoffe, die Leute vom Gebäudewirtschaftsbetrieb kriegen das nicht spitz. Ist ja illegal, die Wohnraumlenkung zu übergehen.

Wäre peinlich für einen Staatsanwalt, noch dazu aus dem Westen, vorbei an der ganzen Warteschlange …"
Martenthaler musste den beiden noch lange und viel erzählen, wie er es da angetroffen hatte in der Staatsanwaltschaft des Bezirks Potsdam, was jetzt seine eigentliche Aufgabe wäre, wie er mit den Leuten dort zurechtkäme und mit dem Alltag überhaupt, Einkaufen, Kneipen, Restaurants und so weiter. Er blieb bis tief in die Nacht, hielt sich aber mit dem Rotwein zurück, drüben waren null Promille vorgeschrieben, da wollte er besser nichts riskieren. Zurück fuhr er über die Autobahn. Die unbeleuchtete Chaussee nach Potsdam mochte er nicht mehr, seit er jüngst bei Nacht fast in eine Rotte Wildschweine gefahren wäre. Also die AVUS entlang, im Slalom durch die verlassene Grenzkontrollstelle Dreilinden und nach der Ausfahrt Babelsberg auf die Nutheschnellstraße. Kurz vor der Brücke musste auf der Gegenfahrbahn wohl gerade ein schwerer Unfall passiert sein. Im Vorbeifahren konnte er Polizei- und Rettungsfahrzeuge erkennen, Blaulicht blitzte, mit den Suchscheinwerfern der Feuerwehr wurden zwei sehr verbeulte Autos angestrahlt. Polizei, Männer von der Feuerwehr und Rettungssanitäter schienen sich um Verletzte und Opfer zu kümmern. Er dachte, dass einer im großen Volvo Kombi einen anderen geschnitten und abgedrängt hatte. Sah böse aus. Der Volvo war seitlich sehr eingedrückt, das andere Fahrzeug lag auf dem Dach, hatte sich wohl überschlagen und lag zur Hälfte auf der Fahrbahn und zur anderen auf der Böschung. Es war so zerschrottet, dass er den Fahrzeugtyp gar nicht mehr erkennen konnte. Vielleicht auch ein Westfahrzeug? Wie war das passiert, überlegte Martenthaler. Morgen oder am Montag würde er bestimmt etwas in der Zeitung lesen. Außerdem würde ihn der Fall ohnehin im Dienst noch beschäftigen.

Heger wollte sich erkundigen, ob es ein geregeltes Verfahren für Bodengutachten, Altlastenkartierung und Bodensanierungen gab. Bisher hatte das kaum eine Rolle gespielt, jedenfalls seines Wissens. Was aber jetzt an neuen Vorschriften zu erwarten war, konnte ihm am besten ein alter Bekannter, ein Geologe erklären, der schon vor Jahren aus dem technischen Stab der NVA ins Bauministerium gewechselt war und dort Karriere gemacht hatte. Also nahm er den Bus, stieg aufs Oberdeck und setzte sich auf den vordersten Platz, obgleich er hier jedes Schlagloch, jede Bodenwelle auf der langen Strecke zwischen Innenstadt und Autobahnzufahrt spürte und er manchmal fast gegen das Dach des Doppeldeckers geschleudert wurde. Immer wählte er diesen Sitz, wenn er nicht belegt war. Seit mehreren Monaten gab es nun diese Verbindung nach Berlin, die Linie fuhr einen langen Umweg und war doch schneller und verkehrte häufiger als die Bahn. Und es war mehr zu sehen, lange Häuserreihen mit abbröckelndem Putz und verrotteten Dachrinnen, einst ganz behagliche kleinbürgerliche Siedlungshäuser aus den zwanziger und dreißiger Jahren, als hier produziert wurde, Lokomotiven, später Kräne auf dem Gelände rechterhand, und Filme zur Linken, anfangs Streifen wie *Der blaue Engel*, später Leni Riefenstahls *Triumph des Willens*, schließlich *Spur der Steine* und *Die Legende von Paul und Paula*. Hinterm Zaun des Studiogeländes war eine Reihe Westernhäuser zu sehen. Die Holzarchitektur der amerikanischen Kolonialzeit, die viktorianische Gebäude in Stein und Stuck imitierte und wiederum barocke Formensprache zitierte, war hier in Spanplatte, Gips und Sackleinen nachgebildet. Die Farbe blätterte bereits, seit den letzten Drehtagen im vorigen Jahr standen die Bauten unbenutzt herum. An der Straßenecke prangte das jüngste Werk der Kulissenmaler, ein Schild auf dem ausgewiesen war, dass die Studios als GmbH in Gründung (und eben nicht mehr als VEB) firmierten.

Nachdem der Bus auf die Autobahn eingeschwenkt war, musste er slalomartig zwischen den verlassenen Hallen und Baracken der

Grenzkontrollstelle hindurch kurven. Arbeiter eines Straßenbauunternehmens waren mit großem Gerät dabei, die frühere geradlinige Fahrbahn zumindest provisorisch wieder herzurichten, aber noch schlängelte sich der Verkehr durch das weitläufige Gelände der Grenzanlagen. Heute bemerkte er zum ersten Mal ein großes grellbuntes Graffiti an einem der Kontrolleurshäuschen. Ineinander geschachtelte, wie aus der Tiefe eines endlosen Raums aufleuchtende, mannshohe Buchstaben, deren Sinn er nicht entziffern konnte. Seit vor Monaten Hammer, Zirkel und Ährenkranz aus der hohen weißen Betonstele herausgebrochen waren, erschien ihm der Kontrollpunkt wie Niemandsland. Jetzt hatte wieder jemand Besitz ergriffen, mit Farbspray sein eigenes Emblem angebracht. Auf der anderen Seite der Autobahn stand unverändert der olivgrüne, mit roten Kettenrollen stets frisch gestrichen wirkende sowjetische T 34 auf seinem Podest, schräg gen Himmel und damit ganz unverkennbar dem Sieg entgegenstürmend. Wie lange, fragte sich Heger, würde die zerfallende Sowjetunion noch bereit sein, zum Jahrestag der Befreiung vom Faschismus zwei, drei Eimer Lackfarbe in olivgrün und signalrot zu finanzieren, um den alten Panzer neu anzustreichen? Wo war die *unverbrüchliche Waffenbrüderschaft* geblieben?

Auch ohne Halt und Kontrolle war hier eine Grenze, die Fahrbahn war plötzlich aus Asphalt mit glatter Oberfläche. Der Bus rollte sanft zwischen den in rot und weiß gehaltenen Westberliner Abfertigungsgebäuden hindurch, neigte sich ein wenig in der Kurve, rollte noch ein paar Minuten und kam, nach zwei kurzen Stopps an signalgeregelten Kreuzungen, vor dem S-Bahnhof zum Stehen. Heger stieg aus, wie er schon öfter hier umgestiegen war, im Herbstnebel, bei Schnee und mit Blick auf den zugefrorenen See, im kahlen Vorfrühling und jetzt in der noch kühlen Frühjahrssonne. Jedes Mal nahm es ihm fast den Atem, der Blick auf die weite Wasserfläche, der geharkte, kurzgeschorene Rasen, die sorgfältig mit Primeln

und Stiefmütterchen bepflanzten Beete vor der Schiffsanlegestelle, die alten und doch wie jüngst erst erbaut wirkenden Villen, deren Grundstücke mit den hohen Blutbuchen und Kastanien von schwarzglänzend gestrichenen, schmiedeeisernen Gittern eingefriedet waren, der gepflegte Bürgersteig vor dem Bahnhof, die Reihe der gewienert sahnefarben blinkenden Taxis. Allein diese Taxis: selbst die älteren Modelle stellten die Autos in den Schatten, mit denen sich die führenden Leute aus seiner früheren Einheit hatten durchs Land fahren lassen. Als nun eine blonde Frau in Pelzjacke und kurzem Rock in den ersten der wartenden Wagen einstieg und er einen Blick auf ihre fast kniehohen braunglänzenden, hochhackigen Stiefel und darüber endlos lange dunkel bestrumpften Beine werfen konnte, musste er tief Luft holen.
Heger ging durch die hohe, achteckige Bahnhofshalle, die Treppe hinunter, nach ein paar Schritten hinauf zum Bahnsteig und erwischte kurz vor dem von einer Frauenstimme scharf akzentuierten „Zurückbleiben“ einen dieser neuen S-Bahn-Züge, die mit singenden Elektromotoren und starker Beschleunigung anfuhren. Die gute halbe Stunde Fahrt bis zu seinem Ziel nutzte er, um nochmal seine Unterlagen durchzugehen. Er klappte den Aktenkoffer aus grauem Kunststoff auf, der neben seinem neuen Anzug die andere wichtige Investition war, die das wenige Westgeld aus dem Versteck zwischen den Bildbänden des Aufbau-Verlags nahezu aufgezehrt hatte. Ihm kam so ein Gepäckstück unverzichtbar vor, nachdem er gesehen hatte, wie der Trainer der Verkaufsschulung und fast alle anderen Teilnehmer mit solchen oder ähnlichen Köfferchen eifrig und mit erfolgsgewohnt wirkendem Blick daherkamen. Später hatte er sich geärgert, dass er im Kaufhaus nahe dem Kurfürstendamm so eilig und unbesonnen gekauft hatte. Für ein Drittel des Preises hatte er ein äußerlich kaum unterscheidbares Köfferchen in einem dieser Läden gesehen, in dem Restposten vertrieben wurden.

Heger holte also den braunen Umschlag heraus, klappte den Deckel zu, behielt das Köfferchen auf den Knien, legte den Umschlag darauf und zog den Stapel Papiere heraus. Die Lageskizze des Grundstücks war auf Transparentpapier ordentlich mit Tusche gezeichnet, ein Fachmann hatte offenbar Katasterpläne als Vorlage benutzt. Heger blickte zum Fenster hinaus, die Kiefern und Birken eines Waldstücks flitzten vorbei, und er lächelte kurz. Das hatten sie den anderen voraus, diese genaue Ortskenntnis, diese Unterlagen, diese Verbindungen zu den Leuten, die bis jetzt noch die Fäden in der Hand hielten. Seine Fähigkeit zu konspirativer Arbeit, hier kam sie ihm zugute. Mochten jene das Geld haben und von Projekten und Visionen daherreden, Baum und seinesgleichen. Ohne ihn und seine Kontakte würden sie nicht weit kommen. Gut, er hatte vielleicht übersehen, dass dieses Stück Grenzland nicht verkauft werden konnte, weil die Eigentumsfrage etwas unübersichtlich war. Aber das würde er regeln können. Im Grundbuch stand wohl tatsächlich Eigentum des Volkes, aber darunter müsste immerhin auch stehen, Rechtsträger Grenztruppen der NVA. Eppelmann hatte die Grenztruppen dazu verdonnert, selber die Mauern und Zäune abzubauen. Und demnächst würden die Grenztruppen aufgelöst. Heger hatte sich schnell abgesetzt, als sich das abzeichnete und ihm klarwurde, dass seine Einheit keine Zukunft hätte. Aber die meisten ehemaligen Kollegen warteten noch auf ihre Entlassung oder hofften auf die Übernahme in die Bundeswehr, die Armee des Klassenfeindes. Jedenfalls kannte er die Leute, die in den Grenztruppen etwas zu sagen gehabt hatten, und noch saßen viele von ihnen an den Schalthebeln.
Also die Lageskizze. Ein langer, gar nicht mal so schmaler Streifen zwischen See und Straße, jedenfalls für eine Bebauung von der einen Seite her problemlos zu erschließen und zur anderen Seite hin diese herrliche Aussicht, außerdem nahe am Zentrum und zugleich dicht an der Stadtgrenze zu Berlin.

Die Bahnhöfe folgten jetzt in kürzeren Abständen. Am Fenster zogen statt Birken und Kiefern nun Mietshäuser vorbei. Nicht grau in grau, sondern in freundlichen Farben verputzt mit restauriertem Stuck, einige mit großen, später ins Dach eingebauten Fenstern. Auf den Straßen Autos, Busse, Lieferwagen, Westautos, selten mal ein Trabant, Wartburg oder Lada. Schlangen bildeten sich vor Verkehrsampeln, setzten sich in Bewegung und hielten wieder. Später höhere, neuere Gebäude, ein paar Wohnhochhäuser, weiter entfernt ein, zwei Bürotürme, dann ein Park. Schließlich kam der Zug in der großen Bahnhofshalle zum Stehen, die bis vor kurzem noch durch eine undurchsichtige und unüberwindliche Wand aus Wellblech unterteilt war, *Grenzübergang Friedichstraße*.

Die Wellblechwand war inzwischen abgebaut, längs auf dem mittleren Bahnsteig markierte sich noch ihr Verlauf als Rinne im Asphaltbelag. Zur Weiterfahrt musste man auf den anderen Bahnsteig, da die Gleise hier an einem Prellbock endeten und von der anderen Seite ostwärts weiterführten. Heger stieg nicht um, wegen einer Station lohnte das nicht. Er verließ den Bahnhof durch die schmalen Treppen und Gänge, die ihm mit ihren verschmutzt ockerfarbenen Fliesen aus den Zwanziger Jahren selbst dann zu eng vorkamen, als wie heute Vormittag nur wenige Passanten unterwegs waren. Am Ausgang wandte er sich nach rechts, die Friedrichstraße südwärts Richtung Linden. Ein Doppeldeckerbus streifte fast die stählerne Bahnüberführung mit ihren vielen rundköpfigen Nieten. Heger war wieder einmal überrascht, hier einen Bus zu sehen, ein Westfabrikat und nicht die ungarische Marke *Ikarus*. Bahnhof Friedrichstraße, hier war er doch immer nur hergekommen, wenn er die Kinder seiner alten Cousine bis zum Tränenpalast begleitete, dieser großen Abfertigungshalle, in der die West-Berliner mit Tagesvisum oder Mehrfachberechtigungsschein anstanden, um sich für die Rückfahrt nach einem Besuch in der Hauptstadt von den Angehörigen der Grenztruppen, also von seinen ehemaligen Leuten

kontrollieren zu lassen. Er hatte nicht sehr viele Kontakte nach drüben, außer zur Cousine, die schon vor einundsechzig in den Westen umgezogen war, und deren Sohn in West-Berlin lebte, kannte er niemanden in der BRD. Höchstens alle ein, zwei Jahre musste er hier jemanden abholen, am Ausgang auf der Südseite oder dorthin begleiten zur Ausreise auf der Nordseite. Er hatte immer ein ungutes Gefühl bei diesen Begrüßungs- und vor allem Abschiedsszenen gehabt. Nie wusste er so recht, was dieses bemühte Lächeln über die Schulter hinweg, dieses letzte unbestimmte Winken nun sagen sollte. Bemitleideten sie ihn, verachteten sie ihn gar? War es nicht gut genug, was er Ihnen geboten hatte? Egal ob ein Besuch im *Berliner Ensemble* oder ein Abendbrot in den *Zille-Stuben* des Interhotels, immer hatten sie so eine betonte Bescheidenheit gezeigt. Und dann drückten sie ihm auch noch regelmäßig vierzig Mark in die Hand: Wir mussten's ja umtauschen und können's doch nicht ausgeben, du hast ja alles bezahlt, nun nimm's halt.
Heger ging schneller. Das war ja nun vorbei. Aus der Friedrichstraße bog er nach links in die Linden ein, überquerte den Kupfergraben, passierte den Palast der Republik, dann den sitzenden Karl Marx und daneben, stehend Friedrich Engels, lebensgroß in Jackett und Mantel und in Bronze gegossen, ging am Staatsratsgebäude vorbei und nach rechts in die Breite Straße, an der langen, glatten modernen Front des Hauses der Ministerien entlang.

„Zu wem?" herrschte ihn die vollbusige ältere Frau hinter dem Fensterchen am Empfangsschalter des Bauministeriums an, als er den Namen seines alten Kumpels nannte, der seit langem dort Abteilungsleiter war. Er wiederholte den Namen. Sie griff zum Telefon, wählte eine Nummer, wartete und sagte dann in den Hörer: „Genosse Abteilungsleiter…, Entschuldigung, Kollege Abteilungsleiter, hier ist ein Bürger, ein Herr Heger…" Die knarrende Antwort konnte Heger nicht hören, aber der hochgezogenen linken Augenbraue der Alten entnahm er, dass zumindest sie diese

dauernden Besuche von allen möglichen Bürgern in den Ministerien nicht billigte.
Durch den Spalt unter dem Fensterchen hindurch schob sie ihm wortlos das große Besucherbuch zu, auf dessen Seiten sie sorgfältig, aber ein wenig schief, mit Kugelschreiber und Lineal die entsprechenden Spalten abgeteilt hatte. Heger füllte eine Zeile aus, trug unter Anlass des Besuchs Unterredung ein und schob das Buch zurück.

„Was heißt Unterredung?"

„Unterredung eben, ich muss mit dem Abteilungsleiter etwas besprechen."

„Ja, und? Auf wessen Weisung, welcher Besprechungsgegenstand?"

Heger blickte die Frau mit leicht zusammengekniffenen Augen an und sagte, indem er jedes Wort einzeln betonte: „So nicht mehr!"
Die Alte zog die linke Augenbraue noch höher und die Mundwinkel weit herab, atmete hörbar durch die Zähne ein, drehte ihm auf ihrem Bürostuhl wortlos den runden Rücken zu, langte aus einem Regal einen Block und Kohlepapier und füllte den Laufzettel aus.

„Hier den Abteilungsleiter aber unterschreiben lassen! Mit Uhrzeit!"
Der Türöffner summte und Heger konnte die langen, engen, gelblich tapezierten Flure des Ministeriums betreten.

Das Mobiliar im Rathaus war ziemlich abgewetzt, aber das Amtszimmer wirkte durch seine Größe und die breiten, hohen, rundbogigen Fenster beeindruckend. Homann hatte an der Einrichtung nicht viel verändert. Das Porträtfoto des Staatsratsvorsitzenden hatte er abgehängt, an der Wand markierte sich die Stelle noch mit einem weißen rechteckigen Fleck. Den großen Schreibtisch jedoch ließ er quer stehen, auch den rechtwinklig dazu wie der senkrechte Balken eines T herangerückten Besprechungstischs und die rotgepolsterten Stahlgestell-Stühle hatte er so gelassen, wie er sie von seinem Vorgänger im Mai übernahm. Als er nach der Amtsübernahme das Siegel von der Tür entfernte, hatte ihn Genugtuung erfüllt. Er war es selbst gewesen, der vor ein paar Monaten die Türen zusammen mit den Freunden vom NEUEN FORUM versiegelte. Das war schon eine gewagte Aktion, wie sie von der Innenstadt kommend in einer großen Gruppe ins Gebäude eingedrungen waren und die verwirrt und hilflos gestikulierenden Bediensteten des Rats der Stadt aus den Amtsstuben vertrieben und die Türen bis zur Sicherstellung der Akten versiegelt hatten. Keiner hatte damals vorhersehen können, wie alles ausgehen würde. Die Staatssicherheit schien allgegenwärtig, Verhöre und Gefängnis, möglicherweise Folter, waren das mindeste, was sie erwartete, wenn es schiefging. Wer in die Hände der Schergen geriet, den sah man für Jahre nicht mehr oder nie wieder und wenn doch, erfuhr man nichts über die Zeit seiner Abwesenheit.

Mut und die Vorstellung, was als Nächstes zu tun sei, hatten Homann im Lauf des letzten Jahres Macht verliehen. Nicht die Macht derer, die sich auf Institutionen und Organisationen stützten, auf den Repressionsapparat und seine Waffen, sondern die, die in griffigen Formeln ausdrücken konnten, was die Mehrheit bewegte. Vor einem Jahr hatte er zum ersten Mal bemerkt, welche Wirkung er mit einer öffentlichen Rede erzielen konnte. Mit einigen Gleichgesinnten zusammen, hatten sie die Auszählung der Kommunalwahlen beobachtet und massive Fälschungen festgestellt. Als das amtliche Ergebnis verkündet wurde, wagte er es, einfach nach vorn zu gehen und dem Vertreter der Wahlkommission das Mikrofon wegzunehmen.

„Neunundneunzig Prozent Zustimmung für die Kandidaten der Einheitsliste, das ist eine glatte Fälschung! Wir haben Strichlisten geführt vor den Wahllokalen. Es waren mindestens acht Prozent

Gegenstimmen. Wir werden gemäß dem Wahlgesetz Einspruch erheben!"

Zunächst war es ganz still geworden im Saal. Nach einem kurzen Moment aber fingen erst die Freunde von der *Kontaktgruppe* und danach fast alle an zu klatschen. Das war der Anfang vom Ende des SED-Bürgermeisters, dann auch des gesamten Rates der Stadt. Und schließlich kam es ja auch zu den Neuwahlen der Stadtverordneten in diesem Frühjahr. Ein Jahr lang hatten sie nicht aufgegeben, mit den unterschiedlichsten Zusammenkünften, Verlautbarungen, ja sogar einer Ausstellung über die sozialistischen Zerstörungen vieler historischer Gebäude in ihrer schönen Stadt und öffentlichen Druck gemacht. Immer häufiger wurde er im letzten Jahr von den Freunden der Kontaktgruppe und vom NEUEN FORUM als Redner für die verschiedenen Veranstaltungen benannt. Noch im vergangenen Oktober hatte er von der Tür des kleinen Cafés aus, nur einen Steinwurf vom Ratsgebäude entfernt, mit seiner erhobenen Rechten der wartenden Menge zugerufen: Wir fordern Pressefreiheit, Versammlungsfreiheit, Recht auf Vereinigung, noch ehe Vopo und Stasi aus ihren Positionen in den Seitenstraßen vorrücken und eingreifen konnten. Er liebte Fußball, und manchmal kam ihm die damalige Situation vor wie beim Spiel. Den Mitspielern war zwar die Vorlage zu verdanken und der Verwirrung des Gegners war es geschuldet, dass keine Deckung vor dem Tor war, aber nur er konnte den Pass in einen unhaltbaren Schuss verwandeln. Aber das war kein Spiel gewesen, sondern Ernst.

Jetzt saß er in diesem Gebäude, das nicht mehr Rat der Stadt, sondern Stadtverwaltung hieß, und war mit demokratisch legitimierter Macht ausgestattet. Auf seine Fähigkeit zu zündender Rede war er stolz. Nach wie vor konnte er sie auch nutzen, wenn er vor den Stadtverordneten sprach. Aber es war ihm klar, mehr als auf Rhetorik kam es nun darauf an, Entscheidungen zu fällen, die in die Zukunft wirken. Kraft, Schnelligkeit, einen klaren Blick fürs Strate-

gische und seine bedingungslos zupackende Entschlussfreudigkeit würde er weiter benötigen. Aber Zeit für sein geliebtes Fußballtraining blieb ihm nun kaum noch. Hier, an seinem Schreibtisch, bestanden seine strategischen Möglichkeiten zunächst einmal aus einem Telefon mit vielen Knöpfen aber meist gestörten Verbindungen, aus Bergen von Akten und einer Reihe von Handbüchern und juristischen Kommentaren. Obwohl die Tage jetzt schon länger waren, brannte die Schreibtischlampe den ganzen Tag. Unter der tief hängenden Wolkendecke draußen war es gar nicht so recht hell geworden, und bald würde die Dämmerung hereinbrechen. Für die Mitarbeiter war der Feierabend nahe, aber er hatte eine lange Nacht vor sich, wenn er morgen sachkundig und gut vorbereitet in den Planungsausschuss gehen wollte.
Homann griff zum Hörer und drückte einen Knopf. Seine Sekretärin meldete sich mit dieser für seinen Geschmack viel zu hohen Stimme. Er orderte einen Tee, keinen Kaffee, dieses Getränk für Schwächlinge, die ihren Kreislauf stets hochpeitschen müssen. Es war eine der ersten Übungen für Susan gewesen, den Tee so zuzubereiten, wie er es schätzte. Das Wasser ja nicht lange kochen lassen, die Kanne auf jeden Fall vorwärmen und nach zwei, höchstens drei Minuten abgießen. Früher hatte er nur den chinesischen gepressten Tee verwendet, immerhin auch eine Rarität, aber seit er in West-Berlin in einen jener Läden geraten war, in denen Blechdosen in hohen Regalen die verschiedensten Sorten aus allen Anbaugebieten Indiens und Asiens enthielten, stand ein kleines Sortiment mit verschiedenen Beutelchen im Büro zur Verfügung.
Im Sitzen streckte Homann die Wirbelsäule durch, nahm die Ellbogen nach hinten und presste die Schulterblätter im Rücken zusammen, um die Brustmuskulatur zu dehnen. Dann entspannte er den Oberkörper wieder, beugte sich vor und griff den nächsten Aktendeckel vom linken Stapel. Ein Anschreiben mit einer dicken Mappe, die Pläne, Fotos und gekonnte Architekturzeichnungen

mit bunten Häusern in grüner Parklandschaft enthielt, war überschrieben mit *Wohnpark am Tiefen See – Entwicklungspotentiale, Erschließungskonzept und Investitionsplanung.* Der Briefkopf wies B & K Consulting GmbH & Investment KG, Berlin als Absender aus. Er blätterte kurz durch die Mappe, überflog das Anschreiben, schaute auf mehrere Tabellen mit Zahlen, die teils Quadratmeter-Angaben teils DM-Beträge auswiesen (DM also, und nicht Mark?) und war sich nicht recht sicher, ob er die bunten Bilder beeindruckend finden sollte oder ob ihm da etwas vorgegaukelt wurde. Wer verbarg sich hinter B & K, Berlin? Er musste Steiner anrufen, Steiner der die ganze Bau- und Spekulantenszene in Berlin kannte. Steiner würde ihn über B & K aufklären.

Ehe er zum Telefon greifen konnte, klopfte es leise an der gepolsterten Tür und Susan schob sich mit dem Tablett in den Händen herein. Wieder fielen ihm ihre dünnen Beine auf, die kleinkinderhaft in diesem allzu kurzen Hosenrock steckten. Wahrscheinlich ihr erstes und einziges Kleidungsstück vom Ku'damm, für das sie dort im Herbst nicht nur ihr gesamtes Begrüßungsgeld gelassen, sondern noch zusätzlich Ostmark vom Sparbuch umgetauscht hatte.

„Dank dir für den Tee", lächelte er sie an. Sie fand ein freies Eckchen auf seinem großen Schreibtisch, wo sie das Tablett absetzte. Dann streifte sie mit beiden Händen die Seitennähte ihres Hosenrocks entlang und versuchte, den Saum etwas nach unten zu ziehen. Als sie hinausging, sah er ihr nach und überlegte, wie wohl ihr Verhältnis zu seinem Vorgänger gewesen war. Der alte, fettleibige SED-Hengst und dieses eher dürre Mädchen auf dem Betriebsausflug oder in den Ostseedünen beim Ferienobjekt des Rates der Stadt…?

Homann griff zum Hörer und wählte Steiners Berliner Nummer. Besetzt, keine Chance durchzukommen. Vor Mitternacht war kaum je ein freier Anschluss in den Westen zu kriegen. Die weni-

gen Leitungen, die seit den sechziger Jahren noch bestanden, waren hoffnungslos überlastet. Er musste es später unter Steiners privatem Anschluss versuchen, auf die Gefahr hin, ihn aus dem Bett zu klingeln. Oder er fuhr morgen früh rüber, aber der Termin mit dem Planungsausschuss war schon um zehn Uhr und vorher würde er Steiner sowieso nicht in seiner Kanzlei antreffen. Homann fand, er müsste endlich so ein tragbares Funktelefon haben, wie sie all die Firmenvertreter und Regierungsexperten mit sich herum trugen, die von ihren Unternehmen oder Dienststellen hierher entsandt worden waren. Woher nur sollte er das Geld für so ein teures Ding bekommen, wo doch selbst der Oberbürgermeister keins hatte und auch die Anschaffung aus Kostengründen entschieden ablehnte?
Homann holte tief Luft, nahm einen Schluck von dem heißen und bitteren Tee und klappte den Lageplan auf, der als letzte Seite in die Präsentationsmappe von B & K eingeheftet war. Wo sollte denn das Projekt realisiert werden, das man ihm hier vorschlug? Das Gelände, das in der Planzeichnung mit einer roten Linie umschlossen war, lag im Grenzgebiet. Das war doch der Bereich nahe der Glienicker Brücke, den man nicht betreten durfte, obgleich die eigentliche Grenze erst auf dem anderen Ufer verlief. Da konnte doch keiner etwas bauen, bevor nicht die Eigentumsverhältnisse des Grund und Bodens geklärt waren. Früher waren das einmal private Grundstücke gewesen, ein oder zwei von ihnen mit pompösen Villen bebaut, der Rest Gärten, einige davon mit Bootsstegen, die längst verrottet und ins Wasser gesackt waren. Wie wollte dieser merkwürdige Investor B & K hier bauen?
Homann griff zum nächsten Vorgang. Als er schließlich den gesamten Aktenstapel auf seinem Schreibtisch durchgearbeitet hatte, war es lange nach Mitternacht. Die Akten lagen nun im Ausgangskorb und waren mit Bearbeitungs- und Wiedervorlagevermerken versehen. Die Schreibtischplatte war leer, außer der

Mappe mit den Unterlagen für die Ausschusssitzung, nach Tagesordnungspunkten geordnet. Nur was das B & K-Projekt anlangte, war er sich noch nicht schlüssig, was er dem Ausschuss empfehlen sollte, vielleicht war es das Beste, es zurückzustellen. Er schloss die gepolsterte Tür seines Büros hinter sich. Die Flure und Treppen des alten Verwaltungsgebäudes lagen im Halbdunkel der schwachen Notbeleuchtung, ansonsten war das Licht bereits abgeschaltet. Homanns fester Schritt hallte von den gewölbten Decken. In der Pförtnerloge döste der Nachtwächter und schreckte auf, als Homann seinen Schlüsselbund durch den Einwurf fallen ließ. Eilig kam der Mann heraus, murmelte irgendwas von, spät wieder Herr Stadtrat…, Ihre Gesundheit noch ruinieren…, gute Nacht, und schloss hinter ihm die schwere Eichentür ab.
Die Luft draußen war feucht, Nebel zog vom Fluss her durch die Straßen und mischte sich mit dem schwefligen Geruch der Braunkohle aus den Schornsteinen der Häuser. Das gelbe Licht der Straßenlaternen war nicht stark genug, den Weg richtig auszuleuchten, aber Homann kannte auf dem kurzen Stück nach Hause jedes Loch im Pflaster auch jeden losen Kanaldeckel. Auch eine Aufgabe meines Dezernats, ging es ihm durch den Sinn. Instandsetzung von Straßen, Brücken, Kanalisation, das müsste er schleunigst anpacken. Das Tiefbauamt durchorganisieren, Bestandsaufnahme, Investitionspläne. Er war überzeugt, dass das nötige Geld über kurz oder lang aus dem Westen kommen würde. Alles lief darauf hinaus, politisch würde es für Bonn keine Alternative geben, als Geld in den Osten zu pumpen. Da wollte er, da sollte sein Amt, seine Stadt vorbereitet sein. Seine Stadt sollte blühen, Häuser, Brücken, Straßen und, ja auch, die Kanalisation. Andernorts sollte man später einmal sagen, so wie der Homann das angefangen hat, so hätten wir das auch machen sollen.

Trotz dieses langen Arbeitstages verspürte er keine Müdigkeit, als er die enge Treppe zu seiner Wohnung hochstieg. Er versuchte, seine Frau und die beiden Mädchen nicht aufzuwecken, als er sich in der Küche noch eine Flasche Bier aus dem Kühlschrank holte, die er in langen Schlucken leerte. Ein paar Stunden Schlaf müssten reichen.

II.
Juni/Juli 1990

Der Kollege aus Köln, der seit dem Frühjahr in der Bezirksverwaltung tätig war, Stabsstelle für den Aufbau der Justiz, hatte Martenthalers Strukturentwurf für die Staatsanwaltschaft Potsdam entgegengenommen und war ganz zuversichtlich. Martenthaler kannte ihn aus alten Kölner Zeiten. Damals hatten sie sich sogar geduzt, als sie dort das Referendariat zur gleichen Zeit und sogar einige Stationen gemeinsam absolviert hatten. Man war sich schnell einig. Neunundvierzig Dezernenten, meinte der Kollege, das wäre erst mal eine vernünftige Größenordnung, und die Aufteilung auf die sieben Abteilungen, die er vorerst für erforderlich hielt, sei überzeugend. Aber er wisse ja, dass hier zunächst nur auf der Basis von Abordnungen aus NRW zusätzliches Personal eingesetzt werden könne. Zwar sei die *Buschzulage*, Martenthaler mochte dieses Wort nicht und auch nicht das herablassende Grinsen mit dem es von den Westkollegen ausgesprochen wurde, fast so hoch wie das Grundgehalt, so lange aber die weitere Entwicklung hier im Osten noch so unübersichtlich wäre, sei es schwierig, mehr Kollegen zu gewinnen. Außerdem sei mit Wahlen und Regierungsbildung, das wisse er ja, in den neu zu gründenden Ländern erst im kommenden Oktober zu rechnen. Und ohne einen Landtag und einen von diesem beschlossenen Haushalt gäbe es keine endgültigen Stellenbesetzungen.

Nach dem Gespräch reichte ihm der Kollege ein zusammengefaltetes Blatt: „Vielleicht ist das was für dich, ich hab an dem Abend keine Zeit." Martenthaler steckte es achtlos in die Innentasche seines Jacketts.

Vorerst also musste er als kommissarischer leitender Oberstaatsanwalt mit einer kleinen Schar von Staatsanwälten zurechtkommen, alle aus der DDR-Justiz und überwiegend Männer. Er konnte nur wenige von ihnen als Abteilungsleiter einsetzen, eigentlich nur drei Oberstaatsanwälte, die in der Selbstauskunft jegliche Beziehung zum Parteiapparat und zur Staatssicherheit verneint hatten. Für zwei weitere Abteilungen konnte er immerhin die stellvertretenden Leiter in ihrem Amt belassen. Die allgemeine Abteilung, diejenigen für Kapitalverbrechen und Verkehrssachen hatte er den drei Herren übertragen. Die Abteilungen für politisch motivierte Straftatbestände und für Wirtschaftskriminalität musste er fürs erste selber führen. Die anderen Angelegenheiten verteilte er auf die beiden Abteilungen, die lediglich einen kommissarischen Leiter hatten. Die übliche montägliche Lagebesprechnung war also klein.
Eigentlich machten ja zwei frischgebackene Diplom-Juristinnen auf ihn den besten Eindruck von allen, aber es fehlte ihnen jegliche Erfahrung. Sie schienen etwa gleichaltrig und eng befreundet zu sein. Beide hatten das Studium in Jena abgeschlossen, der einzigen Uni, an der man sich in der DDR zum Staatsanwalt qualifizieren konnte. Ihr Abschluss war der eines Diplom-Juristen, so betitelten sie sich auch und nicht etwa Diplom-Juristinnen. Doch Staatsexamen und Referendariat, wie Martenthaler es von zu Hause kannte, hatten sie nicht absolviert. Aber es gab Weiterbildungskurse des Bundesministeriums, Anpassungsfortbildung hieß das, welch verräterisches Wort. Das BMJ hatte in dem Hotel in Berlin, das noch vor wenigen Tagen als *Interhotel* firmierte, ein paar Schulungsräume angemietet und einige der führenden Köpfe aus der Justizverwaltung und den juristischen Fakultäten bundesdeutscher Unis als Referenten gewonnen. Martenthaler hatte den beiden dringend geraten, sich dort einzuschreiben. Angesichts der erleichterten Beförderungsmöglichkeiten würde ihnen das alsbald

große Karrierechancen eröffnen, nur jetzt half das nichts, für die Leitung einer Abteilung kamen sie nicht infrage.
Es standen also die beiden Damen jede Woche ab Donnerstagmittag nicht mehr zur Verfügung und so wuchsen die Aktenstapel in ihren Zimmern um so schneller. Doch Martenthaler war beeindruckt von ihrem Lerneifer. Jedes Mal wenn eine von ihnen an seinem Besprechungstisch saß, hatte sie zahlreiche Fragen, so war nicht nur die Gegenzeichnung ihrer Verfügungen, sondern auch die Nachbereitung der Schulungswochenenden zu seiner Aufgabe geworden.
Eine der beiden, eine füllige Schönheit mit üppigem dunklem Haar, energisch und sehr agil, hatte sich den *Kleinknecht* besorgt. Auch heute hatte sie wieder fragen lassen, ob er nach der Montagsrunde etwas Zeit für sie habe. Natürlich lag der Kommentar wieder neben ihrem Notizblock auf dem Tisch. Zahlreiche gelbe Zettelchen mit ihren handschriftlichen Notizen schauten zwischen den Seiten hervor, vor allem im ersten Drittel des dicken Buchs. Anhand des Zuwachses an Zettelchen konnte Martenthaler jeweils erkennen, wie weit man im Einführungskurs zur StPO gekommen war.

„Vielen Dank, Herr Doktor, dass Sie sich einen Moment Zeit für mich genommen haben."
Martenthaler konnte ihr die Anrede mit dem akademischen Grad nicht abgewöhnen. Ihm war das ein wenig peinlich; so sprach man im Rheinland seinen Hausarzt an, aber doch nicht einen Kollegen, nicht mal einen Vorgesetzten.

„Na, Frau Leisner, wieder einen Sack voll Fragen aus Berlin mitgebracht?" Frau Nehlsen sprach immer von Fräulein Leisner und Fräulein Schmalberg, wenn sie eine der jungen Kolleginnen bei ihm anmeldete, aber Martenthaler brachte das Diminutiv als Anrede schon längst nicht mehr über die Lippen. Das hätte er mal zu einer der jüngeren Kolleginnen in Köln sagen sollen, *Fräulein …*

„Nein, Herr Doktor, leider eine sehr unangenehme Sache. Mir fehlt eine Akte."

„Ich denke, bei Ihnen liegen genug auf dem Schreibtisch", witzelte er.

„Tut mir Leid, Herr Doktor, ich glaube, das ist eine ernste Sache. Vor einer Woche haben Sie mir doch diesen Verkehrsunfall mit einem Todesopfer zugewiesen. Sie erinnern sich, auf der Schnellstraße eine hässliche Kollision zweier PKW. Ein Dienstfahrzeug des Bezirks Cottbus, ich meine, vom Fuhrpark der ehemaligen Bezirksleitung der SED war beteiligt und ein Westberliner. Heikel. Und nun ist die Akte weg. Ich habe schon alles abgesucht. Ich könnt schwören, dass ich sie noch nicht bearbeitet habe."

„Was denken Sie denn, seit wann die Akte fehlt?"

„Sie lag auf meinem Aktenbock, ziemlich weit oben auf dem Stapel, ich wollte mich heute oder morgen darum kümmern. Freitag war ich ja nicht im Dienst, sondern in Berlin, wie Sie wissen. Ich denke, dass sie Donnerstagmittag noch da war."

Martenthaler griff zum Telefon und rief den Geschäftsstellenleiter an, nannte das Aktenzeichen und bat ihn, nachzusehen, wo sich die Akte gemäß dem Eintrag im Stellbuch befinden müsse. „Letzten Freitag nach Cottbus versandt", war die Antwort.

„Auf wessen Verfügung hin?"

„Steht hier nicht, nur das Handzeichen eines Justizangestellten. Einer von denen, die hier als Boten, im Archiv und an der Pforte arbeiten."

„Das kann doch nicht..." Martenthaler fehlten die Worte. „Ich gehe dem nach und sage Ihnen Bescheid", verabschiedete er Frau Leisner, nachdem er aufgelegt hatte.

Vier Angestellte der Justizverwaltung, Martenthaler hatte sich den Begriff Wachtmeister immer noch nicht abgewöhnt, obgleich es hier ja diese Beamtenlaufbahnen nicht oder noch nicht wieder gab, versahen den Botendienst, die Bewachung des Archivs und die Aufsicht an der Pforte, letztere im Schichtdienst rund um die Uhr. Er bat Frau Nehlsen, sie zu einer kurzen Besprechung zusammenzurufen, sofort, es sei dringend. Nach Plan waren nur drei von ihnen anwesend, der von der Pforte war aber natürlich unabkömmlich. Die beiden, die nun an seinem Tisch saßen, versicherten nachdrücklich, dass sie niemals Akten versandfertig gemacht hätten, ohne entsprechende Verfügung. Sorgfältig, sie sagten sorgfältigst, würden sie die Vorschriften einhalten. Martenthaler entließ sie und bat einen von ihnen, den Mann an der Pforte abzulösen und ihn herzuschicken. Der kam nun herein, weißhaarig und wohl kurz vor dem Rentenalter, hatte die Dienstmütze abgenommen und begrüßte Martenthaler militärisch knapp: „Herr Doktor hat mich rufen lassen."

„Bitte setzen Sie sich doch. Es gibt da eine Frage bezüglich einer Akte, die Frau Leisner am Donnerstagmittag noch auf ihrem Aktenbock hatte und die nun weg ist. Ein Wachtmeister, Entschuldigung, Justizangestellter soll sie nach Cottbus versandt haben."

„Sie meinen die Akte mit dem tödlichen Verkehrsunfall, Herr Doktor?" Er nannte das zutreffende Aktenzeichen. „Ja, natürlich, die habe ich versandfertig gemacht und per Post an die Bezirksleitung... äh... na, wie heißt das jetzt in Cottbus? Jedenfalls hab ich die nach Cottbus schicken lassen."

„An wen? Name, Adresse?"

„Hab' ich mir nicht notiert. Da kam ein Anruf, hat mir die Adresse durchgesagt, die hab' ich gleich auf 'nen Aufkleber geschrieben, und ab ging's."

„Wer hat das verfügt?"

„Na ja, der Anruf war doch von..., der kam doch von der... naja, eben der Behörde in Cottbus, was früher die Bezirksleitung war, ich weiß ja auch nicht... War das irgendwie nicht in Ordnung, Herr Doktor?"

Martenthaler hätte fast losgebrüllt, aber manchmal machten ihn die Leute hier eher sprachlos. Wie kam ein einfacher Justizangestellter dazu, über eine Akte zu verfügen? Er holte tief Luft, beugte sich etwas vor an seinem Tisch, senkte den Kopf und schaute diesem Mann fest ins Gesicht: „Ein für alle Mal, Verfügungen in und über Akten treffen nur, haben Sie mich verstanden, nur Staatsanwälte und sonst niemand!" Und er konnte sich doch nicht ganz bremsen, seine Stimme wurde lauter: „Herr Wachtmeister, das wird einen Vermerk in ihrer Personalakte geben, Kaderakte", fügte er hinzu, damit der Mann ihn auch richtig verstand. „Vielleicht sogar Strafvereitelung im Amt!" Martenthaler entließ ihn: „Geh'n Sie wieder an die Pforte."

Den Geschäftsstellenleiter bat er herauszubekommen, an wen in Cottbus dieses Paket adressiert worden war und nach Möglichkeit dort um Rücksendung zu bitten, am besten ehe es geöffnet worden war. Frau Leisner informierte er kurz darüber, was vorgefallen war, und empfahl ihr, bei der zuständigen Polizeidienststelle, die den Unfall aufgenommen hatte, nachzufragen, ob sie Kopien der Unterlagen erhalten könnte. Auf jeden Fall wäre es nötig, die Akte zu rekonstruieren.

Und dann wartete noch ein Journalist von der *Allgemeinen* auf seine Antwort, ob er zu einem Interview über die Fortschritte bei der Reorganisation der Staatsanwaltschaft Potsdam bereit wäre. Frau Nehlsen hatte schon ermittelt, dass es beim Aufbaustab für das Justizministerium keine Stelle für Öffentlichkeitsarbeit gab. In Düsseldorf hatte der Minister eine Pressestelle mit mehreren journalistisch ausgebildeten Mitarbeitern. Hier aber gab es lediglich eine Pressesprecherin beim Chef der Bezirksverwaltungsbehörde, deren Name und Telefonnummer Frau Nehlsen auf einen Zettel geschrieben hatte. Martenthaler wählte und hatte die Dame sogleich am Apparat. Der Stimme nach glaubte er urteilen zu können, dass sie nicht weit vom Rentenalter entfernt sein dürfte. Er trug ihr in knappen Worten das Ansinnen der Zeitung vor und fragte, ob es irgendwelche Grundsätze darüber gäbe, wer in welchen Angelegenheiten die Presse informieren sollte.

Sie antwortete ihm: „Oberstes Gebot unserer Öffentlichkeitsarbeit ist es, unseren Bürgern gegenüber größtmögliche Transparenz walten zu lassen, ohne durch unbedachte Äußerungen weiterer Verunsicherung Vorschub zu leisten."

Auf Martenthalers Nachfrage, wie denn nun die Pressearbeit konkret organisiert werden solle, er müsse das doch wissen, wenn er eine funktionierende Staatsanwaltschaft aufbauen solle, antwortete sie: „Konkret bedeutet dies, dass wir unseren Bürgern gegenüber größtmögliche Transparenz …", und dann kam der gleiche Satz nochmal.

Leicht irritiert fragte Martenthaler nun direkt, ob er denn ein Interview über den Stand des Aufbaus seiner Staatsanwaltschaft geben dürfe. Darauf antwortete sie: „Alle damit zusammenhängenden Fragen müssen unter dem Gesichtspunkt geprüft werden, dass unseren Bürgern gegenüber …"

Martenthaler verlor die Geduld: „Ich weiß, größtmögliche Transparenz und keine Verunsicherung."

„Wenn Sie's selber wissen, wieso rufen Sie mich dann an?", fragte sie, hörbar pikiert.

Martenthaler legte auf. „Alte Ziege", sagte er laut und griff nach dem rosa Ordner mit dem Organigramm. Neben das Kästchen für den LOStA malte er ein weiteres Kästchen und eine horizontale Verbindungslinie zum Leitenden Oberstaatsanwalt, dort hinein schrieb er Stabstelle Presse. Frau Nehlsen bat er, mit dem Journalisten einen Termin auszumachen.

Der Mann von der *Allgemeinen* kam noch am gleichen Nachmittag. Er war klein und rundlich, möglicherweise jenseits der Sechzig. Das erste, was Martenthaler auffiel, war sein leicht vornüber gebeugter Gang, vorsichtig, so als könne er irgendetwas auf dem

Boden zertreten, kam er herein. Er reichte Martenthaler die Hand zum Gruß, schaute ihm dabei aber nicht in die Augen, auch Frau Nehlsen schaute er nicht an, als diese das Tablett mit dem Kaffee zwischen beide auf den Besprechungstisch stellte.
Das Interview begann mit allgemeinen, nur wenig ins Detail gehenden Fragen, wie weit die Reorganisation der Staatsanwaltschaft schon vorangekommen sei, ob das vorhandene Personal, quantitativ und qualitativ, so drückte er sich aus, den neuen Herausforderungen gewachsen sei und ob es besondere Probleme gebe.
Martenthaler blieb mit seinen Antworten ebenso allgemein, wunderte sich über sich selber, dass er mehrmals die Floskel benutzte, wir müssen in diesen Umbruchszeiten vermeiden, dass rechtsfreie Räume entstehen, woraufhin der Journalist keineswegs nachhakte und um nähere Angaben bat, sondern eilfertig nickte und mitschrieb.

Martenthaler hatte nur einmal vor Jahren während des Referendariats kurz auch in der Pressestelle der Staatsanwaltschaft Münster gearbeitet. Im Umgang mit Journalisten hatte er sonst keine Erfahrung. Aber mit so wenig Konkretem, mit so wenigen Daten, Fakten und kritischen Nachfragen hätten sich die Medien dort nicht begnügt. Martenthaler war mehr und mehr irritiert, aber dann ging sein Gegenüber doch noch ins Detail. Er zog einen Zettel mit einer handschriftlichen Liste zwischen den Seiten seines Notizblocks hervor. Martenthaler konnte nicht erkennen, was da notiert war. Sein Gegenüber begann: „Unserer Information nach sind immer noch …“, dann las er sieben oder acht Namen vor, jeweils zuerst den Nachnamen, dann den Vornamen, „… also, sind diese Personen immer noch im Kader Ihrer Behörde.“

Kader? Ach ja, Personal. Martenthaler hob die Schultern: „Kann sein, kann auch nicht sein, ich habe keine Liste zur Hand“, log er und setzte wahrheitsgemäß hinzu, „und ich gebe auch keine personenbezogenen Auskünfte. Da bitte ich um Verständnis, Datenschutz.“

Der Journalist blickte weiter auf den Zettel, dann schaute er doch ganz kurz über den Brillenrand hinweg Martenthaler an und erneut auf seine Unterlagen: „Alles Spitzel, alles IM, Mitarbeiter des MfS, üble Denunzianten. Das ist alles aktenkundig. Wir haben Kopien und kennen Zeugen …"

Martenthaler überlegte kurz, was dran sein könnte. Schon wollte er die Hand nach dem Zettel ausstrecken, besann sich aber. War denn dieser alte Gnom, der ihm da gegenüber saß, nicht selber der schlimmste Denunziant? Martenthaler stand auf und sagte: „Unsere Mitarbeiter haben alle, ich betone alle, ob von hier oder aus Nordrhein-Westfalen an Eides statt erklärt, nicht mit dem MfS zusammengearbeitet zu haben. Darauf vertraue ich."

Der Journalist ignorierte, dass Martenthaler durch sein Aufstehen das Ende des Gesprächs signalisierte. Im Sitzen schaute er noch mal über den Brillenrand hoch: *„Vertrauen ist gut, Kontrolle ist besser"*, sagte er.

„Lenin", erwiderte Martenthaler.

„Lenin?"

„Ja, Wladimir Iljitsch Uljanow. Sie zitieren Lenin. Vertrauen ist gut …"

„Lenin? Das wusste ich gar nicht."

„Tja, die Klassiker des Marxismus-Leninismus, die sollte man schon kennen …"

Nun stand auch der Journalist auf, nahm seine Papiere zusammen, murmelte ein Danke und wandte sich wortlos zur Tür.

„Wenn Sie irgendwas drucken, was ich nicht im Wortlaut zuvor autorisiert habe, gebe ich Ihnen und Ihrem Blatt nie wieder, verstehen Sie, nie wieder Informationen. Merken Sie sich das. Die anderen Blätter werden dann immer die ersten sein, die Ermittlungsergebnisse erfahren. Sie wissen ja, Kontrolle ist besser…" Martenthalers Ton war scharf geworden, aber er sprach nur noch

mit dem Rücken des Mannes, der im Hinausgehen kopfschüttelnd mehrmals „Lenin, Lenin“, murmelte.
Martenthaler ließ die letzten unbearbeiteten Vorgänge auf dem Aktenbock liegen, zur Not hätte das auch noch bis Dienstag Zeit. Heute musste er erst mal den Kopf freikriegen. Frau Nehlsen war schon gegangen, er sah ihren aufgeräumten Schreibtisch, als er durchs Vorzimmer hinausging. Eigentlich war dieses alte, kaiserzeitliche Gerichtsgebäude ursprünglich sehr schön gewesen. Ein reich dekoriertes Treppenhaus, Rundbögen auf Sandsteinsäulen trugen die Treppenläufe, die Türen in dunklem Holz mit Schnitzereien und Messingbeschlägen, die Türrahmen reich verziert. Leider, fand Martenthaler, war alles sehr verkommen. Wahrscheinlich hatten seit dem Ersten Weltkrieg die öffentlichen Mittel nie je ausgereicht, hier mal eine Malerkolonne oder die Fußbodenleger durchzuschicken. Er ging die Treppe hinunter.
In der Pförtnerloge saß immer noch derselbe Wachtmeister, der ihn jetzt besonders ehrerbietig grüßte. Martenthaler antwortete mit einem knappen Kopfnicken und trat vor das große Tor. Der Regen hatte sich verzogen, im Westen über dem Turm der großen Kirche im Park stand die späte Sonne. Ein Spaziergang durch den Park würde ihm jetzt guttun, könnte auch helfen, die Gedanken zu ordnen. Es war nicht weit bis zum Obelisken hinter dem die lange Allee zum Neuen Palais begann. Er ging langsam, musste ganz nach rechts ausweichen, wenn er ein Auto kommen hörte, in hohem Bogen spritzte das Wasser aus den Pfützen, alles war noch nass. Rechterhand standen lauter Villen, teils noch klassizistische, teils aus dem späten 19. Jahrhundert. Gegenüber auf der anderen Alleeseite jenseits der Baumreihen, waren alte Barockhäuser aneinander gebaut. Es war ein Jammer, wie der einstmals exzellent ausgeführte Stuck und die feinen Sandsteinarbeiten verfallen waren. Große Stücke Putz fehlten an vielen Häusern und ließen

Gebälk und rohes Ziegelmauerwerk erkennen. Die Regenrohre waren vielfach durchgerostet oder ganz abgefallen. Das Wasser, das noch von den Dächern rann, lief an den Wänden herunter. In einigen Dachrinnen wuchsen kleine Birken. Das ist also die *Pflege des kulturellen Erbes*. Dieses Schlagwort hatte er bisweilen im ostdeutschen Fernsehen von irgendeinem Funktionär gehört. wenn er manchmal eine der Kultursendungen dort ansah. Pflege des kulturellen Erbes …

Nach und nach beschleunigte er seine Schritte, irgendwie brauchte er Bewegung. Am Ende der Häuserreihe stand zur Rechten, ein gutes Stück von der Straße zurückgesetzt, ein gelb gestrichenes Gebäude, möglicherweise ebenfalls klassizistisch, aber so verbaut und erweitert, dass nicht mehr auszumachen war, wie es ursprünglich ausgesehen haben mochte. Am Gartentor prangte ein großer, frisch rot angestrichener fünfzackiger Stern, der Sowjetstern, darunter ein Schild in kyrillischer Schrift. Mehrere sowjetische Offiziere kamen heraus. Man erkannte sie leicht daran, dass stets mindestens ein Soldat im Abstand von ein oder zwei Schritten hinterherging. Er trug für den Vorgesetzten die Aktentasche, das unersetzliche Hoheitszeichen, oder ein anderes Gepäckstück. Die überdimensional breiten Tellermützen der Offiziere und die auffällig roten Biesen an der Hosennaht zogen stets Martenthalers Blicke auf sich. Die Briten im Rheinland, die Franzosen im Südwesten oder die US-Army in der übrigen Bundesrepublik waren im Straßenbild viel weniger dominant, fand Martenthaler, oder hatte er sich daran schon so gewöhnt? Die Soldaten der UdSSR fielen stärker auf. Ja, dachte er, das ist einer der Knackpunkte bei den Verhandlungen um die deutsche Einheit – ob die Rote Armee hier abziehen wird oder nicht?

Er ging die lange Allee hinunter bis zum Neuen Palais. Die Sonne stand tief und blendete ihn, im hellen Licht spiegelten die Pfützen, aus den weitläufigen Wiesen im Park stieg Dunst auf. Hatte

er tatsächlich einen Spitzel in der Staatsanwaltschaft? Oder mehrere? Wollte der Journalist, oder wer auch immer diesen Gnom geschickt hatte, alte Rechnungen begleichen? War der Wachtmeister, der die Akte weggeschickt hatte, naiv, doof oder raffiniert? Gab es Seilschaften, die er nicht erkannte und schon gar nicht durchschaute? Wie sollte er es anstellen, diesen Fragen auf den Grund zu kommen, ohne als scharfer Hund aus dem Westen zu gelten und sich die gesamte Mannschaft, auf die er doch angewiesen war, zum Feind zu machen?
Am Neuen Palais angekommen umrundete er das breite Gebäude und warf einen Blick auf die barocken Kolonnaden, die eine Art Portal zwischen den gegenüberliegenden Gebäuden bildeten. Die Säulen waren mit einer stabilen Holzbalkenkonstruktion gegen den drohenden Einsturz gesichert. Hinter ihnen senkte sich die Sonne zum Horizont. Wenn er sich umdrehte, kam ihm das große friderizianische Schloss im Abendlicht fast wie vergoldet vor. An der Straße gab es eine Bushaltestelle, Martenthaler musste sich sputen, damit er vor 9 Uhr in einem der wenigen Restaurants in der Innenstadt noch etwas zu essen bekäme. Hier draußen war nichts zu finden und sein Kühlschrank zu Hause war wieder einmal leer.

Seit dem letzten Besuch in Berlin besaß Homann diese weichgepolsterten Sportschuhe. Der morgendliche Dauerlauf war seither doppelt so schön. Locker lief er in kurzen Sporthosen und ärmellosem Trikot die Straße zwischen den alten Villen hoch in Richtung Park. Einige Menschen kamen ihm auf dem Weg zur Arbeit entgegen. Der Himmel war wolkenlos, die Sonne stieg schon über die Wipfel der alten, dichtbelaubten Bäume auf, aber die Luft war noch feucht und etwas kühl. Im Auspuffqualm eines Trabbis, der eben angelassen wurde, bildete sich eine dichte weiße Nebelwolke. Allmählich wurde ihm warm, der Puls war ein wenig beschleunigt, als er oben in den Park einbog. An den Grashalmen hingen

Tautröpfchen, über dem Rasen lag Dunst. Auf dem Hügel angekommen, umrundete er die Säulen und Bögen der künstlichen Ruinen, die nach dem Willen des Herrschers hier vor weit über zweihundert Jahren errichtet worden waren, um dem Wasserbecken hier oben eine Fassade zu verleihen und dem König und den gebildeten Höflingen Wachstum und Verfall in aufklärerischer Zusammenschau vor Augen zu führen.

Homann hatte wenig Sinn für die Dialektik von Wachstum und Verfall, vor allem nicht für den Verfall. Er lief an dem kleinen Bauensemble entlang, ohne wirklich zu bemerken, wie weit inzwischen schon der Putz, der doch italienischen Marmor imitieren sollte, vom Unterbau aus märkischen Ziegeln abgeblättert war. Nur Kenner konnten noch ahnen, dass hier einmal aus Sand, Kalk und weißer Farbe ionische Säulenbasen und kannelierte Säulenschäfte geformt worden waren. Auch die teils schon verblassten oder auch noch frischen kyrillischen Inschriften russischer Soldaten an den Stufen und Wänden des Rundtempelchens nahm er kaum noch wahr. All dies war ihm zur Selbstverständlichkeit geworden, seit er hier fast jeden Morgen seinen Trainingslauf absolvierte.

Als er zurückkam traf er auf der Treppe zur Wohnung seine Frau, die hinunter hastete und ihm kurz zurief: „Bin spät dran, die Große hat heute noch eine Stunde Zeit.“. Oben saß die ältere der Töchter am Küchentisch, verschlafen und missmutig vor einem Marmeladenbrot und einer Tasse Kakao. Als sie ihn sah, nassgeschwitzt im Sportdress, zog sie die Nase kraus, blickte zur Decke, ging betont angeekelt zum Küchenfenster, um es zu öffnen, und setzte sich wieder.

„Du bist wohl zu vornehm für uns. Solltest mal mit laufen kommen, täte dir besser, als hier rumzusitzen und die Augen zu verdrehen“, konterte Homann ihren pantomimischen Vorwurf.

„Hab ich was gesagt? Nicht mal in Ruhe frühstücken kann man hier, ohne angemacht zu werden, Mann!“

Sie stand auf, dass der Hocker umfiel, nahm ihren neuen Rucksack über die Schulter und knallte die Wohnungstür hinter sich zu. Vierzehn! Was für ein Alter, dachte Homann.
Er schaltete die Elektroheizung für das Duschwasser, die sich abgeschaltet hatte, wieder an. Immerhin eine Duschkabine im Flur neben der Küchentür aufgestellt. Das hatte nicht jeder im Altbau. In den Wohnkomplexen gab es natürlich Bäder, aber selbst mit zwei Kindern hatte er keine große Chance, eine Neubauwohnung zu kriegen. Die Frau in einer kirchlichen Einrichtung beschäftigt, er selbst mangels Parteimitgliedschaft ohne Aufstiegschance stets in subalternen Positionen. Da gab es natürlich immer irgendwen, der vor ihm und seiner Familie auf der Warteliste der Wohnraumzuweisung stand. Aber das war ja nun vorbei. Jetzt hieß die Stelle Wohnungsamt und gehörte zu seinem Ressort. Die Leute, die hier schon früher gearbeitet hatten, konnten nichts dafür, das es so war. Spüren lassen würde er sie das nicht. Außerdem jetzt, wo überall geplant und bald gebaut würde und er nun am Ruder war, müsste mehr drin sein als eine Sechzig-Quadratmeter-Plattenbau-Einheit. Hier jedenfalls, in diesem verwinkelten und zur Hälfte selbst ausgebauten Dachgeschoss wollte er nicht mehr lange bleiben. Als er unter der Dusche stand, ging ihm wieder dieses Projekt mit den Villen am Tiefen See durch den Kopf. B & K Consulting…
Dann musste er sich beeilen, glücklicherweise hatte seine Frau alles zurechtgelegt, ein frisches Hemd, den Anzug, eine passende Krawatte, auch das Frühstück stand auf dem Küchentisch. Ins Amt waren es nur ein paar Schritte und auch dort war alles vorbereitet. Susan hatte Tee gekocht, er gönnte sich eine Tasse vor der Sitzung, während er die Unterlagen noch einmal durchging, links die Tagesordnung, rechts die Mappe mit dem von null bis neun durchnummerierten Griffregister.

Planungsausschuss der Stadtverordnetenversammlung. Die hatten alle keine Ahnung, jede Sitzung wurde zur unbeabsichtigten Schulungsveranstaltung in Öffentlichem Baurecht. Eine der Stadtverordneten, einst hatte sie in Weimar Architektur studiert, war in Homanns Augen die schlimmste Figur in diesem Kreis. Sie laberte immer schöngeistig von der Sehnsucht nach Arkadien und dem spätbarock-frühromantischen Gesamtkunstwerk, ohne zu begreifen, dass es für diese wabernden Visionen niemals rechtliche oder wirtschaftliche Grundlagen geben würde. Dabei war die Tante aus seiner eigenen Fraktion, er konnte ihr nicht mal gehörig übers Maul fahren. In der Partei nicht, weil's da noch mehr von dieser Sorte gab, und im Ausschuss schon gar nicht, weil das eigene Lager zusammengehalten werden musste. Und die Mitglieder der Opposition, die waren ja noch schrecklicher. Alles promovierte alte Männer, man musste sie mit Doktortitel anreden, und alle geschult im Jargon des einstigen Politbüros. Stets wiesen sie auf Haupt- und Nebenwidersprüche hin, auf objektive Erfordernisse und die gesellschaftliche Bedeutung der Wohnungsfrage, so als hätten sie noch immer das Sagen.

Der einzige Lichtblick war der Ausschussvorsitzende, zwar eine schwache Figur, aber sichtlich bemüht um Ansehen und Bündnispartner in der Fraktion, und voller Bewunderung für Homanns Durchsetzungsvermögen und Wissensvorsprung. Mit ihm hatte er also die Tagesordnung so abgesprochen, dass keine bösen Überraschungen zu erwarten waren. Punkt eins zur Einstimmung und auch als Bonbon für die Opposition war der Antrag einer Wohnungsbaugenossenschaft einen Bebauungsplan aufzustellen der die Erweiterung eines ihrer Wohngebiete ermöglichen sollte. Die Genossenschaft war dominiert von alten Kadern, die über die Oppositionsfraktion diesen Antrag eingebracht hatten. Homann hatte sich als Taktik vorgenommen, zunächst dagegen zu argumentieren und sich dann von der Notwendigkeit weiteren

Wohnungsbaus in diesem Quartier überzeugen zu lassen. Den ganzen Antrag hielt er für sinnlos. Im Stadtplanungsamt war kein einziger Mitarbeiter der einen Bebauungsplanentwurf zustande gebracht hätte. Im Haushalt seines Dezernats gab es keine Mittel, ein privates Büro damit zu beauftragen, und die Genossenschaft, die den Antrag vorantrieb, hatte kein Kapital, um die Bauten zu finanzieren. Denen reichte das Geld nicht einmal, kaputte Dachrinnen an ihren Häusern reparieren zu lassen. Ein Beschluss, diesen Bebauungsplan vorzubereiten, war ebenso unschädlich wie wirkungslos. Danach sollten mehrere Punkte kommen, über die die Teilnehmer ausgiebig diskutieren konnten, ohne dass wirklich Konkretes beschlossen werden musste. Das Konzept für die Sanierung der Innenstadt und die Frage der Straßenplanung für den Durchgangsverkehr. Dann noch ein Antrag der Opposition, das im Bau steckengebliebene Theater fertig zu bauen. Eine kontroverse Frage, die zum Glück in die Zuständigkeit eines anderen Ausschusses fiel. Der einzig heikle Punkt war dieser Plan von B & K Consulting für eine Bebauung am Ufer. Homann hielt das Projekt für realistisch, er war sich nur sehr unsicher, ob er es sich politisch leisten konnte, für den Bau von Luxuswohnungen einzutreten, wo doch so viele einfache Leute dringend billige Wohnungen brauchten. In seiner Partei hatte er sich keine Freunde damit gemacht, für dieses Projekt allzu offen zu werben. Andererseits, von allen Vorhaben hatte es die besten Umsetzungschancen. B & K hatten Geld, eine komplette Planung, einen Vertrieb für die Wohnungen, kurz, ein Konzept, das ihn überzeugte. Das würde seine Stadt voranbringen, diese Wohnungen würden Zuzügler anlocken, die nicht verkniffen oder schöngeistig daherkommen würden, sondern große gepflegte Autos in die Tiefgarage stellen und Geld in die Stadt bringen würden. Dieses Projekt musste möglichst geräuschlos abgesegnet werden. Als vorletzter Punkt auf der Tagesordnung war es gut platziert. Danach kam noch eine wichtige

Frage, die Einsetzung einer Kommission, die Probleme bei der Rückgabe von enteigneten Grundstücken bearbeiten sollte.

Martenthaler fand den Zettel, den ihm sein Kollege in der Bezirksverwaltung gegeben hatte, erst am Freitagmorgen leicht zerknautscht in der Innentasche seines Jacketts wieder. Auf dem Weg zum Dienst eingequetscht zwischen vielen Fahrgästen in der rumpelnden Straßenbahn versuchte er das Blatt zu entfalten und überflog es. Auf einem gräulich verfärbten Papier stand mit lila Schrift, offenbar auf einer Spiritus-Matrizen-Maschine vervielfältigt, eine Einladung zu einer Ausstellungseröffnung. Oben mittig eine Linienzeichnung, eine Spirale wie ein Schneckenhaus, darunter in Schreibmaschinenschrift der Name eines Künstlers sowie Ort und Zeit einer Vernissage; als Datum war der heutige Abend angegeben. Das Papier und die Schrift erinnerten ihn an seine Schulzeit, damals stellten die Lehrer, nur die fortschrittlichsten unter ihnen, auf diese Weise Arbeitsbögen für die Schüler her. *Ormig*-Matrizen konnte man mit Stift oder Schreibmaschine beschreiben; von ihnen ließen sich auf einer kurbelbetriebenen Maschine Vervielfältigungen anfertigen. Eine Auflage von vielleicht dreißig bis vierzig Stück gelangen auf diese Weise, dann wurde die Schrift so blass, dass nichts mehr zu erkennen war. Später hatte seine Schule einen dieser Kopierer, Xerox oder IBM bekommen, der fast jede beliebige Vorlage in unbegrenzter Stückzahl auf weißes Papier reproduzierte. Aber Kopierer gab es hier nicht, das wusste Martenthaler, denn auch seine Staatsanwaltschaft oder wie immer er das bezeichnen wollte, wo er arbeitete, hatte keinen. In der DDR gab es nur für ausgewählte staatliche Organe Kopierer. Trotzdem, dachte Martenthaler, haben sie eine Revolution hingekriegt.

Im Dienst würde auf ihn wieder ein übervoller Aktenbock warten. Es war ja nicht so, dass er, wie es zu Hause üblich war, als

leitender Oberstaatsanwalt hauptsächlich Managementaufgaben wahrnahm, nein, auch seine Arbeitszeit ging überwiegend für die schlichte Sachbearbeitung drauf. Sie waren einfach zu wenige. Vor Jahresende würde sich das auch kaum ändern. Im Oktober Wahlen, im November Regierungsbildung, im Dezember Haushaltsberatungen, dann erst Stellenbesetzungen. Nur wenn alles gut lief, würde es überhaupt so schnell gehen. Wenigstens Termine einhalten und Fristen wahren, musste man doch, um die Rechtspflege aufrecht zu erhalten, selbst mit dieser Minimalbesetzung.
Trotzdem, dies war ja kein Kinder-Wochenende, an dem er nach Köln flog. Vielleicht schaffte er es, bis kurz vor neunzehn Uhr den größten Teil des Aktenberges abzuarbeiten. Vom Gericht aus waren es bis zur Galerie im Holländischen Viertel nur ein paar Schritte. Vielleicht war es ganz schön, als Auftakt am Freitagabend mal Bilder anzuschauen und zu sehen wie sich die städtische kunstinteressierte Szene darstellte. Außer einem unregelmäßig stattfindenden Stammtisch der abgeordneten Westbeamten, zumeist Rheinländer, hatte er so gut wie keine Kontakte hier am Ort. Vielleicht kam man auf der Vernissage mit Leuten ins Gespräch.
Die Sommersonne stand noch weit über dem Horizont, das Abendlicht ließ die Struktur der Ziegelmauern der Holländerhäuser deutlich hervortreten. Am Beginn des Viertels vor dem Eckhaus stand ein Container wie man ihn sonst für Baustelleneinrichtungen benutzte. Er war weiß gestrichen, hatte zwei Fenster und eine Tür zur Straße hin. Auf dem Dach sah man eine Lichtreklame mit dem Logo einer großen westdeutschen Bank. Ein dickes Kabel führte zu einem geöffneten Fenster im oberen Stock des dahinterliegenden unbewohnten Backsteingebäudes. Mangels anderer geeigneter Büroräume waren so rechtzeitig zur Währungsumstellung hier die ersten Bankfilialen eröffnet worden.
Ein paar wenige der roten Häuser waren noch bewohnt, da und dort sah er vor den Türen oder in den Fluren etwas Baumaterial

und Werkzeug. Wer ein solches historisches Haus bewohnte, dem blieb nichts anderes übrig, als zu versuchen, mit eigener Hände Arbeit und dem knappen Material, es so herzurichten, sodass es erhalten und bewohnbar wurde. Die meisten Fenster standen offen und manchmal hörte Martenthaler, dass im Innern gehämmert, gehackt oder gesägt wurde. Wo die Häuser unbewohnt waren, zeigten sich dagegen vielfach Schäden am Mauerwerk und vor allem an den in Sandstein gemeißelten Ornamenten der geschweiften Giebel. Verrottete Fenster und Türen, teilweise auch abgedeckte Dächer und eingestürzte Dachbalken ließen Schlimmes erwarten. Lange würden diese Kleinodien barocker Baukunst nicht mehr stehen, wenn es so weiterging. Nur an einer Ecke des Straßengevierts waren offenbar im Auftrag des Gebäudewirtschaftsbetriebs Sanierungsarbeiten im Gange.

Die Galerie lag im Erdgeschoss eines ansonsten unbewohnten Hauses. Die Tür stand offen und auf der Straße in der Abendsonne scharten sich einige Gäste mit Weingläsern in der Hand. Das Innere bestand aus drei Räumen, einer nach vorne, von den beiden hinteren war der eine vielleicht um einen knappen Meter erhöht und nur über ein paar Stufen zu erreichen. Der Dielenfußboden war notdürftig ausgebessert, ebenso der Putz. An den weiß gestrichen Wänden hingen starkfarbige Bilder. Die Veranstaltung war gut besucht, vielfältige Stimmen schallten durcheinander. Man hatte sich im Halbkreis um eine junge Frau mit Akkordeon und zwei Männer gruppiert, in deren Rücken das größte der Bilder hing. Martenthaler schaute auf seine Uhr, es war fast eine Viertelstunde nach neunzehn Uhr, es ging hier wohl c.t. los.

Die junge Frau begann auf dem Akkordeon zu spielen, etwas Atonales aber Rhythmisches. Martenthaler konnte mit so schräger Musik wenig anfangen, aber einige der Besucher wippten in den Knien oder bewegten Kopf und Schultern so, als fänden sie das mitreißend. Es kostete Martenthaler einige Geduld, das Ende des Stücks abzuwarten, aber noch mehr Geduld kostete es ihn, die Eröffnungsrede auszuhalten. Der Redner war vom Galeristen angekündigt worden als einer der führenden Kunstkritiker und Kunstjournalisten der Republik. Er sprach sächsisch. Der Inhalt, soweit Martenthaler folgen konnte, bezog sich weniger auf die Bilder. Das hätte ihm besser gefallen, zeitgenössische Kunst bedurfte doch der Erläuterung und Interpretation, fand er. Aber die Ansprache drehte sich hauptsächlich darum, wie notwendig, ja lebenswichtig Kunst in diesen Zeiten sei. Ein Lebensmittel, sagte er wörtlich. Aber jetzt gehe ja alles um Konsum und die neuerschlossene Glitzerwelt, wo bleibe das Eigentliche, fragte er. Vielleicht bin ich zu sehr von der Juristensprache geprägt, dachte Martenthaler, aber dieses Nebulös-wolkige, das hier vorgebracht wurde, sagte ihm nicht zu.

Derweil musterte er das Publikum. Die Frauen vielfach in hellen T-Shirts, ihre Jeans, wie auch die der Männer, waren aus einem seltsam marmorierten blauen Stoff. Wieso war der so? Sollte das US-amerikanischen blue denim imitieren? Oder gerade nicht? Ihre Jeans jedenfalls trugen die Damen gerne bis zur halben Wade hochgekrempelt und die meist nackten Füße steckten in Sandalen. Manche Frauen auch im wadenlangen Sommerrock, geblümt und faltenreich ausschwingend. Der Schmuck wirkte selbstgemacht, bevorzugte Damenfrisur waren eng eingedrehte Löckchen, Angela Davis, nur in rotblond. Viele Männer trugen lange Vollbärte und hatten das Haupthaar millimeterkurz geschnitten. Auch sie meist in Jeans und T-Shirt, aber auch Latzhosen, die schienen in Künstlerkreisen überaus beliebt zu sein. Blousons jedoch, die Martenthaler in Farbe und Schnitt so sehr an die Uniformen der Grenztruppen erinnerten, waren hier nicht zu sehen. In seinem Sommerjackett fühlte er sich reichlich overdressed. Er versuchte möglichst unbemerkt wenigstens die Krawatte abzubinden und in die Tasche zu stecken.

Am Ende kam der Referent dann doch noch auf den Künstler und seine Vita zu sprechen. Der wurde nun herbeigewinkt, bisher hatte er sich etwas abseits unter das Publikum gemischt. Ein sehr fetter Mann, ebenfalls kurzes Haar und langer Bart, schwarze Cordhose und schwarzes Hemd, das über den Hosenbund fiel, auch er mit nackten Füßen in Sandalen. Der Laudatio nach zu urteilen, kam er aus Cottbus und war dort ein sehr angesehener Maler, auch republikweit renommiert. Zum Schluss spielte noch mal die Akkordeonistin, etwas versöhnlicher, wie Martenthaler fand, man konnte eine Art Melodie heraushören, das gefiel ihm. Der Galerist erklärte die Ausstellung für eröffnet, und man zerstreute sich in die drei Räume, um die Bilder genauer anzusehen.

Die meisten hatten schon ein Glas Rotwein in der Hand, so holte sich Martenthaler auch eines von dem Tisch, der am Eingang stand und auf dem außer den Getränken auch Schmalzbrote sowie kleine Stücke selbstgemachten Streuselkuchens bereitstanden. Außerdem lagen Preislisten aus von denen Martenthaler eine zur Hand nahm. Es bestand ja die Möglichkeit, in seinem großen Büro ein Gemälde aufzuhängen. Er schlenderte durch die Räume und musterte die ausgestellten Werke genau. Großformatige Bilder. Vor intensiv farbigem Hintergrund, oft in dunkelrot oder violett, waren breite, eng nebeneinander gesetzte kurvige Linien in schwarz gelegt, so als leuchteten Rot und Violett durch ein schweres schmiedeeisernes Gitter. An manchen Stellen kam es Martenthaler so vor, als schauten ihn grimmige Fratzen aus irgendwelchen Käfigen an, aber das ließ sich nicht klar ausmachen, es handelte sich mehr um Andeutungen, vielleicht auch nur Assoziationen, die sich beim Betrachter einstellten. Irgendwie kam ihm alles sehr depressiv vor, Gesichter vom Unglück gezeichnet und hinter Gittern … Doch eher nichts für das Büro eines Staatsanwalts.

Lediglich im hinteren Raum, fand er ein paar Bilder in kleineren Formaten meist mit deutlich erkennbaren menschliche Gestalten, in der Farbigkeit weniger düster, ohne schwarzes Gitter. Sie schienen aber das Publikum kaum anzuziehen, denn in diesem kleinen Raum stand nur eine jüngere Frau und schaute sich interessiert die Bilder an. Martenthaler stellte sich schräg hinter sie und konnte an ihr vorbei oder über ihre Schulter hinweg die ausgestellten Werke sehen. Dabei schaute er sich aber mehr ihr Haar, ihr Ohr und im Halbprofil ihr Gesicht an. Sie warf einen kurzen Blick über die Schulter, fragend, neugierig wer hinter ihr stand.

„Gefällt Ihnen das?“, fragte er sie.

„Das schon, aber …“

„Aber?“

„Naja, die anderen, irjendwie düster, schrecklich … Aber so sind se, Cottbusser Schule, immer irjendwie negativ. Se waren ja alle och nich richtig anerkannt, keene Staatskunst, keen Bitterfelder Weg.“

„Was für'n Weg?“

Sie drehte sich von den Bildern weg und sah ihn an. Lächelte: „Bitterfelder Weg? Is ja schon Jahrzehnte her, war noch'n Baby damals, aber irjendwie ist da was haften jeblieben bei unseren Malern, Bildhauern, Künstlern, irjendwie … Sie kenn' sich nich so aus in Malerei, wa?“ Sie berlinerte oder hatte einen märkischen Akzent, Martenthaler konnte das nicht so genau unterscheiden. Sie leerte ihr Glas, und er fragte, ob er ihr noch ein gefülltes holen dürfe.

„Ja gerne, danke, Freitagabend, da jeht noch eins. Der Abend fängt ja erst an.“

Martenthaler holte vom Tisch am Eingang noch zwei gefüllte Gläser und fragte sich, was ihre letzte Bemerkung zu bedeuten hätte. Sie schien alleine hier zu sein, weder ein männlicher Begleiter noch eine Freundin hatte er in ihrer Nähe gesehen. Wie sollte weitergehen, was erst anfing? Als er zurückging, kam sie ihm die paar Stufen herunter entgegen. Sie mochte ein wenig jünger sein als er, schätzte Martenthaler. „Wollen wir einen Schritt vor die Tür?“, fragte er. Sie lächelte wieder, warf mit einer Kopfbewegung das halblange blonde Haar nach hinten, keine Kringellöckchen, nichts Rotgefärbtes, wenigstens das nicht, dachte Martenthaler.

„Das mit dem Weg, das müssen Sie mir erklären!“

„Bitterfelder Weg. Na, eijentlich jing es da ja um die Literatur, Ende der Fünfzijerjahre, unter Ulbricht. Die ästhetischen Bedürfnisse der Werktätigen sollten zum Tragen kommen. Wurde auf einem Kongress in Bitterfeld verkündet... Aber wem erklär' ick det jerade? Weeßte doch selber, weeß doch jeder hier. Wer biste eijentlich? Bist nicht von hier, wa?“

Sie duzte ihn. War das üblich in Künstlerkreisen? Oder war das eine Aufforderung, es ihr gleichzutun?

„Gleich sag ich, wer ich bin, aber erst mal will ich das wissen mit dem Bitterfelder Weg.“ Martenthaler umging die Frage, ob du oder Sie.

„Gibt's nicht viel mehr zu sagen, die Parteilinie war halt Realismus, nur was die Werktätigen verstehen können, nichts anderes. Im Künstlerbund hat man das durchgesetzt. Erst in der Literatur, aber diese Vorgabe ließ sich natürlich leicht auch auf die bildende Kunst anwenden. Gab zwar auch Widerstand, Diskussionen, die eine oder andere Galerie hat das nicht mitgemacht, eben auch ein paar Cottbusser. Aber wenn man genau hinschaut, merkt man bis heute, das hat Nachwirkungen.“

Sie brachten ihre leeren Gläser zurück. Dabei trug sich Martenthaler in die ausliegende Liste ein, in der man Name und Anschrift hinterlassen konnte, um zu künftigen Ausstellungen eingeladen zu werden. Er gab die Dienstadresse an, wer weiß, wo er unterkommen würde, wenn der eigentliche Besitzer seiner jetzigen Wohnung zurückkäme. Sie verabschiedete sich vom Galeristen mit Umarmung, Küsschen und ein paar Worten, die Martenthaler nicht verstand.

„Gehen wir noch ein Stück? Ist ein schöner Abend heute", schlug er vor.

Sie schaute ihn skeptisch an: „Mit wem geh' ick da? Biste 'n Sachse?"

Martenthaler wusste, dass er sich den singenden rheinischen Tonfall nie abgewöhnt hatte. In seinen Berliner Zeiten hatte er versucht, reines Hochdeutsch zu trainieren, aber wenn er seine Stimme in einer Tonwiedergabe hörte, etwa auf dem Diktiergerät, so fand er seinen alten Akzent schon deutlich. Aber konnte man das für sächsisch halten? Den Singsang vielleicht?

„Aus dem Rheinland, Köln. Übrigens, Franz Josef Martenthaler heiß ich."

„Franz Josef? Strauß hieß so, hat mal Honecker besucht und ein paar Millionen Westmark mitjebracht. Und du? Wat willste denn hier? Haste auch wat mitjebracht?" Sie trat zwei Schritte zurück und musterte ihn, als müsse sie sich genau einprägen, wie so ein Wessi aussieht.

„Abgeordneter Staatsanwalt, Aufbauhelfer, wenn man so will, soll für die Reorganisation der Staatsanwaltschaft hier sorgen."

„Und das können unsere Juristen nicht? Jibt auch hier jenug jute Leute! Wir haben das och ohne euch hinjekriecht, die alten Kader wegzujagen. Komisches Jefühl, jetzt so überrollt zu werden."

Martenthaler fühlte sich gekränkt: „Überrollt? Ich weiß nicht… War ja wohl kein so richtig demokratisches System. Und keine Juristenausbildung, die an den Grundsätzen des Rechtsstaats orientiert war." Er war drauf und dran, einen Vortrag über rechtsstaatliche Grundsätze der Strafverfolgung und des Strafvollzugs zu halten, fast hätte er sich in Eifer geredet.

„Beleidigt? Ach was!" Sie führte einen leichten, betont scherzhaften Schlag gegen seine Schulter, fasste ihn am Ellbogen und sagte: „Jetze, jeh'n wir 'n Stück?"

Immer noch kannte Martenthaler den Namen dieser blonden Frau nicht. Aber das würde sich noch ergeben; vorerst überließ er ihr die Führung. Als Einheimische müsste sie wohl wissen, wohin man an einem milden Sommerabend gehen könnte, vielleicht auf ein Bier oder ein Glas Wein. Noch war der Himmel im Westen hell und im Osten schon dunkelblau. Von nächtlicher Kühle war noch nichts zu spüren. Zielsicher nahm sie den Weg zwischen den Holländerhäusern hindurch, diagonal über den großen Platz mit der gelblichen Backsteinkirche. Zur Linken der Omnibusbahnhof, ein grellblau gestrichenes Bauwerk, mächtige schrägaufragende Stahlstützen, an denen die Überdachung für die Bussteige an dicken Drahtseilen aufgehängt war. Auf der anderen Straßenseite ein großes Gebäude mit Glasfassade, KAUFHALLE stand über der Eingangstür. Martenthaler hatte sich hier manchmal ein paar Lebensmittel besorgt, wenn er nicht den alten Mercedes nahm, um in Zehlendorf einen größeren Einkauf zu machen.

Im Inneren der Kaufhalle brannte helles Licht. Draußen vor den großen Glasscheiben drängten sich viele Menschen. Aus dem Gemurmel der Menge war zu entnehmen, dass kommentiert wurde, was sich drinnen abspielte. Martenthaler und seine Begleiterin stellten sich dazu und versuchten zu erspähen, was es da Besonderes gab. Drinnen wurde umgeräumt, weißbekittelte Frauen, offenbar zu Überstunden verpflichtet, rafften die wenigen Waren aus DDR-Produktion zusammen, nahmen sie aus den Regalen und warfen sie achtlos in große Kisten. Andere brachten in Einkaufswagen Pappkartons mit frischer Ware. Jedes Mal, wenn eine neue Ladung geöffnet wurde, liefen alle zusammen um den Inhalt zu beäugen. Sie schienen freudig überrascht, wenngleich man durch das Glas nicht hören konnte, was sie sagten. Tüten mit Cornflakes, bunt bedruckt, Schachteln mit Seife, bunt bedruckt, Dosen mit Schuhcreme, bunt bedruckt, geschnittenes Brot in Cellophan, bunt bedruckt, alles wurde bestaunt und dann vergnügt in die Regale geräumt. Dicht an dicht standen die neuen Packungen. Arbeiter im Blaumann montierten zusätzliche Borde und schlossen neue, hell beleuchtete Kühlregale an, in die lange Reihen von Quark-, Joghurt- und Buttermilchbechern, alle bunt bedruckt, einsortiert wurden.

„Schau nur, schau! Guck mal, *Kellog's, Unox, Mueller* ...“ Aus der Mitte der Menge wurden Markennamen genannt. „Jetzt endlich wird das was“, hörte Martenthaler eine Frauenstimme, ein Mann sagte: „Ham wa lang jenuch für jekämpft!“

Es dauerte eine Weile, bis Martenthaler begriff. Ab Montag früh würde mit D-Mark bezahlt, und von diesem Moment an musste auch hier die ganze westliche Warenwelt in den Regalen stehen.

„Komm!“ Martenthaler fasste seine Begleiterin am Ellbogen und zog sie weiter. Auch sie schüttelte unwillig den Kopf über das, was sich hier abspielte.

Sie überquerten den *Platz der Einheit*. Welche Einheit, dachte Martenthaler. Wahrscheinlich die Einheit der Sozialistischen Einheitspartei Deutschlands, würde jetzt auf die Einheit aus Ost und West passen ... Würde die Stadt den Namen ändern? Platz der Einheit hier, am anderen Ende der Innenstadt *Platz der Nationen*, irgendwie verwechslungsgefährdet, fand er.

Dann passierten sie die Schinkel'sche Kirche mit der hohen Kuppel, jetzt in der Dämmerung noch grauer als tagsüber und, wie fast alle Gebäude hier, mit bröckelnder Fassade. Rechterhand ließen sie die riesigen Betonklötze des steckengebliebenen Theaterbaus liegen. Am dunklen Wasser der Alten Fahrt entlang und über den Steg für Fußgänger kamen sie auf die Insel. Martenthaler freute sich, dass sie dieses Ziel ausgewählt hatte, er mochte diesen Ort, an dem jetzt die hohen Stauden in voller Blüte standen. Eine Gartenanlage wie aus seinen Kindertagen. Auf der Terrasse vor einem Pavillon waren Biertische und Bänke aufgestellt. Sie mussten eine Weile suchen, ehe sie zwei freie Plätze neben anderen Gästen fanden.

„Selbstbedienung", sagte sie. „Bringste mir 'n Bier?"

„Hell, dunkel, Pils, Export?"

„Gibt nur eins, REX."

Als er mit zwei Gläsern Pils zurückkam, sagte er nun doch: „Meinen Namen hab' ich ja nun gesagt…"

„Barbara heiß ick."

„Barbara, wie weiter?"

„Barbara, halt." Sie hob die Schultern und ließ sie wieder fallen.

Nun gut, sie gibt sich geheimnisvoll, dachte Martenthaler, soll sie. Wenigstens war so die Frage du oder Sie geklärt: „Du kennst dich mit Kunst aus?"

„Hab' drüber geschrieben, über Literatur, Musik, Theaterkritiken, Film, bildende Kunst. Aber jetzt nicht mehr."

Martenthaler schaute sie fragend an.

„Naja, unsere Presse habt ihr ja auch kaputt jemacht."

„Wir? Wer wir?"

„Noch bevor wir die D-Mark kriegen, sind schon die ganzen Zeitungen verkauft, an Westverlage. Die haben entlassen und entlassen. Drei Kollegen vom ND sind noch beim Feuilleton, vor'm Jahr war'n wir noch achtzehn."

Martenthaler dachte, was hab ich mit der Geschäftspolitik von *Burda, Springer* oder *Holtzbrinck* zu tun, wollte das aber nicht zum Thema machen, sondern fragte sie nach Einzelheiten der Kultur in der DDR. Da kannte sie sich aus, klar, als Redakteurin beim *Neuen Deutschland.* Sie erzählte viel, auch mit Details über die verschiedensten Gruppen und Szenen und ging auf Besonderheiten ein, etwa auf die Unterschiede zwischen den kulturellen Aktivitäten in Berlin, Leipzig und Dresden. Martenthaler stellte ab und zu eine Zwischenfrage, er hatte sich bisher kaum zu diesem Thema informiert und hörte voller Interesse zu. Später holte er zwei weitere Pils. Als er damit zurückkam, schien es ihm, als habe sie etwas gerötete Wangen.

Er rückte näher an sie heran. Sie erwiderte seinen Druck gegen ihren Oberschenkel und wandte ihm mit einem Lachen ihr Gesicht zu: „Hab' urst viel geredet, jetze sag' du mal wat." Wieder ihr Dialekt.

„Fand ich interessant, echt! Ich hab mich auch so ein bisschen für Malerei interessiert, aber nicht professionell. Nur wenn's mal solche Ausstellungen gab in Düsseldorf, *Beuys, Richter* oder *Uecker*, da ging man halt hin. Aber über DDR-Kunst…"

Nach dem zweiten Pils stand sie auf und fragte: „Gehste noch 'n Stück mit?"

Sie schob ihren Arm unter den seinen, und er versuchte, im Rhythmus ihrer Schritte zu gehen, aber er musste immer mal wieder eine Art kleinen Hüpfer einschieben, denn sie machte kurze Schritte in ihren Absatzschuhen und er neigte zu einem ausholenden Gang. So richtig harmonisch mochte das nicht aussehen, wie sie da durch die Dunkelheit gingen, aber es waren kaum noch andere Menschen unterwegs. Sie kamen über die Brücke, ließen den alten Stadtbahnhof links liegen, überquerten die große Kreuzung, die nun kaum noch von Fahrzeugen befahren war, gingen die Allee hoch und an den Friedhöfen vorbei, bis zu einer Siedlung aus den zwanziger Jahren. Ein ziemlicher Weg nach so einem arbeitsreichen Tag und mit zwei Gläsern Wein und zwei Pils in den Beinen. Das nächste Mal nehme ich den alten Mercedes, wenn ich ausgehe, dachte Martenthaler. Vor der Haustür eines dieser erdbraunen Reihenhäuschen blieb sie stehen, holte aus ihrer Handtasche einen Schlüssel, sagte: „Gut' Nacht und Dank auch."

Als er sie um die Taille fassen wollte und versuchte, seine Hand unter ihr T-Shirt zu schieben, machte sie sich los und sagte: „Hier nicht, hier doch nicht, nee, nicht hier!"

Schneller als er reagieren konnte, öffnete sie die Haustür, war hineingehuscht und schloss sie wieder hinter sich. Martenthaler kannte weder ihren Nachnamen, noch gaben ihm die sechs Klingelschilder an der Tür irgend einen Anhaltspunkt. Hinter keinem der straßenseitigen Fenster ging ein Licht an. In welchem Geschoss, auf welcher Seite mochte ihre Wohnung liegen? Nicht einmal die Hausnummer war genau zu erkennen, ein angerostetes Emailleschildchen, das nur noch eine halbe Ziffer zeigte, eine Vier vielleicht oder eine Sieben, konnte zwischen vierzig und neunundvierzig oder siebzig und neunundsiebzig alles bedeuten. Er trottete davon, hinunter zur Haltestelle. Fraglich ob er um diese Zeit noch mit der Straßenbahn nach Hause käme.

Nahe der Brücke, gegenüber der Großen Neugierde, hatte man Telefonzellen aufgestellt. Obgleich da eine ganze Reihe der gelben Häuschen stand, war davor eine Schlange, und ab und zu, vor allem wenn auf der anderen Seite eine Straßenbahn in die Endhaltestelle eingefahren war, kamen weitere Personen über die Brücke und stellten sich hinten an. Heger hatte ein ganzes Beutelchen mit Münzen mitgebracht, um notfalls mehrere Telefonate zu führen. Allmählich rückte er vor, und als er an die Reihe kam, wählte er die Nummer, die auf Baums Visitenkarte stand.

„B & K Projektmanagement Berlin. Sie sprechen mit Frau Müller. Was kann ich für Sie tun?“ Die Frauenstimme sprach schnell und sehr routiniert, aber überaus freundlich.

Heger war es nicht gewohnt, wenn sich jemand in einem Ton meldete, als wäre sein Anruf schon voll Vorfreude erwartet worden. Er musste sich einen Moment besinnen, ehe er herausbrachte: „Heger hier, aus Potsdam, kann ich denn bitte Herrn Baum sprechen?“

„In welcher Angelegenheit bitte?“

Heger musste sich räuspern: „Ja, also, ich möchte Herrn Baum das mit den Grundstücken hier in Potsdam, also, …, da gibt’s ein Problem, das hätte ich gern erläutert.“

„Einen Moment bitte." Es folgte die *Kleine Nachtmusik*, aber noch ehe Heger überlegen konnte, wieso ihm diese Melodie irgendwie anders vorkam, als wenn Mozart im Radio gespielt wurde, meldete sich Baum: „Na, Heger, mein Guter, was gibt's Hübsches?"

„Ja, also, Herr Baum, das ist irgendwie schwierig mit den Eigentumsverhältnissen hier. Ich weiß gar nicht ..."

„Lieber Herr Heger, woher sprechen Sie denn jetzt? Haben Sie ein Telefon bekommen?"

„Nein, tut mir leid, aber hier an der Glienicker Brücke gibt es jetzt ganz viele Telefonzellen ..."

Aus dem Hörer kam Baums schallendes Gelächter. Wieso lachte dieser Baum immer? „Mensch Heger, das können Sie doch nicht vom öffentlichen Fernsprecher aus ... Wer, wenn nicht Sie, weiß was abhören ist?" Baum lachte noch mehr, erst als er sich beruhigt hatte sagte er: „Kommen Sie doch einfach her, hier können wir alles besprechen, ohne Wanzen, hoffe ich ..." Und wieder Baums lautes Lachen.

„Da werde ich aber mindestens ..., ich weiß ja nicht, das dauert doch ..."

„Machen Sie einen Spaziergang durch den Glienicker Park, lieber Heger, das ist doch schön bei Ihnen da draußen, ich schicke Ihnen solange meinen Stumm. In einem halben Stündchen wird er da sein, er wartet auf Sie am Tor zum Park. Bei den goldenen Greifen. Dann bringt er Sie her und wir reden in Ruhe."

Heger ging nicht in den Park, sondern auf die Brücke. Es war schon über ein halbes Jahr her, dass man hier wieder hinübergehen konnte, aber immer noch wurde er von dem Blick gefangengenommen. Heute stand die Sonne hoch, das Wasser der Havel glitzerte und der Sacrower Kirchturm am anderen Ufer war in leichten Dunst gehüllt. Auf der Potsdamer Seite hatte man die Grenzzäune und Mauern mittlerweile vollständig abgebaut, zwischen den Betonplatten des früheren Kolonnenweges wucherte nun Gras und Unkraut. Gegenüber konnte er jenseits des Flusses das Babelsberger Schloss sehen und rechts eine stattliche alte Villa. Heger hätte das Baujahr nicht schätzen können, in Baustilen kannte er sich nicht so aus. Aber dass das schon damals, als sie gebaut wurde, ein exklusiver und bestimmt auch teurer Platz gewesen sein musste, war ihm auch klar.

Die angekündigte halbe Stunde war noch nicht ganz vergangen, da fuhr diese riesige silbergraue Limousine am Tor mit den goldenen Greifen vor, Baums Fahrer stieg aus, ging um den Wagen herum, stellte sich aufrecht und breitschultrig in seinem dunklen Anzug neben die rechte hintere Wagentür und blickte suchend in Richtung Park. Als Heger rasch auf ihn zuging, öffnete er die Wagentür: „Bitte, Herr Heger!"

Wie dieses Auto dahinglitt! Und kühl war es im Wageninnern, klimatisiert! Für Heger war es nichts Neues, von einem Chauffeur gefahren zu werden, früher entsprach das seinem Dienstrang. Aber in einem solchen Wagen… Ob er den Fahrer ansprechen sollte?

Schon da, fragte sich Heger, als Stumm in einer der vornehmen Querstraßen des Kurfürstendamms vor einem reich verzierten Berliner Altbau anhielt und ihm den Wagenschalg öffnete.

Oben hatte sich die Dame am Empfang in blauem Kostüm und weißer Bluse, als Frau Müller vorgestellt mit der er schon am Telefon gesprochen hatte. „Wenn Sie bitte einen kleinen Moment Platz nehmen wollen", sagte sie und wies auf ein breites schwarzledernes Sofa. Auf einem Beistelltisch lagen einige Zeitungen und mehrere bunte Hochglanzhefte mit Architektenzeichnungen von Bauprojekten der B & K Projektmanagement.

B & K hatte hier mehrere Etagen bezogen, die Räume waren weiß gestrichen, der Stuck an den Decken sorgfältig aufgearbeitet, schwarzes Holz, Glas und Chrom kennzeichneten den Stil der Einrichtung. Es dauerte nicht lange, da öffnete sich eine der hohen

Flügeltüren und Baum kam auf Heger zu, lachend, in Hemdsärmeln, die Krawatte gelockert und den Kragenknopf geöffnet. Heger wollte ihm die Hand zum Gruß reichen, aber Baum fasste ihn an der Schulter und schob ihn voraus in ein Besprechungszimmer. Ein riesiger Tisch, die Platte aus klarem, dickem Glas, das Gestell verchromt, stand in der Mitte des Raums. Draußen vor dem hohen Fenster sah er dicht belaubte Ahornbäume.

„Nun, lieber Heger, was ist denn schwierig?"

Heger kämpfte gegen den Schleim an, der sich gerade jetzt irgendwie in seinem Rachen angesammelt hatte, und bekam erst nach einigem Räuspern die Stimme frei: „Ja, also, Herr Baum, die Eigentumsverhältnisse ..."

„Nun?"

„Also die Eigentumsverhältnisse ..., es ist mir gelungen Einsicht zu nehmen ins Grundbuch. Die Grundstücke sind zwar Eigentum des Volkes, aber nicht in Rechtsträgerschaft der NVA. Also im Grunde, genau genommen, ich hab' da gar keinen Auftraggeber mehr. Ich hab ja gedacht, ich soll für die NVA einen Käufer finden. Aber da sind ja jetzt die alten Eigentümer zu kontaktieren und die NVA gibt es nun bald nicht mehr, wird wohl Bundeswehr."

„Es ist Ihnen gelungen, Einsicht zu nehmen?" Baum lachte: „Das ist gut, es ist Ihnen gelungen ins Grundbuch zu schauen." Baum zog ein weißes Taschentuch aus der Hosentasche und wischte sich die Lachtränen aus den Augen. „Was meinen Sie, mein Lieber, was wir getan haben? Natürlich haben wir ins Grundbuch schauen lassen, von unserem Notar."

„Wie hat der denn ..., ich meine, der muss doch ein berechtigtes Interesse ...?"

„Ach lieber Heger, das wussten Sie wohl nicht, Notare können doch immer das Grundbuch ..." Baum lachte wieder. „Sieht ganz schön unübersichtlich aus, was da bei diesen sieben Grundstücken eingetragen ist, die früheren Eigentümer und so weiter."

„Sie wissen? Ja dann …“ Heger wollte aufstehen.

„Bleiben Sie mal sitzen, Sie müssen ja nicht gleich wegrennen! Wenn wir immer gleich weggerannt wären, säßen wir jetzt nicht hier in der Meineckestraße, mein Lieber. Wer wegrennt macht kein Geschäft. Es gibt eine Menge zu tun für Sie, gerade jetzt, da wir doch wissen, wer die ursprünglichen Eigentümer sind. Und die Rechtslage wird sich allmählich klären, Vermögensgesetz, *Gesetz zur Regelung offener Vermögensfragen* wird das heißen. Mann, Mann, unsere Politiker, immer so komplizierte Titel für die Gesetze. Ja, jedenfalls, lieber Heger, arbeiten Sie doch in unserem Auftrag. Wenn Sie uns all die Eigentümer, oder Berechtigten, oder Anspruchsteller, oder wer immer glaubhaft macht, eines dieser Grundstücke verkaufen zu können, also wenn Sie uns die alle zum Notar bringen, dann sollen Sie auch die Provision bekommen.“ Baum beugte sich ein wenig vor und ergänzte: „natürlich keine sechs Prozent, können Sie sich denken, bei einem Geschäft dieser Größe. Aber einig werden wir uns schon.“

Wieder Dienstbesprechung, immer am Montagmorgen. „Ausgerechnet von diesem tödlichen Verkehrsunfall auf der Schnellstraße fehle die Akte“, bemerkte Schliff, Abteilungsleiter für Verkehrsdelikte, beim letzten Tagesordnungspunkt. „Und diesen Fall bearbeitet ja auf Ihren ausdrücklichen Wunsch, Herr Doktor, diese Leisner. Ich hätte ja einen erfahrenen Ermittler drangesetzt, aber wenn der Herr Doktor meint … Ein Justizangestellter verschickt eine Akte, ohne Verfügung oder Anweisung! Das hätte es früher nicht gegeben … Wie ist denn da Ihre Einschätzung, Herr Doktor? Wurde das Verhalten des Kollegen schon ausgewertet?“

„Ausgewertet?“

„Eine Kaderleitung muss das Verhalten des Kollegen doch auswerten“, bemängelte er und schüttelte den Kopf.

Jetzt erst begriff Martenthaler, dass mit Auswertung so etwas gemeint war wie Kritik, Ermahnung, Zurechtweisung in einer dienstlichen Angelegenheit. War das nicht Aufgabe dieses Abteilungsleiters, wenn er der Auffassung war, dass es nötig wäre?

„Ich kümmere mich drum, Frau Leisner hat mir das ja vorgetragen, und mit dem Wachtmeister habe ich gesprochen", antwortete Martenthaler und dachte: Wieso rechtfertige ich mich eigentlich vor diesem Mann und vor der ganzen Runde? Nicht ganz so freundlich wie sonst beendete er die Sitzung mit einem knappen: „Vielen Dank, meine Herren."

Danach ließ er gleich Frau Leisner zu sich bitten, um sich über den Stand der Ermittlungen und die Nachverfolgung dieser Akte zu dem Verkehrsunfall auf der Nuthestraße zu informieren. Es sei ihr bisher nicht gelungen, die Akte, die der Wachtmeister unzulässigerweise nach Cottbus geschickt hatte, zurückzuerhalten oder zu rekonstruieren: „Das ist bisher alles, was ich zusammenbekommen konnte", sagte sie und legte ein paar Fotos und Papiere auf den Besprechungstisch. „In Cottbus war die Poststelle der Bezirksverwaltungsbehörde so freundlich, das Eingangsbuch durchzusehen, erläuterte sie, und man hat mir versichert, dass in den letzten zwei Wochen kein Paket oder Päckchen mit dem Absender der Staatsanwaltschaft oder des Bezirksgerichts Potsdam verzeichnet sei."

„Der dusslige Wachtmeister, entschuldigen Sie das Dusslige, Frau Leisner", grinste Martenthaler, „hat ja auch nicht klar sagen können, wohin er das Paket adressiert hat. Bezirksleitung hat er gesagt. Ist Bezirksleitung etwas anderes als die Bezirksverwaltungsbehörde?"

„Bezirksleitung könnte auch die SED oder der FDGB, die Gewerkschaft sein."

„Die können doch schon gar nicht eine Akte anfordern!"

„Weiß das der Wachtmeister?"

Martenthaler schaute die junge Frau entgeistert an: „Meinen Sie, der ist so doof?“

„Vielleicht ist er doof, vielleicht tut er doof. Wissen wir, was dahintersteckt? Soll ich ihn noch mal ins Verhör nehmen, ich meine ein Disziplinarverfahren einleiten?“ Frau Leisner schien ziemlich erpicht darauf zu sein, sich den Mann erneut vorzuknöpfen.

„Also, ich würde erst mal abwarten. Lassen wir ihn doch in dem Glauben, dass wir ihm seine Einlassung abgenommen haben und dass es bei einem Vermerk in der Kaderakte, ach was, Personalakte bleibt. Warten wir ab, bis wir den Fall besser im Griff haben. Konnte denn die Polizei weiterhelfen?“

„Die haben einen Obduktionsbericht, männliche Leiche, Platz- und Schürfwunden im Gesicht, multiple Frakturen und innere Verletzungen, Tod noch vor Einlieferung ins Bezirkskrankenhaus, keine Hinweise auf Alkohol, Drogen, Medikamente. Obduktion …“ Sie schüttelte sich ein wenig.

„Waren Sie schon mal in der Gerichtsmedizin? Das wird Sie auch noch erwarten, die hiesige ist da draußen hinterm Neuen Palais, beim Schloss Lindstedt, von außen ganz idyllisch.“

„Kann man das aushalten, einer Obduktion beizuwohnen? Ich stell mir das grauslich vor! Soll eklig riechen, und überhaupt …“

„Man gewöhnt sich daran, Sie werden es auch, irgendwann werden Sie nicht mehr drumrum kommen. Und zum Geruch, man muss hinterher die Kleider wechseln. Ich hatte immer ein Hemd in der Gerichtsmedizin hängen, das ich dort ließ. Ihr Leichenhemd, Herr Staatsanwalt, sagte der Pathologe grinsend. Die Jungs dort, manchmal sind es auch Ärztinnen, können ganz schön abgebrühte Witze machen. Aber zu unserem Fall, der Obduktionsbericht betrifft den im Volvo?“

„Nein, nein, der hat ja überlebt. Ist noch im Krankenhaus. Bisher keine Vernehmung durch die Polizei, angeblich noch immer nicht vernehmungsfähig.“

„Dann gehen Sie doch erst mal dorthin, Intensivstation ist immer noch besser als Leichenschauhaus…“

„Ihren Humor möcht’ ich haben, Herr Doktor.“

„Und sonst? Kopien der Unfallaufnahme, Kopien des Polizeiprotokolls, Personalien der Unfallbeteiligten?“

„Keine Kopien. Die sagen, sie haben keine.“

„?“

„Sie haben keinen Kopierer bei der Polizei, sagen sie, oder genauer, sie hatten neulich keinen Toner und kein Papier mehr für den einzigen, den sie dort haben.“

Schon über ein Vierteljahr war er im Osten, ab und zu machte es ihn immer noch fassungslos, was er hier vorfand, kein Kopierer in den Dienststellen oder kein Material für deren Betrieb.

„Aber die beiden Unfallfahrzeuge stehen noch auf dem Hof des Polizeipräsidiums und von den Fotos, die sie am Unfallort gemacht haben, gibt es die Negative. Von denen hab’ ich noch mal Abzüge angefordert.“

„Ich glaube, Frau Leisner, da müssen Sie einfach noch mal ganz von vorne anfangen. Tut mir leid, aber was hilft’s?“

„Also ich gehe ins Bezirkskrankenhaus, danach zum Polizeipräsidium und versuche mit den Männern zu sprechen, die den Unfall aufgenommen haben. Dort sehe ich mir dann auch die kaputten Autos an, Kennzeichen und Fahrgestellnummern müssten ja noch sichtbar sein. Außerdem recherchiere ich telefonisch noch mal in Cottbus, auch, ob es die Adressen von FDGB und SED noch gibt und ob dort etwas angekommen ist. Ich werde auch bei der Cottbusser Hauptpost nachfragen, ob etwas Unzustellbares an uns zurückgesendet wurde. Sofern Sie das alles für richtig halten, Herr Doktor, wäre es ja dann doch so, dass dieser Fall für mich eine gewisse Priorität hätte.“

„Ja, Frau Leisner, machen Sie das so. Es ist immerhin der erste und Gott sei dank bisher der einzige tödliche Verkehrsunfall seit der Reorganisation unserer Staatsanwaltschaft. Übrigens kommen Sie denn zurecht in der Abteilung von Herrn Schliff? Ich hatte vorhin in der Dienstbesprechung…, ach, was soll's… Wichtiger ist, fühlen Sie sich unterstützt von Ihrem Abteilungsleiter?"

Frau Leisner suchte nach einer Antwort, da setzte Martenthaler fort: „Nun ja, dieser Fall fängt ja an etwas unübersichtlich zu werden, und ich glaube es wäre gut, wenn Sie den Vorgang auf Ihrem Tisch behalten, da brauchen Sie doch Unterstützung von Ihrem Vorgesetzten."

„Also, direkt behindern… Also, das tut er ja nicht…"

„Ich könnte das ja zur Chefsache machen, Sie aus der Verkehrsabteilung herausholen und mir direkt unterstellen."

Frau Leisner strahlte ihn an: „Wenn Sie das wollen…, wunderbar…, das wäre wunderbar!"

„Dann machen wir das so, ich informiere Herrn Schliff."

Die hat den richtigen Job, das ist eine Ermittlerin mit Leib und Seele, dachte Martenthaler, als er ihr nachblickte, wie sie sein Dienstzimmer verließ. Immer fielen ihm Kinohits ein, wenn er ihr hinterher sah, italienische Filme aus seiner Jugendzeit, von Vittorio de Sica oder Fellini etwa.

„Ich hab' Sie ja telefonisch nicht erreichen können", sagte Baum, „man kommt ja nicht durch. Unter der Glienicker Brücke liegt ein Schiff, das Telefonkabel verlegt, aber bis die angeschlossen und freigeschaltet sind, sollen hier schon Kräne stehen."

Homann bat den überraschenden Gast in sein Amtszimmer und nickte Susan zu, die: „Kaffee? Tee?" fragte. „Beides!"

Baum ließ seinen mächtigen Körper in einen der geräumigen aber abgewetzten Ledersessel fallen, die schon viele Dienstjahre im Amtszimmer des Baustadtrats hinter sich hatten.

„Sie müssen doch erreichbar sein, Homann! Sie drehen doch

hier ein ganz großes Rad. Und das ohne Telefon, ohne Computer, mit dieser Ausstattung!“

„Unsere Kassenlage …“

Baum lachte: „Ich weiß, ich weiß, jetzt habt ihr die D-Mark, aber ihr habt kaum welche. Aber ein Funktelefon, das kriegen wir hin.“

Gerade jetzt kam Susan mit dem Tablett herein und Baum sagte zu ihr: „Susan, bitte, das Paket.“

Homann wunderte sich mehr über die vertrauliche Anrede, mit der der Gast sich an seine Sekretärin wandte als über das Paket, das sie hereinbrachte und auf den niedrigen Tisch stellte. Baum tippte mit dem Zeigefinger drauf und sagte: „Der direkte Draht, nee, was sag' ich, die direkte drahtlose Verbindung zur Branche. Zur ganzen Welt. Kommunikation ist alles. Los, aufmachen!“ Und er lachte wieder dabei. Diese Baum'sche Heiterkeit!

Homann holte den Brieföffner, öffnete den Karton, entfernte all dieses Verpackungsmaterial, das jetzt überall drin war, und förderte so ein Funktelefon zutage. Aus der Packung fiel ein Heftchen mit der Bedienungsanleitung, das Homann sofort studieren wollte.

Baum unterbrach ihn aber: „Ich muss noch weiter heute. Wenn's in Betrieb ist, rufen Sie mich mal an, zum Test.“ Er legte einen Umschlag auf den Tisch: „Funkzulassung und C-Netz-Vertrag. Leihgabe von B & K Projektmanagement. Geschenk wäre ja wohl Bestechung. Aber Leihgabe geht. Wenn's abgeschrieben ist, können Sie's mir für eine Mark abkaufen. So lange läuft's über meine Bücher. Die laufenden Kosten auch. Ist das Einfachste. Jetzt aber, der Ausschuss hat vertagt?“

Homann presste die Lippen ein wenig zusammen. „Ja, der Ausschuss hatte das Projekt vertagt.“ Seine Regie hatte nicht so recht geklappt. „Auf die beiden letzten Tagesordnungspunkte hatten die Mitglieder einfach keine Lust mehr gehabt. Es war bereits tiefe Nacht und die meisten waren vor Hunger und Müdigkeit so fertig, dass der Vertagungsantrag, ausgerechnet von einem Oppositionsvertreter gestellt, ohne Gegenstimmen angenommen worden war."

„Tja, lieber Homann, wir", Baum zog das „i" sehr in die Länge, „wir können warten. Aber Ihre schöne Stadt! Ich mein', wie sieht das denn aus, der erste Eindruck für Besucher gleich hinter der Brücke, Betonplatten am Ufer, verrottete Drahtzäune, Unkraut. Das ist doch keine Visitenkarte! Und das örtliche Handwerk? Haben Sie mal in die Auftragsbücher der ehemaligen PGH Bau geguckt? Oder beim Spezialbau-Kombinat? Die haben doch nix zu tun! Wenn das nicht bald losgeht … Ich weiß nicht, wie ihr das hier hinkriegen wollt, rein wirtschaftlich gesehen."

Homann nickte und strich, ohne es selbst zu bemerken, über den Hörer des neuen Telefons.

„Vierzehn Tage. In vierzehn Tagen ist wieder Ausschuss. Vielleicht können Sie inzwischen mal Kontakt mit der Opposition …" Baum lachte, laut, lange, bis ihm die Tränen in den Augen standen.

„Wissen Sie, was ich für die Opposition bin? Ein Immobilienhai. Ein Kapitalist. Einer, der den Armen hier ihr letztes Stückchen Heimaterde, das sie endlich aus den Fängen der NVA und Stasi entrissen haben, für ein Linsengericht abkaufen will."

„Linsengericht?"

„Na ja, Jakob und Esau. Ach, ihr Atheisten, keine Ahnung, was? Nein, Homann, die Politik hier machst du! Ich beschaffe den Grund und Boden, das Geld und ich baue. So läuft das. Klar?"

Homanns Augen wurden schmal. Er selbst duzte ganz gerne mal andere, auch unaufgefordert. Aber er schätzte es wenig, wenn ihm das widerfuhr. Baums Projekt war gut, aber so konnte man mit ihm nicht umspringen. Er stand auf: „Für das Telefon schönen Dank auch. Ich werd's dem Oberbürgermeister zur Verfügung stellen. Und zum Ausschuss, wie gesagt, in zwei Wochen. Ich werde veranlassen, dass Sie das Ergebnis unmittelbar nach der Sitzung erfahren."

Baum war auch aufgestanden. Mit seiner massigen Gestalt überragte er Homann. Er lächelte ihn an, mit gespielter oder echter Gelassenheit, das wusste Homann nicht so genau, jedenfalls sagte er: „Das wird schon. Denkt dran, ihr braucht unsereinen. Und ich muss jetzt noch über die Dörfer. Es gibt noch mehr spannende Projekte im Land."

Er ließ Homanns zum Abschiedsgruß ausgestreckte Hand unbeachtet und ging. Homann sah ihm nach und dachte, wann geben diese Wessis die Hand und wann nicht?

Erst nach einigen Sekunden schloss er die gepolsterte Tür zum Vorzimmer und nahm sich die Bedienungsanleitung des Funktelefons vor.

Selten genug konnte Martenthaler seinen Dienst so früh beenden, dass sich noch ein kleiner Abendspaziergang durch die Stadt lohnte. Nach wie vor bestand die Staatsanwaltschaft, die er aufzubauen hatte, überwiegend aus unbesetzten Stellen, noch nicht einmal Planstellen, dachte er. Denn vor der Landtagswahl und der Regierungsbildung würde man auch nicht von Planstellen reden können. Er hatte nicht nur den Aufbau seiner Behörde und die üblichen organisatorischen Pflichten eines Leitenden Oberstaatsanwalts auf dem Tisch, sondern bergeweise Akten, die er unter normalen Umständen in die Fachabteilungen abgegeben hätte. Mindestens die Hälfte der Zeit war er sein eigener Sachbearbeiter und in dieser Eigenschaft musste er zumindest im Auge behalten, dass in den wichtigsten Fällen Fristen gewahrt und Termine eingehalten wurden.

Heute aber stand die Sonne noch hoch über dem Horizont, als er Feierabend machen und das alte Gerichtsgebäude verlassen konnte. Immer mal wieder, wenn es seine Zeit erlaubte, nahm er gegen Abend seinen Weg in Richtung der kleinen Siedlung hinter den Friedhöfen. Das hatte er auch heute vor. Aber er musste noch etwas für seinen knurrenden Magen tun, wenn er sich richtig erinnerte, war der Kühlschrank zu Hause mal wieder leer. Was er in Gedanken zu Hause nannte, war nach wie vor die Wohnung des Cousins seines Bekannten, die ihm glücklicherweise noch bis Weihnachten zur Verfügung stehen würde. Völlig unklar, wie er danach zu einer eigenen Wohnung kommen sollte.

Aber vorerst war der Hunger wichtiger. Er hatte dieses Café neben dem Tor, unweit seiner Dienststelle, liebgewonnen. Die Einrichtung und das Angebot, ja auch das Personal weckten Erinnerungen an seine Kindheit und früheste Jugendzeit. So etwas gab es in Düsseldorf oder Köln heutzutage längst nicht mehr. Der Inhaber war, so hatte er gehört, Konditormeister und bot Kuchen und Torten aus eigener Fertigung an. Die frische Ware wurde aus der Backstube in den hinteren Räumen des Hauses nach vorn gebracht. Der Gastraum war unterteilt, links von der Tür standen kleine weiße Gusseisentischchen. Sie sahen so aus, als hätten sie Jahre und Jahrzehnte überdauert, vielleicht waren sie noch aus der Kaiserzeit oder der Weimarer Republik herübergerettet, die Gestelle immer wieder neu gestrichen und die Marmorplatten nachpoliert. Dazu passten die weiß lackierten Eisenstühle mit kreisrunden rotgepolsterten Sitzen. Rechts von der Tür diente ein Raumteiler zugleich als Garderobe. Es war ein Gebilde aus schwarzen, geschmiedeten Eisenstäben, zwischen denen dicke Platten und Kugeln aus farbigem Glas eingelassen waren. Die Arbeit eines hiesigen Kunsthandwerkers, so kam es Martenthaler vor. Dahinter war der gemütlichere Teil des Cafés, den Martenthaler bevorzugte, wenn dort ein Platz frei war. Gepolsterte Bänke die Wände entlang und niedrige Sessel. Auch die Tische waren hier etwas niedriger und hatten braune Holzgestelle mit aufgelegten Glasplatten. Vielleicht liebte Martenthaler diesen Raum so sehr, weil hier alles so war wie im Wohnzimmer seiner Oma in jenem Dorf in der Eifel, wo er in seiner Kindheit immer die Ferien verbracht hatte.

Als er das Lokal betrat, umgab ihn der Duft von Kaffee und Schokolade. Hinter der Glasscheibe des Kuchenbüfetts lagen nur noch einzelne Platten mit wenigen Tortenstücken. Jetzt, gegen Abend waren kaum noch Gäste hier, kein Stimmengewirr und Geschirrgeklapper wie samstagnachmittags oder sonntags. Die rundliche Frau, die hier immer bediente, begrüßte ihn mit Handschlag: „So kurz vor Schluss noch, Herr Doktor, was darf es denn sein?" Martenthaler bestellte etwas Herzhaftes.

„Würzfleisch überbacken ist noch da", sagte die Kellnerin, „und einen Tee, wie immer?"

Sie hatten hier köstlich duftenden chinesischen Tee, nicht so einen Allerweltsdarjeeling, wie oft in kleinen Cafés im Rheinland: „Ja, Tee, und nach dem Würzfleisch noch ein Stück von Ihrer wunderbaren Birnentorte mit Schokolade."

Sie schlossen hier früh, werktags schon um achtzehn Uhr, und als er zahlte, wurden im anderen Teil des Cafés schon die Stühle auf die Tische gestellt. Die Kellnerin räumte das Kuchenbuffet leer und wischte die Glasborde blank. Als er das Café verließ, kam gerade die Straßenbahn und hielt am neogotischen Tor. Er stieg die drei hohen Stufen in den robusten Wagen. Die Bahnen hier waren aus tschechischer Produktion, wie er neulich gehört hatte, Marke *Tatra*. Mit schlechter Federung aber starken Motoren erreichten sie eine beachtliche Beschleunigung. Schwankend und rumpelnd ging es in rascher Fahrt die Strecke bis zu den Friedhöfen, wo er ausstieg. Er ging das Stück hoch bis zum Anfang der Siedlung aus den Zwanziger Jahren in der Hoffnung, diesmal vielleicht Barbara zu begegnen. In den letzten Wochen war er oft hier gewesen, kannte aber außer ihrem Vornamen nichts weiter von ihr und wusste auch nicht, welche der sechs Wohnungen in dem Haus die ihre war. Hier hätte er ja auch überraschend an einer Wohnungstür klingeln können, nicht wie im Westen, wo man ohne

telefonische Anmeldung oder Terminvereinbarung nirgends mehr auftauchte. Selbst die besten Freunde erwarteten das.
Aber er hatte sich inzwischen daran gewöhnt, dass hier eigentlich vor jeder Wohnungstür ein kleines Schiefertäfelchen und ein Griffel hing oder ein Holzbrettchen mit Papierrolle, wie man sie für Registrierkassen benutzt, und ein Stift am Schnürchen befestigt. Eine Idee, geboren aus dem Mangel an Telefonen, aber eine sehr direkte und, wie er fand, sympathische Form der Kommunikation. An welcher Tür aber hätte er eine Notiz anbringen können: *Ich würde dich gerne wiedersehen, Franz Josef. Ruf mich doch mal im Dienst an!* Und dann, vielleicht seine Telefonnummer?
In den letzten Wochen war er hier schon häufiger umherspaziert, ohne je etwas von Barbara gesehen zu haben. Er hatte dabei stets auch die Gelegenheit genutzt, die Umgebung dieser Siedlung kennenzulernen, so etwa den weitläufigen Neuen Friedhof. Mehr Wald als Begräbnisstätte, zog er sich eine Anhöhe hinauf. Oben hinter der Friedhofsmauer schloss sich auf dem Hügel der bekannte, in seinen Anfängen über hundert Jahre alte Standort bedeutender astronomischer und physikalischer Forschung an, im parkartigen Gelände lagen zahlreiche Institutsgebäude meist aus rotem und gelbem Backstein. Und dort stand auch der berühmte Einsteinturm. In den zwanziger Jahren nach Plänen von Erich Mendelssohn erbaut, ursprünglich ganz in Weiß, inzwischen aber leider arg in Mitleidenschaft gezogen, abblätternde Farbe und Risse im Beton. Ein anderes Mal spazierte er durch den Alten Friedhof mit der zauberhaften klassizistischen Kapelle; gerne hätte er sie von innen gesehen, aber die Tür war verschlossen und weit und breit keiner, der ihm hätte öffnen können. Diese Spaziergänge in die Umgebung der Siedlung erlaubten es ihm, sich einzureden, sein Interesse gelte der Erkundung dieser Stadt, die ja wohl so nach und nach seine Heimatstadt werden sollte. Aber er musste sich eingestehen, dass er in Wirklichkeit hinter dieser Frau her

war, die ihm geheimnisvollerweise ihren Nachnamen nicht verraten hatte.
Heute jedoch kam ihm von der Straßenbahnhaltestelle hügelaufwärts eine schlanke Gestalt mit blondem Haar entgegen. Barbara. Ein kleines Kind an ihrer Hand, vielleicht vier Jahre alt, auch mit blondem Haar. Er wechselte auf ihre Straßenseite, ging auf sie zu, lächelnd und mit schräg geneigtem Kopf. Ob sie ihn wiedererkannte?

„Dett is nicht wahr, der Franz Josef! Machst'n hier?"

„Schön dich zu sehen, schon lange wünsch' ich mir, dich wiederzusehen. Und du?" Wandte er sich an das kleine Mädchen, „wie heißt denn du?" Die Kleine flüsterte einen Namen, den er nicht verstand, und blickte zur Seite. Barbara machte ihre Rechte aus dem Griff des Mädchens frei und reichte sie Martenthaler zum Gruß.

„Das ist Stella."

„Deine Tochter?"

„Meine Tochter."

„Und jetzt geht ihr euren Papa abholen?" Martenthaler versuchte eine vorsichtige Kontaktaufnahme mit der Vierjährigen, aber die hatte sich wieder abgewandt, war in die Hocke gegangen und versuchte mit einem kleinen Stöckchen die roten Käfer, die über den Bürgersteig krabbelten, aufzuhalten.

„Neugierig biste ja gar nich", sagte Barbara.

„Je mehr Geheimnisse, um so größer die Neugier."

„Wat'n für Jeheimnisse?" Barbaras märkischer Dialekt.

„Alles, dein Nachname, deine Adresse, wie man dich erreichen kann, wenn man dich sehen möchte, alles streng geheim!"

„Lass uns ein Stück gehen, Franz Josef, ich mag hier nicht rumstehen. Stella, komm, wir gehen weiter."

„Ich muss die Käfer noch nach Hause bringen, die roten, die müssen zu ihrer Mama, sonst wissen sie nicht wohin", protestierte die Kleine.

„Ach komm schon, die wohnen doch hier, die haben hier ihr Nest und ihre Mama."
Barbara ging ein paar Schritte weiter, Martenthaler neben ihr, und Stella, nachdem sie noch ein bisschen gemault hatte, kam hinter ihnen hergerannt.

„Warum spionierste mir nach, Franz Josef?"

„Ich wollte wissen, wo du wohnst, wie ich dich erreichen und ob ich dich wiedersehen kann. Neulich, dieser Abend nach der Vernissage, der hat mir gefallen, das war schön, ich würde dich gerne näher kennenlernen, du interessierst mich."

„Ick kann det nich, ich kann mich nicht mit einem von euch …"

„Mit einem, was?"

„Naja, mich einlassen, mit einem von drüben."

„Wäre das schlimm? Unmoralisch oder so was?"

„Immerhin waren wir's, die die alten Männer, Staatsrat, Politbüro, Stasi, SED und so weg jejagt haben. Und jetzt kommt ihr und bestimmt, wie's weiterjehen soll."

„Du meinst, wir sind die Eroberer? Die Kriegsgewinnler? Die jetzt absahnen? So was wie Besatzer?"

Barbara nickte.

„Du meinst, du machst dich zum Flittchen der Besatzer, wenn wir uns näher anfreunden? Wenn's irgendwie weiter gehen würde und im Bett endet, vielleicht, ist es das?"

„Könntest du etwas leiser …" Sie schaute erst in Richtung Stella, dann über die Schulter, ob irgendwo ein Fenster in einem dieser kleinen Häuser offenstand.

„Besatzer!" Martenthaler schüttelte den Kopf. „Sind wir Besatzer? Habt ihr uns nicht geholt? Überhaupt, was soll das *ihr* und *wir*? Ich jedenfalls, ich möchte hier meine Arbeit tun, möglichst gut, möglichst so, dass hier ein funktionierendes, freies, und, ja, rechtsstaatliches Gemeinwesen entstehen kann. Und dafür strenge ich mich an, und zwar nicht wenig. Ich will nicht jammern, aber anstrengend ist das schon …“ Er merkte wie er sich ereiferte. Das war ihm eigentlich gar nicht recht. Er wollte diese Barbara näher kennenlernen, belehren wollte er sie nicht. Er fand sie gutaussehend, das Gespräch über Kunst und Kultur neulich hatte ihn interessiert, sie gefiel ihm. Und er war seit Monaten mit keiner Frau mehr zusammen gewesen.

„Anstrengend, du bist jut! Mag sein, es ist anstrengend, uns alles wegzunehmen. Alles habt ihr inzwischen zusammengerafft. Unser Theater lasst ihr abreißen! Die Vorstellungen an den Berliner Bühnen sind leer, seit ihr hier seid, früher war's ausverkauft! Die Cottbusser werden ihre Bilder nicht mehr los. Im ND habt ihr das Feuilleton eingestampft, meinen Job habt ihr mir geklaut! Sogar eure Ampelmännchen haben unsere Lichtsignale erobert!“

„Mama, was will der fremde Mann? Ist das ein böser Mann? Man darf nicht mit einem bösen fremden Mann mitgehen!“

„Nein, nein, Stella, mein Schätzchen, mein Liebling, das ist kein böser Mann und ich gehe auch nicht mit ihm.“

Martenthaler wusste nicht, wie sich verabschieden. Er räusperte sich: „Also dann, vielleicht sieht man sich mal wieder, in einer Galerie oder in Berlin im Theater. Mach's gut!“

III.
September / Oktober 1990

Im Souterrain des Rathauses stand der Fraktion ein kleines Sitzungszimmer zur Verfügung. Ein düsterer Raum, der so schien es seit der Erbauung des Gebäudes vor neunzig Jahren keine frische Farbe mehr gesehen hatte. Dort hatten sich die beiden Stadtverordneten, eine Frau, Vertreterin der Fraktion im Bauausschuss und ein Mann aus dem Rechtsausschuss mit diesem Journalisten verabredet. Das Redaktionsbüro der *Allgemeinen* hatte in der Geschäftsstelle der Fraktion wegen des Gesprächstermins angefragt. Die Mitarbeiterin, eine während der friedlichen Revolution überaus engagierte und aktive junge Frau, hatte kaum Erfahrung, wie mit einer solchen Anfrage umzugehen sei und sogar versäumt, sich zu erkundigen, welchen Gegenstand denn das Gespräch haben sollte. Aber während des Telefonats mit der *Allgemeinen* waren gerade zwei Stadtverordnete zugegen und die erklärten sich auch bereit, den Termin wahrzunehmen.

So saßen die beiden also im Sitzungszimmer. Die kleinen Fenster, die mit ihren Simsen gerade auf Höhe des Innenhofpflasters lagen, ließen kaum Licht herein, obgleich doch draußen die Herbstsonne hell schien. Noch war der Journalist nicht eingetroffen und die beiden unterhielten sich einstweilen über das letzte Plenum der Stadtverordnetenversammlung.

„Ich kann den Homann bald nicht mehr sehen“, sagte sie. „Ich hab das Gefühl, der hat alle Fäden in der Hand. Sogar die SPD und der OB machen was der will. Haste gemerkt, wie der das gedreht hat, dass nun auch Stadtwerke und Müllabfuhr in sein Ressort kommen? Ich hab mal in Freiburg angerufen, in Freiburg mit „i“, nicht mit Ypsilon, bei den Freunden von den GRÜNEN, die haben mir gesagt, Kommunalbetriebe sind in der Regel beim Finanzressort. Das machen sie überall so im Westen! Das Argument, die Stadtwerke sollten mit der Wohnungsbaugesellschaft fusionieren, ist doch Käse! Der Homann will einfach nur ...“

Es klopfte an der Tür und ein älterer Mann, klein und ein wenig korpulent, streckte den Kopf herein: „Wir sind zum Interview verabredet, nicht wahr?“

Als die beiden nickten, kam er herein, ging mit kurzen Schritten auf den Besprechungstisch zu, den Blick auf den Boden gerichtet, als fürchte er, etwas zu zertreten. Aber da lag nichts. Er reichte den beiden die Hand und murmelte etwas Unverständliches, möglicherweise seinen Namen.

„Sie sind von der *Allgemeinen*? Worum soll es denn gehen?“

„Wir arbeiten an einem Hintergrundbericht über die Potsdamer Baupolitik. Planungen, Projekte usw. Instandsetzungs-, Rekonstruktionsbedarf, auch Neubaubedarf, Anpassung der Mieten an das Westniveau, alles, was unsere Menschen hier in der Stadt interessiert.“

Das erschien der Abgeordneten als willkommene Gelegenheit, Probleme und politische Ziele aus dem Bauausschuss endlich einmal in aller Breite in die Öffentlichkeit zu tragen und die Dinge aus Sicht ihrer Fraktion darzustellen. Sie berichtete voll Eifer über das Werkstattverfahren zur Gesamtverkehrsplanung, ein Vorhaben, das vom Verband der Stadt- und Regionalplaner gesponsert wurde. Sie berichtete über die Probleme der Wohnungsbaugesellschaft, die anstehenden Mieterhöhungen durchzusetzen und dennoch ein sozialverträgliches Mietniveau einzuhalten, auch von den Diskussionen über die Ausweisung von Sanierungsgebieten in der Potsdamer Innenstadt und in Babelsberg. Sie äußerte die Hoffnung, dass die Landesregierung, wenn sie denn erst gewählt und gebildet worden sei, Subventionen für die Rekonstruktion des Altbaubestandes zur Verfügung stellen würde. Man habe beste Kontakte, vor allem ihre Fraktion, zu Freunden in der Berliner AL und bei den GRÜNEN in Westdeutschland. Manche Expertise könne man mit deren Mittel oder auf deren Kosten in Auftrag geben.

Der Journalist nickte und schrieb eifrig mit. Fragen stellte er kaum und den Blick wandte er nicht von seinen Aufzeichnungen. Erst am Schluss zog er einen Zettel zwischen den Seiten seines Notizbuches hervor, blickte darauf, dann die beiden kurz über den Rand seiner Brille hinweg an und sagte: „Da soll ein Bebauungsplanverfahren eingeleitet werden für das Havelufer gegenüber vom Babelsberger Schloss. Ein Westberliner Investor, sagt man. Was halten Sie davon?"
Die Stadtverordneten sahen einander erstaunt an, beide zuckten mit den Schultern.

„Darf ich schreiben, dass ohne Information des Bauausschusses in Potsdam Planungen vorangetrieben werden, die das Stadtbild entscheidend beeinträchtigen könnten?"

Zum ersten Mal schaltete sich der Abgeordnete aus dem Rechtsausschuss ein: „Nein, das schreiben Sie bitte nicht. Wir sollten doch erst einmal hier im Hause klären..."

Noch einmal schaute der Journalist über den Brillenrand: „Aber eigentlich wäre es doch nötig, ich meine, nach der Kommunalverfassung wäre es erforderlich, also wenn man Recht und Gesetz einhalten wollte, dass der Bauausschuss sich damit befasst... Jedenfalls, sehr herzlichen Dank, dass Sie sich die Zeit genommen haben, das soll noch morgen rein, ich muss jetzt in die Redaktion." Damit stand er auf und ging leicht vornübergebeugt zur Tür. „Ohne Befassung des Bauausschusses", murmelte er mehrmals vor sich hin, ehe er den Raum verließ und die Tür hinter sich schloss.

„Also dieser Homann, das geht doch zu weit! Wozu haben wir denn vor einem Jahr diese Ausstellung gemacht? Suche der Stadt Bestes. Da hat er noch große Töne gespuckt, gegen die Zerstörung der historischen Stadt gewettert, als er das Mikro in der Hand hatte, und jetzt versaut er hier alles. Klempner hat er gelernt, und ich hab acht Semester in Weimar studiert, Architektur! Aber er denkt, er kann das alles besser! Scheiße!“ Sie zog die Luft zwischen den Zähnen ein und atmete dann schnaubend aus.

„Wie ein kleiner feuerspeiender Drache“, sagte er.

„Ach, halt die Klappe! Solche Witze sind echt …, also wirklich …! Ihr Machos! Alles Machos!“ Sie schnappte sich ihre Tasche und verließ den Raum. Die Tür knallte sie hinter sich zu.

Frau Nehlsen brachte ihm zum Dienstbeginn den Kaffee und fragte, ob er für Fräulein Leisner ein wenig Zeit habe, es sei dringend. Sie sprach immer von Fräulein Leisner und Fräulein Schmalberg, wenn sie eine der jungen Kolleginnen bei ihm anmeldete, aber Martenthaler brachte das Diminutiv als Anrede schon längst nicht mehr über die Lippen. Das hätte er mal zu einer der jüngeren Kolleginnen in Köln sagen sollen, *Fräulein …*
Er nickte und als die Kollegin eintrat, bat er noch um eine zweite Tasse für Frau Leisner. Er zog das Frau betont in die Länge, aber würde sich seine Sekretärin je das Fräulein abgewöhnen?

Die Akte, die seine junge Mitarbeiterin nun auf den Tisch legte, war merklich angeschwollen seit ihrer letzten Besprechung: „Der Fall wird immer unübersichtlicher“, begann sie das Gespräch. „Wir haben ja keine Personalien vom Unfallopfer, das ich im Bezirkskrankenhaus vernehmen wollte. Ich wusste ja nicht einmal ob Mann oder Frau. Der Tote aus dem anderen Auto war männlich, steht ja im Obduktionsprotokoll, aber die Vermutung, dass es auch ein Mann war, der den Volvo gefahren hat, ist durch nichts begründet. Telefonisch wollten sie mir keine Auskunft über die Notfälle geben, die in der damaligen Nacht Ende Juni aufgenommen wurden. Nach persönlicher Vorsprache bei der Klinikleitung, unter Vorlage meines Dienstausweises, bekam ich schließlich Einsicht in die Aufnahmelisten. Ach übrigens Dienstausweis, wir müssen doch bald neue kriegen, meiner mit Hammer und Zirkel im Ährenkranz wird doch nicht mehr gelten ab dem dritten Oktober."

„Ja, ja, Frau Leisner, die neuen sind schon da. Montag werde ich sie aushändigen. Aber was ist denn nun mit Ihrem Verletzten?"

„Entschuldigen Sie, ich schweife ab, ja also, es muss ziemlich viel los gewesen sein in der Notaufnahme an jenem Freitagabend. Wer unser Verletzter war, konnte ich den Listen nicht entnehmen. Also habe ich erst einmal bei der *Schnellen Medizinische Hilfe* um die Einsatzprotokolle gebeten. Sie haben sich dort nicht so angestellt wie die im Krankenhaus. Man konnte mir am Telefon sagen, dass sie beide Opfer, das, das noch vor Einlieferung ins Krankenhaus starb, und das andere, ebenfalls ein Mann, mit erheblichen Verletzungen, in die Notaufnahme transportiert hatten. Die genaue Uhrzeit war nicht Freitag, sondern Samstag null Uhr dreiundzwanzig. Mit diesen Informationen bin ich erneut ins Krankenhaus und erfuhr, dass es sich um einen Bürger aus dem Bezirk Cottbus handelt. Sein Name ist Kossatz, wohnhaft in Schlepzig, einem Kaff im Spreewald. Adresse und Sozialversicherungsnummer konnte ich nun endlich dem Aufnahmeprotokoll entnehmen. Als ich ihn dann aufsuchen und einvernehmen wollte, stellte sich heraus, dass er nicht mehr auf der Intensivstation war. Er war aber auch auf keine andere Station verlegt worden und es gab keine Entlassungspapiere in der Registratur."
Martenthaler pfiff leise durch die Zähne.

„Ja, Herr Doktor, ich sag' ja, nur Chaos in diesem Fall." Sie berichtete weiter, dass sie erst nach mehreren Versuchen und langem Warten die Oberschwester der Intensivstation sprechen konnte. Es herrsche dort aber auch ein fürchterlicher Betrieb, sie habe schon Verständnis, dass sich das Personal keine Zeit nehmen wolle für Ermittlungen durch die Staatsanwaltschaft. Jedenfalls hätte es sich herausgestellt, dass sich der Patient, sobald er auch nur einigermaßen dazu in der Lage gewesen sei, unbemerkt und ohne ärztliche Entlassung einfach davongemacht habe. Die Oberschwester müsse darüber noch einen Bericht schreiben, deshalb habe sie die Krankenakte noch nicht in die Registratur gegeben. Das sei aber auch so ein Stress, habe sie gesagt, für einen Bericht in einem so heiklen Fall hätte sie einfach noch keine Ruhe gehabt. Stabil, habe die Oberschwester hinzugefügt, sei sein Zustand noch keinesfalls gewesen, im Gegenteil, er habe sich die Kanülen selber gezogen, und als sie es bemerkt hätten, wäre sein Bett leer und eine große Lache Infusionslösung auf dem Fußboden gewesen. Und in Cottbus, Herr Doktor, ist kein Volvo auf einen Kossatz aus Schlepzig zugelassen!"

„Geklautes Auto?"

„Um das zu ermitteln, musste ich erst mal mit der Polizei reden, die beiden kaputten Autos stehen noch in der Tresckowstraße auf dem Hof, wir haben also Zulassungsnummer, Fahrgestellnummer, Farbe und Typ. Nach und nach konnte ich auch die Polizisten sprechen, die in jener Freitagnacht Dienst hatten. Nacheinander, Schichtdienst, sie haben inzwischen alle unterschiedliche Dienstzeiten. Aber ich musste nicht jedes Mal zum Polizeipräsidium, ich konnte sie wenigstens einbestellen. Es war ein wahres Puzzle, aus ihren Erinnerungen eine Art Unfallprotokoll zu rekonstruieren. Jedenfalls wissen wir jetzt, dass der Volvo ein Dienstwagen der SED, Bezirk Cottbus, nach wie vor so registriert, also der Rechtsvorgängerin der jetzigen PDS war. Und das andere Unfallfahrzeug war ein VW Golf, zugelassen in West-Berlin. Der Volvo hat den VW beim Überholen wohl geschnitten, der Fahrer des Golfs muss noch gebremst und ein Ausweichmanöver eingeleitet haben, erfolglos, wie es aussieht, denn der Volvo hat ihn gerammt, und dann überschlug sich der Golf. Der ist nun total kaputt, die ganze linke Seite ist eingedrückt, auch das Dach, kein Wunder, dass der Fahrer das nicht überlebt hat. Ziemlich grausig das Ganze."

Das dicke Fell, das man sich im Lauf eines längeren Berufslebens zulegt, hat diese junge Juristin noch nicht, dachte Martenthaler und fragte: „Und die Identität des Toten?"

„Tja, Herr Doktor, jedenfalls ist es nicht der Halter des zermatschten Golfs. Der hat sein Auto nämlich bei der Westberliner Polizei als gestohlen gemeldet. Das Dezernat für Kfz-Diebstähle in Westberlin ist allerdings heillos überlastet. Die haben die Anzeige aufgenommen, Aktenzeichen drauf und fertig. Ermittelt haben die dort noch gar nichts. So habe ich zwar Name und Adresse des Eigentümers, Gerald Stellmacher, aber der ist definitiv nicht der Tote. Wenigstens eine gute Nachricht, er erfreut sich bester Gesundheit."

„Und der Tote?"

„Nichts, wir wissen nichts über ihn. Keine Personalpapiere, weder im Auto, noch in seiner Kleidung. In seiner Jackentasche fand sich lediglich dies", Frau Leisner zog ein Foto aus ihren Unterlagen, das einen Schlüsselbund mit einem B als Anhänger zeigte. „Und dann noch dieses neckische Bild mit der Statue und dem Mädchen", damit legte sie eine Plastiktüte auf den Tisch, in die ein Foto eingeschweißt war, das eine junge Frau zeigte, den Arm um eine Statue gelegt." „Im Auto fand sich noch eine Tankquittung", fuhr Frau Leisner fort, „ein Kassenbon vom gleichen Tage, also genau genommen vom Vortag, der Unfall war ja nach Mitternacht, die Uhrzeit ist auf dem Bon ausgedruckt mit zweiundzwanzig Uhr fünfzig, von einer *Minol-Tankstelle* an der B102, nahe Jüterbog. Damit können wir auch nicht viel anfangen, oder?"

„Na ja, das erklärt doch mindestens, wieso der Berliner Golf nicht aus Richtung Berlin, sondern von der anderen Seite her kam; muss also von Berlin aus irgendwann bis hinter Jüterbog, keine Ahnung wohin, und dann zurückgefahren sein. Auf der Rückfahrt hat er getankt…"

„Ein klitzekleiner Hinweis. Aber worauf? Was kann man daraus schließen? Bringt uns das weiter?"

„Geduld, Frau Leisner. Geduld braucht man bei solchen Ermittlungen immer. Lassen wir das erst mal einfach so stehen und untersuchen als nächstes den VW. Der ist doch noch nicht auseinandergenommen worden, oder?" Als Frau Leisner den Kopf schüttelte, fuhr er fort: „Wir müssen die PTU beauftragen. Am besten, die zerlegen den Golf komplett, bis zur letzten Schraube.

„PTU?"

„Polizeitechnische Untersuchungsstelle, Abteilung des Polizeipräsidiums, müssen auf unsere Anforderung hin tätig werden. Wo die das machen, hier im Land Brandenburg, weiß ich selber noch nicht genau, die werden irgendwo so eine Halle haben mit dem nötigen Gerät. Denen müssen wir einen konkreten und möglichst detaillierten Auftrag schicken. Bereiten Sie doch bitte eine entsprechende Verfügung vor."

„Abteilung der Polizei? Kann man denen trauen? Die verschwundene Akte, die lässt mir keine Ruhe …"

„Sie denken, die könnten mit den Beteiligten unter einer Decke stecken?"

Sie nickte.

„Wenn Sie denen misstrauen, dann müssen Sie eben selber mit zur PTU gehen. Das ist sowieso ganz gut, dann sehen Sie gleich, wie so was gemacht wird. Stellen Sie sich daneben in die Halle, wenn der Golf zerlegt wird, und wenn das drei Tage dauert, dann stehen Sie halt drei Tage dort. Oder sitzen, die werden ja wohl einen Hocker für Sie haben. Das ist zwar nicht das Normale, aber wir werden das irgendwie begründen. Am besten genau damit, dass Sie als Berufsanfängerin auch mal Einblick in solche praktischen Arbeiten nehmen sollen. Wir verfügen, dass nicht begonnen werden darf, ehe Sie dabei sind. Und achten Sie darauf, dass nicht aufgehört wird, ehe die letzte Schraube aufgereiht neben den anderen liegt. Fragen Sie den Techniker dort Löcher in den Bauch, stellen Sie jede Frage, die Ihnen einfällt, lassen Sie sich das Vorgehen in allen Einzelheiten erläutern. Und dass die alles dokumentieren, Fotos machen, Zeichnungen, einen ausführlichen verbalen Bericht, achten Sie gleich von Anfang an darauf! Wenn die Berichte ungenau sind, ist es hinterher meist zu spät. Sie werden bei dieser Gelegenheit jede Menge lernen, außerdem erarbeiten Sie sich so den Respekt der Techniker. Sie sind Juristin, niemand erwartet von Ihnen, dass Sie Autos zerlegen können, oder dass Sie Risse in tragenden Teilen entdecken, defekte Bremsschläuche erkennen oder Beschädigungen interpretieren können, aber dass Sie beurteilen, was an einer technischen Untersuchung ermittlungsrelevant ist, darauf kommt es an! Wenn die Ingenieure dort, vielleicht auch Ingenieurinnen, gibt es ja hier mehr als im Westen, wenn die also merken, dass Sie ihr eigenes Fach, die Juristerei beherrschen, dann gewinnen Sie deren Respekt... Ach, ich beginne wieder zu dozieren", unterbrach sich Martenthaler, „hab mal Kurse in der Weiterbildung gegeben, entschuldigen Sie bitte..."

„Nein, nein, das ist ja alles sehr interessant für mich, ich wäre gerne in der Weiterbildung bei Ihnen, bin es ja eigentlich auch." Sie lächelte ihn an, vielleicht ein bisschen zu lange, und Martenthaler fragte sich, ob er rot wurde.

„Danach sollten Sie sich dem Volvo und seinem Fahrer widmen. Hoffen wir, dass er noch lebt. Lassen Sie uns mal in Schlepzig ermitteln, sein Umfeld abklappern und natürlich in Cottbus selbst, bei der PDS, seinem Arbeitgeber und dem Halter des Unfallfahrzeugs. Eigentlich auch eine Sache der Polizei. Sie haben da so ein ausgeprägtes Misstrauen. Aber wir können doch nicht auch noch deren Arbeit machen, Frau Leisner, ich bitte Sie..."

„Ach, Herr Doktor, das ist doch alles ehemalige Volkspolizei, zumindest auf der Arbeitsebene. Ich bin hier groß geworden, ich weiß, was Seilschaften sind, wie die zusammenhalten, das kennt man doch, kennt man zur Genüge…"

Martenthaler schwieg einen Moment bis er sagte: „Mir fehlt das Gefühl für die Zusammenhänge, die hier, jenseits der neuen Gesetze, Verordnungen und Dienstanweisungen, schon seit langem etabliert sind." Er holte tief Luft, es war fast ein Seufzer: „Na dann, Frau Leisner, machen wir das halt selber. Da ist doch dieser Kollege, der aus Cottbus stammt, der müsste sich doch da auskennen, wie heißt der denn?"

„Meinen Sie Herrn Noack von den Jugendsachen?"

„Ja, den. Er hat zwar auch mehr als genug zu tun, aber ich werde mit ihm reden, vielleicht lassen sich die Prioritäten in dieser Abteilung ein bisschen anders sortieren… Ja, so machen wir das, ich ordne Herrn Noack wenigstens mit einem Teil seiner Kapazität dieser Ermittlung zu. Erläutern Sie ihm diesen Fall, gehen alles mit ihm durch und machen mit ihm ein kleines Briefing …"

„Brief?"

„Briefing, ist halt so ein Anglizismus, meint eine kurze mündliche Einführung. Jedenfalls informieren Sie ihn über alles, was er wissen muss, besprechen Sie mit ihm auch, welches Vorgehen Sie empfehlen wollen, und schicken Sie ihn nach Cottbus und Schlepzig."

Frau Leisner strahlte. Ihre Wangen färbten sich ein wenig rosa, sie fuhr sich mit den gespreizten Fingern beider Hände die Schläfen entlang und schob das Haar hinter die Ohren. Martenthaler gefiel das, ihr leichtes Erröten und ihre vollen, dunklen Locken.

„Sie meinen, Herr Doktor, er wäre mir dann unterstellt?"

„So weit möchte ich nicht gehen, Frau Leisner, die Federführung behalte ich in diesem Fall schon selber, zumindest solange ich ihre Verfügungen gegenzeichne und Sie noch in der Fortbildung sind. Aber Sie haben mit dem Fall begonnen und da sollen

Sie auch, soweit möglich, das weitere Vorgehen festlegen. Warten Sie bitte, bis ich mit Herrn Noack selber gesprochen habe, ich werde ihm sagen, dass er auf Sie zugehen soll.“ Damit legte Martenthaler die Handflächen auf die Tischplatte vor sich und deutete an, sich zu erheben, worauf sie ihre Handtasche und ihre Akte zusammenpackte und sich sehr herzlich, sie betonte wirklich *sehr herzlich*, bedankte.

„Lass das, Franz Joseph!“, murmelte er leise vor sich hin, nachdem sie die Tür hinter sich geschlossen hatte, „sie könnte deine Tochter sein, und überhaupt ... Lass die Finger von ihr ...“

Homann saß schon eine Weile im Büro als Susan die Post des Tages hereinbrachte. Als oberstes hatte sie die aktuelle Ausgabe der *Allgemeinen* in die Mappe gelegt, den Lokalteil obenauf. „Homann gegen die eigene Fraktion“ lautete die größte Schlagzeile auf der Seite, darunter: „Dubiose Geschäfte des Baustadtrats unter Umgehung der Stadtverordneten.“ Nach unseren Recherchen ..., ging es weiter und dann folgte ein mehrspaltiger Artikel mit dem Tenor, eine Bebauung des Havelufers gegenüber dem Babelsberger Schloss sei so gut wie sicher, der Baustadtrat habe den Bauausschuss ausgetrickst und damit das Stadtparlament und die demokratische Kontrolle über die künftige Entwicklung Potsdams umgangen. Das Ganze war voller Missgunst und bösem Willen geschrieben, fand Homann, und offenbar ohne genaue Sachkenntnis. Haltlose Unterstellungen waren in Fragesätze gekleidet, wie etwa: Wem nützt dieses Projekt? Von wem wird Homann gesteuert? Ist der Baustadtrat vom Westberliner Kapital gekauft? Bremst die Bauverwaltung die Stadtverordneten aus?
Zwei Bilder illustrierten die Ausführungen, eines zeigte das Schloss Babelsberg, das ja von der beabsichtigten Bebauung überhaupt nicht berührt wurde, und auf dem anderen war Homann zu sehen, eine höchst unvorteilhafte Aufnahme, wie er fand, mit stechen-

dem Blick und vorgeschobenem Kinn hätte er auch als Mafioso gelten können. Der Autor, der nur mit Kürzel, nicht mit vollem Namen genannt war, schien Informationen über das Projekt von B & K zu haben. Oder er gab das nur vor, und der Artikel war so etwas wie ein Testballon. Jedenfalls war diese Art von Publicity das letzte, was Homann jetzt brauchen konnte. Eine öffentliche Diskussion noch ehe ein verwaltungsintern abgestimmtes Konzept in die Ausschüsse ging, konnte tödlich sein.

Homann griff zum Telefon und rief die Geschäftsstelle der Fraktion an. Die Mitarbeiterin dort kannte er seit längerem. Während der friedlichen Revolution hatten sie gemeinsam manches zustande gebracht, auch dank ihres organisatorischen Geschicks, aber für besonders helle hielt er sie nicht, und politisches Gespür traute er ihr schon gar nicht zu. Er versuchte, seine Wut zu unterdrücken als er sie fragte: „Haste schon die *Allgemeine* von heute gesehen?" Hatte sie nicht, natürlich nicht. „Da ist ein Artikel drin, unklar ob auf der Basis eines Interviews, oder einfach so recherchiert", fuhr er fort, „hat denn jemand von uns mit denen gesprochen oder zu denen Kontakt?"

„Ja, ja", antwortete sie, „klar, da war neulich doch der Anruf von einem Journalisten und die hatten gestern ein Gespräch, glaub ich." Sie nannte die Namen der beiden Stadtverordneten und berichtete kurz, wie es zu dem Interview gekommen war.

„Dank dir. Sag den beiden, sie sollen mich mal anrufen." Dann legte er auf, er musste auflegen, sonst wäre er explodiert.

Er ging ins Vorzimmer: „Susan, wegen dem Artikel in der *Allgemeinen*, krieg doch mal bitte raus, ob der OB deshalb einen Moment Zeit für mich hat?" Noch ehe er die übrige Post durchgesehen hatte, erschien Susans Kopf im Türspalt. „Jetzt wäre der OB zu sprechen."

Homann nahm die Zeitung, ging über den Flur und die kleine Nebentreppe hoch. Je zwei Stufen mit einem Schritt, das fiel ihm

nicht schwer und half ihm, jetzt etwas Ärger abzubauen. In dem engen Vorraum zu den Büros des OB und seines kleinen Stabes stand eine Sitzgruppe, Plüsch mit braun geblümtem Stoff, ziemlich abgewetzt, seit Jahren hatten hier Bürger, Verwaltungsmitarbeiter und andere Besucher darauf gewartet, zum Stadtoberhaupt vorgelassen zu werden. Der Raum hatte kein Fenster, zwei Stehlampen mit gefälteltem Stoffschirm erhellten ihn dürftig. Im Moment saßen da drei Wartende, Homann kannte niemanden von ihnen und grüßte nur mit einem flüchtigen Kopfnicken, ehe er ins Vorzimmer stürmte. Die beiden Damen im Sekretariat des OB sagten fast gleichzeitig: „Oh, Kollege Homann, er wartet schon, Sie können gleich durch."
Gut, dachte Homann, dass sie wenigstens Kollege gesagt haben und nicht Genosse. Sie hatten sich die alten Anredeformen noch immer nicht abgewöhnt, dabei war er für die beiden Damen weder das eine noch das andere.

Auch im Dienstzimmer des OB war der Besprechungstisch mit der Schmalseite T-förmig an den Schreibtisch herangerückt, das typische Arrangement eines Chefzimmers. Homann hatte mal in einem Historienfilm Lenin hinter seinem Schreibtisch im Kreml gesehen. Dort war der Tisch auch T-förmig, nur sehr, sehr groß. Die Büroeinrichtungen im Westen sahen anders aus, dachte Homann, ich muss das in meinem Zimmer ändern. Auf dem Tisch stand das Funktelefon, das Baum im Sommer mitbrachte und das er an den OB weitergereicht hatte. Und ein Exemplar der *Allgemeinen* lag auch schon da. Der OB deutete auf einen der Stühle am Besprechungstisch: „Setz dich doch."
Er schaute Homann mit traurigen Augen an. Tiefe Furchen zogen sich von den Nasenflügeln zu den Mundwinkeln. Schon in seinem Blick war zu spüren, wie schwer ihn die Last drückte, eine Stadt wie Potsdam in diesen Zeiten regieren zu müssen. Ja, dachte Homann, der macht das auch nicht freiwillig. Wir haben ihn

gedrängt. Die Fraktionen der Rathauskoalition haben ihn dazu gebracht, für dieses Amt zu kandidieren. Eine andere Figur wäre nicht mehrheitsfähig gewesen, hätte nicht die Stimmen der größeren und der zahlreichen kleinen Parteien und Bündnisse auf sich vereinigen können. Von ihm aber hatten sie alle den Eindruck, er könnte niemandem etwas zuleide tun und würde Kritik und Widerspruch hinunterschlucken. Ein mehrheitsfähiger Kandidat war auch nötig nach der Wahl, der ersten freien seit die SED ihre Macht verloren hatte, denn die Sitzverteilung in der Stadtverordnetenversammlung war schon sehr vertrackt. Wenn man nicht mit der SED koalieren wollte, was wirklich nicht ging, musste man sich mit allen anderen einigen.

Nun musste er also diesen traurigen Mann davon überzeugen, dass die Bebauung des Havelufers eine gute Sache wäre, dass die voreilige Publizierung in der *Allgemeinen* zwar misslich, aber doch kein Beinbruch wäre. Man müsste jetzt eben in die Offensive gehen und den Stier bei den Hörnern packen. Er hätte, berichtete er dem OB, den Plan ja schon auf der Tagesordnung der Ausschusssitzung gehabt, aber die Zeit hatte nicht gereicht und die Stadtverordneten haben den Punkt vertagt.

„Ist das eigentlich der, von dem wir das da haben?" Der OB deutete auf das Funktelefon.

Homann nickte.

„Können wir uns das leisten? Sollen wir das wirklich machen, einen Westberliner Investor …? Was werden unsere Bürger sagen? Die brauchen Wohnungen, die sie bezahlen können. Die vielen Arbeitslosen, Vorruheständler, die ganze lange Warteliste der Wohnungssuchenden, das weißt du doch selber … Und unsere Wohnungsbaugesellschaft braucht Geld, um die Altbauten wieder in Ordnung zu bringen. Die Ofenheizungen müssen raus, Braunkohle in den Stubenöfen vergiftet die Luft, auch das weißt du selber … Luxuswohnungen am Havelufer, dass ist doch wirklich nicht, was

jetzt drängt." Der OB schüttelte den Kopf. „Außerdem sind da doch bestimmt Rückübertragungsansprüche auf den Grundstücken, geht das denn überhaupt, da etwas hinzubauen? Und ist es wirklich das, was in der jetzigen Situation vordringlich ist?"
Homann hatte gehofft, in einem halben Stündchen die Bedenken des OB auszuräumen. Vor allem dachte er, dessen skeptische Haltung bezog sich auf den Zeitungsartikel. Aber er war ja grundsätzlich ablehnend gegenüber einem solchen Bauprojekt. Der war einfach zu pessimistisch! Er sah nicht, was so ein Investitionsschub für die Stadt bedeuten könnte und dass B & K nur die Vorreiter wären. Projekte auf Projekte würden folgen, wenn es erst mal richtig losging hier in Potsdam. Der OB hatte einfach keine Visionen, keine Vorstellung von einer aufstrebenden Stadt, wie Homann sie in Gedanken schon sah, wenn er durch die Straßen ging.

Eigentlich kannte er ihn lange genug und hätte sich denken können wie er reagieren würde. Aber der war auch schwankend, seine Meinung formbar. Er vertritt immer das, was sein letzter Besucher gerade gesagt hat, witzelte man auch mal auf den Fluren des Rathauses. Ein halbes Stündchen reichte nicht, Homann brauchte anderthalb Stunden, bis sein Gegenüber sagte: „Wenn du meinst, du kriegst eine Mehrheit dafür zustande, an mir soll's nicht scheitern."

Als Homann den OB verließ, saß nur noch einer der drei Wartenden im Vorraum, die anderen hatten wohl die Geduld verloren. „Wissen se wie lang ick jetze hier rumsitze? Zwee Stunden! Und die Sekretärin hat jesacht, 'n kurzen Moment noch! Früher hätten wir 'ne Wahleinjabe jemacht. Früher! Und jetze? Jetze soll det ne Demokratie sein?"
Homann versuchte es mit einem entschuldigenden Blick.

Martenthaler hatte am Vormittag auf dem Markt einen kleinen Rosenstrauß besorgt und dazu ein schmales Bändchen mit Anekdoten über Friedrich II., das er in der Buchhandlung gleich in Geschenkpapier verpacken ließ. „Sie feiere in der Kleingartensparte“, hatte Frau Nehlsen gesagt, und ihm den Weg beschrieben. War die Kleingartensparte eine Laubenkolonie?

Martenthaler ging zu Fuß, es war nicht weit, der Weg führte zuerst zwischen den grauen, fünfgeschossigen Blocks des Wohngebiets hindurch. An den Laternenmasten hingen Wahlplakate. Demnächst sollte der Landtag von Brandenburg gewählt werden. Am auffallendsten waren die Porträts der Spitzenkandidaten von SPD und PDS. Aber auch die zahlreichen Gruppierungen, die aus der Bürgerbewegung hervorgegangen waren, präsentierten sich mit eigenen Plakaten.

Später führte der Weg an einigen Lagerplätzen mit Bauholz, Maschinenteilen und Containern für Altmaterial entlang. Im Gegensatz zum Wohngebiet, in dem die Wege selten gefegt wurden und der Rasen vor den Häusern längst braun und verdorrt war, herrschte in der Laubenkolonie Ordnung. Der Sandweg, der die Anlage hälftig teilte, zeigte noch Spuren vom Harken. Die Hecken, die die Parzellen abgrenzten, waren sauber in gleicher Höhe geschnitten. Der Kompost war ordentlich in einer Ecke der kleinen Gärten aufgehäuft. Noch blühten Rosen üppig und Dahlien standen schon in voller Pracht. Es war Kaffeezeit. Fast vor jeder Laube war ein Tisch gedeckt, Geschirr klapperte, Radios spielten verschiedene Programme durcheinander. Martenthaler sah Kuchenberge unter Hauben aus Fliegendraht, Thermoskannen, dickbäuchige Männer in Unterhemden mit Sonnenbrand auf Schultern und im Nacken. Die Frauen in Kittelschürzen, die Kniekehlen voller Krampfadern, Süßigkeiten und Kuchenstücke gegen Wespen verteidigend. Eine Kleingartensparte war also eine Laubenkolonie.

Zu ihrem Fünfzigsten müsse er kommen, auf jeden Fall, hatte Frau Nehlsen betont. Er würde auch Kollegen treffen und ihre Familie kennenlernen. Die Parzellen hätten Nummern, er solle die Achtundzwanzig suchen.

Vor dem Holzhäuschen mit dieser Nummer war auf den Betonplatten einer kleinen Terrasse aus mehreren verschieden hohen Gartentischen unter einer langen, geblümten Tischdecke eine Art Geburtstagstafel zusammengestellt. Weiß lackierte Gartensessel, eine offenbar selbst zusammengeschweißte Hollywood-Schaukel mit braun-orange-gestreiften Polstern und eben solchem Markisendach, verschiedene Stahlrohrstühle und zwei hochkant gestellte Bierkästen dienten als Sitzmöbel. Alle Plätze waren schon besetzt, Frau Nehlsen und eine ältere Frau waren damit beschäftigt, Kaffee einzuschenken und hohe Stücke von einer rosa und sahnefarben geschichteten Torte zu verteilen. Stimmengewirr.
Ehe Martenthaler das Gartentor öffnete, versuchte er abzuschätzen, ob er mit seinen Jeans, dem hellen T-Shirt und dem Leinenjackett, das er mit betont locker hochgekrempelten Ärmeln trug, vielleicht overdressed erschien. Zu seiner Beruhigung waren hier aber keine blumigen Shorts oder bunten Kittelschürzen zu sehen, sondern Frauen in sonntagnachmittäglichen Sommerkleidern und hellen Strickjacken und Männer in langärmeligen Hemden oder offenen Blousons. Zwei Blumensträuße auf der Kaffeetafel und einige verpackte Geschenke auf einem zum Gabentisch verwandelten Holzstoß zeigten ihm, dass er auch mit einem Rosenstrauß und kleinem Buch nicht völlig daneben gegriffen hatte.

Frau Nehlsen stand mit dem Rücken zur Gartenpforte und bemerkte ihn erst als die kleinen Mädchen in der Runde mit lautem: „Da kommt ja noch eener“, auf ihn aufmerksam machten. Sie stellte die Kaffeekanne ab, strahlte ihn mit ehrlicher Freude an und ging ihm ein, zwei Schritte entgegen. Dabei machte sie eine Bewegung, die aussah als wollte sie die rechte Hand an einer Schürze abwischen, aber sie trug keine, und stoppte die Bewegung kurz vor dem Stoff ihres hellen Rocks. Stattdessen streckte sie ihm die zum Gruß hin. Martenthaler überreichte artig Sträußchen und Päckchen, beides legte sie für sein Gefühl zu rasch und achtlos auf den Holzstoß zu den anderen Geschenken, aber sie war sichtlich stolz darauf, ihn der Runde vorzustellen zu können, dass er fast gerührt war.

„Mein Chef, der Herr Oberstaatsanwalt Doktor Martenthaler“, sagte sie, und begann der Reihe nach die Namen der Anwesenden zu nennen. Nach fast einem halben Jahr hier im Osten wusste er natürlich längst, dass er die Runde zu machen und jedem die Hand zu geben hatte. Nur ein einziges Mal, ganz in den ersten Tagen hier, hatte er den Fauxpas begangen, zu einer Tischrunde mit kurzem Gruß und Kopfnicken hinzu zu treten und sich gleich zu setzen.

Die meisten Gäste waren Familienangehörige von Frau Nehlsen, aber es waren auch ein paar bekannte Gesichter aus der Staatsanwaltschaft und ein paar Gartennachbarn darunter. Frau Nehlsen jagte die beiden kleinen Mädchen, die kichernd gemeinsam mit den Fingern Sahnetorte aßen, von ihrem Platz in der Ecke der Hollywoodschaukel: „Ihr könnt doch da unten auf der Decke weiterfuttern.“ Die beiden protestierten nur kurz und verzogen sich dann mit ihrem Teller und den Limonadegläsern auf die Erde. Martenthaler wurde in die freigewordene Ecke platziert und bekam Torte und Kaffee serviert.

Der bebrillte Mann mit dem stark gelichteten, locker nach hinten gekämmten Haar, der schräg gegenüber von Martenthaler saß, war also Herr Nehlsen. Seine Frau hatte im Dienst nur höchst selten kurze Bemerkungen über ihren Mann geäußert, etwa: Was aus seinem Bereich in der Akademie wird, weiß ja keiner, oder: Als wir immer im Ferienobjekt der Akademie Urlaub gemacht haben …, oder: Sie wollen die Akademie evaluieren, was heißt das eigentlich? Überprüfen? Oder: Die Ungewissheit belastet einen schon mehr, als man es wahrhaben will. Aus solchen Bemerkungen konnte Martenthaler nur entnehmen, dass Herr Nehlsen eine Abteilung der Akademie der Wissenschaften der DDR leitete oder geleitet hatte, ohne dass klar geworden war, mit welchen Inhalten er sich dort beschäftigte. Überhaupt, die Akademie der Wissenschaften, was sich hinter diesem Begriff verbarg, verstand er nicht so restlos. Nur das mit dem Ferienobjekt, das kannte er. Die erste Weiterbildungsveranstaltung, die das Bundesministerium für die in den Osten abgeordneten Staatsanwälte veranstaltete, war just in solch einem großen, für die hiesigen Verhältnisse geradezu luxuriös ausgestatteten, hotelähnlichen Haus im Erzgebirge durchgeführt worden. Die Anmeldung zu dieser Tagung hatte Frau Nehlsen auch zu der Bemerkung über ihren früheren Urlaubsort veranlasst.

„Weiß oder braun?" Die Frage schreckte ihn aus seinen Gedanken. Herr Nehlsen hatte sich halb von seinem Platz erhoben und neben Martenthalers Kuchenteller und Kaffeetasse ein kleines Schnapsglas gestellt. Dennoch begriff er erst, als Nehlsen zwei Flaschen in die Höhe hielt, Kornbrand und Weinbrand, weiß und braun. Martenthalers Blick muss etwas entsetzt gewirkt haben als er abwehrte: „Doch nicht so früh am Tage!" Erst danach bemerkte er, dass alle anderen Gäste auch ein kleines Gläschen mit klarer oder brauner Flüssigkeit vor sich stehen oder bereits geleert hatten.

„Na, Staatsanwälte sind doch wohl nicht schüchtern", wurde er von rechts aufgezogen. Eigentlich klang es wie „Schdoodsanwälde".

„Sachsen? Thüringen?" Spöttelte er zurück. Mit den Dialekten im Süden der DDR kannte er sich nicht so aus.

„Es is jo nich nur der Marlies ihr Geburtstag, es is jo auch die Einheid, uff die wir anstoßen könnten, ni wohr, Herr Oberschdoodsanwold." Wer ihn da anpflaumte, war eine Cousine von Frau Nehlsen.

Herr Nehlsen stand derweil immer noch leicht vornübergebeugt mit seinen beiden Flaschen und wartete auf eine Antwort. Also gut, dachte Martenthaler: „Weiß!" *Nordhäuser Korn* kam ihm vertrauenserweckender vor als *Wilthener Goldkrone*.

„Thüringen übrigens. Unn jetz uff de Einheid." Wieder die junge Frau, die rechts von ihm den Mittelplatz auf der Hollywoodschaukel innehatte und nun ihr Glas, das ebenfalls mit einem Korn gefüllt war, erhob.

„Nicht auf das Geburtstagskind?"

„Ham wa schon. Und außerdem, der Marlies ihr Geburtstag ist jedes Jahr, aber die Einheit!"

Richtig, Martenthaler hätte es fast vergessen, an diesem sonnigen Oktoberwochenende würde die DDR ja aufhören zu existieren. Beitritt. Volksfeste, Politikerreden landauf, landab. Aber hier in der Laubenkolonie war nichts Besonderes zu merken. Frau Nehlsens Geburtstag war der Anlass, und er fand das gut so. In den Monaten zwischen Juli und Oktober hatten sich die Dinge für sein Gefühl ohnehin viel zu schnell entwickelt. Als Jurist konnte er diese Verträge und Gesetze, die voller Unklarheiten waren und künftige Korrekturen des Gesetzgebers mit Prozesslawinen nach sich ziehen würden, kaum verstehen und schon gar nicht billigen. Mit Grauen dachte er an die heillose Überlastung der Gerichte, die er schon jetzt kommen sah. Allein das Grundstücksrecht, was da im Vertrag stand … Martenthaler schüttelte den Kopf.

„Nich uff de Einheid? Ich denk, Sie sinn extra wegen der Einheit hier, aus Ihrem was? Köln? Düsseldorf?"

„Doch, doch!" Martenthaler stieß endlich mit seiner Nachbarin an und kippte das brennendscharfe Getränk hinunter. Herr Nehlsen, der immer noch stand, schenkte sogleich ihm und seiner Nachbarin erneut ein. Sie strahlte ihn an, was er erst jetzt bemerkte.

„So, nun auf die Marlies! Marlies auf dich!" Martenthaler musste noch einen Klaren kippen, und spürte schon die Wärme des Alkohols sowie ein leicht schwebendes Gefühl im Kopf. Seine Nachbarin, die ihm als Frau Bittmann vorgestellt worden war, lachte und sagte: „Ich heiße Georgia." Sie sagte: „Dschordscha."

Martenthaler aß sein Tortenstück und ließ sich gleich noch ein zweites nachlegen. Ohne was im Magen, würde die Sache mit dem Korn gründlich schiefgehen. Hier wurde er nicht nur von Frau Nehlsen und ihrer Familie, hier wurde er auch von mehreren Mitarbeitern der Staatsanwaltschaft beobachtet, und er war keineswegs sicher, ob seine Trink- oder auch seine Charakterfestigkeit einem gezielten Test unterzogen wurden.
Später hatte Martenthaler das Gefühl, schon zu lange bei dieser Geburtstagsfeier auf der Hollywoodschaukel gesessen und zu viel Torte, Kaffee und Nordhäuser Korn zu sich genommen zu haben. Die Sonne war untergegangen, Lampions wurden angezündet, die meisten Kollegen aus der Staatsanwaltschaft, keine anderen aus dem Westen übrigens, sondern nur von Frau Nehlsen aus früheren Tagen, hatten sich schon verabschiedet. Ihm fiel plötzlich auf, dass seine Nachbarin Georgia, die dauernd auf ihn einredete, viel lachte, im Gespräch auch dann und wann ihre Hand auf seinen Unterarm legte und mit ihrem Oberschenkel den seinen berührte. Als er den kleinen Toilettenanbau der Laube aufsuchen musste, stieß er beim Aufstehen erst an die Kaffeetafel und dann an den als Gabentisch genutzten Holzstoß. Er fand seine beeinträchtigte Bewegungskoordination peinlich. Wie viele Schnäpse waren das gewesen? Aber das wohlige Gefühl neben dieser Georgia Bittmann hielt ihn fest. Mal wieder eine Frau spüren …
Schließlich verabschiedete er sich doch, Georgia sah ihm dabei so lange in die Augen, bis er den Blick abwandte. Frau Nehlsen und auch ihr Mann bedankten sich auffällig herzlich für seinen Besuch und das kleine Geschenk und wie er fand, aufrichtig.

Heger saß am Küchentisch, das Wachstuch hatte er saubergewischt, die Unterlagen vor sich ausgebreitet. Mit hochgekrempelten Ärmeln machte er sich daran, eine Aufstellung auf einem doppelten Bogen karierten Papiers anzufertigen. Er hatte sich das leichter vorgestellt, Immobilienmakler zu sein. Für Grundstückseigentümer Käufer zu finden, für Grundstücksinteressenten Verkäufer, das konnte so schwer nicht sein. Und vor allem nicht so langwierig. Seit fast einem halben Jahr arbeitete er nun an diesem einen Auftrag. Aber jetzt, so schien es, hatte er endlich alle Informationen beisammen.

Das Grundstück am See gehörte gar nicht der Armee, also der NVA. Ein Verkauf zugunsten der Streitkräfte kam somit gar nicht infrage. Das hätte den früheren Kameraden heute auch nichts mehr genützt, wäre mit dem heutigen Tag Bundeseigentum geworden. An diesem schönen Sonntag hörte die DDR auf zu existieren und die NVA wurde Teil der Bundeswehr, Teil der Armee des Klassenfeindes. Das hätte er auch nicht gedacht, dass die große Sowjetunion, Befreierin vom Faschismus und fast ein halbes Jahrhundert hindurch unverbrüchlicher Freund und Waffenbruder, die DDR so im Stich lassen würde. Dieser Gorbatschow, das war doch wirklich kein Generalsekretär vom alten Schlage mehr! Er schüttelte den Kopf. Aber… nein! Nein, darauf kam es jetzt nicht mehr an, und ob es früher wirklich darauf ankam, als er noch dabei war, spielte nun auch keine Rolle mehr. Hier gab es ein Geschäft, das er machen konnte, auch wenn er viel mehr Arbeit hineinstecken musste, als er je geahnt hatte. So konnte sich der Gewinn, die Provision, die da winkte, doch wirklich sehen lassen. Und darauf kam es ihm jetzt an.

Also, erstens war es nicht ein Grundstück, es waren sieben verschiedene Flurstücke, fünf Parzellen nebeneinander am See und zwei langgestreckte dahinter bis zur Straße. Zweitens, keines war enteignet worden, als sie in den sechziger Jahren die Grenzbefestigung bauten. Die Eigentümer waren alle weggezogen, einige direkt in die BRD, andere zunächst nur innerhalb der Republik, die meisten aber später auch in den Westen oder gar nach Übersee. Wochenlang hatte er auf dem Grundbuchamt immer wieder nachgefragt, wann er Einsicht in die Akten nehmen könnte. Zunächst war ihm das grundsätzlich verwehrt worden, später hieß es, die das Gebiet betreffenden Grundbuchblätter seien verschwunden. Aber er kannte die meisten Beschäftigten des Grundbuchamtes, er kannte ja eigentlich jeden, fast jeden, der bei der Kommunal- und der Bezirksverwaltung gearbeitet hatte. Also wartete er einige Tage lang jeweils am Nachmittag geduldig vor dem Grundbuchamt und sprach dann eine der Mitarbeiterinnen an, als sie zum Feierabend mit anderen aus dem Haus kam. Sie musste ihn kennen, sie war mit ihm zusammen in die Schule gegangen. Eine Zeitlang waren sie in der gleichen FDJ-Gruppe gewesen, genug Anlass, sie an alte Zeiten zu erinnern. Der Grund, warum er gerade sie ausgewählt hatte, war aber ein anderer. Er wusste, wie er sie dazu bringen könnte, ihm die notwendigen Akten zu beschaffen. Ob sie auf einen Kaffee mitkommen wolle, rüber ins Café am Tor, er würde gerne was mit ihr besprechen. Sie erinnere sich doch: FDJ, POS … Natürlich erinnerte sie sich und fragte gleich, was er jetzt so mache, ob er noch bei der Armee …?

Heger wich der Frage aus und übernahm die Gesprächsführung. Sie sei bestimmt froh, einen sicheren Job in der Justizverwaltung zu haben, und Grundbuch, da sei ja viel zu tun. Er lenkte das Gespräch, noch ehe sie ihren Kaffee ausgetrunken hatte, auf die entscheidende Frage, ob sie keine Angst habe vor der Überprüfung, sie habe doch sicher angegeben, keine Kontakte zum MfS unterhalten zu haben. Als sie aufbrauste: „Das musst du ja gerade sagen!“ Lächelte er fein und entgegnete: „Ich bin nicht mehr in der Armee, auch nicht in der Verwaltung, schon gar nicht im Justizwesen, ich bin in der freien Wirtschaft. Selbstständig. Meine Vergangenheit interessiert keinen. Aber deine vielleicht. Ich meine, von mir hast du nichts zu befürchten, ich würde dich

nie verpfeifen. Aber ein bisschen entgegenkommen, so als Dank für meine Loyalität, könntest du mir schon …"
So bekam er einen Termin, um die Grundbuchakten einzusehen. Das berechtigte Interesse bestätigte er durch eine gefälschte Vollmacht eines der Grundstückseigentümer, deren Namen er ja nun erfuhr. Die fingierte Vollmacht konnten sie beim Grundbuchamt zu den Akten nehmen. Damit keiner auf falsche Gedanken kam, auch im Nachhinein nicht. Und wenn er wieder einmal ins Grundbuch schauen wollte, wusste er, an wen er sich wenden konnte, zumindest solange kein anderer seine frühere Klassenkameradin und FDJ-Freundin wegen ihrer Stasi-Kontakte denunzierte.
Heger nahm seine Notizen zur Hand und machte auf das karierte Papier eine erste Spalte für die Flur- und Flurstücksbezeichnung, eine zweite für die Grundbuchnummer, eine dritte für die Größe des Grundstücks. Dann die früheren Eigentümer. Er hatte sie von allen sieben Grundstücken herausbekommen. Das erste hatte einer Erbengemeinschaft gehört. Eingetragen war noch der Eigentümer, der das Grundstück neunzehnhundertzwanzig erworben hatte. Heger bekam durch mühevolle detektivische Recherche die Namen und Adressen seiner drei Enkel heraus, alle ansässig in Hessen, nahe Frankfurt am Main. Die anderen Fälle waren problematisch, zwei Grundstücke waren neunzehnachtunddreißig gekauft worden, die Verkäufer damals hießen Rosenbaum bzw. Levy. Das war wohl kaum redlicher Erwerb. Er hatte versucht, die Nachkommen der Verkäufer ausfindig zu machen, aber ohne Erfolg. In der jüdischen Gemeinde war über Familien namens Rosenbaum und Levy nichts bekannt. Selbst im Geheimen Preußischen Staatsarchiv in Dahlem hatte er die Potsdamer Deportationslisten der Dreißiger- und Vierzigerjahre durchgesehen. Sie waren unvollständig und enthielten weder den einen noch den anderen Namen. Die Käufer und eingetragenen Eigentümer oder deren Erben lebten noch. Aber alles sah danach aus, als müssten die Grund-

stücke an die jüdischen Besitzer oder deren Rechtsnachfolger rückübertragen werden. Nummer vier gehörte einem sehr alten Herrn, der im Feierabendheim der Volkssolidarität hier in der Stadt lebte. Die Eigentümer der restlichen Grundstücke waren ebenfalls Nachkommen der jeweiligen eingetragenen Eigentümer, bei keiner der drei Erbengemeinschaften lebten alle Mitglieder in Deutschland. Eines der Grundstücke gehörte anteilig dreizehn Personen, von denen drei in den USA, eine in Australien, zwei in Kanada, eine in der Schweiz und der Rest in Deutschland, in der BRD, dachte Heger nach wie vor, lebten. Er listete alle Adressen auf.
Außerdem stand auf dem Grundstück, das dem hochbetagten Mann gehörte und in Hegers Nummerierung die Vier war, eine Villa, die seit der Schließung der Grenze, seit einundsechzig, unbewohnt war. Sie war ruinös und müsste wohl abgerissen werden. Dieses Grundstück war nie enteignet worden, warum auch immer, jedenfalls stand im Grundbuch nicht Eigentum des Volkes, auch war kein Vermerk über die staatliche Verwaltung eingetragen. Also konnte der Eigentümer ohne weiteres darüber verfügen. Für alle anderen hätte ein Rechtsträger vermerkt sein müssen, wohl die NVA. Aber hier im Grenzgebiet hatte die NVA, das wusste er ja aus seiner Tätigkeit, wie ein Eigentümer über alle Grundstücke verfügt, die Zäune, den Kolonnenweg für die Patrouillenfahrzeuge und den Laufgraben für die Hunde angelegt sowie das Gehölz gerodet, um das Schussfeld freizuhalten.
Heger holte die Schreibmaschine aus dem Wohnzimmer. Er hatte sich so eine elektronische Maschine japanischer Herstellung für ein paar hundert DM gekauft. Die hatte einen Speicher, da konnte er Tippfehler korrigieren und die fehlerfreie Seite noch mal ausdrucken. Genial. Das ersparte ihm eine Sekretärin, denn seine eigenen Schreibmaschinenkünste waren dürftig. Eine Menge Ausgaben, die er schon auf sich genommen hatte, um ins Geschäft zu kommen. Der neue Anzug, dieses modisch bräun-

lich-violette Stück, zu dem auch zwei neue Hemden, zwei neue Krawatten und, was er am wenigsten vorhergesehen hatte, auch Schuhe westlicher Machart nötig waren, um nicht mehr im Kreis der Geschäftspartner aufzufallen. Ferner der Aktenkoffer. Das wenigste waren noch die Visitenkarten und das gedruckte Briefpapier mit *Heger Immobilien Consultant.* Und eben die elektronische Schreibmaschine. Das Schlimmste aber war, er hatte kein Telefon. Und auch keine Chance, in absehbarer Zeit eine Leitung gelegt zu bekommen. Einige der Geschäftsleute, die jetzt überall auftauchten, zum Beispiel Zweigstellenleiter der neu eröffneten Filialen westlicher Banken, liefen mit Funktelefonen herum, kleine Kästen, die handtaschenähnlich am Schulterriemen getragen werden konnten, bei Besprechungen diskret neben dem Aktenkoffer abgestellt wurden und manchmal klingelten. Aber so ein Gerät kostete Tausende und die Gebühren für die Gespräche über die Funkfrequenzen waren nahezu unbezahlbar.

Überhaupt, nun lebte Heger schon seit Monaten von seinen Vorruhestandsbezügen, da hatte er den richtigen Riecher gehabt, als er seinen Dienst schon vor den anderen Kameraden quittierte. Und zwar als klar geworden war, dass die NVA bei Übernahme durch die Bundeswehr auf weniger als ein Viertel ihrer bisherigen Stärke reduziert würde. So war er noch in diese besonders günstige Regelung reingerutscht, siebzig Prozent der letzten Bezüge. Von den paar blauen Hundertern, Westgeld, die zwischen seinen Büchern versteckt waren, hatte er die ersten Investitionen getätigt. Auch das Konto mit dem Ersparten, Ostmark, war weitgehend geleert, nur zweitausend Mark waren ja eins zu eins umgetauscht worden, der Rest war seit dem 1. Juli gerade noch die Hälfte in DM wert.

Ehe Heger den Stecker der Schreibmaschine einsteckte, ging er zum Herd, drehte den Gashahn auf, zündete die Flamme an und setzte Wasser auf. Er schüttete zwei gehäufte Teelöffel Kaffeemehl und einen Löffel Zucker in einen Becher, goss das Wasser auf als

es brodelte, rührte den Schaum unter, der sich an der Oberfläche bildete und nahm den Becher mit an den Tisch. Dann ging er ins Wohnzimmer und öffnete die Fenstertür zur Straße hin. Der Balkon, der früher einmal an dieser Stelle den großbürgerlichen Altbau geziert hatte, war wegen Baufälligkeit entfernt worden. Ein einfaches Eisengitter hatten sie im Auftrag des kommunalen Gebäudewirtschaftsbetriebs außen vor die Türöffnung geschraubt, damit man nicht abstürzt. Die milde nachmittägliche Oktobersonne wärmte ihn, und er bekam Lust, noch in die Stadt zu fahren. Viele Menschen, die meisten von ihnen besser gekleidet als üblich zumeist im guten Anzug oder Kostüm, sammelten sich an der Straßenbahnhaltestelle. Im Zentrum der Stadt war eine Art Volksfest vorbereitet worden zu diesem Tag, Vereinigung der beiden Staaten. Nein, eben nicht Vereinigung, sondern Beitritt der neuen Länder zur alten BRD. Das sagte schon alles! Heger wusste nicht recht, ob das für ihn ein Anlass zum Feiern sein sollte. Naja, er würde diese Briefe schreiben und dann auch noch ein bisschen in die Stadt gehen.
Zurück am Küchentisch schaltete er die Schreibmaschine ein und spannte einen Bogen Konzeptpapier ein. 3. Oktober 1990, war das ein angemessenes Datum für diese Art von Brief? Auf zwei Tage würde es nicht ankommen, er datierte auf den 5. Oktober. Als Betreffzeile schrieb er: *„Ihr Grundstück in Potsdam, Flurstück Nummer…“* Dann legte er los: *„Im Auftrag eines erfahrenen und sehr solventen Berliner Bauträgerunternehmens erlaube ich mir, Ihnen ein Kaufangebot für Ihren oben angeführten Grundbesitz…“* Heger korrigierte, feilte und verbesserte an dem Briefentwurf so lange, bis er ihn völlig beeindruckend und überzeugend fand. Eine solche Offerte konnte kein Eigentümer unbeachtet lassen. Die Tatsache, dass er kein Telefon hatte, umschiffte er elegant mit dem Schlusssatz: Daher werde ich mir erlauben, Sie in dieser Angelegenheit in den nächsten Tagen anzurufen.

Heger schlürfte den letzten Schluck Kaffee vom Satz am Boden des Bechers und räumte die Schreibmaschine weg. Er war sehr zufrieden mit seinem Werk. Die Briefe lagen gestapelt und frankiert auf dem Küchentisch. Die Adressen und seine gedruckte Absenderzeile schienen durch das milchig transparente Fenster der länglichen Umschläge. Übermorgen würde er sie in den Briefkasten werfen. Er krempelte die Ärmel herunter, band sich eine Krawatte um, zog sich Sakko und einen leichten Mantel an und ging aus dem Haus. Nun konnte er getrost die deutsche Einheit feiern gehen, die heute über ihn gekommen war.

Martenthaler wachte mit Kopfschmerzen auf. *Nordhäuser Korn* mit Torte, aber ohne die deftige Grundlage eines kräftigen Hauptgerichts, war ihm offenbar nicht gut bekommen. Er ging ins Bad und kramte aus seinem Waschzeug die Schachtel mit Aspirin, kaute widerwillig zwei der bitteren Tabletten und spülte mit Wasser aus dem Zahnputzglas nach. Dann machte er in der Küche Tee, stellte das Stövchen, die Kanne, Zucker, Sahne und ein Glas auf das Tablett und verkroch sich wieder ins Bett. Nach dem ersten Glas Tee schaltete er das Radio ein, Reden verschiedener Politiker, ach ja, Tag der Vereinigung, des Beitritts. Er schaltete wieder aus, trank noch ein Glas Tee und merkte, wie das Schmerzmittel zu wirken begann. Mit langsamen Bewegungen, so als könne jede übertriebene Aktivität die Kopfschmerzen wieder aufflammen lassen, ging er ins Bad, duschte, sprühte sich Deo unter die Achseln, kämmte sich sorgfältig, nahm ein wenig von dem guten Rasierwasser, suchte das rote T-Shirt, von dem er hoffte, dass es seine Stimmung beflügeln würde, zugleich dachte er, rot bedeute auch ein bisschen Opposition gegen diese Beitrittseuphorie. Er zog sich an und machte Frühstück, Ham and Eggs, seiner anglophilen Neigung folgend und als Kontrastprogramm zum vielen Süßen auf Frau Nehlsens Geburtstagsfete. Die ganze Wohnung roch nach gebrutzeltem Frühstücksspeck, den er gerade auf einem großen Teller mit Spiegeleiern, Toast und gedünsteten Tomaten anrichtete als es klingelte. Martenthaler erwartete niemanden.

Vor der Wohnungstür stand diese Georgia Bittmann, lachend, etwas stupsnasig, was er gestern gar nicht gesehen hatte, zierlich, das hatte er gestern sehr wohl bemerkt, mit aufrechter Haltung und ja, keck. Komisches Wort, dachte er, wie aus einem Fontane-Roman. Sie begann zu schnuppern: „Was gibt's denn hier Köstliches zum Mittag?"

Martenthaler schaute verwirrt auf sein Handgelenk, aber da war keine Uhr.

„Wieso, wie spät ist es denn?"

„Na? Soll ich denn hier stehen bleiben?"

Martenthaler trat, noch immer wortlos, ein wenig zur Seite. Das geht doch nicht, dachte er, das wird doch nix, das kann doch nur schiefgehen. Zugleich aber antwortete er, und fand seine Antwort völlig albern: „Das ist mein Frühstück."

„Was, dein Frühstück?"

Wieso sagte sie *du*? Hatten sie sich gestern schon geduzt? War irgendetwas gewesen, an das er sich nicht erinnerte? Hatten sie sich etwa verabredet oder hatte er sie gar eingeladen? Gut, ein paar Nordhäuser, ein bisschen verkatert, aber ein black out?

„Was da so riecht … ähm, duftet."

Er vermied die Anrede, die Entscheidung *du* oder *Sie*.

„Frühstück? Um halb eins? Mit Rostbratwurst?"

„Nicht Rostbratwurst. Ham and eggs."

„Hemmend, was? Ecks?" Sie kicherte, kam einen Schritt auf ihn zu, stellte sich auf die Zehenspitzen und schaute ihm direkt in die Augen. Das war doch eine Aufforderung. Martenthaler wollte nicht aufgefordert werden, jetzt nicht. Also kein du, nun erst recht nicht.

„Englisches Frühstück, ham and eggs. Wie wär's damit? Ich kann noch ein paar Eier machen, Toast und Tee sind genug da."

Georgia zog die Schultern hoch, schob die Unterlippe vor und antwortete mit einem kleinen unbestimmten: „Hmm". Er machte endlich die einladende Handbewegung, die schon überfällig war, und wies in Richtung Wohnzimmer. Sie trat mit gespieltem Zögern ein paar Schritte in den Raum. Er murmelte eine Entschuldigung, raffte die zerfledderte Zeitung zusammen, bedeckte, diskret und geschickt, wie er fand, damit Socken und Unterwäsche, die er gestern einfach hatte fallen lassen, und stopfte alles in den Papierkorb neben dem Schreibtisch.

„Entschuldigung, ein bisschen, naja, singlemäßig, ich meine, kein Anlass, hier Ordnung…" Ach, er verhaspelte sich, ließ zu viel raus. Was ging es Georgia Bittmann an, ob er hier alleine oder mit einer Partnerin lebte? „Frühstück ist allerdings in der Küche", sagte er, vermied wieder du oder sie und wies in die andere Richtung.

Spiegeleier, Toast und Speck waren abgekühlt, sie würden widerlich fettig schmecken, nur der Tee auf dem Stövchen war heiß geblieben. Georgia setzte sich auf den Hocker gegenüber von seinem Gedeck, stützte die Ellbogen auf den Tisch, das Kinn in die Hände und sagte: „Hämm end Ex find' ich gut. Tee auch. Mach mal! Und dann gehen wir wohin."

Martenthaler fand sich immer noch nicht in die Situation hinein und hatte das Gefühl, sich selbst zu beobachten. Aber langsam änderte er seine Meinung. Schau doch richtig hin, sagte er sich insgeheim, kein Grund, so abweisend zu sein.

Sie sah wirklich nicht schlecht aus. Eigentlich waren Frauengesichter mit allzu ausgeprägtem Kindchenschema nicht das, was er suchte, aber ihre Stupsnasigkeit wurde auf ganz eigentümliche Weise durch ein recht energisches Kinn konterkariert. Und dieser weiße Pullover zu ihrer gebräunten Haut… Martenthaler lächelte zum ersten Mal heute Morgen, lächelte sie an und sagte: „Ich mach uns ein frisches Frühstück, es schmeckt einfach nicht kalt."

Und sie lächelte zurück.

Martenthaler war froh, noch Eier im Kühlschrank zu haben und ein paar Packungen von diesem dänischen Frühstücksspeck. Ewig hatte er danach gesucht, hier gab es ihn nicht, er brachte ihn immer aus dem Zehlendorfer Supermarkt mit. Er machte auch frischen Tee und Toast, legte für sie ein Gedeck auf und fand sogar noch eine Serviette.

Georgia langte kräftig zu und sagte dabei: „Mal was Anständiges nach den ganzen Torten bei der Marlies." Das fand er auch.
Nachdem sie mit dem letzten Stückchen Toastbrot Fett und Eigelb säuberlich von ihrem Teller gewischt und aufgegessen hatte, um noch mit ein paar kräftigen Schlucken Tee nachzuspülen, stand sie auf.

„Das war aber gut! Und vielen Dank! Ich sollte vielleicht erklären, wieso ich einfach so …" Sie erwartete von ihm wohl eine Aufforderung, weiter zu sprechen oder auch das Gegenteil, ein Zeichen wortlosen Verständnisses, aber er war sitzengeblieben und blickte sie nur aufmerksam von unten an.

„Also, ich wollte einfach wissen, was das für einer ist, dieser Staatsanwalt."

„Martenthaler heiß ich, Franz Josef Martenthaler."

„Ich weiß." Sie lachte: „Franz Josef. Passt ja nicht hierher, kein bisschen preußisch. Kommt hierher und heißt Franz Josef, nicht Fritz, nicht Willem."

„Tja, und nun?"

„Nun? Gehen wir in die Stadt. Einheit feiern. Die haben ganz schön was auf die Beine gestellt. Komm!"

Als sich die Sonne senkte und es etwas kühler wurde, hatten sie genug von Blasmusik, Festzelt und Riesenrad. Martenthaler schlug vor: „Vielleicht gehen wir noch wohin, wo's ruhiger ist. Für ein Bier zum Abschluss. Was hältst du vom *Froschkasten*?"

„*Froschkasten* kenn ich nicht, so oft war ich auch nicht hier bei der Marlies ihrer Familie, den Nehlsens. Und wenn, Familienklatsch, im Sommer meist auf der Datsche, sonst vielleicht ein Spaziergang nach Sanssouci, da kam man gar nicht so in die Stadt", entschuldigte sie sich.

Er dagegen war ganz stolz, dass er die Stadt schon so gut kannte. Er hatte Potsdam in den letzten Monaten schnell erkundet, vor allem auch die wenigen Lokale. Und so konnte er sie einteilen in solche, die er kein zweites Mal aufsuchen wollte, und die anderen. Deshalb schlug er diese Gaststätte in einem der kleinen barocken Häuser am Kiez vor: „Dort wird es hoffentlich nicht zu voll sein." Georgia Bittmann hatte ihm schon längst ihre Hand überlassen und drückte nun die seine zustimmend. Vielleicht, dachte er, soll ich doch etwas mehr Initiative zeigen. Das *Du* war ja jetzt auch nicht mehr schwierig.

Die Gaststätte war nicht sehr groß, ein paar Barhocker vor dem Tresen, eine Reihe kleiner Tische an den Fenstern und in der Ecke vor einem großen, wohl gut hundert Jahre alten Sofa ein runder Tisch. Überhaupt hatte die Einrichtung bestimmt schon Generationen von Gästen überlebt, war immer gepflegt und da und dort um ein neues Stück ergänzt, aber doch reichlich abgenutzt worden. Keiner der Tische war frei, aber an dem großen runden waren noch ein paar Stühle unbesetzt. Eine Gruppe von vier Männern und einer Frau saßen dort. Sie nickten auf Martenthalers Frage, ob man sich dazusetzen dürfe.

Die Gruppe unterhielt sich lebhaft, rheinischer Dialekt, für Martenthaler heimatliche Klänge. Sofort war ihm klar, ein paar Aufbauhelfer, die nicht wie die meisten übers Wochenende westwärts, nach Düsseldorf, Bonn oder Köln gefahren waren. Sie taxierten ihn kurz, das spürte er sofort. Wessi? Ossi?

Georgia führte sie wohl auf die falsche Fährte, als sie auf Martenthalers Frage, was sie trinken wolle, in ihrem thüringischen Tonfall sagte: „Nu du host doch gesoochd, 'n Bier."

Die Gruppe, die sich zuvor ziemlich laut und mit viel Gelächter unterhalten hatte, war einen kurzen Moment still, ehe einer der Männer die Neuankömmlinge ansprach: „Das ist ja nun richtig ein historischer Tag, wenn man denkt, man kann den Enkeln mal erzählen, dass man dabei war und wie alles war."

„Und vor'm Jahr haben wir noch vierzigsten Jahrestag gefeiert", ergänzte Georgia.

Ob die merken, dass ich auch von drüben bin, fragte sich Martenthaler. Sein rheinischer Tonfall, das wusste er, war schon zu hören, aber dass er mit einer aus Thüringen, die bei den Rheinländern bestimmt als Sächsin galt, hier auftauchte, war eine gute Tarnung. Ob Georgia mitspielte? Er stieß sie unterm Tisch leicht mit dem Knie an, was sie missverstand, um sogleich mit sanftem Gegendruck zu erwidern und er sagte: „Ja, wir mussten ja immer zur Demo hin. Hausgemeinschaftsweise. Wenn man nicht verreist war, fiel es sofort auf, wenn man wegblieb."
Die Frau gegenüber schaute ihn bedauernd an, während Georgia ihm nur einen kurzen Blick zuwarf. Ihm gefiel sehr, dass sie sein Spiel sofort begriff.

„Ach ja", setzte sie noch eins drauf, „das war schon schwer, weißt du noch", dabei schmiegte sie sich an ihn, „wie wir mal den ersten Mai nicht aus den Betten kamen und der Mensch aus der Etage drüber, der hundertfünfzigprozentige, trommelte an die Tür: ‚Auf zum ersten Mai, Kampftag der Arbeiterklasse!' Ich war so scharf auf dich und der Scheißkerl gab keine Ruhe an der Tür." Sie kicherte, biss ihm ins Ohrläppchen, wurde sogar rot und spielte die Verlegene gegenüber den Rheinländern.

Die Punkte gingen offenbar an sie, registrierte Martenthaler, und nun mussten sie weiterspielen. Sie begann eine lange Geschichte mit immer neuen Anekdoten über unfähige Parteisekretäre, aufgeblasene Betriebsdirektoren, die Bürokratie und die ewig unzureichende Versorgung. Als dies in einer Geschichte über einen Stasispitzel gipfelte, den sie im Kühlschrank entdeckte und der da schon halb erfroren war, weil er nicht mehr rauskam, da sie die Tür seit Tagen nicht geöffnet hatte: „Es gab ja sowieso nie was Frisches, was man hätte kühlen müssen“, wurden die Rheinländer langsam misstrauisch.

„Willste uns verarschen? Pass auf, du!“ Da war schon ein bisschen Aggression im Tonfall, merkte Martenthaler, der genau wusste, wann auch am Rhein der Spaß aufhört.

„Wir kommen hier in die Pampa, um euch Demokratie und Marktwirtschaft beizubringen, und ihr verarscht uns!“

„Na, na, außer Nächstenliebe ist ja wohl noch Geld im Spiel, ihr kriegt ja wohl das Doppelte wie zu Hause, nicht wahr?“ konterte Georgia und nun war sie es, die ihn unterm Tisch anstieß.

„Buschzulage“, sprang er Georgia bei. „Sagt ihr nicht Buschzulage? Pampa oder Busch, jedenfalls irgendwie Wildnis hier. Das findet ihr doch. Wie früher die Engländer, ein paar Jahre in den Kolonien, das muss schon sein für einen Gentleman.“

Aber dann meinte Martenthaler, er müsse nun doch einlenken und legte beschwichtigend seine Hand auf Georgias Unterarm.

„Gehe ich wieder zu weit?“ fragte sie scheinheilig.

„Diesmal vielleicht schon. Die Herrschaften freuen sich doch sicher auch über die Einheit und wollen ein bisschen feiern.“ Und auf Georgias fragenden Blick hin ergänzte er: „Und uns hat's ja wirklich was gebracht und wird noch viel mehr bringen.“

Erst als Georgia sich noch dichter an ihn drängte, wurde ihm klar, dass sie das als Andeutung oder vielleicht sogar als Aufforderung verstanden hatte.

„Aber, und nun mal im Ernst, was macht ihr denn hier so, Verwaltung? Abgeordnet aus NRW?“

„Aus Düsseldorf. Wir bauen hier ein bisschen die Verwaltung auf, OFD, Finanzministerium, so Sachen … Haushaltsplanung, Öffentliche Beteiligungen, Privatisierungen, Restitutionsfragen und so.“

Meine Güte, auch Juristen, dachte Martenthaler und lenkte das Gespräch in weniger brisante Bahnen. Ob sie das Lokal hier, den Froschkasten schon öfter besucht hätten, welche anderen Gaststätten in der Stadt sie noch angenehm fänden, wie das hiesige Bier schmecke? Er wiederum ließ sich lang und breit erklären, was er selbst genauestens wusste, den Unterschied zwischen Pils, Kölsch und Alt und wie viel mehr Kneipen es in Düsseldorf gebe als hier.

Georgia war still geworden und auch ein wenig von ihm abgerückt. Ob sie gelangweilt war von solchen eher ganz normalen Kneipengesprächen? Als sie aufstand und in Richtung Klotür ging, schaute er ihr nach. Hübsch dieser einfache weiße Pullover und die gutsitzenden Jeans.

Als sie wieder vor dem Lokal auf dem buckeligen Kopfsteinpflaster standen, fragte er: „Kommst du noch mal mit zu mir?"

„Wie stellst du dir das vor? Soll ich einfach bei der Marlies wegbleiben? Was wird die sich denken, du bist ja doch ihr Chef! Nee, nee! Komm du doch mal nach Gooda. Bring mich noch ein Stück zur Straßenbahn, dann ist gut."

„Gut?"

„Ja, gut. Ehrlich, dann ist gut!"

Nachdem sie in die Tram eingestiegen war, machte auch er sich auf den Heimweg. Jetzt würden ihn Georgia und Marlies, für ihn war sie nach wie vor Frau Nehlsen, durchhecheln. War er zu weit gegangen oder hatte er sich doch einigermaßen benommen? Was würden die beiden Frauen einander über ihn erzählen?

Die Blätter der Ahornbäume vor Baums Bürofenster begannen sich rötlich zu färben. Wenn sie später im Jahr fielen, wäre der Blick zum Kurfürstendamm frei. Jetzt aber musste er an das Erkerfenster gehen, um die vielen Menschen zu sehen, die den Bürgersteig bevölkerten und die Schaufensterauslagen bewunderten. Seit gestern also *Deutsche Einheit*. Aber die meisten, die er sah, kamen ihm nicht wie Landsleute vor, sondern wie Fremde, Ossis, mit Nachholbedarf. Nachholbedarf, sagten sie drüben. Nachholbedarf an Reisen, Kleidung, Autos und Wohnungen. Ja, Wohnungen! Baum musste sich um seine Projekte kümmern. Er ging zum großen Schreibtisch zurück, griff zum Telefon und bat seinen Geschäftsstellenleiter herein.

„Was denken Sie, Faber, was wird aus der Einheit? Ich meine immobilienmäßig?"

„Nachholbedarf, jede Menge. Modernisierung, Instandsetzung, Neubau, gar kein Ende…"

„Klar, aber man muss schnell sein. Wenn diese kommunalen Wohnungsbaugesellschaften, denen sie die volkseigenen Bestände übertragen haben, aus der Hocke kommen, wird's mächtig Konkurrenz geben. Einen Haufen leere Wohnungen haben sie, die werden sie schleunigst herrichten."

„Die haben doch vor allem Plattenbauten. Und die Betriebe sind alle unterkapitalisiert. Haben diese Wohnungsbaukredite auf dem Buckel, keiner weiß, was mit denen passieren soll, Tilgung und Zinsen aus diesen Mieten? Das geht doch nicht. Es ist noch nicht mal klar, wie das bilanziert werden soll. Im Luxussegment, da werden die schon gar nichts hinkriegen. Da fehlt Ihnen doch das Gefühl für den Kunden. Da macht uns keiner was vor, Chef!"

„Hoffen wir's. Schnell kriegen auch wir das nicht hin. Wenn die Verwaltungen drüben nicht mitspielen, wird es nix. Und wie es dort aussieht in den Rathäusern, Mann, Mann… Übrigens, was macht denn unser Potsdamer Projekt?"

„Naja, der Baustadtrat, dieser Homann, der kommt doch auch aus der Bürgerbewegung. Die suchen alle immer noch nach dem *dritten* Weg. Wie die GRÜNEN bei uns. Weiß auch nicht, was die wollen. Gewerkschaften, SPD, man muss sie nicht mögen, aber da weiß man doch, woran man ist, Mitbestimmung, Sozialleistungen und so. Aber diese Alternativen …“

„Ja, ja …“ Baum hatte keine Geduld für eine parteipolitische Analyse der Situation im Osten. „Faber, hören Sie mal, ich denke, wir müssen da vor Ort sein. Präsenz ist der Schlüssel und mitkriegen wie die Leute ticken. Ich glaub’, Sie sollten uns alsbald ein Potsdamer Büro einrichten!“

Faber schaute ihn fragend an.

„Was gucken Sie so, Faber? Ein Potsdamer Büro, was ist daran merkwürdig?“

„Da finde ich ja gar keine Räume.“

„Keine Büroräume? Sehr komisch, mein Lieber!“ Baum lachte. „Sie finden keine Büroräume? Sie sind doch für die Probleme da, Faber, und zwar um sie zu lösen, und nicht um sie zu machen, ha ha ha, dafür bezahl’ ich Sie doch und zwar nicht schlecht, denk’ ich.“ Baum lachte noch mehr, verschluckte sich, begann zu husten und zog ein großes Taschentuch aus der Innentasche seines Sakkos. „Mensch, fahren Sie nach Potsdam“, sagte er, nachdem er wieder Luft bekam, „suchen Sie irgend welche Räume, egal wo in der Stadt, aber sorgen Sie dafür, dass sie innen schick ausgestattet werden. Und leasen Sie zwei Autos, die sollen Potsdamer Kennzeichen haben. Wir sind jetzt dort Einheimische! Und fragen Sie schon mal bei den Mitarbeitern rum, wer in die Potsdamer Zweigstelle gehen will. Zwei, drei Leute, das wird für’s erste genügen, Sekretärin, Sachbearbeiter und Zweigstellenleiter. Vielleicht wohnt einer in Zehlendorf und findet das ganz gut?“

Baum stützte die Hände auf die Schreibtischplatte und drückte sich hoch aus seinem schwarzledernen Sessel. Auch Faber erhob sich, deutete eine knappe Verbeugung an und traute sich zu grinsen: „Yes Sir, Büro einrichten, Sir, in Potsdam, Sir, zwei, drei Leute, wird gemacht, Sir!“ Aber Lust auf diesen Auftrag hatte er nicht.

Telefonisch war da nichts zu machen, stellte Faber alsbald fest. Zahlreiche Betriebe hatten aufgegeben, umfirmiert oder waren bereits von Investoren aus dem Westen, aus ganz Europa, selbst aus den USA aufgekauft. Was im Branchenbuch stand war längst nicht mehr aktuell. Es blieb ihm nichts anderes übrig, als selber nach Potsdam zu fahren. Zunächst hatte er den kommunalen Gebäudewirtschaftsbetrieb aufgesucht, jetzt hieß das Potsdamer Wohnungsbaugesellschaft mbH, eine Adresse in einem Villenviertel. Ein neues mattglänzendes Aluminiumschild zeigte an, dass hier die Zentrale untergebracht war. Faber parkte den Firmen-BMW auf dem unbefestigten Bürgersteig. Schon viele Autoreifen hatten sich hier in den Sand gewühlt. Er musste über eine grob geschotterte Einfahrt an einer rot-weißen Schranke vorbei zum Hintereingang der ehemaligen Villa. Der Zugang über die Freitreppe, der früher zu den hochherrschaftlichen Räumen geführt haben mochte, war vermauert. Die Hintertür war braun gestrichen, vor dem Glaseinsatz ein schmiedeeisernes Gitter. Dahinter ein düsterer Flur in dem es nach Fungizid und den Abgasen einer braunkohlebefeuerten Heizung roch. Linkerhand war ein Verschlag in den Flur eingebaut in dem ein Pförtner saß und mit strengem Blick sagte: „Heute Spätsprechstunde, erst ab sechzehn Uhr."
Faber schaute auf seine Uhr, kurz vor vier, ein kleiner Spaziergang durch das Viertel würde ihm vielleicht etwas mehr Gefühl für diese Stadt geben, von der sein Chef so schwärmte.
Nach sechzehn Uhr wurde er dann zu einer Mitarbeiterin der Gebäudewirtschaft vorgelassen. Eine Frau mittleren Alters, lustlos und ein wenig verhärmt kam sie Faber vor, empfing ihn in einem Büro im Souterrain. Der Blick aus dem hochliegenden Fenster fiel auf den Vorgarten, spärlicher Rasen, in dessen Mitte eine leere, am Rande geborstene Brunnenschale. Auf den ziegelroten und hellgelben Fliesen, mit denen der Boden dieses Kellerraums ursprünglich ausgelegt worden war, lag ein dicker Wollteppich mit

braunem und beigem Muster. Möglicherweise wurden hier früher einmal Vorräte gelagert oder Wäsche gewaschen, dachte Faber. Mehrere schwarze Metallzylinder, horizontal auf niedrigen Füßen, verkabelt und daher wohl eine Art Elektrogeräte, waren über dem Boden verteilt. Woher kannte er diese Geräte? Ja, genau, in den S-Bahn-Wagen waren sie unter den Sitzen montiert, Elektroheizkörper. Musste wohl recht fußkalt sein hier unten.

„Haben Sie eine Wohnungszuweisung vom Rat der Stadt, ich meine, vom städtischen Wohnungsamt?"

„Ich bin auf der Suche nach Büroräumen."

„Ham wa keene." Sie schüttelte den Kopf.

„Gar keine?"

„Gar keine, jedenfalls nich hier. In den anderen Wohngebieten ..., det weeß ick nich."

Auf Fabers Frage, wo er das erfahren könne, nannte sie ihm drei Adressen. Irritiert hielt Faber nach einer Art Prospekt oder Visitenkarte oder einer irgendwie gedruckten Liste der anderen Wohngebiete Ausschau: „Haben Sie einen Flyer?"

„Flei, was?"

„Flyer, Prospekte, Visitenkarten mit Adresse, irgend so was, damit ich weiß, wo ich die Geschäftsstellen der anderen Wohngebiete finde."

Sie hielt ihm einen Stift hin: „Schreiben S'es doch auf!"

Faber verzichtete auf weitere Besuche beim Gebäudewirtschaftsbetrieb und entschloss sich, selbst nach Räumen Ausschau zu halten. Ganze Nachmittage lang streifte er durch die Innenstadt, vorbei an diesen vielen halb oder ganz verfallenen kleinen Häusern. Einige waren von Hausbesetzern belegt, Anarchistenfahnen hingen aus den Fenstern, Transparente waren über die Straße gespannt: Benze raus aus Bonzdam, las er und war froh, dass der Firmenwagen kein Mercedes war. Was mochte sein Chef an dieser ruinösen Stadt finden? Wenn man mal entspannt mit ihm zusam-

mensaß, schwärmte er von Preußens Arkadien, von dieser Perle im märkischen Sand. So drückte er sich aus.
In der Innenstadt waren keine nutzbaren, leeren Büro- oder Geschäftsräume, sogar die führenden westdeutschen Banken hatten Baucontainer aufgestellt, um hier Filialen zu eröffnen. Es gab einige Ladengeschäfte, die nach seiner Meinung mit einem Bruchteil ihrer Fläche ausgekommen wären. Hätten sie westliche Ladenmieten zahlen müssen, würde bestimmt schon die Hälfte ihrer Lokale abgeteilt und weitervermietet sein. Aber das half ihm jetzt nicht. Die Innenstadt erschien ihm aussichtslos, also nahm er sich die Plattenbaugebiete vor, Wohnkomplexe hießen sie hier. Im Westen weckte dieser Begriff stets psychologische Assoziationen: Die haben doch alle einen Wohnkomplex, witzelte man in seinen Kreisen. Aber nur beim ersten Mal hatte er darüber gelacht.
Er ließ den Firmenwagen langsam zwischen den Wohnblocks entlangrollen, holpernd über die Fugen im Beton der Straßen. Von außen betrachtet schien hier manches leer zu stehen, schwarze Fensterhöhlen, zurückgelassenes Gerümpel auf Balkonen, Briefkästen, aus denen Zeitungen und Reklame herausquollen. Aber das waren Wohnungen, als Geschäftsräume nicht zugelassen. Erst weiter außerhalb, jenseits einer Bahnschranke, geriet er in ein kleines Industriegebiet, mit einigen Hallen und Bürogebäuden weitläufig bebaut und allem Anschein nach ebenfalls nicht mehr vollständig genutzt. Er parkte den BMW vor einem Gebäude von vielleicht zwölf oder vierzehn Geschossen. Auf dem Parkplatz standen nur wenige Fahrzeuge, Trabant, Wartburg, Lada, selten mal ein Moskwitsch, das Übliche, ansonsten war viel frei.
Die Adresse lautete tatsächlich *Am Bürohochhaus*. Eine große Tafel neben dem Eingang zeigte die Namen der hier ansässigen Firmen, aber an vielen Stellen waren die Schilder abgeschraubt, überklebt oder durchgestrichen. Kein Schild oder Aushang verriet den Eigentümer oder Vermieter dieses Objekts, also ging Faber auf gut

Glück in das erste Büro im Erdgeschoss. Ein Mann mittleren Alters kam freundlich auf ihn zu, streckte ihm die Hand entgegen, sehr zum Erstaunen von Faber, denn er hatte sich ja noch nicht einmal vorgestellt.

„Ja, im Hause sind mehrere Büroeinheiten frei. Der Rechtsträger, nein Entschuldigung, der Vermieter ist der frühere VEB Möbelhandel, jetzt Möbelhandel GmbH Potsdam", sagte der Mann und kritzelte für Faber eine Telefonnummer auf einen Zettel.
Die Verhandlungen über einen Mietvertrag erwiesen sich als zäh, offenbar waren langwierige unternehmensinterne Entscheidungsprozesse abzuwarten. Bei der Möbelhandelsgesellschaft war man sich wohl auch sehr unsicher, welche Vertragsklauseln angemessen wären. Auch die Einrichtung des Büros war ein mühseliges Geschäft. Selbständige Handwerker gab es kaum, die früheren PGH's, Produktionsgenossenschaften des Handwerks, waren mit sich selber beschäftigt und der Frage, ob sie als eG oder als GmbH in die neue Zeit treten sollten. Von einem Telefonanschluss gar nicht zu reden, da müsste man ohnehin mobile Geräte mitbringen. In Berlin hätte er binnen weniger Tage einen Maler, einen Bodenleger und einen Objekteinrichter gefunden, alle wären sie mit ihren Farbpaletten, Musterbüchern voller Teppichproben oder dicken Möbelprospekten in sein Büro gekommen, man hätte gemeinsam die Farben ausgesucht, die Leistungsbeschreibung durchgesprochen, noch ein bisschen am Preis heruntergehandelt, und dann wäre nach einigen Tagen das neue Büro komplett ausgestattet.
Nur mit Zähigkeit gelang es Faber schließlich, bis zum Monatsende eine funktionsfähige Geschäftsstelle einzurichten. Bei vielen Gesprächen mit den Handwerkern und Lieferanten kam er sich vor wie ein Bittsteller.

„Unsere Zukunft liegt in Brandenburg", sagte Baum, ein Glas Sekt in der Hand. „Ich glaube an dieses Land und seine Hauptstadt und an das Entwicklungspotential", fuhr er fort, „das wird

nicht in ein, zwei Jahren gehen, aber es wird gehen. Denken Sie an Kreuzberg, meine Damen und meine Herren, wie das vor fünfzehn Jahren aussah. Und heute …"
Die drei Mitarbeiter, die sich bereitgefunden hatten in Potsdam zu arbeiten, ferner Faber und einige führende Herren aus der Berliner Zentrale standen in den neu eingerichteten Räumen und schauten nach Baums kleiner Ansprache aus den Bürofenstern auf die Parkplätze, Lagerflächen, Brachen und Eisenbahnschienen. Das goldene Herbstlicht vermochte nicht, den Grundton graubrauner Tristesse aufzuhellen. Faber war froh, den Auftrag zu Baums Zufriedenheit erledigt zu haben, und hoffte, dass er nun wieder Aufgaben übertragen bekommen würde, die er von seinem eigenen Büro aus und in der Nähe des Kurfürstendamms erledigen konnte.

Ohne anzuklopfen trat Baum in Homanns Vorzimmer, den leichten Mantel offen. Aber er stürmte nicht an Susan vorbei, wie neulich, sondern gab ihr ein kleines Päckchen in buntem Geschenkpapier mit üppiger Schleife: „Zur Feier der Einheit, etwas verspätet zwar, aber trotzdem. Glückwunsch und auf gute Zusammenarbeit!"

„Doch nichts Süßes? Geht alles auf die Hüften."

„Bei Ihnen?" Baum blickte sie mit seinen strahlend blauen Augen an: „Wenn sich jemand ein paar Pralinen leisten kann, dann doch bestimmt Sie", lächelte er. Susan wurde rot.

„Ist der Chef da, kann ich kurz rein?"

„Ich weiß nicht, ob ihm das recht ist, er hat so viel um die Ohren …"

„Aber Susan, meine liebe, für mich wird er doch eine Minute erübrigen."
Noch ehe sie sich vor der Tür zum Chefzimmer aufbauen konnte, hatte Baum die Hand auf der Klinke, öffnete und ging hinein.

Sie versuchte an ihm vorbei Homann einen entschuldigenden Blick zuzuwerfen, aber der sah sie gar nicht, sondern stand auf und ging dem überraschenden Besuch entgegen. Dann schloss sich die Tür und Susan hoffte, dass ihr dies keinen Rüffel eintragen würde, wenn sie nachher Feierabend machen wollte.
Baum übersah Homanns zum Handschlag ausgestreckte Hand. Er zog ein Exemplar der *Allgemeinen* aus seiner Manteltasche, genau genommen hatte er nur die Seite mit dem unsäglichen Artikel herausgerissen und mitgebracht.

„Sie haben das wohl noch nicht so recht im Griff, mit der Presse“, lachte Baum.

Der lacht immer, wenn es einem gar nicht danach ist, dachte Homann, und antwortete: „Ach, wissen Sie, meine Parteifreunde, und vor allem die Parteifreundinnen“, er betonte das *innen*, „da hüten Sie doch leichter einen Sack Flöhe. Vor allem die Denkmalschützer, ich sage Ihnen! Ich hab ja auch viel übrig für unsere Stadt, für das historische Erbe, aber die übertreiben mit den ganzen Sichtachsen nach Glienicke und Babelsberg, mit unbebauten Uferzonen, historischem Stadtgrundriss, und, und, und. Potsdam, das Arkadien der preußischen Könige. Die haben jetzt sogar einen Antrag bei der UNESCO vor, Weltkulturerbe!“

„Dann hüten Sie mal Ihre Flöhe, es wird nötig sein!“ Wieder lachte er. „Mit der Presse ist nicht zu spaßen, mein Lieber! Eine miese Publicity kann Ihnen das beste Projekt verhageln. Ich weiß wovon ich rede. Ich glaube, da müssen wir noch ein bisschen Flankenschutz geben, B & K hat ein paar gute Leute an der Hand. Ich werde mich mal umtun. Aber deshalb bin ich gar nicht gekommen“, und damit steckte er die Zeitungsseite wieder weg. Dafür holte er nun ein kleines Päckchen heraus, aber keines, das in Geschenkpapier eingewickelt oder gar mit einer bunten Schleife dekoriert war, sondern in einem packpapierfarbenen Briefumschlag steckte. Er legte es auf die Ecke des Schreibtischs: „Sie fahren doch immer noch diesen knatternden Wartburg, mein lieber Homann, das ist doch Ihrer Position nicht mehr angemessen."

„Kommt Zeit, kommt Rat. Das Auto ist nicht das wichtigste, die D-Mark ist knapp und gute Westautos sind teuer."

„Leasing."

„Leasing?"

„Mietkauf, man muss das Auto ja nicht kaufen, das man fahren will. Unsere Firmenwagen sind alle geleast. Die ganze Flotte. Meiner ist ein Mercedes, aber sonst alles BMW. Schauen Sie da mal rein, dabei klopfte Baum auf das Päckchen."

Nachdem Baum gegangen war, riss Homann den beigefarbenen Umschlag auf. Heraus fiel ein Kraftfahrzeugschein, angeheftet war ein kleiner gelber Klebezettel auf dem stand handschriftlich: Zu ihrer Verfügung, steht gegenüber. Außerdem zwei Autoschlüssel, jeder an einem glänzenden Anhänger mit dem BMW-Logo. Schließlich kam noch das Handbuch zum Vorschein, fettgedruckt und in Silber prangte die Zahl 320 auf dem dunkelblauen Hochglanzcover. Homann musterte den Kraftfahrzeugschein genauer, *B & K Projektmanagement NL Potsdam* war als Fahrzeughalter eingetragen. Homann unterdrückte ein leichtes Zittern seiner Finger. Wieso zitterte er, er war doch immer so stolz gewesen auf seine ruhige Hand? Er ging ans Fenster. Tatsächlich: auf der anderen Straßenseite parkte ein BMW 320. Die tiefstehende Nachmittagssonne ließ den Lack in metallischem Blau erstrahlen. Ein Auto mit Potsdamer Kennzeichen, diskret genug um als sein Eigentum zu gelten. Nur der Familie, Frau und Töchtern, müsste er eine glaubhafte Geschichte erzählen. Und den alten Wartburg müsste er unauffällig loswerden, zwei Autos, das würde Verdacht erregen.

IV.
Januar 1991

Frau Nehlsen streckte den Kopf durch die Tür: „Fräulein Leisner lässt fragen, ob Sie zu sprechen sind, Herr Doktor, sie war bei der PTU und möchte berichten."

„Frau Leisner", Martenthaler betonte das *Frau*. Ob die Nehlsen das noch lernt? „Frau Leisner kann gerne kommen, und Kaffee bitte für sie und mich."

Die junge Mitarbeiterin kam mit der roten Akte unter dem Arm, die so dick geworden war, dass die Deckel die Papiere kaum noch zusammenhalten konnten. Am Besprechungstisch breitete sie mehrere großformatige Fotos aus, daneben ihre Notizen.

„Die Polizeitechnische Untersuchungsstelle ist in Eberswalde", begann sie. „Die sitzen am Rande eines großen Geländes, eines sowjetischen Kasernenareals, in dem Teil, der von der Roten Armee schon weitgehend geräumt ist. Sieht so aus, als wären nur noch kleinere Einheiten dort: Transport, Bewachung und so. Eine der Hallen ist jetzt neu eingerichtet für die Polizei, ganz modern ausgestattet, die Kraftfahrzeugwerkstatt mit Hebebühne und allem Drum und Dran. Liegt aber außerhalb des Städtchens, mitten im Wald, schwer zu erreichen, ich war froh, einen Dienstwagen mit Fahrer bekommen zu haben, sonst wäre ich mehr als zwei Stunden nur für die Hinfahrt unterwegs gewesen. Leider habe ich nicht viel sehen können von Eberswalde und der Umgebung, schade! Früher haben wir manchmal einen Ausflug nach Chorin gemacht, zur alten Klosterruine, sehr beeindruckend. Den Fahrer konnte ich natürlich nicht warten lassen und ihm auch keinen Umweg zumuten. Und auch am Finowkanal war ich nicht. Kennen Sie Eberswalde-Finow, Herr Doktor? War ein bedeutender Industriestandort, Metallindustrie seit Jahrhunderten, schon seit Friedrich dem Zweiten, und massiv ausgebaut in der DDR, aber was man jetzt noch sieht, scheint bei der Treuhand zu sein und in Abwicklung. Ein trauriger Anblick all das! Naja, die Wurstfabrik bleibt vielleicht. Mit Wurst und Schinken aus Eberswalde bin ich großgeworden, war immer lecker… Entschuldigen Sie, Herr Doktor, ich schweife ab. Also, die Techniker und Ingenieure von der Polizei waren sehr freundlich, haben alle meine Fragen beantwortet. Notizen konnte ich mir machen und wir erhalten demnächst den Bericht von dort. Vorab aber, beim Zerlegen des ziemlich beschädigten VW-Golfs, wurde Geld gefunden und zwar nicht wenig."

Martenthaler hob die Augenbrauen und sog zwischen den Zähnen die Luft ein: „Geld? Viel Geld?"

„Scheine. Mark, Schweizer Franken und US-Dollar, umgerechnet fast eine Million. DM!" Frau Leisner deutete auf zwei Fotos, die Päckchen mit Banknoten zeigten, sorgfältig in Folie verpackt, und fuhr fort: „Unter der Autobatterie des Golfs war offenbar ein zusätzliches Fach eingebaut, von außen nicht sichtbar, auch nicht als man die Batterie ausbaute. Also so etwas wie ein doppelter Boden, darin die Scheine. Mit einer Klappe verschlossen, sozusagen wiederverwendbar."

„Was sagen denn die Ingenieure dazu?"

„Eigentlich eine einfache Konstruktion, ist aber halt nicht so naheliegend wie ein Versteck in der Türverkleidung oder unterm Reserverad. Der Verschluss mit einer simplen Feder, sie zeigte auf ein weiteres Foto, man sah einen gebogenen Draht, ähnlich den Bierflaschenverschlüssen, die es früher gab. Jeder handwerklich geschickte Mensch könne das herstellen, kein großer Aufwand, haben sie gesagt. In Eberswalde werden sie die Banknoten untersuchen, ob die überhaupt echt sind oder Blüten. Dann natürlich Fingerabdrücke, Seriennummern, auch eine Abfrage, ob ein Raub oder Diebstahl von Bargeld in dieser Höhe bekannt ist. Oder Schwarzgeld aus unversteuerten oder unverzollten Geschäften. Das macht die Polizei zusammen mit Zoll und Steuerfahndung, Ergebnisse werden in dem Bericht stehen, den wir bekommen."

„Und weiter? Sonstige Details, Befunde, Erkenntnisse?"

„Außer den Geldscheinen hat sich noch ein Schmuckstück dort angefunden, nur ein einziges, ein Wappenring, Herrenring, wie man sie ab und zu sieht, blauer Stein, ich glaube das ist ein Achat, mit eingraviertem Wappen."

„Was für ein Wappen?"

Frau Leisner zog noch ein Foto aus der Akte. Es zeigte den Ring, die ovale Fläche des Steins war mit einem reichverzierten Wappen graviert, im Wappenschild war ein Männchen mit einer Art Lendenschurz und einer Keule in der Hand zu sehen.

„Soll ich einen Heraldiker beauftragen, den Träger dieses Wappens zu ermitteln?"

„Ich glaube, das stellen wir zurück, wird uns nicht weiterführen. Heutzutage kann sich doch jeder so einen Ring zulegen, im Antiquitätenhandel, auf Auktionen, sogar im Leihhaus kaufen. War der Ring auch eingeschweißt?"

„Nein, der lag so in dem Fach, vielleicht schon früher mal dort vergessen, das ist unklar."

„Heißt das, der Wagen war schon seit längerem präpariert", fragte Martenthaler.

„Möglich. Die Schweißpunkte waren leicht korrodiert. Das Ganze also nicht völlig neu, meinte ein Techniker."

„Und was kam sonst noch raus bei der Untersuchung?"

„Die Spuren von der Kollision seien sehr ungewöhnlich, meinten die Techniker. Kratzer und eingedrücktes Blech an der linken Seite über die ganze Wagenlänge, das wäre ja normal bei einem heftigen Zusammenstoß. Aber drei tiefe Einbeulungen, eine am Kotflügel vorn, auch war die ganze Fahrertür eingedrückt, das hat ja zu den tödlichen Verletzungen geführt, und dann noch mal am hinteren Kotflügel. Das linke Hinterrad war dabei aus seinem Radlager gerissen worden."

„Und, haben die Techniker das irgendwie interpretiert?"

„Ein dreimaliger Zusammenprall innerhalb von Sekundenbruchteilen – das sei schon ungewöhnlich. Wie sich das ereignet habe, könne man aus dem Befund am Fahrzeug nicht erschließen."

„Absichtlich herbeigeführt?"

Die junge Juristin nickte: „Hab' ich auch schon überlegt. Ob der Volvo-Fahrer den Golf abdrängen wollte?"

„Also kein Unfall? Behalten Sie diese Möglichkeit im Auge, StGB 315 b, Frau Leisner. War das alles?"

„Sonst nichts weiter. Sie haben das ganze Fahrzeug zerlegt. Keine Mängel am Fahrzeug und auch sonst nichts Besonderes in technischer Hinsicht."

„Aber der Golf war doch gestohlen. Spuren an den Schlössern, Türen, Zündschloss? Manipulationen an der Fahrgestellnummer und an der Elektrik?"

„Nichts. Der Schlüssel steckte noch nach dem…, tja, war es denn nun ein Unfall?"

„Kann das bedeuten, dass der Fahrer, dieser B, einen Schlüssel hatte, dass er ohne Beschädigung oder Gewaltanwendung das Fahrzeug öffnen und starten konnte?"

„Sieht so aus. Beide Türen waren allerdings so kaputt, dass irgendwelche Spuren, die auf eine gewaltsame Öffnung hindeuten könnten, zerstört sind. Wir können also noch nicht einmal sagen, ob der Fahrer den Wagen gestohlen hat oder ein Dritter oder ob die Schlüssel entwendet wurden. Auch nicht, ob in diesem Fall die Schlüssel vielleicht dem Fahrer übergeben wurden und der Autodiebstahl nur fingiert war. Oder ob die Schlüssel durch mehrere

Hände gegangen sind. Auch dürfen wir nicht aus den Augen verlieren, dass das Fahrzeug vielleicht mehrfach für geheime Transporte, Kurierdienste oder so, verwendet wurde."

Martenthaler griff nach einem Blatt Papier und einem Stift und sagte: „Welche Hypothesen und Ermittlungsschritte ergeben sich denn nun daraus?"

Frau Leisner zog aus dem Stapel ihrer Papiere zwei Seiten, beschrieben in ihrer schwungvollen Handschrift, und reichte sie Martenthaler: „Was mir bisher dazu eingefallen ist …"

„Prima, hervorragend!" Wenn doch nur alle Kollegen ihre Arbeit mit einer solchen Sorgfalt erledigten, dachte er, als er die Blätter überflog und mehrmals nickte: „Steuerfahndung und Zoll veranlasst wohl die Polizei. Und wir … ja, wir brauchen eine Auskunft von der Bundesbank, jedenfalls was die DM-Scheine anlangt. Wenn die echt sind und wir die Seriennummern haben, wo die in Umlauf gebracht worden sind und so weiter. Wegen der Franken und Dollars warten wir vielleicht noch mal ab", sagte er, und deutete auf die entsprechende Notiz von Frau Leisner, „da brauchen wir ja internationale Rechtshilfe. Die holen wir nicht ein, bevor wir ausschließen können, dass es sich um Blüten handelt. Wenigstens haben wir jetzt endlich eine Generalstaatsanwaltschaft hier im Land Brandenburg falls wir ein Rechtshilfeersuchen an die USA und die Eidgenossenschaft richten wollen. Und, ja, genau", fuhr er fort, „wir müssen auch den Halter des Golfs unter die Lupe nehmen und ermitteln, woher er das Auto hatte, Verkäufer und so, wo es gewartet wurde, Inspektionen und so weiter, ob es dort oder sonst wo präpariert wurde. Und natürlich muss der Volvo auch nach Eberswalde."

„Auf jeden Fall lassen wir den Halter des Golfs vernehmen, ich habe ein entsprechendes Ersuchen an die Berliner Polizei vorbereitet. Die haben ja dort bisher noch nicht einmal wegen des Autodiebstahls ermittelt, da tun die nichts. Die sind so überlastet, einfache Autodiebstähle, Anzeige gegen unbekannt, das wird dort gar nicht mehr bearbeitet, wenn sich nicht zufällig Hinweise ergeben. Aber in diesem Fall müssen die Berliner Kollegen schon tätig werden", und damit zog sie ein weiteres Blatt aus ihrem Stapel und reichte es Martenthaler. „Wenn Sie das so in Ordnung finden", sagte sie, „wäre es schön, wenn Sie gegenzeichnen."

Martenthaler nickte anerkennend: „Ja, Frau Leisner, so machen wir das. Die Berliner müssen den Halter vernehmen und mit der Tatsache konfrontieren, dass das Fahrzeug mithilfe eines passenden Schlüssels geöffnet und gestartet und nicht aufgebrochen wurde. Und müssen versuchen, etwas über das versteckte Fach zu erfahren. Auch sollten die möglichst herauskriegen, ob der Halter einen B kennt, befreundet mit einem B ist oder Geschäftsbeziehungen mit ihm hat. Da kann ja der Schlüsselanhänger weiterhelfen. Sie hatte die entsprechende Verfügung mit der Bitte um Amtshilfe in ihrer schwungvollen Handschrift *‚Zur Kenntnis und Billigung an LOSTA'* bereits geschrieben", und Martenthaler setzte sein Kürzel darunter: „Das lasse ich gleich zur Kanzlei bringen. Zusätzlich könnten sie über den Halter schon weitere Informationen einholen", schlug er vor, „vom Einwohnermeldeamt, vom Kraftfahrt-Bundesamt in Flensburg, vielleicht hat auch die Rentenversicherung was? Wer ist sein Arbeitgeber oder ist er arbeitslos, selbständig, möglicherweise auch Ruheständler? Alles was uns hilft, sein Umfeld ein bisschen einzuschätzen. Oder ihr Umfeld, vielleicht eine Frau, nicht mal das wissen wir! Gibt es eigentlich schon irgendetwas über den getöteten Fahrer und dessen Vorname, der vielleicht mit B anfangen könnte? Als vermisst gemeldet oder so?"

„In den Brandenburger und Berliner Vermisstenanzeigen taucht kein solcher Name aus der Zeit nach dem Unfall auf."

„Dann müssen wir eben bundesweit recherchieren!"

Frau Leisner notierte sich das. Dann fragte sie: „Und der Volvo? Soll der auch nach Eberswalde?"

Martenthaler nickte: „Ja, der auch. Und was ist mit dessen verschwundenem Fahrer?"

„Das macht der Kollege Noack, der selber aus dem Spreewald kommt. Er ist da noch dran. Im Ganzen also leider bisher noch ein sehr dürftiger Ermittlungsstand", schloss Frau Leisner ihren Bericht.

„Sagen Sie das nicht", versuchte Martenthaler ihr Mut zu machen. „Wir wissen, dass der Golf bei Jüterbog getankt wurde und dass er viel Geld transportiert hat. Am wahrscheinlichsten scheint mir, dass der Fahrer ein Kurier war. Seine Identität kennen wir noch nicht, aber in Westberlin hat er das präparierte Auto abgeholt oder den Schlüssel dazu. Wahrscheinlich hat er den Golf nicht selber präparieren lassen, denk ich mir, denn der Ring stammt vielleicht von einem früheren Transport, der war ja nicht wie das Geld in Folie eingeschweißt. Aber so genau wissen wir das noch nicht. Irgendwo bei oder hinter der Tankstelle hat er das Geld aufgenommen und ist mit einem Ziel zurückgefahren, das er über die Nutheschnellstraße erreichen wollte. Ob ihm das Auto zu diesem Zweck übergeben wurde oder er es entwendet hat, ist offen. Ebenso ob der Halter mit drinsteckt. Aber dass er sein Ziel nicht erreicht hat, ist klar. Und dieser Kossatz? Da warten wir, bis Noack mehr sagen kann, ob sein ständiger Aufenthalt im Spreewald ist und welche Gewohnheiten er hat, eben das ganze Umfeld."

„Ich werde alles noch vor meinem Urlaub veranlassen, Herr Doktor, vielleicht gibt es danach neue Ergebnisse. Ab nächsten Montag bin ich paar Wochen unterwegs. *Nichtsozialistisches Ausland.*" Sie lachte.

„Wohin geht's?"

„Zehn Tage Skifahren, Südtirol. Endlich mal nicht Thüringer Wald oder Tatra. Und wenn's nicht zu kalt ist, anschließend noch ein bisschen Kultur, Verona vielleicht… Zusammen mit einer Freundin. Ich freu' mich so!"

„Dann einen schönen Urlaub und passen Sie auf sich auf!"
Nicht mit einem Freund, sondern mit einer Freundin, dachte Martenthaler und schaute ihr hinterher. Ich bin so ein Schafskopf, benutze diese blöde Floskel als wäre ich ihr Papa. Sie ist ja nicht unbedingt eine Schönheit, aber mal so eine vollschlanke Frau im Arm…

Seit Monaten hatte sich Heger bemüht, beim Feierabendheim einen Termin zu finden, um mit dem alten Mann, dem Eigentümer des Schlüsselgrundstücks am See, sprechen zu können. Oft ging er zum Telefonieren über die Glienicker Brücke. Anfangs waren seine Anrufe von der Heimleitung immer mit neuen Ausreden abgewiesen worden. Erst war der Alte zusammen mit anderen Heimbewohnern in einem Ferienhaus in Mecklenburg. „Urlaubsreise", sagte ihm die Heimleiterin, dann war er erkrankt, leicht nur, wie man ihm versicherte, aber nicht in der Lage über Geschäftliches zu reden. Dann zog er gerade innerhalb des Hauses in ein anderes Zimmer, das neue war noch nicht fertig eingerichtet, das alte nicht mehr in Benutzung, Heger möge sich gedulden. Dann war die Heimleiterin in Urlaub, die Vertretung angeblich nicht befugt, in so einer wichtigen, Vermögensfragen betreffenden Angelegenheit Termine zu machen. Auch Hegers Drohung, er werde die Heimleitung verantwortlich machen, wenn dem alten Mann Nachteile aus der Verzögerung entstünden, konterte man am anderen Ende der Leitung mit einem kühlen: „Dafür tragen wir ohnehin die Verantwortung."
Heute schloss Heger den Briefkasten auf und entnahm zwei Werbeblättchen, eines von einem Funk- und Fernsehladen, der das Geschäft des Dienstleistungszentrums um die Ecke übernommen hatte, und eines von einem Baumarkt, sowie einen amtlich aus-

sehenden Brief. Die Werbeblättchen nahmen immer mehr zu. Früher gab es oft tage- und wochenlang keine Post, jetzt mehrere solcher bunter Zettel täglich. Hinzu war ein wöchentliches Blatt gekommen, das auf den ersten Blick wie eine Zeitung aussah, aber fast ausschließlich aus Reklame bestand und jeden Donnerstag im Kasten steckte, ohne dass er etwas dafür bezahlte. Für so was war offenbar Geld da.

Der Brief war von der Volkssolidarität, Heger erwartete ihn schon seit langem. Er riss ihn noch auf während er die Treppe hochstieg, aber er enthielt nur die dürre Mitteilung, dass die Innere Mission das Feierabendheim übernommen habe. Da entschloss er sich ohne weiteren Anruf direkt dort vorzusprechen. Also zog er heute nicht den neuen bräunlich-violetten Anzug an, sondern die alte hellblaue Hose, die Jacke im Blousonschnitt und eine der älteren Krawatten. Er nahm feste Schuhe und den abgetragenden wattierten Mantel. Um Silvester herum war Schnee gefallen, dann aber hatte es ein wenig getaut und nun gab es erneut Frost.

Zuerst ging er in die Brandenburger Straße, so hieß sie wieder, Klement Gottwald, der tschechoslowakische Diktator der frühen Fünfzigerjahre, hatte als Namensgeber ausgedient. Umbenennungen von Straßennamen gab es in jüngster Zeit viele, nur Marx und Engels, die Klassiker, dazu Bebel und Karl Liebknecht, der Sohn und nicht etwa Wilhelm, der Vater und Radikale, waren im Stadtplan verblieben. Aber die Potsdamer nannten ihre Einkaufsstraße nach wie vor den *Broadway*. Ja, nach New York müsste man mal, dachte Heger.

Er ging in dieses jüngst neu ausstaffierte Fachgeschäft für Süßwaren. Wo früher *Wurzener Waffeln*, *Hallorenkugeln* und Schokolade im graublauen Papier in den mäßig gefüllten Regalen auf Lücke gelegt waren, quollen nun aus neuen, metallisch glänzenden Körben, den verspiegelten Borden und den Plexiglasbehältern bunte Lakritz-Dragees, gold- und silberfarbene Pralinenpackungen und in raschelnden Cellophantüten verpackte Kekse. Heger wählte eine sehr teure Tafel Schweizer Schokolade, die in D-Mark so viel kostete wie früher zwei Tafeln DDR-Schokolade in Mark, und ließ sie an der Kasse in buntes Papier und schillerndes Geschenkband verpacken.

Über den *Broadway* pfiff ein eisiger Ostwind. Heger war froh, um die Ecke biegen und sich im Schutz der Häuserwände halten zu können. Am neogotischen Tor vorbei hastete er über die Straße und zwischen Autos hindurch, die viel zu schnell über den löchrigen Asphalt fuhren. Gegenüber dem dunklen Prunkbau der Stadtverwaltung, für Heger war es nach wie vor der *Rat der Stadt*, bog er ab und wechselte mehrmals zwischen Fahrbahn und Bürgersteig, denn es war glatt auf den holprigen Granitsteinen der kleinen Straße, die hinauf zum Feierabendheim führte. Vor vielen Grundstücken war weder der Schnee geräumt, noch Sand oder Salz gestreut. Besonders gefährlich waren die mit rundlichen Findlingen uneben gepflasterten Grundstückszufahrten. Heger musste hier sehr vorsichtig gehen.

Das Heim bestand aus mehreren Gebäuden, um einen Vorhof angeordnet, in dessen Mitte ein Rondell mit Tannenreisig sorgfältig abgedeckt war. Zur Straße hin gab es eine niedrige Mauer, die Zufahrt war mit einem hohen Eisengittertor verschlossen, doch die Pforte für Fußgänger daneben stand offen. Heger fiel am gemauerten Torpfosten das neue Schild auf, das die Dübellöcher des früheren nicht überdeckte. Nun stand da nicht mehr *Feierabendheim der Volkssolidarität*. Das Logo auf dem auffallend messingfarbenen mattierten Schild war Heger fremd. Ein Kreuz, ergänzt um zwei Viertelkreise zwischen dem oberen Teil des senkrechten und den Enden des waagrechten Balkens, darunter *Diakonisches Werk der Inneren Mission, Evangelische Kirche Berlin-Brandenburg* und *Senioren-Wohn- und Pflegestätte*. Er ging durch die Pforte und die fünf Stufen zum rundbogig überdachten

Eingang des Hauptgebäudes hoch. Die dunkelbraun gestrichene Haustür ließ sich schwer öffnen, das Oberlicht über der Tür erhellte den dahinterliegenden Raum kaum. Fast wäre er über einen Rollstuhl gestolpert, der hier abgestellt war. Erst nach ein paar Sekunden konnte er sich an die Dunkelheit gewöhnen. Eine Art Portiersloge war unbesetzt, die geöffnete Hälfte einer zweiflügeligen Holztür mit geriffeltem Glaseinsatz gab den Blick in den langen Flur frei. Auch hier war der Fußboden mit dem allgegenwärtigen, bräunlich-beige marmorierten Kunststoffbelag versehen. Die Wände waren wohl vor langem einmal hell gestrichen worden, über den Heizkörpern hatten sich in der aufsteigenden Warmluft von vielen Wintern Staubpartikel auf der Wandfarbe abgesetzt und bildeten dunkle Schmutzfahnen. Der Lack der Türen, die rechts und links auf den Flur mündeten, zeigte ein stark vergilbtes Weiß, das vom gelblichen Licht zweier Kugellampen kaum aufgehellt wurde.

Es roch nach Urin, Desinfektionsmittel und Sauerkraut. Aus einigen Zimmern drangen Stimmen oder die Geräusche eines Fernsehers, aber auf dem Flur war niemand zu sehen. Die Türen trugen Schilder, handgeschriebene Kärtchen, die mit Leukoplast befestigt waren. Auf jedem standen zwei Namen und außerdem war mit Buntstift ein Symbol darauf gemalt, aber keine Nummer. Heger sah ein braunes Häschen, rote Kirschen mit grünem Stiel, eine Sonnenblume braun und gelb, und fühlte sich an die Kleiderhaken in seiner eigenen Kindergartenzeit erinnert, die ähnlich gekennzeichnet waren, damit jedes Kind seine Jacke wiederfinden konnte. Keines der Schilder trug den Namen des Alten, den er suchte.

Als er die Treppe am Ende des Flurs hochstieg kam ihm eine Frau in weißem Kittel entgegen. Sie blieb stehen, musterte ihn kurz, und ehe er etwas fragen oder erklären konnte, sagte sie: „Sie sind sicher dieser Herr Heger, der dauernd angerufen hat. Oben im zweiten Stock rechts das Zimmer mit dem Halbmond, da fin-

den Sie ihn. Sie hätten ruhig schon früher kommen können, unsere alten Leute freuen sich doch über jeden Besuch!"
Heger wollte empört etwas erwidern, auf die zahlreichen Vertröstungen hinweisen, die er auf seine Anfragen erhalten hatte, aber da war sie schon die Treppe hinunter und das Klappern ihrer Holzsandalen verlor sich in einem der unteren Flure.
Das Zimmer war neu gestrichen und mit einfachen, hellen Möbeln ausgestattet, der Kontrast zu den dunklen Fluren blendete Heger fast. Zwar standen zwei Namen am Türschild und es waren zwei Betten da, aber der alte Mann war alleine im Zimmer. Der Fernseher war nicht eingeschaltet, ein kleines Radio spielte sehr laut und in scheppernder Tonqualität klassische Musik. Heger ahnte, dass es ein berühmtes Stück sein musste, aber er kannte sich in diesem Genre nicht aus.

Aus den Unterlagen wusste er, dass sein Gesprächspartner demnächst das neunzigste Lebensjahr erreichen würde. So war er erstaunt darüber, wie selbstverständlich, wenn auch etwas mühsam er aus seinem Sessel aufstand, zwei Schritte auf ihn zuging und, wie bereits die Pflegerin auf der Treppe, sofort sagte: „Sie sind bestimmt Herr Heger! Warum sind Sie nicht schon früher gekommen?"
Heger musste wieder seine empörte Bemerkung hinunterschlucken und übergab die bunt eingewickelte Schokolade.

„Ach, das wäre doch nicht nötig gewesen!" Der alte Mann schaltete das Radio aus. „So setzen Sie sich doch", wies er auf den anderen Sessel und ließ sich selbst langsam und etwas zittrig nieder. Er setzte die Brille auf, um sorgfältig das Geschenkband aufzuknoten, und strich es erst glatt, ehe er das Papier öffnete.

„Oh, wie vor dem Kriege." Er nannte den Namen des Schweizer Schokoladenherstellers leise, fast flüsternd. „Sind Sie denn aus dem Westen?"

„So was gibt es jetzt auch hier, auf dem Broadway… ähm, der Brandenburger…, ähm, Klement-Gottwald-Straße hieß die früher."

„Gibt es, in der Tat? Ja, ach ja, wir können ja jetzt alles kaufen, ich weiß, ich hab's im Fernsehen gesehen. Mein Gott, wo soll das noch hinführen?“ Er tastete mit seinen langen schmalen Fingern über das dunkelblaue Papier mit der Goldschrift, nannten noch mal leise den Markennamen und kam ins erzählen: „Vorkriegsware. Bis dreiundvierzig konnten wir das kriegen, die Schweiz war ja neutral, aber ab vierzig gab's das meist nur noch für die kämpfende Truppe. Eigentlich hatten wir auch kaum Geld für solche Leckereien, nach neunzehn nicht, erst wieder so ab sechsundzwanzig, siebenundzwanzig, aber dann war ja gleich wieder die Weltwirtschaftskrise. Ja, vor dem Kriege, ich meine vor dem ersten, da war's anders. Wenn mich meine Mutter mal mitnahm, man fuhr mit dem Vorortzug zum Potsdamer Bahnhof. Wertheim am Leipziger Platz, das war elegant. Die Süßwarenabteilung, deutsche Schokolade, Schweizer Schokolade, Brüsseler Pralinen, dänische, französische Bonbons und englische Toffees … Und das ganze elegante Publikum … Die Damen meist mit Dienstmädchen, die die Sachen trugen. Oder man ließ liefern. Die Mama ließ immer liefern. Dann kam am nächsten Tag der Wertheim-Wagen. Oder später das Wertheim-Auto. Ach wissen Sie …“
Heger hörte nicht mehr zu. Er überlegte, wie er das Gespräch auf das Grundstücksgeschäft lenken könnte, und beobachtete den Alten, der da saß und erzählte. Eigentlich ein eleganter Herr, kaum zu glauben in dieser Umgebung. Die schütteren weißen Haare strich er ab und zu hinters Ohr. Das helle Hemd war zwar oft getragen und gewaschen, aber sauber, der Kragen war wohl abgeschnitten worden und am Halsbündchen hatte man die Schnittkante mit der Nähmaschine vielleicht in der hauseigenen Näherei umstochen. Er trug die beiden oberen Knöpfe offen und hatte ein dunkelblaues Tuch um den mageren Hals geknotet, zu seiner ebenfalls dunkelblauen Strickjacke wirkte das irgendwie vornehm. Heger sah sich im eher spärlich eingerichteten Zimmer

um. Über jedem der beiden Betten hing ein Bild, Heger kannte sich nicht aus mit Malerei aus vergangenen Zeiten, aber vielleicht waren es wertvolle Stücke. Zumindest waren sie gemalt, keine Fotos oder ausgeschnittene Kalenderblätter; wie alt sie waren, hätte er nicht zu sagen gewusst. Nichts deutete darauf hin, welches der beiden Betten dem alten Herrn und welches dessen Mitbewohner gehörte. Beide waren mit hellen Wolldecken abgedeckt, auf einem lag ein aufgeschlagenes Buch, die Seiten nach unten, aber Heger konnte den Titel nicht erkennen.

„… ach ja, das ist nun schon so lange her.“ Er schaute Heger mit leicht vorgebeugtem Kopf von unten her aus hellen, für einen alten Mann erstaunlich großen Augen an. Er strich wieder über das Schokoladenpapier und begann es zu öffnen: „Nun wollen wir uns mal was gönnen, wo ein Gast da ist.“

„Nein, nein das heben Sie sich mal lieber auf für eine stille Stunde. Ich wollte mit Ihnen noch was besprechen. Was Geschäftliches. Wegen dem Grundstück am See. Sie haben da doch noch ein Grundstück.“ Heger nannte die Adresse.

Der alte Herr schien nicht zuzuhören. Mit etwas zittrigen, aber doch geübten Bewegungen öffnete er das Papier, zerbrach die Schokolade noch in der Alufolie, riss die Folie auf, neigte sich zur Seite und konnte so aus dem Fach eines kleinen Regals ein Schälchen langen, weißes Porzellan mit blauen Blümchen und Goldrand, in das er die Schokoladestückchen schüttete. Er schob das Schälchen über den Tisch zu Heger: „Bitte!“

„Nein, nein, danke, essen Sie mal alleine – oder mit Ihrem Zimmerkollegen.“

Der Alte zog die Augenbrauen zusammen, schüttelte den Kopf und sagte sehr streng: „Junger Mann, wenn ich Ihnen etwas anbiete, schon gar, wenn Sie es mitgebracht haben, dann können Sie doch nicht ablehnen! Ts, ts, die jungen Leute heutzutage, was für ein Benehmen …“

Gehorsam nickte Heger und nahm ein Stückchen in den Mund. Auch sein Gastgeber nahm eines, schloss die Augen und konzentrierte sich offenbar völlig auf den süß-bitteren Geschmack.

„Was ich sagen wollte ...", fing Heger wieder an.

„Ich weiß, ich weiß, ich bin doch nicht taub. Sie wollen mein Grundstück am See. In dieser Sache müssen Sie mit Herrn, wie heißt er gleich?"

Heger verstand nicht gleich und schaute ihn fragend an.

„Also da müssen Sie mit dem Herrn sprechen, der mir vom Gericht zugeteilt worden ist. Ein Diplom-Jurist, Diplom-Jurist", wiederholte er. „Zu meiner Zeit war man mindestens Assessor, besser Amts- oder noch besser Landgerichtsrat oder aber Rechtsanwalt und am besten Dr. jur Diplom-Jurist, das haben die Sowjets erfunden und die DDR hat's übernommen. Weil die Rechte nichts bedeuteten. Jetzt bestimmt ein Herr Diplom-Jurist über mein Vermögen. Man hält mich wahrscheinlich für verrückt oder auch nicht. Aber für Vermögensangelegenheiten wurde für mich, wie nennen die das? Eine Pflegschaft bestellt. Ich weiß natürlich genau, warum. Weil ich dieser Praktikantin, der Kleinen mein Sparbuch im Sommer, als umgetauscht wurde, schenken wollte. Galt ja sowieso nur noch zur Hälfte. Aber sie hätte sich was Hübsches kaufen können, ein Kleidchen vielleicht oder sonst was Nettes. Ich weiß ja nicht, was das heutzutage kostet, drüben am Kudamm oder bei Wertheim. Gibt es Wertheim noch? Ist ja egal. Die haben die Kleine gefeuert, welch' ein Jammer! Ein alter Mann freut sich doch, wenn nicht nur dicke, ältliche Pflegerinnen um ihn herum sind. Gehen Sie, junger Mann gehen Sie zu diesem Diplom-Juristen, Schubatzki, glaube ich, Schubatzki heißt er."

Der alte Herr war aufgestanden, Heger war sich nicht sicher, ob er ihm die Hand reichen sollte, aber sein Gastgeber stützte sich mit beiden Händen an der Tischkante ab, nickte zweimal und deutete mit dem Kinn zur Tür.

„Wenn Sie mit diesem Diplom-Juristen zurechtkommen, können Sie ja mal wieder reinschauen. Ich kann Ihnen noch viel erzählen. Aus früheren Tagen. Und, wenn ich Ihnen einen Rat geben darf, junger Mann, kleiden Sie sich besser, wenn Sie Geschäfte machen wollen!“

Baum spielte schon lange nicht mehr Tennis, da hielt er es mit Churchill, no sports. Aber seine Mitgliedschaft hatte er nicht gekündigt und ab und zu war er ganz gerne in der Bar des Clubrestaurants. Heute war das besonders passend, ein guter Bekannter aus früheren Jahren trainierte in einer der Traglufthallen, gerade jetzt im Winter. Baum hatte sich für's Erste ein kleines Pils zapfen lassen und es sich in einem der tiefen Sessel in der Ecke bequem gemacht. Sein Freund kam im Tennisdress, verschwitzt, ein Handtuch über die Schultern gelegt und begrüßte ihn: „Wie schön, lieber Herr Baum, Sie wieder mal zu treffen. Ich darf mich noch kurz umziehen.“ Baum nickte und hob das Bierglas zu einer vagen Geste des Einverständnisses.

„Na, immer noch alles bestens, hoffe ich“, begann Baums Gegenüber, nachdem er sich geduscht, geföhnt, duftend und im lockeren Kaschmirpullover in den anderen Sessel am niedrigen Tischchen gesetzt hatte.

„Darf's auch ein Pils sein?“

„Ein alkoholfreies.“

„Meine Güte, so solide? Die drückt wohl, die schwere Verantwortung?“

„Ach wissen Sie, das ist ja schon ein riesiger Berg und ein riesiges Chaos, diese ganzen Vermögensfragen. Ich glaube, in Berlin ist es auch am schlimmsten. Die meisten Enteignungen jüdischen Besitzes, die meisten Beschlagnahmen der Roten Armee, die meisten Verstaatlichungen nach neunundvierzig und jede Menge aufgegebener Besitz. Um das alles wieder in Ordnung zu bringen …“

„Sie sind also für Berlin verantwortlich? Nur Berlin, oder auch der Rest?"

Sein Gegenüber schüttelte den Kopf: „Berlin, das reicht mir völlig. Jedes der neuen Länder hat sein eigenes Landesamt. Und in den Gemeinden, in den Bezirken von Berlin, gibt es die unteren Behörden. Wir, das LAROV, werden hauptsächlich Widerspruchsbehörde sein, aber noch gibt's ja keine Bescheide, also auch keine Widersprüche. Vorerst heißt das, wir sind überhaupt erst mal damit beschäftigt, die unteren Behörden zum Laufen zu bringen, Leute zu rekrutieren, Abläufe zu strukturieren, eine Datenverarbeitung einzurichten und die Mitarbeiter zu schulen. Ich sage Ihnen, lieber Baum, das ist alles ganz schön heftig. Nicht zu vergleichen mit früher, mit der Senatsverwaltung, da wusste doch jeder, was er zu tun hat und woran er war. Finden Sie mal Personal mit Verwaltungserfahrung, von ausgebildeten Juristen ganz zu schweigen."

„Mir kommen die Tränen." Baum lachte. „Jetzt merkt ihr mal, ihr Verwaltungsleute, was arbeiten heißt." Baum lachte noch ein wenig lauter.

„Nun mal langsam, mein Lieber! Hätte unsereiner nicht immer seine Arbeit getan, dann hättet ihr doch niemals bauen können, niemals euer Geld verdient im alten Westberlin."

„Nix für ungut, sind ja wirklich wilde Zeiten unsere Zeiten. Aber jetzt mal im Ernst, wie ist denn nun die Lage, wenn es da so Grundstücke gibt, auf die irgendwer Rückübertragungsansprüche erhebt. Da gibt es doch, wenn ich das recht verstehe, die Möglichkeit, trotzdem zu investieren. Investitionsvorrang, hat mir Steiner erklärt. Richtig?"

„Im Prinzip richtig. Nötig ist dazu ein Konzept, das sicherstellt, dass entweder Arbeitsplätze geschaffen oder Wohnungen errichtet werden, die ohne das in Rede stehende Grundstück nicht entstünden. Also ein Konzept eines Investors, der das Grundstück zu kaufen bereit ist. Der Kaufpreis geht dann an den Rückübertragungsberechtigten als Entschädigung. Wird aufwändig, so einen Antrag zu begründen. Der ist dann von uns zu prüfen, ich meine, vom örtlich zuständigen Amt."

„Hab' den Steiner dran gesetzt, für ein paar zusammenhängende Grundstücke in Potsdam da was auszuarbeiten."

„Dann ist es das LAROV in Potsdam, die sitzen in der Berliner Straße, in so'ner alten, verranzten Villa."

„Ja, ist bekannt. Der Steiner hat den Antrag auch schon in Potsdam eingereicht, in meinem Namen. Was ich von Ihnen gerne wüsste, ist, wie man das anstellt, dass so was ein bisschen zügig bearbeitet wird. Soll ja keine Jahrhundertaufgabe draus werden. Wird sich nichts bewegen im Osten, ich meine immobilienmäßig, wenn das nicht zügig geht."

„Zusammenhängende Grundstücke? Da braucht's ja vorher sowieso einen Bebauungsplan, wird nicht ohne die Stadt gehen ... Wem erzähl ich das?", unterbrach sich Baums Gesprächspartner, „das ist doch alles Routine für Sie, machen Sie doch schon seit Jahrzehnten."

„Schon klar", Baum wurde ein wenig ungeduldig, „das mit der Stadt, das kriegen wir hin. Aber der Antrag, Investitionsvorrang, was kann man tun, dass das ein bisschen flott geht?"

„Wir müssen da schon nach Recht und Gesetz vorgehen."

„Ja, ja, ihr Beamte. Preußen lässt grüßen, ha, ha, ha ... Aber stellen Sie sich mal vor, da ist so eine wunderbare Liegenschaft, man könnte was entwickeln, es würde der Region Auftrieb geben, das Bauhandwerk hätte Arbeit, die Kommune Steuereinnahmen und dann sitzen da Beamte, die nichts voranbringen."

„Na, na, mein lieber Baum! Wir haben doch zu Westberliner Zeiten einander auch verstanden, Sie waren immer einer, der ein

Gefühl dafür hatte, wo's in der Verwaltung langgeht. Und wir haben seinerzeit auch unser Bestes gegeben ... Sie wissen schon, wie ich das meine."

Baums Gegenüber hatte inzwischen sein alkoholfreies Bier geleert. „Darf's jetzt was Richtiges sein", fragte Baum. „Ich meine, freitags kann man um diese Tageszeit doch ein Gläschen Champagner vertragen." Baum wandte sich um und winkte dem Barmann: „Habt ihr noch euren guten Pommery? Den Brut Imperial? Dann bring uns doch mal einen! Und ein bisschen was dazu, du weißt schon, Champagner trocken runterwürgen, brut, ha, ha, ha ..." Baum lachte am liebsten über seine eigenen Scherze.

„Genau wie früher", nahm Baum den Faden wieder auf. „Da haben Sie doch auch das eine oder andere Mal was bewegt, damit's voran ging mit unseren Projekten. Können Sie da nicht in Potsdam bei Ihren Kollegen mal ein Wort für uns einlegen? Ich hab da keine so guten Kontakte, aber Sie ..."

Der Barmann brachte den Champagner und eine Platte mit Kanapees. „Geht auf meine Rechnung", sagte Baum.

„Kann ich fast nicht annehmen, ist strafbar, Vorteilsannahme im Amt."

„Vorteilsannahme? Welcher Vorteil? Pommery? Toller Vorteil", Baum lachte, „und überhaupt, in welchem Amt? Im Tennisamt, ha, ha, ha ... Wir sollten, denk ich mir", fuhr Baum fort und blickte durch das Fenster der Bar auf den leicht überfrorenen See in den Winterwald hinter dem sich die Dämmerung senkte, „unsere alten Gepflogenheiten nicht ganz einschlafen lassen. Wie wär's denn, wenn ich mal wieder für ein Wochenende in diesem hübschen Hotel was buchen würde, Sie erinnern sich, da in der Lüneburger Heide? Ein paar Mädels finden sich bestimmt, die gern mitkommen."

„Ich weiß nicht recht, ob ich in Potsdam Einfluss habe ..."

„Wir können's ja probieren. Wir besprechen das in der Heide.

Die Mädels schicken wir voraus in den Pool, und wenn wir uns einig sind, machen wir Wellness für alle. Übernächstes Wochenende? Auf weitere gute Zusammenarbeit!" Baum hob erneut sein Glas und leerte es.

„Der Blick ist immer wieder toll von hier oben." Frau Leisner teilte diesen kleinen Raum im Dachgeschoss seitdem sie gemeinsam den Fall *Nuthestraße* bearbeiteten mit Helmut Noack. Es gab ein einziges, kreisrundes Fenster in der Dachgaube, die zur Straße hinausging. Wenn sie an ihren Schreibtischen saßen, konnten sie nur den Himmel sehen. Jetzt stand Noack gerade am Fenster, die Ellbogen auf die Laibung gestützt und mit dem Rücken zur Tür. Seit Wochen war eiskaltes, aber klares Winterwetter, der Himmel strahlend blau. Er konnte in die Kronen der kahlen Linden der Allee sehen und über die Dächer der barocken Innenstadt. Dahinter die Havel, milchig weiß das Eis in Ufernähe, blinkende Reflexe auf dem Wasser in der Flussmitte, am Horizont der Brauhausberg und die Ravensberge als bläuliche Silhouette.

„Wirklich wunderschön", wiederholte Nancy Leisner, wurde dann aber dienstlich: „Helmut, was hat denn die Berliner Polizei über diesen Gerald Stellmacher, den Halter des kaputten Golf, herausbekommen?" Ihre Frage bezog sich auf das Protokoll, das endlich aus Berlin gekommen war.

Noack setzte sich an den Schreibtisch und blätterte in der Akte: „Die Vernehmung hat ja nicht viel gebracht. Aber wenigstens kennen wir jetzt seine frühere Adresse, eine Wohnung in der Karl-Marx-Allee, im Osten Berlins. Er ist ja noch im Sommer neunundachtzig aus dem Bezirk Friedrichshain nach Westberlin übergesiedelt. In der DDR war er als Ingenieur tätig, zuletzt in leitender Position beim VEB Kabelwerk Oberspree."

„Das war ja ein Riesenkombinat", warf Frau Leisner ein, „mit vielen Standorten. Hat die ganze DDR versorgt und hat in den

Westen exportiert, von der Klingelleitung bis zum Tiefseekabel, alles haben sie produziert. Jetzt gehört es der Treuhand, aber die verhandeln wohl mit einem britischen Investor, der das übernehmen will, oder Teile davon."

„Ich weiß, ein wirklich großer Laden. War da ein leitender Ingenieur ein hohes Tier oder nicht?"

„Keine Ahnung, Helmut, solltest du noch recherchieren. Und sonst?"

„Wie gesagt, er hatte in der Karl-Marx-Allee eine dieser begehrten Wohnungen. Klar, die wurden nur an verdiente Genossen vergeben. Auf die Frage, warum er noch im Sommer neunundachtzig die DDR verlassen hat, habe er nur geantwortet, nachdem sie beide, seine Frau und er, Rentner geworden seien, wäre das ja nun möglich gewesen, viele hätten das gemacht, und Westberlin, das wäre eben irgendwie auch Berlin und nicht weit weg in der BRD. Zu den Fragen, die für uns besonders wichtig sind, hat er wenig Bedeutendes ausgesagt. Mit der Tatsache konfrontiert, dass in seinem Golf ein Geheimfach unter der Batterie eingebaut war, spielte er den Überraschten. Davon sei ihm nichts bekannt gewesen. Den Golf habe er neunundachtzig gleich nach seiner Übersiedlung von einem Westberliner VW-Händler gekauft, ein sogenannter Jahreswagen sei das gewesen, und den hätte er dort auch zur Wartung gehabt. Über den Vorbesitzer wisse er nichts. Die Adresse des Händlers haben wir. Und wir kennen die Fahrgestellnummer. Er könne sich auch nicht erklären, heißt es hier", und damit deutete Noack mit seinem Stift auf das Vernehmungsprotokoll, „wie ihm das Auto abhanden gekommen sei. Der Kollege von der Berliner Kripo hat ihm vorgehalten, die PTU habe keine Manipulation am Zündschloss oder der Tür feststellen können. Dass das an einer so zerschrotteten Karosserie gar nicht eindeutig feststellbar ist, haben sie ihm natürlich nicht auf die Nase gebunden. Er hat auch nicht danach gefragt, sondern nur ausgesagt, ihm fehle ein Autoschlüssel. Aber wie ein Dritter hätte an diesen gelangen können, sei ihm unerklärlich. Seine Frau habe den zweiten Schlüssel, der sei nach wie vor da, und wo sein eigener Schlüssel wäre, könne er nicht sagen. Auf die Vorhaltung des vernehmenden Beamten, ob er den Schlüssel vielleicht versehentlich im Auto habe stecken lassen, antwortete er wenig substantiiert. Er wisse es nicht. Er habe gemerkt, dass sein Auto weg war, als er zu Fuß Brötchen holen ging, zwei Blocks weit von seiner Wohnung. Man müsse ja immer woanders parken, wo gerade ein Platz frei sei und vor dem Haus würde er ja nur selten eine Lücke finden. In Friedrichshain wäre das anders gewesen. Erst, als er das Auto vermisst habe, sei er nervös geworden und suchte dann zu Hause nach dem Schlüssel. In der Schale auf dem Tischchen neben der Wohnungstür sei er nicht gewesen, auch nicht in seinen Hosen- oder Jackentaschen. Daraufhin erstattete er Anzeige bei der Polizei. Das war eine Woche vor dem Zusammenstoß auf der Schnellstraße."

„Das war's?"

Noack nickte: „Wenig aussagekräftig, find' ich." Er ließ seinen Stift sinken und schaute Nancy Leisner mit skeptischer Miene an: „So fädelt man es doch ein, wenn es aussehen soll, als habe man nichts damit zu tun. Irgendwie werde ich das Gefühl nicht los, der Stellmacher könnte seine Finger tiefer in der ganzen Sache haben, als wir ahnen. Soll ich mich mal selber in seinem Umfeld umsehen, auch da, wo er früher gelebt hat, Karl-Marx-Allee und so?"

„Sollen wir nicht Berlin um Amtshilfe ersuchen?"

„Ach, die Berliner… Das dauert wieder Monate, bis wir von denen was kriegen. Die sind ja noch mehr überlastet als wir. Und was sollten wir als Auftrag formulieren? Wir haben da so ein Gefühl, wir ersuchen, das zu überprüfen?" Noack lachte. „Wenn ich selber hinfahre, ist das zwar etwas unüblich, aber dann krieg' ich einen persönlichen Eindruck, das ist mehr wert als seitenlange

Protokolle oder Berichte." Das überzeugte schließlich auch Nancy Leisner.
So stand Noack ein paar Tage später in der Karl-Marx-Allee, die gesuchte Hausnummer lag dicht an einem U-Bahnhof, nur zwei Stationen vom Alex entfernt, von Potsdam aus leicht zu erreichen. Unter dem pompösen Portikus mit den wuchtigen Säulen und Pilastern, Klassizismus aus der Stalinzeit, studierte er das Klingeltableau. Immerhin war eines der Metallrähmchen leer, kein Namensschild, vielleicht eine unbewohnte Wohnung. Keine Reaktion, auch nachdem er mehrfach die Klingel gedrückt hatte. Gerade als er es beim Nachbarn versuchen wollte, wurde die schwere Haustür von innen geöffnet. Eine ältere Frau trat heraus, flauschiger Mantel, Strickmütze, Wollhandschuhe und dicker Schal, einen kleinen Einkaufswagen hinter sich herziehend.

„Entschuldigen Sie, hier soll eine Wohnung frei sein", sprach Noack sie an, zeigte den Zettel, auf dem er die Adresse notiert hatte und wies auf das leere Klingelschild.

„Vierte Etage", antwortete sie, „sind vier schöne Zimmer, hinten raus, ruhich, 'n Aufzug is ooch da. Wenn se kieken wolln, ick hab 'n Schlüssel. Wegen 'nem Mietvertrag müssen se aber zur KWV. Ick bin der Hauswart", erläuterte sie nicht ohne Selbstbewusstsein.

Die Alte verschwand zunächst in einer Erdgeschosswohnung, kam ohne ihre Einkaufskarre, aber mit einem Schlüsselbund zurück, fuhr mit Noack in dem etwas rumpeligen Aufzug nach oben und öffnete die Wohnungstür. Drinnen stand der Geruch von alten Teppichen oder Vorhängen und von Abwasser. Die Siphons der Küchen- und Badabflüsse sind ausgetrocknet, muss schon länger leer stehen, dachte er. Er sah sich in der Wohnung um, tat als wäre er ein Mietinteressent, öffnete ein Fenster, blickte in den geräumigen, begrünten, aber etwas verwahrlosten Innenhof, der Lärm des Verkehrs, der jetzt am Nachmittag stadtauswärts flutete, war hier kaum zu hören. Die Räume, höher als in dem Plattenbau, den er selbst bewohnte, hatten Stuckleisten rings um die Decke. Die Farbe, einst vielleicht weiß oder crème, war sehr nachgedunkelt, ebenso die geblümte Tapete. Beeindruckend der großzügige Schnitt der Wohnung, in den frühen Jahren der DDR war es noch darum gegangen, für die Werktätigen „ein schönres Leben aufzubauen“, wie es in der Inschrift vorn am Platz hieß, Zitat aus einem Brecht-Gedicht. Außer den muffig riechenden Textilien hatten die Vormieter auch noch ein paar Möbelstücke zurückgelassen. Sonst gab es nichts, was auf das Leben oder die Interessen und Gewohnheiten der Vormieter hingedeutet hätte. „Was passiert denn mit den Sachen“, fragte Noack und deutete auf ein Schränkchen.

Die Alte hob die Schultern: „Weeß nich …“

„Holt das niemand ab, sind doch ganz hübsche Möbel. Wenn sich's einer aufarbeiten kann …“

„Tja, früher, früher wollte man so'ne Sachen. Aber jetzte? Jetze rennen se alle, neue Sachen koofen, als wär das nix mehr wert, was wir sonst hatten …“

„So sind die Zeiten …“ Noack wollte die Hausmeistersfrau noch länger im Gespräch halten, sie war bestimmt eine unerschöpfliche Quelle für Geschichten über das Haus und seine Bewohner: „War früher anders …“

„Ja, ja … früher … Man war bescheidener und hat ooch jelebt, nich schlecht jelebt, will ick ma sagen. Der frühre Mieter, der Stellmacher, der hat immer allet jenomm', wenn Leute auszogen und was hierjelassen haben, nur seine eigenen Sachen hat er denn doch nich alle mitjenomm als er rüber is. Ooch früher, wenn die Leute rüber sind, haben se Sachen hierjelassen. Zuletzt sind ja viele rüber. Jetze nich mehr so, man kann ja hin und ooch wieder zurück. Und hier ist man zu Hause. Ist Zusammenhalt unter den Mietern. Unter den meisten, jedenfalls. Gibt ja sone und sone …“ Die Alte verfiel in eine Art Selbstgespräch über die alte und die neue Zeit, führte Noack durch alle Räume und zuletzt wieder hinaus und schloss ab. Er ließ sie gerne weiterreden. Erst als sie wieder im Treppenhaus standen und aus einer der Nachbarwohnungen ein älteres Paar heraustrat und freundlich grüßte, beendete sie ihren Monolog mit einem: „War nich alles schlecht früher."

„Schlimm, heutzutage, schlimm", griff der hinzugekommene Nachbar sofort das Thema auf, „kein Gemeinschaftsgefühl mehr. Alle sind sie hinterm Gelde her, keiner hat mehr Zeit…"

„Und die ganzen neuen Gesichter", ergänzte seine Frau. „Man war früher doch mehr unter sich, hier im Aufgang und überhaupt hier in der Allee. So viele sind jetzt weg, nicht nur neunundachtzig sind se gegangen, auch jetzte gehen se immer noch. Und keiner ist mehr da, der mal mit anpackt. Früher, wenn wir 'n Subbotnik gemacht haben, alle waren se da, mit Harke, Schippe, Besen. Und am Ende hatte immer einer 'ne Flasche gebracht, weiß oder braun, war ja egal, denn wurd' es lustig… Und jetzt? Schauen se sich mal den Hof an, wie det aussieht. Sie könn det ja auch nicht alles alleine, weiß ich schon", und damit legte sie versöhnlich die Hand auf den Unterarm der Hauswartsfrau.

„Sie wohnen wohl schon lange hier", fragte Noack.

Die Frau nickte, „seit sechzig, sind schon mehr als dreißig Jahre. War noch keine zehn Jahre alt, die Wohnung, als wir sie bekamen. War wie 'n Lotteriegewinn. Ich war gerade mit unserer Jüngsten schwanger und wir konnten raus aus der Laube der Schwiegermutter", sie lächelte ihren Mann an, das war schön, Aufzug, Bad, hohe Räume. Drumrum war ja noch nicht viel, all die Ruinen hier in Friedrichshain. Aber die Stalinallee, die war was! Wurde dann umbenannt in Karl-Marx-Allee, kein Personenkult mehr nach einundsechzig, hieß es, na ja… Die Wohnung war ja noch wie neu damals, der erste Mieter hatte nur noch kurz Freude daran, starb früh, seine Witwe ging mit den Kindern dann in den Westen. Die haben noch etliches an Möbeln in der Wohnung gelassen, konnten wir übernehmen, waren froh, wir hatten ja nicht viel als junges Paar mit drei Gören."

„Dieser Stellmacher, war der Restaurator? Lebt der noch? Ich hätt' da ein paar Sachen zum Restaurieren. Wissen Sie zufällig, wo ich den jetzt finde", unterbrach Noack nun doch die Erinnerungen, die die Drei austauschten.

„Der ist ja noch nicht lange weg, vor 'nem Jahr, nee… Wann war det? Als er in Rente ging? Sommer neunundachtzig, glaub ich… Schon anderthalb Jahre? Kinder, wie die Zeit… Na, jedenfalls, könnt' schon sein, dass er noch lebt. Drüben in Westberlin… Ist ja jetzt alles eins, West, Ost… Ist schon anderthalb Jahre her und kommt einem vor, als wär's gestern gewesen… Kinder, Kinder…!"

Der Mann und die Hauswartsfrau nickten bekräftigend: „Ja, der Stellmacher, der hatte ein Händchen für Antiquitäten. Immer wenn jemand auszog aus dem Haus, und hier sind ja viele Wohnungen, öfter mal ein Umzug, da hat er immer gefragt, ob jemand was verkaufen will, was er nicht braucht oder nicht mitnehmen möchte, Möbel, Teppiche, Bilder, Uhren und so weiter. Die Leute meinen, er hätte vielleicht auch einen kleinen Handel mit solchen Sachen betrieben, unter der Hand, so privat, zwischen Freunden und Bekannten."

„War riskant, war ja illegal", warf Noack ein.

„Ja schon. Aber den hätte keener verpfiffen. Der hatte doch jute Beziehungen zu allen wichtigen Leuten", meinte die Hauswartsfrau.

„Wichtige Leute? Was meinen Sie mit wichtigen Leuten?"

Sie hob die Schultern und ließ sie wieder fallen: „Vielleicht nach janz oben, wer weeß det schon?

„Man hat sich ja am besten auch rausgehalten seinerzeit", ergänzte die Nachbarin. „Aber die Wohnung hier", sie deutete mit einer Kopfbewegung auf die Tür, die die Hauswartsfrau eben hinter

Noack verschlossen hatte, „die von den Stellmachers, die war schon edel eingerichtet."

„Sie waren auch mal drin?", hakte Noack nach.

„Ich hab' immer die Pflanzen versorgt, denen ihre Blattpflanzen, im Sommer, wenn er mit seiner Frau an der Ostsee war oder am Schwarzen Meer. 'Ne Menge Pflanzen. Und da waren lauter alte Sachen drin, war voll mit Antiquitäten, Möbel und Bilder und so."

„Und das Meiste hat er mitnehmen können nach dem Westen, als die beiden übersiedelten?", wollte Noack wissen.

Wieder ein Schulterzucken.

„Und hat er auch restauriert? Konnte er das selber? Ich suche ja einen, der mir ein paar Möbel aufarbeitet, ich hab da ein Tischchen, ein Teetischchen von 'ner alten Tante und sonst noch so paar Sachen", hakte Noack wieder nach.

„Ich glaub, dafür hatte er einen an der Hand. Von 'nem Bruno sprach er ab und an."

„Nee, Geschick hatte er eher für Autos", mischte sich nun auch der Mann der Nachbarin wieder ein, der zuletzt schweigend und mit sichtlicher Ungeduld darauf gewartet hatte, dass seine Frau das Gespräch beendete. „Und der Stellmacher hat auch oft an seinem Auto gebastelt, 'n Moskwitsch. Was ging, hat er hier auf dem Parkplatz auf'm Hof gemacht. Ich glaub' aber, er hatte auch im Werk in Oberschöneweide Möglichkeiten."

Vor den hohen rundbogigen Fenstern seines Büros war es schon längst dunkel, der Schnee auf Fahrbahn und Bürgersteig schimmerte gelblich im Licht der Straßenlaternen. Ab und zu bremste draußen eine Straßenbahn quietschend, Druckluft zischte in den Ventilen, wenn sich die Türen öffneten und schlossen, klingelnd und rumpelnd fuhr sie wieder an. Ansonsten war draußen nur wenig Betrieb, kein Wunder bei der Kälte. Homann klappte die

Mappe zu, nahm sie unter den Arm und verließ sein Büro. Im Vorzimmer war es dunkel, Susan hatte schon längst Feierabend, auf ihrem Schreibtisch häuften sich Briefe, Zettel, Notizen und Akten, die er ihr zur Weiterleitung oder Beantwortung im Lauf des Tages gegeben hatte. Nie schaffte sie es, abends ein aufgeräumtes Büro zu hinterlassen. Homann trat auf den Flur, verschloss die Tür und stieg die kleine Seitentreppe hinunter. Hier unten roch es immer ein wenig nach feuchtem Mauerwerk und schlecht gereinigten Gullys. Die kleinen Fraktionen hatten im Souterrain ihre Sitzungszimmer, das seiner Partei war gleich rechter Hand. Die anderen sechs Stadtverordneten würden bestimmt schon warten, er war etwas spät dran, aber ohne ihn würden sie nicht beginnen. Durch energisches Öffnen der Tür und rasche Schritte machte er deutlich, wie sehr er beschäftigt und in Eile war.

Im Sakko, wenn auch mit Rollkragenpullover darunter, stach er ab von seinen Parteifreunden. Die meisten pflegten doch noch ein wenig das Image der Dissidenten, so zum Beispiel der Vorsitzende, mit kurzgeschorenem Haar, langem Vollbart, grob gestricktem Pullover, die Cordhosen in die Schaftstiefel gesteckt. Eigentlich ist er ein netter Kerl, dachte Homann, neunundachtzig haben wir viel zusammen bewegt. Aber jetzt – zu wenig Biss. Selten hatte er bisher einen Antrag so platziert, dass sie die Sozialdemokraten damit auf Trab bringen oder die CDU als Marionetten, an Bonner Fäden tanzend, hätten entlarven können. Von der unkoordinierten Öffentlichkeitsarbeit ganz zu schweigen. Und die übrigen Figuren. Homann sah in die Runde und sagte: „Von mir aus kann's losgehen".

„Wir haben eine umfangreiche Tagesordnung", begann der Vorsitzende, „das Gutachten der Organisationsberatung liegt vor und empfiehlt umfangreiche Stellenstreichungen, das Innenministerium hat den Haushaltsentwurf des Kämmerers zur Überarbeitung zurückverwiesen, nicht ausgeglichen, nicht der Kommunalverfassung entsprechend, das Kulturdezernat empfiehlt den Abriss des

Theaterneubaus, übrigens ohne Finanzierungsplan, im Bauausschuss steht der Bebauungsplan für das Havelufer an. Fragen zur Tagesordnung? Ich stelle fest, keine. Fragen oder Anmerkungen zum Protokoll der letzten Sitzung?"

Die baupolitische Sprecherin, eine kleine Person mit hoher Stimme, warf ein: „Zu Top vier der letzten Sitzung, wir haben ja nicht beschlossen, dass das Vorhaben am Havelufer befördert werden soll wie es im Protokoll steht, sondern dass es zur Kenntnis genommen wurde! Das ist doch ein großer Unterschied! Befördert heißt doch, dass wir es gut finden und wollen, dass es realisiert wird! So haben wir das nicht diskutiert!" Ihre Stimme überschlug sich, ihr Gesicht rötete sich. Sie holte hörbar Luft, ehe sie fortfuhr: „Als Architektin muss ich darauf hinweisen, dass dieses Projekt einen erheblichen Eingriff in Natur- und Kulturlandschaft darstellt! Wenn wir das in Weimar …"

„Mein Gott, Diplom in Weimar, das hören wir jetzt zum tausendsten Mal", maulte einer am anderen Tischende.

„Freunde und Kollegen, bitte etwas Disziplin, wir haben das nachher auf der Tagesordnung. Dann diskutieren wir es inhaltlich. Jetzt geht es nur darum, ob richtig protokolliert wurde, was wir das letzte Mal besprochen haben", versuchte der Vorsitzende zu beruhigen. „Änderung zu Top vier, in Absatz drei werden die Worte befördert werden durch die Worte zur Kenntnis genommen ersetzt", sagte er. „Jetzt zufrieden?"

„Du musst gar nicht so giftig sein! Entweder wir machen ein korrektes Protokoll oder wir lassen es. Ich mach mich hier nicht zum Hampelmann der Machenschaften von Homann. Das ganze riecht doch schon! Suchet der Stadt Bestes war noch vor wenigen Monaten unser Motto, und jetzt …"

Vom anderen Tischende kam nun nur noch ein leises nicht mehr verständliches Maulen.

„Ich bitte euch, Freunde und Kollegen!"

Homann hatte sich in seinem Stuhl zurückgelehnt und die Arme verschränkt. In seiner Rechten hielt er einen Kugelschreiber, dessen Mine er mit Klicken immer wieder hervorspringen und zurückschnellen ließ. Wenn es schon so losging, würde diese Sitzung bis tief in die Nacht gehen.

Und so war es. In kaum einer Angelegenheit gelang es, die Parteifreunde hinter einer Position zu versammeln, mit der man die Presse, die Öffentlichkeit oder gar die Stadtverordneten überzeugen konnte. Der Vorsitzende, ein wirklich lieber Junge, das schon, war immer bemüht, zu allen kontroversen Punkten einen Kompromiss zu erzielen, am liebsten wäre ihm ein Konsens gewesen. Keine Konfliktfähigkeit, kein taktisches Gespür, wie man mal den einen oder anderen Parteifreund ins Abseits manövrieren musste, um eine vernünftige Position durchzubringen. Eine Null in der Kommunalpolitik, dachte Homann.

Es war kurz vor Mitternacht, als endlich der letzte Tagesordnungspunkt, die Bebauung des Havelufers aufgerufen wurde. Außer Homann schien nur noch die Architektin einigermaßen wach und konzentriert zu sein. Er versuchte kurz und knapp, die Vorzüge des Projekts, auch im Hinblick auf Denkmalschutz und Stadtlandschaft herauszustreichen.

„Liebe Freunde, wir sollten diese Angelegenheit wirklich voranbringen. Wir haben hier einen Investor, der mit großer Sensibilität die Bezüge zur Umgebung aufnimmt und berücksichtigt. Ein Entwurf von einem hervorragenden Berliner Planer. Die Abstimmung mit *Schlösser und Gärten* und dem Denkmalschutz ist sowieso im Genehmigungsverfahren nötig. Vorab geht es nur um den Grundsatz, ob hier gebaut werden darf, B-Plan ist ja noch lang nicht Baugenehmigung. Bisher ist das Gelände nicht genutzt. Wir wissen alle, da tut sich nichts, wenn nicht einer viel Geld in die Hand nimmt. Eine kaputte Villa und verfallene Grenzschutzanlagen sind auch kein Schmuck für unser kulturelles Erbe!“

„Für Luxuswohnungen ist viel Geld da, für undichte Fenster und den Austausch dieser vielen stinkenden Kohleheizungen fehlt es. Wir sind für Umweltschutz, soziale Gerechtigkeit und Bewahrung des kulturellen Erbes angetreten! Nicht um westlichen Spekulanten das Bett zu machen!"

„Meine liebe Andrea, schalte doch bitte mal deinen Verstand ein. Das Geld, das hier ausgegeben werden soll, kommt von einem Investor. Der wird hier bauen oder irgendwo anders im Berliner Umland und er wird es nur tun, wenn er sich einen Gewinn ausrechnet. Glaubst du, dass er seine Knete unserer Wohnungsbaugesellschaft schenkt, damit sie Fenster austauschen und Heizungen modernisieren?"

„Du brauchst nicht so stinkig zu sein, du Babelsberger Klempner. Mein Verstand ist eingeschaltet, sehr wohl eingeschaltet und funktioniert gut!"

Was Homann überhaupt nicht leiden konnte, waren Anspielungen auf seine formale Qualifikation. Das wusste diese kleine Architektin sehr wohl, das wusste sie seit Jahren, das wusste sie schon seit Partei und Stasi solcherlei Argumente gegen ihn benutzt hatten. Dieses kleine Stinktier, dachte er, aus hundertprozentig angepasstem Elternhaus, Vater Stadtarchitekt in Magdeburg, Nationalpreisträger der DDR und selbstverständlich Mitglied der SED, Mutter Lehrerin, sowieso SED, da hatte sie natürlich studieren können was sie wollte. Wenn's sein musste auch Architektur in Weimar. Ihm selber aber hatten sie immer Steine in den Weg gelegt, alle Parteibonzen, sein ganzes Leben lang, bis zur friedlichen Revolution. Seine Eltern hatten diesen kleinen Handwerksbetrieb für Gas- und Wasserinstallationen gehabt, bis Mitte der siebziger Jahre, es muss schwer genug gewesen sein, schon damals, kaum Material, wenige Aufträge, der Gewinn zu mehr als neunzig Prozent besteuert. Ende der Siebziger begann es dann, dass sie mit Diffamierungen und Repressionen in die Genossenschaft, *PGH*

Gas Wasser Sanitär, gezwungen wurden. Da war von studieren keine Rede. Am Ende war er zufrieden, dass er beim *Reichsbahnausbesserungswerk* eine Lehre zum Installateur mit Abitur machen konnte. Dass er Abi und Lehre als Jahrgangsbester abgeschlossen hatte, war ein schwacher Trost.

Homann klappte die Mappe auf, die schon die ganze Zeit vor ihm auf dem Tisch lag, und knallte mit der flachen Hand auf das oberste Blatt. Das war der Ausschnitt des Zeitungsinterviews vom letzten Oktober. „Wer hat hier der Presse gegenüber solch einen Scheiß verzapft?" Seine Stimme wurde leiser, wenn er besonders scharf und energisch sprach. Er legte den Kugelschreiber beiseite, mit dem er bisher herumgespielt hatte, beugte sich vor und sah dieser kleinen Architektin gegenüber genau in die Augen: „Ich weiß, wer diesen Scheiß verzapft hat."

Diesem Blick konnte sie nicht standhalten.

Die schläfrige Stimmung am Tisch war verflogen, einige äußerten Beschwichtigendes: „Aber, aber, Freunde, so geht das doch nicht. Das hilft uns doch nicht weiter." Vom anderen Tischende kam leises Maulen: „Die Zwei wieder, immer die Gleichen, es ist echt zum Kotzen!"

„Das ist hier so ein unkoordinierter Sauhaufen", Homanns Stimme hatte sich fast zum Flüstern gesenkt, „mit euch kann man gar nichts durchbringen. Nichts bewegen. Ich sag euch Folgendes, der Antrag auf B-Plan kommt in den nächsten Bauausschuss. Das hab' ich schon mit dem Ausschussvorsitzenden geklärt, die Planer und ein oder zwei Vertreter von B & K sind eingeladen, um das Projekt zu erläutern. Und wenn einer oder eine von euch, egal wer, in dieser Sache querschießt, kriegt ihr von mir zu keiner eurer anderen Vorlagen, merkt euch das, zu keiner einzigen mehr, meine Zustimmung." Homann klappte seinen Aktendeckel zu und stand auf.

Wieder Stimmengewirr am Tisch: „So geht's aber nicht, wir sind nicht die Puppen, die du tanzen lassen kannst. Und Vorabsprachen mit der SPD, eh das hier intern geklärt ist, das geht nicht, mein Lieber, dann geh doch gleich zu den Sozis."

Homann war schon an der Tür, drehte sich aber noch mal um und sagte etwas lauter: „Was wärt ihr ohne mich? Lauter Nullen, wenn ich zur SPD ginge!"

Das Zimmer war eiskalt. Martenthaler schlug die Bettdecke zurück, schlüpfte in seinen warmen Trainingsanzug, zog noch eine grobgestrickte Wollweste darüber und dicke Socken. Er ging zum Kachelofen, rüttelte mit dem Schürhaken die Asche von der verbliebenen Glut und legte ein paar Briketts auf. Den Aschekasten leerte er in einen Blecheimer neben dem Ofen und deckte diesen mit einem feuchten Scheuerlappen ab, damit der feine graue Staub nicht durch das ganze Zimmer flog. In der Küche zündete er alle vier Gasflammen des Herds an, obgleich er nur eine für das Teewasser benötigte. Bis es kochte, kratzte er die Eisblumen von den Fensterscheiben.

Gemessen an diesem Unterschlupf, Altbau, Hinterhaus, Ofenheizung, WC auf halber Treppe, war die Plattenbauwohnung geradezu ein Luxus gewesen. Längst war ihm klar, warum die Prioritäten hier anders lagen als in den schick sanierten Gründerzeitvierteln Westberlins, Kölns oder anderer Städte drüben. Der Freund seines Cousins, dessen Wohnung er bisher genutzt hatte, war von seinem Einsatz in München noch vor Weihnachten zurückgekommen. Das hieß für Martenthaler ausziehen und eine andere Wohnung finden. Es war schwierig gewesen, überhaupt an eine Bleibe zu kommen. Er fragte auch in einigermaßen bezahlbaren Hotels nach oder bei Pensionen in Zehlendorf, Steglitz, Dahlem

oder sonst irgendwo in Teilen Berlins, von denen aus er seinen Dienst leicht hätte erreichen können. Alle waren ausgebucht, und zwar langfristig. Im *Interhotel*, diesem hässlichen Plattenbau beim Bahnhof, verlangten sie seit der Einführung der DM Preise wie in einem Viersternehaus, völlig unangemessen, wie Martenthaler fand, und auf längere Sicht auch unbezahlbar, selbst mit seiner Gehaltszulage. Also hatte er bei allen Kollegen und den wenigen neuen Bekannten herumgefragt, seine Wohnungsnot dargelegt. Und auf der Schlafcouch bei Ulrich und dessen Frau, danach traute er sich gar nicht zu fragen. Die einzige Möglichkeit, die sich noch vor Weihnachten geboten hatte, war nun diese Unterkunft.
Frau Nehlsen hatte sie ihm vermittelt, die Tochter einer Nachbarin aus der Kleingartensparte wohne da, aber nur solange man nicht heizen müsse. Im Winter zöge sie immer noch zurück in ihr früheres Kinderzimmer bei den Eltern im Neubauviertel. Es wäre halt schwierig mit der Heizerei, meinte Frau Nehlsen, er müsse halt Kohlen schleppen und Asche runtertragen. Das schreckte ihn nicht, seine Studentenbude damals in Berlin hatte auch einen Kachelofen gehabt. Damit kannte er sich aus und war gut zurechtgekommen. Aber dies hier waren zwei Zimmer im Seitenflügel, das Nachbargebäude, möglicherweise ein Kriegsschaden, stand nicht mehr, und die verbliebene Außenwand war dünn und ließ ungehindert die Kälte herein. Als die Temperaturen über Null lagen, ging es ja noch irgendwie. Aber jetzt war Dauerfrost, nachts zweistellige Minusgrade, da war die Bude nicht mehr warm zu kriegen. In der Mittagspause ging Martenthaler jetzt immer schnellen Schritts nach Hause, nur um ein paar weitere Briketts aufzulegen, und hastete zurück in den Dienst.

„Ich glaub, ich muss Ihnen mal erklären, wie man einen Kachelofen richtig heizt“, sagte Frau Nehlsen eines Tages, „wenn man die Kohlen morgens gut durchglühen lässt und dann …“

„Ich weiß, ich weiß, Frau Nehlsen. Als Student hatte ich auch einen Kachelofen. Aber hier bleibt die Wärme gar nicht im Zimmer, nur Außenwände ohne Wärmedämmung."

Jetzt kroch Martenthaler also mit seinem Frühstück noch mal unter die Bettdecke. Das Waschen über dem Spülstein in der ungeheizten Küche kostete ihn Morgen für Morgen schreckliche Überwindung, von Duschen keine Rede. Donnerstags, am sogenannten Warmbadetag, nahm er den alten Mercedes und fuhr nach Zehlendorf in die Schwimmhalle, dort konnte er Haare waschen und sich gründlich reinigen. Auch waren ein paar Bahnen im Becken gut für seinen Rücken. Abgesehen vom Frühstück nahm er die Mahlzeiten nur noch in Gaststätten ein und abends verzog er sich mit einem angewärmten Bier oder einem Glühwein und einem Buch gleich wieder ins Bett. Was den Gang zur Toilette anlangte, nächtens durchs eisige Treppenhaus, so war er drauf und dran, sich einen Nachttopf anzuschaffen.

Aber auf Anzug und Krawatte wollte er doch nicht verzichten, wenn er zum Dienst ging. Irgendwie erschien es ihm angemessen, sich etwas förmlich zu kleiden in seiner Position. Tatsächlich war er nun, wie ursprünglich besprochen, zum Leitenden Oberstaatsanwalt bestellt worden. Das Gehalt kam nicht mehr aus Düsseldorf, er war jetzt Beamter des Landes Brandenburg. Und er hatte endlich auch mehr Mitarbeiter, weitere Juristen aus dem nordrhein-westfälischen Landesdienst hatten sich nach Potsdam, Hauptstadt des neuen Bundeslandes, abordnen lassen. Leider waren nicht alle Genies. Die Aussicht auf erleichterte Beförderung, die neben der Gehaltszulage ein wichtiges Motiv war, bewirkte natürlich, dass auch Kolleginnen und Kollegen hier arbeiteten, die es weder aufgrund ihrer Noten im Staatsexamen noch wegen ihres Arbeitseifers zu Hause so schnell zu Oberstaatsanwälten gebracht hätten. Einige Abteilungen wurden nach wie vor nur kommissarisch geleitet, die Staatsanwälte nur *Mit der Wahrung der Aufgaben eines Oberstaatsanwalts* betraut. Wenigstens in eine solche Position hätte er auch gerne eine der beiden jungen Staatsanwältinnen gebracht. Sie hatten einen hervorragenden Abschluss in der Weiterbildung gemacht, Anpassungsfortbildung hieß das amtlich, was für ein Wort! So hatte er einen engagierten Vermerk verfasst, den er beim Justizministerium eingereicht hatte. Aber der Kollege, der dort das zuständige Referat leitete und den er aus Kölner Zeiten kannte, hatte ihm am Telefon erklärt, dass selbst unter den hiesigen Bedingungen eine derartige Missachtung sämtlicher Beförderungsrichtlinien undenkbar sei. Dennoch war die allergrößte Personalnot endlich beseitigt. Zwar gab es immer noch einen großen Arbeitsanfall, aber er schaffte seine Aufgaben nun etwas entspannter.

Warm wurde es ihm eigentlich erst, als er in dickem Mantel und Schal, die Ohrenklappen der Schapka herunter gelassen, den kurzen Weg zum Dienst zu Fuß ging. Zwar kam er sich in dieser Aufmachung ein wenig vor wie ein Soldat der Sowjetarmee im winterlichen Einsatz, aber diese Art von Mütze war einfach der beste Schutz gegen den eisigen Wind. Von Köln kannte er solche Temperaturen nicht, nur aus seinem Berliner Studienjahr wusste er, was ein Hochdruckgebiet im Januar oder Februar hier anrichten konnte.

Kein Gebirge zwischen uns und dem Ural, nichts hält den Ostwind auf, hatte ihm einmal eine seiner Tanten gesagt, eine alte Berlinerin, als er sich damals über den hiesigen Winter ausgelassen hatte.

Die kalte Luft war dunstig, Inversionswetterlage, im Radio hatte man dazu geraten, auf das Auto zu verzichten. Aber hier hielt sich kaum jemand dran. Es war Staub und Schwefelgeruch aus den Schornsteinen in der Luft und Rußpartikel der Zweitakter. Im alten Gerichtsgebäude war sogar schon der Flur überheizt. Im Gegensatz zu seiner Wohnung wärmte hier eine Zentralheizung mit voller Kraft, und in den Rohren rauschte und pfiff es hörbar. Noch während er die Mütze absetzte, den Schal lockerte und den Mantel aufknöpfte, kam ihm Schliff, einer der drei Oberstaatsanwälte, die auch schon in DDR-Zeiten hier Dienst getan hatten, auf dem Flur entgegen.

„Herr Doktor, entschuldigen Sie, diese junge Kollegin, Fräulein Leisner, schafft die das denn? Sie ist ja Ihnen nun direkt unterstellt. Haben Sie mal einen Blick in ihr Zimmer geworfen? Oder ihren Aktenbock gesehen? Das ist doch viel zu viel für das junge Mädchen."

„Junges Mädchen, ich bitte Sie!"

„Ich mein' ja bloß."

„Haben Sie denn selber noch Kapazitäten frei?

„Kapazitäten?"

„Ich höre von Ihnen doch immer, dass Sie selber so überlastet sind."

„Ich? Also, Kapazität hab' ich selbst keine frei, wenn Sie das meinen, Herr Doktor! Und es ist ja eine sehr komplexe Sache."

„Ich werd' drüber nachdenken, einen schönen Tag noch", beendete Martenthaler das Gespräch und ging.

Der Kollege blieb eine Weile auf dem Flur stehen und schaute Martenthaler hinterher, wie er in seinem Dienstzimmer verschwand. So viel Fürsorge von dem älteren Mitarbeiter hatte Martenthaler bisher nicht kennengelernt. Er wollte es nun doch genau wissen und ging hinunter in die Personalabteilung, zog selber dessen Akte aus der Registratur und setzte sich an den kleinen Tisch neben die Regale. Geburtsjahr 1931, Abitur am Gymnasium Bautzen, in den vierziger und fünfziger Jahren gab es noch Gymnasien, erst danach wurde die Polytechnische Oberschule gängige Schulform. Anschließend Dienst bei der Kasernierten Volkspolizei, hieß das, dass er sich freiwillig gemeldet hatte? Dann Jurastudium an der Humboldt-Universität zu Berlin, damals noch Erstes juristisches Staatsexamen und

nicht Diplom, Referendariat in Berlin und Potsdam, erste Beschäftigung als Assessor am Landgericht Potsdam. Die Beurteilungen nicht besonders gut und nicht besonders schlecht, die wiederkehrende Formulierung „zeigt einen gefestigten Klassenstandpunkt" in den Dienstzeugnissen war wohl damals Standard. Alles in allem mag das ein unauffälliger beruflicher Werdegang für einen Juristen in der DDR gewesen sein. In wenigen Jahren würde er pensioniert. Martenthaler blätterte die Akte nochmals von vorn nach hinten durch. Die rechte obere Ecke eines jeden Blattes war handschriftlich mit Rotstift durchnummeriert, bis Mitte der sechziger Jahre fortlaufend, danach fehlten ab und zu eine oder einige wenige Seiten. Irgendwer hatte etwas aus der Akte herausgerissen. Um sie zu bereinigen? War es dieser Oberstaatsanwalt selber, der vielleicht im Herbst neunundachtzig zu der Auffassung gelangt war, besser das eine oder andere Blatt verschwinden zu lassen?
Zurück in seinem Dienstzimmer überlegte Martenthaler noch lange, ob aus der eben gewonnenen Erkenntnis irgendwelche Schlussfolgerungen zu ziehen wären. Er könnte eine Überprüfung bei der Stasi-Unterlagenbehörde veranlassen. „Gaucken" nannten sie das, jetzt haben sie auch mich gegauckt, hörte man manchmal in Gesprächen. Was würde dieser ältere Mitarbeiter machen, wenn er die Überprüfung nicht unbeschadet überstünde? Als Versicherungsvertreter oder Immobilienmakler sein Glück versuchen oder vielleicht Unterschlupf als Anwalt in einer größeren Berliner Kanzlei oder, besser noch, in den inzwischen aus dem Boden sprießenden hiesigen Filialen bundesweit agierender Sozietäten finden?

Er griff zum Telefon und wählte die direkte Nummer seines Bekannten, des zuständigen Referenten im Justizministerium, der gleich am Apparat war. Seit sie festgestellt hatten, dass sie nun beide hier in der Stadt arbeiteten, waren sie zum altvertrauten *Du* zurückgekehrt. So konnte Martenthaler ohne lange Vorrede beginnen: „Franz Josef hier. Ich brauch wieder mal deine Unterstützung. Ich weiß nicht, ob wir hier nicht für alle Staatsanwälte eine Überprüfung bei der Gauck-Behörde veranlassen sollten. Wie wird denn das bei euch im Ministerium gesehen?"

„Ich selber halte das absolut für nötig, aber die Leitung unseres Hauses ist da sehr viel reservierter. Du weißt ja, dass man hier sogar an höchster Stelle eine gewisse Scheu in dieser Hinsicht entwickelt hat. Da will man ungern auf den Ebenen drunter durchgreifen, wenn man sich oben nicht ganz sauber fühlt. Ihr habt doch von allen euren Leuten diese Selbstauskunft ausfüllen lassen, sollte das nicht ausreichen?"

„Tja, reicht es? Was ist die Sanktion, wenn man auf diesen Fragebögen nicht ganz die Wahrheit angekreuzt hat? Wenn's nicht rauskommt, hat man Glück gehabt, wenn's rauskommt, ist man wenigstens noch eine gewisse Zeit in Lohn und Brot, ehe man fliegt. Ich trau diesen Selbstauskünften nicht so recht. Was macht man denn andernorts?"

„Ihr seid nicht das erste Gericht hier im Lande, aus dem diese Frage kommt. Man wird da wohl doch irgendwie ranmüssen."

„Unbedingt, auf jeden Fall. Wenigstens von der Ebene des Staatsanwalts an aufwärts und wenigstens vom Geburtsjahrgang siebzig an rückwärts sollte man überprüfen. Und zwar alle. Auch die aus dem Westen. Es könnte ja gut sein, dass auch drüben manch einer für die Stasi gearbeitet hat."

„Na, dann mach doch einfach!"

„Und wenn die Presse von *Siegerjustiz* schreibt und euer Minister einknickt, dann hab ich den Ärger, dann stehe ich im Regen? Nein, nein, mein Lieber, da hätte ich doch gerne den Rückhalt von euch. Drei Zeilen schriftlich, dass das im Sinne des Ministeriums ist, möchte ich schon in meinen Akten haben."

Er hörte, wie sein Gesprächsteilnehmer die Luft zwischen den Zähnen einzog: „Na gut", kam ein Seufzer, „ich werde mal sehen, was mein Staatssekretär dazu sagt."

Martenthaler stand auf und streckte sich, ging die paar Schritte zum Fenster und blickte auf den Hof. Zwischen dem unebenen Pflaster waren die Pfützen zugefroren. Auf den halb eingefallenen Pappdächern der Schuppen lag ein wenig Schnee, von der Regenrinne hingen Eiszapfen. Die Tore der Remisen waren geschlossen. Außer seinem alten Mercedes standen keine Autos mehr dort, die früheren Dienstwagen sind alle verschrottet worden. Auch die Fahrer haben wir entlassen, die Baubrigade und die Friseurin sind nicht mehr hier, wahrscheinlich alle auf Arbeitslosengeld. Mit Ausnahme des jüngeren der beiden Fahrer vielleicht, der war ihm Ende letzten Jahres auf dem Markt in die Arme gelaufen und hatte ganz euphorisch erzählt, er mache sich jetzt selbständig. Er habe ein Taxi bestellt, bei dieser Firma in Süddeutschland, die stellten auch den Kredit zu sagenhaft günstigen Zinsen zur Verfügung, in zwei Wochen könne er das Auto dort abholen. Sie zahlten sogar eine Übernachtung in Stuttgart, es gebe eine Werksbesichtigung, die erste Tankfüllung sei gratis und Proviant für die Heimfahrt gebe es auch. Und mit Taxifahren ließe sich bestimmt gut Geld machen. Martenthaler hatte Zweifel an dieser Geschäftsidee, äußerte sie aber nicht. In der DDR, klar, da gab es so wenige Taxis, dass gewerbliche Personenbeförderung in Privatautos legalisiert worden war. Bei früheren Besuchen in Ostberlin waren ihm die verschiedenfarbigen Wagen an den Bahnhöfen und Grenzübergängen aufgefallen, ohne Taxischild und Taxameter, deren Fahrer für ein paar Westmark gerne zu einer ganzen Stadtrundfahrt aufbrachen. Jetzt aber würden sich bald die Verhältnisse umkehren, zu viele Taxis für die paar zahlungsbereiten Fahrgäste. In Köln und Düsseldorf war das schon lange ein Hungerjob für Studenten und Studienabbrecher. Einmal hatte ihn ein ehemaliger Kommilitone zum Landgericht gefahren, ein wenig peinlich war ihm das schon gewesen. Ein andermal hatte ihn ein vollbärtiger, hagerer Fahrer in eine Diskussion über den Hegel'schen Idealismus verwickelt, der er intellektuell nicht gewachsen war, und die ihn am Ende zu einem unangemessen hohen Trinkgeld verführt hatte. Können wir in den oberen Gehaltsgruppen Nachsicht walten lassen, wenn wir alle unteren Chargen entlassen haben?

Er öffnete die Tür zu seinem Vorzimmer einen Spalt: „Frau Nehlsen, bitten Sie doch Frau Leisner zu mir mit der Akte zum Fall *Nuthestraße*."

„Ich sage Fräulein Leisner gleich Bescheid."

„Und einen Kaffee bitte für Frau Leisner und mich." Er konnte es nicht lassen, das Frau wieder besonders zu betonen. In NRW gab es schon seit Jahren eine interne Anweisung, die Anrede Fräulein nicht mehr zu benutzen. Irgendwann würde er sich auch hier um solche Kleinigkeiten kümmern, wenn alles andere geordnet wäre.

„Wie ist denn der Stand in unserer Sache? Es sieht ja so aus, als wären Sie schon weit vorangekommen", sagte Martenthaler und deutete auf den roten Aktendeckel unter ihrem Arm: „Den müssen Sie bald aufteilen in zwei Bände", sagte er lachend.

„Tut mir leid, Herr Doktor, dass ich Ihnen nicht schon früher berichtet habe, aber ich wollte ein bisschen weiter sein mit diesem Fall. Geht hier leider nicht so schnell voran. Immerhin wissen wir, dass der Volvo auf die SED zugelassen ist, Bezirk Cottbus, Rechtsnachfolger ist ja die PDS, aber das ist natürlich in den Zulassungsunterlagen nicht geändert worden. Wir werden von der dortigen Geschäftsstelle der PDS das Fahrtenbuch anfordern, ebenso von der Zulassungsstelle in Cottbus deren Akten. Das andere Auto, der VW Golf, war ja geklaut oder der Fahrer, dieser ominöse B, war auf andere Weise an den Schlüssel gekommen. Soweit bekannt. Inzwischen haben wir die Niederschrift der Vernehmung des Halters, Stellmacher, Gerald Stellmacher heißt er, geboren neunzehnzweiundzwanzig, erst im Sommer neunundachtzig aus Friedrichshain, also aus Ostberlin nach Westberlin umgezogen. Davor hatte er eine dieser begehrten Wohnungen in der Karl-

Marx-Allee, könnte heißen, dass er sehr regimetreu war. Er hat das Ganze als Diebstahl angezeigt, daran hält er fest, auch im Verhör, tut so, als könne er sich auch nicht erklären, wie ihm der Autoschlüssel abhanden kam. Wenig ergiebig, all das. Und der Fahrer, dieser B? Da wissen wir nur, was wir selber ermittelt haben. Der Getötete ist von Berlin aus zu irgendeinem Ziel südlich gefahren und dann zurück." Sie lachte: „Natürlich nicht der Getötete, sondern der lebendige Fahrer, der danach tödlich verunglückt ist. Wohin er gefahren ist und was er dort gemacht hat, ist weiterhin unklar. Soweit kommt mir das alles noch ziemlich normal vor. Viel schwieriger ist es, etwas über dessen Identität herauszubekommen, niemand scheint ihn zu vermissen. War er der Dieb des Autos? Hat er das Auto erst nach dem Diebstahl gekauft, Hehlerware? Hat er vom Dieb das Auto überlassen bekommen? Geliehen als Freundschaftsdienst? Kam er aus der Nähe dieser Tankstelle, als der Unfall geschah, oder von weiter weg? Was war der Zweck seiner Fahrt?"

„Der hatte keine Personalpapiere bei sich, sagen Sie, keinen Führerschein, 'tschuldigung, Fahrerlaubnis heißt es wohl hier? Nichts was auf seine Identität schließen lässt?"

„Nichts Amtliches, nur dieses Foto von der neckischen Schönheit, da steht *für B* hinten drauf und ein Herzchen."

„Und keine Vermisstenmeldung in Berlin oder Brandenburg, die auf den Getöteten passt?"

„Auch nicht, nur Kinder, Jugendliche, ganz wenige Hochbetagte, kein Mann mittleren Alters, wie unser Unfallopfer, nicht hier jedenfalls. Hab' auch die anderen Länder abgefragt, aber erst aus dem Saarland und Hessen ist Rücklauf da. Seit Mai 1990 nichts, was auf unseren Fall passen würde. Auf die übrigen Länder muss ich noch warten. Kurz und gut, da müssen wir noch weiterkommen. Aber nachlassen werde ich nicht."

„Wieso sagen Sie eigentlich immer neckische Schönheit?"

Frau Leisner zog das Foto, säuberlich verpackt in eine Plastikhülle, aus der Akte: „Also der umflorte Blick, der reichlich tiefe Ausschnitt, das T-Shirt von der Schulter gerutscht, die Löckchenfrisur, nachempfunden der Statue, um die sie einen Arm schlingt, Rosen im Hintergrund … Ganz schön dick aufgetragen, find ich."

Martenthaler nahm das Foto, Frau Leisner hatte es ihm schon einmal gezeigt, aber diesmal holte er eine Lupe und musterte das Bild: „Die steht oder sitzt neben einer Büste, der Stil vielleicht klassizistisch, Material vielleicht Bronze, kann ich nicht so erkennen auf dem Schwarzweißbild, das Ganze wohl in einem geschmiedeten Gartenpavillon, ein bisschen kaputt die eisernen Stäbe, vielleicht korrodiert, aber mit Rosen umrankt, in einem Garten, im Sommer aufgenommen." Er drehte das Foto um: *Für B. den Gärtner meines* steht da, „dann ist ein Herzchen gemalt. Das ist aus der Jackentasche des Getöteten, nicht wahr? Da müsste sich doch rauskriegen lassen, wo das fotografiert ist. Unser B. war dann wohl der Gärtner des Herzens dieser Dame. Vielleicht hilft uns das weiter?"

„Sie hat ihn aber nicht als vermisst gemeldet, jedenfalls nicht in Berlin, Brandenburg, im Saarland oder in Hessen. Sollen wir den Rücklauf aus den anderen Ländern abwarten oder soll ich schon jetzt mal versuchen, rauszukriegen, was es mit dem Foto auf sich hat?"

Martenthaler schüttelte den Kopf: „Abwarten, ist genug anderes zu tun. Was sonst noch? Da läuft doch ziemlich viel auf Cottbus zu. Kann der Anruf, den unser trotteliger Wachtmeister, entschuldigen Sie bitte trotteliger, außerdem ist er das vielleicht gar nicht, also kann der Anruf, von dem unser Wachtmeister geredet hat, mit diesem B. zu tun haben? Keine Vermisstenmeldung, keine polizeilichen Ermittlungen … Will da wer was vertuschen? Aber was?"

„Ich hatte auch schon diese Hypothese. Kam mir dann aber ziemlich weit hergeholt vor. B. war ja schon tot, als der Justizangestellte das losgeschickt hat. Sein Umfeld? Ich weiß nicht … Wir müssen herauskriegen, wo die Sendung mit der ursprünglichen Akte angekommen ist. Ich hab' aber so meine Zweifel, ob wir der Polizei in diesem Fall viel Ermittlungsarbeit übertragen können. Oder sollen …"

„Wieso das? Die Polizei muss doch … Das ist doch deren Aufgabe!"

„So lange wir davon ausgehen können, dass nicht Polizisten selber in den Fall verwickelt sind. Im Präsidium keine Unterlagen, keine Protokolle! Muss einen das nicht misstrauisch machen?"

„Vielleicht schon … Jedenfalls gut, dass Sie die Zusammenhänge im Auge behalten, Frau Leisner, das gefällt mir."

Die junge Frau strahlte. Sie strich sich mit beiden Händen das volle, dunkle Haar hinter die Ohren.

„Wir können ja sehen, wie sich das entwickelt. Irgendwie habe ich das Gefühl, das könnte ein dickes Ding sein. Ist nur so ein Gefühl. Fünfzehn Jahre als Staatsanwalt, da wächst einem mit der Zeit so ein Riecher. Ich stelle Ihnen einen weiteren Dezernenten bei, dann sind Sie zu dritt in ihrer kleinen Ermittlungsgruppe. Und bitte berichten Sie mir regelmäßig, vielleicht jeweils nach meiner Montagsrunde. Es macht ja nichts, wenn Sie auch mal berichten müssen, dass sich nichts Neues ergeben hat. Ist ja normal in unserem Job."

Die junge Mitarbeiterin lächelte stolz, es war ja so etwas wie eine kleine Leitungsfunktion, die ihr der LOStA eben übertragen hatte. Sie nickte und klappte den Aktendeckel zu.

„Einen Moment noch, Frau Leisner, da interessiert mich noch was anderes. Wie ist denn so die Atmosphäre, die Stimmung unter den Kollegen, das Arbeitsklima? Wir sind ja doch eine ziemlich zusammengewürfelte Mannschaft, entschuldigen Sie das Mann, ich weiß nicht wie man das sagt, Frauschaft gibt es ja nicht und Truppe wäre ja auch nicht so recht geschlechtsneutral. Ach je, ich glaube heute schweife ich ab. Jedenfalls, wie ist das Arbeitsklima?“

„Wenn Sie mich fragen, Herr Doktor, ich liebe meine Arbeit. Ich finde das toll! Mir hätte nichts Besseres passieren können als diese Wende, diese friedliche Revolution, dieser Umbau der Justiz.“

„Und die Stimmung im Team?“

„Tja, wie Sie schon sagten, Herr Doktor, die Persönlichkeiten sind ja schon sehr unterschiedlich, die Einstellung zur Arbeit auch und die Haltung zu den Zielen und Grundsätzen unserer Tätigkeit schon erst recht. Aber mit meinem wichtigsten Fall bin ich Ihnen ja direkt unterstellt, das ist ein Glück für mich.“

„War zuvor nicht so angenehm, unter Herrn Schliff, schien mir… Und sonst, gibt es noch weitere Anfeindungen zwischen den Kolleginnen und Kollegen?“

Frau Leisner zuckte mit den Schultern.

„Jedenfalls, ich danke Ihnen für Ihre sorgfältige Arbeit. Weiter so, und viel Erfolg.“

„Herein!“, rief Baum. Faber kam leise durch die hohe Flügeltür und trat neben den Schreibtisch mit der gläsernen Platte: „Die haben jetzt das Modell gebracht und sind alle im Besprechungsraum“.

„Dann woll’n wir mal.“ Baum erhob sich und ging über den Flur in den saalartigen Raum, der nur an einem Ende der Längswand ein breites Fenster hatte. In diesen ehemals hochherrschaftlichen Wohnungen, in denen nun die Büros von B & K eingerichtet waren, dienten solche sogenannten Berliner Zimmer meist als Speisesaal, ganze Bankette hatte man einst hier abgehalten. Jetzt waren die Wände weiß gestrichen, moderne großflächige Beleuchtungskörper hingen von der stuckierten Decke und an den Wänden starkfarbige Gemälde. Baum förderte zwei junge Künstlerinnen mit gelegentlichen Ankäufen ihrer Werke.

An einem Ende des Konferenztisches stand ein Architekturmodell, es zeigte einen größeren Ausschnitt der Bebauung westlich der Glienicker Brücke. Der Verlauf der Havel und die Seen waren deutlich zu erkennen, die Schlösser und Parks auf beiden Ufern. Kleine Kugeln auf Hölzchen bildeten die Bäume, Klötzchen die Häuser und Villen. Die Wasserfläche bestand aus Glas mit welliger Oberfläche, die Brücke war aus Metall geformt. Im Gegensatz zum hellen Holz, mit dem die bestehende Bebauung dargestellt war, strahlten die Grundstücke, um die es in dieser Planung ging, ganz in weiß. Dazwischen stach die alte Villa hervor, man sah sogar im Modell, dass sie in ihrer historischen Gestalt bewahrt werden sollte. Ein unregelmäßig geformtes Teil stellte das Grundstück dar, um das es ging. Man konnte es herausnehmen, mehrere Planungsvarianten für die Bebauung lagen neben dem eigentlichen Modell. Sie konnten gegeneinander ausgetauscht werden.
Neben dem Konferenztisch stand der Chef des beauftragten Planungsbüros in schwarzen Jeans, schwarzem Sakko und schwarzem Rollkragenpullover mit Dreitagebart. Mit ihm war die verantwortliche Mitarbeiterin gekommen, schwarzer Rock und schwarze Jacke, auch die Fingernägel schwarz lackiert und nur an den Ohren schimmerten auffällige silberne Blütenblätter. Ein sehr junger Mann, Baum nahm an, ein Praktikant, war ebenfalls ganz in schwarz gekleidet.

„Ah, die Architekten tragen Trauer, ha, ha, ha …“
Die Planer sahen an sich herunter; nur stilloses Volk kleidete sich bunt, sie selbst gingen doch immer in schwarz!

„Sieht aber gar nicht so traurig aus, das Modell hier“, lachte Baum. „Na, dann legen Sie mal los!“ Baum war gutgelaunt, er liebte die Präsentationen städtebaulicher Planungen, vor allem in der frühen Phase eines Entwurfs. Da konnte man noch Einfluss nehmen, ohne dass schon allzu viele Kosten entstanden waren.

Gerne diskutierte er mit Stadtplanern über die Wirkung von Gebäuden und Freiräumen, Bedürfnissen und Anforderungen der Nutzer und Fragen der Erschließung, aber auch über neue Trends und Moden in der baulichen Gestaltung. Schwieriger wurden die Diskussionspartner meist erst später, wenn Budgets und Kostengrenzen einzuhalten waren und baukünstlerische Argumente keine Rolle mehr spielen durften. Architekten, die da beinhart oder unangenehm wurden, konnten auf keine weiteren Aufträge von B & K hoffen.
Die Architektin mit dem auffälligen Ohrschmuck begann das Konzept zu erläutern, zeigte mit einem angespitzten Bleistift auf die geplanten Baukörper, wies besonders auf die zu erhaltende Villa in der Mitte des Geländes hin, machte dann längere Ausführungen darüber, wie die Qualitäten der umgebenden historischen Architektur den Geist dieses Entwurfes geprägt hätten, wie die Besonderheiten der märkischen Wasserlandschaft aufgenommen würden und wies auf die Sichtbezüge zu den benachbarten Schlössern hin, die man aufs Sensibelste berücksichtigt habe. Um dies zu demonstrieren, ging sie in die Hocke und spähte, ein Auge zugekniffen, so zwischen den weißen Klötzchen hindurch, dass sie das winzige Schlossmodell auf der gegenüberliegenden Seite der gläsernen Havel in den Blick bekam. Baum ließ sich von Faber einen Stuhl heranrücken, um im Sitzen ebenfalls einen Blick entlang der Sichtachsen zu werfen, doch das war für den schweren Mann reichlich unbequem. Der Chef des Teams schien darauf vorbereitet zu sein, denn er zog aus der Jackentasche ein sinnreiches, offenbar selbst gebautes optisches Gerät, eine Art umgekehrtes Periskop in Miniaturgröße, und reichte es Baum. Man konnte von oben hineinsehen und mithilfe zweier Prismen die Perspektive eines Fußgängers einnehmen, der sich durch das Modell bewegt.
Nacheinander wurden alle Planungsvarianten in das Modell eingesetzt, Baum und Faber begutachteten die verschiedenen Mög-

lichkeiten zunächst aus der Vogelperspektive und dann mithilfe des kleinen Geräts. Man diskutierte ausführlich die Vor- und Nachteile der Varianten. Die Vorgaben von B & K waren aufs genaueste berücksichtigt, vor allem die angestrebten Quadratmeterzahlen an Wohnfläche waren in jeder der Varianten eingehalten, übrigens eine hohe Hürde für ihre Planung, wie betont wurde.

„Die Dichte der Bebauung und die Nähe zu den Schlössern könnten uns Schwierigkeiten machen bei der Denkmalpflege“, erläuterte der Chef des Teams. „Wir haben da mal so ein bisschen vorgefühlt ohne zu sagen, um was es konkret geht. Die sehen das ganz schön eng. Ihr Preußisches Arkadien halten sie hoch und heilig. Über zehntausend Quadratmeter Wohnfläche, das werden die nicht so ohne weiteres schlucken.“

„Wir werden das schon machen, Probleme sind dazu da, gelöst zu werden“, antwortete Baum und lachte. „Ich glaube, die Variante B ist doch die beste. Aus Vermarktungssicht und auch aus städtebaulicher Sicht. Vom Bauablauf her, denke ich, werden wir die Kosten mit B am ehesten im Griff behalten können, Zu- und Abfahrt der Baufahrzeuge, Aushub, Materialtransport, Positionierung der Kräne, das wird sich hier alles doch in überschaubarem Rahmen halten.“

„Und es ist auch die Variante, die die größte, lassen Sie es mich so sagen, städtebauliche Eleganz aufweist“, sagte die Planerin mit den großen silbernen Blättern an den Ohren.

„Dann machen wir das so, wir machen B zur Grundlage für die Weiterarbeit. Wir stellen hier bei uns ein kleines Team zusammen, nicht wahr Faber, so wie immer, damit Sie hier kompetente Ansprechpartner haben. So, nun gönnen wir uns ein bisschen was. Betrachten Sie das als offiziellen Start dieses Projekts, meine Dame, meine Herren. Wenn die Stadt nicht auf einem Wettbewerbsverfahren besteht, aber das glaube ich nicht, denn die wissen doch gar nicht, wie man so was macht. Also, wenn die Stadt nicht auf einem

Wettbewerb besteht, dann geht der Planungsauftrag an Sie. Darauf können wir doch ein Fläschchen köpfen, nicht wahr Faber?"
Faber ging zum Seitentisch auf dem ein kleiner Imbiss vorbereitet war, ein paar Häppchen, Saft, Wasser und Sekt, kein Pommery, obgleich Baum den privat bevorzugte, aber Auftragnehmer sollte man nicht allzu sehr verwöhnen. Faber kümmerte sich um den Sekt, nur die Planerin bestand auf Wasser.

„Auf gutes Gelingen, meine Dame, meine Herren", sagte Baum, stand auf und hob sein Glas. Zu der Dame mit dem Wasser sagte er: „Schadet das nicht Ihrer Kreativität, immer nur Wasser?" Er lachte herzlich über seinen Scherz.

Als die Planer sich verabschiedet hatten, setzte sich Baum wieder auf den Stuhl neben dem Modell, und deutete auf einen anderen: „Setzen Sie sich doch noch mal Faber, ich glaube, das wird gut, das Projekt. Aber wir müssen mit dem Modell noch was machen. Das wollen wir doch dem Bauausschuss in Potsdam zeigen. Da muss unsere Planung kleiner aussehen."

„Kleiner?"

„Nicht in der Wirklichkeit, sondern im Modell. Die müssen den Eindruck bekommen, dass nicht so viel Baumasse dorthin soll."

„Die Umgebung eins zu tausend, wie jetzt, der weiße Einsatz eins zu zwölfhundert, meinen Sie das?"

„Genau, Faber, Sie schalten schnell. Zwanzig Prozent weniger, als dann tatsächlich gebaut wird, sieht keiner, ist nicht zu erkennen im Modell. Das merken nicht mal die Architekten selber, ha, ha, ha…"

„Wie damals bei dem umstrittenen Projekt hier an der Laubenkolonie? Wollen Sie es so? Die Kleingärtner haben das damals auch nicht bemerkt. Soll ich es so ähnlich in die Wege leiten? Mit demselben Modellbauer, der hält dicht, der ist uns so was von verpflichtet, der macht das perfekt, ohne rumzuquatschen."

„Und ein bisschen zügig soll er das machen, das muss fertig sein zum Bauausschuss. Der Termin steht, das wissen Sie ja."

„Yes Sir, wird gemacht, Sir." Jetzt, da der Chef so gutgelaunt war, erlaubte sich auch Faber ein Scherzchen.

„Recht so, Faber, und gießen Sie uns doch den Rest ein bitte. Oder haben wir noch einen Pommery im Kühlschrank? Dann holen Sie besser den."

V.
März / April 1991

Es wäre doch ganz schön, im März in den Spreewald zu fahren. Dorthin hatte er gerne im Frühling einen Ausflug gemacht, als Kind und Schüler mit den Eltern und Tanten von zu Hause, von Cottbus aus. Man fuhr im Kahn auf einem der Spreearme oder der vielen Kanäle und Fließe zusammen mit anderen Besuchern. Die ersten Blattknospen an den Erlen, zartes Buchengrün, weiße Anemonen auf dem Waldboden und Vogelgezwitscher aus dem Unterholz hatte er in Erinnerung, auch Entenmütter, die ihren piepsenden Küken im Schutz des Ufers beibrachten, schwimmend Nahrung zu finden.
Auch jetzt hätte es schön werden können, wenn nicht so trübes Nieselwetter herrschte und ihm die Kälte unters Hemd gekrochen wäre.
Nancy Leisner hatte für diese Ermittlung die Federführung, irgendwie wurmte ihn das, sie war jünger als er, sowohl dem Lebens- als auch Dienstalter nach. Erst seit zwei Jahren war sie Staatsanwältin und jetzt in der Anpassungsfortbildung. Wieso hatte ihm der LOStA Nancy vor die Nase gesetzt? Andererseits war es eine Abwechslung, mal raus aus dem Büro in dem alten Gerichtsgebäude und vor Ort ermitteln. Früher hätten sie mit solchen Aufgaben die Polizei beauftragt, aber der Doktor war gegenüber den aus der DDR kommenden Organen misstrauisch und die Leisner unterstützte ihn darin wohl noch. Sie war energisch, die Nancy, das musste man ihr lassen, und eigentlich war sie auch nicht unfreundlich. Man duzte sich, alle Kollegen, alle Staatsanwälte, die schon vor neunundachtzig in Potsdam zusammengearbeitet

hatten, duzten sich, das sozialistische *Du* unter Genossen hatte überdauert. Sogar die drei alten, die schon kurz vor dem Ruhestand waren, wollten das, nur den Chef, diesen Doktor aus dem Westen, den siezte man. Natürlich tat man das.

„Ich schlage vor, dass du einen Samstag nimmst, um dich nach Kossatz umzusehen. Sonst fällt vielleicht auf, dass sich einer in dem Dorf am normalen Wochentag nach einem Bewohner erkundigt. In so einem Kaff macht doch so was schnell die Runde“, hatte Nancy gesagt, „besser man nimmt einen Tag, an dem Touristen den Spreewald bevölkern.“ Er könne sich dafür einen anderen Wochentag freinehmen, das habe der Doktor genehmigt. Immerhin, sie macht sich Gedanken, die Nancy, kann man nix sagen. Ortsschilder und Haltestellen waren zweisprachig beschriftet, sorbisch und deutsch. Die einzige Haltestelle war an der Kirche. Der Ikarus-Bus tuckerte im Leerlauf während die meisten Fahrgäste ausstiegen. Bei dem Wetter waren es nicht sehr viele und meistens Familien. Väter schulterten Rucksäcke, Kinderwagen wurden über die hohen Stufen auf die Straße gehoben, Rentnerpaare halfen sich gegenseitig beim Aussteigen. Die meisten in Regenkleidung. Auch Noack schlüpfte in seinen Anorak, nahm den Rucksack und verließ den Bus. Den oberen Spreewald bei Cottbus kannte er gut, aber in diesem Ort hier war er nur einmal gewesen. Nahe der Haltestelle ein paar ziegelrote Gehöfte, dazwischen eingeklemmt der alte Kirchhof mit schmiedeeisernen Kreuzen und Grabsteinen aus poliertem Granit. In der Mitte die kleine Kirche, Fachwerk mit holzverschaltem niedrigem Turm, alles in traurigem Zustand. Dahinter war der neuere Teil des Friedhofs mit viel Platz zwischen den Gräbern. Auf der anderen Straßenseite eine Reihe bäuerlicher Anwesen, Fachwerk- oder Ziegelbauten und Gärten, die bis an die Spree oder an einen der zahllosen Kanäle und Wasserläufe reichten. Er ging die Dorfstraße in Fahrtrichtung weiter, mischte sich unter die Ausflügler und kam zur Verkaufsstelle des

Konsums. An der Ladentür ein Zettel mit den Öffnungszeiten. Wenn er hier noch jemanden in ein Gespräch verwickeln wollte, dann sofort, denn ab zwölf Uhr ist samstags Feierabend.

Ein Glöckchen schlug an, als er die Tür öffnete. Drinnen ein Ladentisch, dahinter eine Frau mit grauen Haaren und rotem Gesicht. War das Buntgeblümte, das sie trug, eine Kittelschürze oder ein Kleid? Ihre Begrüßung fiel knapp aus: „Tach!“

„Tach.“ Noack, selbst Lausitzer, fand er es nicht ungewöhnlich, auf Höflichkeitsfloskeln zu verzichten und eigene Äußerungen auf das Notwendige zu beschränken. Er sah sich um. Das Warenangebot war eine Mischung aus Altbekanntem und neuen Westprodukten, Lebensmittel, Konserven, Waschpulver, Toilettenpapier, das Übliche, was man in einem Dorfladen erwartete. Wie früher waren auch jetzt noch die Regale nur lückenhaft bestückt. Vorne aber waren ein paar spreewaldtypische Produkte und Souvenirs für Touristen aufgebaut, Gläser mit sauren Gurken, Meerrettich unterschiedlicher Zubereitungsart, Püppchen in sorbischer Tracht und Spreewaldkähne im Spielzeugformat. Er entschloss sich, eines dieser Trachtenpüppchen und zwei Gläser Meerrettich zu kaufen. Verwendung dafür hätte er wahrscheinlich nicht, aber so konnte er mit der Verkaufsstellenleiterin ins Gespräch kommen.

Nachdem er gezahlt hatte, verstaute er die Sachen in seinem Rucksack und zog ein kleines Päckchen halb heraus: „Wo find’ ich Kossatz? Soll hier wohnen. Soll ihm das hier bringen, von ’nem Freund.“

Endlich bogen sich die Mundwinkel der Frau ganz leicht, fast unmerklich nach oben: „Kossatz? Freunde? Nee, der hat keene.“ Trockenes kurzes Lachen.

Noack war geistesgegenwärtig genug, zu antworten: „Nich Kossatz sein Freund, Freund von mir, hat mir das mitgegeben, soll ich ihm bringen, dem Kossatz. Der wohnt doch hier, oder? Fehlt aber

Straße und Hausnummer. Mein Kumpel hat gesagt, den wirste schon finden, frag halt die Leute."

„Weeß nich, wo der wohnen soll. Fragen se mal da vorn."

„Vorn?"

„Na, bei die Anlegestelle."

Noack verabschiedete sich mit einem wortlosen Nicken. Weiter vorn führte die Straße über eine Brücke, ein Wehr staute die Spree auf, oder war es ein Kanal, am Ufer mehrere Mühlengebäude, ein wenig verfallen, nichts davon noch in Betrieb. Jenseits der Brücke der Gasthof, eine Tafel vor dem Eingang pries örtliche Gerichte an, Pellkartoffeln mit Quark und Leinöl, Bratwurst mit saurer Gurke, Rouladen mit Rotkohl, Ochsenbrust mit Meerrettichsoße und Kartoffeln – als Höhepunkt Zander mit Gurkensalat. Die Kneipe würde er auf dem Rückweg besuchen, vielleicht sind am Samstagabend Einheimische hier, die etwas wissen über Kossatz. Das Symbol eines Bettes am oberen Rand der Tafel deutete darauf hin, dass hier auch Übernachtungen möglich seien, eine Art Hotel oder Pension. Er blickte zu den Fenstern im ersten Stock, die waren grau vom Straßenstaub, dahinter undefinierbare Gardinen, einladend sah das nicht aus. Aber es gab Geräusche aus denen er auf Bautätigkeit hinter dem Haus schloss. Vielleicht wurde Mörtel gemischt und eine Mauer hochgezogen. Samstags halfen die Nachbarn mit, das war schon immer so, hier auf den Dörfern. Vielleicht hatte sich der Inhaber entschlossen, sein Haus zu modernisieren, um das Angebot den Ansprüchen des gewachsenen Tourismus anzupassen. In letzter Zeit erkundeten hauptsächlich Westberliner das Umland.

Noch ein paar Schritte und er war an das Ortsende gekommen. Linkerhand ein paar parkende Autos, einige Berliner Kennzeichen und solche entfernterer Orte, dahinter eine Wiese, die bis zum Wasser reichte, ein Kiosk und die Anlegestelle, an der drei

Spreekähne vertäut waren. Zwei Männer und eine Frau in sorbischer Tracht standen bei den Booten und warben um Kunden. Nur ein Kahn füllte sich. Mehr Gäste waren hier nicht, obgleich es aufgehört hatte zu regnen, die Wolkendecke riss sogar an einigen Stellen auf, und es zeigte sich da und dort ein Stück blauer Himmel. Einer der Männer löste das Tau mit dem der vollbesetzte Kahn festgemacht war und machte einen weiten Schritt hinten auf's Heck, nahm das Rudel und tauchte es ins Wasser. Rudel, so nennen sie hier die langen Stangen mit denen man staken, steuern und auch ein wenig rudern kann. Der Kahn legte ab.

Die anderen beiden Kähne blieben unbesetzt, der zweite Mann und die Frau in sorbischer Tracht standen an der kleinen Bude und unterhielten sich mit dem Jungen, der vergeblich auf Kunden für sein Angebot wartete, Kaffee aus der Thermoskanne, kalte Getränke und Eis. Noack ging auf die Gruppe zu, sein kurzes: „Tach", wurde mit einem knappen Kopfnicken beantwortet. Wieder nahm er den Rucksack von den Schultern, zog das braune Päckchen halb hervor, deutete mit einer Kopfbewegung darauf und sagte: „Das soll ich dem Kossatz bringen. Kenn' se den? Soll hier wohnen."

„Kossatz?" Die Frau in Tracht blickte den Mann schräg an und dann den Jungen.

„Tja, weeß nich recht. Soll det der sin, wo inne eh'malje Försterei wohnt", fragte der Mann.

„Der vom alten Forsthaus? Lang nich jesehn", sagte die Frau, „manchmal isser hier, manchmal nich."

„Der geht jetzt am Stock, an so'ner neumodischen Krücke, so aus Aluminium. War letzte Woche hier, auf'n Kaffee", mischte sich der Junge ein.

„Halt dich da raus, quatsch nich rum", herrschte die Frau in Tracht den Jungen an, und zu Noack: „Manchesmal isser da, denn auch wieder mal länger wech, der Kossatz."

„Mit dem Auto weg?“

„Hm“, machte die Frau und nickte.

„Der hat so ein großes Westauto, stimmt's?“

„Hatte so'n Volvo“, mischte sich der Junge doch wieder ein, „Kombi. Aber mit Cottbusser Nummer.“

„Wat weeßt du schon“, zischte die Frau ihn an.

„Ick weeß wat ick weeß! Is vonner Partei, det Auto, vonner PDS. Und jetze hat er keen Volvo mehr, nur noch so'n kleenen Flitzer, hab ich neulich jesehn.“

„Halt die... Keener weeß da jenauet, und du weeßt ooch nischt! Großes Auto, kleines Auto, heut kann jeder allet ham! Und du quatsch nich dusslich, Junge!“ Die Frau wurde ärgerlich. Der Junge schwieg wieder, nahm ein kariertes Tuch und wischte über das Brett vor dem Schalter seines Büdchens.

„Egal“, beschwichtigte Noack und fragte: „Wo bring ich denn nun das Päckchen hin, wo ist denn diese ehemalige Försterei?“

„Weiter die Straße lang, dann geht rechts so ein schmaler Weg rein, wo die Straße enger wird. Schwer zu finden. Wenn sie an der Brücke über den Puhlstrom sind, dann sind se zu weit gelaufen. Oder soll ick Ihnen staken? Über'n Schwanstrom komm 'wer hin, jeht schneller als zu Fuß und denn zeig' ick Ihnen, wo et is. 'Ne kurze Fahrt. Bring Sie ooch wieder zurück.“

Noack nickte. „Kostet?“

Der Mann nannte einen bescheidenen Preis mit den Worten: „Is ja sonst nischt los heute.“

Während der gemächlichen Fahrt stand der Fährmann hinter Noack im Heck. Man fuhr wortlos. Ein Pärchen, Kapuzen über dem Kopf, glitt im Zweier-Kajak an ihnen vorbei, sonst war nur das Glucksen und Plätschern zu hören, als das Rudel ins Wasser getaucht oder herausgezogen wurde, und ab und zu das Krächzen eines Wasservogels. Es dauerte nicht lange, da wich zur Rechten der Wald zurück und es öffnete sich der Blick auf eine sumpfige

Wiese. Zwischen den gelbbraun vertrockneten Halmen und Blättern der Moorgräser zeigten sich erste zartgrüne Triebe.

„Da is et schon", hörte er den Fährmann und linkerhand erschienen die Gebäude der ehemaligen Försterei. Das Forsthaus in rotem Backstein, Türen und Fensterläden grün gestrichen, ein Stall, ebenfalls rote Ziegel und ein Schuppen aus dunkelbraunem Holz umstanden den mit Schotter belegten Hof, der sich zum Wasser und zu einem kleinen Anleger hin öffnete. Dort war ein Kahn vertäut, jetzt nach dem Regen stand eine Handbreit Wasser darin. Alles sah sehr gepflegt aus, der Besitzer hatte wohl nicht lange gezögert, als sich die Gelegenheit bot, mit Material und Technik aus Westproduktion sein Anwesen zu renovieren. Hinter den Gebäuden musste ein Weg verlaufen, denn einer dieser typischen Spreewald-Stege, eine stabile Balkenkonstruktion mit jeweils einer hohen Treppe am diesseitigen und jenseitigen Ufer, führte hier über den Schwanstrom. Der Bootsführer legte das Rudel an die Bordwand und machte den Kahn fest: „Schauen Se, ob er da is, ihr Kossatz. Ick bleib beim Kahn."

Noack stieg aus. Alles sah ziemlich verlassen aus, keine der Türen stand offen und die Läden der unteren Fenster waren geschlossen. An der Tür zum Forsthaus ein altmodischer Klingelzug, ein Namensschild, nur mit den Initialen A. K., ein Briefschlitz mit Klappe und ein Türknauf, alles aus Messing, auf Glanz poliert. Er betätigte die mechanische Klingel und hörte ein schwaches Bimmeln. Drinnen rührte sich nichts, auch auf seinen zweiten Versuch immer noch keine Reaktion. Er probierte, ob er den Türknauf drehen könne, aber die Haustür ließ sich nicht öffnen. Die Stalltüren der Remise waren verriegelt und mit Vorhängeschlössern gesichert, ebenso der Schuppen. Er ging zur Haustür zurück und hantierte hörbar an der Klappe des Briefschlitzes, der Fährmann sollte denken, er habe das Päckchen eingeworfen.

Auf dem Hof kein Auto, der Volvo natürlich sowieso nicht, der war verbeult und stand in Potsdam auf dem Gelände des Polizeipräsidiums, aber auch der kleine Flitzer, von dem der Junge gesprochen hatte, nicht. Ein asphaltierter Weg kam vom Wald her und endete an der geschotterten Fläche, Wagen- oder Reifenspuren waren nicht zu erkennen, nicht auf dem Asphalt und nicht auf dem Schotter, aber ein Forensiker könnte vielleicht doch noch Spuren entdecken, man musste sich immer wieder wundern, wie viel diese Spezialisten herausfanden, wo sonst niemand mehr etwas erkennen konnte. Der Fahrweg endete hier. Er stieg die Stufen, stabile Holzbohlen, hoch und ging über den Steg, drüben setzte sich der Weg als schmaler Pfad am Rande der Moorwiese fort und führte jenseits wieder in den Wald. Als er sich in der Mitte des Stegs umwandte, winkte ihm der Fährmann zu und rief: „Bald fertig?“ Der Mann wurde ungeduldig. Noack ging zurück zum Boot.

„War wohl nich da, ihr Kossatz?“, fragte der Fährmann.

Noack schüttelte den Kopf: „Aber das Päckchen hab ich eingeworfen.“

„Na denn is ja jut.“

Noack kommentierte das nicht. Als sie beim Dorf wieder anlegten, kassierte der Fährmann den vereinbarten Preis und rief noch dem Jungen im Büdchen zu: „War keener da!“

In der Dorfkneipe war jetzt einiger Betrieb, später Samstagnachmittag, Touristen vor der Heimfahrt und Einheimische am samstäglichen Feierabend. Aus der Küche drang der Dunst von Sauerkraut und Bratfett und mischte sich mit dem Geruch von Bier, Zigarettenrauch und den immer noch feuchten Jacken und Mützen an den Garderobenhaken. Noack stellte sich an den Tresen neben eine Gruppe von Männern in blauen Latzhosen, karierten Hemden und mit Spritzern von Mörtel auf den Knien. Jeder hatte ein Bier und ein Schnapsglas vor sich stehen. Er konnte ihre Diskussion über den Ausbau des Gasthofs zum Hotel hören. Zuerst ging es um Baumaterial, was man jetzt so alles bekomme, wenn man's zahlen könne, Fertigmischungen für Putz und Mörtel in Säcken, man müsse es nur noch in den Mischer tun, sogar so ein Mischerchen könne man kaufen, Wasser dazu und fertig. Dann ging es um Hoffnungen, ob das wohl gutgehen würde mit dem Hotel, den Tourismus hoch bringen, mehr Kahnfahrten und Verkauf von Andenken, und es ging um Zweifel, ob sich der Wirt nicht übernehme mit seinem Vorhaben.

Noack ließ sich ebenfalls ein Bier und einen Klaren geben und wandte sich halb der Gruppe zu, wohl wissend, dass sie sofort verstummten, wenn er sie direkt anspräche oder aufdringlich erscheine. Erst als er zum zweiten Mal Bier und Korn bestellte, taute einer von ihnen auf: „Wohl nich von hier?" Noack schüttelte den Kopf. Fürs erste genügte der Gruppe die stumme Antwort, nach einer Weile aber fragte einer doch: „Berlin? Hauptstadt oder West?"

Sie denken immer noch Hauptstadt der DDR oder Westberlin, auch jetzt noch, es ist doch schon länger als ein Jahr her. „Sehe ich aus wie ein Berliner?", fragte er.

Schulterzucken.

„Cottbus, komm aus Cottbus." Die zweite Hälfte der Wahrheit, dass er schon jahrelang in Potsdam arbeite und ansässig sei, unterschlug er. Potsdam war früher voll von SED- und Stasi-Personal, besser nicht erwähnen.

„Und? Spreewaldausflug? Kahn gefahren?"

„Das auch. Ist schön im Frühling hier. Kleine Rundfahrt, Puhlstrom, Schwanstrom und so, hab ich lange nicht mehr gemacht, zuletzt als Kind. Übrigens, kennt ihr einen Kossatz? Der soll hier wohnen, dem soll ich was bringen, 'n Freund von mir bat mich drum."

Die Männer schauten einander an, vielsagend, fand Noack. Er nahm einen Schluck vom Bier und kippte den Rest des Klaren. Erst nach einer Weile vergewisserte sich einer aus der Gruppe: „Kossatz?“
Er nickte.

„Der aus’ m früh’ren Forsthaus?“

Noack nickte wieder.

„’N andern Kossatz kenn’wer hier nich.“ Die anderen bestätigten das: „Nee, nur den.“

„Hm. Beim alten Forsthaus war ich schon. Niemand da.“

„Ist oft länger weg. Hier seh’ ick ihm oft lang nich“, mischte sich ein anderer ein, „aber wenn er da ist, kommt er öfter her.“

„Ah, ja?“

Der erste lachte: „Ha, der kann was wegschlucken. Mal ist er fast ins Fließ gefallen, beim Pinkeln …“ Die anderen lachten schallend, stimmten zu und bestätigten einander, das war wohl allen in Erinnerung: „Seither bringt ihn immer einer heim, meist im Kahn, wenn noch einer von uns stehen und sich am Rudel festhalten kann.“ Wieder Gelächter.

„War wohl ein guter Kumpel?“

Wieder sahen die Männer einander an, zweifelnd: „Na, ja, wat heeßt Kumpel? Arbeitete wohl in Cottbus, aber nix Genaues wusste man nich … Man hat ja auch nicht jefracht … Aber, Kumpel, nee det nu ooch wieder nich.“

„Aber heimgebracht ham Sie ihn wohl doch, wenn er voll war?“

„Eh’ er ins Fließ fällt.“

„Und in der Försterei? Hat er da alleine gewohnt?“

Die Männer tauschten wieder Blicke, einer schüttelte den Kopf: „Weeß nich, keene Familie, höchstens vielleicht hat er mal wen mitjebracht, Kollegin aus Cottbus, oder sonst ’n Mädel, wer weiß?“

„Aber ein Auto hatte er, einen Volvo“, sagte Noack, „hatte er den schon vor neunundachtzig?“

Die Männer nickten.

„’N Volvo hatte nicht jeder.“ Und auf ihr Schweigen entschied sich Noack, doch direkter zu werden: „Nun tut nicht so, ist doch klar, Partei oder Stasi…“

„Na, wenn’s de dett selber weeßt, wat frachste noch?“

Immerhin, dachte Noack, sie sind zum *du* übergegangen. „War also oft weg, hatte einen Volvo und arbeitete in Cottbus, der Kossatz“, hakte er nach.

„Hat manchmal auch gequatscht, wenn er voll war. War oft voll.“, ergänzte einer aus der Runde.

Die anderen lachten wieder: „Der hat jerne ’n bisschen anjejeben, hat den jroßen Maxe jespielt, hier beim Bier. Hat det Maul voll jenomm’. Hat vonne Berje jeschwärmt, vonne Alpen, vom Starnberger See jefaselt. War wohl mal dort, een, zwee mal, seit man rüber kann. Vor neunundachtzig wohl nich, kam doch keener raus hier.“

„Sag das nicht“, warf ein anderer ein. „Weißte was ich denke? Der hatte Geld, der Kossatz. War vielleicht auch Reisekader, man wusste ja nix Näheres, man hat auch nich jefracht.“

„Und ihr habt euch da auch nicht eure Gedanken gemacht?“, fragte Noack.

„Die Gedanken sind frei“, sagte der Erste. Die anderen lachten. „Zum Wohl!“ Der Erste prostete ihm zu und nickte in die Runde, alle tranken einen Schluck Bier, und die Gruppe kehrte zu ihrem früheren Thema zurück, zum Ausbau der Kneipe als Hotel.

Noack wusste, das war das Zeichen, mehr würde er jetzt nicht erfahren. Er leerte sein Glas, zahlte, sagte in die Runde: „Na, denn…“, und ging zum Bus. Die Heimfahrt würde einige Zeit in Anspruch nehmen, in Lübbenau in den Zug umsteigen, dann am Flughafen Schönefeld oder am Berliner Ostbahnhof in die S-Bahn, es würde spät werden, bis er zu Hause wäre. Im Bus versuchte er, sich ein paar Notizen zu machen, aber es geriet unleserlich, war es wegen des rumpelnden Ikarus auf dem schlechten Pflaster oder wegen der drei Bier mit Korn? Besser, er würde am Montag im Dienst alles zusammenfassen.

Seit einiger Zeit gab es an verschiedenen Ecken in Potsdam neue Telefonzellen, knallgelb mit schwarzen Türgriffen, die Telefone im Inneren nicht aus lackiertem und oftmals zerkratztem Blech wie früher, sondern matt schimmernd in gebürstetem Edelstahl. So musste Heger nicht mehr für jedes Telefonat mit der Straßenbahn bis zur Brücke fahren. Die Telefonkarte, die er sich besorgt hatte, galt auch hier und er konnte so lange telefonieren, wie er wollte, bis die zwanzig D-Mark verbraucht waren. Er musste endlich mit diesem Diplomjuristen Schubatzki einen Termin vereinbaren, ihm das Angebot von B & K unterbreiten zum Kauf jenes Grundstücks mit der alten Villa am Fluss. Von Baum hatte er die Vorgabe, zunächst zweihundert Mark pro Quadratmeter zu bieten, *Westmark*, Heger dachte immer noch *Westmark*, und er hatte freie Hand, je nach Verhandlungsverlauf bis zweihundertfünfzig DM hochzugehen. Das Grundstück war knapp eintausend Quadratmeter groß, fast eine Viertel Million, diesen unfasslichen Betrag könnte der alte Herr im Feierabendheim bekommen, das war doch ein Angebot, dachte Heger, das keiner ausschlagen konnte.
Inzwischen hatte er sich auch über die Befugnisse eines gerichtlich bestellten Pflegers informiert. Es war nicht leicht gewesen, das herauszubekommen. In der örtlichen Bücherei fand er dazu keine Literatur. Er war sogar mehrfach nach Berlin gefahren, das war jetzt einfacher, er konnte vom Potsdamer Stadtbahnhof aus einen direkten Zug nach Wannsee nehmen, der hielt in Babelsberg und Griebnitzsee. Bahnhof Griebnitzsee, da hatte er über Jahre Dienst getan, das war der Grenzbahnhof für die Transitzüge von und nach Westberlin. Interzonenzüge sagten sie im Westen dazu, sie fuhren ohne Halt bis Marienborn und dann in Richtung

Köln oder bis Probstzella und weiter nach München. Er war hier für die Stabsaufgaben der Kontrollstelle zuständig gewesen, hatte Niederschriften, Berichte und die Einsatzplanung angefertigt, um eine ordnungsgemäße Kontrolle der Züge sicherzustellen. Die beiden Gleise zwischen hohen Wänden, weder vom Bahnhofsgebäude noch von den anderen Strecken aus einsehbar, wurden von den Einheiten der Grenztruppen überwacht, Passagiere und Gepäck wurden kontrolliert, Hundestaffeln sicherten ab, dass sich niemand unter den Böden der D-Zug-Waggons verstecken konnte. Wenn er nach Berlin fuhr, schaute Heger hier immer aus dem Fenster. Jedes Mal war ein weiteres Stück der Sichtblenden aus Beton abgebaut, auch den Rest der Pfähle und Platten am Ende des Bahnsteigs hatten sie eines Tages entfernt. Nun hielten hier keine Züge mehr, niemand wartete mehr auf die Freigabe zur Weiterfahrt. Die beiden Sondergleise hatten Rost angesetzt, zwischen den Schwellen spross Unkraut, nur das dritte Gleis war jetzt noch befahren von den Zügen Potsdam-Wannsee.
In Wannsee konnte er in die S-Bahn umsteigen und durchfahren zum Bahnhof Friedrichsstraße. In der Staatsbibliothek Unter den Linden fand er zwar im Schlagwortkatalog einige Hinweise zum Familiengesetzbuch der DDR in der die Pflegschaft geregelt war, aber immer ging es um Kinder und Jugendliche. Erst in der Bibliothek der juristischen Fakultät der Freien Universität in Dahlem wurde er fündig, in Westberlin, für ihn war es immer noch Westberlin. Einer der dortigen Fachzeitschriften konnte er entnehmen, dass es sich im Fall des alten Herrn im Feierabendheim wohl um die sogenannte Gebrechlichkeitspflegschaft handeln musste. Gebrechlich? Nun ja, man wollte ihm wohl eher die Verfügung über sein Vermögen entziehen.
Heger ärgerte sich, dass er sich nicht schon früher kundig gemacht hatte. Jetzt musste er rasch und einfach unangemeldet den Alten im Heim besuchen. Denn nachdem nun jener Schubatzki

als Pfleger eingesetzt worden war, konnte ein Grundstücksgeschäft nur noch zustande kommen, wenn dieser mitwirkte und außerdem das Vormundschaftsgericht zustimmte. Dennoch war Heger überzeugt, dass er auch den Alten gewinnen musste. Er konnte sich nicht vorstellen, dass ein Erwerb des Grundstücks gegen den Willen des eigentlichen Eigentümers möglich wäre.
Er ging in die neue Telefonzelle am Ende seiner Straße, ungewohnt war es ihm, nicht nach Münzen kramen zu müssen, sondern die Karte in den Schlitz zu stecken und die Nummer dieses Diplomjuristen zu wählen. Der musste eine gutgehende Anwaltskanzlei haben, denn die Sekretärin, die er ans Telefon bekam, der Stimme nach ein junges Ding und für Hegers Gefühl ein wenig zu schnippisch, gab vor, erst in der kommenden Woche, und dann auch nur am späten Freitagnachmittag einen Termin frei zu haben. Freitag nach eins, dachte Heger, da hätte früher doch keiner mehr gearbeitet. Jetzt hatten sie keine freie Minute mehr, die Anwälte, alles musste nun juristisch geklärt werden. Früher hatte ein Leiter, egal ob Bezirk, Rat der Stadt oder SED, auch mal auf den Tisch hauen und durchgreifen können. Heute bestand jeder gleich auf sein Recht und rannte zum Anwalt, die Kanzleien waren alle überlastet, ausgebildete Juristen waren knapp. Heger notierte Adresse und Termin, immerhin musste er nicht wieder nach Berlin, sondern konnte das hier in der Stadt erledigen.
Schubatzkis Kanzlei lag in einem der wenigen vierstöckigen Gebäude aus den Gründerjahren in der historischen Innenstadt und überragte die kleinen Barockhäuser der Umgebung. Es war das einzige Haus, das eingerüstet war, mitten unter seinen halbverfallenen Nachbarn. Es war mit großen Planen verhängt und dahinter klopfte und polterte es, der alte und wahrscheinlich stark beschädigte Putz wurde abgeschlagen. Vor dem Haus parkte ein Lastwagen, ein alter W50 mit gelber Doppelkabine und Sitzplätzen für fünf Mann, auf der Pritsche ein großer Kasten für Werk-

zeug und ein Haufen Sand. Dahinter ein Bauwagen, aus dessen halbrundem Dach ein Rauchrohr aus Blech ragte und qualmte. Klar, bei der nasskalten Witterung brauchten die Arbeiter einen geheizten Pausenraum. Die Nummernschilder beider Fahrzeuge zeigten, dass die Baufirma aus Polen kam, aus Kunowice, nahe der Grenze und dicht bei Frankfurt an der Oder. Diese Polen arbeiteten auch noch am Freitagabend und vielleicht sogar am Samstag.

Der Hausflur war vollgestellt mit Baumaterial und Werkzeug. Es roch nach feuchtem Sand und dem Schweiß der Männer. Heger versuchte sich an einem kleinen Mischer für Mörtel vorbei zu zwängen ohne seinen dunklen Mantel zu beschmutzen. Auch die Treppe zum ersten Stock war voller Spuren reger Bautätigkeit, Schachteln mit Dosen und Schaltern lagen herum und zeigten, dass hier die Stromleitung verstärkt oder die Klingelanlage erneuert wurde. Die Treppenstufen waren voller Staub, aber vor der Wohnungstür im ersten Stock sollte ein großer Fußabtreter dafür sorgen, dass man keinen Schmutz in die Räume trug. An der Tür ein Messingschild, wahrscheinlich war es am Morgen noch blankgeputzt gewesen, aber jetzt konnte man vor Staub nur noch mit Mühe lesen B. SCHUBATZKI und in der Zeile darunter Diplomjurist, Rechtsanwalt. Heger klingelte.

Ein Mann mittleren Alters, dunkle Hose, helles Hemd, Krawatte, öffnete. Die Sekretärin hatte wohl schon längst Feierabend.

„Meine Güte, Major Heger, was führt Sie zu mir?“

Heger spürte, wie seine Hände feucht wurden. Wieso hatte er bei dem Namen Schubatzki nicht gleich geschaltet? War Schubatzki nicht einer der Fähnriche, die er vor Jahren, vielleicht vor Jahrzehnten ausgebildet hatte, lange bevor er selber die Leiter zum Major emporgeklettert war. Wie war das damals gewesen mit diesem Schubatzki? Hatte er seine Ausbilder respektiert, einen gefestigten Klassenstandpunkt gezeigt? War er vielleicht einer von denen, die man hatte härter anfassen müssen, denen man von vornherein zeigen musste, wer das Sagen hatte bei der Armee? Hatte Schubatzki das vielleicht als Schikane aufgefasst? Es waren so viele gewesen, die damals durch Hegers Hände gegangen waren, wie sollte er sich da noch an jeden Einzelnen erinnern?

„Sie kennen mich, Herr Rechtsanwalt?"

„Mein Ausbilder bei den Grenztruppen, Herr Major. So trifft man sich wieder, sehr erfreut. Kommen Sie doch bitte herein. Was kann ich für Sie tun?"

Die Kanzlei war in einer großzügigen Jugendstilwohnung eingerichtet, offenbar mit neuem Mobiliar, ein wenig zu pompös, wie Heger fand, mit viel poliertem Messing und dunklem Holz. Das Gerüst und die Planen vor den Fenstern verdunkelten die Räume noch mehr, überall war das Licht eingeschaltet.

„Herr Rechtsanwalt", Heger fühlte sich in dieser Situation am sichersten, wenn er ziemlich förmlich blieb, „ich bin nicht mehr bei der NVA, mein letzter Dienstgrad tut hier nichts zur Sache, ich arbeite jetzt freiberuflich in der Immobilienbranche."

„Freiberuflich in der Immobilienbranche? Sie meinen, Sie sind als Makler tätig?"

Heger räusperte sich: „Naja, wenn Sie es so nennen wollen, jedenfalls arbeite ich im Auftrag eines großen Investors in Berlin, Westberlin."

„Dann darf ich Sie doch mal …" Schubatzki ging voraus und öffnete die Tür zu einem der Büroräume, offenbar zu seinem Chefbüro. Er bot Heger einen Stuhl vor dem großen mit Papieren überhäuften Schreibtisch an und setzte sich gegenüber, hinter eine Reihe dicker roter Kunststoffordner, die an der Tischkante aufgebaut eine kleine Barrikade bildeten.

„Ich muss mich entschuldigen, Herr Major, ähm …, ich meine, Herr Heger, das Sekretariat ist nicht mehr besetzt um diese Zeit kurz vor dem Wochenende, niemand der uns Kaffee machen könnte. Ein Glas Wasser, vielleicht?"

Das nahm Heger dankbar an, seine Zunge klebte am Gaumen.

„Also, Herr Major, ähm…, Herr Heger, Sie haben um einen Termin gebeten, was kann ich für Sie tun?“

„Wie gesagt, Herr Rechtsanwalt, ich arbeite für einen Berliner Investor, einen Westberliner, höchst solvent, kapitalkräftig. Mein Auftraggeber ist interessiert an einem Grundstück nahe der Glienicker Brücke, das wohl einem ihrer Mündel, oder wie sagt man dazu, gehört.“

„Mündel? Ich habe die Pflegschaft einiger Personen übernommen, bestellt vom hiesigen Amtsgericht, auf der Grundlage des Familiengesetzes. Mündel im Sinne Minderjähriger sind das nicht, ich sage lieber Personen, die gewisse Bereiche ihrer rechtlichen Angelegenheiten aus den unterschiedlichsten Gründen nicht mehr selbstständig regeln können. Jedenfalls, um welchen meiner Mandanten soll es sich denn handeln, Herr… Heger?“

Heger nannte Vor- und Nachnamen des alten Herrn sowie die Adresse des Seniorenheims. Der Rechtsanwalt nickte, zog eine Schublade eines halbhohen Aktenschrankes auf und entnahm einen Hängeordner. Mit dem linken Arm schob er ein paar Papiere auf seinem Schreibtisch beiseite und schaffte etwas Platz.

„Richtig, Pflegschaft in Vermögensangelegenheiten und Bestimmung des Aufenthaltsortes, verfügt vom Amtsgericht Potsdam am 17. November 1990. Er zog ein Blatt aus einer Plastikhülle, die in dem Ordner abgeheftet war, und legte es vor Heger auf den Tisch. Oben das Wappen des Landes Brandenburg, einen Moment lang dachte Heger, wieso nicht Hammer und Zirkel? Darunter Anordnung der Pflegschaft und zwei Sätze zum Umfang und zur Rechtsgrundlage.

„Ihr Mündel, Mandant sollte ich wohl sagen, ist meines Wissens Eigentümer eines bebauten Grundstücks im Grenzstreifen, also im ehemaligen Grenzgebiet am Havelufer. Es handelt sich um ein Schlüsselgrundstück.“ Nein, das hätte ich nicht sagen sollen, durchfuhr es Heger, das würde doch den Preis hochtreiben. „Also, ein Grundstück, das zusammen mit den Nachbargrundstücken einer einheitlichen Entwicklung zugeführt werden soll. Das aufstehende Gebäude, eine alte Villa, ist derzeit nicht nutzbar, in sehr desolatem Zustand, die umgebende Fläche verwahrlost und durch die militärische Nutzung in Mitleidenschaft gezogen. Für ihren Mandanten kann ich im Namen meines Auftraggebers ein hervorragendes Angebot für diesen leider etwas verkommenen Grundbesitz unterbreiten. Wir bieten zweihundert D-Mark pro Quadratmeter, soweit ich sehe handelt es sich um fast zehntausend Quadratmeter, also fast zweihunderttausend Westmark, entschuldigen Sie, D-Mark, ich denke, da sollte ein hochbetagter Herr nicht ablehnen. Und sein Pfleger sollte den Verkauf unterstützen."

Der Anwalt lehnte sich in seinem abgefederten Bürosessel weit zurück, verschränkte die Hände hinter dem Kopf und schaute seinem ehemaligen Ausbilder direkt in die Augen: „Ob das ein hervorragendes Angebot ist, verehrter Herr Major … Entschuldigung, Herr Heger, wird zu prüfen sein. Wir werden ein Verkehrswertgutachten veranlassen, dann werden wir beurteilen können, was ein hervorragendes Angebot ist und was nicht."

„Falls Sie einen Gutachter suchen, kann ich Ihnen gerne behilflich."

Schubatzki lachte kurz und trocken, „nein, nein mein verehrter Herr Major, den Gutachter suchen wir uns schon selber aus. Wissen Sie, Grundstücksgeschäfte bedürfen sowieso der Zustimmung des Vormundschaftsgerichts. In dieser Größenordnung schon gar. Da brauch ich ohnehin einen öffentlich bestellten und beeidigten Sachverständigen."

Heger bat noch darum, die Angelegenheit möglichst zu beschleunigen. Es gehe doch auch um den alten Herren, wer weiß, wie lange er noch Freude an dem vielen Geld haben könne, ergänzte Heger.

Aber er hatte das Gefühl, dass dies das allerletzte Argument war, das Schubatzki beeindrucken könnte. War der damals als Fähnrich auch schon so ein harter Brocken gewesen?

Martenthaler war dazu übergegangen, sich schon freitags auf die montägliche Dienstbesprechung vorzubereiten, wenn es bereits am frühen Nachmittag ganz still im alten Gerichtsgebäude wurde. Frau Nehlsen wünschte ihm spätestens um zwei Uhr ein schönes Wochenende, und danach waren kaum noch Schritte auf dem Flur zu hören. Die Stunden ohne Anrufe, ohne Besucher, ohne Fragen von Mitarbeitern waren die produktivsten der ganzen Woche. Er schloss seine Schreibtischschublade auf und entnahm die Liste, seinen persönlichen Merkzettel für die offenen Punkte, die er nächste Woche mit den Abteilungsleitern zu besprechen hatte. Dieses Konzentrat seiner täglichen Arbeit hatte er mit Absicht nicht den Handakten anvertraut. Nach wie vor war er sich nicht so ganz sicher, wer sich alles Zugang zu seinem Dienstzimmer verschaffen und darin blättern konnte. Im Grunde jeder Wachtmeister.

Auf die erste Seite der Liste hatte er schräg über die untere Ecke mit Rotstift Arbeitsklima geschrieben. Von Mal zu Mal waren die Dienstbesprechungen schwieriger geworden, nicht etwa, weil die Fälle, mit denen sich die Staatsanwaltschaft Potsdam zu beschäftigen hatte, komplizierter wurden. Vielmehr lag etwas in der Luft, was wenig mit Sachfragen zu tun hatte, was schwer zu greifen und noch schwerer in Worte zu fassen war.

Martenthaler stand auf und ging die paar Schritte zum Fenster. Im Hof des Gerichts stand der Anhänger eines Lkw, beladen mit Material für ein Baugerüst. Nächste Woche würde bei laufendem Betrieb die Sanierung des alten Gebäudes beginnen, ihm graute schon davor. Maurer und Stuckateure, Baulärm und Staub vor den Fenstern, das würde er ja noch irgendwie aushalten, aber

wenn Fußbodenleger und Maler auf den Fluren und in den Treppenhäusern lärmten, da wäre es bestimmt schwer, sich noch zu konzentrieren. Es gab jetzt ein Landeshochbauamt, das vor kurzem die Mitteilung über die bevorstehenden Bauarbeiten geschickt hatte. Ein halbes Jahr nach der Vereinigung hatten sich Bundestag und Bundesregierung endlich darauf geeinigt, wie und mit welchen Mitteln Infrastruktur und öffentliche Gebäude im Osten repariert werden sollten, und nun ging es los, Aufbau Ost. Ansonsten war der Hof leer, nur sein alter Mercedes war da noch abgestellt. Den würde er ab nächster Woche besser woanders parken.
Es nieselte leicht, das Pflaster im Hof glänzte, zwischen den Steinen spross Gras, auch erste gelbe Löwenzahnblüten zeigten sich. Martenthaler schaute in den Himmel, in die tiefhängenden grauen Wolken. Er hatte sich das leichter vorgestellt, seine Arbeit hier im Osten, nicht so sehr das Fachliche oder Organisatorische, auch nicht die Fülle an Arbeit, die er zu bewältigen hatte, aber das Atmosphärische. Die einen fühlten sich bevormundet, vielleicht auch in ihrem Stolz gekränkt, um Führungspositionen betrogen; andere um den Lohn für die Anstrengungen und Gefahren der friedlichen Revolution gebracht. Und manche aus dem Westen taten so, als wüssten sie genau, wie eine Staatsanwaltschaft funktionieren müsse und was eine korrekte Ermittlungsarbeit gemäß StPO wäre. Zu viele Konfliktlinien, zu wenig Klarheit. Wie sollte er da einen Ausgleich schaffen? War es überhaupt seine Aufgabe, zu vermitteln? Wäre es nicht besser, abzuwarten, bis Konflikte offen aufbrachen und dies eine Klärung brachte? Oder sollte er alles selber ansprechen, am besten ganz direkt?
Er ging zurück zum Schreibtisch und nahm sich wieder seine Liste vor. Die regelmäßigen Berichte aus den Abteilungen waren Routine, hier war wenig Spannendes zu erwarten. Unübersichtlich war nach wie vor der tödliche Verkehrsunfall auf der Schnellstraße, über den er im Anschluss an die Abteilungsrunde Bericht erhalten

würde. Die Leitung der Ermittlungen hierzu hatte er bis auf Weiteres selber in der Hand behalten, Chefsache gewissermaßen, Frau Leisner war mit der Federführung betraut und ihr war jetzt noch ein zweiter Dezernent beigestellt. Eigentlich war sie noch nicht so weit, eine kleine Führungsaufgabe zu übernehmen. Noch hatte sie ihre Anpassungsfortbildung nicht abgeschlossen. Aber bei dieser Personalnot… Und er musste ohnehin jede ihrer Verfügungen gegenzeichnen, so war er über den Arbeitsstand stets gut informiert.
Auf einem gesonderten Blatt fasste er noch einmal zusammen, was in diesem Fall bereits ermittelt war. Bisher kaum greifbare Ergebnisse. Martenthaler lehnte sich zurück. Wer war dieser B, der im Golf ums Leben gekommen war? Keine Vermisstenanzeige, keine Hinweise auf seine Identität. War es denkbar, dass dieser Kossatz, der Volvo-Fahrer, den B kannte, dass er den Unfall absichtsvoll herbeigeführt hatte? Mit welchem Motiv? Geld? Konnte Kossatz Kenntnis von dem Geheimfach im Golf haben? Würden sich am Ende Beweise für eine Tötungsabsicht finden? Für ein Kapitalverbrechen? Wäre Frau Leisner dann noch die geeignete Dezernentin? Aber konnte er denn diese Sache einem der altgedienten Staatsanwälte übertragen? Doch nicht Schliff, in dessen Personalakte Seiten fehlten? Bei keinem der wenigen aus dem Justizdienst der DDR übernommenen Staatsanwälte war die Überprüfung bei der Stasiunterlagen-Behörde schon abgeschlossen. War auch nur einem dieser Mitarbeiter zu trauen in einem Fall, in den die PDS, Rechtsnachfolgerin der SED, auf obskure Weise verwickelt war? Martenthaler fragte sich, ob er anfing Gespenster zu sehen, selber schon an einer Art Verfolgungswahn zu leiden, sich Verschwörungstheorien zurechtzulegen, die der Wirklichkeit gar nicht standhalten würden. Mehr Fragen als Feststellungen.
Der Stapel der übrigen Vorgänge auf seinem Schreibtisch war nicht mehr sehr groß. Aber er hatte immerhin noch die Zuständigkeit für Wirtschaftskriminalität, war in dieser Hinsicht also sein

eigener Abteilungsleiter, und fühlte sich verpflichtet, darüber in der Montagsrunde zu berichten, ein bisschen auch um ein Vorbild zu geben für eine transparente und zielgerichtete Arbeitsweise. Seit kurzem gab es eine ganze Reihe neuer Strafanzeigen, seit diese Treuhandanstalt begonnen hatte, ehemals volkseigene Betriebe zu veräußern, sie zum Zwecke der Privatisierung an Investoren aus dem In- und Ausland zu verkaufen. Die meisten Anzeigen kamen vom Führungspersonal der privatisierten Betriebe, etwa von ehemaligen Kombinats- oder Betriebsdirektoren, und stets handelte es sich um den Vorwurf oder die Vermutung, die Entscheider bei der Treuhand seien von den Käufern auf die eine oder andere Weise bestochen worden. Zum Teil waren diese Schriftsätze von Anwälten verfasst, professionell und sachlich im Ton, klar in der Darstellung der Sachverhalte mit Bezug auf die einschlägigen Paragraphen und mit Hinweisen auf entsprechende Beweismittel. Es gab aber auch Anschreiben von privater Hand, darunter einige, in denen die Verfasser ihre halbe Lebensgeschichte oder doch ihren beruflichen Werdegang darlegten, nicht selten voller Selbstmitleid, weinerlich, so kam es Martenthaler vor. Mit wenigen Ausnahmen waren alle, die eine Anzeige erstattet hatten, nicht mehr in einem Beschäftigungsverhältnis mit ihrem früheren Betrieb. Lauter persönliche Krisen. Aber war Denunziation das geeignete Mittel für deren Bewältigung? Das wäre eine interessante, aber keine juristische Frage. Irgendwann in ferner Zukunft würden Psychologen, Soziologen oder Historiker erforschen, welche unterschiedlichen Auswirkungen der Untergang der DDR und der Beitritt zur BRD auf die Lebensverhältnisse der Betroffenen hatte. Eroberung hätte diese Barbara gesagt, die er damals bei der Vernissage kennengelernt hatte und die ihren vollen Namen nicht preisgeben wollte.

Jetzt aber ging es um die Ermittlung von Sachverhalten, um die Frage, ob Straftatbestände vorlagen, und sofern die betreffenden

Betriebe ihren Geschäftssitz im ehemaligen Bezirk Potsdam hatten, fiel all dies in die Zuständigkeit seiner Staatsanwaltschaft und seiner eigenen Abteilung, am Ende doch ein Haufen Arbeit. Dabei ging es keinesfalls nur um die Befindlichkeit entlassener Leitungskader. Potsdam hatte mehrere große Betriebe, die von der Treuhand privatisiert wurden, im gesamten südwestlichen Berliner Umland, das zu seinem Landgerichtsbezirk gehörte, gab es jede Menge Industrie, und bei den betreffenden Geschäften ging es um zwei- und dreistellige Millionenbeträge, bisweilen um Milliarden.

Zu allen noch ungelösten Fällen diktierte Martenthaler jeweils einen kurzen Vermerk, in dem der Ermittlungsstand zusammengefasst war. Frau Nehlsen würde das am Montag früh tippen und ihm auf den Tisch legen, noch ehe die Dienstberatung begänne. Er war froh, dass er endlich mit einem Diktiergerät arbeiten konnte, und Frau Nehlsen hatte sich rasch an das Schreiben nach einer Wiedergabe vom Band gewöhnt. Aber was für ein Aufwand war es gewesen, dieses kleine Gerät zu beschaffen! Im Landesverwaltungsamt, das ebenso wie das Hochbauamt erst vor kurzem aus den entsprechenden Stellen der Bezirksverwaltungsbehörden in Frankfurt an der Oder, Cottbus und Potsdam hervorgegangen war, ging alles noch sehr schleppend und holprig voran. Zuständigkeiten wurden zwischen den neugeschaffenen Abteilungen hin- und hergeschoben. Hatte man mal einen kundigen Sachbearbeiter am Telefon, war er nach kurzer Zeit schon wieder versetzt. Überhaupt, Telefon! Mal waren die Leitungen überlastet, mal belegt und Mittagspause schienen alle immer gleichzeitig zu machen, zwischen zwölf und halb eins ging keiner ran. In Köln hätte für die Beschaffung eines kleinen Diktiergerätes ein kurzer Anruf genügt, vielleicht hätten sie auch darum gebeten, ein Formular auszufüllen, aber wenn es nicht gerade kurz vor Jahresende war, dann hätte er nach einigen Tagen das Gewünschte auf dem Tisch

gehabt. Hier war das alles noch ein Vorgang mit ausführlicher Begründung und Antworten auf mehrere Rückfragen. Dass die Beschaffung technischer Geräte unkompliziert sein könnte, war für die meisten der Kollegen, die aus der Verwaltung der DDR übernommen worden waren, noch etwas sehr Ungewohntes. Und die aus dem Westen verloren all zu schnell die Geduld, brachten selten Verständnis auf für die Schwierigkeiten der Leute hier.
Er sortierte seine Notizen für die Dienstbesprechung in den Ordner mit nummeriertem Register und schloss ihn zusammen mit seiner Merkliste in die Schreibtischschublade ein. Er schrieb: „Bitte noch vor 10:00 Uhr" auf einen Zettel, legte die Kassette aus dem Diktiergerät darauf und beides auf Frau Nehlsens säuberlich aufgeräumten Schreibtisch. Sein Aktenbock blieb voll beladen, kein Wachtmeister mehr im Dienst, der mit dem Rollwagen die bearbeiteten Vorgänge hätte abholen können, nur einer saß noch an der Pforte. Ihn bat Martenthaler, das Hoftor aufzuschließen, damit er den alten Mercedes wegfahren konnte. Im Auto verstaute er das Köfferchen, das er sich bereits am Vorabend für das Wochenende gepackt hatte.
Immer noch Regen, kein schönes Wetter für ein paar Tage in Gotha. Aber er hatte endlich dieser Georgia Bittmann eine Postkarte geschickt, er wusste nicht wie er sie hätte telefonisch erreichen können, und seinen Besuch angekündigt. Schon lange vor Weihnachten hatte sie ihm geschrieben, an die Dienstadresse, die war leicht herauszufinden, ohne dass sie Frau Nehlsen fragen musste, und ihn eingeladen, mal ein Wochenende in Gotha zu verbringen. Natürlich hatte Frau Nehlsen das dennoch mitbekommen, bereitete sie doch seine Dienstpost vor, führte das Posteingangs- und Ausgangsbuch, und natürlich kannte sie die Handschrift ihrer Nichte. Aber ganz loyale Sekretärin, hatte sie darüber keine Bemerkung fallen lassen, vielleicht beobachtete sie die Entwicklung auch mit Wohlwollen. Jedenfalls hatte er auf den ersten Brief hin

mit Georgia Bittmann mehrere kurze Nachrichten ausgetauscht, Briefe oder Postkarten, und schließlich hatten sie sich auf das letzte Märzwochenende geeinigt.

Es war nicht ganz leicht, in Gotha ein Hotelzimmer oder eine Pension zu finden. Zunächst war er in das Reisebüro gegangen, das schon zu DDR-Zeiten Reisebüro gewesen und soweit er wusste, bislang das einzige seiner Art in Potsdam war. Es hatte seine Geschäftsräume in einem Plattenbau, an dessen Giebelwand eine große blanke Metallskulptur prangte, ein Bildwerk, das teils an einen Fisch, teils an ein Luftschiff oder Segelboot erinnerte. Was immer sie auch darstellen mochte, die Skulptur erweckte jedenfalls Assoziationen an Reisen in ferne Länder, die damals bestenfalls die bulgarische Schwarzmeerküste oder das Tatragebirge gewesen sein konnten. Hatten sich die Bewohner der DDR durch eine solche Skulptur nicht verhöhnt gefühlt?

Jetzt bot man hier jedenfalls keine Reisen mehr zu den früher begehrten Zielen an, nicht einmal Städtereisen innerhalb der neuen Länder gab es, Plakate und Prospekte zeigten Bilder der Balearen, der Adriaküste, auch Kreuzfahrtschiffe und natürlich Städte wie Paris, Rom, London und New York. Was Übernachtungsgelegenheiten in Ostdeutschland anlangte, konnte man höchstens etwas in Dresden, Leipzig und vielleicht in den anderen neuen Landeshauptstädten Erfurt, Schwerin oder Magdeburg buchen. Um eine Unterkunft in Gotha zu finden, benötigte er das dortige Branchenbuch, das er im Postamt gegenüber dem Reisebüro auf der anderen Seite des Platzes einsehen konnte. Es gab nicht viele Hotels in Gotha, aber nach mehreren Telefongesprächen hatte er doch ein privates Zimmer für zwei Nächte nahe dem Schloss Friedenstein gefunden.

Martenthaler lehnte sich im bequemen Sitz des alten Mercedes zurück. Das Brummen des Diesels war im Innenraum nur gedämpft zu hören, das regelmäßige Klapp-Klack der Scheibenwischer untermalte das behäbige Fahren in mäßigem Tempo. Im Autoradio hatte er einen Sender eingestellt, der sanfte Feierabendmusik brachte, unterbrochen nur von Verkehrsmeldungen und den Nachrichten im halbstündigen Abstand. Nun hat sich auch Albanien, so der Rundfunksprecher, als letztes Land des Ostblocks eine demokratische Verfassung gegeben, Republik Albanien der neue Name des Staates. Der Bundestag hat beschlossen, dass die Opfer der Stasi-Überwachung das Recht haben sollten, ihre Akten einzusehen. Das wird einen Zulauf geben bei der Gauck-Behörde, dachte Martenthaler. Und der Verteidigungsminister des vereinten Deutschlands stattet heute einen offiziellen Besuch bei der Westgruppe der Streitkräfte der Sowjetunion in Wünsdorf ab, eine Art Abschiedsbesuch, bald würde die Rote Armee vollständig aus Deutschland abgezogen sein. Martenthaler nahm sich vor, dann mal den einen oder anderen ihrer Standorte zu besichtigen, sofern die Bundeswehr das ermöglichen würde. Potsdam war voll von Standorten der Roten Armee, allein schon mit den Kasernen und Übungsgeländen am Rand der Innenstadt. Wenn man in Richtung Norden hinaus fuhr, sah man rechts und links der Straße nur Kasernen und Gelände der sowjetischen Streitkräfte. Vor allem aber müsste es spannend sein zu sehen, wie es im sogenannten KGB-Städtchen aussah. Mehrfach war er bei einem Spaziergang zum Neuen Garten an das geschlossene Eisentor gelangt, daneben das Wachhäuschen mit zwei Rotarmisten, die den Durchgang natürlich nicht freigaben, außer für Fahrzeuge des Geheimdienstes. Normale Soldaten oder Offiziere der Sowjetarmee oder gar Deutsche hatten keine Chance eingelassen zu werden. Wenn man vom Park hoch zum Belvedere gehen wollte, musste man einen großen Umweg um das eingezäunte Gelände herum in Kauf nehmen. Aber jetzt fuhr er nicht nach Norden, nicht zwischen den grau gestrichenen Mauern der Militärgelände hindurch, hier waren höchstens die Wolken über ihm grau, aus denen ein leichter

Regen fiel. Seinen alten Mercedes lenkte er nach Südwesten und schwenkte dann alsbald auf die Autobahn ein.
Die Strecke nach Süden hatte er noch nie zuvor benutzt. In seinen Westberliner Zeiten gab es keinen Anlass, jemals von hier aus in Richtung Nürnberg oder München zu fahren, stets konnte er den kürzesten Weg durch die DDR nach Helmstedt wählen und dann weiter durchs Ruhrgebiet nach Köln. Die Fahrbahn der A9 war holprig und in schlechtem Zustand, obwohl die Transitautobahnen in den siebziger Jahren einmal auf Kosten der Bundesrepublik erneuert worden waren. Das war weniger eine Wohltat für die Brüder und Schwestern hinter dem eisernen Vorhang, sondern Wirtschaftsförderung für bundesdeutsche Unternehmen. An den entsprechenden Straßenbaustellen hatte man damals nagelneue Maschinen und Fahrzeuge westlicher Hersteller im Einsatz gesehen. Aber die seinerzeit neue Straßendecke war inzwischen wieder mit Schlaglöchern übersät, die nur zum Teil notdürftig ausgebessert worden waren. Seit der Vereinigung hatte der Verkehr derart zugenommen, dass auf vielen Abschnitten nur noch radikale Geschwindigkeitsbegrenzungen halfen. Gut dass sein alter Mercedes die Unebenheiten klaglos schluckte. Auch in das Verkehrsnetz müsste der Staat bald riesige Summen investieren, dagegen ist die Sanierung von ein paar Gerichts- und Verwaltungsgebäuden eine Kleinigkeit.
Nach einer guten Stunde Fahrt tauchte aus dem Nieselregen der massige gemauerte Aussichtsturm auf, der beim Bau der Autobahn für eine Raststätte geplant war und der rechter Hand den nördlichen Kopf der Elbbrücke markierte. *Plaste und Elaste aus Schkopau*, prangte eine Lichtreklame oben auf der Flanke des Turms, dem von Berlin kommenden Verkehr zugewandt. Wie lange würde man hier noch für solche DDR-Produkte werben angesichts der übermächtigen Konkurrenz aus Ludwigshafen, Frankfurt am Main oder Leverkusen, fragte sich Martenthaler. Von der Brücke aus sah er nun zur Linken auch die Schlote eines Kraft-

werks, der Regen drückte die gelblichen Rauchschwaden aus der Braunkohleverstromung nieder.
Südlich des breiten Stroms wurde die Landschaft ganz flach, der Horizont verschwand hinter tiefhängenden Wolken, Himmel und Erde verband ein gleichmäßiges Grau. Die Namen einiger Ausfahrten, die jetzt folgten, kamen Martenthaler bekannt vor. Dessau, das hatte doch etwas mit moderner Architektur zu tun, Bauhaus, Gropius und Weißenfels, da musste ein berühmtes Schloss sein, in dem *Baedecker DDR*, den er sich gleich 1990 gekauft hatte, unmittelbar nach seinem Entschluss nach Potsdam zu gehen, war es mit einem Sternchen versehen. Und Naumburg, das kannte er aus dem Kunstunterricht seines Kölner Gymnasiums. Sie hatten in der zehnten Klasse einen begeisterten jungen Studienrat gehabt, der versucht hatte, ihnen die Architektur der Gotik nahezubringen, Limburg, Naumburg, Magdeburg – der Einfluss der französischen Kathedralgotik in Deutschland. Darüber hatte er als Fünfzehnjähriger ein Referat gehalten, ohne je einen der berühmten Dome selber gesehen zu haben.
Aber heute Abend war er in Gotha verabredet, Naumburg musste warten, Dessau und Magdeburg wären künftig wohl auch einmal lohnende Ziele.
Martenthaler bekam Hunger. Am Hermsdorfer Kreuz gab es eine Raststätte, sogar ein Restaurant und ein Hotel in Gebäuden, die gewiss noch aus der Zeit stammten, als die Reichsautobahn ganz neu war, Blut-und-Boden-Stil, grauer, durch Staub und Abgase im Lauf der Jahrzehnte geschwärzter Naturstein, Kalk oder Travertin wie ihn die Nazi-Architekten gerne verwendet hatten. Ein Haus mit hohem Satteldach und Gauben, davor eine kleine Freitreppe, wenige Stufen. Thüringer Rostbrätel mit Pommes und Rotkrautsalat, Kreideschrift auf einer schwarzen Tafel pries das Tagesgericht an. Thüringer, das fand Martenthaler gut, zwei Drittel seines Weges hatte er schon hinter sich gebracht, da wäre jetzt eine kulinarische

Einstimmung auf Gotha das Richtige. Das Innere des Restaurants war düster, Pendellampen, die von der Decke über den Tischen hingen, spendeten nur gelbliches Licht, und von draußen kam kaum noch Helligkeit durch die kleinen Fenster, schon gar an einem Tag wie diesem. Gleich als er die Schwingtür öffnete, schlug ihm der Geruch von heißem Frittieröl entgegen, warum nur servierten sie jetzt zu allem und jedem Pommes Frites? Die gute alte Bratkartoffel, fand er, hätte viel besser zu diesem Gericht gepasst. Gerne hätte er ein dunkles Bier, über dem Tresen hing eine Reklame für Schwarzbier, und einen Schnaps dazu bestellt, aber er hatte mindestens noch eine Stunde Fahrt bei Regen, auffrischendem Wind und in der Dämmerung vor sich. Also Rostbrätel, Pommes Frites und Cola, vielleicht war diese Kombination ja symptomatisch für die neue Mischung, die frisch errungene deutsche Einheit. Was ihm serviert wurde, fand er allerdings enttäuschend. Das Rostbrätel erwies sich als fettig gebratene Scheibe Schweinekamm, keineswegs vom Rost oder Grill, die Pommes waren ein Tiefkühlprodukt aus der Fritteuse, natürlich Fertigware, was hatte er auch erwartet? Und Coca-Cola, naja …

Als er nach dem Essen die Raststätte verließ, bemerkte er, dass die Wolkendecke im Westen aufgerissen war. Am Himmel zeigte sich ein schmaler hellblauer Streifen, das letzte Stück seiner Fahrt würde er wohl im Gegenlicht der sinkenden Sonne hinter sich bringen müssen, aber die Aussicht auf ein weniger trübes Wetter munterte ihn auf. Er stieg in den alten Mercedes und ließ den Diesel an. Ein Wochenende in Gotha mit Georgia Bittmann, das könnte ganz schön werden.

Für den Planungsausschuss hatte Homann diesmal das Sitzungszimmer neben dem Büro des Oberbürgermeisters reservieren lassen, ein hoher Raum mit breiten Fenstern, die den Blick auf den Hof freigaben. Man sah den Plattenbau, der vor etwa zehn oder

zwölf Jahren für die Stasi-Zentrale des Bezirks errichtet worden war und jetzt von der Stadtverwaltung genutzt wurde. Dort lagen auch die Räume, die sonst dem Ausschuss dienten; sie erschienen für diesen besonderen Anlass allerdings allesamt zu klein und wohl auch zu schäbig. Die Erinnerung an die schlimmen Zeiten störte Homann hingegen wenig, im Gegenteil, jetzt waren er und seinesgleichen die Herren im Haus. Aber hier im neobarocken Altbau gab es einen großen Besprechungstisch aus dunklem Holz mit lederbespannter Platte, abgewetzt und mit etlichen verblassten Tintenflecken und anderen Gebrauchsspuren, aber offenbar ein Originalmöbel, reich geschnitzt und gewiss fast hundert Jahre alt, ein Stück, das bereits dem preußischen Präsidenten des Regierungsbezirks Potsdam gedient hatte. Auch die profilierte Wandvertäfelung und das Eichenparkett, im Bereich der Türen stark abgetreten, stammten aus der damaligen Zeit. Die Stühle hingegen, schlichte schwarze Stahlrohrgestelle mit rotgepolsterten Sitzen und Lehnen, waren vom selben, allgegenwärtigen Modell aus DDR-Produktion, das man überall in Wartezimmern, Sitzungsräumen und Kantinen sehen konnte. Unverwechselbar auch der Geruch des Fungizids, wer konnte schon sagen, wieso er sich in der DDR in allen öffentlichen Gebäuden, auch in Straßenbahnwaggons und Eisenbahnzügen festgesetzt hatte.
Die von Baum beauftragten Planer hatten das Modell vor dem oberen Ende des großen Tisches aufgebaut. Der Einsatz mit dem überplanten Grundstück und den projektierten Gebäuden war in Weiß gehalten und hob sich von der naturholzfarbenen Umgebung deutlich ab. Der weiße Einsatz war von dem Modellbauer des Vertrauens von B & K neu angefertigt worden, der kleine Betrug eines falschen Maßstabs fiel nicht weiter auf, die Bebauung wirkte leicht, locker und zurückhaltend.
Faber hatte aus der Potsdamer Niederlassung von B & K mehrere Pinnwände antransportieren lassen, glänzend verchromte Stahl-

gestelle mit blau bespannten Tafeln, an denen Pläne und Zeichnungen der künftigen Bebauung des Havelufers mit Nadeln festgesteckt waren, ein Lageplan, Grundrisse und Ansichten. Eine großformatige Computersimulation zeigte zwei- und dreigeschossige Häuser in hellen Farben mit weit überstehenden, flachgeneigten Dächern. Die alte Villa mitten in dem Gelände wirkte auf den Bildern wie neu erbaut. Zwischen den Häusern hübsch gekleidete Menschen, Hunde an der Leine, Kinder mit Ball oder Fahrrad, einige wenige Autos, Blumenwiesen, Sandwege und belaubte Bäume. Der Himmel strahlend blau mit weißen Wölkchen. Die Perspektive der Darstellung war so gewählt, dass die Durchblicke zwischen den Häusern, die für die Potsdamer Kulturlandschaft so wichtigen Sichtachsen über das Wasser hinweg zu den Schlössern deutlich erkennbar waren. Was hier zu sehen war, konnte die Vorstellung eines schönen Italienurlaubs im Frühling wecken.
Nach und nach traten die Mitglieder des Planungsausschusses der Stadtverordnetenversammlung ein, stellten die bereitliegenden Namensschilder auf ihren Platz und legten Akten und Unterlagen vor sich auf den Konferenztisch. Im hinteren Teil des Raums waren einige Stuhlreihen für die Öffentlichkeit und die Presse aufgestellt, die sich ebenfalls allmählich füllten. Nachdem Baum, in Begleitung von Homann, als letzter erschienen war, begann der Vorsitzende.

„Meine Damen und Herren, ich eröffne hiermit die siebzehnte Sitzung des Planungsausschusses der Stadtverordneten Potsdam. Einziger Tagesordnungspunkt des öffentlichen Teils ist die Vorstellung des Bebauungskonzeptes für das Havelufer. Dazu begrüße ich den Baustadtrat und den Leiter des Stadtplanungsamtes, für den Investor die Herren Baum und Faber, außerdem das beauftragte Planungsbüro. Ferner begrüße ich die Damen und Herren von der Presse und die interessierten Bürger, die sich heute erfreulicherweise in größerer Zahl hier eingefunden haben. Mit

Erlaubnis der Ausschussmitglieder werden wir die üblichen Formalia, Protokoll und so weiter, im Anschluss und vor dem nichtöffentlichen Teil behandeln. Zu unserem Hauptpunkt liegt ein Antrag der Stadtverwaltung, vertreten durch den Baustadtrat, vor. Herr Homann bitte."

„Vielen Dank. Es geht heute um das allererste Wohnungsbauprojekt seit der Einheit in Potsdam. Die Stadtverwaltung beantragt, dass auf der Grundlage des Masterplans, der jetzt gleich hier vorgestellt wird, die Aufstellung eines Bebauungsplans beschlossen werden möge. Dazu ist ein zustimmendes Votum des Planungsausschusses Voraussetzung. Das Projekt ist von größter Bedeutung für die Zukunft unserer Stadt, es soll damit ein wichtiger Bereich entwickelt werden, gleich hinter der Glienicker Brücke, also am bedeutendsten Zugang nach Potsdam. B & K haben eine Kaufoption auf die Fläche und sind interessiert, sie als Bauträger zu entwickeln. Der Masterplan wurde im Auftrag und auf Kosten von B & K erarbeitet. In der Stadtverwaltung ist mein Stadtplanungsamt für das Vorhaben zuständig. Daher bitte ich den Amtsleiter, den Antrag näher zu erläutern."

Der Leiter des Stadtplanungsamts war offenbar unsicher, ungeübt in der Rolle, vor einem Publikum, auch wenn es nicht sehr zahlreich war, zu sprechen. Er gab das Wort gleich weiter an Baum, der mit seinen strahlend blauen Augen in die Runde der Ausschussmitglieder lächelte und nur ein paar belanglose Sätze über Potsdam, die Perle der Mark Brandenburg und das preußische Arkadien verlor, es allerdings nicht versäumte, durchblicken zu lassen, dass seine Vorfahren aus einer alteingesessenen hiesigen Familie stammen, ehe er die Architekten bat, auf den Entwurf näher einzugehen. Dies übernahm die Mitarbeiterin des Berliner Büros und Verfasserin des Masterplans. Wie schon bei der Vorstellung des Projekts in den Geschäftsräumen von B & K in Berlin deutete sie mit spitzem Bleistift hier und da auf das Modell, trat auch an die Stellwände, um anhand der Pläne und Zeichnungen die wichtigsten Punkte hervorzuheben. Auch sie begann damit, dass sie die Besonderheiten des Standorts, die Nähe zu den Schlössern der Preußenprinzen und die Schönheit der Wasser- und Uferlandschaft betonte. Sie behauptete, dass es mit diesem Entwurf gelungen sei, die besondere Atmosphäre und die kulturelle Relevanz dieses Ortes, sie sagte tatsächlich Relevanz, aufzunehmen und weiterzuentwickeln. Vor allem auf die Computersimulation lenkte sie die Aufmerksamkeit der Zuhörer. Ihr Chef hatte jüngst erst die neueste Version eines PC-Programms erworben, mit dem Architekturentwürfe bunt und realistisch fast wie Fotos dargestellt werden konnten. Sie war selbst davon beeindruckt und sprach mit Emphase von mediterranem Flair, klassischer Formensprache, den Sichtbezügen zu den Schlössern, die auch sie mit dem Begriff Perlen bezeichnete. Den Erhalt und die geplante Restaurierung der alten Villa mitten im Gelände hob sie besonders hervor. Ab und zu suchte sie den Blick ihres Chefs, des Inhabers dieses renommierten Berliner Büros, oder den ihres Auftraggebers Baum. Beide warfen ihr jeweils ein aufmunterndes Kopfnicken zu.

Anschließend übernahm doch noch der Leiter des Stadtplanungsamts das Wort. Ihm ging es vor allem darum, das parlamentarische Verfahren und die verwaltungsmäßige Abwicklung gemäß Baugesetzbuch, Kommunalverfassungsgesetz und Investitionsvorrang nach Vermögensgesetz zu erläutern. Hierbei konnte er sich auf seine recht neuen Kenntnisse aus dem Kurs zum öffentlichen Baurecht stützen, den er vor kurzem an der TU Dresden absolviert hatte. Das war ihm lieber, als sich auf dem dünnen Eis stadtgestalterischer oder architekturhistorischer Diskurse zu bewegen. Seine Ausführungen gerieten zu einem längeren Fachvortrag. Nach und nach wandten sich die Ausschussmitglieder gelangweilt ihren mitgebrachten Akten zu oder machten sich in anderen Unterlagen Notizen.

Homann war sehr gespannt wie die Diskussion verlaufen, insbesondere wie sich seine Parteifreunde aus der Bürgerbewegung positionieren würden. Nachdem das Projekt innerhalb der Fraktion so umstritten war, hatte er im Vorfeld dieser entscheidenden Ausschusssitzung noch mal die tonangebenden Mitglieder in Einzelgesprächen bearbeitet. Unsicher blieb aber die Haltung dieser einen kleingewachsenen Stadtverordneten aus seiner Partei. Er konnte sie sowieso nicht leiden, sie war unberechenbar, wenn sie das Gefühl hatte, es gehe um Angelegenheiten, für die sie besonders qualifiziert wäre.

Am Ende kam es wie erwartet. Der Vertreter der PDS fragte in spitzem Tonfall, zu welchen Preisen denn diese Wohnungen vermietet würden. Ob sich der normale Potsdamer so etwas leisten könne. Die Antwort von Baum, „als Bauträger beabsichtigen wir natürlich den Verkauf der Einheiten“, veranlasste ihn giftig zu bemerken: „Fakt ist also, dass das erste Projekt, das Potsdam nach der Wende realisiert, ausschließlich für Besserverdienende bestimmt ist. Potsdamer werden hier überhaupt nicht zum Zuge kommen, das ist für reiche Bürger aus der alten BRD. Das wird in unserer Fraktion noch zu bewerten sein.“

Ach, immer diese Altkommunisten, dachte Homann, immer die gleiche Litanei, schwer erträglich, als hätten sie nicht begriffen, dass wir sie hinweggefegt haben, dass sie in der Minderheit sind und nichts mehr durchbringen können. Wichtiger war ihm, wie sich die Mitglieder der Rathauskoalition äußerten. Von dem Vertreter der CDU kam ohnehin Zustimmung, er wiederholte fast wortgleich einige der Sätze, die die Architektin gesagt hatte, Relevanz für die Stadtentwicklung und so weiter. Die SPD war durch den Ausschussvorsitzenden vertreten, diesen freundlichen aber wenig durchsetzungsstarken Mann. Auch er äußerte sich zustimmend, mahnte jedoch an, man müsse dafür sorgen, dass die Wohnungen auch für Potsdamer bezahlbar wären. Wie er oder seine Partei allerdings dafür sorgen wollten, blieb völlig unklar. Nur die Vertreterin der Bürgerbewegung sprach gegen das Projekt. Wie schon in der Fraktion konnte sie sich nicht verkneifen, auf die acht Semester Architektur, die sie in Weimar studiert hatte, hinzuweisen, was leises aber hörbares Maulen anderer Ausschussmitglieder hervorrief. Davon unbeirrt betonte sie dann, dass dieses Projekt allen Prinzipien widerspräche, für die die Bürgerbewegung angetreten wäre, die Bewahrung des kulturellen Erbes, der Schutz der Uferzonen mit ihrer wertvollen Spontanvegetation und seltenen Fauna. Überhaupt, dieses Gelände sei in allen historischen Planungen als unverbaut und unbebaubar vorgesehen, schon seit den Zeiten Friedrich Wilhelms des Zweiten, auch bei Lenné und sogar noch in der Kaiserzeit sei die freie Sicht zu den Schlössern jenseits des Wassers ein zentrales Gestaltungselement der Landschaftsplanung gewesen. Noch vor wenigen Monaten habe sie ihre Freiheit, vielleicht sogar ihr Leben für diese Ziele riskiert. Wo blieben jetzt Umweltschutz, Bewahrung des kulturellen Erbes, soziale Gerechtigkeit?

Homann hätte ihr an die Gurgel gehen können. Wozu hatten sie das in der Fraktion vorbesprochen? Er riss einen Zettel von seinem Notizblock und schrieb: *Nie wieder meine Stimme für einen deiner Anträge!* Den faltete er zusammen und schob ihn über den Tisch.

„Nötigung einer frei gewählten Abgeordneten“, zischte sie zurück, „nur meinem Gewissen bin ich verpflichtet!“

„Lass abstimmen“, sagte Homann leise zum Vorsitzenden. Das Ergebnis war wie erwartet, bei drei Gegenstimmen empfahl der Ausschuss mehrheitlich, das Plenum der Stadtverordneten möge das Bebauungsplanverfahren auf der Basis des vorliegenden Masterplans einleiten.

Auch eine knappe Mehrheit ist eine Mehrheit, dachte Homann, aber eine Gegenstimme aus der eigenen Fraktion, das war schwer erträglich.

Am Schluss verabschiedete sich Baum mit kurzem Händedruck: „Hervorragend, mein lieber Homann, und vielen Dank, ich melde mich in den nächsten Tagen. In Sachen Öffentlichkeitsarbeit müssen wir jetzt tätig werden, da hab ich ein paar gute Leute an der Hand, mit denen komm ich bald mal bei Ihnen vorbei. Das Modell und die Pläne holen Faber und Stumm morgen." Diesmal ging die Sitzung nicht bis tief in die Nacht, der nichtöffentliche Teil war rasch zu Ende und die Mitglieder verließen zügig den Raum, noch ein paar Worte über das Projekt miteinander wechselnd. Nur der Ausschussvorsitzende blieb einen Moment länger, nahm sich einen Stuhl und setzte sich zu Homann, der an der Tischecke seine Unterlagen sortierte.

„Gut gelaufen, heute Abend, nur drei Gegenstimmen. Aber dumm für dich."

„?"

„Eine der Gegenstimmen aus deiner eigenen Fraktion. Wie lange kannst du dir das noch leisten? Vor allem, wie lange willst du dir das noch bieten lassen?"

„Ich könnt' sie erwürgen, dumme Gans. Ihr ganzes Getue, Architekturstudium in Weimar und so!"

„Das geht inzwischen fast allen auf den Geist, ja. Aber das ist nicht dein Problem. Dein Problem ist, ob du noch Rückhalt hast in deiner Fraktion."

„Am Ende machen die doch was ich sage."

„Sicher?"

Homann schwieg, und der Ausschussvorsitzende konnte sehen, wie seine Kiefermuskeln arbeiteten.

„Die Bürgerbewegung war schön und gut", fing er wieder an, „war wichtig bis neunzig, ich hab ja auch mitgemacht. Und eins ist Fakt, nur weil wir zusammenstanden, haben wir die Bonzen kleingekriegt. Aber jetzt geht es doch darum, aufzuräumen, die Hinterlassenschaften wegzuschaffen und was Neues aufzubauen. Die

Bürgerbewegung hängt viel zu sehr an ihrer eigenen Geschichte. Keine Kraft mehr für was Neues. Leute wie du gehören da nicht hin. Leute wie du gehören zu uns."
Homann schwieg noch immer, aber er nickte kaum merklich.

„Denk mal drüber nach. Vielleicht reden wir mal mit unserem Landesvorstand. Uns fehlen gute Leute, Leute mit Charisma, Leute wie du. Unsere Personaldecke reicht nicht mal, um alle wichtigen Ämter auf Landesebene zu besetzen, auf die wir als stärkste Fraktion im Landtag ein Anrecht hätten."

Das Gerichtsgebäude war jetzt eingerüstet. Von den Bohlen über dem Haupteingang prasselten große Tropfen in eine Pfütze vor dem Tor. Martenthaler versuchte, die schwere Eichentür zu öffnen, ohne dass ihm das Wasser in die Schuhe lief, aber dazu musste er den Regenschirm schräg halten. So blieben zwar die Schuhe trocken, aber es tropfte ihm in den Kragen. Drinnen trocknete er sich mit dem Taschentuch das Genick, was aber nichts nützte, denn inzwischen spürte er die Nässe auf dem Rücken. Er hasste das Gefühl kalter Tropfen zwischen Hemd und Haut. Was für ein Frühling! Wenn er doch wenigstens eine gemütliche Wohnung hätte, aber immer noch hauste er in diesem fremden, kalten Loch!

„Sauwetter", begrüßte ihn der Wachtmeister in der Pförtnerloge. Martenthaler antwortete nur mit einem knappen Kopfnicken und mürrischen Brummen. Er stieg die Treppe hoch, die rechte Hand am glattgewetzten Geländer. Mit welchen Gefühlen mögen sich hier schon Angeklagte und ihre Anwälte, Richter, Staatsanwälte und die vielen anderen, die in einem Landgericht zu tun hatten, am Handlauf festgehalten haben, als das Haus neu war, königlich-preußisches Landgericht, später hatte es die Justizbehörden während zweier Kriege, zweier Diktaturen, und nun zum zweiten Mal in einem demokratisch verfassten Staat beherbergt. Noch immer zeugte das Treppenhaus mit mächtigen Sandsteinsäulen und

wuchtigen Gewölben von der Bedeutung, die seinerzeit der dritten Gewalt im Staat beigemessen wurde. Rechtsgeschichte, Martenthaler dachte an die Vorlesungen und Seminare zur Rechtsgeschichte, Pflicht im Grundstudium und eines seiner Vertiefungsfächer nach dem Vorexamen, damals an der Uni Münster. Das Verständnis von Rechtsausübung hat sich sehr gewandelt seit dieses Gerichtsgebäude entstanden war, und gerade jetzt gab es wieder einen tiefgreifenden Umbruch, dessen Tragweite man noch gar nicht so recht überblicken konnte. Gewaltenteilung, die dritte Gewalt, schon diese Begriffe fand Martenthaler irritierend, selbst dann, wenn man annahm, dass alle Gewalt vom Volke ausgehe. Er selber verstand seine Arbeit nicht als Gewaltausübung, sondern eher als Dienstleistung am Volk. Vielleicht passte er damit sogar ganz gut hier her nach Potsdam, wo sich Friedrich der Große, wie es hieß, als erster Diener des Staates bezeichnet hatte.
Von seinem Regenschirm fielen immer noch einzelne Tropfen auf das rissige Linoleum. Wie schnell man sich an diesen Zustand gewöhnt, an die ausgetretenen Kanten der Treppe, an den vielfach ausgebesserten Fußboden, an den nachgedunkelten Anstrich der Wände und Gewölbe. Was wäre aus dem ehrwürdigen, pompösen Gerichtsgebäude geworden, wenn die DDR noch weiter bestanden hätte? Lange hätte der Bau nicht mehr durchgehalten, er hätte das gleiche Schicksal gehabt, wie die Barockhäuser gegenüber, leerstehend, verfallen, zum Abriss vorgesehen. Wäre hier ein Plattenbau an seiner Stelle hochgezogen worden, ähnlich dem, der auf dem angrenzenden Grundstück die örtliche Stasizentrale beherbergt hatte und in dem jetzt einige Büros der Stadtverwaltung untergebracht waren? Doch gut, dass nun die Instandsetzung begonnen hatte.
Während er hochstieg, hörte er aus dem unteren Geschoss leise Stimmen. Merkwürdige Akustik in solch überwölbten Räumen. Es mussten zwei seiner Mitarbeiter sein, Schliff und ein anderer

der altgedienten DDR-Staatsanwälte, die sich da gedämpft unterhielten.

„... der Doktor, das ist doch kein ..."

Martenthaler hatte schon die Tür zu seinem Dienstzimmer erreicht, blieb aber stehen. Redeten die da unten über ihn? Hatten sie ihn denn nicht die Treppe hochgehen gehört? Er ließ seinen Schlüsselbund in der Hosentasche und vermied jedes weitere Geräusch.

„... rechtsstaatliche Grundsätze, Ausgewogenheit, Transparenz, alles so Wörter ..."

„Und setzt sich überhaupt nicht durch, schwache Persönlichkeit, da waren doch unsere Führungskader aus anderem Holz."

„Tja, so ist das jetzt. Bald wird keiner mehr Respekt haben vor uns, vor der Staatsanwaltschaft. Und diese zwei jungen Dinger, Staatsanwältinnen auf Probe, Fräulein Leisner und die andere; gibt Ihnen Aufgaben, die sie gar nicht bewältigen. Leitender Oberstaatsanwalt will der sein, leitender!"

„Bei dem geht eben Schönheit vor Sachkenntnis ..."

Keine Frage, die reden über mich. Martenthaler räusperte sich hörbar, klapperte mit dem Schlüsselbund, als er ihn aus der Tasche holte und sein Dienstzimmer geräuschvoll aufschloss. Nachdem er Mantel und Tasche abgelegt und den nassen Schirm aufgespannt hatte, ging er hinüber ins Vorzimmer: „Frau Nehlsen, Sie kennen doch jeden hier, was halten Sie denn von der Stimmung in unserer Behörde, Atmosphäre zwischen den Kolleginnen und Kollegen, wie steht es denn da?"

„Ja, Herr Doktor, was soll ich sagen? Atmosphäre? Weiß ich auch nicht so ..."

„Ach, Frau Nehlsen, wer wenn nicht Sie kennt die Atmosphäre hier im Haus! Sie haben doch mit allen zu tun, Sie bekommen doch mit, was die Leute denken!"

„Eben, Herr Doktor, eben. Ich hab mit allen zu tun und muss mit allen auskommen. Was soll ich da sagen?"

„Schon gut, Frau Nehlsen, entschuldigen Sie bitte, ich wollte Sie nicht aushorchen.“

Der letzte Satz war gelogen, dachte Martenthaler, ich muss mir selber ein Bild machen, das gehört halt auch zu meinem Job, sie liegen mir nicht alle zu Füßen und sind nicht alle begierig auf das Neue, das ihnen jetzt abverlangt wird.

Die kleine Reisetasche genügt, fand Heger, Waschzeug, Unterwäsche, ein Hemd zum Wechseln und ein warmer Pullover falls es abends kühl würde. Auf dem Küchentisch lag dieser Brief, den er vor ein paar Wochen in der Post gefunden hatte: Werter Genosse Major … Schon diese Anrede weckte bei ihm ein wohliges Gefühl. *Genosse Major*, seit mehr als einem Jahr hatte ihn niemand mehr so angesprochen. Adressiert war der Brief an Herrn Major a.D. Heger, Absender war eine *Initiative Traditionsverein der Grenztruppen e.V.i.G…* E.V. bedeutet eingetragener Verein, aber was ist i. G., fragte sich Heger, in Gründung vielleicht? Unterzeichnet war das Schreiben von einem Admiral a.D., richtig, bei den Grenztruppen gab es ja auch Marineeinheiten auf der Ostsee. Der Brief enthielt eine Einladung zu einem *ersten Kameradschaftstreffen*, zu dem auch Gäste, neue Mitglieder in spe, wie es in dem Brief hieß, eingeladen waren. Als Ort dafür war Hubertushof angegeben, jenes abgeschiedene, tief im Wald versteckte kleine Jagdhotel, das er von Schulungen und Tagungen seit Langem kannte. Wunderbare Erinnerungen verband er mit diesem Haus, dort hatte er noch echte Kameradschaft, Zusammensein unter Gleichgesinnten, ja eigentlich die einzig wirkliche Freundschaft erlebt. Er hätte nicht gedacht, dass ihm nach seinem Ausscheiden aus der NVA jemals wieder ein paar Tage im Hubertushof vergönnt sein würden.

Heger nahm die Straßenbahn, nur ein paar Haltestellen bis zum Hauptbahnhof. Eigentlich übertrieben, diesen Kreuzungsbahnhof als Hauptbahnhof zu bezeichnen, ein kleines, ziemlich heruntergekommenes Gebäude aus den fünfziger Jahren, das die äußere Ringstrecke um das Berliner Umland herum mit Halt am oberen Bahnsteig und die Strecke, die einst von Berlin nach Magdeburg führte, mit Halt am unteren Bahnsteig, miteinander verband. Der ausgehängte Fahrplan führte nur wenige Züge auf, die beiden Linien, die sich hier kreuzten, verkehrten selten. In der Bahnhofshalle mit den gelblichen, teils geborstenen oder abgeschabten Fliesen warteten an diesem Freitagnachmittag hauptsächlich junge Fahrgäste, vielleicht Oberschüler, auf den Regionalzug. Nur einer der drei Schalter war geöffnet, eine ältere Bahnmitarbeiterin reichte Heger lustlos die Fahrkarte, die er verlangt hatte, und ebenso lustlos das Wechselgeld. Aber hinter der Glasscheibe und in einem Aufsteller vor dem Schalter waren bunte Plakate und Prospekte zu sehen, Züge die durch sonnige Landschaften fuhren, Menschen in Urlaubskleidung und mit Gepäck, fröhlich winkend auf Bahnsteigen und aus Zugfenstern; Werbung für Bahnreisen zu Zielen in ganz Europa und Angebote der bahneigenen Reisebüros. Für Rom, Paris, Amsterdam, ja sogar für Madrid und London wurde geworben. London mit der Bahn, fragte sich Heger, und nahm eine der Broschüren aus dem Ständer, ja das ging tatsächlich, bis Hoek van Holland mit dem Zug, dann mit der Fähre und anschließend von Dover nach London, St. Pancras. St. Pancras, das klang so englisch. Englisch konnte Heger kaum, jedenfalls hätte er sich nicht zugetraut, mit den paar Brocken, die er auf der POS gelernt hatte, in London zurechtzukommen. Ja, Moskau und Leningrad, da hätte er sich ausgekannt, sein Russisch hatte immer ausgereicht, wenn er dort gewesen war. Schöne Zeiten hatte er in der Sowjetunion verlebt, natürlich nicht nur in den großen Städten, sondern vor allem in Ausbildungslagern in einsamer Umgebung und mit karger Ausstattung, aber mit reichlich Wodka und kumpelhaft verbunden mit den stets fröhlichen Offizieren der Roten Armee. Und es gab immer auch ein Kulturprogramm, Besuche des Bolschoi Balletts in Moskau oder der Ermitage in Leningrad. Ach, Leningrad, sie waren dabei, es wieder umzubenennen in Sankt Petersburg, welche Schande! Möglich, dass Lenin nicht immer feine Methoden angewendet hatte, damals während und nach der Oktoberrevolution, aber der Grundstein zu dem, was am Ende die große Sowjetunion war, hatte Russland doch Lenin zu verdanken!

Die schwere Lok russischer Produktion, Taigatrommel hatte man sie früher scherzhaft genannt, zog vier Doppelstockwagen. Sie fuhr lärmend, mit tuckernden Dieselmaschinen ein. Schrill quietschten die Bremsen, ehe der Zug zum Stehen kam und Heger einsteigen konnte um sich einen freien Sitz auf dem Oberdeck zu suchen.

Als er das Stadtgebiet verließ, sah er an der Ausfallstraße, die hier parallel zur Bahn verlief, mehrere Plätze, überspannt mit Seilen, an denen glitzernde buntfarbige Folienstreifen im Wind flatterten und um Aufmerksamkeit warben. Gebrauchtwagenhändler. An den Ortsrändern und den Fernstraßen gab es immer mehr solcher Plätze. Ein großes Schild, ein ausrangierter Wohnwagen als Büro und ein paar dieser Glitzerfolien reichten aus, um ein derartiges Geschäft einzurichten. Stoßstange an Stoßstange standen da ältere und neuere Autos, natürlich Westfabrikate. Meist sah man jemanden mit Eimer und Lappen, um den Staub, der sich auf den Karosserien rasch absetzte, wieder abzuwaschen und die Fahrzeuge blank zu polieren. Auf manchen Wagendächern waren Schilder angebracht, wahrscheinlich von ein paar Magneten gehalten, die ein Angebot „Aus erster Hand, Automatik, Diesel oder Schnäppchen“ anpriesen. Man konnte jetzt einfach hingehen und ein Auto kaufen, ohne Vorbestellung, ohne Wartezeit, jedenfalls dann, wenn es sich um ein gebrauchtes handelte. Heger hatte schon lange mit dem Gedanken gespielt, sich einen Wagen zuzulegen. Vielleicht war so ein Flitzer, so ein kleines Coupé oder

Cabrio das richtige für ihn. Familie, die mitzunehmen gewesen wäre, hatte er nicht, und flott, dachte er, würde er schon wirken, wenn er aus so einem Fahrzeug ausstiege.
Die Reise war nicht weit, aber der Zug hielt an jedem Dorf. Heger liebte das Havelland, den Blick über Obstplantagen und ausgedehnte Felder, die von Kiefernwäldern begrenzt und von Eichen-, Linden- und Kastanienalleen durchschnitten wurden. Die Laubbäume waren noch fast kahl, von ferne erschienen sie von den ersten Blattknospen rosa überhaucht. Nur Buschwerk und Unterholz waren schon frühlingshaft grün. Über den weiten Himmel zogen von Westen her schwere Wolken, ab und zu kam ein bisschen blauer Himmel durch und es zeigten sich einzelne Sonnenflecke in der Ebene.
Mit Heger zusammen stiegen einige der jungen Leute aus, Schüler mit leichten Rucksäcken, die Mädchen schwatzend und kichernd, die Jungs mit lauten Stimmen und raumgreifenden Bewegungen. Vom Bahnsteig aus musste er das Gleis für die Gegenrichtung überqueren. Noch nie hatte er es erlebt, dass hier ein zweiter Zug kam. Das kleine Bahnhofsgebäude war ziemlich verfallen, der Warteraum verschlossen. Der Trakt, in dem früher die Güterabfertigung gewesen sein mochte, hatte kein Dach mehr und die Rampe, von der aus man vor Zeiten Getreidesäcke und Obstkisten verladen hatte, verfiel allmählich. Er ging über einige wacklige Betonplatten um das Gebäude herum. Auf dem Bahnhofsvorplatz lärmten die Jugendlichen, die hier ausgestiegen waren, einige von ihnen kickten eine leere Bierflasche einander zu, hin und her, bis einer sie mit einem gezielten Schuss in hohem Bogen gegen einen Laternenmast fliegen ließ, wo sie mit lautem Klirren zerschellte. Die Gruppe zerstreute sich, die meisten machten ihre Fahrräder von dem Geländer los, wo sie angekettet waren, riefen einander noch etwas Unverständliches zu und traten dann in die Pedale, offenbar auf dem Heimweg.

Das einzige Auto auf dem Bahnhofsvorplatz war der Wartburg Tourist, mit dem man schon immer zu den Tagungen hier abgeholt worden war. Neu waren jetzt auf den beiden vorderen Türen und auf dem Heckfenster des Wagens grüne Plastik-Klebebuchstaben, die den Schriftzug Hubertushof in verschnörkelter Fraktur bildeten und darunter eine Telefon- und eine Fax-Nummer. Den Fahrer kannte er von früher und Heger freute sich über die Begrüßung: „Guten Tag, Genosse Major, gute Anfahrt gehabt?"

Das Wachhäuschen vor der Zufahrt zum Hotel war unbesetzt und die Schranke stand offen. Heger vermisste den Soldaten, der früher dafür gesorgt hatte, dass kein Unbefugter auf das Gelände kam. Auf dem Parkplatz hinter der Schranke nur wenige Autos, Heger schaute, ob er Fahrzeuge von früheren Freunden oder Bekannten sah, aber es waren nur noch wenige Trabant und Wartburg hier abgestellt, meist sah er Westautos. Der Fahrer lenkte den Wagen am Parkplatz vorbei, den Schotterweg zwischen den hohen Kiefern entlang und brachte ihn vor dem großen Blockhaus zum Stehen. Das mächtige Geweih eines Zehnenders zierte den Giebel über dem Haupteingang und das Auto hielt direkt darunter: „Wie immer, Genosse Major?" fragte der Fahrer.

„Major a.D., leider a.D., mein Lieber. Aber trotz allem, ja, wie immer." Heger drückte dem Fahrer ein Zweimarkstück in die hingehaltene Hand, worauf dieser erst militärisch grüßte, dann die Reisetasche aus dem Auto nahm und in eines der Zimmer im ersten Stock brachte. Heger selbst schaute sich erst noch einmal um, ehe er das Haus betrat. Mitten in den alten Kiefernbestand hatten sie schon vor Jahren eine Lichtung geschlagen und dieses Blockhaus mit hotelartigem Betrieb gebaut, von dem früher selbst die Bewohner der umliegenden Dörfer nur geahnt hatten, dass es eine Art Ferien- und Jagdhotel für Privilegierte war. Nicht einmal auf den Wanderkarten der Umgebung war es eingezeichnet. Das Gelände war ausgedehnt, rundum eingezäunt und für Außenstehende unzugänglich. Heger sog genussvoll den harzigen Duft der Kiefern ein, lauschte den Vögeln, die ihren lauten Abendgesang angestimmt hatten, und achtete auf das leise Knacken, das dann und wann aus dem Wald drang. Die grauen Wolken waren weniger geworden, die Lücken dazwischen größer, durch die Baumkronen sah er den hellen Himmel, aber es dämmerte schon und ein großer Mond stand über dem Horizont.

Drinnen herrschte Wochenendbetrieb, einige Gäste standen an der Bar, andere saßen an den hellen Holztischen, auf die übereck rotkarierte Tischdecken gelegt waren. Auch die übrige Einrichtung war aus Kiefernholz, ursprünglich wahrscheinlich sehr hell, aber im Lauf der Jahre gelblich nachgedunkelt. Die Wände waren bis zur halben Raumhöhe ebenfalls mit Holz verkleidet ohne Schnitzereien. Den oberen Abschluss bildete ein Wandbord, auf dem allerlei Gerät platziert war, Antiquitäten, die Jagdbetrieb und Gastlichkeit signalisieren sollten, Krüge aus Zinn und Keramik, ein altes Zielfernrohr, ein rostiger Hirschfänger, sogar ein Jagdhorn aus Messing, das wohl einmal glänzend poliert gewesen sein mochte. An den geweißten Wänden darüber Geweihe, nicht gerade von kapitalen Hirschen, wie außen über der Tür, aber von Rehböcken, weiß ausgekochte Schädel mit dunkelbraunen Stangen und Hauer von Ebern, alles auf wappenförmig ausgesägte Brettchen montiert.

In der geöffneten Schiebetür zum Nebenraum stand ein großgewachsener Mann mit kurz geschorenem weißen Haar in aufrechter Haltung. Er ging zwei Schritte auf Heger zu, streckte ihm die Hand entgegen, sagte seinen Namen und setzte hinzu: „Ich nehme an, Sie sind auch unserer Einladung gefolgt. Darf ich fragen …“

„Heger, Major a. D., ja, Genosse Admiral, ich habe mich sehr über den Brief des Traditionsvereins gefreut, das ist doch mal eine Initiative! Man braucht einen Zusammenhalt, man muss doch in Ehren halten, was man getan hat für die Republik. Und dass man sich gerade hier trifft, im Hubertushof, das ist eine hervorragende Idee! Da sind viele Erinnerungen und schöne, möchte ich sagen, die einem guttun."

Im Nebenraum war ein Tisch in Form eines T aufgebaut, am Kopfende fünf Plätze vor denen Namensschilder standen. Die Mitte war offenbar für den Admiral a.D. reserviert. An jedem Platz lag ein bedrucktes Blatt, die Satzung des Vereins, die bei diesem Treffen beschlossen werden sollte. Gläser waren gedeckt und in der Mitte standen einige Flaschen Nordhäuser Doppelkorn und Wilthener Goldkrone. An einer Längsseite des Tisches saßen bereits mehrere Männer, die meisten schätzte Heger auf jenseits der Sechzig, aber es waren auch ein oder zwei jüngere darunter.

„Rücken Sie doch ran, Genosse Kamerad", sprach ihn einer an und deutete auf den leeren Stuhl neben sich. Er langte von einem Stapel ein Stück Karton, einen der bereitliegenden Filzstifte und reichte Heger beides: „Name und letzter Dienstgrad, wenn Sie so freundlich sein wollen, damit wir einander korrekt ansprechen können." Außerdem schob er ihm eine vorbereitete Liste zu, so dass er seine Adresse eintragen konnte. Noch damit beschäftigt sah Heger, wie der Admiral einen jüngeren Mann begrüßte, Schubatzki.

„Herr Rechtsanwalt, jetzt ist es aber an mir, überrascht zu sein", sagte Heger, stand auf und reichte dem Neuankömmling die Hand. „Sie haben auch Interesse?"

„Mal sehen, wer noch so kommt und mitmacht. Sie wissen ja, ich habe nach meinen fünfzehn Jahren eine zivile Laufbahn angestrebt, naja, jetzt sind wir ja doch alle irgendwie Zivilisten, außer den paar Kameraden, die es in die Bundeswehr geschafft haben. Zum Klassenfeind", setzte Schubatzki mit trockenem Lachen hinzu. „Ich weiß nicht einmal, ob ich hier von den Genossen mit höherem Offiziersrang überhaupt aufgenommen werde. Leutnant a.D., das ist ja nun leider nicht sehr viel."

„Aber ich bitte Sie, Genosse Leutnant, ähm, Herr Schubatzki, also, kommt es denn heute noch darauf an? Man wird ja sicher auch noch Mannschaftsgrade aufnehmen, so mit der Zeit. Da ist Leutnant ja schon 'was. Und bitte setzen Sie sich doch", dabei rückte Heger symbolisch am nächsten leeren Stuhl. „Hier kommt's ja nicht auf Dienstgrade an, hier soll's doch wohl um die Tradition gehen, oder?"

„Tradition, die gilt ja heute nichts mehr, unsere Tradition jedenfalls nicht, wir kriegen ja jetzt die Westtradition übergeholfen."

„Erobert wurden wir, ohne Krieg, ohne Kampf, fast möchte man sagen, übergelaufen zum Feind. Was soll man davon halten?" Der sich da einmischte hatte sich als Generalmajor der Grenztruppen eingetragen, ein bulliger Mann, der selbst im Sitzen groß wirkte mit seinem kahlen Schädel. „Da müssen wir wenigstens zusammenhalten, wir haben doch geschworen, ja einen Fahneneid, der sollte uns doch noch was bedeuten! Wenigstens innerlich!" Ein drahtiger Mann trat ein mit militärisch kurzem Haarschnitt. Heger schätzte ihn auf etwa fünfzig Jahre. Er war eine auffällige Erscheinung, hatte mehrere frische, rote Narben im Gesicht, die von jüngst verheilten Schnittverletzungen stammen mochten, und er stützte sich auf einen Gehstock, trotz seines erst mittleren Lebensalters. Begleitet wurde er von einem zweiten, etwa gleichaltrigen Mann. Der Vorsitzende, der Admiral a. D. begrüßte die beiden lautstark: „Die Cottbuser, sehr erfreut! Wie geht's? Wieder im Dienstfahrzeug hier? Ach, und wie ich sehe verletzt, mit dem Klassenfeind zusammengestoßen, was? Na, heutzutage gibt's dafür keinen Orden mehr …"

Der mit dem Stock verzog den Mund nur wenig: „Nichts zu lachen, Genosse Admiral, dumme Sache, der schöne Dienstvolvo ist hin."

„Was ist passiert?"

„In Potsdam. Ein Idiot ist in mein Auto gekracht. Hätte schlimm ausgehen können, der Volvo ist nur noch ein Blechhaufen. Ich hab' erst mal gar nicht viel gemerkt, bin erst im Krankenhaus aufgewacht, voll eingewickelt in Verbände, tausend Schläuche in Nase, Venen und sonst wo."

„Nochmal davongekommen, was? Jedenfalls wünsche ich dir, dass du den Stock bald in der Ecke stehen lassen kannst, beweglich sein ist alles in diesen Zeiten. Die paar Narben im Gesicht, die steh'n dir ja gut, alter Kämpfer! Und den Bruno? Habt ihr den nicht mitgebracht?"

„Ach der Bruno … Hab' keinen Kontakt mehr zu ihm. Der und seine Cottbuser Renegatenclique. Hängen ihr Mäntelchen nach dem Wind! Träumer sind das alle, als ob's jetzt noch was helfen würde. Reden nur noch von demokratischem Sozialismus … Haben alle keine Ahnung, was die Stunde geschlagen hat, spalten die Partei, statt dass sie Solidarität üben! Kein Zusammenhalt mehr, nicht mal mehr unter Genossen. Ach, na ja, lassen wir's. Bin froh, wenn ich den nicht mehr sehe."

„Na, lass gut sein! Gibt heutzutage viel, was einem nicht schmeckt. Wenn man über alles nachdenken wollte … Aber hier bei uns, da soll es ja um Zusammenhalt gehen. Also setzt euch, ihr beiden, und schreibt Namensschilder, nicht jeder in der Runde kennt euch so gut wie ich."

„Genau", mischte sich Hegers Tischnachbar wieder ein, und reichte den Neuankömmlingen ebenfalls Karton für Namensschilder, und die Anwesenheitsliste.

Kossatz schrieb der mit dem Stock darauf.

Mittlerweile hatte sich der Raum gefüllt, fast alle Plätze am Tisch waren besetzt. Der Admiral a. D. schloss nun die Schiebetür, stellte sich hinter seinen Stuhl, räusperte sich und wartete kurz, bis die anderen verstummten. Es gehe darum, die Tradition der Grenztruppen auch in der neuen Zeit nicht untergehen zu lassen, begann er seine Ansprache. Man habe sich ja am Ende den

Entwicklungen nicht mehr entgegenstemmen können, selbst den Befehl, die Grenzbefestigungen mit eigener Hand abzubauen, habe man in militärischem Gehorsam befolgt. Dass ein Theologe, ein Pfarrer der letzte Oberbefehlshaber gewesen sei und diesen Befehl gegeben habe, selbst das habe man geschluckt. Aber nun müsse man dem doch etwas entgegensetzen, den Legenden, die die Wendehälse jetzt alle verbreiteten … *Verbrecherisches Grenzregime*, er für seine Person könne das nicht auf sich sitzen lassen, nach Befehl und Gesetz habe er gehandelt, für seine Männer, seine Kapitäne und Matrosen stets ein offenes Ohr gehabt, aufrecht und anständig habe man den Dienst versehen, zu Lande und zur See. Wenigstens in einem Traditionsverein wolle man diese Tugenden bewahren, mit Haltung, wie man es gelernt und Tag für Tag praktiziert habe. Dann kam er zum Formalen, stellte sich als Vorsitzender, *Präsident* sagte er, und die übrigen Mitglieder des Vorstands dieses Vereins in Gründung vor, die rechts und links von ihm Platz genommen hatten, erläuterte die Vereinssatzung, die im Paragraphen eins die Zielsetzung formulierte, in der die Wörter *Dienst für den Frieden* ausdrücklich enthalten waren. Dann forderte er die Anwesenden auf, die ausliegenden Beitrittsformulare auszufüllen und zu unterschreiben: „Wenn wir das Formale erledigt haben, können wir zum geselligen Teil übergehen, es wird wohl das Beste sein, wenn wir heute erst mal ungezwungen ins Gespräch kommen, es gibt ja nur wenige unter uns, die einander näher kennen."

Der Präsident erhielt Beifall, trotz oder vielleicht auch wegen der begrenzten Teilnehmerzahl gab es energisches und lautstarkes Händeklatschen. Eines der anderen Vorstandsmitglieder, der Kassenwart in spe, erläuterte kurz, man habe ja noch keine Vereinsbeiträge eingenommen, daher werde jeder gebeten, seine Zeche selbst zu begleichen, nur die paar Flaschen braun und weiß, die übernehme der Vorstand. Zum Aufwärmen, wie er sagte, und dabei nahm er eine von der Mitte des Tisches, öffnete den Schraubverschluss und deutete die Geste des Einschenkens an. Dann ging er zur Schiebetür und rief dem Wirt zu: „Wir können jetzt!“ Alle nahmen gerne von den Schnäpsen, braun oder weiß, prosteten dem Vorstand zu und dankten für die Idee, einen Traditionsverein zu gründen und für die Großzügigkeit, etwas Hochprozentiges zum Einstand gespendet zu haben. Der Wirt brachte Speisekarten, die heimische Gerichte auswiesen, Wild und Geflügel, Fisch aus den regionalen Gewässern, dazu Klöße, Kartoffeln, Rotkohl, Weißkohl- oder Gurkensalat. Der Koch würzte kräftig und sparte nicht mit Butter und schweren Saucen. Die Männer aßen reichlich, man bestellte Bier, das in Glaskrügen mit Henkel serviert wurde, und als die Flaschen, der Vorstandsschnaps, wie einer witzelte, geleert waren, bestellten einige der Gäste nach. Wer nicht zum ersten Mal hier war, und das schienen die meisten zu sein, sprach den Wirt, wohlbeleibt, gut gelaunt und in jagdliche Tracht gekleidet, mit Vornamen an. Auch die Kellnerin, eine rundliche Frau in einer Art landschaftstypischem Kleid, schien mit den meisten gut bekannt zu sein und scherzte, wenn einer der Gäste ihr vertraulich den Arm um die Hüften legte.

Die Stimmung wurde gelöst und fröhlich, nach einigen Schnäpsen stand einer der Herren auf und ging zum Klavier, das in einer Ecke stand. Auf dem Weg dorthin hielt er sich mit der Hand an jeder zweiten Stuhllehne fest, aber als er erst einmal auf dem Hocker saß und den Deckel geöffnet hatte, griff er beherzt in die Tasten und schlug ein paar Akkorde in einem Marschrhythmus an, eine Melodie, die er auch nach reichlich Alkoholgenuss offenbar noch fehlerfrei spielen konnte. Nach kurzem Vorspiel sangen erst einige, aber dann doch alle am Tisch mit: Grün ist meine Waffenfarbe. Mit zunehmender Lautstärke wurden alle Strophen durchgesungen, keiner der Anwesenden, der nicht den gesamten Text des Liedes der Grenzer auswendig gekonnt hätte. Der Wirt kam herein, ein wenig blass, in hilfloser Geste mit den Armen wedelnd ging er auf den Vorsitzenden zu und sagte: „Genosse Admiral, meine Herren, nehmen Sie doch bitte Rücksicht, das mag heutzutage nicht mehr jeder, und wir haben doch noch auswärtige Gäste nebenan ..."

Vorübergehend wurde man etwas leiser, aber der Pianist stimmte noch eine ganze Reihe weiterer Soldatenlieder an. Erst als er mit seinem Repertoire zu den revolutionären Kampfliedern der Arbeiterbewegung aus den Zwanzigerjahren kam, wurde der Gesang dürftiger, diese Texte kannte kaum noch einer auswendig. Auch das Spiel des Pianisten war nun nicht mehr ganz fehlerfrei und schließlich hörte er auf. Am Tisch ging man dazu über, einander Anekdoten aus früheren Jahren zu erzählen: „Weißt du noch ..." Und es machten Geschichten von trottligen Vorgesetzten, ahnungslosen Rekruten, ja auch von Flüchtlingen und wie man sie gestellt hätte, die Runde. Mancher der Anwesenden erzählte später am Abend voll Stolz davon, mit welchen Maßnahmen sie Republikflucht verhindert hätten.

Heger versuchte mit seinem Nachbarn, dem Diplomjuristen und Leutnant a. D. Schubatzki ein Gespräch über das Grundstücksgeschäft mit dessen Mandanten, dem alten Herrn in der Seniorenwohnstätte, zu beginnen. Aber Schubatzki schaute ihn nur gedankenverloren und mit glasigem Blick an: „Vormunschafs'richt brauch'n wir, brau'n wir doch da 'n B'schluss ..., Grundstücks'schäft, ha ich ihn'n doch 'sagt ..." Einen vernünftigen Satz, eine artikulierte Rede konnte Heger heute Abend von seinem Tischnachbarn nicht mehr erwarten. Vielleicht morgen.

Später erhob sich der Vereinspräsident, stützte sich mit einer Hand auf den Tisch und wies mit der anderen in einer ungenauen Geste Richtung Schiebetür. Die Härte seines pommerschen Tonfalls war im Alkohol schon längst ertränkt als er rief: „Frau'n 'n Bord, befehle Fluchv'such verhinnern!" Alle erhoben sich lachend und lärmend, schoben einander durch die Tür in Richtung Tresen, einige von ihnen stützten sich gegenseitig, manche hatten brüderlich den Arm um die Schulter des Nachbarn gelegt. Tatsächlich saßen vier Damen am Tresen mit langstieligen Gläsern vor sich und einer Flasche in einem Sektkühler, *Krimskoye* rot. Die Männer drängelten sich im Halbkreis um die vier und verlangten vom Barmann lautstark weitere Getränke, Sekt, Weinbrand oder Wodka. Heger versuchte einen Platz zu finden, der ihm Blickkontakt zu der Frau im kurzen roten Rock und dem schwarzen Top mit den dünnen Trägern ermöglichte. Aber mindestens sechs seiner Kumpane bemühten sich ebenfalls um ihre Aufmerksamkeit, den Barmann nicht mitgerechnet, der ihr gerade nachschenkte. Heger überlegte kurz, ob er nicht einfach in sein Zimmer hochgehen sollte. Es war fraglich, ob sein Kontostand noch die Kosten für ein nächtliches Abenteuer deckte, vom Alkohol und dessen verheerender Wirkung auf seine Potenz ganz zu schweigen. Aber seine Bemühung war ohnehin erfolglos, die Dame strahlte offensichtlich Schubatzki an, dem es trotz seiner zahlreichen Schnäpse gelang, aufrecht zu stehen und ohne Schwanken ihren Flirt zu erwidern. Die anderen Männer versuchten noch eine Weile mit Witzen, die immer derber und anzüglicher wurden, die Aufmerksamkeit der Damen auf sich zu ziehen. Aber einer nach dem anderen gab auf, und als klar wurde, welche vier Paare sich hier zusammenfinden würden, suchte auch Heger die Treppe ins obere Geschoss, „'n schön' Ab'nd noch", murmelte er und tastete sich mit der Linken an der holzverkleideten Wand entlang. Mit Mühe gelang es ihm, an der richtigen Zimmertür das Schlüsselloch zu finden. Er ließ sich aufs Bett fallen und schaffte es noch, Schuhe, Hose und Jackett auszuziehen. Als er die Augen schloss, drehte sich alles um ihn, so versuchte er noch ein wenig wach zu bleiben. Eine Weile lauschte er den Geräuschen aus dem Hause, Schritte auf der Treppe, kichernde Pärchen, das Rauschen einer Wasserspülung, später ein knarrendes Bett und Stöhnen aus einem benachbarten Zimmer, das übliche Ende, wie er es auch von früheren Schulungen und Tagungen kannte. Damals war Prostitution ja verboten gewesen, ist sie jetzt eigentlich erlaubt? Jedenfalls hatte es der Wirt vom Hubertushof stets so einrichten können, dass bei solchen Anlässen ein paar Damen ohne Begleitung diskret aber mit unverhohlener Absicht am Tresen saßen.

Heger saß schon am Frühstückstisch und versuchte, den Kopfschmerz und eine leichte Übelkeit mit Kaffee und reichlich Wasser zu bekämpfen, als Schubatzki hereinkam und sich zu ihm setzte, gut gelaunt und offenbar ohne die Spur eines Katers. „Na, alter Schwerenöter", versuchte Heger mit kumpelhaftem Tonfall auf den Abend zuvor anzuspielen, aber Schubatzki erwiderte nur mit schmalem Lächeln und bestellte bei der Kellnerin Tee und Rührei.

„Genosse Leutnant, ähm… Herr Schubatzki, ich dachte, wir könnten nach dem Frühstück vielleicht mal ungestört ein Wort wechseln, ehe das offizielle Programm weitergeht. Vielleicht ein Schritt vor die Tür, das Wetter ist ja heute früh ganz wunderbar. Was meinen Sie?"

Vor Schubatzki stand inzwischen Tee, eine große Portion Rührei mit Speck, Brötchen, Butter, Marmelade, und seine Aufmerksamkeit galt ganz diesem Frühstück. „Mhmpf…" war das einzige, was er jetzt antworten konnte. Aber als er aufgegessen und den letzten Schluck Tee getrunken hatte, erhob er sich und klopfte Heger auf die Schulter: „Na gut, tun wir einen Schritt nach draußen." Sie traten aus dem Blockhaus und gingen an den Holzhütten vorbei, die etwas abseits einigen zusätzlichen Gästezimmern Platz boten. Ein Weg führte in den Wald, es war hier ein sehr ausgedehntes Jagdrevier eingezäunt, man konnte sich ungestört und entfernt vom Rest der Gruppe auch über Themen unterhalten, die nicht für die Ohren Dritter bestimmt waren. Die Luft war noch frisch und über Nacht hatte es vollends aufgeklart, die Sonne schien schon warm zwischen den Kronen der Kiefern und den sich gerade erst entfaltenden Blättchen der Birken hindurch, nur die wenigen Eichen standen noch schwarz und unbelaubt gegen den strahlenden Himmel. Im sandigen Untergrund war der Regen vom gestrigen Tag rasch versickert, man ging weich über den kiefernadelbedeckten Waldboden.

„Darf ich nochmals auf das Gespräch zurückkommen, das wir neulich in ihrer Kanzlei geführt haben. Sie erinnern sich, es ging um ihren Mandanten oder vielleicht sage ich besser Betreuten, für dessen Grundstück nahe der Glienicker Brücke ein unschlagbares Angebot eines Westberliner“, Heger betonte *West-*, „Investors, eines meiner Kunden vorliegt.“ Besser im Plural, dachte Heger, diesem Schubatzki muss ich ja nicht auf die Nase binden, dass es bisher mein einziger Kunde ist.

„Tja, wie ich schon sagte, lieber Major a. D.“, Schubatzki sprach tatsächlich das „a. D.“ mit aus und vermied zugleich, sich auf Genosse oder Herr als Anrede festzulegen, „da muss ich doch eine Entscheidung des Vormundschaftsgerichts herbeiführen. Also ein Verkehrswertgutachten veranlassen und einen begründeten Antrag stellen. Ein Gutachten von einem gerichtlich bestellten und beeidigten Sachverständigen für Grundstückswerte. Weder ich als Betreuer noch ein Amtsrichter können doch entscheiden, ob das Angebot dieses Investors, ähm, ihres Kunden angemessen ist. Betreuer kommt von Treue, nicht wahr, lieber Major a. D., und treuwidrig kann ich nicht handeln. Kameradschaft hin Kameradschaft her, das verstehen Sie doch sicher.“

„Ihr Mandant ist ja nun nicht mehr der Jüngste, geht auf die Neunzig zu, da sollte man die Sache doch etwas beschleunigen. Ist doch in beiderseitigem Interesse. Wenn der alte Mann, verzeihen Sie, der hochbetagte Herr noch etwas haben will von seinem Vermögen, sollte man nicht zögern. Wie sagen die Juristen? Unverzüglich, ohne schuldhafte Verzögerung.“

Schubatzki blieb stehen, streckte das Kreuz durch, soweit das überhaupt noch möglich war bei seiner ohnehin aufrechten Haltung, nahm das Kinn zurück, senkte die Stirn und zog die Augenbrauen hoch als er Heger ansah: „Schuldhaft? Was fällt Ihnen ein, mein Lieber, schuldhaft werde ich nicht handeln, ich nicht und verzögern werde ich auch nichts, damit können Sie mir nicht drohen. Sofern Sie das als Drohung gemeint haben, was ich allerdings nicht unterstellen will, vielleicht ist's ja nur ihr geschäftlicher Eifer. Jedenfalls, bisher gibt es erst einen einzigen gerichtlich bestellten und beeidigten Gutachter für Grundstückswerte in Potsdam. Den werde ich beauftragen. Der hat allerdings viele Aufträge, soweit ich weiß, wann er das Gutachten vorlegt, kann ich daher nicht sagen. Wenn es vorliegt, werde ich ohne schuldhafte Verzögerung, wie Sie richtig sagen, einen Antrag ans Vormundschaftsgericht stellen. So geht das, verstehen Sie?"

„Und wir, mein Kunde oder ich, können wir da irgendwas tun, um die Sache zu beschleunigen?"

Schubatzki lachte kurz und trocken: „Sehen Sie, mein lieber Major a.D., mir kommt es so vor, als wären Sie es, der da unter Druck steht, und nicht mein Betreuter, mag er noch so hochbetagt sein."

Heger schwieg. Als sie zurück in Richtung Blockhaus gingen, sahen sie Kossatz, wie er einen Blick in eine der etwas abseits stehenden Holzhütten warf und dann die breite Tür, die halb offenstand, energisch schloss. Als sie sich näherten, kam er auf die beiden zu, hinkend und auf seinen Stock gestützt: „Da sind doch Werte drin, und der lässt die Tür offenstehen."

„Werte?"

„Na, Antiquitäten, Uhren, Bilder und so Sachen. Ist voll damit."

„Hier? Im Wald?"

„Tja …"

Als die meisten aufbrachen, man wartete geduldig an der kleinen Rezeption, hörte Heger, wie der mit dem Gehstock vorn am

Tresen stand um zu bezahlen. Mit gedämpfter Stimme wechselte er mit dem Wirt ein paar Worte: „Hab ja nur noch ein kleines Auto, aber paar Sachen könnt' ich mitnehmen", sagte Kossatz.

„So 'ne Sachen erledigt jetzt der Bruno", entgegnete der Wirt.

Kossatz blieb leise, aber sein Ton wurde schärfer: „Mit dem Bruno? Hast du's jetzt mit der Cottbuser Renegatenclique?"

„Brauch Bares, sind harte Zeiten, muss sehen, wie man weiterkommt. Ist schwer genug heutzutage den Laden am Laufen zu halten. Muss mit den Wölfen heulen", entgegnete der Wirt.

Kossatz zuckte mit den Schultern: „Wölfe? Hunde sind das! Du stellst dich auf die falsche Seite, glaub mir…"

Endlich war es Martenthaler gelungen, auf legalem Wege eine eigene Wohnung zu finden. Seit letztem September gab es die staatliche Wohnraumlenkung nicht mehr. Wer eine leere Wohnung fand und einen Mietvertrag mit dem Eigentümer abschloss, konnte ohne weiteres einziehen. Seither hatte er jedem und jeder, von denen er annahm, dass sie sich in der Stadt auskennen würden, sein Wohnungsproblem in den lebhaftesten Farben geschildert. Die Rettung kam mal wieder von Frau Nehlsen: ‚Da hat ein Wessi sein Haus zurückbekommen, gleich hier eine Straße weiter, ganz in der Innenstadt. Da sind noch Wohnungen frei, genau weiß ich es von einer Nachbarin aus der Kleingartensparte, ihr Sohn ist dort ausgezogen und in eine Neubauwohnung, wäre ja eigentlich jetzt gar nicht mehr nötig, der Altbau wird rekonstruiert."

„Rekonstruiert?" Was meinen Sie, wenn Sie hier rekonstruieren sagen? In historischen Formen wieder aufbauen, reparieren, instandsetzen oder was? Fast ein Jahr war Martenthaler schon im Osten und immer noch begegneten ihm Begriffe, die hier eine andere Bedeutung hatten als drüben.

„Naja, was die da konkret machen, weiß ich auch nicht so genau, bei uns heißt das jedenfalls komplexe Rekonstruktion. Oder hieß so, als wir noch DDR waren. Ist ja egal, was man hört soll es schick werden und wahrscheinlich auch teuer. Am besten, Sie gehen gleich hin, es spricht sich schnell rum in der Stadt, wenn Wohnungen frei sind, vor allem solche mit moderner Heizung", empfahl Frau Nehlsen und gab ihm einen Zettel. Alles Wichtige hatte sie immer auf diese kleinen Zettel notiert, rückseitig bereits beschriebene A4-Blätter, die sie als Schmierpapier benutzte, einmal längs und einmal quer faltete, mit dem Brieföffner in Viertel zertrennte und in einem Kästchen auf ihrem Schreibtisch sorgfältig stapelte. Ein Name, eine Adresse und das Wort Rheinweinstuben standen auf dem Zettel.

„Rheinweinstuben? Ein Restaurant, eine Gaststätte?"

„Der neue Eigentümer hat noch kein Telefon, aber er hat sein Büro im Hinterzimmer der Weinstube. Die gehört ihm auch, sein Sohn will die betreiben. Neulich bin ich vorbeigegangen, das Haus ist eingerüstet, man kann es nicht verfehlen."

Es waren nur wenige Schritte vom alten Gerichtsgebäude hinüber in die Innenstadt, wo er nicht lange nach der angegebenen Adresse suchen musste. Es gab nur ein Haus mit Gerüst zwischen den anderen allmählich verfallenden Häusern in dieser Straße. Es war mit Planen verhängt, dahinter hämmerte und klopfte es, offenbar wurde der Putz instandgesetzt. Vor dem Haus ein Bauwagen und ein Lkw östlicher Bauart. Der Zugang zu den Rheinweinstuben war von Baumaterial verstellt, Martenthaler musste sich zwischen einem Stapel Zementsäcken und einem kleinen Mörtelmischer hindurchzwängen, um zur Tür zu gelangen. Auch im Lokal wurde an der Einrichtung gearbeitet, den Restaurantbetrieb hatte man noch nicht aufgenommen. Aber im Hinterzimmer traf er den Eigentümer, einen älteren Herrn, weißhaarig, stattlich und, wie Martenthaler sofort heraushörte, ebenfalls aus dem Rheinland stammend. Daher Rheinweinstuben.

„Wir bauen ja noch, wie Sie sehen, aber ich kann Ihnen schon mal die eine Wohnung im zweiten Stock zeigen", sagte er, nach-

dem Martenthaler sein Ansinnen kurz vorgebracht hatte. Sie gingen über den Hof, das Grundstück war mit Vorderhaus, Seitenflügel und Hinterhaus bebaut, es musste wohl jünger sein als die umgebende barocke Bebauung, denn es überragte mit seinen vier Geschossen die niedrigen Häuser aus der Zeit des Soldatenkönigs. Was ihm der ältere Herr zeigte, war eine kleine, wohl von den Mietern erst vor kurzem verlassene Wohnung, zwei Zimmer mit Kachelöfen, eine Küche, aber kein Bad. Dafür gab es einen Balkon, von dem aus er in den Innenbereich des Straßenviertels blicken konnte. Er sah einige alte Stallungen und Remisen, zum großen Teil ungenutzt und mit eingesunkenen, ehemals mit Teerpappe gedeckten Dächern. Daneben ein Werkstattgebäude aus roten und gelben Ziegeln, hinter dessen großen Industriefenstern Licht brannte und Menschen hin- und herliefen, möglicherweise war es eine Tischlerei oder eine Glaserwerkstatt. Eine Linde im Hinterhof zeigte erste hellgrüne Blättchen.
Die Türen, Fensterrahmen und auch die Sockelleisten und Fußbodendielen in der Wohnung waren mit dunkelbrauner Lackfarbe gestrichen, die an vielen Stellen von den Fenstern abblätterte und am Fußboden im Bereich der Türen bis auf das rohe Holz abgetreten waren. Die Wände waren in unterschiedlichen Mustern tapeziert, Ornamente in verblichenem Rostrot auf blassem Gelb, Blümchen, die einst bunt gewesen sein mochten auf mattem Grün, in der Küche Raufaser, dunkelbraun überstrichen. War Dunkelbraun der einzige Farbton, in dem man in der DDR Lackfarbe hatte kaufen können? An den Außenwänden und über dem Gasherd, der verlassen und verschmutzt an einer Küchenwand stand, lösten sich die Tapeten ab.

„Ohne Bad?“

„Wir wollen das noch einbauen. Es gibt einen Plan, wir können die Küche verkleinern, wenn wir sie zum Wohnraum öffnen, und bauen dann hier ein Bad ein, zwar ohne Fenster aber mit künstlicher Entlüftung." Der weißhaarige Herr ging durch die Wohnung und zeigte mit ausgebreiteten Armen welche Wände zu diesem Zweck abgerissen und wo andere eingezogen werden sollten. „Aber es ist schwierig mit den Handwerkern hier", fuhr er fort. „Die Polen, die vorn an der Fassade arbeiten, die sind ja gut, die Jungs. Arbeiten von Montag bis Samstagmittag. Aber finden Sie mal einen Installateur hier! Die Westberliner sind völlig zu mit Aufträgen, und die hier in der Stadt muss man ja fast auf Knien bitten, einen Auftrag anzunehmen. Entschuldigen Sie, sind Sie von hier? Ich will Ihnen ja nicht zu nahe treten!"

Als Martenthaler den Kopf schüttelte fuhr er fort mit seiner Klage: „Kriegen Sie das mal hin, so ein Haus zu modernisieren, mit den hiesigen Handwerkern. Wenn ich denen was erzähle, egal was, ob Leitungsquerschnitte, Wärmedämmung, Sanitärobjekte, Kücheneinrichtung, immer gucken sie mich mit erstaunten Augen an. Dabei hätten sie es doch nötig, sich zu kümmern. Und die Wende, diese friedliche Revolution, wie manche es nennen, liegt nun schon mehr als ein Jahr zurück! Es müsste doch langsam mal losgehen." Martenthaler konnte dieses ewige Gerede kaum noch aushalten, diese hochnäsigen Klagen seiner Landsleute aus dem Westen. Man wusste doch, worauf man sich einließ, wenn man in die neuen Länder ging. Die einen witterten ein besonders gutes Geschäft oder besseres berufliches Fortkommen, die anderen waren engagiert und wollten helfen. Egal was der Grund war, fand er, man sollte die Bedingungen akzeptieren, wie sie waren. Besserwessis nannten die Einheimischen solche Leute. Zu denen wollte er nicht gehören. Er lenkte das Gespräch zurück auf sein Ansinnen.

„Gefällt mir, klingt gut, sieht so aus als würde das genau auf mich passen. Wann wollen Sie denn fertig sein? Ich würde die Wohnung gerne anmieten." Dann informierte er den Eigentümer über seinen Beruf, der beim Wort Staatsanwalt kaum merklich zurückzuckte. Anlass genug, für Martenthaler zu ergänzen: „Sicheres

Gehalt, das Land Brandenburg als Arbeitgeber. Kann ich ihnen gerne Nachweise dazu vorlegen." Als er sich nach den Konditionen erkundigte, Mietbeginn, Miethöhe und so weiter, fing der Weißhaarige wieder an zu jammern, diesmal nicht über die Handwerker, sondern über die Banken: „Exotisch hohe Zinsen verlangen sie, dennoch stellen die sich an, als wollte ich das Geld geschenkt. Also was die Miete anlangt, ich muss ja auch an meine Liquidität denken." Liquidität, er sprach es aus wie eine Zauberformel.

„Sagen Sie doch einfach eine Zahl." Martenthaler mochte diese Art des Verhandelns nicht. Wieso nannte er nicht in aller Klarheit seine Forderung, damit Martenthaler überlegen konnte, ob er darauf eingeht oder nicht. Nach einigem Hin und Her nannte er doch eine Monatsmiete, die Martenthaler gerne akzeptierte. Der Eigentümer sagte zu, einen Vertrag vorzubereiten und Martenthaler versprach, seine Bonitätsunterlagen zur Unterzeichnung mitzubringen. Wenn alles gutging, hätte er ab Juni endlich eine eigene Wohnung.

Hochgestimmt kam er zurück, berichtete Frau Nehlsen über seinen erfolgreichen Vertragsabschluss und dankte ihr überschwänglich für den guten Tipp.

Ein guter Tag, fand Martenthaler, vielleicht gelang ihm heute auch noch ein dienstlicher Erfolg. Frau Leisner möge doch bitte rüberkommen, wenn sie noch im Hause sei, wegen der Schnellstraße, trug er Frau Nehlsen auf. Die junge Staatsanwältin kam mit zwei Bänden roter Akten unter dem Arm und der Handtasche über der Schulter. Endlich habe sie ermitteln können, wer den Verkehrsunfall als erster bemerkt und die Polizei gerufen habe. Diesen Autofahrer habe sie vernommen, berichtete sie. Mit einem Blick auf das Protokoll erläuterte sie, dass der Zeuge den Unfallhergang allerdings nicht habe beobachten können, er habe nur die verbeulten Fahrzeuge gesehen, eines an der Seite stark beschädigt, das andere auf dem Dach liegend, und dann von der nächsten Telefonzelle aus gleich die Hundertzehn gewählt. „Im Hinblick auf unsere zentrale Frage also keine große Erkenntnis", sagte sie.

Sie ist so förmlich in ihrer Ausdrucksweise, wenn es um dienstliche Dinge geht, fand Martenthaler, verkniff sich aber jede Bemerkung dazu. Besser so, als all zu lax.

„Ich muss also immer noch verschiedene Hypothesen verfolgen, daran hat sich nichts geändert", fuhr sie fort. „Erstens ein Unfall aufgrund von Unachtsamkeit, die Kurve an der Auffahrt ist ziemlich unübersichtlich, man kann im Dunkeln schon mal von der Fahrspur abkommen."

Sie legte einen Plan auf den Tisch, aus dem sich die Straßenführung, Zu- und Abfahrten, Fahrbahnmarkierungen, Beleuchtung und so weiter genau erkennen ließen. Aber in diesem Fall, meinte sie, hätte der Fahrer des Volvo doch wohl einen Brems- oder Ausweichversuch unternommen, als er das Fahrzeug rechts von sich bemerkte. Von Bremsspuren sei in der Unfallaufnahme der Polizei aber keine Rede. Zweite Hypothese – ein plötzliches Unwohlsein, reduzierte Wahrnehmung, etwa aufgrund eines Schlaganfalls oder Herzinfarkts. In der Krankenakte der Notaufnahme sei darüber zwar nichts vermerkt, Erkundigungen bei einem Kardiologen und einem Neurologen im Bezirkskrankenhaus hätten aber ergeben, dass in der Erstversorgung von Unfallopfern entsprechende Untersuchungen nicht regelmäßig durchgeführt würden. Solange man den Fahrer des Volvo noch nicht aufgefunden habe, ließe sich dazu wenig Genaueres sagen.

„Weitere Hypothesen zur Unfallursache?", fragte Martenthaler.

„Nun ja, eine absichtsvoll herbeigeführte Kollision müssen wir ja wohl nicht annehmen."

„In einem so frühen Ermittlungsstadium, liebe Kollegin, sollten wir nichts ausschließen."

„Das hieße Mord oder Totschlag?"

„Schwer zu sagen. Zunächst müssen Sie wohl den genauen Hergang rekonstruieren. Ich denke, die Ermittlungen zur Unfallursache sollten noch intensiviert werden, das hat Priorität. Jedenfalls, Hypothese drei liefe dann wohl auf ein Kapitalverbrechen hinaus, Abteilung K", sagte Martenthaler mehr zu sich selber, als zu der jungen Kollegin an seinem Tisch.

Die schaute ihn erschrocken an: „Ich möchte den Fall gerne behalten, auch wenn es eine K-Sache ist. Nehmen Sie mir den nicht weg, bitte! Ich hab mich da so tief reingehängt, spannend, auch wenn es grausig ist. Bitte!"

Martenthaler blickte erstaunt auf, so engagiert, die junge Mitarbeiterin. Er fand das gut, besser, als das Verhalten manch abgebrühten erfahrener Kollegen, die gerne so taten, als könne sie nichts mehr überraschen. Sie ist eine Berufsanfängerin, aber eine Ermittlerin mit Leib und Seele: „Nein, nein, Frau Leisner, machen Sie das weiter, ich muss da sowieso ein Auge drauf haben, so lange ich Ihre Verfügungen gegenzeichne. Was ist denn mit den anderen ungeklärten Fragen?"

Frau Leisner blätterte in ihrer Akte und fasste zusammen. Mit den richterlichen Durchsuchungs- und Beschlagnahmebeschlüssen hätte die Polizei ja bei der Cottbuser Bezirksleitung das Fahrtenbuch des Volvo sichergestellt und hergeschickt. Für die meisten Fahrten hätte sich Kossatz eingetragen, aber auch andere von der Bezirksleitung haben den Volvo genutzt, meist für kürzere Fahrten. Zwei oder drei Mal sei dieser Kossatz eine längere Strecke gefahren, über sechshundert Kilometer nach Starnberg und zurück. Und das vor der Grenzöffnung. Selten, dass einer die Genehmigung zu Fahrten ins nichtsozialistische Ausland erhielt. Muss sich um wichtige Angelegenheiten gehandelt haben. Ab Mitte neunundachtzig hörten die Einträge dann auf. Hat sich wohl keiner mehr um Kleinkram wie Fahrtenbücher gekümmert, als es losging mit den Montagsdemonstrationen, meinte Frau Leisner. Wegen der Identität des Volvo-Fahrers recherchiere der Lausitzer Kollege vor Ort, Neues habe er noch nicht herausbekommen über diesen Kossatz, lediglich den einen oder anderen Nachbarn habe er befragen können, die seien aber sehr einsilbig und hielten im Dorf zusammen, Spreewald eben … Der Volvo müsse noch zur PTU, von der technischen Untersuchung wären wohl noch Hinweise zu erwarten. Und ehe man diesen Kossatz nicht vernommen habe, blieben auch die medizinischen Fragen ungeklärt.

„Und sonst? Was Neues über das andere beteiligte Fahrzeug, dessen Halter und den getöteten Fahrer?“

„Ja, wir haben Antwort von der Bundesbank, wegen der Geldscheine, die sie in der PTU in Eberswalde aus dem Golf geholt haben, jedenfalls wegen der D-Mark. Die Scheine sind an verschiedenen Orten in Umlauf gebracht worden. Allerdings alle von Landesbanken in Westdeutschland, kein Geld, das zur Währungsunion hier oder in Ostberlin unter die Leute kam. Also wohl Erlöse aus Bargeschäften mit westlichen Kunden. Oder war der Golf im Westen und es wurden dort die Scheine ins Geheimfach gepackt? Aber was heißt das? Einordnen kann ich das noch nicht so recht. Aber jetzt wissen wir etwas mehr über den Halter, diesen Stellmacher, und sein früheres Umfeld. Er ist Rentner, war als Leitender Ingenieur beim Kabelwerk Oberspree beschäftigt, ist nach Westberlin übergesiedelt, als er in Rente ging. Hat zuvor in der Stalinallee gewohnt. Die Nachbarn sagen, er habe manchmal an seinem Auto gebastelt, hatte beste Beziehungen zu denen da oben. Sie meinten er habe seinerzeit in Ostberlin auch schwarz mit Antiquitäten gehandelt. Kurz vor der Maueröffnung geht er in den Westen, hat auch dort mit Antiquitäten zu tun, und kauft sich in Westberlin sofort einen ziemlich neuen Golf.“

„Woher wissen wir denn das? Hat die Berliner Polizei so sorgfältig recherchiert?"

Frau Leisner räusperte sich: „Ja, also, weiß ich auch nicht genau, da hat irgendwie der Kollege mal ein bisschen die Ohren offen gehalten …"

Martenthaler wurde es mulmig: „Frau Leisner, so etwas machen wir besser nicht. Wie soll das denn gerichtsverwertbar werden? Unser eigener Kollege als Zeuge? Das ist eine offene Flanke für jeden guten Anwalt."

Sie senkte den Kopf und flüsterte: „Entschuldigung. Wir dachten …"

Martenthaler schnitt ihr das Wort ab: „Sonst noch was?"

„Eine Hypothese zu dem Stellmacher", fuhr Frau Leisner sehr leise fort.

„Und?"

„Vielleicht sorgt er im Auftrag der PDS für den Transfer von Schwarzgeld, das aus den alten Bundesländern stammt, präpariert dafür sein Auto, das kann er als Ingenieur bestimmt selber oder er lässt es machen. Dann stellt er diesem B. den Wagen zur Verfügung, auf eine Art und Weise, dass man ihm nichts nachweisen kann. Ließe sich damit nicht ein Antrag auf einen Haftbefehl begründen?"

„Mit vielleicht begründen wir gar nichts! Bringen Sie mir handfeste Tatsachen, ermittelt nach rechtsstaatlichen Grundsätzen! Sie sind doch sonst eigentlich recht gewissenhaft, Frau Leisner." Er erhob sich. Sie raffte ihre Papiere zusammen, griff sich ihre Handtasche, und als sie ihm die Hand reichte, fiel ihm auf, dass ihre Unterlippe zitterte.

Sie geben einem immer die Hand, alle hier geben einem immer die Hand. Martenthaler schaute ihr nach, der fülligen Gestalt mit dem üppigen dunklen Haar. Lieber wäre es ihm gewesen, er hätte zum

Schluss ein anerkennendes Wort sagen können. Seine Euphorie vom Nachmittag, die Vorfreude auf eine eigene Wohnung war dahin.

Es kam selten vor, dass Homann schon um sechs Uhr zu Hause war, aber heute wollte er sich unbedingt diesen Bericht im Regionalfernsehen über die Wohnungssituation und Stadtentwicklung im Beitrittsgebiet anschauen. Beitrittsgebiet oder neue Länder nannte man das jetzt im offiziellen Sprachgebrauch. In den Ecken des Sofas vor dem Fernseher hatten es sich seine Töchter bequem gemacht, er setzte sich in die Mitte, wo seine Frau ein paar belegte Brote und eine Flasche Bier auf dem Couchtisch bereitgestellt hatte. Es lief eine Show, Mädchen in albernen Ballettkostümen hüpften zu alberner Musik über eine albern dekorierte Bühne, fand er und bat: „Schaltet doch mal auf ORB, ich muss das sehen!"

„Mann, das nervt", maulte die Ältere. „Ich will die Show sehen", und sie imitierte den Hüftschwung der Tänzerinnen. „Nie isser hier, der Herr Baustadtrat, und wenn doch, will er sofort alles bestimmen, das ganze Fernsehprogramm und alles. Wir sind hier nicht im Rathaus und tanzen nicht nach deiner Pfeife." Sie verzog genervt den Mund und drückte am Gerät eine Taste. „Denn jeh ick ebent!"

„Wo hin? Und wann biste zurück?"

Sie drehte sich nochmal um: „Interessiert dich doch sonst nie, bist ja doch nie da!"

„Nu lass doch mal Papa in Ruhe! Geh und komm nicht nach zehn, nicht wie neulich", schaltete sich Homanns Frau ein.
Die Jüngere saß schweigend in ihrer Sofaecke, langte sich Chips aus einer Tüte, trank mit einem Strohhalm Cola aus der Flasche und ließ dabei laut Blasen blubbern.

Als die Große gegangen war, setzte sich seine Frau neben ihn: „Was müsst ihr euch immer zanken? Lass sie, sie muss raus, hier kann sie sich doch mit niemandem treffen, es ist auch wirklich sehr eng hier für viere und sie ist doch schon fast erwachsen."

„Erwachsen? Mit vierzehn?"

„Erinner dich doch mal selber, wie warst du denn mit vierzehn?"

„Ich? Ich wartete auf meinen Stimmbruch. War nicht in der FDJ, kaum Kontakt mit Gleichaltrigen, hing in Babelsberg im Hinterhof rum und kickte meinen Fußball gegen ein Garagentor." Er lachte: „Ich hatte mir ausgemalt, das wäre ein Fußballtor, der Torwart wäre Sepp Maier und wenn ich einen bestimmten Punkt, links oben am Garagentor träfe, hätte ich ein Tor gegen ihn erzielt, ein unhaltbares. Sepp Maier war mein totales Idol. Bis der Garagenbesitzer kam und mich fortjagte, sein neugestrichenes Tor …"

„Ja, ja, ich weiß, du mit vierzehn. Aber Mädchen, die sind früher dran. Als ich vierzehn war, da warst du schon schwer hinter mir her."

„Ja, aber da war ich auch schon achtzehn."

„Eben."

Die Zwölfjährige in ihrer Sofaecke hatte aufgehört, mit ihrer Cola zu blubbern und kicherte.

„Gibt nix zu kichern", herrschte Homann sie an, und zu seiner Frau: „Was heißt hier eben?"

„Eben, hat dir nicht geschadet und mir nicht. Und wir jetzt, wir könnten eine größere Wohnung wirklich gebrauchen. Würd' die Situation hier entspannen, wenn wir alle ein bisschen mehr Platz hätten. Wozu biste Baustadtrat, wenn de nicht mal für die Deinen 'ne anständige Wohnung findest." Damit verschwand sie in die Küche.

Homann murmelte noch etwas Unwirsches vor sich hin, aber dann erschien die Moderatorin auf dem Bildschirm und kündigte die Sendung an, die er unbedingt sehen wollte. Es waren weniger die

Bilder aus heruntergekommenen Dörfern und von monotonen Plattenbauten, es waren auch nicht die Statistiken über durchschnittliche Wohnungsgrößen und Anteile von Mieter- und Eigentümerwohnungen, die ihn interessierten. Das alles wusste er selbst genauer, kannte er besser und aus nächster Nähe. Und die kurze eingeblendete Reportage über eine Altbauwohnung, Zugang über ein heruntergekommenes Treppenhaus, zugige Fenster, Kachelöfen und statt des Badezimmers eine notdürftig von den Bewohnern selber eingebaute Duschkabine in der Küche, hätte ein Bericht über seine eigene Wohnung sein können. Das alles war nichts Neues. Aber die Diskussion zwischen der Bauministerin des Bundes und dem zuständigen Minister im Land Brandenburg, die wollte er schon genau verfolgen. Wahrscheinlich würde die Bundesministerin ihren Brandenburger Kollegen in die Tasche stecken und in Grund und Boden diskutieren. Sie hatten kaum gute Leute hier in der Landespolitik, keine versierten Politiker, keine charismatischen Figuren, niemanden der in Diskussionsrunden eloquent auf die Gegenseite eingehen konnte, höchstens vielleicht den Ministerpräsidenten, diesen altgedienten Kirchenmann, beredt und mit allen Wassern gewaschen. Der Vorsitzende des Bauausschusses der Stadt hatte schon recht gehabt, als er ihm neulich sagte, die SPD könnte kaum die wichtigsten Positionen im Land gut besetzen. Und was er da sah im ORB, das fand er wirklich schrecklich. Die Bundesministerin von der FDP, elegant damenhaft im Auftritt, leicht bayrischer Akzent, ritt ihr Steckenpferd: Privatisierung, man müsse die Wohnungen an die Mieter verkaufen, notfalls die arg instandsetzungsbedürftigen auch verschenken, dann würden die Bewohner sich selber darum kümmern, sie in Ordnung zu bringen. Man sehe doch, die Bilder hätten es ja überdeutlich gezeigt, dass der Staat überfordert wäre mit dieser Aufgabe. Und zur Vermögensbildung würde damit zugleich auch ein Beitrag geleistet. Und was hatte der zuständige Mann der Landesregierung dem entgegenzusetzen? Man müsse die Plattenbauten ohnehin abreißen, je schneller desto besser. Das sagte der tatsächlich, live, im Regionalfernsehen!

„Nein!“ Schrie Homann, fast als wäre es die Übertragung eines Fußballspiels und die von ihm favorisierte Mannschaft hätte das entscheidende Tor einstecken müssen.

„Was ist denn los?“ Seine Frau steckte den Kopf zur Tür herein. „Was passiert?“

„Hör dir dieses Arschloch an, Plattenbauten abreißen! Abreißen! Wir haben Hunderte, die eine Wohnung brauchen, Hunderte auf der Warteliste, allein nur hier in der Stadt, und der will Wohnungen abreißen lassen. Ich will gar nicht dran denken, was sie mich morgen früh am Telefon fragen, die Journalisten! Und die aufgeregten Bürger am Donnerstag in der Spätsprechstunde!“

Seine Frau setzte sich wieder neben ihn und legte ihre Hand auf seinen Unterarm: „Politiker im Fernsehen! Sie reden doch nur. Sie können doch nicht alle Plattenbauten abreißen. Wieso regst du dich so auf?“

„Was heißt hier reden nur? Sie reden und die Leute glauben’s und wir müssen’s ausbaden.“ Homann stand auf und ging auf und ab, drei Schritte von der Couch zur Tür, drei Schritte zurück, hin und her und sagte: „Was man nicht selber macht…“

VI.
Juni / Juli 1991

Auf der südlichen Havelseite zwischen dem alten Schlachthof, der immer noch in Betrieb war, und den verfallenen Getreidespeichern am Ufer hatten sie einen Platz eingezäunt. AUTOS war mit etwas ungelenken Buchstaben auf ein großes Schild gemalt, sowie Name, Adresse und Telefonnummer des Inhabers. Dicht an dicht standen da Wagen, ältere und jüngere Modelle, Westfabrikate, was sonst.

Heger hatte sich entschlossen, nun endlich ein Auto zu kaufen. Viel Geld müsste er dafür bestimmt nicht ausgeben, wenn er sich für ein kleineres gebrauchtes Fahrzeug entschied. Aber aus dem Westen sollte es schon sein. So fuhr er bis zur Haltestelle Brauhausberg und ging den kurzen Weg unterhalb des Schwimmbads zu diesem Gebrauchtwagenhändler. Dessen Büro war in einer Baracke am hinteren Ende des Platzes. Ein provisorischer Bau, dessen Elemente teleskopartig ineinander geschoben, auf einen Lastwagen verladen und andernorts wieder aufgebaut werden konnten. Auch am Bahnhof Griebnitzsee hatte er damals eine Zeit lang sein Büro beim Stab der Grenztruppen in einem solchen Behelfsbau gehabt, ehe ihm eines der alten Bahnhofsgebäude hergerichtet worden war. Als Heger zwischen den Autos entlanglief, das eine oder andere sich genauer betrachtend, kam ein jüngerer Mann aus dem Büro: „Hübsches Fahrzeug und ein echter Flitzer, bester Zustand, nur zwei Vorbesitzer“, lobte er das rote Cabriolet, das Heger gerade intensiver musterte. „Ich hole mal den Schlüssel, Sie wollen sich das sicher ansehen.“

Beflissen kam der Verkäufer, oder war es der Inhaber selber, mit dem Autoschlüssel zurück, öffnete die Fahrertür: „Nehmen Sie doch mal Platz, tolles Gefühl, super Fahrzeug! Wenn Sie an diesen beiden Hebeln bitte mal ziehen“ und damit deutete er auf zwei verchromte Riegel oberhalb der Windschutzscheibe, „machen wir das Verdeck auf.“ Mit zwei, drei geübten Griffen schlug er das Cabriodach zurück, die Sonne funkelte plötzlich in den Chromleisten des Armaturenbretts. Mit einem weiteren Griff entriegelte er die Haube, klappte sie hoch und wies mit der Hand in den Motorraum: „Und sehen Sie sich nur mal das an, acht Zylinder, 2,8 Liter, fast hundertachtzig PS.“

Heger stieg wieder aus und bewunderte den Motor, auch hier glänzte alles, was glänzen musste, und war in sattem Schwarz, was schwarz zu sein hatte. Dann ging er in die Knie, guckte unter das Auto, von der Seite aus tat er das und von hinten, ohne dass er wirklich wusste, wonach er schauen sollte.

„Viertaktmotor, nehme ich an, und Benziner?“

„Aber sicher“, lachte der Verkäufer, „Zweitakter, das ist doch vorbei. Oder wollen Sie einen Trabbi?“, setzte er verächtlich hinzu.

„Kann man das gute Stück mal Probe fahren?“

Der Händler nickte, ging zur Bürobaracke und verschloss die Tür. Er bot Heger den Beifahrersitz an und setzte sich hinter das Lenkrad: „Ich fahre ihn hier nur mal raus, ist etwas eng und dann überlasse ich's Ihnen.“

„Die B2 lang, ist das in Ordnung“, fragte Heger, als er am Steuer saß. Ein leichtes Antippen des Gaspedals reichte aus, um der Maschine ein dunkles, sattes Röhren zu entlocken. Als er die Kupplung kommen ließ, wurden sie in die straff gepolsterten Ledersitze gedrückt, der Wagen ging tief in die Federung der Hinterachse und beschleunigte in einer Weise, wie es Heger noch nie erlebt hatte. Es lagen Welten zwischen dem, was er bisher an Autos kennengelernt hatte, von einem *Trabbi* ganz zu schweigen, aber auch mit *Wartburg*, *Lada* und *Moskwitsch*, die zu fahren er hin und wieder Gelegenheit gehabt hatte, war das nicht zu vergleichen. Als sie oben auf der Höhe kurz vor dem nächsten Dorf angelangt waren, bat der Verkäufer, umzukehren, falls noch weitere Kunden kämen, wolle er die doch nicht warten lassen.

„Na", fragte der Verkäufer, als sie ausstiegen, „ist das nicht genau das Richtige für Sie? Hat Power, sieht schick aus, die Mädels werden sich umdrehen wenn Sie vorfahren!"

„Eigentlich wollte ich ja nicht so viel ausgeben", sagte Heger mit Blick auf das Preisschild, die Angabe in D-Mark, Westmark, natürlich Westmark, dreißigtausend.

„Das lässt sich doch finanzieren, wir arbeiten mit einer Bank zusammen, Sie können den Kreditantrag gleich unterschreiben, dann haben Sie... was ist heute? Mittwoch? Dann haben Sie also schon zum Freitag die Kreditzusage und können übers Wochenende bereits mit ihrem neuen Auto wegfahren. Wenn Sie bitte mitkommen wollen", der Händler wies auf die Bürobaracke, ging voraus, schloss die Tür auf und bot Heger den freien Platz am Schreibtisch an: „Nur noch ein paar Formalitäten."

Der Verkäufer zog aus dem Regal vier Formulare, Durchschreibesätze, einer war mit Kaufvertrag, der zweite mit Darlehensantrag überschrieben, die anderen waren ein Antrag für die Fahrzeugversicherung und eine Vollmacht zur Zulassung eines Kraftfahrzeugs. Vor allem im Darlehensantrag waren sehr viele Fragen zu beantworten, nach Familienstand, Beschäftigungsverhältnis, Arbeitgeber, es waren Angaben gefordert zum Lohn- und Gehaltskonto, über weitere Kreditverpflichtungen und eine Erklärung, dass weder eine Kontopfändung, noch ein Konkurs- oder Gesamtvollstreckungsverfahren anhängig sei.

„Was die alles wissen wollen, fast wie früher, wenn einer 'nen Ausreiseantrag stellen wollte."

Der Verkäufer hatte für Hegers Scherz nur ein kurzes professionelles Lachen übrig: „Sie kriegen ja auch ’was aus dem Westen, echt made in USA, ihren Ford Mustang. Aber lassen Sie sich ruhig Zeit mit dem Formular, füllen Sie alles sorgfältig aus, dann gibt es keine Rückfragen, dann klappt es wirklich noch vor dem Wochenende.“ Und als Heger mit den anzukreuzenden Kästchen und den auszufüllenden Leerzeilen fertig war, sagte der Verkäufer: „Und nun nur noch unterschreiben, bitte, hier für die Bank und hier für uns, und bitte ordentlich aufdrücken.“ Den Kaufvertrag unterschrieb auch der Händler, der Kreditantrag müsse von der Bank gegengezeichnet werden, erläuterte er, riss von beiden Durchschreibesätzen jeweils das unterste Blatt ab und überreichte es ihm. Exemplar für den Kunden war aufgedruckt, und irgendwie beruhigte das Heger.

„Haben Sie besondere Wünsche für’s Kennzeichen? P Strich ist ja klar, aber die folgenden Buchstaben können Sie auswählen.“

„Aha!“ Heger überlegte kurz. „Ja, dann, vielleicht DS.“

„P D S?“ Für den Bruchteil einer Sekunde hob sich die linke Augenbraue des Händlers, aber er hatte sich im Griff und notierte, ohne eine weitere Regung zu zeigen, die Buchstaben auf einem gelben Klebezettel, den er an die Vollmacht zur Zulassung anheftete.

Tatsächlich konnte Heger am folgenden Freitagnachmittag den roten Ford Mustang abholen. Er bekam eine Mappe, in der nicht nur Bedienungsanleitung und Zulassungsschein waren, sondern auch der von der Bank gegengezeichnete Kreditvertrag und die Versicherungsunterlagen. Der Verkäufer erläuterte noch: „Der Kraftfahrzeugbrief bleibt bei der Bank bis zur vollständigen Abzahlung. Und, leider, die Stadt vergibt P D S als Kennzeichen nicht, nun ist es P S D, das ist ja fast dasselbe.“ Und mit einer feierlichen Geste übergab er Heger die beiden Autoschlüssel.

Leider regnete es, so dass er mit geschlossenem Verdeck vom Hof fahren musste.

Nachts wachte Heger aus einem wirren Traum auf. Ein Verkäufer in dunklem Anzug führte ihn durch eine leere Wohnung. „Das ist doch das Richtige für Sie, genau das Richtige", sagte der die ganze Zeit. „Schauen Sie sich doch nur mal die Küche an, acht Zylinder, V-Motor, fast einhundertachtzig PS. Der Küchenherd hatte ein chromblitzendes Armaturenbrett, die Kochtemperatur wurde mit einem Schaltknüppel und einem Lenkrad geregelt. Und nun das Schlafzimmer", sagte der piekfeine Verkäufer. „Da werden die Mädels staunen." Ein riesiges Bett stand in der Mitte, das von einem großen Cabriodach mit verchromtem Gestänge überdeckt war. „Bei gutem Wetter klappen Sie das einfach zurück", sagte der Verkäufer, und öffnete das Verdeck mit einer geübten Handbewegung. In jedem Raum gab es ein Pappschild, auf dem ein Preis für das Zimmer angegeben war, hinter den Zahlen stand immer Westmark. Der Versuch, alle Preise zu addieren, schlug aber fehl, es waren zu große Zahlen und zu viele Nullen. „Macht nichts", sagte der korrekt gekleidete Verkäufer. „Das erledigt alles unsere Bank, hier ist ein Kreditvertrag." Als er im Traum schon nach dem hingehaltenen Kugelschreiber greifen wollte, trat ein weiterer Herr hinzu, ebenfalls in Anzug und Krawatte. Es war der Trainer aus der Umschulung zum Immobilienmakler, die Heger vor einem Jahr absolviert hatte: „Sehen Sie, so verkauft man, so bringt man Autos an den Mann und Grundstücke, aufpoliert und kreditfinanziert." Heger griff nach dem Wecker auf dem Nachttisch, drei Uhr. Dreißigtausend DM für ein fünf Jahre altes Auto! Wer weiß, welche Schäden und Verschleißerscheinungen das Fahrzeug schon hatte. Und die Kreditraten, fünf Jahre lang jeden Monat sechshundertfünfzig DM aufbringen, ein Mehrfaches seiner Miete und ein Großteil seiner Vorruhestandsbezüge. Und die Benzinkosten! Als er am Tag zuvor den Tank hatte füllen lassen, natürlich auch noch mit Super, hatte er fast hundert DM bezahlen müssen. Und wie weit kam er mit einer Tankfüllung?

Heger versuchte wieder einzuschlafen, drehte sich von der einen auf die andere Seite, es war ihm zu heiß unter der Bettdecke und wenn er sie zurückschlug, begann er zu frieren. Er müsste erfolgreicher sein als Makler, nicht nur dieses eine Geschäft mit Baum. Von der ganzen Liegenschaft war für ihn als Vermittlungsauftrag ja jetzt nur noch die Villa an der Havel übriggeblieben, und wie lange sich das hinzog. Auf jeden Fall müsste er dieses Geschäft unter Dach und Fach bringen, dann könnte er vielleicht den Kredit zurückzahlen. Aber das lief alles viel zu schleppend.
Vielleicht gab es einen Vorschuss? Jedenfalls entschloss er sich, gleich am Vormittag Baum über den Stand der Dinge zu informieren, möglichst in einem persönlichen Gespräch. Draußen war es schon längst hell, die Straßenbahn fuhr wieder, er hörte das Quietschen in der Kurve weiter vorn, aber dann schlief er doch noch einmal ein.
Am Morgen machte er sich auf nach Berlin, im bräunlich-violetten Anzug mit passender Krawatte, die Unterlagen in einem Mäppchen, und – wenn schon, denn schon – mit dem roten Cabrio. Zum ersten Mal der Weg nach Berlin im eigenen Auto. Auf Höhe der Grenzkontrollstelle Dreilinden sah er rechter Hand Rotarmisten mit einem Kranwagen und anderem schweren Gerät den T 34 aus seiner himmelwärts stürmenden Position vom Betonpodest herunterheben. Die sowjetischen Waffenbrüder, dachte Heger, bereiten ihren Abzug vor. Übers Jahr würde man keinen mehr von ihnen sehen, das vertraute Bild von Offizieren in olivgrüner Uniform mit roten Biesen an der Hosennaht und weitausladenden Tellermützen würde aus dem Straßenbild verschwinden. Und ihre Denkmäler, Erinnerungen an den mit vielen Opfern erkämpften Sieg, an die Befreiung, ja, an die Befreiung vom Faschismus, was würde damit geschehen? Und was mit den Soldatenfriedhöfen? Darüber hatte er doch etwas gesehen im Fernsehen, fiel ihm ein, der Bundeskanzler, der in seinem merkwürdig teigigen Pfälzer

Tonfall in die vielen Mikrofone der Reporter sprach und einräumte, die Bundesrepublik habe sich auch zum Erhalt der Mahnmale und Friedhöfe verpflichten müssen. Aber den T 34 hier, den bauten sie dennoch ab.

Als er das schnurgerade Stück AVUS erreicht hatte, drückte Heger aufs Gas. Es war fast, als mache der Mustang einen Satz nach vorn, so schnell näherte er sich der Stoßstange des vorausfahrenden Autos. Heger hielt das Lenkrad fester, traute sich kaum, den Blick von der Straße abzuwenden und auf den Tacho zu schauen, hundertvierzig, ohne dass er es richtig bemerkt hatte, dabei waren nicht mehr als achtzig zulässig. Sofort ging er auf die Bremse, die Verzögerung warf ihn nach vorn, er spürte den Sicherheitsgurt einschneiden an Schulter und Brust. Ein erschrockener Blick in den Rückspiegel zeigte ihm, dass das Auto hinter ihm nach rechts zog, sodass es mit den Hinterrädern ausbrach, aber zum Glück fing der Fahrer es dann doch noch geschickt ab. Als der auf der rechten Spur an Heger vorbeifuhr und ihm empört zuerst einen Vogel und dann auch noch den hochgestreckten Mittelfinger der linken Hand zeigte, atmete Heger tief durch.

Der Weg durch das unübersichtliche Autobahndreieck am Funkturm war gut ausgeschildert. Die Turmruine der Kirche am anderen Ende der langen Straße zeigte ihm, dass er wirklich auf dem Kurfürstendamm war. Welches war denn nun die richtige Seitenstraße? Musste er links oder rechts abbiegen? Und die Parkplatzsuche! Den rotglänzenden Mustang in eine enge Lücke zu manövrieren, traute er sich nicht. Ein Kratzer am dreißigtausend DM teuren Blech, er hätte sich schwarz geärgert. Auf dem Mittelstreifen des Kudamms hätte er vielleicht ein Plätzchen gefunden, aber später dann rückwärts rausfahren in den fließenden Verkehr hinein, auch das schied aus. So dauerte es mehr als eine halbe Stunde, bis Heger doch noch in einiger Entfernung der Büros von B & K sein Cabrio abstellen konnte. Als er ausgestiegen war und den

Wagen sorgfältig verschlossen hatte, musste er einen Passanten nach dem Weg fragen. Der wies in eine ganz andere Richtung, als Heger erwartet hatte, aber am Ende stimmte es, zwei blockweit vor zum Kudamm, dann links und die übernächste Querstraße rechts rein. Er war erleichtert, als er am polierten Schild von *B & K Projektentwicklung* endlich den Klingelknopf drücken konnte. Die junge Dame am Empfangstresen, die ihn das letzte Mal so überaus freundlich begrüßt hatte, war heute sichtlich reserviert. Nein, Herr Baum sei nicht zu sprechen, er sei jetzt in einer wichtigen Konferenz, danach mit den Herren zum Essen und am Nachmittag außer Haus. Überhaupt, wieso er denn nicht angerufen habe, sie hätte ihm das doch sagen können. Damit zog sie ein Blatt hervor und schaute drauf, Herr Heger möge sich doch bitte, hätte Herr Baum ihr ausdrücklich aufgetragen, an die Potsdamer Niederlassung wenden. Man hätte doch extra ein Büro in Potsdam eingerichtet, um ihm und anderen Geschäftspartnern den lästigen Weg hierher und die Parkplatzsuche in der City zu ersparen. Sie reichte ihm das Blatt über den Tresen, darauf standen die Adresse der Potsdamer Niederlassung und eine Anfahrtsskizze.

„Am Bürohochhaus, ja, ja, das kenne ich natürlich." Er verkniff sich die kritische Frage, ob der Standort denn gut genug für B & K wäre.

„Wunderbar", flötete die junge Frau nun und schenkte ihm ihr erstes Lächeln, seit er hier eingetreten war.

Am Bürohochhaus lenkte Heger das Auto in schwungvollem Bogen auf einen der freien Plätze im betonierten Hof. Keine Parkplatzprobleme hier, das stimmte. Er ging hinein, kein poliertes Klingelschild am Hauseingang, aber als er oben aus dem rumpelnden Aufzug ausstieg, bemerkte er doch, dass man den Eingang zur Niederlassung von B & K so gut zurechtgemacht hatte, wie es eben ging. Auch hier öffnete eine junge Frau die Tür, und als er ihr seine Visitenkarte gab und sagte: „Eigentlich wollte ich

Herrn Baum berichten", strahlte sie ihn an: „Unsere Herren hier sind alle bestens informiert und hoch kompetent, Sie können mit ihnen alles besprechen, sie sind in jeder Hinsicht befugt, die Potsdamer Projekte voranzubringen." Damit führte sie ihn in einen Besprechungsraum, bot ihm Kaffee oder Wasser an, beides auf einem kleinen Tablett in der Mitte des großen Tisches bereitgestellt, und bat ihn um einen Moment Geduld.

Es fiel Heger nicht leicht, dem Niederlassungsleiter zu erläutern, welche Schwierigkeiten und Hindernisse sich ergeben hätten beim Versuch, den Ankauf des Grundstücks mit der Villa zu vermitteln. Er erläuterte die Situation des hochbetagten Eigentümers, legte dar, wie er sich über die Rechtslage bei gesetzlicher Vormundschaft informiert hatte, berichtete über das Gespräch mit dem Rechtsanwalt Schubatzki in dessen Kanzlei (natürlich nur darüber und nicht über das Zusammentreffen im Hubertushof) und schloss damit, dass man ja nun wohl darauf angewiesen wäre, erst mal abzuwarten, welchen Wert der Gutachter ermitteln würde. Auch dass es nur einen einzigen öffentlich bestellten und beeidigten Sachverständigen für Grundstückswerte in Potsdam gab, verschwieg er nicht. Sein Gesprächspartner machte sich eifrig Notizen, kommentierte aber eigentlich nicht, was Heger vorbrachte. Stattdessen spielte er den Ball zurück: „Wir haben größtes Vertrauen in Sie, dass Sie die Angelegenheit in unserem Interesse zu einem guten Ende bringen, Herr Heger. Im Übrigen werde ich Herrn Baum berichten, welche Anstrengungen Sie bisher unternommen haben."

Anstrengungen, dieses Wort ermutigte Heger nachzufragen, ob es denn denkbar wäre, ihm einen Vorschuss auf das zu erwartende Honorar auszuzahlen.

„Vorschuss?" Die Augenbrauen seines Gesprächspartners wanderten ganz in die Höhe. „Vorschuss, für Maklertätigkeit? Streng erfolgsabhängig, sagen die Juristen, streng erfolgsabhängig ist das

Maklerhonorar, mein Lieber. Entweder Sie bringen das Geschäft zustande, oder es gibt nichts, das ist Ihnen doch klar, lieber Herr Heger?"

Als Heger ja, ja, murmeln wollte, trat Faber ein, Baums engster Mitarbeiter, wie Heger wusste. Mit zwei, drei langen Schritten ging er auf Heger zu, reichte ihm die Hand, strahlte ihn an und sagte: „Das rote Cabrio da unten, Ihres?" Und ohne eine Antwort abzuwarten fügte er hinzu: „Schick, schick! Gratulation, eine echte Rakete so ein Mustang! Und die Wertsteigerung, wenn Sie ihn immer gut pflegen – Oldtimer sammeln, ein schönes Hobby!" Dann wandte er sich an seinen Kollegen, legte dem die Hand auf die Schulter: „Na, läuft's gut hier in Potsdam, zufrieden mit der Arbeit unseres Maklers?"

„Ja, der Herr Heger unternimmt große Anstrengungen, wirklich große Anstrengungen. Ein paar Schwierigkeiten muss er noch aus dem Weg räumen, aber dazu haben wir ihn ja engagiert, nicht wahr, Herr Heger?"

Heger musste sich erst ein paarmal räuspern, ehe er herausbrachte: „Nun ja, die Dinge entwickeln sich nicht immer so rasch, wie ich gehofft hatte. Und da wäre es ja, ich sagte es eben schon, wenn ich da einen … Also ich meine, eine kleine Vorauszahlung auf das Honorar, das wäre doch schon …"

„Vorschuss? Mein lieber Herr Heger, roter Ford Mustang, acht Zylinder, und dann um einen Vorschuss betteln? Also ich bitte Sie!"

Heger verabschiedete sich und ging. Auf dem Parkplatz vor dem Bürohochhaus klappte er zuerst das Cabriodach zurück, dann ließ er den Motor an, tippte dreimal auf das Gaspedal, dass der Achtzylinder wild aufheulte, und fuhr mit röhrendem Auspuff und quietschenden Hinterreifen vom Hof.

Der stattliche Rheinländer hatte Wort gehalten und Martenthaler besaß nun eine eigene Wohnung. Der Umbau hatte Erstaunliches bewirkt, aus den düsteren Zimmern mit braun gestrichenen Türen und Fußböden war ein schmuckes Apartment geworden, wie es der Bauherr versprochen hatte, abgeschliffene Holzdielen, hell gefliestes Badezimmer, kleine Kochnische. Auf dem Balkon war Platz für ein paar Blumentöpfe, zwei Stühle und ein Klapptischchen, jetzt im Hochsommer fiel abends sogar die Sonne darauf. Und der Blick in den Innenhof vermittelte den Charme des Verfalls, der ihn irgendwie an die Scheune und den Stall hinter dem Haus seiner Oma in der Eifel erinnerte, wie er es erlebt hatte, als er vor Jahrzehnten dort einen Großteil seiner Sommerferien verbringen durfte. Damals ein Paradies für einen Schulbub!

Zu einem der vierzehntäglichen Wochenendbesuche bei seinen Kindern war er diesmal mit dem alten Mercedes gefahren. Den Freitag davor und den Montag danach hatte er sich von Terminen freihalten können. Er brachte zwei Kisten mit seinen Lieblingsbüchern und einen Teppich, den er einst von einer Tante geerbt hatte, mit nach Potsdam, Gegenstände, die nun schon über ein Jahr bei seiner Exfrau in der Wohnung herumstanden. Anlässlich eines jeden Kinderwochenendes hatte sie ihn mit der drängenden Frage konfrontiert, wie lange denn sein Scheiß ihr noch Platz wegnehmen solle. Sie sagte tatsächlich Scheiß! Rechtlich gesehen ist sie ja immer noch meine Frau, dachte er, und einmal, als er dieses kleinliche Gezerre satt hatte, erlaubte er sich die giftige Antwort: „Weitere eheliche Pflichten fordere ich dir ja nicht mehr ab."

„Arschloch", war ihre Antwort.

Das Einrichten der Wohnung versetzte Martenthaler in Hochstimmung, ähnlich der, die ihn ergriffen hatte, als er seinerzeit in Köln, nach Abschluss des zweiten Staatsexamens, die erste eigene Wohnung bezog. Damals hatte er die Euphorie mit Reni geteilt, aber auch jetzt als Single stellte sich wieder die Aufbruchstimmung ein, die für ihn mit einer neuen, eigenen Wohnung einherging. Dabei war er gar nicht so sicher, ob dies seine endgültige Bleibe wäre. Potsdam, ja das schon, aber zwei Zimmer mit Nordbalkon, vielleicht war das doch nur eine Übergangslösung. So blieb er bei der Möbelauswahl sparsam, das Wichtigste fand er bei Ikea in Spandau. Nur für die Montage brauchte er einen Helfer. Wieder war es Frau Nehlsen, die ihm den richtigen Tipp gab, ein Neffe von ihr, Tischlerlehrling, würde sich gerne an ein oder zwei Wochenenden ein paar Mark dazuverdienen. Tischlerlehrling – das hätte er sich drüben nicht mehr zu sagen getraut, Auszubildender im Tischlerhandwerk war die korrekte Bezeichnung oder notfalls Azubi. Jedenfalls packte der junge Mann beherzt an, die wenigen Möbel waren bald aufgestellt und das schlichte Design tat der Wohnung gut, die bescheidenen Zimmer wirkten hell und großzügig.

Dieses Wochenende hatte er für die letzten Arbeiten verwendet, Lampen montiert und leichte Vorhänge angebracht. Zwar musste er dafür den Sonntag mit wunderschönem Hochsommerwetter opfern, aber mit dem Ergebnis war er sehr zufrieden. Ein kleines Einweihungsfest, nicht all zu viele Gäste, das wäre jetzt an der Zeit. Er hatte ja auch nie einen richtigen Einstand gegeben in der Staatsanwaltschaft, über ein Jahr war er schon hier, da wäre auch das endlich mal dran.

Die Sonntagszeitung, die *Allgemeine*, lag noch ungelesen da. Er nahm sie mit auf den Balkon, dazu einen Teller mit dem Rest der Salami und einem bisschen Käse aus dem Kühlschrank, auch die angebrochene Flasche des sizilianischen Roten und setzte sich in die tiefstehende Sommersonne. Die politischen Meldungen und Kommentare waren voll mit der nun endgültigen Auflösung des Warschauer Paktes und der Privatisierung der staatseigenen Betriebe in der Sowjetunion. Wieviel Korruption würde es da wohl geben, fragte sich Martenthaler, das waren doch noch ganz andere Werte, die da vom Staat verkauft würden als alles, was hier die Treuhand zu veräußern hatte. Wieso wurde das im Wirtschafts-

teil gar nicht eingehend kommentiert, statt dessen schienen die Erhöhung mehrerer Steuerarten für die *Allgemeine* das wichtigste zu sein und die Einführung einer zusätzlichen Abgabe. Solidaritätszuschlag, immer diese Euphemismen, als würde das die Sache besser machen. All das las Martenthaler gar nicht erst, was jetzt wirksam wurde, war ja ohnehin schon seit März beschlossen. Wie auch sonst sollten die gewaltigen öffentlichen Investitionen, die hier im Osten nötig waren, finanziert werden?
Unter den Berichten zur Landespolitik fiel ihm eine Schlagzeile ins Auge: Korruption in der Landesregierung? Welche Rolle spielt der Bauminister? Es war ein ziemlich umfangreicher, dreispaltiger Bericht, der mehrere Dinge zusammenbrachte, die für Martenthalers Gefühl wenig miteinander zu tun hatten. Zum einen hatte der Bauminister des Landes schon vor einiger Zeit in einem Interview die Meinung geäußert, die Plattenbauten aus der DDR müssten über kurz oder lang alle abgerissen werden. Es lohne nicht, in diese Arbeiterschließfächer überhaupt noch Geld hineinzustecken. Diese Ansicht hatte er danach noch in mehreren öffentlichen Reden bekräftigt, offenbar ohne Rückhalt aus seiner Partei, der SPD, oder von seinen Mitarbeitern im Ministerium. Auf Nachfrage unserer Redaktion, stand da zu lesen, war keine Auskunft zu erhalten, wie ein solches Vorhaben finanziert werden könnte oder mit welchen Mitteln Ersatzwohnraum zu beschaffen wäre. Dies hatte der Journalist in Zusammenhang gesetzt mit Vermutungen, der Minister kaufe in großem Stil Liegenschaften aus dem Vermögen der PDS, der früheren SED, und lasse zu Gunsten seiner neu erworbenen Flächen Baurecht schaffen. Das Ganze unter Umgehung dieser unabhängigen Kommission, noch in den letzten Tagen der DDR von der Volkskammer eingesetzt, die das Vermögen treuhänderisch halte. Der ganze Artikel war durchsetzt mit Verdächtigungen gegenüber dem Minister, in typischer Journalistenmanier, natürlich um der Forderung nach einer Richtigstellung oder gar Unter-

lassungsklagen und Schadensersatzansprüchen vorzubeugen, war jede Verdächtigung in Frageform gekleidet: Wer hat hier als Strohmann gedient? Wer gab dem Minister die nötigen Hinweise? Arbeitet dieser ehemalige Dissident insgeheim für die PDS? Vor allem die Frage: Hat der Minister die zuständigen Landräte geschmiert?, machte Martenthaler hellhörig. Das war zwar nichts, was einen konkreten Verdacht begründet hätte, aber im Auge wollte er das schon behalten. Es wäre nicht der erste Fall, dass Bodenspekulanten die zuständigen Entscheidungsträger bestochen hätten.
Martenthaler riss die Zeitungsseite heraus, faltete sie sorgfältig zusammen und steckte sie in die Aktentasche, die er täglich zum Dienst mitnahm.

Man musste nicht mehr slalomartig durch die ehemalige Kontrollstelle fahren, Faber konnte jetzt mit dem Geschäftswagen vom Kudamm aus über die AVUS bis zur Ausfahrt Babelsberg rasen, sofern sich nicht irgendwo die Autos stauten. Der Verkehr von und nach Berlin hatte stark zugenommen in den letzten Monaten. Heute aber ging es schnell, nach weniger als einer halben Stunde hatte er die Niederlassung Am Bürohochhaus erreicht. Er wollte nur nochmal nach dem Rechten sehen und sicherstellen, dass für die kleine Konferenz mit Homann und seinem Amtsleiter sowie den Jungs von der Agentur alles vorbereitet war. Erfreut stellte er fest, dass auf die Kollegen, die hier in Potsdam die Stellung zu halten hatten, Verlass war.
Anders als in der Berliner Zentrale und weiteren Niederlassungen hingen hier keine großformatigen Fotos von Neubauten und Projekten der B & K, sondern Potsdamer Stadtansichten, Reproduktionen historischer Stiche und alter Schwarzweißaufnahmen. An der Wand gegenüber der Eingangstür war ein Druck nach der bekannten Farblithographie von F. A. Sandmann aus dem Jahre 1850 mit der Havel im Vordergrund und der Stadtsilhouette mit

Garnisonkirche, Nicolaikirche und Heilig-Geist-Kirche auf der anderen Havelseite wirkungsvoll platziert. Auch für die Versorgung der Sitzungsteilnehmer hatten die Potsdamer Kollegen absichtlich nicht den exklusiven Berliner Caterer genommen, sondern einen Potsdamer Bäcker. Bodenständig sollte es zugehen, trotzdem hatten sie Tee und Kaffee, Kuchen und belegte Brötchen vorher getestet, ehe sie den Auftrag erteilten.

Nicht zum ersten Mal hatte Baum diese Werbeagentur beauftragt, die strategische und operative Kommunikation für eines seiner Projekte zu übernehmen. Die Gründer der Agentur, drei junge Männer, hatten sich und ihr Team nach ein paar schwierigen Anfangsjahren auf dem Berliner Markt inzwischen recht gut etabliert, dennoch waren sie, fand Baum, noch nicht so satt und träge wie die Großen, sondern immer noch kreativ und günstig im Preis. Dass die drei Chefs allesamt in ihrer bunten Kleidung und ihrem auffälligen Gehabe so ganz anders daherkamen als er selber, störte ihn nicht, immerhin stand jeder von ihnen für den Erfolg ihrer Aufträge gerade, das Unternehmen firmierte als OHG im Handelsregister, das fand Baum gut, und zu Faber sagte er: „Das Briefing mit der Agentur machen Sie. Grundsätzlich bleiben wir bei unserer strategischen Ausrichtung, aber auf die etwas verwickelten Interessenlagen der Potsdamer Grüppchen – wie sagen die immer, komplexes Geflecht – sollen die Jungs besonders eingehen. Ich glaube, wir müssen da etwas mehr tun als üblicherweise in Berlin. Na, Sie wissen schon …"

Faber wusste schon, er war lange genug bei Baum, und übernahm gerne den ersten Termin mit der Agentur. Zum Briefing war einer der Inhaber zusammen mit einem neuen sehr jungen Mitarbeiter erschienen. Der Chef trug meist die schmale Brille ins graue Strubbelhaar hochgeschoben, Faber fand das sehr schick und fragte sich immer, ob der tatsächlich schon so früh ergraut war oder ob ein teurer Frisör die Haarspitzen aufgehellt hatte. Der junge

Mitarbeiter schrieb eifrig mit, zwischendurch warf er Faber immer wieder einen Blick aus den großen, dunklen Augen zu – hatte der Lidschatten aufgelegt? Das Gespräch selber verlief unkompliziert, und schon nach kurzer Zeit hatte die Agentur den Entwurf für ein Kommunikationskonzept, eine Liste potentieller Partner und eine Vorab-Kalkulation des Budgets hergereicht. Faber legte diese Unterlagen nun dem Leiter der Potsdamer Niederlassung auf den Tisch.

„Alles wie immer, nur die Verpflegung wird den Ansprüchen des Chefs nicht ganz genügen, kulinarisch meine ich, aber wir wollen den Potsdamern ja auch nicht allzu hochgestochen daherkommen", meinte der Niederlassungsleiter, eine Ansicht, der Faber nur beipflichten konnte und er lobte die Kollegen: „Gut, gut, trotz der drögen Schrippen, ansonsten wird's dem Alten gefallen." Damit verabschiedete sich Faber wieder.

Wichtiger als diese kurze Visite in der Niederlassung war ein Termin, zu dem er sich mit einem Gutachter, dem bisher einzigen öffentlich bestellten und beeidigten Sachverständigen für Grundstückswerte in Potsdam, verabredet hatte. Die Adresse war nicht leicht zu finden, mehrfach fuhr er rechts ran und studierte den Stadtplan. Schließlich musste er doch Passanten nach dem Weg fragen. Vom Industriegebiet, wo das Potsdamer Büro von B & K seine Räume hatte, ging es eine lange Allee entlang, an deren unterem Ende zur Rechten ein repräsentatives Gebäude lag, in der DDR hatte es dem Rat des Bezirks Potsdam gedient, vor 1919 war es wilhelminische Kadettenanstalt und nun Sitz der Staatskanzlei. Davor war die Straße halbseitig gesperrt, er musste den Gegenverkehr vorbeilassen und konnte beobachten, wie mithilfe eines gewaltigen Autokrans ein Baukran aufgestellt wurde, offenbar der Beginn der Renovierungsarbeiten am Regierungssitz des Landes. An der großen Kreuzung vor der Brücke bog Faber dann links ab. Die Straße zwängte sich zwischen Brachflächen und alten, nicht

mehr genutzten und zum Teil ruinösen Gemäuern hindurch. Rechts zuerst ein Gebrauchtwagenhandel, überall waren die jetzt aus dem Boden geschossen, dachte Faber, die Wessis verkaufen ihre alten Mühlen hier oder nach Polen. Dann ein Haus, das sich offenbar Punks angeeignet hatten, schwarze Fahnen mit anarchistischen Parolen hingen aus den Fenstern. Auf den Stufen vor der Haustür hockten junge Männer in der Sonne, kurze Hosen und ärmellose T-Shirts, in schwarz natürlich, Lederstiefel fast bis zum Knie und mit Stachelnieten besetzte, schwere Lederarmbänder ebenfalls in schwarz. Eine Lautsprecherbox und einen Kasten Bier hatten sie zwischen sich stehen, im Vorbeifahren wummerte Musik an Fabers Ohr. Dann einige ehemalige Getreidespeicher, durch die leeren Fensterhöhlen konnte er verrostete Eisenträger und eingestürzte Deckengewölbe erkennen, in den Dachrinnen sprossen junge Birken. Hätte Faber nicht im Zuge seiner bisherigen Berufstätigkeit ein Auge für architektonische Besonderheiten entwickelt, so wäre ihm, wie den meisten anderen Autofahrern, die hier hindurch mussten, nicht aufgefallen, dass es sich um Reste höchst wertvoller historischer Bausubstanz handelte. Zwischen den Gebäuden ließ sich im Vorbeifahren ein Blick auf die Havel und das jenseitige Ufer erhaschen. Faber dachte, er sollte seinen Chef vielleicht auch einmal auf diese Liegenschaft hinweisen. Wasserlage, verkehrsgünstig, historische Substanz, Steuervergünstigungen … daraus müsste sich doch etwas machen lassen.
Er hatte nach einem Bürogebäude Ausschau gehalten, aber die angegebene Adresse lag auf einer Insel in der Havel, alles war grün überwuchert und hell beschienen von der fast im Zenit stehenden Sonne. Hinter Büschen, Hecken und Bäumen standen kleine Einfamilienhäuser, da und dort vielleicht auch bloß eine notdürftig selbst ausgebaute Gartenlaube, Datsche sagten sie hier. Wenigstens keine Parkplatzprobleme, dachte Faber, und hielt vor einem Metallzaun an dem das Schild mit der angegebenen Hausnummer

befestigt war. Von der Straße führte ein Weg zum Hauseingang an üppig blühenden Levkojen, Lilien, Rittersporn und Phlox vorbei, unter den überhängenden Zweigen eines Jasmins hindurch, der seinen süßen Duft ausströmte. Faber nieste heftig und griff zum Taschentuch und dann zum Nasenspray. Jasminpollen, das schlimmste der Allergene, unter denen er jeden Sommer litt. Er wischte sich die Tränen aus den Augen und drückte entschlossen auf die Türklingel.

„Herr Faber, nehme ich an, wir sind verabredet, komm' Se rein." In der Tür stand ein Mann in kariertem, kurzärmeligem Hemd, das über dem Bauch spannte, in blauer, an den Knien ausgebeulter Hose, mit Latschen an den nackten Füßen. In merkwürdigem Kontrast zu seinem wenig formellen Äußeren stand die leichte Verbeugung und die elegante Geste des ausgestreckten Arms, mit der er Faber aufforderte, in den dunklen Hausflur zu treten. Dann ging er voraus in ein Arbeitszimmer, größer als es Faber in diesem kleinen Häuschen vermutet hätte. Das breite Fenster stand offen, ließ den Duft von frisch gemähtem Gras herein, vermischt mit dem Geruch der Abgase eines Rasenmähers, und gab den Blick auf das Wasser der Havel und einige Hochhäuser am gegenüber liegenden Ufer frei. Fast dieselbe Perspektive wie auf der Lithographie von F. A. Sandmann, dachte Faber, aber welch ein Unterschied zu 1850.

Eine riesige Holzplatte auf zwei Tischböcken war überhäuft mit Akten, Plänen, Papieren, einer elektrischen Rechenmaschine, Zollstock, Maßband, Schreib- und Zeichengerät, auch ein Theodolit im hölzernen Transportkasten stand da. Auf einem kleinen Tisch daneben eine schwere, mechanische Schreibmaschine, keine mit elektronischem Speicher und schon gar kein PC. Der Hausherr wies auf zwei Sesselchen, die an einem niedrigen runden Tisch in der Ecke standen. Er öffnete eine Flasche Selters und goss zwei Gläser ein: „Wasser, das Beste bei dieser Hitze", sagte er, setzte sich in den anderen Sessel und kam sogleich zur Sache: „Sie wollten mich sprechen, Herr Faber, worum geht's?"

Faber zog eine Visitenkarte aus der Jackentasche und reichte sie seinem Gegenüber: „*B & K Projekte*, wir sind einer der großen Immobilienentwickler in Berlin und nun, glücklicherweise ist das wieder möglich, auch im Umland."

Der Dicke nickte.

„Wenn wir recht informiert sind, haben Sie den Auftrag, ein Verkehrswertgutachten zu folgendem Grundstück zu erstellen", und damit zog Faber einen weiteren Zettel hervor mit den Daten der Villa nahe der Glienicker Brücke.

Der Gutachter warf einen kurzen Blick darauf, dann wies er auf seinen überladenen Arbeitstisch, zuckte mit den Schultern und sagte mit traurigem Blick: „Irgendwo da, auf einem dieser Stapel, wird Ihr Auftrag wohl liegen."

„Viel Arbeit, dieser Tage, und wenig qualifizierte Leute, kann ich mir vorstellen", signalisierte Faber Verständnis. „Können wir etwas tun zur Beschleunigung dieser Angelegenheit?"

„Zwei oder drei gute Vermessungsingenieure könnt' ich brauchen, oder Baufachleute", sagte der Dicke, „aber die findet man ja nicht, nicht so schnell und wenn, versteh'n Se nichts von der Gutachterei. War ja auch früher kaum je nötig, mal 'ne Erbstreitigkeit, höchst selten ein Entschädigungsfall, war ja alles Eigentum des Volkes und die Preise festgelegt. Komplizierte Sachen, belastete Grundstücke, Wege- oder Leitungsrechte und so was, das hat ja keiner beherrscht. Ist ja auch viel schwieriger geworden unter den neuen Verhältnissen, ich geb's ja zu, hab selber gebüffelt in den letzten Monaten, um das alles zu verstehen, Weiterbildung bei der IHK und so, gleich nach der Wende. Beschleunigung, fragen Sie? Ich arbeite alles ab, so wie die Sachen reinkommen, schön der Reihe nach. Das machen wir ganz gerecht."

„Na ja, aber gibt es da nicht mal den einen oder anderen Fall, der vielleicht dringender ist als die anderen? Sachlich begründete Prioritäten? Ich denk' mir, ein wichtiges Investment in öffentlichem Interesse hat doch ein anderes Gewicht, als 'ne private Erbstreitigkeit."

„Det kenn ick, kenn ick von früher! Hauptaufgabe, wir haben uns den Hauptaufgaben zu stellen, hieß es immer. Die Planerfüllung, das Klasseninteresse, die Hauptaufgaben. Bleiben Se mir doch damit weg!"

Faber beugte sich vor, neigte den Kopf etwas zur Seite und sagte: „Ich kann das schon verstehen, jetzt, nachdem der ganze staatliche Druck vorbei ist, wollen Sie ihr eigener Herr sein, Ihre Arbeitsabläufe und Prioritäten selber bestimmen. Finde ich ganz richtig. Kann ich Sie nur darin bestärken. Wir sehen das genauso. Man muss das tun, wovon man überzeugt ist." Faber lehnte sich etwas zurück und schlug die Beine übereinander: „Ich glaube aber, wenn ich Sie so ansehe und Ihr schönes Anwesen hier am Wasser, auch Sie sind daran interessiert, dass sich Ihre wunderbare Stadt schnell und gut entwickelt." Damit wies er mit großer Geste auf den Fluss und das jenseitige Ufer. „Wenn man sich in solch einem traumhaften Umfeld bewegen kann, liegt es einem doch am Herzen, das alles zu bewahren und zu verbessern. Hab ich nicht Recht?"

Fabers Gegenüber brummte ein wenig, es klang skeptisch.

„Von Ihrem Gutachten hängt es ab, wie schnell oder langsam sich die Dinge am Havelufer entwickeln", legte Faber nach, „nicht hier gegenüber, sondern weiter oben an der Glienicker Brücke. Wenn Ihr Gutachten bald vorliegt, können wir schnell bauen, wenn der Grundstückswert nicht zu hoch angesetzt wird, sparen wir Kosten, Einsparungen, die wir an unsere Kunden weitergeben, günstige Wohnungen für Potsdamer sollen doch da entstehen."

„Ich bin unabhängig, vom Gericht beeidigt, meine Wertermittlungen sind objektiv!"

„Gewiss, gewiss, unabhängig und objektiv. Aber wenn wir einen Beitrag leisten können, dass es rasch geht und dass der festgestellte Wert nicht übermäßig hoch ausfällt, so wollen wir das gerne tun. Mein Chef, der Herr Baum, hat es mir ausdrücklich aufgetragen. Sag dem Gutachter, hat er mir gesagt, es soll sein Schaden nicht sein, wenn er sich kooperativ verhält. Ein Gewinn für seine schöne Stadt und ein Gewinn für ihn selber. Das hat er gesagt", und Faber zog einen braunen Briefumschlag aus der Jackentasche. „Das soll ich hierlassen", erläuterte er, und legte ihn auf den runden Tisch neben die halbleere Wasserflasche. Dann nahm er den letzten Schluck aus seinem Glas, dankte, erhob sich und verabschiedete sich von dem Dicken.

Als er aus dem dunklen Flur ins Freie trat setzte er die Sonnenbrille auf und hielt sich das Taschentuch vor die Nase. Jasminpollen!

Am Besprechungstisch im alten Gerichtsgebäude hatte die Montagsrunde eine Sitzordnung, die von niemandem festgelegt worden war, sondern sich schon in den ersten Wochen so ergeben hatte. Die Westimporte, wie Martenthaler im Stillen die Staatsanwälte aus Nordrhein-Westfalen nannte, und die altgedienten DDR-Juristen bildeten zwei Gruppen, zwischen denen stets ein oder zwei Stühle frei blieben, ebenso zwischen den Westimporten und seinem eigenen Platz am Tischende. Die Altgedienten aber hielten mindestens drei, wenn es sich ergab auch vier Stühle Distanz zu seinem Platz, so dass einer genau ihm gegenüber am anderen Tischende saß. Meist betrat er selbst als letzter den Raum, so auch heute, und während die Westimporte noch locker über ihre Wochenenderlebnisse oder anderes Belangloses plauderten, blickten die Altgedienten schweigend auf die Papiere vor sich.

Frau Nehlsen hatte bereits für jeden eine Tasse Kaffee eingeschenkt und an den Platz gestellt. Bei der allerersten Sitzung, die er vor Monaten hier geleitet hatte, war sie noch mit einem Körbchen herumgegangen, in das jeder fünfzig Pfennig legte. Irgendwie hatte ihn das an seine Jugendzeit in Köln erinnert, wie er als Ministrant den Klingelbeutel für die Kollekte am Ende der Heiligen Messe herumzureichen hatte. Aber Frau Nehlsen erläuterte, es sei für die Kaffeekasse. Er unterband das sofort und brachte von Zeit zu Zeit ein größeres Paket gemahlenen Kaffee mit, und nachdem er gesehen hatte, wie sie in der Teeküche mit Wasserkessel und Filter hantierte, besorgte er auch eine Kaffeemaschine mit Thermoskanne. Aber sie ließ sich nicht dazu bewegen, die gefüllte Kanne auf den Besprechungstisch zu stellen, damit sich jeder Kaffee nehmen könne, so viel er wollte: „Sollen wir den Rest dann wegschütten? Das geht nicht, Herr Doktor! Wenn Sie wüssten, wie wertvoll bei uns echter Bohnenkaffee war!"
Nun also nippten einige am Tisch vom schon ein wenig abgekühlten Kaffee, als Martenthaler die Sitzung eröffnete. Wie in letzter Zeit immer, begann er mit einem Bericht aus der Abteilung Wirtschaftskriminalität, die er nach wie vor selber führte. Mehr und mehr Fälle von Korruption im Zusammenhang mit der Privatisierung ehemals volkseigener Betriebe durch die Treuhand waren auf seinem Tisch gelandet. Nicht immer fielen diese in den Landgerichtsbezirk Potsdam, dann konnte er sie zuständigkeitshalber an eine andere Staatsanwaltschaft abgeben. Und nicht immer erhärtete sich ein Anfangsverdacht. Oft handelte es sich um unqualifizierte Denunziationen durch gekündigte oder von Entlassung und Degradierung bedrohte Führungskräfte, als Leitungskader hätten die sich wohl selber bezeichnet, oft waren solche Anschreiben geprägt von antikapitalistischen Verschwörungstheorien. Dennoch blieben nicht wenige Fälle übrig, die so aussahen, als würden

sie eine intensive Bearbeitung erfordern. Mehr als genug zu tun für ihn und seine Dezernenten. Gerne hätte Martenthaler die gesamte Wirtschaftskriminalität delegiert, um sich konzentriert seiner eigentlichen Leitungsfunktion zu widmen. Aber an wen delegieren? Die entsprechende Planstelle war schon seit langem ausgeschrieben, betriebswirtschaftliche Kenntnisse und das zweite juristische Staatsexamen mit Prädikat waren die Voraussetzungen, solche Leute strebten keine Position im Staatsdienst an, in diesen Zeiten und hier im Osten jedenfalls nicht.

Bei seinen Papieren lag auch der Zeitungsausriss vom gestrigen Sonntag, aber das war zu vage, um es in dieser Runde anzusprechen. Zwei, drei unverschämte Fragesätze in einem Zeitungsartikel des Lokalteils, formuliert von einem Provinzjournalisten, begründeten doch keinen Anfangsverdacht. Aber als er einen der altgedienten Abteilungsleiter, Oberstaatsanwalt Schliff am anderen Tischende bitten wollte, über die wichtigsten Fälle in seiner Abteilung zu referieren, zog gerade dieser eben dieselbe Ausgabe der *Allgemeinen* hervor und hielt sie, Zeichen seiner Wortmeldung, in die Luft.

„Hier habe ich noch was", sagte Schliff, und wies mit dem Zeigefinger auf die Schlagzeile, „illegale Grundstückstransaktionen der Landesregierung, haben Sie das gesehen, Herr Doktor?" Er benutzte nach wie vor Martenthalers akademischen Grad als Anrede.

„Ich habe es gestern überflogen", antwortete er. „Ein windiges Grundstücksgeschäft, nun ja…"

„Da stellt sich doch die Frage, werter Herr Doktor", er sagte tatsächlich werter, „Grundstücksspekulation durch Regierungsmitglieder, wird dem nicht nachgegangen?"

Martenthaler holte tief Luft. Ausgerechnet dieser Oberstaatsanwalt, in dessen Personalakte Blätter fehlten und dessen Überprüfung bei der Stasi-Unterlagenbehörde dennoch ergebnislos verlaufen war, ausgerechnet der fing wieder einmal an zu sticheln. Immer wieder gab es derartige Einwürfe von ihm, meist mit der

Wendung eingeleitet, *da stellt sich doch die Frage, werter Herr Doktor…*

„Ich bitte Sie.“, Martenthaler vermied werter, sondern sagte: „Lieber Herr Schliff, das sind doch keine zureichenden tatsächlichen Anhaltspunkte, Sie kennen doch selber den 152 StPO Absatz 2, zweiter Halbsatz. Und überhaupt, Spekulation ist doch kein Straftatbestand.“

Schliff ließ die Zeitungsseite sinken und strich sie glatt. Seinem Nachbarn raunte er etwas zu, Martenthaler meinte zu verstehen: „Straffrei im Kapitalismus, aber trotzdem eine Sauerei. Und da macht man sich doch so seine Gedanken.“

Immer wieder kamen Sticheleien aus dieser Richtung, oft ging es gegen ihn selber, aber manchmal waren auch andere betroffen, vor allem die Westimporte. Als besonders unangenehm empfand er es, wenn es gegen Abwesende ging, etwa gegen die beiden jüngeren Kolleginnen, die noch in der Anpassungsfortbildung waren. Für den Bruchteil einer Sekunde erwog Martenthaler, das anzusprechen. Die anderen in der Runde schauten derweil angestrengt auf ihre Notizen. Schließlich räusperte sich Martenthaler und rief doch bloß den nächsten Tagesordnungspunkt auf: „Herr Schliff, berichten Sie doch bitte über das Wichtigste aus Ihrer Abteilung.“ Der Rest der Sitzung war übliche Routine. Trotz der kleinen Reiberei mit Schliff entschloss sich Martenthaler zum Schluss eine Einladung zur Wohnungseinweihung auszusprechen, am übernächsten Samstag stünden ab achtzehn Uhr bei ihm zu Hause ein kleiner Imbiss, Wein und etwas Alkoholfreies bereit. Er freue sich über alle, die Zeit fänden, bei ihm hereinzuschauen.

Als er abends das Gerichtsgebäude verließ, traf er Frau Leisner: „Noch so lange im Dienst?“

„Ja, immer wieder die Schnellstraße, unübersichtliche Sache.“

„Wohl wahr!“ Er hielt die schwere Eingangstür auf und ließ ihr natürlich den Vortritt. Ihr Kleid, sommerlich im Schnitt aus leichtem schwarzem Stoff umspielte die runden Hüften, ihre dunklen Locken fielen über Nacken und Schultern. Wieso musste er bei ihrem Anblick immer an die Filme von Federico Fellini oder Carlo Ponti denken? Damals, als Jugendlicher hatte er versucht, sich ein älteres Aussehen zu geben, damit er eine Kinokarte für einen dieser Filme ergatterte. Im Kölner Vorortkino gelang das allerdings nie. Die Kassiererin kannte ihn seit langem und grinste in solchen Fällen nur: „Noch nichts für dich, Kleiner!" Kleiner, sagte sie, welche Kränkung, er war doch schon fast sechzehn! Aber wenn er die Straßenbahn in die Innenstadt nahm und in eines der großen Kinos ging, gelang das ab und an mit Klassenkameraden oder Freunden, die ein wenig älter waren und lässig ihren Personalausweis vorlegten, um gleich mehrere Karten zu kaufen. Die Sitten waren in den sechziger Jahren viel strenger, heute lächelte er über das, was damals als ab sechzehn ausgewiesen war. Aber die Lollo, Sofia Loren oder Claudia Cardinale mit tiefem Dekolleté oder in Dessous zu sehen, das war schon was für einen Fünfzehnjährigen, von Anita Ekberg im Trevibrunnen ganz zu schweigen, aber die war blond.

Draußen war es wärmer als im alten Gemäuer des Gerichts. Er zog das Sommerjackett aus, lockerte seine Krawatte. Frau Leisner holte ihre Sonnenbrille aus der Handtasche, aber bevor sie diese aufsetzte, lächelte sie ihn an, dunkler Lidschatten, rote Lippen, sie hatte wohl ihr Make-up vor dem Feierabend noch mal aufgefrischt: „Ein Glas Wein, wär das jetzt was, nach einem harten Arbeitstag? Da oben sollen ein paar junge Leute in einer alten Villa ein Lokal aufgemacht haben. Wahrscheinlich illegal. Meinen Sie, das wäre ein Dienstvergehen, dort was zu trinken", fragte sie ihn.

„Wenn wir uns nicht als Staatsanwälte outen!"

Frau Leisner zwinkerte ihm zu: „Wir müssen ja nicht gerade die dringendsten Fälle durchsprechen. Da oben ist es", wies sie den Weg.

Sie waren erst ein paar Schritte nebeneinander her gegangen, als ihnen Schliff wie zufällig entgegenkam: „Na, Herr Doktor, noch kein Feierabend, immer noch dienstlich unterwegs?" Er grinste breit und setzte hinzu: „Dann passen Sie gut auf..."

Noch ehe Martenthaler Luft holen und zu einer Antwort ansetzen konnte, war Schliff schon weiter gegangen.

„Was sollte denn das", fragte er.

Sie hob die Schultern: „Weiß auch nicht, die sind komisch drauf, die alten DDR-Juristen, bilden so 'ne Troika. Missgunst vielleicht oder Sehnsucht nach den alten Zeiten."

„Sehnsucht nach den alten Zeiten, so was wie Nostalgie? Ist die DDR jetzt eine Art Sehnsuchtsort? Es waren doch die Leute von hier, die den Umsturz hingekriegt haben. *Wir sind das Volk.* Ich weiß nicht, ob ich selber den Mut gehabt und mich getraut hätte, gegen die Hundertschaften der Polizei und die allgegenwärtige Staatssicherheit auf die Straße zu gehen. Wie die in Leipzig. Oder wie hier in Potsdam. Bewundernswert finde ich das! Und jetzt haben sie Sehnsucht nach der DDR?"

„Ich nicht, ich doch nicht! Aber es gibt schon einige, vielleicht gar nicht so wenige, schauen Sie sich doch das Wahlergebnis an, egal ob Sie das Potsdamer nehmen oder das im Land Brandenburg, von Meck-Pomm oder Sachsen-Anhalt ganz zu schweigen. Bei jedem Umsturz gibt es halt immer auch Verlierer."

„Die Drei, was haben die denn verloren?" empörte sich Martenthaler. „Haben ihren Job behalten, sind weiterhin Oberstaatsanwälte, feste Anstellung, Leitungsbefugnis, sichere Position im Justizsystem. Es gibt schon welche, die wirklich Verluste erlitten haben. Neulich sprach ich mit einer Frau, noch nicht mal sehr alt, war früher Journalistin beim *Neuen Deutschland*, Kulturredakteurin, jetzt schlägt sie sich notdürftig durch mit Gelegenheitsjobs. Aber die Drei?"

„Die waren bestimmt Hundertfünfzigprozentige, waren systemtreu, hatten es sich komfortabel eingerichtet in der DDR, erfüllten die Anforderungen, die von oben gestellt worden waren, und gaben sie nach unten weiter, wie das so üblich war. Sie dachten bestimmt, auf der richtigen Seite zu sein und hielten sich für unangreifbar. Das sind sie jetzt nicht mehr und das macht sie so giftig. Der Sarkasmus, mit dem sie immer den Begriff Grundsätze der Rechtsstaatlichkeit benutzen, zeigt doch eigentlich alles, oder?"

„Nicht gut für die Stimmung im Team. Ist das nicht auch belastend für Sie, Frau Leisner, für Ihre Arbeit? Mir gefällt das gar nicht. Ich grüble schon lange, was da zu tun wäre. Soll ich es ansprechen oder übergehen, soll ich warten bis der Konflikt offen zwischen den Kollegen ausbricht? Mir ist noch gar nicht klar, wie da vorankommen."

„Ach, Herr Doktor, jetzt ist Feierabend." Sie lachte ihn an, aber als sie sich bei ihm einhaken wollte, steckte er seine Hand in die Hosentasche und hielt etwas mehr Abstand.

Die sanfte Steigung, mit der die Straße in Richtung Alexandrowka führte, war kaum zu bemerken, Martenthaler war aus seinen Kindertagen von der Eifel anderes gewöhnt, auch die Ausflüge ins Kölner Umland, Bergisches Land, Siebengebirge, boten steile Wege und tiefe Täler. Erst allmählich hatte er eine Sensibilität für die geringen Höhenunterschiede in der Mark Brandenburg entwickelt.

Gegenüber der Russischen Kolonie standen drei Villen, große Gebäude, die einst sehr prächtig dekoriert gewesen sein mussten, denn selbst in ihrem jetzigen Zustand, verrußt, verschmutzt, halb verfallen, zeigten sie wunderbare Details klassizistischer Architektur, figürliche und florale Reliefs, Kapitelle, Girlanden aus Sandstein oder Stuck. Das mussten damals sehr vermögende Bauherren gewesen sein, die sich in der preußischen Residenz solche Häuser hatten errichten lassen.

„Hier ist es", deutete Frau Leisner auf das mittlere der drei Anwesen. Ein Teil des Vorgartens war bestückt mit dem unterschiedlichsten Gartenmobiliar, Klapptische und -stühle, Bierbänke, sogar roh zusammengezimmerte Hocker standen unter schiefen Sonnenschirmen. Viele Plätze waren belegt, junge Leute, die meisten in einer Art gekleidet, die Martenthaler für sich selbst Dissidentenlook nannte. Die Männer mit sehr kurzgeschorenem Haar und langen Vollbärten trugen jetzt im Hochsommer ausgeblichene T-Shirts und oft kurze Hosen und Ledersandalen. Die jungen Frauen ebenfalls in locker sitzenden T-Shirts, manche im sommerlichen Rock, andere mit Hotpants.

Frau Leisner und Martenthaler gingen zunächst die paar Stufen hoch in einen großen Raum, wohl der ehemalige Gartensalon der Villa, der jetzt provisorisch als Schankraum hergerichtet war. Irgendwo hatten die jungen Leute, die das Lokal seit kurzem betrieben, einen echten Kneipentresen herbeigeschafft, der sogar mit blank gewienertem Kupferblech belegt war, nur die Zapfanlage funktionierte nicht, Bier gab es aus Flaschen. Aber sie hatten liebevoll zubereitete kleine Speisen, Salate, Schmalzbrot, Käse. Und im Regal hinter dem Tresen sah Martenthaler tatsächlich eine Reihe Flaschen mit toskanischem Weißwein.

„Nehmen wir den italienischen Weißen?"

Frau Leisner nickte, und mit je einem Teller voller Speisen vom Buffet und einem Glas Wein gingen sie hinaus.

„Auf weitere gute Zusammenarbeit", sagte Martenthaler, nachdem sie noch zwei freie Plätze gefunden hatten und erhob sein Glas.

„Sehr gut, mir gefällt die Zusammenarbeit sehr gut", antwortete sie. „Viel besser, als ich es mir je vorgestellt hatte. Ich bin so froh!"

„Froh?"

„Ja, das war ja doch nicht so einfach, keiner wusste, was da kommt, anfangs."

„Sie meinen, welcher Vorgesetzte?“ Martenthaler grinste.

„Ja, ja, das auch.“ Sie nahm die Sonnenbrille ab und schaute ihm wieder in die Augen, ziemlich lange, und es machte ihn ein wenig verlegen, aber er hielt dem Blick stand. „Vor allem auch die Anpassungsfortbildung, die ist anstrengend, manchmal auch recht schwierig“, fuhr sie fort. „Aber ich meine die Zeit davor und diese Umwälzung. Wende sagen manche, aber das ist ja ein Ausdruck, den Krenz in die Welt gesetzt hat, um die DDR als reformierbar darzustellen, ich sage lieber friedliche Revolution, jedenfalls diese Monate als alles so unübersichtlich war, keiner wusste wie es ausgehen würde. Mitten im Studienabschluss war ich da. Klar, man ging weiter in die Vorlesung, besuchte die Seminare, schrieb an der Abschlussarbeit, quälte sich eine Einleitung ab, marxistisch-leninistische Grundlagen. Ich erhielt ja noch die Anstellung bei der Potsdamer Staatsanwaltschaft im Herbst neunundachtzig, eine Berufungsurkunde mit Hammer und Zirkel im Siegel, natürlich mit Hammer und Zirkel. Dennoch ging man zu den Versammlungen, zur Montagsdemo. Das war schon gefährlich damals, es hätte ja auch ausgehen können wie in Peking. Keiner konnte wissen, ob wir nicht alle zusammengeschlagen und beschossen würden. Das war völlig offen.“

Martenthaler nahm einen Schluck Wein und nickte mehrmals.

„Und von den Jurastudenten war ich fast die einzige die hinging. Juristen waren regimetreu, man musste in der Partei sein und als angehende Staatsanwälte waren wir alle in der SED. Und das Elternhaus musste klassenbewusst sein, am besten Bauern und Arbeiter, ha, ha, ha … In Wirklichkeit waren es dann doch solche, die im Staats- und Parteiapparat einen gefestigten Klassenstandpunkt bewiesen hatten. Deren Kinder durften studieren! Und man war von der Stasi durchleuchtet, von vorn bis hinten, gewissermaßen. Sonst kam man nicht auf einen Studienplatz in Jena. Nur in Jena wurden Staatsanwälte ausgebildet. Unter uns frischgebackenen Juristen war kaum einer, der Kritik wagte, schon gar keiner, der zur Montagsdemo ging."

„Sie aber schon?"

„Ich schon. Ich kam zwar auch aus so einem Elternhaus, etabliert und parteinah. Ich weiß nicht, was mich dann gepackt hat, jugendliches Aufbegehren, Protest gegen dieses System, das einem fast die Luft abschnürte? Keine Freiheit, ich meine nicht nur Reisen und so, auch kein eigener Gedanke schien erlaubt. Man hatte die Dinge von einem Klassenstandpunkt aus zu betrachten, sich den Anforderungen zu stellen und die Aufgaben zu erfüllen, die Staat und Partei im Interesse der Arbeiterklasse stellten. Allein schon diese Sprache, Worte wie aus Beton. Irgendwann, schon in den letzten Semestern, überkam es mich. Zuerst ein paar kritische Fragen im Marxismus-Leninismus-Seminar: Verelendung der Arbeiterklasse im Kapitalismus – wie passt das denn zusammen mit der Entwicklung in der BRD? Solche Fragen reichten schon, dass einen der Dozent hinterher beiseite nahm und sagte, man solle sich doch nicht alle Möglichkeiten verbauen, das bringe doch nichts, es sei doch nur im wohlverstandenen eigenen Interesse, nichts Unüberlegtes zu sagen. Heftiger waren die Diskussionen zu Hause am Abendbrottisch, wo man sich weniger zurückhielt. Mein Vater wurde laut, meine Mutter versuchte zu vermitteln, aber ich zog dann doch aus. Konnte unterschlüpfen bei einer Freundin, über die kommunale Wohnraumzuweisung hätte ich ja nie eine eigene Wohnung gekriegt. Und jetzt sitz ich hier, habe eine Einraumwohnung in einem Neubau und es geht mir so, so gut!" Nun war sie es, die einen tiefen Schluck aus ihrem Glas nahm. Dann beugte sie sich vor über den Biergartentisch, streckte die Arme aus und ihre Fingerspitzen berührten fast die seinen. Martenthaler wurde es heiß, heißer als es dem Sommerabend entsprach und er zog seine Hand zurück. Das geht nicht, geht doch nicht, dachte er und fragte sich, ob er rot wurde.

Beim zweiten Glas Wein erzählte er ein wenig von sich, von seinen Kindern, von der bevorstehenden Scheidung und wie sein Entschluss, in den Osten zu gehen, zustande gekommen war. Als sie zum dritten Mal aufstanden und hineingingen, um ihre Gläser füllen zu lassen, setzte sich im Schankraum gerade einer an das alte Klavier, das neben dem Tresen in der Ecke stand, und begann Blues zu spielen. Er spielte gut. Wenn man die Augen schloss, konnte man sich um Jahrzehnte zurückversetzt fühlen, nach New Orleans oder Chicago, die ganzen Klassiker beherrschte er, Stücke von Chuck Berry, Fats Domino und Dave Brubeck. Als er dann noch zu singen anfing und mit tief heiserer Stimme Blueberry Hill zum besten gab, konnte man glauben, Louis Armstrong hätte sich nach Potsdam verirrt. Dabei war er ein langer, hagerer junger Mann mit etwas dünnem, kurzem Blondhaar und Vollbart. Immer mehr Gäste waren von draußen herein gekommen, drängten sich im Halbkreis um den Musiker am Piano, applaudierten, jubelten und pfiffen nach jedem Stück. Alle standen eng beieinander, Frau Leisner berührte seine Schulter und wiegte sich im Takt. Martenthaler wusste nicht, wohin mit seinem rechten Arm. Ich kann ihn doch nicht um ihre Hüften legen, dachte er, meine Güte, sie könnte meine Tochter sein und ist im Job auch noch abhängig von mir. Und das Getuschel der Altgedienten, nein, das könnte ihm schneller über den Kopf wachsen, als ihm lieb wäre.

„Für mich ist's Zeit zu gehen", flüsterte er ihr zu, „morgen wartet ein harter Arbeitstag."

„Jetzt schon? Ich bleib noch ein bisschen, der spielt so schön."

„Passen Sie auf sich auf! Und bis morgen."

Als Martenthaler hinunter Richtung Innenstadt und nach Hause trottete, dachte er, wie blöd doch meine Abschiedsworte waren, die habe ich nun schon zum zweiten Mal zu ihr gesagt als wäre ich ihr Vater.

„Sie haben ein Problem“, sagte der jugendlich wirkende Mitinhaber der Agentur und lehnte sich in seinem Stuhl zurück. Mit verschränkten Armen blickte er Baum in die Augen. „Die PDS ist hier ein wichtiger Stakeholder wenn wir das korrekt analysiert haben“, und lächelnd, „unsere Analysen waren bisher immer korrekt. Und die PDS, jedenfalls deren Wortführer in der Stadtverordnetenfraktion, ist gegen das Projekt. Der sieht seine Klientel natürlich bei den Wendeverlierern. Die hatten sich in den achtziger Jahren mit Wohnungen im Plattenbau versorgen lassen und jetzt merken sie, dass das nicht mehr der Top-Standard ist. Nur für die wunderbaren Objekte an der Glienicker Brücke reicht ihnen das Geld halt nicht. Da kann schon Neid aufkommen.“ Er nahm die Brille aus dem Haar: „Das kann sich noch zu einem gravierenden Problem für ihr Projekt auswachsen.“
Homann und sein Planungsamtsleiter sahen sich erstaunt an. Was sich dieser junge Mann traute, wie der mit Baum redete!

Baum hingegen lachte: „Ich kenn euch, ihr Werbefuzzis, erst ein Problem herbeireden und dann den großen Zampano spielen, der es löst. Meine Probleme kenne ich selber, da brauch ich eure Analyse nicht! Von euch will ich ein Kommunikationskonzept! Vielleicht beauftrage ich euch wieder, ich weiß, ihr gehört zu den besten, jedenfalls hier im Umkreis. Da könnt ihr ruhig wieder etwas runter kommen auf den Boden, Spielchen können wir uns sparen.“

Dieser Baum, wenn er lachte war Vorsicht geboten, wusste der Chef der Werbeagentur, und er ärgerte sich ein bisschen über sich selber, sie hatten schon einiges mit B & K zusammen gemacht, eigentlich hätte er einen besseren Einstieg finden müssen. Was bei den meisten Kunden klappte, passte nicht für Baum. Aber kein Grund, klein beizugeben, dachte er, setzte sich die Brille wieder auf, nun auf die Nase und schob die Ärmel seines leichten Sommerjacketts hoch: „Also *medias in res*.“ Dabei nickte er der

Kundenbetreuerin und dem jungen Assistenten zu, die er zu diesem Termin mitgebracht hatte. Die hoben eine schwere Kiste, den Sarg, wie sie sagten, auf den Tisch und öffneten die Schnappverschlüsse. Das war eine sinnreiche Konstruktion, der Kasten enthielt einen Stapel großformatiger, bunt bedruckter Pappen, und der aufgeklappte Deckel diente als Ständer, so dass alle am Besprechungstisch die Präsentation gut erkennen konnten. Der junge Assistent reichte jedem der Teilnehmer ein Heft, er nannte es Booklet, das die Präsentation nochmals in handlichem Format enthielt. Beim Verteilen schenkte er Faber ein besonders schönes Lächeln.
Der Leiter des Planungsamtes stieß Homann mit dem Ellbogen an und wies auf die weißummantelte Drahtspirale, die das Booklet zusammenhielt, und auf das transparente Plastikdeckblatt. Zwar kannte er schon die Projektunterlagen von B & K und den Architekten, auch die waren in der Aufmachung beeindruckend, aber so etwas Hochglänzendes und Perfektes wie hier hatte er noch nicht gesehen. Homann machte eine abwehrende Handbewegung, man muss sich doch nicht immer wie doofe Ossis gerieren.

Der Graumelierte stand nun auf, setzte seine Brille wieder ab, klappte sie zusammen und wies damit auf die erste Pappe, die allerdings nur eine Art Titelblatt war mit Projektname, Datum und Ort der Präsentation und feinsinnigerweise dem Potsdamer Stadtwappen sowie den Logos von B & K und der Agentur am unteren Rand. Die zweite Pappe enthielt nur ein großes Fragezeichen. Indem er mit seiner Brille darauf deutete, fragte er: „Was ist unser Produkt? Das müssen wir doch erst mal klären, was ist denn eigentlich unser Produkt?“

„Wir sind doch hier nicht die kleinen Jungs in der Volksschule“, raunte der Amtsleiter seinem Chef Homann ins Ohr, aber der zischte nur: „Pscht, lass ihn mal!“

Der Graumelierte deutete auf den Leiter des Planungsamts: „Na, was meinen Sie, was ist unser Produkt?“

„Wohnungen, ist doch klar Wohnungen“, maulte der Angesprochene.

„Wohnungen? Ha, wenn's so einfach wäre! Nein, nein. *Wenn du ein Schiff bauen willst, dann trommle nicht Männer zusammen um Holz zu beschaffen, Aufgaben zu vergeben und die Arbeit einzuteilen, sondern lehre die Männer die Sehnsucht nach dem weiten, endlosen Meer*, sagt Antoine de Saint-Exupéry.“
Faber schlug die Beine übereinander und wippte mit dem Fuß; und der Leiter der Potsdamer Niederlassung von B & K betrachtete das Spiel der Lichtreflexe auf Fabers blankgewienerten Schuhspitzen; der andere Mitarbeiter von B & K musterte seine Fingernägel, als müsse er gleich zur Manikürschere greifen. Ewig dieses Zitat aus *Die Stadt in der Wüste*, reichlich abgegriffen inzwischen.

„Nein, unser Produkt sind nicht Wohnungen sondern eine Sehnsucht“, fuhr der Graumelierte fort und schob die Brille wieder ins Haar. „Die Sehnsucht nach einer positiven Zukunft, in der sich die althergebrachte Vision von Potsdam als preußischem Arkadien mit der Dynamik einer modernen Stadt verbindet!“ Derweil hatte der Assistent mit den hübschen dunklen Augen das Fragezeichen vom Ständer genommen. Nun prangte hier eine Pappe mit dem Zitat des französischen Dichters in großen Lettern. Darunter waren noch zwei einander überlappende Kreise abgebildet, in denen links Preußisches Arkadien und rechts Dynamische moderne Stadt zu lesen war.

„Damit haben wir“, fuhr der Inhaber der Agentur fort, „zugleich unser Produkt positioniert, ihm gewissermaßen eine doppelte Ausrichtung gegeben, Arkadien und Dynamische Stadt.“
Danach folgten noch zahlreiche Pappen mit weiteren Ausführungen zu den Stakeholdern und zur Kommunikationsstrategie. Im Wesentlichen seien drei Zielgruppen zu bearbeiten, zum einen die Lokalpresse, zum Zweiten, das habe er schon erwähnt, die Gegner des Projekts, PDS und so weiter, zum Dritten eine skeptische

Fachwelt, die Leute von Schlösser und Gärten, Denkmalpfleger, auch einzelne Figuren aus der Bürgerbewegung. Daher müsse dafür gesorgt werden, dass das Produkt mit dieser positiv aufgeladenen Sehnsucht untrennbar verbunden werde. Beim Wort untrennbar setzte er die Brille wieder auf die Nase und schob erneut die Ärmel seines Jacketts hoch. Das werde ein wenig schwierig, nachdem in der Presse schon negative Berichte erschienen wären.

„Ja, die *Allgemeine*", fiel Homann ihm ins Wort, „die wollen mich kleinkriegen, Neid und Missgunst, nix weiter."

„Schon, Herr Homann, das mag ja stimmen, hilft uns hier aber nicht. Wir müssen jetzt einen Meinungsumschwung hinkriegen, einen Paradigmenwechsel, müssen deutlich machen, wie toll das für Potsdam wäre, wenn B & K hier an der Glienicker Brücke bauen würde. Raus aus der Defensive!" Dabei ging er zwei Schritt nach vorne, breitete die Arme aus, fast hätte er einen Stuhl umgestürzt: „Toll wird das Projekt, wunderbar für Potsdam!" Siegerpose.

„Para … was?" Der Leiter des Stadtplanungsamts schaute seinen Chef hilfesuchend an, aber Homann schüttelte nur den Kopf und zischte leise: „Später!"

Baum hatte mittlerweile das Booklet durchgeblättert. „Lassen Sie mal gut sein", unterbrach er den Chef der Agentur. „Im Ernst", und dabei lachte er, „was habt ihr denn zu bieten, ihr wollt ja nicht wenig dafür haben!" Damit schlug Baum die letzte Seite im Booklet auf, „wenn ich mir so das Budget angucke, dazu noch euer Honorar, Mehrwertsteuer, alles zusammen … Da müsst ihr schon richtig gut sein, wenn das gerechtfertigt sein soll."

„Wir werden richtig gut sein, und jetzt ist es wohl das Beste, wenn unsere Kundenbetreuerin, Ihre Kundenbetreuerin, mal das Konzept im Detail erläutert", damit setze er sich und nickte seiner Mitarbeiterin zu, die nun, Pappe für Pappe, Ziele, Zielgruppendefinition und Medieneinsatz vorstellte, Großflächenwerbung an der künftigen Baustelle, Lobbyarbeit nicht nur bei den Stadtverordneten, sondern auch auf Landesebene, Sponsoring für einen oder zwei ausgewählte Sportvereine, zu einem späteren Zeitpunkt vielleicht Flyer an alle Haushalte, aber das müsse man noch prüfen, wenn die ersten Maßnahmen angelaufen wären. Zentral wäre im Moment eine Doppelstrategie: Öffentlichkeitsarbeit, hauptsächlich gerichtet an Presse und Fachwelt, und Sponsoring für PDS-nahe gesellschaftliche Gruppierungen. Im Hinblick auf die Fachwelt hätten sie an ein Buch gedacht, einen Bildband mit Text von seriösen Autoren in einem guten Verlag. Ein Buch, dem man nicht auf den ersten Blick ansehe, dass es Teil einer Imagekampagne wäre. Die Pappe, die die Kundenbetreuerin nun zur Unterstützung ihrer Ausführungen zeigte, enthielt die Skizze für eine Titelseite, Potsdamer Villenarchitektur.

Faber nickte anerkennend: „An welchen Verlag habt ihr gedacht und vor allem, an welche Autoren?"

„Wir haben mit *Nicolai* gesprochen, aber die sind ziemlich reserviert, vielleicht wird's ein kleineres Haus; wir finden auf jeden Fall jemanden, Druckkostenzuschuss oder Mindestabnahme, das werden wir garantieren müssen, aber dann klappt das schon. Und wir haben einen wunderbaren Herausgeber, einen Fachmann mit besten Kontakten zu Kunsthistorikern und Stadtplanern, die als Autoren infrage kommen." Damit wies sie auf einen älteren Herrn, der bisher still und abseits vom Besprechungstisch gesessen hatte, weißhaarig, feingliedrig und mit etwas gerötetem Gesicht, der sich trotz der Hitze merkwürdigerweise mit zwei langen farbigen Schals über dem an den Ellbogen ein wenig abgewetzten Jackett geschmückt hatte. Der stand nun auf, räusperte sich mehrmals, zog aus der Jackentasche drei Blätter, die er entfaltete, und begann mit einer Art Rede über die Kontinuität klassizistischen Bauens hier in der Region, unterbrochen von vielen Ähs und Ahäms und ausgeschmückt mit Begriffen wie *sozusagen*, *gewissermaßen* und *man könnte sagen*. Er spannte den Bogen von den

Römischen Bädern über die Villa Henckel bis hin zur geplanten Bebauung an der Glienicker Brücke. Dabei formulierte er potentielle Kapitelüberschriften und nannte Verfasser, die dazu gerne etwas schreiben würden. Dass er die Vorgeschlagenen für Kapazitäten hielt, unterstrich er durch Hinweise auf den jeweiligen akademischen Grad, meistens Professor, manchmal Privatdozent und nur selten bloß Doktor, sowie deren bisherige Veröffentlichungen. Dass er mit ihnen zudem bestens vertraut war, machte er deutlich, indem er im Weiteren von ihnen stets unter Nennung der Vornamen sprach.

„Ich denke, Herr Baum, Herr Homann, meine Herren", schloss er seine Rede, „man könnte sagen, dass es eine bedeutende Publikation werden kann, es kann uns gelingen, hier ein Standardwerk über Potsdamer Villenarchitektur vorzulegen, sozusagen die Pflichtlektüre für alle, die sich mit dem Thema beschäftigen wollen, gewissermaßen ein Muss für die Bibliothek eines jeden gebildeten Potsdamers. Und in ein oder zwei eingestreuten Kapiteln, die werde ich selber schreiben, werden wir darlegen, dass das Projekt von B & K im eigentlichen Sinne End- und Höhepunkt der Entwicklung der Potsdamer Villenarchitektur sein wird."

Als er fertig war räusperte er sich nochmals, konnte einen Hustenanfall aber nicht mehr unterdrücken, wurde im Gesicht noch röter und hielt sich das Ende eines seiner bunten Schals vor den Mund, während er auf seinen Stuhl sank.

„Klingt überzeugend", sagte Faber. „Aber damit gewinnt ihr doch nicht die PDS, die doch nicht."

„Das machen wir mit Sponsoring", antwortete die Kundenbetreuerin, „vielleicht fördern wir den Fußballklub, die Ruderer oder so, müssen mal schauen, wo die PDS am ehesten verflochten ist. Sie werden sehen, wir haben Mittel dafür eingeplant", und damit zeigte sie die letzte Pappe ihrer Präsentation, wo die Zahlen des Budgets aufgelistet waren.

Baum stand auf: „Gut, meine Dame, meine Herren, wir machen das so. Über das Budget müssen wir noch mal reden, unsere Mittel sind ja auch nicht grenzenlos", lachte er. „Dann ist jetzt wohl die Gelegenheit für eine kleine Stärkung, Faber, Sie haben doch sicher etwas vorbereiten lassen."

Der Angesprochene öffnete die Tür zum Nebenraum und wies auf den von der Potsdamer Bäckerei gelieferten Imbiss. Baum forderte mit einer Handbewegung die Kundenbetreuerin und die Herren auf, sich zu bedienen und ließ sich nicht nur Kaffee mit reichlich Milch und Zucker reichen, sondern verzehrte mit sichtlichem Genuss auch einige von den belegten Brötchen. „Das ist doch mal was Solides statt der ewigen Kanapees mit Lachs und Gänseleber, ganz wie früher, so haben wir auch mal angefangen in den Sechzigern", lobte Baum seine Mitarbeiter. Faber und seine Kollegen von der Niederlassung sahen einander ganz erstaunt an. Als sie sich verabschiedeten fragte Homann den Leiter seines Stadtplanungsamtes, ob er ihn mitnehmen sollte ins Rathaus, er müsse sowieso zurück. Im Auto wollte der Amtsleiter wissen, wer das sei mit dem Schiffsbau und der Sehnsucht nach dem Meer.

„Ich glaub, das ist ein französischer Schriftsteller. Hat so ein Kinderbuch geschrieben, gibt's auch auf Deutsch, unsere Kinder haben das mal aus dem Westen bekommen, aber von Schiffsbau und Sehnsucht nach dem Meer steht da nix drin, soweit ich weiß."

„Überhaupt, diese Leute von der Werbeagentur … Ich weiß ja nicht, meinen Sie, die bringen uns weiter, Chef?"

Homann zuckte mit den Schultern: „Wenn Baum es zahlt."

„Aber irgendwie sind die doch auch komisch. Der dauernd mit seiner Brille rumgemacht hat. Zuletzt der Alte, schon ein bisschen schusselig mit seinen ‚Ahäms', ob der das hinkriegt, so ein ganzes Buch? Und dann der Kleine mit den engen Jeans, hatte der seine Augen geschminkt?"

„Ist mir egal", brummte Homann, ich hab' so einiges gesehen im letzten Jahr, früher hätte ich mir das auch nicht so vorstellen können."

„Was? Wo gesehen?"

„Na, Sie wissen doch, ab und zu war ich mal eingeladen, Seminare, Tagungen und so, von den Grünen, vom einen oder anderen Verband, Wohnungsunternehmen und so, Städte- und Gemeindebund. Meist in Nordrhein-Westfalen, Düsseldorf, Köln, Bonn, aber auch Westberlin. Da hat man hauptsächlich mit Wessis zu tun. Sogar mit Anzug und Krawatte sind die irgendwie bunter, die da drüben."

Beim Aussteigen auf dem Parkplatz vor dem Rathaus wollte der Amtsleiter noch wissen: „Darf ich mal fragen, Chef, der ist doch sicher höllisch teuer, so ein BMW 3er."

„Muss man ja heutzutage nicht mehr kaufen, ein neues Auto. Leasing – Leasing ist die Lösung! Tja, dann bis übermorgen zur Amtsleiterrunde."

In einer dieser üppigen Villen mit großem Ufergrundstück hatte ein Berliner Gastwirt vor kurzem ein Restaurant eröffnet, das sich in Windeseile zu einem Geheimtipp unter Touristen und Besuchern herumgesprochen hatte. Besonders im Establishment der Westberliner Alt-Achtundsechziger galt Potsdam mit seinem Charme fast verfallener Pracht inzwischen als attraktives Ausflugsziel, das man stolz Freunden und Besuchern aus dem Westen zeigte – verfallen aber schick, fast wie in der Toskana. An warmen Abenden beschloss man auf der Gartenterrasse gerne einen Potsdambesuch im Licht der untergehenden Sonne und genoss den Blick über das Wasser. Drüben waren die alten Bäume des Neuen Gartens und das Marmorpalais zu sehen, alles gespiegelt im See. Selten, dass sich Potsdamer hierher verirrten. Kannten sie das Lokal nicht oder hielten sie die Gesellschaft der Wessis für all zu hochgestochen? Vor den Blicken Einheimischer konnte man hier ziemlich sicher sein, deshalb hatten drei führende Köpfe der Potsdamer SPD für ein Gespräch mit Homann einen Tisch am Rand der Terrasse etwas abgerückt von den übrigen ausgewählt. Einer von ihnen, ein sehr dicker in Arbeitshose, fiel auf unter all den Gästen, Herren in lässigen Sommersakkos und Damen in hellen Kleidern und leichten Schals. Aber die Flasche ausgesuchten Rotweins auf dem Tisch konterkarierte den proletarisch anmutenden Stil seiner Kleidung, feine Lebensart war ihm keineswegs fremd. Er sprach und die anderen beiden hörten ihm sehr aufmerksam zu. Ab und an hob er sein Glas, um mit einer Geste einen seiner Gedanken besonders zu unterstreichen. Die anderen begnügten sich damit, dann und wann durch Nicken oder Kopfschütteln seine Rede zu bestätigen.

Homann lenkte den metallic-blauen BMW über das löchrige, unebene Kopfsteinpflaster und suchte eine Parklücke etwas weiter vorn, obgleich sein Auto zwischen den vielen Wagen, samt und sonders Westfabrikate und die meisten mit Berliner Nummer, hier kaum auffallen würde. Er ging an den geschmiedeten Zäunen der weitläufigen Grundstücke mit den großen, heruntergekommenen Häusern entlang zum verabredeten Treffpunkt. Alles Rückübertragungsansprüche, dachte er. Auch für die Villa mit dem Restaurant werden wohl die früheren Eigentümer Restitution beantragt haben und Homann fragte sich, wie es der Gastwirt geschafft hatte, unter diesen Bedingungen einen Mietvertrag zu bekommen. Oder war das ganze einfach illegal?

Am Gartenweg vor dem hochherrschaftlichen Portal war eine große Tafel aufgestellt: *Heute empfiehlt unser Küchenchef*, stand da mit weißer Kreide und darunter war eine Reihe sommerlicher, mediterraner Gerichte aufgelistet. Einige der Begriffe kamen Homann bekannt vor, immer wieder einmal war er in den letzten Monaten aus den unterschiedlichsten Anlässen in verschiedene Restaurants eingeladen worden, und von allem was er gekostet hatte, war ihm das Italienische am liebsten gewesen. Nicht so sehr die Nudeln, inzwischen hatte er sich zwar angewöhnt, Pasta zu sagen oder kennerhaft die spezifische Bezeichnung zu wählen, Linguine, Capellini, Rigatoni und so weiter, aber interessanter waren ihm stets die Hauptgerichte vorgekommen. So waren ihm Ossobuco und Saltimbocca alla Romana schon längst geläufig, nur beim Fisch fehlten ihm noch die einschlägigen Vorkenntnisse. Nun gut, hier könnte er noch etwas Neues kennenlernen, neugierig war er stets und Schwellenangst kannte er nicht.

Die kleine Treppe zum Hochparterre nahm er schwungvoll, mit jedem Schritt zwei Stufen auf einmal. In der hohen Eingangshalle blickte er nur kurz zur Decke und an die Wände, der reiche Stuck bröckelte und war an vielen Stellen bräunlich verfärbt, eindringendes Wasser hatte ihm stark zugesetzt. Auch die Malereien über den Türen und in den bogig eingefassten Wandfeldern waren beschädigt und nachgedunkelt, nur mit Mühe konnte man noch erkennen, dass hier märkische Landschaften dargestellt waren. Aber Homann hielt sich nicht lange auf mit der Betrachtung halbzerstörter Kunstwerke, diese Villa war ihm vertraut aus der Zeit der friedlichen Revolution. Unter dem Dach dieses Hauses, Verwaltungssitz des Kulturbundes der DDR, Bezirk Potsdam, hatten sie Schutz und Zuflucht gefunden für ihre Aktionsgruppen, die sich neunundachtzig für die Erhaltung der Stadt und ihrer Baudenkmäler engagiert hatten. Erhaltung und Wiedergewinnung der historischen Stadt, das war nun wirklich seine Aufgabe geworden. Wie groß die war, hatte er damals noch gar nicht ermessen können. Überall in Potsdam hätte er stehenbleiben können, um verfallende Pracht zu bewundern. Stattdessen durchquerte er Halle und Restaurant, widmete auch dem Kellner im weißen Hemd mit schwarzer Fliege, der ihn willkommen hieß, kaum einen Blick, sondern trat ins Freie und kniff die Augen zusammen, um gegen die noch helle Abendsonne zu erkennen, ob seine Gesprächspartner schon eingetroffen waren. Tatsächlich winkte ihm einer von einem etwas abseits stehenden Tisch aus zu. Als er herantrat, standen die drei, die da saßen auf und begrüßten ihn mit Handschlag.

„Abendessen in kleiner Runde", grinste der in der Arbeitshose, „schön, dass du gekommen bist." Man duzte sich, die Zahl der Aktiven, die während der friedlichen Revolution in Potsdam den oppositionellen Gruppen angehört hatten, war überschaubar, jeder kannte jeden. Aber schon vor der Vereinigung hatten sich die Ost-SPD und die verschiedenen Fraktionen, die aus der Bürgerbewegung hervorgegangen waren, voneinander entfernt. Die westdeutschen Parteien hatten nicht nur Orientierung im unübersichtlichen politischen Gelände geboten, sondern auch Hilfe und Unterstützung beim Aufbau der Organisationen und Strukturen.

Erst nachdem Essen und Getränke serviert waren, kam man vom unverbindlichen Gespräch über Wetter und Urlaubspläne zur Sache: „Du machst eine gute Figur", begann der in der Arbeitshose, „der stärkste Kommunalpolitiker im Osten, hieß es jüngst im Fernsehen. Dich haben sie damit gemeint."

Homann legte Messer und Gabel beiseite, schob seinen Teller ein wenig von sich, lehnte sich zurück und blickte über den See. Irgendetwas sah drüben anders aus, als er es von früher kannte. Was fehlte jetzt? Richtig, da hatte doch immer ein Schnellboot der NVA gestanden, aufgebockt vor dem Palais, auch eine MIG-17 und eine Flugabwehrrakete. Ach ja, das Armeemuseum war inzwischen aufgelöst, die ausgestellten Waffen abtransportiert. Er hätte das wissen können, aber er war schon lange nicht mehr dort im Park gewesen. Für Spaziergänge fehlte ihm die Zeit und seine Laufroute für das morgendliche Training führte durch einen anderen der vielen Parks. Hier kam er sonst nicht her. „Ich weiß", wandte er sich wieder seinen Gesprächspartnern zu, „ihr hättet mich gerne. Hast du ja neulich schon angedeutet", sagte er zu einem der anderen, dem Vorsitzenden des Bauausschusses. Er hatte Homann damals nach der Sitzung mit Baum und den Architekten schon angesprochen. „Ich weiß, euch fehlen gute Leute“, fuhr er fort, „euer Bundesvorstand macht sich schon Sorgen, liest man. Das Land Brandenburg könnte eure Hochburg sein hier im Osten, wenn ihr Schlüsselpositionen gut besetzen würdet. Aber wer will schon aus dem Westen hierher, unter eurem Ministerpräsidenten dienen? Von den Wessis höchstens die zweite oder dritte Garnitur. Und was die Leute von hier anlangt, wenn ich mir nur den Bauminister angucke, was der so öffentlich von sich gibt …“ Homann verzog den Mund.

„Apropos MP“, schob der mit der Arbeitshose ein, „der will nachher noch selber vorbeischauen. Er nimmt das schon wichtig, was wir hier besprechen, ob wir zu einem guten Ergebnis kommen.“

„Wichtig, das glaub ich schon. Ihr würdet gerne gleich die ganze Bürgerbewegung einkaufen. Geht aber nicht. Nicht einfach so, wir haben unsere eigenen Ziele, Basisdemokratie, Umweltschutz, Kulturgut bewahren …“

„Wir wollen nicht die ganze Bürgerbewegung, zu chaotisch, der Haufen. Ich hab dir das neulich schon gesagt“, nahm der Ausschussvorsitzende das Wort, „du bist nicht die ganze Bürgerbewegung, im Gegenteil, dir fehlt ja der Rückhalt von ihr. Und“, damit beugte er sich nach vorn über den Tisch, „du bist viel besser als der Rest von euch. Dich kennt man, du wirst nicht nur hier im Land, sondern deutschlandweit wahrgenommen. Nicht mal jeder Landespolitiker, abgesehen vielleicht vom MP, kann das von sich sagen.“

„Ich weiß schon, was die Presse über mich schreibt. Schön und gut, provoziert aber auch Neid.“

„Das brauchst du nicht, dich mit Missgunst herumzuschlagen. Das hast du nicht nötig, dich mit kleinkariertem Gezerre über Sachen wie Theaterneubau, Verkehrskonzepte und B-Pläne aufzureiben. Du könntest bei uns viel mehr erreichen, wir könnten dir viel mehr bieten!"

„Mehr?"

„Jeder weiß, du bist der Strippenzieher in der Stadtregierung. Warum machst du's dann nicht gleich selber, als Stadtoberhaupt?"

„Als OB? Will ich nicht. Reicht, wenn der macht, was ich ihm sage. Und wenn wir schon von kleinkariert sprechen, herumschlagen muss ich mich auch mit eurem Bauminister! Der redet von den Plattenbauten als Arbeiterschließfächer und Kaninchenställe, und die Leute müssen ab Oktober das Vier- bis Fünffache an Miete bezahlen. Grundmietenerhöhung, Betriebskostenumlage. Wisst ihr ja selber."

„Eben." Jetzt beugte sich auch der in der Arbeitshose nach vorne und senkte seine Stimme fast zum Flüstern: „Dieser Minister ist ja langfristig auch nicht zu halten. Das sieht jeder, das sieht auch unser Regierungschef so. Über kurz oder lang brauchen wir da eine geräuschlose Ablösung. Dafür soll ich sorgen und es soll lautlos gehen, sagt der MP."

„Und? Muss ich euer Problem lösen? Muss ich dafür sorgen, dass es lautlos geht und dass diese wunderbare sozialdemokratische Landesregierung gut dasteht?"

„Musst du nicht, könntest du aber. Wär eine sauber geplante Karriere. Ein paar Monate OB, bis wir da eine endgültige Lösung haben, und dann Bauminister. Das wäre was für dich, das könntest du, Ordnung würdest du in den Laden bringen und die richtige Ausstrahlung hättest du auch! Ginge aber nur, wenn du in der SPD bist."

Homann blickte wieder übers Wasser, die Sonne verschwand eben hinter dem eleganten Gartenschloss, von der feinen frühklassizistischen Fassade konnte man jetzt nur noch die schwarze Silhouette erkennen. Was war das für ein Angebot, das er da eben gehört hatte?

„Du solltest drüber nachdenken, man kann so was nicht übers Knie brechen, aber man kann solche Entscheidungen auch nicht auf die lange Bank schieben, das weißt du selbst. Es ist ja auch nicht ganz klar, wie lange sich der OB noch hält und wie lange wir unseren Bauminister halten können. Will mich nicht zu weit vorwagen, aber ich glaub', dem bricht bald ein Skandälchen das Genick."

„Skandälchen?"

„Tja, immer stolpern sone Leute über Grundstücksgeschäfte." Damit brach er ab, zumal sich der Kellner näherte und die leeren Teller abräumte. Stattdessen holte er aus der Hosentasche ein Lederetui mit einigen edlen kubanischen Zigarren. Er bot erst Homann und dann den anderen beiden davon an, aber nur Homann und er selbst nahmen eine Havanna, beschnitten kennerhaft das Mundstück und entzündeten sie sorgfältig. Der Kellner trat erneut an den Tisch und reichte dem in der Arbeitshose einen Zettel, den dieser überflog.

„Die Staatskanzlei, der MP lässt sich entschuldigen, dringende anderweitige Termine, aber er wünscht uns gutes Gelingen und eine rasche Einigung." Er faltete den Zettel zusammen und steckte ihn ein, griff zur Weinflasche auf dem Tisch und goss allen nach: „Genau, auf gutes Gelingen!"

Später wurden Fackeln rund um die Terrasse angezündet und Windlichter auf den Tischen. Die vier Herren leerten noch eine zweite Flasche, ehe der Dicke zahlte. „Geht auf Kosten der SPD", sagte er, als sie aufstanden. In diesem Moment trat von irgendwo aus dem Schatten ein Mann auf die Gruppe zu, nicht sehr groß, rundlich und wohl jenseits der Sechzig. Er ging leicht vornübergebeugt und vorsichtig, so als könne er im flackernden Schein der Fackeln etwas übersehen und stolpern. Er nannte jeden der vier Herren beim Namen und reichte die Hand zum Gruß, aber im Halbdunkel ließ sich kaum erkennen, ob er in die Augen der

Begrüßten oder zu Boden sah: „Ich bin von der *Allgemeinen*, wir recherchieren über die Potsdamer Baupolitik, da finde ich in Ihnen doch die kompetenten Ansprechpartner." Dann holte er ein Notizbuch aus der Tasche seines beigen Blousons und fragte Homann: „Das Bauprojekt von Baum, da vorn an der Brücke, das ist ja wohl sehr umstritten. Bringen Sie das durch? Viel Widerstand in ihren eigenen Reihen!"

„Wir geben jetzt keine Interviews, nicht hier im Halbdunkel, nicht nach einem privaten Abend. Schicken Sie Ihre Fragen an das Büro, meinetwegen an das Büro des Stadtrats, von Herrn Homann", unterbrach ihn der in der Arbeitshose.

„Allerdings! So geht das wirklich nicht", bestätigte Homann.

„Gut, dann schreib ich an Ihr Büro. Aber eine Frage gestatten Sie noch", damit zog er einen Zettel zwischen den Seiten seines Notizbuchs hervor: „Der Bauminister, der soll in großem Stil Liegenschaften von der PDS kaufen. Richtig?"

Der Dicke trat nahe an den Journalisten heran. Homann dachte, er würde ihn gar am Kragen packen, aber er flüsterte nur drohend: „Jetzt ist aber Schluss!"

„Wie Sie meinen … Wir jedenfalls bleiben da dran, murmelte er, wir werden das rauskriegen", und schlurfte mit gesenktem Kopf davon, ohne zurückzublicken.

Martenthaler wollte an diesem Freitag etwas früher gehen, aber ehe Frau Nehlsen Feierabend machte, legte sie ihm eine Mappe mit einem umfangreichen Vermerk samt zahlreicher Anlagen auf den Tisch: „Frau Leisner hat gebeten, dass Sie einen kurzen Blick darauf werfen. Und dann bis morgen, ich freu mich schon auf ihre Wohnungseinweihung." Damit verabschiedete sie sich. Schon der Umfang der Mappe machte ihm schnell klar, dass aus einem kurzen Blick wohl doch ein oder zwei Stunden Arbeit würden, an einen frühen Feierabend war auch heute wieder nicht zu denken.

Als er sich durchgearbeitet hatte, war er doch froh, dass er das nicht auf Montag verschoben, sondern den ruhigen Freitagnachmittag darauf verwendet hatte. Die Ermittlungsgruppe um die junge Staatsanwältin hatte aus kleinteiligen Informationen ein Mosaik zusammengefügt, das ein schlüssiges Bild ergab, wenn man die Hypothese akzeptierte, von der die Mitarbeiter ausgingen.

Martenthaler wusste bereits, dass Kossatz der Ladung zum Verhör nicht gefolgt war. Auch dass die Vorführung durch die Polizei erfolglos geblieben war. An seinem Wohnort war er trotz mehrfachen Versuchs nicht angetroffen worden. Frau Leisner hatte also einen Antrag auf Haftbefehl, Hausdurchsuchung und Beschlagnahme von Beweismaterial vorbereitet, den Martenthaler ohne Zögern gegenzeichnete.

Aufgrund der früheren Gerichtsbeschlüsse lag nun von der PDS Cottbus auch die sogenannte Kaderakte des Kossatz vor. Bis Dezember neunundachtzig war er als Schatzmeister Mitglied der Bezirksleitung gewesen. Dann wurde er aus der Leitung ausgeschlossen, blieb aber Parteimitglied. In der Akte fand sich die schriftliche Begründung seines Ausschlusses, in der Unregelmäßigkeiten im Rechnungswesen gerügt wurden und in breiter Ausführlichkeit seine politische Unzuverlässigkeit. Offenbar war die Parteileitung in jenen unruhigen Monaten bemüht, sich irgendwie den neuen Entwicklungen gegenüber etwas aufgeschlossener zu zeigen. Kossatz hingegen vertrat eine harte Linie, er gehörte eher einem konservativen, man könnte auch sagen stalinistischen Flügel der SED/PDS an. Für Frau Leisner und ihre Kollegen schien es demnach klar, dass es Richtungskämpfe innerhalb der bezirklichen Parteigliederung gab. Unregelmäßigkeiten in der Buchhaltung dienten wohl lediglich als Vorwand, um Kossatz aus der Leitung zu entfernen.

Daraufhin hatte die Ermittlungsgruppe die Buchungsunterlagen des Bezirks aus den Jahren neunundachtzig und neunzig angefordert. Es wurden ihnen mehrere Magnetbänder zur Verfügung ge-

stellt, die Frau Leisner in das Landesamt für Datenverarbeitung, wie das Rechenzentrum des ehemaligen Bezirks Potsdam jetzt heißt, zur Auswertung brachte. Was von dort zurückkam war ein beträchtlicher Stapel Computerpapier, an den beiden Längsseiten durchgehend gelocht, leporelloartig gefaltet und eng bedruckt. Die Parteisektion in Cottbus hatte weder für neunundachtzig noch für neunzig einen ordnungsgemäßen Jahresabschluss vorgelegt. Während der damaligen Wirren war das wohl niemandem in der Rechnungsprüfungskommission der Partei aufgefallen.
Bis zum Ausschluss von Kossatz gab es immerhin ordnungsgemäße Quartalsabschlüsse, die jeweils erhebliche Verluste offenbarten. Ursache waren Verkäufe von nichtabnutzbaren Gütern aus dem Parteivermögen, ohne dass diesen entsprechende Verkaufserlöse gegenüberstanden. Der Wert der ausgebuchten Abgänge war vielmehr deutlich höher als die damit erzielten Verkaufspreise. Erworben hatte die Vermögensgegenstände jeweils eine Handels GmbH & Co. KG in Starnberg.
Martenthaler hatte sich in den letzten Monaten widerwillig und mit nur mäßigem Erfolg in Fragen der Buchhaltung eingearbeitet. Er leitete ja nach wie vor die Abteilung Wirtschaftskriminalität selbst. Noch immer war es nicht gelungen, diese Stelle mit einem qualifizierten Juristen zu besetzen. Nach seiner Interpretation der Zahlen wollte die Partei Teile ihres Vermögens in Bayern vor dem Zugriff der hiesigen Behörden in Sicherheit bringen. Hortete man in Starnberg Edelmetalle, Kunst, Antiquitäten oder was immer diese Sachwerte waren, um sie zu einem späteren Zeitpunkt gewinnbringend zu verkaufen? Und an wen würden die Gewinne dann fließen? Zurück an die Partei? An die Kommanditisten der GmbH & Co. KG? Wenn ja, wer waren diese? Das alles roch nach Geldwäsche, nach Verletzung des Parteiengesetzes der DDR, das noch von der letzten, demokratisch gewählten Volkskammer beschlossen und im Einigungsvertrag bestätigt worden war. Die Un-

abhängige Kommission zur Überprüfung des Vermögens der Parteien und Massenorganisationen der DDR war doch extra dafür eingerichtet worden, um solche Vorgänge zu verhindern, dachte Martenthaler und schrieb an den Rand: 1. an UKPV übergeben; 2. Handelsregisterauszug der GmbH & Co. KG und ggfs. der Kommanditisten und Tochterunternehmen anfordern.

Stellten die Unregelmäßigkeiten im Rechnungswesen, wegen derer man Kossatz gefeuert hatte, eigentlich das genaue Gegenteil dar, nämlich eine ordnungsgemäße Buchhaltung, durch die aktenkundig geworden war, was die Bezirksleitung unter der Decke halten wollte? Frau Leisner und ihre Gruppe waren dieser Auffassung und schlugen vor, die gesamte Buchhaltung der SED/PDS des Bezirks Cottbus aus den letzten fünf Jahren einschließlich der Belege zu analysieren.

All diese Erkenntnisse machten den Fall nicht übersichtlicher, zur Aufklärung des Autounfalls jedenfalls trugen sie nichts bei. Martenthaler unterdrückte einen Seufzer, packte alles zurück in die Mappe und verließ sein Büro und das Gerichtsgebäude.

Die Sonne stand jetzt im Hochsommer noch weit oben über dem Horizont, glücklicherweise wenigstens das. Erschöpft ging er nach Hause, vorbei an ein paar Häusern in seiner Nachbarschaft, die von Punks besetzt waren. Schwarz-rote Fahnen mit weißem Anarchisten-A, Transparente, über die Straße gespannt mit Parolen wie *Bonze raus aus Bonzdam*, *Keine Macht dem Kapital* oder *Instandbesetzen statt Kaputtbesitzen* erinnerten sehr an die Bilder, die bislang aus Kreuzberg oder dem Frankfurter Westend im Fernsehen oder der Presse zu sehen waren. Der Schwarze Block hatte seine eigenen Aufbauhelfer in den Osten geschickt. Aber instandgesetzt wurden die Häuser nicht, aus denen die harten Rhythmen lauter Musik zu hören waren. Schwarz gekleidete junge Leute hockten mit Joints und halbleeren Flaschen zwischen Bierkästen in den Hauseingängen herum oder hinter den kaputten Scheiben ehemaliger Schaufenster, boten Cannabispflanzen und Wasserpfeifen zum Kauf an, ohne dass jemand einschritt. Er hatte keine Lust, sich im Dienst auch darum noch zu kümmern, solange die Eigentümer keinen Räumungstitel erwirkten. Aber wer waren denn die Eigentümer? Auch das höchst unklar.

Was Martenthaler an der übernächsten Straßenecke schon vor Tagen beobachtet hatte, sah zwar aus, wie eine Instandsetzung, war aber keine. Männer mit Gips, Farbe und Pinsel hatten hier hantiert, eine Filmcrew. Sie richteten die letzte noch stehengebliebene Ecke eines Barockhauses so her, dass es wie ein Schaden aus dem Zweiten Weltkrieg aussah. Einige Tage später war dann das übrige Team vorgefahren, Wohnwagen mit der Aufschrift Maske oder Catering, ein LKW mit großem Generator, Bänke, Tische, Stühle, Scheinwerfer und jede Menge Leute, mit einheitlichen T-Shirts, Hosen und Basecaps. Wichtigtuerisch hatten sie Kameras auf Stative oder kleine Wagen montiert, Schienen dafür verlegt oder Kabel hin und her getragen und Bürgersteige abgesperrt. Später waren die Schauspieler und Komparsen in Uniformen oder Kostümen der vierziger Jahre gekommen, Regisseur und Kameramann mit ihren Assistenten und ganz zum Schluss die Pyrotechniker, die es blitzen und krachen ließen wie von Bomben- und Geschosseinschlägen, große Rauch- und Staubwolken waren aufgestiegen.

Weiter vorn waren jüngst erst in einem Eckhaus eine Buchhandlung und, mit der Tür zur Querstraße, ein Laden mit der Aufschrift *In Vino* neu eröffnet worden. Ein netter Name für eine Weinhandlung, fand Martenthaler. Er war an dieser Ecke öfters vorbeigekommen, wenn er zu Einkäufen in den kleinen Lebensmittelladen im Erdgeschoss des Kaufhauses, zum Fleischer oder ins Fischgeschäft ging, oder sich bei der Gärtnereigenossenschaft ein paar Pflanzen für seinen Balkon holte. Meist sah er dort zwei junge Männer, einen kleinen kurzhaarigen und einen großen, der seine vielen Locken in ein Kopftuch eingebunden hatte. Auf einem

Rollgerüst bearbeiteten sie die Fassade mit Hammer, Maurerkelle und Reibebrett, schlugen losen Putz ab und besserten Fehlstellen aus. Nach und nach kam die ursprüngliche Schönheit dieses kleinen Handwerkerhauses aus der Zeit des preußischen Soldatenkönigs wieder zur Geltung und sparsame Stuckelemente unter den Fenstern wurden sichtbar. Die Haustür mit geschwungenem Querholz, ein profiliertes Traufgesims und das sorgfältig mit handgestrichenen Ziegeln ausgebesserte Dach stachen ab von der arg heruntergekommenen Umgebung. Als nicht mehr benötigtes Baumaterial und das Gerüst beiseite geräumt, die Läden eingerichtet, Bücher in die Regale eingeordnet und Weinflaschen ausgestellt waren, ging Martenthaler sofort in die Weinhandlung. Vielleicht war er der erste Kunde überhaupt. Ob er hier künftig seinen Bedarf an italienischem Roten und Weißen würde decken können? Der Laden wäre ja ein Gewinn für die Stadt, ebenso eine Buchhandlung, in der man sich gut über Neuerscheinungen beraten lassen könnte, statt immer nach Zehlendorf oder Wilmersdorf fahren zu müssen. Im Hinblick auf seine bevorstehende Wohnungseinweihung hatte er, dem Rat der jungen Frau in der Weinhandlung folgend, gleich ein paar Flaschen zur Probe mitgenommen. Sie böten auch Antipasti an, lieferten frei Haus, fügte sie noch hinzu. Das gefiel Martenthaler besser, als seine erste Idee, von den Rheinweinstuben des Sohnes seines Vermieters etwas liefern zu lassen.
Die Frauen Nehlsen, Leisner und Schmalberg hatten darauf bestanden, Martenthaler bei der Vorbereitung seiner Fete zu helfen. Ohne Frau in seinem Haushalt, das gehe doch nicht. Seine mehrfach und energisch vorgebrachte Beteuerung, er sei doch alleine in der Lage, eine kleine Feier auszurichten, ließen die drei Mitarbeiterinnen nicht gelten, ebenso wenig den Hinweis, er lasse sowieso das meiste von *In Vino* liefern. Die brächten auch Gläser, Geschirr und Besteck in ausreichender Zahl mit. Aber die drei Damen hatten es sich nicht nehmen lassen und waren schon am

Samstagnachmittag erschienen. Irgendwie antiquiert, wie früher vor achtundsechzig, kam ihm diese traditionelle Rollenverteilung vor. Was hatte es seinerzeit für Diskussionen gegeben, meist angezettelt von Reni, damals seine Freundin, noch nicht seine Frau, und all den Emanzen in ihrem Umkreis. Die hatten ihm alsbald die Auffassung ausgetrieben, Hausarbeit wäre Frauensache. Nach und nach hatte er alles gelernt, Wäsche waschen, Hemden bügeln, kochen und spülen sowieso. Als Kinder da waren, dann auch Babypflege und Mitarbeit in der selbstverwalteten Eltern-Kind-Gruppe. Und hier? Die meisten Frauen waren berufstätig, das schon, selbst wenn sie Kinder hatten, aber die Rollenverteilung blieb traditionell. Einen Tag im Monat hatten sie frei, Haushaltstag, und in den Ämtern und Betrieben wurde stets ein Frauenruheraum vorgehalten. Aber half das? Die Allermeisten litten wohl dauernd unter der Doppel- oder Dreifachbelastung. All das passte überhaupt nicht zu Martenthalers Vorstellung von einer sozialistischen Gesellschaft. Offenbar hatten sie hier ihre Klassiker gar nicht zur Kenntnis genommen, geschweige denn umzusetzen versucht, anders als seine Kommilitoninnen in den sechziger Jahren in Münster oder Westberlin. Die wiesen immer auf Engels' *Ursprung der Familie, des Privateigentum und des Staates* hin; er selber hatte das allerdings nicht gelesen und August Bebels *Die Frau und der Sozialismus* schon gar nicht. Jedenfalls standen Frau Nehlsen und die beiden jungen Juristinnen nun mit einer großen Schüssel Kartoffelsalat, einer Platte Buletten und einem kleinen buntblühenden Topfpflänzchen vor seiner Tür. Vielleicht war das auch ganz gut so, jedenfalls das mit dem Kartoffelsalat und den Buletten, Frikadellen hätten sie in Köln gesagt. So gab es noch was Bodenständiges außer Antipasti und Baguette.

Die ersten Gäste klingelten pünktlich, gerade als das Sechsuhrläuten von Sankt Peter und Paul herüberklang. Es waren die drei Altgedienten, alle in beigefarbenen Hosen, helle Blousons und

Hemden mit Krawatte gekleidet, als hätten sie sich für einen einheitlichen Auftritt abgesprochen. Aber wahrscheinlich war das nur ihre übliche Kleidung für außerdienstliche Anlässe. Sie trugen auch dieselbe Frisur, im Dienst war das Martenthaler gar nicht aufgefallen, aber wie sie so nebeneinander vor seiner Wohnungstür standen, kamen sie ihm vor wie drei Kopien eines Honecker-Porträts. Auch die drei brachten eine Topfpflanze mit, allerdings nichts Blühendes.

„Oh, eine Sansevieria". Martenthaler hoffte, dass man ihm nicht ansah, wie sehr er diese starren grünen Lanzen im Blumentopf verabscheute. Er nahm ihnen die Pflanze ab, stellte die in die Nähe der Balkontür und sagte: „Hier hat sie doch einen wunderbaren Platz!" Auch alle anderen Gäste brachten merkwürdigerweise Topfpflanzen mit. So standen in seiner Wohnung bald eine Schusterpalme, eine Monstera, ein Geweihfarn, eine Dieffenbachia und sogar mehrere der zur Zeit in allen Blumenläden herumstehenden quietschlila Orchideen. Ulrich und seine Frau, die als letzte erschienen und sich mit der unübersichtlichen Hausnummerierung in seiner Straße entschuldigten, trafen als einzige in etwa seinen Geschmack mit einem Ficus benjamina. Überhaupt stach dieses Paar von den anderen ab, allein schon durch die Kleidung. Ulrich im hellen Leinenanzug oder war es ein schwerer Seidenstoff und seine Frau im figurbetonten hellgrauen Sommerkleid. Obgleich Martenthaler bemüht war, seine beiden Berliner Freunde mit den übrigen Gästen, die alle Kollegen aus seiner Potsdamer Behörde waren, bekannt zu machen und ein paar Stichworte fallen zu lassen, die vielleicht Gesprächsstoff über gemeinsame Interessen hergeben konnten, bildeten sich letztlich doch homogene Grüppchen. Die Westimporte standen mit Ulrich und seiner Frau beim Wein und den Antipasti, die Altgedienten gruppierten sich um den Küchentisch, wo Buletten, Bier und Kartoffelsalat aufgebaut waren. Frau Nehlsen flitzte hin und her, räumte leere Teller in das Spülbecken und ausgetrunkene Flaschen in den bereitstehenden Korb, während die beiden jungen Juristinnen immer dort zu sehen waren, wo Martenthaler gerade versuchte, ins Stocken geratene Gespräche wieder in Schwung zu bringen.

Die drei Altgedienten gingen als erste wieder: „Ist ja eine tolle Wohnung, sehr schön, muss teuer gewesen sein die Einrichtung, so was sieht man hier sonst nicht.“ War das ein Kompliment, das Schliff da mit einem etwas verkniffen wirkenden Lächeln zum Schluss von sich gab? Martenthaler bedankte sich jedenfalls artig, dass sie gekommen seien, lobte noch einmal die schöne Sansevieria, und gab jedem der drei zum Abschied die Hand.

Nachdem auch die meisten anderen Gäste gegangen waren, wollten Frau Nehlsen und die beiden jungen Juristinnen anfangen, Geschirr und Gläser zu spülen, was Martenthaler ihnen aber nun ernsthaft verwehrte. Die Einladung, sich mit den letzten Gästen, es waren Ulrich und seine Frau, und ihm selber noch zu setzen, jetzt seien ja genügend Plätze frei, man müsse nicht mehr stehen, lehnten die drei Damen aber ab und verschwanden mit ihren leeren Schüsseln und Platten.

„So, nun kann ich euch ja auch öfter mal bei mir sehen.“ Martenthaler schenkte Ulrich und dessen Frau vom Roten nach, füllte auch sein eigenes Glas auf und ließ sich in eine Sofaecke fallen.

„Sag mal Franz Josef, ich dachte wir lernen heute diese …, wie heißt sie, die aus Gotha?“, fragte Ulrich.

„Georgia? Georgia Bittmann?“

„Genau, diese Georgia. Hättest uns doch mit ihr bekannt machen können.“

„Ach, ich weiß nicht, das hätte so nach …, irgendwie nach Dame des Hauses oder so ausgesehen, als wär’ das schon was unheimlich Festes. Und sie ist doch eine Cousine von Frau Nehlsen. Wenn ich sie hier so vor allen Kolleginnen und Kollegen …, ach nein, das wäre nicht gut.“

„Naja, du hast ja keine Eile“, tröstete ihn Ulrich. „Es gibt ja auch noch andere, wie man sieht. Die füllige Dunkelhaarige eben, die hatte doch nur Augen für dich, und ist nicht so weit weg wie Gotha! Schönes Weib übrigens, appetitlich ...“

„Mensch Ulrich, das kann ich nicht. Das geht nicht ... Die ist eine Mitarbeiterin von mir und ganz jung, noch in der Fortbildung. Das würde doch nur in eine fürchterliche Katastrophe führen.“

„Nun tu nicht so, Franz Josef“, sagte Ulrich, aber dann verstummte er doch unter dem strengen Blick seiner Frau, die halb auf der Kante des Sofas in ihrem perfekten Outfit saß, kleine Brillantnadel am hellgrauen Kleid, makellose Fingernägel, straff zurückgekämmtes Haar, die Knie geschlossen, die Füße in den hellen Pumps schräg darunter, ihr Blick energisch. Nun wandte sie sich an Martenthaler: „Sag mal, Franz Josef, die Scheidung schon eingereicht?“

„Kein Thema für jetzt“, versuchte Ulrich seine Frau zu bremsen.

Aber die blieb bei der Sache, ganz die Fachanwältin: „Ist schon ein Thema! Das Trennungsjahr ist rum. Und ich hab’ dir ja damals schon gesagt, Franz Josef, je mehr du noch Pensionsanspruch bis zum Scheidungsantrag erwirbst, umso mehr musst du an Reni zahlen, dreizehnvierundachtzig BGB, weißt du doch selber. Das kann teuer werden. Am Ende geht‘s immer ums Geld. Bei jeder Scheidung geht‘s ums Geld, glaub mir! Ich kann gar nicht mehr zusammenzählen, bei wie vielen Scheidungen ich schon mitgewirkt habe, und immer ging’s ums Geld. Ich kann dich doch vertreten, das mach’ ich gern für dich! Und auch wenn’s ums Geld geht, es ist nicht nur das Geld. Du wirst dich hinterher freier fühlen, wirklich! Auch das kannst du mir glauben! Das Ganze ist lästig, klar, vielleicht mehr als das, vielleicht emotional belastend, aber befreiend!“

Martenthaler nahm einen Schluck von seinem Rotwein, blickte erst in sein Glas und dann Ulrichs Frau an: „Befreit, vielleicht ist es das … Ich such mal meine Unterlagen zusammen und mach’ einen Termin bei dir.“

„Sei bitte so nett, und ruf in der Kanzlei an, wegen des Termins. Und den legen wir dann so, dass wir anschließend noch hübsch essen gehen können, wir drei.“

VII.
Oktober 1991

Außer der Zeitung und einem Haufen Reklamezetteln fand Heger im Briefkasten einen dicken braunen Umschlag, der Absender war B & K. Noch unten im Hausflur riss er den Brief auf. Er enthielt eine Art Broschüre, ein von einem Leinenstreifen am Rücken zusammengehaltenes Heft. Auf dem Deckblatt stand die Bezeichnung des Grundstücks mit der alten Villa nahe der Glienicker Brücke, darunter Verkehrswertermittlung und Name mit Adresse des Gutachters, den Schubatzki, als Betreuer des hochbetagten Eigentümers, beauftragt hatte. Schräg über die Ecke war das Wort Kopie gestempelt. Mit einer Büroklammer hatte Faber seine Visitenkarte befestigt, auf der handschriftlich *Exemplar für Sie, MfG F.* stand. Hegers Finger zitterten ein wenig, als er das Heft aufschlug und die Seite mit dem Ergebnis suchte. Einhundertsechzigtausend DM stand da als Zahl und nochmals in Worten. Heger war außer Atem, als er oben in seiner Wohnung ankam. Seine Jacke und den Einkaufsbeutel ließ er achtlos auf einen Stuhl fallen und setzte sich an den Küchentisch.

Keineswegs eine Viertelmillion, wie er erwartet und im Hinblick auf seine Provision auch erhofft hatte, war das Grundstück nach Auffassung des Sachverständigen wert. Wie war das begründet? Heger schlug das Gutachten auf und las Seite um Seite, langatmige Ausführungen über Auftrag, Auswahl des Verfahrens, methodische Grundlagen und Ermittlung der Eingangsgrößen, ehe er sich zum entscheidenden Punkt vorgearbeitet hatte. Die vorhergehende Nutzung durch die Grenztruppen der NVA, stand da, legen den Verdacht der Bodenkontamination nahe. Kontamination? Heger

ging ins Wohnzimmer, irgendwo zwischen den wenigen Büchern, die er besaß, war doch ein Fremdwörterlexikon. Er fand es nicht, und musste aus dem Zusammenhang schließen, dass das irgendwas wie Verunreinigung oder so bedeutete. Es sei davon auszugehen, las er weiter, dass ein neuer Eigentümer gegebenenfalls die Kosten der Bodensanierung zu tragen habe. Diese seien schwer prognostizierbar, nach gutachterlicher Auffassung wären sie aber mit einem Preisabschlag vom Bodenwert in Höhe von, und hier stand eine fünfstellige Zahl, zu bewerten. Also nur hundertsechzigtausend. Heger nahm Zettel und Stift und rechnete den Wert mal sechs Prozent. Statt der Provision von fünfzehntausend, mit der er kalkuliert hatte, konnte er nun nicht einmal auf zehntausend hoffen, gerade ein Drittel des Kredits, den er für den roten Ford Mustang aufgenommen hatte, könnte er damit tilgen.
Heger nahm sich ein Glas aus dem Küchenschrank, füllte es mit Wasser und trank es in wenigen Zügen aus. Das flaue Gefühl im Magen ging davon aber nicht weg. Er setzte sich wieder an den Küchentisch und stützte den Kopf in die Hände. Schubatzki war Auftraggeber des Gutachtens, im Namen des alten Herrn im Feierabendheim. Die müssten doch eigentlich an einem möglichst hohen Grundstückswert interessiert sein, so wie er auch. Aber vielleicht hatte Baum da seine Finger drin, wieso sonst hatte Faber, Baums rechte Hand, ihm die Kopie zugesandt? Und Baum war natürlich an einem niedrigen Wert interessiert. Heger witterte Schlimmes, aber was sollte er tun?
Er zog die Jacke wieder an und ging zur Telefonzelle vorne am Platz. Der hieß jetzt wieder Luisenplatz, benannt nach der Frau Friedrich Wilhelms III. Das Volk soll sie geliebt haben, aber wieso war es besser, einen Platz nach einer vor mehr als hundertachtzig Jahren verstorbenen und fast vergessenen Königin zu benennen, statt nach den Nationen, fragte er sich. Nationen gibt es doch immer. In der Telefonzelle sprach eine ältere Frau, schnell und aufgeregt und so

laut, dass man es auch draußen hören konnte. Es klang wie eine heftige Auseinandersetzung mit einer Bekannten oder Verwandten. Vor dem gelb-schwarzen Häuschen warteten bereits drei weitere Leute, und er hatte nicht die Geduld, sich als Vierter anzustellen. Also ging er den kurzen Weg bis zu Schubatzkis Kanzlei. Das Gebäude war jetzt nicht mehr eingerüstet, die Fassade mit ihrem frischen Anstrich und den gesäuberten Säulen und Kapitellen stach von den benachbarten Häusern ab. Auch die Durchfahrt zum Hof und das Treppenhaus waren frisch renoviert, die Reste der historischen Ornamente hatte man freigelegt und an den Fehlstellen ausgebessert. Heger stieg in den ersten Stock hoch, ein neuer roter Treppenläufer dämpfte seinen Schritt, das Türschild der Kanzlei blinkte messingfarben und war auf Hochglanz poliert.

„Bitte?", fragte die junge Frau, die die Tür öffnete. Und auf seine Frage, ob Herr Schubatzki, Herr Rechtsanwalt Schubatzki zu sprechen sei, bat sie ihn herein: „In welcher Sache?"

Nachdem Heger seinen Namen genannt und kurz erläutert hatte, dass er eine Frage in einer Pflegschaftsangelegenheit hätte, verschwand sie und kurz darauf kam Schubatzki selber aus seinem Büro, aufrecht und wie immer in straffer Haltung: „Lieber Herr Major, ähäm … Herr Heger, bitte kommen Sie doch mit. Tasse Kaffee? Oder lieber ein Wasser? Heut ist ja die Sekretärin da." Ohne Hegers Antwort abzuwarten fuhr er fort: „Glück gehabt, mein Lieber, bin gerade mit einem Vorgang fertig, sonst hätte ich Sie, leider, leider, jetzt gar nicht empfangen können. Besser Sie rufen vorher mal durch und machen einen Termin. Was gibt's denn Hübsches?" Damit bot er Heger einen der beiden Stühle vor seinem Schreibtisch an.

Nach wie vor war eine Reihe Rechtskommentare an Schubatzkis Tischkante aufgebaut, irgendwie kam sich Heger klein vor hinter dieser Barrikade aus dicken, roten Ordnern. Er musste sich zweimal räuspern, ehe er auf die Grundstückswertermittlung für die

Villa von Schubatzkis hochbetagtem Klienten zu sprechen kommen konnte.

„Ging eigentlich ziemlich rasch, finden Sie nicht auch, lieber Herr Heger? Da müssen Sie und Ihr Auftraggeber doch sehr zufrieden sein. Ich kenne Fälle, in denen das viel länger gedauert hat. Dieser Gutachter ist ja doch sehr überlastet, scheint mir. In dieser Sache hat er mal zügig gearbeitet.".

„Aber haben Sie sich mal das Ergebnis angesehen? Hundertsechzigtausend!"

„Und? Das ist doch ein ganz schöner Batzen, und wenn der Gutachter das so ermittelt. Sie wollen nicht etwa noch am Preis was runterhandeln, mein Lieber?"
Heger konnte sich gerade noch einen Protest verkneifen. Schubatzki hätte sich offenbar mit noch weniger begnügt, dabei müsste er doch die Interessen seines Mündels im Auge haben!

„Meinen Sie, Herr Schubatzki, das Vormundschaftsgericht wird dem auch zustimmen?" Heger wusste nie, wie er diesen Leutnant a.D., Diplomjuristen und Rechtsanwalt ansprechen sollte, eher formell oder besser jovial? Schwer zu durchschauen, dieser Schubatzki. „Und wie lange wird denn nun das Verfahren noch dauern?", fragte er.

„Ich hab' das Gutachten schon an das Gericht weitergeleitet, mein Lieber, die werden vom ermittelten Wert natürlich nicht abweichen, können sie auch nicht, ein öffentlich bestellter und beeidigter Sachverständiger muss sagen, was das wert ist, das kann doch kein Richter beurteilen, das ist doch keine juristische Frage. Aber wie lange es dauert, weiß ich auch nicht. Manchmal können die ganz schnell sein, manchmal liegt's dort Wochen und Monate, keine Ahnung aus welchen Gründen. Ich weiß schon, Sie selber und auch Ihr Auftraggeber, dieser Investor machen Druck. Aber ich hab' Ihnen das schon gesagt, damals im Frühjahr, Ungeduld hilft hier nichts."

„Ja, aber…“, Heger musste sich wieder räuspern. „Vielleicht, meinen Sie nicht, wir beide sollten den alten Herren im Feierabendheim, ähm… in der Seniorenwohnstätte mal aufsuchen und ihm das mit dem Grundstücksverkauf, dem Gutachten und allem Wissenswerten zu erläutern?“

„Sie und ich? Wieso das?“

„Nun…, ich meine…, kann man über den Kopf des alten Herrn hinweg sein Grundstück verkaufen, sein Eigentum, das Familienerbe?“

Schubatzki lachte: „Aber mein Lieber!“

Wieso sagt er immer ‚mein Lieber‘, bin ich sein Lieber, durchfuhr es Heger. „Wieso nicht besuchen?“, fragte er empört.

„Wenn Sie ihn besuchen wollen, können Sie das gerne tun, lieber Herr Heger. Aber Pflegschaft bedeutet doch gerade, dass er nicht mehr entscheidet, was mit seinem Besitz geschieht. Das entscheide ich und in Grundstücksfragen eben mit Zustimmung des Vormundschaftsgerichts. Übrigens besuche ich diese Klienten höchst selten. Das wäre auch gar nicht leistbar, das sind ja keine üppigen Vergütungen, die man da abrechnen kann und größeren Aufwand deckt das gar nicht. Sie sehen ja…“, und damit zeigte Schubatzki auf mehrere Aktenstöße, die den Besprechungstisch bedeckten. „Und auch Sie, mein lieber Herr Major a.D. Heger“, nun sprach er die Abkürzung a.D. tatsächlich mit aus, „auch Sie muss ich um Verständnis bitten, viel Arbeit dieser Tage, wie Sie sehen.“

Heger räusperte sich erneut, dankte knapp, ohne Schubatzki die Hand zu reichen, und bemühte sich um eine ebenso straffe Haltung, als er die Kanzlei verließ.

Vor dem Haus zögerte er kurz, gab sich dann aber einen Ruck und ging vor zu dem Süßwarengeschäft am *Broadway*. Die Schweizer Schokolade hatte den alten Herrn doch so beeindruckt, es war nun auch schon fast ein dreiviertel Jahr her, dass er ihn besucht hatte. Er ließ sich also wieder eine dieser dunkelblau verpackten Tafeln in Geschenkpapier einwickeln und ging die schlecht gepflasterte schmale Straße hoch zur Seniorenwohnstätte. Er wollte die drei Stufen zum Haupteingang nehmen, da sah er an der Türe ein Schild: *Hier geschlossen, bitte Nebeneingang benutzen,* darunter ein dicker roter Pfeil. Der Weg führte durch den geräumigen Garten des Anwesens, fast ein kleiner Park, eine große Kastanie, unter der schon die ersten glänzend braunen Früchte lagen, mehrere alte Linden und ein Nussbaum. In zwei Beeten wuchsen üppig Stauden, gelb, weiß und violett blühten da Johanniskraut und Astern. Vor der Westwand eines der langgestreckten Gebäude saßen Bewohner des Heims auf Bänken, Gartenmöbeln oder in ihren Rollstühlen. Vier von ihnen spielten an einem alten Klapptisch ein Brettspiel, es war wohl *Mensch ärgere dich* nicht, soweit Heger das erkennen konnte, andere unterhielten sich in einer Lautstärke wie sie Schwerhörigen oft zur Gewohnheit wird, und einige waren eingeschlafen in der Wärme der milden Oktobersonne.

Heger entdeckte den alten Herrn, den er vergangenen Winter besucht hatte, im Gespräch mit einer Frau, einer Mitbewohnerin wie es schien. Wieder fiel er durch eine gewisse Eleganz seiner Kleidung auf. Eine Lodenjacke mit grünem Samtkrägelchen, ein helles Hemd, dunkle Hose und polierte Schuhe, alles ein wenig abgetragen und abgewetzt, hob es sich dennoch von den Trainingshosen und gestreiften Pullovern der meisten anderen Bewohner ab. Heger nahm die Schokolade aus seiner Aktentasche, trat auf ihn zu und hielt ihm das Päckchen im bunten Papier entgegen: „Kennen Sie mich noch? Im letzten Winter habe ich Sie besucht."

„Ja, junger Mann, ich erinnere mich gut, Sie waren so schlecht gekleidet! Und jetzt benehmen Sie sich schlecht, unterbrechen mich, obgleich ich gerade mit einer Dame spreche. Dabei haben Sie sich meiner Gesprächspartnerin noch gar nicht vorgestellt.

Sie wollen Geschäfte machen mit Grundstücken! Bessere Kleidung und bessere Manieren, junger Mann, sonst wird das nichts!" Er wartete Hegers erschrockene Reaktion gar nicht ab, sondern wandte sich an seine Gesprächspartnerin: „Gnädige Frau, bitte entschuldigen Sie, solche Leute gehören normalerweise nicht zu meinem Umgang. Aber er will die Villa meiner Großeltern kaufen, er wittert da ein gutes Geschäft. Hach, das alte Gemäuer im Grenzgebiet!"

Heger stotterte eine unbeholfene Entschuldigung, murmelte seinen Namen und verbeugte sich vor der alten Dame. Hatte der Alte sie tatsächlich mit *gnädige Frau* angesprochen? Sollte er selber das auch tun? Irgendwie kam er sich komisch vor, noch nie hatte er eine Frau, eine Dame müsste man ja sagen, mit *gnädige Frau* angesprochen. Diese aber blickte aus ihrem Rollstuhl zu ihm auf, lächelte ein ganz klein wenig und reichte ihm ihre Rechte, den Handrücken nach oben. Diese Bewegung hatte Heger ein oder zwei mal im Fernsehen gesehen, in Historienfilmen, da hatte sich der Mann, vielleicht ein Ritter oder ein Galan im Rokokokostüm, dem die Hand auf diese Weise hingestreckt worden war, zum Handkuss darüber gebeugt. War es das, was die Alte erwartete? Sollte er ihren Handrücken, diese knitterige Haut voller Altersflecken küssen? Immerhin, es steckten zwei schmale goldene Reifen am Ringfinger und ein weiterer Ring mit einem hellblau funkelnden Stein am Mittelfinger, vielleicht erwartete sie einen Handkuss, vielleicht war das noch üblich gewesen, als sie jung war. Und nun? Heger ergriff zögerlich ihre Fingerspitzen, aber ehe er entschlossen war, sich doch über die Hand zu beugen, zog sie diese zurück und schlug sich das blaue Wolltuch enger um die Schultern.

Heger hatte seine Aktentasche unter den linken Arm geklemmt und hielt das Schokoladenpäckchen immer noch in der Hand, schließlich nahm er es in die rechte und streckte es nochmals dem Alten hin. Endlich nahm der es auch entgegen, packte es aber nicht aus, sondern sagte zu seiner Gesprächspartnerin: „Das letzte Mal hat der junge Mann Schweizer Schokolade mitgebracht, hervorragend, sage ich Ihnen, Qualität fast wie vor dem Kriege, vor dem ersten! Ich würde mich sehr freuen, wenn Sie morgen oder übermorgen nach dem Mittagsschlaf mal bei mir reinschauen, gnädige Frau. Darf ich Sie einladen, da könnte ich Ihnen von der Schokolade anbieten. Hier im Freien, das hätte ja keinen Stil. Und jetzt, wenn Sie mich entschuldigen wollen, geh' ich mal mit dem jungen Mann hoch. Er hat es ja immer so wichtig mit seinen Geschäften." Damit nahm er seinen Stock und ging voraus zum Hintereingang.

„Die bauen da jetzt." Im Flur wies er auf eine Staubwand aus Latten und Baufolie, hinter der es lärmte, ein Presslufthammer und das Poltern herabfallender Steine. „Da soll ein zweiter Aufzug rein", fuhr der Alte fort, „wird auch Zeit, unser einer Aufzug war dauernd kaputt, da konnten wir gar nicht runter, kaum einer von uns schafft noch alleine die Treppen, und tragen lässt man sich ja auch nur im Notfall. Immerhin, man muss ja dankbar sein, dass dann wenigstens ein paar kräftige junge Leute kommen." Der Alte blieb stehen. Sprechen und zugleich gehen fiel ihm wohl schwer. „Ich hab' es ja noch gesehen, als kleiner Junge, wie sie das Altersheim der Inneren Mission hier gebaut haben. Den Neubau, wir sagten damals so, denn der Altbau stand ja schon, aber er war noch gar nicht so sehr alt. Und der Neubau hatte von Anfang an einen Aufzug, das sprach sich herum. Es gab schon Häuser mit Aufzug, klar, die großen hochherrschaftlichen Häuser in Berlin, die hatten schon welche. Aber hier in der Gegend war es wohl eines der ersten. Wir Jungs waren immer ganz neugierig, versuchten zu sehen, wie sie die Maschine oben unter'm Dach einbauten. Aber die Arbeiter haben uns immer von der Baustelle gejagt. Wir waren ja eine ganze Horde Schuljungs. Ha, damals haben wir Sachen angestellt… Na gut, gehen wir, ich hab jetzt ein anderes Zimmer, alleine, Einzelzimmer." Nach ein paar Schritten blieb er

wieder stehen: „Das ist schon angenehmer, obwohl ich nichts sagen kann gegen meinen Zimmergenossen, den ich hatte. War ein anständiger Mann, einfache Verhältnisse, aus denen er kam, aber Herzensbildung. Am Ende kommt es ja nicht auf Reichtum oder große Kenntnisse an, sondern auf Herzensbildung, nicht wahr, junger Mann?“ Bei den letzten Worten schaute er Heger scharf ins Gesicht. „Wir müssen jetzt nur die paar Stufen hoch, das geht auch ohne Aufzug“, fuhr er fort und ging weiter voran.
In seinem Zimmer angekommen ließ er sich in den Sessel fallen und bot Heger den anderen Stuhl am kleinen Tisch an.

„Ich komme wegen des Villengrundstücks, da gibt es jetzt ein Verkehrswertgutachten, ein Sachverständiger hat ermittelt was es heute, im jetzigen Zustand wert ist. Für mein Gefühl hat der Gutachter aber einen sehr geringen Wert ermittelt, hundertsechzigtausend D-Mark, Westmark!“

„Hach, das alte Gemäuer“, unterbrach er ihn. „Ich kann das nicht beurteilen, weiß nicht, was so was heute bringen würde, wenn man‘s verkauft. Meine Güte, das wird ungepflegt sein, im Grenzgebiet, nicht wahr? Die Grenzer, die werden mehr kaputt gemacht haben als repariert. Das war anders früher, als wir da gewohnt haben, meine Eltern und ich. Wenn etwas kaputt war, hat man es machen lassen, klar. Das gehört sich so, man hält auf sich und seine Sachen, sagte mein Vater immer. Eigentlich hat es der Großvater gebaut, mütterlicherseits, war Müller und Getreidehändler in Berlin, hat klein angefangen, dann aber gute Geschäfte gemacht und sechsundneunzig eine große Mühle aus einer Konkursmasse gekauft. An der Spree, in Moabit. Und als es dann wieder aufwärts ging, nach der Krise, hat er das Haus in Potsdam gebaut, die schöne Wohnung in Moabit war nicht mehr gut genug. Mein Vater hat ins Geschäft eingeheiratet und ich bin hier geboren, das war mein Geburtshaus, am Wasser, gegenüber vom Babelsberger Schloss. Wir hatten dann alles, was sich ein kleiner Junge wünschen kann, Großvater ließ es an nichts fehlen. Kindermädchen, Hauslehrerin, das war ein französisches Fräulein. Parlez vous français?"

Auf Hegers erstaunten Blick hin winkte er ab: „Ach ja, junger Mann, haben Sie ja nicht mehr gelernt, weiß schon, Russisch und ein paar Brocken Englisch. Möcht ja nicht wissen, ob Ihre Schule überhaupt was getaugt hat. Nun schauen Sie nicht so empört! Jedenfalls, das war ein Leben, damals vor dem Krieg, vor dem ersten, meine ich. Wir konnten dann auch sehen, wie das Schloss für den Kronprinzen gebaut wurde. Es sollte aussehen wie ein englisches Cottage. Ab und zu kam der Kronprinz angesaust, im offenen Horch. Der fuhr gern' selber die flotten Autos, ohne Chauffeur. Herrenfahrer sagte man damals, und schnell fuhr der, ich sage Ihnen! Mit quietschenden Reifen von der Brücke rechts rum. Hinterher eine riesige Staubwolke wenn es trocken war, und das war es ja meist."

„Und jetzt", versuchte Heger die Erinnerungen des Alten zu unterbrechen, „und jetzt können Sie vom Erbe ihres Großvaters noch ein hübsches Sümmchen erlösen. Wenn ich Ihnen raten darf, verhandeln Sie doch noch mal, hundertsechzigtausend…"

„Das führt doch zu nichts, junger Mann", sagte der Alte ärgerlich, „das habe ich Ihnen doch bei Ihrem letzten Besuch schon gesagt, da müssen Sie sich an meinen Vormund wenden, diesen…"

„Schubatzki? Meinen Sie Herrn Rechtsanwalt Schubatzki?"

„Ja, ja, den. Ist zwar besser gekleidet als Sie, junger Mann, aber Manieren, Manieren hat er auch nicht. Kann ich nichts machen, den haben die mir zugeteilt. Nachdem das mit dem Sparbuch war, Sie wissen schon… Als wär ich verrückt. Verrückt bin ich nicht. Gewiss nicht! Aber wenn das Gericht es so beschlossen hat. Jedenfalls, gehen Sie zu dem Schubatzki, besprechen Sie das mit ihm. Ich hoffe, er weiß was er tut und hat eine Ahnung, was das alte Gemäuer heute noch wert ist."

Heger stand auf und wollte sich verabschieden.

„Eines könnten Sie noch für mich tun, junger Mann, wenn Sie schon mein Elternhaus kaufen wollen. Holen Sie mich doch mal ab und fahren Sie mit mir dorthin, Sie wissen ja wo. Ich war schon lang nicht mehr dort, man konnte ja doch wegen der Grenze nicht ran. Holen Sie mich im Auto ab, wenn Sie eines haben, sonst können wir hier einen Rollstuhl ausleihen, dann schieben Sie mich. Dass ich das noch einmal sehe, das wäre eine Freude auf meine alten Tage."

Martenthaler stand auf dem oberen Bahnsteig des kleinen Kreuzungsbahnhofs, der Hauptbahnhof hieß, welche Übertreibung, und wartete auf den Zug von Magdeburg. Seit der Fahrplanumstellung im vergangenen Sommer gab es nun eine Verbindung von Gotha mit nur zweimaligem Umsteigen. Die Fahrzeit mit der Bahn betrug jetzt noch dreieinhalb Stunden, nicht mehr als er mit dem alten Mercedes benötigte, sofern die Straßen frei waren. Er trat aus dem Schatten und ging in der milden Herbstsonne auf und ab. Die Anzeigetafel wies auf eine Verspätung von ca. dreißig Minuten hin, das lohnte nicht, noch mal heimzufahren, und im Bahnhof gab es nichts Interessantes. Freitagabend, da hatte der Blumenladen schon geschlossen und die Würstchenbude war von ein paar Trinkern umlagert, Bierflaschen und Flachmänner standen auf dem Tresen. Auch der Bahnhofsvorplatz hatte nichts zu bieten, außer der Straßenbahn, die alle zehn Minuten quietschend die Wendeschleife durchfuhr, anhielt und ein paar Fahrgäste ausspuckte und andere wieder aufnahm. Da war es schon besser, den Blick vom Bahnsteig aus zu genießen, direkt dahinter führte die Strecke über den See, zunächst auf einem hohen Damm und dann über eine Eisenbrücke. Beide Ufer waren bewaldet und zwischen den Kiefern leuchteten da und dort Birken schon in gelbem Laub. Unten auf dem Wasser herrschte reger Verkehr. Wer immer

ein Boot hatte, nutzte es an diesem Wochenende, vielleicht dem letzten vor den Herbststürmen.
Er hatte noch gezögert, Georgia in seine Wohnung einzuladen, aber beim letzten Besuch bei ihr hatte er es doch gewagt. Die Wochenenden in Gotha alle vierzehn Tage fand er zunehmend schwierig. Seine anfängliche Neugier auf das alltägliche Leben tief im Osten war allmählich erloschen. Tief im Osten, traf das denn für Gotha überhaupt zu? Immerhin war es von dort näher nach Frankfurt am Main als nach Potsdam oder Berlin. Vielleicht war es gar nicht so sehr das Östliche, als das Provinzielle, das ihn bald bedrückte.
Georgia hatte einen fünfzehnjährigen Sohn, der ihn oft an seinen eigenen in Köln erinnerte, wie ungelenk und ruppig diese pubertierenden Jungs doch sein konnten! Wahrscheinlich war er selber auch mal so gewesen. Sie bewohnten am Rand der Innenstadt eine Zweieinhalb-Zimmer-Wohnung in einem Plattenbau, der bereits in die Jahre gekommen war. Martenthaler fühlte sich sehr beengt, wenn er dort war. Die kleinen Räume hätte er noch ausgehalten, seine jetzige Wohnung war ja auch nicht groß. Aber die Einrichtung ließ alles noch enger erscheinen. In einer braun furnierten Schrankwand stand der Fernseher prominent in der Mitte neben ein paar bunten Sammeltassen hinter den Glastürchen und etlichen Bildbänden über ferne Länder auf den Regalbrettern. Zwischen den Polstermöbeln und einem Couchtisch mit Glasplatte fand er kaum Platz sich zu bewegen. Auf dem Fensterbrett zwei Usambaraveilchen und vor der Scheibe baumelte ein Makramee-Ornament. Wieso mochten hier alle solche Machwerke, geknotet aus faseriger Strippe? Und dann noch die Hellhörigkeit dieser Häuser. Die ersten Wochenenden in Gotha hatte er in der kleinen Privatpension nahe dem Schloss Friedenstein verbracht, doch Georgia hatte ihn überredet, bei ihr zu übernachten. Aber in ihrem Bett, Wand an Wand mit dem Fünfzehnjährigen, fühlte er sich ganz beklommen.

Lieber hätte er etwas mehr unternommen an diesen Wochenenden, außerhalb ihrer Wohnung war er sehr gerne mit Georgia zusammen, die attraktiven Ziele hatten sich aber bald erschöpft. Gothas Altstadt war in einem bejammernswerten Zustand, ein Bauschild mit den Wappen der Stadt, des Freistaats Thüringen und dem Banner der Europäischen Union wies einige Straßenzüge im Tal als Sanierungsgebiet aus, aber an den leerstehenden, teils einsturzgefährdeten kleinen Häuser, die sich hier zusammendrängten, waren nirgendwo Arbeiten zu sehen. Wenn sie den Schlossberg hochgingen, Georgia und er Hand in Hand, kamen sie zur Wasserkunst, Springbrunnen, Überlaufbecken und Kaskaden waren außer Betrieb, das runde Becken und die Einfassungen zum Teil geborsten, die Balustraden verfallen. Und oben das riesige Schloss unzugänglich, mit Ausnahme eines Flügels, der die Gemäldegalerie beherbergte. Immerhin gingen sie an einem verregneten Samstag einmal hinein, Georgias halbwüchsiger Sohn lehnte es ab mitzukommen, Museen seien öde. Sie aber suchten das Gothaer Liebespaar, das berühmteste Bild dieser Sammlung.

„Vielleicht wenn de deine Hoore wochsen lässt, sähn mer dänen ähnlich", hänselte sie ihn in ihrem Thüringer Dialekt, den er so mochte.

„Nur wenn du so'ne Haube aufsetzt", gab er zurück; umschlungen und kichernd gingen sie weiter.

Ansonsten aber hielt Georgias Interesse an Gemälden nicht sehr lange an, sie wollte lieber Kaffee und Kuchen. Zumindest ein kleines Café im Städtchen war geöffnet. Am Ende jenes nasskalten Nachmittags hatte Georgia dann zu Hause etwas Deftiges gekocht wie auch sonst an den Abenden da er in Gotha war. Ob sie das nur seinetwegen tat? Oder wie kam es, dass sie bei all den Klößen mit Fleisch und Soße so schlank geblieben war? Auch die Fernsehshow am Samstag nach dem Abendessen war für Martenthaler regelmäßige Pflicht, als er bei ihr war. Sie zog ihn auf die Couch und kuschelte sich an ihn. Der Fünfzehnjährige, in einen Sessel geflätzt, gab sich gelangweilt, schaute aber zu.

Das Wummern der schweren Diesellok, die vier Doppelstockwagen zog, hörte man schon von weitem. Mit kreischenden Bremsen hielt der kurze Zug und riss Martenthaler aus seinen Gedanken. Türen wurden geöffnet, aus einer stieg Georgia, die Reisetasche in der einen Hand und mit der anderen ihm zuwinkend. So gefiel sie ihm doch wieder sehr, in ihren hellen Jeans und der leichten Jacke. Lachend blieb sie stehen, nahm ihn in die Arme und küsste ihn. Dann fuhr sie ihm durch die Haare und zog seinen Kopf zu sich herunter: „Unverändert, mein Franz Josef, so ein Glück", konstatierte sie. Martenthaler nahm ihre Reisetasche und legte den Arm um ihre Schultern. Vor dem Bahnhof wollte sie in Richtung Straßenbahn, aber er hatte den alten Mercedes auf dem Parkplatz stehen und zog sie dorthin.

„Zur Marlies bin ich immer mit der Straßenbahn gefahren." Sie sagte „Schdroossnbohn", wieder ihr thüringischer Tonfall. „Weiß die Marlies denn, dass ich hier bin?", fragte sie, als sie im Auto saßen.

„Von mir nicht, wenn du ihr nichts gesagt hast. Aber ist das denn geheim?"

„Weiß nicht – ich weiß nicht, ob dir das was ausmacht, wenn sie's weiß. Bist' ja doch ihr Chef, ist das nicht irgendwie komisch?"

„Ich hab' nichts dagegen, wenn sie's weiß und sie, tja, geht sie das was an? Ist doch unsere Sache. Außerdem, in dieser kleinen Stadt kann's gut sein, dass wir ihr über den Weg laufen, morgen oder übermorgen. Da hilft sowieso keine Heimlichkeit."

Oben in seiner neuen Wohnung ging Georgia durch alle Räume, schaute sich gründlich um, kommentarlos, trat auf den Balkon, der jetzt am späten Herbstnachmittag schon im Schatten lag und blickte zur großen Kastanie und in den Hof hinunter. Im Schlafzimmer drückte sie prüfend auf die Matratze. Am Ende des Rundgangs öffnete sie ihre Reisetasche, nahm ein kleines Täschchen heraus, wohl ihr Waschzeug, und legte es ins Bad.

„Na?“, fragte Martenthaler, etwas verwirrt von ihrer schweigsamen Besichtigung, sonst sprudelte doch eigentlich immer alles aus ihr heraus, was sie beschäftigte.

„Schick, ganz schön schick! Viele Bücher und ‘ne Menge Pflanzen, sonst ein bisschen kahl, wirklich sehr kahl, fehlt was Gemütliches. Wir kaufen morgen was, ich schenk dir was zum Einzug, paar gemütliche Kissen, paar Farben müssen hier rein“, damit deutete sie auf das helle Sofa, „und was Hübsches zum Hinstellen muss hier her.“

„Ich dachte, wir fahren morgen mal nach Berlin, Kudamm, Frühstück bei *Kranzler* vielleicht“, sagte Martenthaler, in der Hoffnung sich vor geblümten Kissen und bunten Porzellanfigürchen schützen zu können.

„Keine ham and eggs? Weißt du noch, ham and eggs hast du mir gemacht, damals nach Marlies Geburtstag.“

„Machen wir Sonntag.“

Am nächsten Morgen saß Georgia erwartungsvoll neben Martenthaler im alten Mercedes, gespannt auf das Frühstück am Kurfürstendamm und nicht mehr so einsilbig wie am Vorabend. Sie kommentierte alles was sie sah, fragte, ob das die Glienicker Brücke, das rechts und links der Grunewald, dort vorn der Funkturm sei, ob sie nun in Westberlin, im ehemaligen Westberlin wären und wo endlich der Kudamm anfange. Dieser Verkehr sei ja irre, meinte sie, wie Franz Josef sich denn da zurechtfinde zwischen all den Autos, all den Westautos. Auf dem Kurfürstendamm musste er sie ein wenig drängen, es war schon fast Mittag und sie hatten noch nicht gefrühstückt. Aber Georgia blieb vor jedem Schaufenster stehen, Schuhe, Kleider, Handtaschen, Schmuck… Glücklicherweise keine Sofakissen und keine Porzellanfigürchen.

Schließlich saßen sie doch vor dem Café an einem kleinen Tisch. In der warmen Oktobersonne war fast alles belegt, aber gerade als sie kamen, zahlte ein älteres Paar, und sie hatten Plätze.

„Unklar", aus Georgias Mund klang es wie ohngloor. Martenthaler dachte, dass ihr die Auswahl aus der umfangreichen Frühstückskarte schwer fiele, und wollte sie beraten, aber ihre Aufmerksamkeit war gar nicht auf die Speisekarte gerichtet. Mit großen Augen schaute sie sich um, es war auch viel zu sehen hier an diesem Samstagmittag, Autos, Busse, Fußgänger, die vorbeieilten mit Plastiktaschen voller Einkäufe, und auswärtige Besucher, manche in Reisegruppen mit Führern vorneweg, die Schaufenster, Lichtreklamen und die Auslagen in den Kudammvitrinen musterten. Immer noch konnte man anhand der Kleidung unterscheiden, wer von ihnen Wessi und wer Ossi war.

„Unklar", Georgia wiederholte das Wort mehrfach, und Martenthaler begriff nach und nach, es war ein Slang-Ausdruck, der großes Erstaunen bedeuten sollte. Unwahrscheinlich hätte er stattdessen vielleicht gesagt. „Unklar", wiederholte sie ein weiteres Mal, das alles da, dazu machte sie eine vage Handbewegung, die das Café und dessen gesamte Umgebung umfasste, „unklar, dass ich überhaupt hier bin."

„Du warst noch nie hier, noch nie in Berlin, in Westberlin, auch nicht mit Frau Nehlsen, mit deiner Marlies? Schon zwei Jahre hättest du das können, hast du nie gewollt?"

„Einmal waren wir mit Marlies und ihrem Mann in Westberlin, waren aber nur in Steglitz, kam mir auch schon ganz schön unklar vor. Aber das hier!"

Schließlich beruhigte sie sich ein wenig, wählte ihr Frühstück und sie bestellten. Er erinnerte sich an seine Studentenzeit in Berlin, als ein Wochenendfrühstück bei *Kranzler* der Luxus schlechthin war. Nur ein- oder zweimal hatte er sich das geleistet. Ein wenig war es ihm jetzt peinlich, vielleicht könnte Georgia denken, er wolle ihr damit imponieren. Was aber der Kellner da brachte, reichte bei weitem nicht an das Frühstück heran, das er in Erinnerung hatte. Es unterschied sich kaum von einem üblichen Hotelbuffet, ein bisschen Wurst und Schinken, Käse, Butter und Marmelade in Kunststoffverpackungen eingeschweißt, da wären ham and eggs bei ihm zu Hause doch die bessere Alternative gewesen. Aber Georgia achtete gar nicht auf das, was vor ihr stand, sie konnte ihre Aufmerksamkeit nicht losreißen von dem Gewühl am Kranzlereck. Sie hatte auch erstaunlich schnell aufgegessen und drängte ihn: „Komm, lass uns noch weitergehen", und dabei wies sie in Richtung Gedächtniskirche. Aber die Kirche hatte es ihr gar nicht angetan. Martenthaler konnte sie nicht bewegen, einen Blick hinein zu tun. Er selber fand den Kirchenraum mit den leuchtend blauen und roten, in Beton gefassten Gläsern und dem archaisch wirkenden goldenen Kruzifix über dem Altar stets sehr beeindruckend.

„Da ist doch grad Andacht." Georgia deutete auf das Schild, das vor der Tür aufgestellt war.

Das hätte ihn nicht gestört, im Gegenteil, er hielt das für eine sehr gute Idee der Gemeinde, täglich um die Mittagszeit zu einem kurzen Gottesdienst einzuladen. Man konnte aus der Hektik der City eintreten in einen ruhigen Raum, der Spirituellem gewidmet war. Martenthaler selber gehörte zwar keiner Kirche mehr an, aus der Katholischen war er schon lange ausgetreten, und einer anderen Religion hatte er sich nicht mehr angeschlossen, aber ein paar Minuten Stille und Einkehr, gerne auch unter der Anleitung des evangelischen Pfarrers, wäre jetzt eigentlich genau das Richtige.

Aber Georgia zog ihn weiter, und er folgte ihr ins angrenzende Shoppingcenter, wo sie nicht nur die vielen Läden bewunderte, sondern angesichts der Kunsteisbahn, auf der sich jetzt bei lauter

Tanzmusik die Schlittschuhläufer drängelten, und der Wasserspiele mit fantasievoll schwankenden, blumenähnlichen Aluminiumgebilden, erneut ihr „unklar“ ausrief. Dann ging es weiter an den vielen Geschäften entlang.

„Ist das das KaDeWe? Echt?“ Georgia stürmte in Richtung Haupteingang.

„Fünf vor zwei“, Martenthaler schaute auf seine Uhr, „die schließen gleich.“

Er war froh, dass ihm wenigstens das erspart blieb. Georgia aber kehrte enttäuscht um und hakte sich bei ihm unter. „Unklar“, wieder ihr Slang, „unklar, wie viel Sachen es hier gibt. Und ich hab ganz vergessen“, dabei starrte sie ihn etwas erschrocken an, „ich wollt' dir doch was Schönes zum Einzug kaufen, Sofakissen oder so, im KaDeWe hätt's da bestimmt was gegeben, denk ich mir!“ Sie gingen den ganzen Weg zurück zum alten Mercedes, entlang an vielen Schaufenstern. Auch wenn die Läden nun schon geschlossen waren, musste Georgia alles genau betrachten und kommentieren. Ihr Schritt wurde immer langsamer, und Martenthaler schien es, als humple sie ein wenig. Zu Hause in seiner Wohnung ließ sie sich auf das Sofa fallen, zog die Beine an und massierte sich die schmerzenden Füße, während er sich in der kleinen Kochecke zu schaffen machte.

„Bring's hier her, Franz Josef, die Show beginnt gleich.“ Sie hatte sich schon die Fernbedienung geangelt und suchte das richtige Programm.

Als Martenthaler ein Tablett mit Getränken und ein paar belegten Brötchen brachte, strahlte sie ihn an, zog ihn an sich, nahm seine Hand und tätschelte sie: „So ist das schön, so mag ich das!“ Irgendwie schmeckten Martenthaler die belegten Brötchen nicht so recht, obgleich das Frühstück bei Kranzler schon Stunden her war.

Die beiden jungen Juristinnen, Nancy Leisner und Julia Schmalberg, noch keine zwei Jahre als Staatsanwältinnen beim Landgericht Potsdam beschäftigt, waren schon seit ihrer Studienzeit eng befreundet. Nur in der Beurteilung dieses Umsturzes und dessen Folgen waren sie oft uneins, aber ansonsten verband sie eine starke Zuneigung. Sie hatten viele gemeinsame Auffassungen und Interessen. Ihre neuen dienstlichen Herausforderungen schweißten sie noch enger zusammen. Es war doch eine gewaltige Umstellung von dem, was sie damals in Jena studiert hatten, zu den Prinzipien und Verfahrensweisen, die sie heute beachten mussten, nach nunmehr abgeschlossener Anpassungsfortbildung und unter der Leitung des Neuen, des Doktors, wie sie ihn nannten, der von drüben gekommen war. Beide junge Frauen kamen aus Elternhäusern, die, wie es jetzt immer hieß, systemnah gewesen waren. Das hätte auch nicht anders sein können, einen Studienplatz in Jena und eine Beschäftigung bei der Staatsanwaltschaft wären in der DDR auch anders kaum denkbar gewesen. Aber während sich Nancy schon gegen Ende des Studiums zu den Ideen der Bürgerbewegung hingezogen fühlte, war es ihre Freundin, die ständig davor warnte, wie gefährlich es sei, sich in Dissidentenkreisen zu bewegen oder gar nach Leipzig zur Montagsdemo zu fahren. Es sei doch klar, dass Stasi, Vopo und NVA in höchster Alarmbereitschaft stünden. Und wie so was ausgehen könne, sehe man doch in Peking. Und schließlich müsse man auch anerkennen, dass es aufwärts gegangen sei in der DDR, all die Jahre. Man könne doch nicht alles in Frage stellen oder gar aufs Spiel setzen, was man erreicht habe. Soziale Sicherheit, keine Arbeitslosigkeit, eine Versorgungslage, wie kaum in einem anderen sozialistischen Land, all das brächte man in Gefahr, und ob aus dem Westen so viel Besseres zu erwarten wäre, wie manche glaubten, da hätte sie doch sehr ihre Zweifel. Das waren die Themen, die sie neunundachtzig diskutiert hatten. Aber das war jetzt kaum noch von Bedeutung.

„Lass uns mal zum Hubertushof fahren", schlug Julia ihrer Freundin vor, „mal übers Wochenende. Meine Eltern waren neulich zu ihrem Hochzeitstag dort und waren ganz begeistert. Man könne jetzt einfach so rein und Zimmer buchen wie in einem Hotel, haben sie erzählt", sagte sie, „und ganz wundervoll, abgelegen im Wald, entspannend und erholsam sei es dort. Dein Vater muss das Haus doch auch kennen von früher. Es gehörte wohl der Partei, und die Hochschule für Staat und Recht hatte es damals für Schulungen nutzen können. Parteischulungen für Juristen, bestimmt war auch dein Vater das ein- oder andere Mal für 'ne Woche dort. Wir nehmen meinen Trabbi", sagte Julia, „anders kommen wir kaum dorthin."

So saßen die Beiden in dem engen, knatternden Auto, die Reisetaschen auf der Rückbank, und fuhren durch die herbstliche Mark Brandenburg Richtung Süden. Birken, die ab und an zwischen den Kiefern standen, leuchteten hellgelb. Die Straße führte hügelauf und ab, immer wieder schimmerte ein kleiner oder größerer See durch die Bäume. Buchen mit kupferfarbenem Laub zogen an ihnen vorbei und auch flammendroter Ahorn. Über dieser Farbenpracht strahlte ein wolkenloser Herbsthimmel. Später öffnete sich die Landschaft, flaches Gelände mit Obstplantagen, rote Äpfel und gelbe Birnen hingen an den Zweigen. Abgeerntete Felder, die von Eichen-, Linden- und Kastanienalleen durchschnitten waren. Die Dörfer sahen einander zum Verwechseln ähnlich, am Ortsrand meist ein paar größere, betongraue Wirtschaftsgebäude einer LPG, Offenställe, Getreidesilos, ein paar Wohnhäuser, ältere Plattenbauten, in der Dorfmitte eine Feldsteinkirche mit ummauertem Kirchhof, alles arg mitgenommen, daneben verfallende, alte Bauernhäuser, sie mögen einst prächtig verziert gewesen sein, erbaut nach dem achtzehnhundertsiebziger Krieg, mit den Gewinnen aus dem Verkauf von Roggen an das preußische Heer. Und neben der Kirche ein Konsum, ebenfalls betongrau und mit abbröckelnder

Fassade. Noch immer zeigte das Ladenschild das rote, inzwischen verblichene, aus einem rauchenden Schlot und einer Sichel gebildete K. In der Blechhalterung daneben, die einst der Beflaggung zum 1. Mai gedient hatte, steckte jetzt nicht Schwarzrotgold mit Hammer und Zirkel im Ährenkranz, sondern ein rot-weißgestreifter Wimpel, Werbung für Eis am Stiel. So genau hätten die beiden jungen Frauen all diese Details gar nicht erkennen können, aber das Feldsteinpflaster, mit dem die Ortsdurchfahrten gewiss schon seit hundert Jahren gepflastert waren, zwang zu langsamer Fahrt. Nur außerhalb der Dörfer war die Bundesstraße asphaltiert, Schmalberg trat dann das Gaspedal durch, der Trabbi hinterließ eine blaue Rauchwolke und beschleunigte mit Mühe auf fünfundneunzig. Aufschwung Ost.

„Wahnsinn. Das ist jetzt schon ein Jahr her, die Einheit, die Wiedervereinigung, der Beitritt zur BRD. Die neuen Länder heißt das jetzt, und? Was ist neu, was ist besser? Ein bisschen Asphalt auf den Straßen, Langnese-Eis und ein neuer Chef. Aber sonst?"

„Freiheit, Julia, Freiheit!"

„Und, Nancy, wozu nutzen die Leute die neue Freiheit? Korruption und krumme Geschäfte, darauf sind die einen scharf, das sehen wir im Dienst auf Schritt und Tritt. Und die anderen haben ihre Arbeit verloren und Angst vor der Zukunft. Wünschen sich, dass ihnen wieder jemand sagt, was sie zu tun und zu lassen haben. Schöne neue Freiheit! Unsicherheit ist das und man nennt es jetzt Freiheit!"

„Pass jetzt auf", sagte Julia, „wir müssen bei der Minol-Tankstelle dort vorn abbiegen, dann soll es alsbald in einen Waldweg rechts abgehen. Tatsächlich fanden sie das Schild, ganz neu sah es aus, weiß mit grünem Schriftzug *Hubertushof* in verschnörkelter Fraktur und einen Pfeil. Der Weg war mit schwarzer, festgewalzter Schlacke befestigt, der Trabbi rumpelte und holperte hier weniger als auf dem Feldsteinpflaster der Dorfstraßen. Mitten im Wald kam dann das Tor, die Schranke stand offen, dahinter zwischen den Bäumen parkende Autos, teils Westfabrikate, teils ältere Modelle aus DDR-, UdSSR- oder tschechischer Produktion. Sie fanden eine Lücke und stellten den Trabbi ab.

„Die Bonzen hatten's aber schön hier, wenn sie zur Erholung oder auch zur Parteischulung waren."

„Zu den Bonzen gehörten doch auch unsere Eltern, Julia, vergiss das nicht. Das war auch mein Vater, das war auch deiner. Sei froh, dass es vorbei ist und wir jetzt hier sein können."

„Lass gut sein, Nancy, lass den alten Streit. Jetzt sind wir es, die sich's hier schön machen. Wir bringen die Sachen aufs Zimmer und schauen uns erst mal um. Sieht aus, als könnte man hier lange Waldspaziergänge machen. Komm jetzt, solang es noch hell ist."

Zum großen Holzhaus führte ein Kiesweg, über dem Haupteingang ein gewaltiges Geweih. Am Empfang eine rundliche Frau in einer Art ländlicher Tracht, die Julia den Schlüssel reichte. Sie teilten sich wie schon im Studentenheim in Jena und auch sonst auf mancher gemeinsamen Reise ein Doppelzimmer. Während Julia ihre Tasche nahm und der Treppe zustrebte, war Nancy noch ganz gefangen von einer Vitrine, die neben dem Tresen stand und eine Vielzahl alter und neuerer Schmuckstücke enthielt, Ringe, Broschen, Halsketten, Armreifen und Anstecknadeln: „Julia, sieh doch mal!"

„Ach, du bist halt 'ne Elster! Kannst auch später noch die Klunker bewundern. Wird bald dunkel, lass uns vorher noch 'n bisschen raus!"

Zwischen den Bäumen fiel flach die Sonne auf den von trockenen Kiefernnadeln und gelben Blättern bedeckten Weg und tauchte die Westwände der Gebäude in ein warmes Licht. Außer dem hotelartigen Holzhaus gab es noch vier oder fünf kleinere Häuschen auf dem Gelände. Die beiden jungen Frauen gingen ein kurzes Stück in den Wald hinein und hatten den Eindruck, dass sie noch stundenlang unter Bäumen spazierengehen könnten. Aber als die

Sonne hinterm Horizont versank, kehrten sie um; die Dämmerung brach rasch herein, und es wurde kühl.

Als sie sich einem der kleinen Häuschen näherten, das wie die anderen Nebengebäude eigentlich nur aus einem Dach und dreieckigen Giebelwänden bestand, trat Nancy an eines der Fenster heran. Sie konnte hineinsehen, wenn sie sich auf die Zehen stellte und den Spalt zwischen ihrem Gesicht und der Glasscheibe mit der Hand abdeckte. „Sieht wie ‘n kleines Apartment aus, mit Küche, Tisch, Stühle, sogar ‘n Bild an der Wand, Hirsch auf Waldlichtung“, kicherte Nancy, „Geschmack der Leitungskader …“

„Na ja, war halt so“, sagte Julia schulterzuckend. „Kuck’ mal hier“, und damit wies sie auf das Schild am nächsten Häuschen: Sauna. „Hab ich dir doch gesagt, muss toll sein, meine Eltern haben davon geschwärmt.“ Sie öffneten die Tür und warfen einen Blick hinein, warme Luft schlug ihnen entgegen, der Saunaofen war wohl angeheizt. Damen, Herren, Duschen, Ruheraum – Holzschilder mit eingebrannten Buchstaben. „Komm, wir ziehen uns um und tun uns was Gutes vor dem Essen. Und dann was Leckeres. Hast du die Speisekarte am Tresen gesehen? Die haben hier Wild und so, genau das Richtige jetzt.“

Nancy ließ es sich aber nicht nehmen auch noch das dritte Häuschen anzusehen. Es wurde als Schuppen genutzt, und die einen spaltweit offene Tür weckte ihre Neugier. Im Halbdunkel waren ein paar Gartengeräte zu erkennen. Dahinter aber stand es vollgestopft mit alten Sachen, Möbel, Bilder, Spiegel, auch Stapel von verschlossenen Kisten und Kartons. „Was ist das denn? Antiquitäten?“ Nancy drängte sich zwischen den eng gestellten und gestapelten Kisten und Möbeln hindurch, versuchte ein paar der Kartons zu öffnen. Im Dämmerlicht waren sorgfältig verpackte kleinere Teile in den Kisten mehr zu ertasten als zu sehen. Was hier im Einzelnen zwischen Zeitungspapier und Holzwolle verstaut war, konnte sie aber nicht ausmachen.

„Komm' raus da, ist doch peinlich, wenn das jemand sieht, wie wir hier rumschnüffeln."

„Ich bin halt so, manchmal packt's mich. Dieser Spiegel mit dem vergoldeten Rahmen oder dort hinten die Kommode mit dem Ornament, wie sagt man dazu – Intarsien? Man kann's ja nicht richtig erkennen, es ist nicht genug Licht hier. Bin auch kein Experte für so was, aber das ist doch gewiss kein oller Kram, das sind doch Antiquitäten. Meinst du, das Zeug ist wertvoll?"

Am Ende riss sich Nancy Leisner doch los, und die beiden Freundinnen saßen schließlich in der Sauna, alleine an diesem frühen Abend. Es war genug Platz, sie konnten sich auf den Holzbänken ausstrecken, die Hitze und das Dämmerlicht genießen. Ihre Unterhaltung verebbte allmählich, nur das Zischen des Dampfes, wenn eine der beiden Wasser auf die heißen Steine goss, unterbrach ab und zu die Stille. Später hörten sie die Tür des Häuschens klappen, Schritte und Stimmen näherten sich und drei Männer, mit ihren Handtüchern wedelnd, polterten herein: „Na so was, so eine hübsche Gesellschaft, haben wir ein Glück heute, zwei echte Schönheiten", sagte der erste mit einer vielsagenden Kopfbewegung zu seinen grinsenden Kumpanen.

„Keine Sorge, genug Platz für Sie, wollten uns sowieso grade anziehen." Nancy stand auf, hüllte sich, so gut es ging, in ihr Saunatuch, verständigte sich durch einen kurzen Blick mit Julia, die es ihr gleichtat, und beide ließen die drei Männer mit offenen Mündern in der offenen Tür stehen.

„Solche Typen haben mir gerade noch gefehlt", sagte Nancy.

Julia zuckte mit den Schultern: „Die probieren's halt…"

„Blöd und eingebildet, echt das Allerletzte! So was kann ich überhaupt nicht ab! Wofür halten die mich denn?"

Nach dem Abendessen gab Nancy der Kellnerin, die abräumte, ein ordentliches Trinkgeld. Es war dieselbe Frau, die bei ihrer Ankunft an der Rezeption stand und beide kamen ins Gespräch. Wie so oft, erwies sich auch diesmal die Frage, ob die Geschäfte jetzt immer noch liefen, als geeigneter Aufhänger.

„Na ja, eigentlich kommen immer noch viele, es ist hier nach wie vor gut besucht“, antwortete die Frau. „Die meisten kenne ich ja von früher, es sind vielfach dieselben, verdiente Genossen von einst, die hier gerne mal ausspannen. Ab und zu mal ein paar neue Gesichter, aber nicht sehr viele.“

„Also alles wie früher?“

„Na, früher musste ich oft mal wegschauen, der Wirt hatte manchmal solche Frauen herbestellt, Sie wissen schon, was für welche… Die Bonzen haben sich ja früher manches gegönnt, was dem einfachen Mann auf der Straße verwehrt war. Jedenfalls, wenn man morgens die Zimmer aufräumte, Sie glauben nicht, was man da so vorfand…“

„Und heute?“

„Nicht mehr ganz so. Und man munkelt, es soll hier bald Schluss sein.“

„Schluss?“

„Der Wirt meint, die Eigentümer wollen verkaufen.“

„Wer sind die Eigentümer – die Partei?“

„Der Wirt ist ja nur Pächter. Wer immer das jetzt verwaltet, was ehemals in Rechtsträgerschaft der SED war, weiß man nicht genau. Das ganze Anwesen hier soll zum Verkauf stehen, hört man, die wollen das loswerden und zu Geld machen, samt Inventar.“

„Und was soll dann werden?“

„Ich weiß’ nicht.“ Sie hob die Schultern: „Man hört so, Wohnungen wollen sie hier hinstellen – einen Neubau. Platz wäre ja jede Menge.“

„Aber hier, mitten im Wald?“

„Tja, weiß auch nicht. Jedenfalls, so wird’s nicht bleiben, denk ich. Geht ja heute alles nur nach’m Geld. Man kann alles kaufen, wenn man‘s zahlen kann, auch Wohnungen, wenn man Geld hat.“

Nancy nickte, weniger aus Zustimmung, eher um das Gespräch nicht abreißen zu lassen: „Nach dem Geld geht's und ums Kaufen. Übrigens, kaufen – der Schmuck in der Vitrine da vorn am Tresen, kann man den erwerben? Es stehen keine Preise dran, aber man kann ihn doch sicherlich kaufen?"

„Müssen Sie den Wirt fragen."

„Mach ich, nachher spreche ich mal mit ihm."

Als die Kellnerin sich anderen Gästen zugewandt hatte, sagte Julia: „Dir geht wohl der Dienst nicht aus dem Kopf, Nancy?"

„Dienst oder nicht, ist doch spannend, was da so läuft in einem früheren SED-Objekt."

Der Wirt, an der Rezeption mit irgendwelchen Papieren beschäftigt, stellte sich auf die Frage der beiden jungen Frauen erst ein wenig unwissend, sei alles Kommissionsware von einem Berliner, Westberliner betonte er, Antiquitätenhändler. Aber als Nancy ihn direkt auf den Schmuck in der Vitrine ansprach, wurde er aufgeschlossener. Die kleinen Sachen habe er hier, die anderen Antiquitäten, größere Stücke, sind im Lager, Porzellan, Gläser und Möbel. Es gebe immer Leute, die ihr altes Zeug zu Geld machen wollten. Nancy Leisner ließ sich einige Stücke zeigen, vor allem Ringe, probierte einige, diskutierte mit ihrer Freundin, welcher besser auf dem Ringfinger oder dem Mittelfinger, an der rechten oder der linken Hand passte. Zuletzt schob sie entschlossen alles zurück bis auf einen Ring, ein tropfenförmiger Smaragd in einer reich verzierten, aus Blattwerk und Blüten gebildeten Fassung in Gold mit kleinen Brillanten, probierte ihn noch mehrfach an verschiedenen Fingern, diskutierte mit Julia, ob er an ihrer Hand denn gut aussähe, was diese mit heftigem Kopfnicken bestätigte, und fragte dann nach dem Preis. Statt einen Betrag zu nennen sagte der Wirt: „Diese Geschäfte machen wir nur gegen sofortige Barzahlung." Erst dann nannte er eine Summe, die weit über dem lag, was Nancy bei sich hatte.

„Nun, wenn Ihnen das jetzt nicht möglich ist, kommen Sie halt ein andermal wieder. Und vielleicht am besten“, damit senkte der Wirt seine Stimme, beugte sich zu Nancy vor und blickte kurz zu Julia hinüber, „ohne Begleitung. Und zögern Sie nicht all zu lange, wer weiß wie lange das schöne Stück noch da ist.“

„Manchmal kommst du mir vor, als könntest du gar nicht ausspannen“, sagte Julia zu ihrer Freundin, als sie nach diesem Wochenende wieder auf der Heimfahrt im tuckernden Trabbi saßen.

„Aber es war doch sehr erholsam, fast träge, die beiden Tage, gestern und heute, ausschlafen, lange frühstücken, spazieren gehen.“

„Schon, aber am Freitag warst du ganz die Ermittlerin.“

„Ich möcht‘ nicht wissen was in diesem Hof so alles abläuft.“

„Doch, doch, im Gegenteil, genau das willst du“, entgegnete Julia. „Am liebsten wüsstest du ganz genau, was sich da alles tut und was sich da früher alles abgespielt hat. Das mit dem Baugelände hat dich mächtig interessiert, stimmt’s? Ermittlerin mit Leib und Seele, das ist deine Welt!“

Der Trabbi bog auf die Bundesstraße ein und Julia fuhr an die Tankstelle. Das Benzin, Zweitaktergemisch, war fast alle. Als Julia von der Kasse zurückkam, bat Nancy: „Gib mir doch mal den Beleg.“

„Wofür?“

„Brauche ich eben – dienstlich. Den Beleg mit Datum und Uhrzeit. Bin halt ’ne Ermittlerin, weißt du doch.“

Lachend gab ihr Julia den Zettel.

Eine große silbergraue Limousine hielt am Straßenrand, ein Chauffeur stieg aus, ging um das Auto herum und öffnete die hintere Wagentür. Das wird wohl unser Gesprächspartner sein, dieser Baum, von dem Homann schon die ganze Zeit sprach, dachte der persönliche Referent des Oberbürgermeisters. Er trat vom Fenster seines kleinen Büros zurück und nahm die Mappe mit den

Unterlagen vom Tisch, um hinüber zu seinem Chef zu gehen. Im Vorraum saßen auf den beiden abgewetzten Sofas einige Männer und Frauen, andere standen herum. Alle unsere Bürger wollen dauernd den OB sprechen, halten sich nicht an die Sprechzeiten und glauben, Demokratie bedeute, man könne jederzeit seine Sorgen dem Stadtoberhaupt auf den Tisch packen. Schon umringten sie ihn und sprachen aufgeregt durcheinander, irgendetwas von Wohnungen, Mieten, unbezahlbar …

„Bitte, liebe Mitbürger, bitte halten Sie sich doch an die Sprechzeiten, wenn Sie mit einem Stadtrat oder dem Herrn Oberbürgermeister reden wollen. Oder Sie tragen Ihr Anliegen mir vor, ich bin der persönliche Referent des Herrn Oberbürgermeisters, aber bitte nicht jetzt." Er wies auf den Aushang an der Tür, „hier sind die Sprechstunden angegeben."

„Aber wir sind doch die Delegation der Hausgemeinschaft", sagte einer aus der Gruppe und die anderen nickten, er war wohl so etwas wie deren Sprecher, und nannte die Adresse in einem Neubaugebiet. „Und diese Mieterhöhung, da muss der Oberbürgermeister doch etwas gegen tun! Das kann doch keiner bezahlen! Wir haben hier alles ausgerechnet, sehen Sie mal, was uns zum Leben übrig bleibt!" Damit zog er ein Blatt aus der Tasche und hielt es dem Referenten unter die Nase. Der konnte den Redefluss des aufgebrachten Mannes und das zustimmende Gemurmel der übrigen aber nicht unterbrechen. Auch sein Hinweis, dass dies Angelegenheit des Vermieters sei und die Rechtsgrundlage vom Bund, vom Deutschen Bundestag als Gesetz beschlossen worden sei, beeindruckte die Gruppe nicht.

„Der Vermieter ist doch die Stadt, die Gebäudewirtschaft, unsere städtische Wohnungsbaugesellschaft", sagte der Mann sichtlich wütend, „wenn da der Herr Oberbürgermeister nicht eingreift, im Interesse der Bürger, wozu haben wir dann die Demokratie?"

Der Referent verwies nochmals auf die Sprechstunden und wandte sich dann ab. Während er die Tür zum Dienstzimmer des OB öffnete, hörte er hinter sich lautstarkes Schimpfen: „So geht das nicht, das kann doch nicht sein, das ist doch keine Demokratie, Wahleingabe, Beschwerde beim Innenminister, Sie werden schon sehen …!"

Homann saß schon beim OB am Tisch, der gerade einen Satz beendete: „… und da wäre es schon gut, wenn du uns verstärken würdest." Offenbar drehte sich das Gespräch der beiden um die Position der SPD, ob in Potsdam oder im Land Brandenburg, war nicht mehr herauszuhören. Als der Referent eintrat, wechselten sie das Thema. Homann wandte sich nun an ihn und sagte: „Die verstehen das nicht, unsere Bürger, dass die Mieterhöhung nötig ist. Und dass wir als Stadt da auch keinen Einfluss auf die Wohnungsbaugesellschaft nehmen können und sollten, die brauchen das Geld. Wie sonst sollen sie ihren Bestand in Ordnung bringen, Heizungen einbauen, Bäder sanieren, Dächer instandsetzen?"

Der Referent ging nicht auf dieses Thema ein, vielmehr wies er darauf hin, dass Baum wohl gleich kommen werde. Er legte seinem Chef die Mappe, die er mitgebracht hatte, auf den Tisch: „Wir haben die Genehmigung des Bebauungsplans."

„Sehr gut", sagte Homann, während der OB schweigend das Schreiben mit dem brandenburgischen Wappen im Briefkopf und dem Dienstsiegel des Bauministeriums aus der Mappe nahm. „Dann können wir Baum das auch gleich mitteilen", fuhr Homann fort, „es fehlt nur noch der Investitionsvorrangbescheid vom ARoV und dann kann es ja mit dem Vorhaben losgehen."

Die Sekretärin des Stadtoberhaupts streckte den Kopf durch die Tür: „Herr Baum." Der OB nickte und bat sie noch um Kaffee für den Gast. Sie machte die Tür ganz auf mit den Worten: „Der Herr Oberbürgermeister lässt bitten."

Zur Begrüßung lächelte Baum aus seinen strahlend blauen Augen jeden der drei Anwesenden an und machte ein paar freundliche Bemerkungen über Potsdam, diese schöne Stadt, die doch, da sei er ganz sicher, eine wunderbare Zukunft vor sich habe. Der OB schien davon wenig überzeugt zu sein, jedenfalls zeigte sein Gesicht mit tiefen Furchen, die von der Nase zu den herabgezogenen Mundwinkeln liefen, nicht den geringsten Anflug von Frohsinn oder auch nur Optimismus. Baum aber ließ sich die gute Laune nicht verderben. Er legte ihm ein Buch auf den Schreibtisch, ein großformatiges Werk, auf dem Umschlag prangte das Farbfoto einer Villa mit parkartigem Garten. Der Fotograf hatte offenbar geschickt die Perspektive so gewählt, dass die Schäden kaum sichtbar waren, die man an diesem opulenten klassizistischen Bauwerk erkennen konnte, falls man tatsächlich davor stand. Das Gebäude war bei tief stehender Abendsonne vor intensiv blauem Himmel aufgenommen worden. Das Bild hätte gut und gerne einen Werbeprospekt für Italienreisen illustrieren können.
Der OB blätterte ein wenig in dem Band, dabei zeigte er auf das eine oder andere Foto und nannte Namen oder Adresse des abgebildeten Gebäudes. Alle Aufnahmen waren in ähnlicher Weise wie das Titelbild bei günstiger Beleuchtung und strahlendem Himmel fotografiert, die Häuser oder kleinen Schlösser sahen allesamt schöner aus als in Wirklichkeit.

„Ob wir je so weit kommen", fragte der OB skeptisch, bedankte sich dann aber doch mit einem Nicken bei Baum, schien sich schließlich auch darauf zu besinnen, dass er es seiner Rolle als Stadtoberhaupt schuldig war, wenigstens ein kleines bisschen Optimismus auszustrahlen, und fuhr fort: „Ach übrigens, Herr Baum, das Bauministerium hat nun den Bebauungsplan genehmigt, es kann losgehen mit Ihrem Projekt."

„Das ist ja wunderbar, meine Herren. Ich hatte es gehofft, ja eigentlich auch keinen Zweifel daran, dass wir erfolgreich und vertrauensvoll zusammenarbeiten können, Sie als Vertreter der Stadt, und wir als Investoren. Wir werden unseren Teil dazu beitragen, dass diese schöne Stadt noch ein klein wenig schöner wird. Und Ihnen, Herr Homann, bin ich besonders verpflichtet! Sie haben sich mit so viel Engagement für dieses Projekt in den städtischen Gremien und beim Ministerium eingesetzt! Wenn ich mit meinen bescheidenen Kräften irgendetwas tun kann, um mich Ihnen, meine Herren", und damit strahlte er die drei nacheinander an, „erkenntlich zu zeigen, so will ich das gerne tun. Damit meine ich selbstverständlich Sie persönlich, natürlich aber auch Ihre wunderbare Stadt."
Baum nahm den angebotenen Platz ein und nippte ein wenig an der Tasse Kaffee, den ihm die Sekretärin hingestellt hatte. Da keiner der drei Anwesenden auf seine letzten Worten reagierte, erzählte er noch ein wenig aus seiner Familiengeschichte, betonte seine Wurzeln in dieser Stadt, erzählte vom Großvater, der bei der Garde-Infanterie gedient habe, nicht als Offizier, er war ja nicht adelig, aber doch immerhin in diesem renommierten Regiment. Dann von den Eltern, der Vater Beamter beim Rechnungshof des Reiches, ebenfalls hier. Von ihm habe er es gelernt, mit spitzem Bleistift zu rechnen. Das komme ihm jetzt zugute und müsse schon sein im Immobiliengeschäft, dazu lachte er. Seine Eltern seien dann aber schon vor einundsechzig rüber nach Westberlin. Er habe dort Abitur gemacht und an der FU studiert.

Seine drei Gesprächspartner hörten sich den Monolog an, ohne ihn zu unterbrechen. Nur Homann nickte ab und zu, aus den Mienen der anderen beiden konnte Baum überhaupt nicht schlau werden. Mit einer solch negativen Ausstrahlung, dachte er, kann man doch eine Stadt wie diese nicht voranbringen. Da muss man doch was Positives vermitteln, schade, dass die das nicht können.

Er leerte seine Tasse und erhob sich: „Hat mich sehr gefreut, wirklich sehr gefreut, meine Herren, ich hoffe dass wir weiterhin so gut kooperieren."

Als Baum gegangen war und auch der persönliche Referent sein enges Büro aufgesucht hatte, nahm die Miene des OB wieder den gewohnten skeptischen und etwas missmutigen Ausdruck an: „Ob wir das wirklich brauchen", wandte er sich an Homann, „Luxusvillen, und auch noch dort am Ufer? Die Presse ist schon voll davon, dass hier nur für die Reichen, nur für die Wessis gebaut werden soll! Und dabei haben wir eine Warteliste von mehreren hundert Potsdamer Familien, die eine Wohnung suchen! Vom Zustand der vorhandenen Wohnungen, von der Ausstattung, Bäder, Heizungen und so weiter ganz zu schweigen! Und die Mieterhöhung belastet unsere Menschen mehr, als gut ist! Ach, wem sag ich das, das weißt du doch alles selber, besser als ich!"

„Wir haben ja noch mehr vor, als nur dieses eine Projekt, das habe ich dir neulich schon erläutert. Und die Mieterhöhung, die muss sein!" Homann musste sich immer sehr zusammennehmen, wenn den OB diese Anwandlungen von Mutlosigkeit überkamen! Wenn man es ihm erklärt, dachte er, versteht er schon, dass eigentlich alles ganz gut vorangeht. Aber er kann es nicht vermitteln, keiner glaubt es ihm, nicht mal dann, wenn er es in Reden und Interviews sagt. Kein Charisma, dieser Mann!

Homann war froh, dass er gehen konnte und dass der letzte Termin dieses Tages wohl weniger anstrengend würde. Er stieg in den blauschimmernden BMW, fuhr auf die Schnellstraße und über die Havel nach Babelsberg. Dort war er aufgewachsen und manchmal überkamen ihn Kindheitserinnerungen. Bei dem roten Backsteinbau, der mit seinem stolzem Turm ein mittelalterliches märkisches Rathaus imitierte, bog er ab. Eigentlich schade, dass es hier schon seit mehr als sechzig Jahren keinen Bürgermeister und keine Gemeindevertretung mehr gab. Und ob die bisherige kulturelle

Nutzung aufrecht erhalten werden konnte, war fraglich. Gleich daneben war erst vor wenigen Monaten eine Reihe vierstöckiger Wohnhäuser fertig geworden, die letzten Plattenbauten, die das Wohnungsbaukombinat vor seiner Abwicklung noch errichtet hatte. Das Erdgeschoss war für Geschäfte vorgesehen, aber HO, Konsum und die wenigen privaten Händler, denen man diese Räume neunundachtzig noch zugewiesen hatte, existierten meist nicht mehr, und die verbliebenen hatten bei weitem nicht so viel Bedarf oder Interesse an Verkaufsfläche. Einige der Läden standen leer. So war es nicht schwierig gewesen, für den neu gegründeten Sanierungsträger ein Büro im Quartier zu finden. Homann war es im Laufe des letzten halben Jahres gelungen, die Stadtverordneten davon zu überzeugen, fünf Sanierungsgebiete hier und in der Innenstadt festzulegen. Dafür waren Gesellschaften nach westlichem Muster gegründet und mit der Organisation der notwendigen Arbeiten beauftragt worden. Anlässlich des Arbeitsbeginns hatten Homann und der Geschäftsführer des Sanierungsträgers gemeinsam zur Pressekonferenz und anschließend zu einem Bürgerfest eingeladen.

Homann parkte weiter oben an der Straße und ging das kurze Stück zurück. Er mochte diesen Ortsteil sehr, schon immer war es hier lebhaft gewesen mit Geschäften, Kneipen, dem S-Bahnhof und sogar einem Kino. Als Kind und Jugendlicher hatte er jede Gasse und jeden Winkel in diesem Viertel gekannt. Nur hoch zum Schlosspark und zum See, wo vor dem Krieg die UFA-Stars gewohnt hatten, kam er nicht so oft. Die opulenten Villen dort lagen zum großen Teil im Grenzgebiet. Einige boten der ansässigen Filmhochschule Raum für ihren Lehrbetrieb, andere waren bis neunundachtzig für Büros und auserwählte Filmleute vorbehalten. Dort oben war die Stimmung stets etwas lockerer, ein bisschen geprägt von dem aufmüpfigen Geist der Künstler, Regisseure, Dramaturgen, Schauspieler. In der friedlichen Revolution hatte sich der Rektor der Schule als einer der wenigen aufgeklärteren Genossen im Bezirk erwiesen. Am Ende war er aber doch in der PDS und seinen linken Idealen treu geblieben.

Als junger Kerl hatte sich Homann natürlich keine Gedanken über den Zustand des Stadtteils, seiner Straßen und Gebäude gemacht, es war wie es war. Jetzt aber stach ihm ins Auge, wie mit den Jahren alles heruntergekommen war. Die kleinen, einstöckigen Weberhäuschen waren von den Bewohnern irgendwie noch in Ordnung gehalten worden. Wer ein bisschen handwerkliches Geschick hatte, etwas Material eintauschen oder auch im Betrieb abzweigen konnte, reparierte sein Hoftor, strich die Fensterrahmen an oder besserte Putzschäden aus. Jeder hatte getan, was möglich war. Aber das sozialistische Eigentum, die größeren Mietshäuser unter Verwaltung des städtischen Gebäudewirtschaftsbetriebs oder die öffentlichen Straßen und Bürgersteige waren in jämmerlichem Zustand. Es ist gut, dachte Homann, dass es nun endlich Geld gibt, um hier zu sanieren.

Er ließ sich die zurückliegenden Monate noch einmal durch den Kopf gehen, als er hinunter zum Laden ging. Ein Halbjahr voller Arbeit, aber auch erfolgreich. Die Festsetzung des Bebauungsplans für Baums Projekt war noch das Geringste. Die Wohngeldstelle hatte er endlich arbeitsfähig machen müssen, rechtzeitig vor der nun anstehenden Mieterhöhung. Die vielen Vorruheständler, die es inzwischen gab, und andere, die ein niedriges Einkommen hatten, brauchten Unterstützung. Auch dafür waren lange Kämpfe nötig, um die Mittel fürs Personal aufzustocken und alle Mitarbeiterinnen in diesem Amt zu den nötigen Schulungen zu schicken. Nicht zuletzt musste die Öffentlichkeit über die Medien informiert werden, Mieterhöhungen waren kein einfaches Thema. Dann war nach langem Hin und Her, nach ewigem Gezerre und teilweise lautstarken Auseinandersetzungen mit der PDS-Fraktion endlich auch der Abriss des halbfertigen Theater-Rohbaus beschlossen und genehmigt worden. An dessen Stelle sollte ein Behelfsbau errichtet werden, eine Industriehalle, die als Theater- und Konzerthaus genutzt werden könnte, bis über die Frage entschieden wäre, ob und wo ein Theaterneubau zu errichten sei. Das alte, kleine Theater hatte er sperren lassen müssen, ein Brandschutz-Gutachten war verheerend ausgefallen. Die Theaterleute, ja die ganze Kulturszene hatte ihn wegen der Sperrung öffentlich beschimpft und wütend gedroht, auf die Straße zu gehen und Radau zu machen, wenn kein Ersatz geschaffen würde. Dabei war er mit der Künstlerszene aus den Tagen der friedlichen Revolution gut vertraut. Die meisten hatten damals eifrig mitgemacht und sich für eine demokratische Erneuerung eingesetzt. Aber nun hatte sogar das überregionale Fernsehen über das *Theaterelend* berichtet. Eine andernorts demontierte und hier wieder aufgebaute Industriehalle, würde ihnen das genügen, konnte man darin Theater spielen, Konzerte geben und so weiter? Immerhin, das Kulturdezernat hatte sich dafür eingesetzt und die Mittel freigegeben.

Für all das waren Gelder beim Land zu beantragen und der Bauminister war ein Chaot, machthungrig und unkalkulierbar. Wenigstens konnte man mit den Beamten im Ministerium vernünftig reden, die höheren Chargen kamen meistens von drüben und kannten die Verfahren und auch deren Probleme. Aber auch aus dem Haushalt der Stadt mussten Mittel locker gemacht werden, dafür brauchte er den Rückhalt des Kämmerers und die Genehmigung des Innenministeriums, denn der städtische Haushalt war nicht ausgeglichen. Kein Wunder, viele Betriebe hatten nach der Wende schließen müssen, kaum Gewerbesteuer und eine hohe Arbeitslosigkeit. Auf den Oberbürgermeister war auch kein Verlass, wenn es darum ging, bei der Landesregierung Druck zu machen. Nur weil Homann zahllose Vorgespräche geführt und selbst

an alle Anträge letzte Hand angelegt hatte, einschließlich der notwendigen Begründungen, ging es jetzt voran.
Viele Kämpfe, aber auch mancher Sieg. Und auf den Termin jetzt freute er sich besonders, Beginn der Sanierung in seinem alten Stadtteil. Ein Erfolg, den es zu feiern galt. Im Schaufenster des Ladens, den sie zum Büro gemacht hatten, hing ein großes Plakat, das einen Stadtplanausschnitt zeigte, auf dem das künftige Sanierungsgebiet, *Untersuchungsbereich* stand da, mit einer roten Linie umrandet war. Daneben das Logo des Sanierungsunternehmens, das Stadtwappen und eine Liste mit den Daten der geplanten öffentlichen Veranstaltungen. Als Erstes waren die heutige Pressekonferenz und das Bürgerfest angekündigt. Auf dem Bürgersteig vor dem Laden waren Tische und Bänke aufgebaut. Man hatte die örtlichen Gewerbetreibenden eingeladen, für leibliches Wohl zu sorgen. Der Inhaber der benachbarten Fleischerei feuerte gerade seinen Grill an und der Wirt des Ratskellers war dabei, die Kohlensäureflasche an die Zapfanlage anzuschließen.
Im straßenseitigen Raum standen Sperrholzplatten auf Böcken und schlichte Stühle. Die Leute des Sanierungsträgers waren sichtlich bescheiden bei der Beschaffung ihrer Ausstattung. An den Wänden hingen ein weiteres Exemplar des Stadtplans mit der roten Grenze des Untersuchungsbereichs und großformatige Fotos von Plätzen, Straßen und Häusern des Gebiets. Ein paar Bilder zeigten auch Atmosphärisches, Menschen mit Einkaufstaschen, spielende Kinder oder wartendes Publikum vor dem Kino.

Eine ganze Reihe von Journalisten war gekommen, nicht nur von den örtlichen Tageszeitungen, auch überregionale Medien waren vertreten. Alle hatten sich Mappen mit dem Material gegriffen, die am Eingang auf dem Tisch gestapelt waren, und standen vor den Pinnwänden, die Fotos betrachtend oder in kleinen Grüppchen im Gespräch. Homann nahm schwungvoll die kleine Treppe zum Laden hoch, immer zwei Stufen auf einmal, nickte nach rechts und links den Presseleuten zu, streckte seine Rechte dem Geschäftsführer hin und fasste ihn mit der Linken vertraulich am Oberarm: „Na, alles klar, Doktorchen?“

„Alles klar, Herr Homann, 'ne Menge Presse hier, es ist alles vorbereitet“, antwortete der Angesprochene, ein jüngerer Stadtplaner, promoviert an der TU Berlin und schon mit einiger Erfahrung in der Westberliner Stadtsanierung. Er hatte gelernt, Homanns kumpelhafte Art, die zugleich immer auch ein wenig herablassend war, auszuhalten, aber er hasste es zutiefst, wenn sein akademischer Grad im Diminutiv gebraucht wurde. *Internationaler Vergleich von Stadtsanierungsverfahren*, der Titel seiner Doktorarbeit, die er mit Auszeichnung bestanden hatte und das sollte ihm erst mal einer nachmachen. Mehrfach hatte er betont, keinen Wert darauf zu legen, mit „Herr Doktor“ angesprochen zu werden, aber entweder richtig oder gar nicht, fand er.

Nach einer kurzen Begrüßung der anwesenden Journalisten begann Homann zu erläutern, dass nach dem jetzt geltenden Recht, also eigentlich schon seit einem Jahr, Stadtsanierungsmaßnahmen von der Gemeinde in einem gesetzlich genau geregelten Verfahren durchgeführt werden könnten. Dies sei zeitraubend, erklärte er und bemühte sich zu verdeutlichen, dass übers Jahr nicht schon alles glänzen und blinken wird. Dabei hatte er selber größte Zweifel, ob wirklich alles so kompliziert sein musste. Was die im Westen in ihrem satten Reichtum erfunden hatten, war stets von endlosen Diskussionen geprägt, berücksichtigte alle Möglichkeiten einer ausführlichen und langatmigen Beteiligung von Bürgern und Ämtern. War das wirklich nötig?

„Herr des Verfahrens bleibt die Stadt“, erläuterte Homann, „also Stadtverwaltung und Stadtverordnete, für die Steuerung der Maßnahmen im Einzelnen wurde der Sanierungsträger als GmbH in städtischem Eigentum gegründet und beauftragt.“ Dann stellte er den Geschäftsführer der Gesellschaft vor und bat ihn, die weiteren Einzelheiten darzulegen. Dieser stand auf, nahm einen Bleistift als Zeigestock und begann vor dem Stadtplan mit der roten Linie seine kleine Rede: „Möglicherweise kennen Sie alle das Gebiet besser als ich, der ich mich erst seit einigen Wochen mit diesem Stadtteil intensiver beschäftige. Wir wollen zunächst in dem Untersuchungsbereich", und damit fuhr er mit der Bleistiftspitze die rote Linie entlang, „wie es Herr Stadtrat Homann bereits erläutert hat, mit den vorbereitenden Untersuchungen beginnen. Soweit ich das Gebiet bereits kenne, scheint es mir, dass die Grenze des Untersuchungsbereichs durchaus auch die Grenze des künftigen Sanierungsgebiets sein könnte."

Seine Ausführungen über Charakter und Sozialstruktur des Stadtteils, die er anhand der ausgehängten Fotos erläuterte, geriet all zu ausführlich und verlor sich schließlich in Ausführungen über die behutsame Stadterneuerung, wie sie in Westberlin seit Jahren praktiziert würde. Schließlich bemerkte er, dass seine Zuhörer nur noch in den Presseunterlagen blätterten oder miteinander flüsterten und er beendete seine Rede mit der Bitte: „Wenn Sie Fragen haben, meine Damen, meine Herren, ich stehe zur Verfügung."
Lebhaft und zahlreich kamen Fragen und Einwände. Wozu denn die Untersuchungen nötig wären? Jeder könne doch sehen, was hier getan werden müsse, die Häuser sind zu reparieren, die Straßen zu asphaltieren, das wäre doch alles klar. Wie lange es denn dauern würde, bis das alles in Ordnung gebracht wäre und wozu überhaupt eine eigene Gesellschaft für die Sanierung? Was denn diese Einbeziehung der Bewohner solle? Es liege doch auf der Hand, was hier gebraucht würde, Mittel für rasche Verbesserungen.

„Unsere Menschen", sagte eine Journalistin, „brauchen moderne Heizungen und Bäder, Türen und Fenster, durch die es nicht zieht, dichte Dächer, durch die es nicht regnet. Die Kosten für solch' komplizierte Voruntersuchungen kann man sich sparen, das Geld wäre doch besser für dringende Reparaturen zu verwenden."

Der Stadtplaner war zunächst etwas verwirrt über die Wendung unsere Menschen. Er hätte Bewohner oder Betroffene gesagt, Menschen gehörten doch niemandem, was sollte da das Possessivpronomen? Noch mehr verstörte ihn aber die deutlich spürbare Ablehnung des Verfahrens, wie er es zu skizzieren versucht hatte. Er kannte zwar Widerstand, weniger von Journalisten, aber von Bewohnern aus zahlreichen Versammlungen in Kreuzberg. Dort war jedoch die Zielrichtung genau umgekehrt gewesen. Nicht rasches Vorgehen und gründliche Modernisierung waren es, die die Westberliner verlangten, sondern niedrige Mieten und bestenfalls einfache, kostengünstige Maßnahmen. Erst als Homann aufstand, sich neben den Stadtplaner stellte und die Beantwortung der meisten Fragen selber übernahm, wurde die Stimmung ein wenig freundlicher. Er ließ durchblicken, dass er in diesem Stadtteil aufgewachsen, als Jugendlicher hier gewohnt habe und dass ihm dieser Ort sehr am Herzen liege. Er werde alles dafür tun, dass dieser schöne Teil der Stadt wieder lebenswert würde. Dafür hätte er sich eingesetzt im Herbst neunundachtzig und dafür setze er sich jetzt im Rahmen der rechtlichen Gegebenheiten der Bundesrepublik mit aller Kraft ein. Das nahm man ihm ab, seine Kampfeslust, wie er so da stand, breitschultrig, muskulös und durchtrainiert, mit leichtem aber doch deutlich hörbarem hiesigen Akzent. Einer von hier.

Später verließen die Journalisten nach und nach den Raum. Draußen vor dem Laden hatte sich eine kleine Menschenmenge versammelt, Kinder hüpften aufgeregt vor dem Grill und dem Tisch mit den Pappbechern und der Zapfanlage herum oder versuchten, einen der Luftballons zu erhaschen, die von der Besitzerin der benachbarten Spiel- und Schreibwarenhandlung aufgepumpt wurden. Der Geschäftsführer der Sanierungsgesellschaft stand schon ungeduldig vor dem Laden, Homann sollte endlich mit ein paar ermunternden Worten das Bürgerfest eröffnen. Als der eben auf die Stufen hinaus gehen wollte, kam ein kleiner, älterer, etwas korpulenter Mann, der noch die angepinnten Fotos betrachtet hatte, mit hängenden Schultern und leicht vornübergebeugt auf ihn zu. Er ging mit schlurfendem Schritt und hielt den Blick gesenkt, so als fürchte er, auf dem Fußboden etwas zu zertreten oder über ein Hindernis zu stolpern. Er blickte auch nicht auf, als er dicht vor Homann stand: „Ich schreibe für die *Allgemeine* und hätte da noch ein oder zwei Fragen. Die Mieten sind doch erhöht worden, für viele ist das eine Verdoppelung der Wohnkosten oder mehr als das. Können Sie das verantworten, als Aufsichtsrat der städtischen Wohnungsbaugesellschaft?"

„Der Bundestag hat den Weg dafür freigegeben. Die Erhöhung der Wohnungsmieten war überfällig. Wie sonst sollen die Genossenschaften und die städtische Wohnungsbaugesellschaft ihre Häuser instand setzen? Ich kann Ihnen die Zusammenhänge gerne genauer erläutern, nur jetzt nicht, man wartet schon auf mich", sagte Homann und deutete auf die Ausgangstür.

„Nur eine kurze Frage noch", bat der Journalist, zog einen kleinen Zettel zwischen den Blättern seiner Pressemappe hervor und las ab: „Solche Aufträge wie an den Sanierungsträger müssen doch wohl öffentlich ausgeschrieben werden, soweit ich weiß, steht doch in der Landeshaushaltsordnung. Wurde denn die Beauftragung dieser GmbH ausgeschrieben?"

Den kenne ich doch, fiel Homann ein, der taucht immer wieder mit solchen Fragen auf, im Sommer hatte er's mit meinem BMW, da hat er so einen Verdacht durchblicken lassen. Gekommen ist aber nichts. Wird wohl nichts gefunden haben. Und jetzt, was will der jetzt mit der Ausschreibung? Homann versuchte ihm in die Augen zu schauen, meistens half das, ein scharfer Blick in die Pupillen, wenn er sein Gegenüber unterkriegen wollte. Aber der blickte weiterhin auf seinen Zettel.

„Das sind doch freiberufliche Leistungen, da müssen wir nicht ausschreiben. Übrigens gibt es ja gar keine Mitbewerber, die das könnten, deshalb haben wir ja die kommunale GmbH gegründet", sagte Homann.

„Nun, wir werden dem nachgehen. Keine geeigneten Mitbewerber? Das kann doch nicht …!"

Homann senkte die Stimme. Wenn er wütend war, wurde er nicht laut, sondern nur noch leiser: „Passen Sie auf, Sie mit Ihrem Enthüllungsjournalismus! Da gibt es nichts zu enthüllen, glauben Sie mir! Das kann höchstens nach hinten losgehen! Passen Sie auf, dass Sie sich nicht den Ast absägen, auf dem Sie sitzen. Sie wollen doch weiterhin Informationen von uns, vergessen Sie das nicht!" Damit ließ er ihn stehen.

„Windig hier, gehen wir lieber rüber zum Kudamm, in das Lokal, wo sie den guten Pommery und die feinen Kanapees haben. Das kann man sich jetzt gönnen, so ein Geschäft muss man doch begießen! Ich darf Sie einladen, meine Herren", sagte Baum und schlug den Mantelkragen hoch. Ein Sturmtief hatte das milde Oktoberwetter vertrieben, dunkle Wolken flogen über den Himmel und der Wind pfiff durch die breiten, geraden Berliner Straßen. Das Laub der Linden wirbelte umher und wurde matschig auf dem feuchten Pflaster.

Alle vier Herren, Steiner, der junge Notar, Faber, Rechtsanwalt Schubatzki und Heger, nickten eifrig. Hinter Baum standen sie auf dem kleinen baumbestandenen Stadtplatz. Das Notariat lag im ersten Stock eines der dortigen Häuser mit fein gegliederter Jugendstilfassade. Man kam von der Beurkundung des Kaufvertrags über das Grundstück mit der alten Villa nahe der Brücke. Im Restaurant wurde Baum als Stammgast begrüßt, zwei Kellner bemühten sich eifrig um die Herren, nahmen ihnen Mäntel und

Schirme ab und geleiteten sie zu dem runden Tisch in der Ecke, Baums Stammplatz.

„Von Eurem Pommery, und ein paar Kanapees, man kann ja den Schampus nicht so trocken runter würgen“, wies Baum den Kellner an und lachte laut. „Mein Onkel hat immer gesagt“, wandte er sich an seine Begleiter, „es gibt schlechte Geschäfte, wenn man über den Tisch gezogen wurde, und es gibt gute, wenn man den anderen über den Tisch gezogen hat; aber hervorragende Geschäfte sind die, bei denen beide das Gefühl hatten, ein gutes Geschäft gemacht zu haben.“ Wieder lachte er über seinen eigenen Witz. „Ich glaube, wir haben heute so ein hervorragendes Geschäft gemacht“, und damit hob Baum sein Glas und prostete der Runde zu.
Heger nahm einen Schluck vom edlen Getränk. Was da die Flasche wohl kostete? Baum hatte bestellt, ganz selbstverständlich, ohne in eine Getränkekarte zu schauen, er kannte wohl den Preis. Heger selber konnte es ja egal sein, er war eingeladen, aber dieses prickelnde Getränk schmeckte eigentlich viel zu sauer, fand er, Krimskoje war ihm lieber. Außerdem war er nicht so sicher, ob das, was hier gefeiert wurde, wirklich so ein hervorragendes Geschäft war. Immerhin hatten sie ihn zur Beurkundung mitgenommen, also hielt er sich vorerst an den Schnittchen schadlos, die der Kellner auf einer großen Platte in die Mitte des Tisches gestellt hatte, Kanapees, sagte Baum dazu. Ein Wort, das Heger immer an das Sofa seiner alten Tante denken ließ. Jedenfalls schmeckten sie gut: Lachs, Kaviar, Gänseleber oder kaltes Fleisch, hübsch dekoriert auf kleinen Weißbrotscheiben.

Die Wessis in der Runde unterhielten sich über die Entwicklung in den neuen Ländern, über den Aufbau Ost, über die Kosten für die Infrastruktur, über die erhöhten Steuern und den Solidaritätszuschlag. Da fließt viel Geld in die neuen Länder, da ist viel zu tun, Aufbauarbeit, sagten sie. Immer hieß es Neue Länder, und für Hegers Gefühl klang das wie eine Anschaffung: wir haben jetzt ein neues Auto, wir haben jetzt eine neue Wohnung, wir haben jetzt neue Länder. Natürlich, sie haben uns gekauft. Schubatzki hatte sich neben Heger gesetzt und flüsterte ihm zu: „Unter uns, ist dieser Anschluss an die BRD nun ein hervorragendes Geschäft, oder ist das nur ein gutes Geschäft für die Wessis?" Heger schaute diesen Diplomjuristen und Leutnant a. D. von der Seite an und erwiderte ebenso leise: „Na, für Sie scheint es sich ja gelohnt zu haben." Dann ließ er sich Champagner nachschenken und nahm noch von den Kanapees.

„Und bei Ihnen, lieber Heger, wie laufen da die Geschäfte?" Unterbrach Baum die beiden. „Gut, nehme ich an, da tut sich doch viel in Ihrer Stadt und den neuen Ländern."

Heger räusperte sich, immer öfter hatte er das Gefühl einer rauen Kehle, einen Frosch im Hals zu haben, wenn er schlagfertig antworten wollte. Ob das was Chronisches war und er deshalb mal zum Arzt sollte? Gab es eigentlich noch die Poliklinik am Bezirkskrankenhaus? Oder hatte man die auch schon abgewickelt? Alles wurde in letzter Zeit abgewickelt. Er räusperte sich nochmal: „Nun ja, die Geschäfte, also, dieses eine Geschäft ist ja nun erledigt. Ich darf jetzt wohl meine Rechnung schicken, Herr Baum, nicht wahr? Ist ja ohnehin weniger, als ursprünglich gedacht, knapp zehntausend."

„Zehntausend?" Baum zog die Augenbrauen hoch: „Wie kommen Sie denn darauf?"

„Nun, sechs Prozent, denke ich."

„Sechs Prozent?" Baum lachte. „Nein, nein mein Lieber, darüber wird Faber noch mal mit Ihnen reden müssen, nicht hier und nicht jetzt, natürlich. Sechs Prozent, so viel Arbeit haben Sie ja gar nicht reingesteckt in dieses Projekt. Aber keine Sorge", fuhr er fort, als er Hegers erschrockenen Blick sah, „wir werden uns da schon einig. Faber hat mein vollstes Vertrauen, gehen Sie ruhig auf ihn zu. Übrigens, haben Sie eine Gewerbeerlaubnis? Sie wissen doch, mein Guter, eine Gewerbeerlaubnis brauchen Sie schon als Makler. Naja, wir wollen Sie damit nicht unter Druck setzen, wir kriegen das schon hin, aber keine sechs Prozent, das wäre ja ... ha, ha, ha ..."

Heger traten die Schweißperlen auf die Stirn, zugleich fröstelte ihn. Aber Baum legte ihm lachend die Hand auf die Schulter: „Sie sehen so erschrocken aus, mein lieber Heger, aber glauben Sie mir, ohne eigene Anstrengungen kommt man zu nix. Uns Wessis ist das ja auch nicht in den Schoß gefallen, wir haben uns sehr angestrengt, sehr anstrengen müssen, all die Jahrzehnte, im eingemauerten Westberlin, ehe wir da hingekommen sind, wo wir jetzt stehen. Sie schaffen das auch noch, da mache ich mir keine Sorgen. Aber kümmern Sie sich um die Rechtsgrundlagen Ihres Geschäfts, auch um die Gewerbeerlaubnis. Na, Sie wissen schon."

Ohne Heger noch Zeit für eine Antwort zu lassen, gab Baum das Zeichen zum Aufbruch. Vor dem Lokal war der Straßenrand vollgeparkt und in der zweiten Reihe stand Baums riesige silberfarbene Limousine, der Chauffeur im dunklen Anzug und aufrechter Haltung neben der geöffneten Wagentür. Mit einem Winken der rechten Hand wandte sich Baum nochmals um: „Bis dann, meine Herren", rief er der Gruppe zu und stieg ein.

Faber trat neben Heger: „Der Chef meint, wir sollten mal über die Provision reden. Rufen Sie doch in der Niederlassung an und machen einen Termin, gerne zeitnah. B & K muss schauen, dass die Kosten nicht ausufern, das verstehen Sie doch, Herr Heger. Sie werden uns da sicher etwas entgegenkommen können, wir wollen doch weiter gute Geschäftspartner bleiben, nicht wahr? Leben und leben lassen, Sie wissen schon wie ich das meine. In diesem Sinne." Damit deutete er eine knappe Verbeugung an und ehe Heger es sich versah, hatte sich auch Faber schon entfernt, ebenfalls mit einem hingeworfenen: „Bis dann, meine Herren."

Heger hatte wieder einmal die Orientierung verloren in all den Straßen hier, eine kam ihm wie die andere vor. Zerzaust von diesem grässlichen Herbstwind umrundete er mehrere Blocks, bevor er seinen roten Mustang wieder fand. Kein Gedanke an ein aufgeklapptes Cabriodach.

„Was haben Sie denn mit meiner Georgia gemacht", begrüßte ihn Frau Nehlsen, die sonst selten etwas Privates ansprach. „Das Mädchen ist ja total aus der Spur! Auch den Jungen scheint es mitgenommen zu haben. Das war nicht recht, Herr Doktor!"
Sie war also im Bilde, Georgia hatte sie informiert. Martenthaler wurde es heiß, wahrscheinlich lief er im Gesicht rot an und er entschloss sich rasch zu einer knappen Antwort: „Ja, ich glaube, da hab' ich wohl einen Fehler gemacht."
Ohne Lust auf weitere Erörterungen zog er sich nach diesem kurzen Geständnis in sein Zimmer zurück. Jetzt war eigentlich die Abteilungsleiterrunde dran, aber auf seine Notizen und Vorbereitungen konnte er sich nicht recht konzentrieren, das letzte Wochenende beschäftigte ihn noch sehr. Nachdem Georgia ihre Sachen für die Rückreise gepackt hatte, lag in seinem Badezimmer noch ihr Kosmetiktäschchen, ein Slip und ein BH. Als er sie darauf aufmerksam machte, küsste sie ihn auf die Nasenspitze, das lasse sie bei ihm als Pfand, bis zum nächsten Mal.
Nachdem er sie zum Zug nach Gotha gebracht hatte, fuhr er grübelnd nach Hause und saß dort noch lange in Gedanken. Dann goss er sich ein Glas von dem italienischen Roten ein, holte Papier und einen Stift und schrieb einen ziemlich langen Abschiedsbrief. Zunächst ein Konzept, denn er hatte viel zu ändern und zu ergänzen an dem, was er formulierte. Er wollte weder grob sein noch undeutlich, weder verletzend noch vage, möglichst zugewandt aber ohne Rückzugsmöglichkeit. Es war lange nach Mitternacht, die Flasche hatte er fast geleert, als er mit seinem Entwurf halbwegs

zufrieden war und ihn auf einen sauberen Bogen übertrug. Er suchte einen wattierten Umschlag, in den er den Brief und ihre zurückgelassenen Sachen einpacken konnte, den er adressierte und frankierte, um ihn am nächsten Morgen in den Postkasten zu werfen. Hatte er überhaupt einen Fehler gemacht, wie er eben Frau Nehlsen gestanden hatte? War es ein Fehler, diese Beziehung zu beenden? Oder war der Fehler schon früher passiert, als er sich auf diese Georgia Bittmann einließ, ohne eine Vorstellung davon, was er von ihr erwartete und was er selber ihr bieten konnte oder wollte?

Martenthaler stand mit einem leisen Seufzer auf und nahm die Unterlagen für die Sitzung. Die Runde bestand inzwischen aus sieben Personen, wenn er sich selbst mitzählte. Nun war es doch gelungen, für alle Abteilungen einen Leiter zu finden, für die Wirtschaftskriminalität sogar eine Abteilungsleiterin, endlich saßen in der Montagsrunde nicht nur Männer am Tisch, sondern wenigstens eine Frau. Im Flur und im Treppenhaus lärmten Maurer und Elektriker, Baustaub und der Geruch von frischem Mörtel lagen in der Luft. Die Altgedienten hatten ihn wohl nicht bemerkt, ehe sie im Besprechungszimmer verschwanden. Es müssen wohl ihre letzten Sätze gewesen sein, die er noch mitbekam. Oder war es die Absicht von Schliff und den anderen, dass er mithörte?

„... auch so ein Grünschnäbelchen, diese Neue."

„Immer junge Frauen, schlaue Kaderpolitik ... Tja der Doktor."

Heute gelang es Martenthaler nicht, den Berichten seiner Oberstaatsanwälte konzentriert zu folgen. Immer wieder blickte er hinaus. Ein Sturmtief trieb dunkle Wolkenfetzen über die Stadt, im Hof wirbelten braune Blätter und bildeten im Windschatten hinter der Hausecke einen großen Haufen. Die Remise, in der früher die Fahrbereitschaft der Staatsanwaltschaft untergebracht war, hatte man im Zuge der Renovierung abgerissen. Zur Straße hin gab es statt des großen Tores nun eine automatische Schranke, der Hof war neu gepflastert worden, mit dunkleren Steinen hatte man einzelne Parkbuchten für die Beschäftigten des Gerichts abgegrenzt. Sein alter Mercedes stand jetzt auch wieder dort. Nach Gotha würde er damit bis auf Weiteres nicht mehr fahren, nicht bei Sonnenschein und nicht bei Regen. Trennungen gehören zum Leben und Georgia war kein Kind, sondern eine erwachsene Frau. Und Reibereien im Team gehören auch zum Leben, ich hab' mir das ausgesucht, ich hab' mich hier beworben, da muss ich durch. Erst als die neue Abteilungsleiterin für Wirtschaftskriminalität mit ihrem Bericht begann, wurde Martenthaler wieder aus seinen Gedanken gerissen. Er hatte die Kollegin erst vor ein paar Wochen für diese wichtige Stelle ausgewählt, obgleich sie nur wenige Jahre an Erfahrung als Staatsanwältin aus Nordrhein-Westfalen mitgebracht hatte, aber viele Bewerbungen hatte es ohnehin nicht gegeben und nur diese eine mit der geforderten Qualifikation als Volljuristin und mit betriebswirtschaftlichen Kenntnissen. Nun wies sie in kurzen und sachlichen Worten auf die große Zahl von Vorgängen hin, die sich bei ihr und den wenigen Dezernenten ihrer Abteilung auf den Tischen häuften. Teils waren es Anzeigen gegen unbekannt, teils gegen konkrete Personen, meist wegen Bestechlichkeit oder Vorteilsannahme bei der Privatisierung von Betrieben durch die Treuhandanstalt. Teils seien es aber auch nur Schreiben an die Staatsanwaltschaft, die sie keinesfalls als Strafanträge, oft nicht einmal als Anzeigen betrachten könne, viel zu vage und ohne Hinweise, die man als tatsächliche Anhaltspunkte für eine Straftat betrachten könne. Ihr erscheine es kaum möglich, die Fülle der Akten in einem vernünftigen Zeitraum zu bearbeiten, so dass in ihrer Abteilung diejenigen Fälle mit Priorität erledigt würden, die die höchsten Erfolgsaussichten hätten, ohne dass Fristversäumnis und damit Verjährung zu befürchten sei.

Martenthaler nickte zustimmend, bemerkte aber wie sich Schliff zu seinem Nachbarn beugte und ihm etwas zuflüsterte. Und dabei wieder dieser lauernde Blick, durch den sich Martenthaler immer irgendwie angegriffen fühlte. Eigentlich war es ihm nicht danach, den schon lange schwelenden Konflikt mit den Altgedienten endlich offenzulegen und auszufechten, heute schon gar nicht. Trotzdem: „Herr Schliff, Sie haben noch etwas beizutragen?“

„Nein, nein. Es ist nur … Ach, nichts.“

„Zweifel an der Rechtsstaatlichkeit, Herr Schliff?“

Schliff zuckte mit den Schultern, schüttelte den Kopf und schaute wie angestrengt auf seine Notizen. Kein lauernder Blick mehr.

„Meine Dame, meine Herren, ich beobachte schon seit langem, fast möchte ich sagen seit ich meine Tätigkeit hier aufgenommen habe, ein ungutes Arbeitsklima zumindest in Teilen unserer Staatsanwaltschaft.“ Martenthaler spürte ein Drücken im Magen, ein seltenes Alarmsignal, er kannte das, wenn ihm alles zu viel war. Trotzdem fuhr er fort: „Ich habe keine Schwierigkeiten damit, Kontroversen auszutragen, Verbesserungsvorschläge nehme ich gerne zur Kenntnis und wäge sie ab, ich habe auch gelernt, Kritik auszuhalten, vor allem dann, wenn sie offen vorgetragen und begründet wird. Was ich nicht akzeptieren werde, solange ich diese Behörde leite, sind Anwürfe, die einer substantiierten Begründung entbehren. Schon gar nicht kann ich Sticheleien hinter dem Rücken von Kollegen akzeptieren oder gehässiges Getuschel auf den Fluren!“ Martenthaler hob nun doch seine Stimme: „Gerne, meine Herren, und das richtet sich an Sie alle, gerne können Sie hier alles vortragen, was von Bedeutung ist für unsere Ermittlungsarbeit, aber bitte begründet! Substanzlose Unterstellungen, das ist Mobbing, wenn Sie den englischen Ausdruck erlauben oder zu Deutsch, gezieltes Verbreiten negativer Gerüchte, um Kollegen oder Kollegengruppen herabzuwürdigen. Das kann sogar, meine Dame, meine Herren, Sie wissen das, einen Straftatbestand erfüllen.“

„Soweit würde ich nicht gehen, Herr Martenthaler, das schießt vielleicht über das Ziel hinaus“, schaltete sich nun einer aus den

Reihen der Westimporte ein. „Dennoch möchte ich meinen, es ist Ihnen zuzustimmen, wir sollten uns allesamt um mehr Offenheit bemühen. Und um mehr Kollegialität."

Dem Westkollegen warf er nun doch einen dankbaren Blick zu und fuhr fort: „Meine Dame, meine Herren, ich wiederhole, wenn Sie Vorschläge vorzubringen haben, bitte tun Sie das. Und was unsere Ermittlungsarbeit anlangt, wenn tatsächliche Anhaltspunkte erkennbar sind, tatsächliche, werden wir ermitteln. Das ist doch selbstverständlich. Nach rechtsstaatlichen Grundsätzen." Gerne hätte Martenthaler noch etwas Versöhnliches zum Abschluss gesagt, aber es fiel ihm nichts ein.

Wie jeden Montag nach der Sitzung erwartete ihn schon Frau Leisner, um über den Ermittlungsstand in dem Fall des tödlichen Verkehrsunfalls zu berichten. Sie saß bei Frau Nehlsen im Vorzimmer auf dem Besucherstuhl, wie immer hatte sie eine dicke rote Akte dabei, es war bereits Band zwei zu diesem Fall, und natürlich hatte sie auch den *Kleinknecht* mitgebracht, ihren StPO-Kommentar mit den vielen gelben Klebezetteln. Für ihre Erscheinung hatte er heute kein Auge, aber ihrem Bericht wollte er aufmerksam folgen.

„Über Stellmacher, den Halter des Golf wissen wir ja einiges", begann sie, als sie in Martenthalers Zimmer am Besprechungstisch einander gegenüber saßen, „er kam aus Ostberlin, wohnt jetzt in Wilmersdorf, sammelt Antiquitäten, versucht sich in Westberlin wohl noch ein bisschen im Kunsthandel. Aber die etablierten Auktionshäuser beherrschen da den Markt. Höchstens dann und wann macht er noch mal ein Geschäft, auf eigene Rechnung. Ich könnte vielleicht beim zuständigen Finanzamt nachfragen, aber er hat natürlich noch keine Steuererklärung für einundneunzig abgegeben, höchstens für neunzig, aber so was läuft doch meistens am Finanzamt vorbei."

„Eben, Frau Leisner, bar. Bargeld!"

„Das ging mir auch schon durch den Kopf, Herr Doktor. Aber

wie bekommen wir raus, ob das Geld im Unfallfahrzeug für ihn oder in seinem Auftrag transportiert wurde? Auch über den Kossatz wissen wir noch nicht genug. Wir haben jetzt einen Haftbefehl, den sollten wir vollstrecken, dann bekommen wir vielleicht heraus, ob er von dem Geheimfach mit Bargeld wusste? Ob er den Unfall absichtlich herbeigeführt hat, um an das Geld zu kommen oder um den Weitertransport des Geldes zu verhindern? Vielleicht war es doch nur ein normaler Verkehrsunfall?“

„Warum überlassen wir das nicht der Polizei in Cottbus? Die sollen vollstrecken, alles beschlagnahmen und den Kossatz vernehmen.“

„Entschuldigen Sie, wenn ich widerspreche, Herr Doktor, aber können wir das der Polizei überlassen? Ich denke, das sollten wir selber in der Hand behalten, zumindest dort im Spreewald sollten wir persönlich dabei sein. Nicht, dass noch ein Polizist dem Kossatz das durchsticht.“

„Aber wenn wir das verfügen, muss die Polizei doch … Immer noch so viel Misstrauen, Frau Leisner? Wegen der verschwundenen Akte damals? Sie halten das immer noch für relevant?“

„Herr Doktor, bedenken Sie bitte, was wissen Sie über die Loyalität ihrer eigenen Mitarbeiter hier im Hause? Nicht mal die können wir beurteilen! Und immerhin, jetzt rede ich über unsere engsten Kollegen, die wir aus der tagtäglichen Zusammenarbeit kennen!“ Sie war ganz empört. „Und da können wir doch über die Polizei gar nichts wissen! Sind die loyal und gegenüber wem? Gegenüber dem neuen Staat, oder dem alten, gegenüber ihren früheren Freunden, Bekannten, Kollegen? Ich bin mir da nicht sicher, überhaupt gar nicht.“

Martenthaler schaute an ihr vorbei auf die Kastanie vor dem Fenster, die mit jedem Windstoß ein paar Blätter verlor. Hatte er richtig reagiert, vorhin in der Abteilungsleiterrunde, als die Altgedienten wieder stichelten? Und hatte er einen Fehler gemacht, als er letzte Nacht diesen Abschiedsbrief schrieb? Seine Gedanken waren wieder bei Georgia, ganz aus der Spur sei sie, hatte Frau Nehlsen heute früh gesagt. Alles falsch, was ich hier mache, dachte er, alles falsch. Die junge Mitarbeiterin musste gemerkt haben, dass er nicht mehr zuhörte, aber er bemühte sich, weiter dienstlich zu bleiben und zwang sich zur Konzentration: „Hoffen wir, Frau Leisner, dass Sie falsch liegen mit Ihrem Misstrauen", sagte er nach einer längeren Pause, „aber Sie haben schon recht, wir müssen alle Möglichkeiten in Betracht ziehen. Also gehen wir mit zur Festnahme und Durchsuchung dieser, wie sagen Sie, Alten Försterei, dort in dem Spreewaldkaff. Veranlassen Sie bitte alles Nötige."

„Und was ist mit dem Volvo, soll der auch zur PTU?"

Er nickte: „Ja, der muss auch auseinandergenommen werden, verfügen Sie das, ich zeichne gegen. Und weiter so, Frau Leisner, behalten Sie die Fäden in der Hand, Sie und Ihre Truppe. Sie müssten ja auch bald fertig sein mit der Anpassungsfortbildung. Dann können Sie solche Dinge selbstständig machen."

„Ja, ja, möchte ich sehr gerne. Und ich habe auch schon eine Verkürzung der Fortbildung beantragt, die Noten meiner letzten beiden Klausuren geben das her, vielleicht kann ich schon zum Jahresende abschließen und dann alleine unterzeichnen."

Martenthaler nahm die Brille ab, rieb sich die Augen und trank seinen Kaffee aus. Die Nacht war all zu kurz und die Abteilungsleiterrunde hatte ihn auch mehr mitgenommen, als gedacht. Ob er zu mürrisch war, an einem Tag wie dem heutigen? Jedenfalls sah ihn die junge Kollegin aufmerksam an. Was bekam Sie mit? Er setzte die Brille wieder auf und schaute sie an: „Entschuldigen Sie, die Sitzung vorhin war etwas anstrengend, das geht mir noch nach. Und dann hab ich da noch diesen Fall, den die Presse jetzt hochspielt, im Ministerium, dieser Korruptionsverdacht. Verdacht oder eher Vermutung. Ein Journalist ist dahinter her. Tut der sich nur wichtig oder ist da was dran? Ein Ermittlungsverfahren gegen einen Minister, das ist schon ein dickes Ding, da verbrennt man sich leicht die Finger."

Wieso schütte ich dieser Mitarbeiterin mein Herz aus, als wäre sie meine Mutter, dabei könnte sie meine Tochter sein, dachte er.

„Was halten Sie denn in diesem Fall von Vorermittlungen", schlug Frau Leisner vor, „von einem Überprüfungsvorgang, AR-Sache? Wir hatten da so eine Diskussion neulich in der Fortbildung, da wollte ich Sie ohnehin darauf ansprechen. Zum Schutz des Beschuldigten könne das sinnvoll sein, vor allem wenn es sich beispielsweise um Personen des öffentlichen Lebens handle, sagte unser Dozent. Das ist doch hier der Fall."

„Ach, die alte Frage, Schutz der Privatsphäre versus Transparenz des Verfahrens." Martenthaler lachte kurz. „Das hatten wir schon damals im Studium, im StPO-Seminar in Münster, beliebtes Thema bei Juraprofessoren und vor allem bei den Assistenten." Er streckte die Hand aus: „Darf ich mal ihren *Kleinknecht* haben?" An der entsprechenden Stelle klebte bereits einer dieser gelben Merkzettel. Er schlug das dicke Buch auf und las den Abschnitt dazu laut vor. Daraus entspann sich ein ausführliches Gespräch über die Vorzüge aber auch die grundsätzlichen Probleme solcher Überprüfungsvorgänge. „Sie sehen", schloss er nach fast einer halben Stunde ihre Diskussion, „gerne macht man das nicht, für den Beschuldigten und dessen Anwalt gibt es ja dann keine Akteneinsicht, ganz gegen rechtsstaatliche Grundsätze. So was muss schon gut begründet sein."

Schließlich stand Frau Leisner auf, packte ihre Papiere in die rote Akte und klemmte diese unter den Arm, dazu noch den dicken Rechtskommentar: „Vielen Dank, Herr Doktor. Und ich weiß ja nicht, ob ich Ihnen zu nahe trete, aber ist Ihnen nicht gut? Es geht mich ja nichts an, aber irgendwie kommen Sie mir so bedrückt vor, heute."

„Schon gut, alles okay“ Martenthaler versuchte ein Lächeln. „Und wenn es etwas Neues gibt bei ihren Ermittlungen, halten Sie mich auf dem Laufenden, bitte!“
Ich behalte das in der Vereinigungskriminalität und mache daraus erst mal eine AR-Sache, entschied sich Martenthaler, als die junge Mitarbeiterin gegangen war.

„Aber Herr Major“, sagte ein junger Leutnant, nachdem er stramm gestanden und salutiert hatte, „Herr Major, Sie haben doch gar keine Genehmigung für dieses Gewerbe hier. Und Ihre Buchführung?“ Das Ganze spielte sich merkwürdigerweise in Hegers Wohnung ab. Der Leutnant zog alle Aktenordner aus dem Regal, verstreute Papiere auf dem Fußboden, riss Blätter heraus und schrie dabei die ganze Zeit: „Keine Gewerbegenehmigung, keine Inseratensammlung, keine Aufzeichnungen über Provisionen, keine Umsatzsteuervoranmeldung, nichts, nichts, nichts!“ Er trat mit seinem Uniformstiefel gegen den Haufen Papiere und kam dann ganz nah an Heger heran. Wieso habe ich meine frühere Uniform an, fragte sich Heger. Da riss ihm der Leutnant schon die Schulterstücke ab und warf sie auf den Papierhaufen. „Sie sind mir ein schöner Ausbilder“, brüllte er. Heger versuchte sich zu verteidigen: „Ich hab‘ doch in der Weiterbildung gelernt und gebüffelt, Verkaufsgespräch und Abschlusstechniken.“ Der Leutnant lachte höhnisch, er hatte jetzt keine Uniform mehr an, sondern einen dunklen Anzug mit Hemd und Krawatte, da konnte Heger deutlich sehen, dass es Schubatzki war. Und der lachte laut und lauter: „Ha, ha, ha, Gewerbeordnung, Makler- und Bauträgerverordnung, darauf kommt’s an! Da hat er wohl gepennt, mein wunderbarer Ausbilder, der Herr Major a. D.!“ Wie ein Echo war nun ein zweites Lachen zu hören, tief und kehlig, ha, ha, ha. Es kam aus der hinteren Ecke des Wohnzimmers, und da erst

bemerkte Heger, dass es sich ein dicker Mann auf seinem Sofa bequem gemacht hatte. Der lachte, dass sein Doppelkinn schwabbelte und ihm Tränen über die Wangen liefen. Japsend und unter andauerndem Gelächter brachte er hervor: „Nicht mal Pommery hat er und da will er eine Provision! Für so 'ne miese Leistung zahl' ich doch nichts", und er lachte und lachte und hörte nicht mehr auf.
Heger wachte auf, das Kissen war verschwitzt, und als er aufstand, um sich in der Küche ein Glas Wasser zu holen, begann er zu frösteln. Draußen dämmerte es bereits, erste Geräusche waren zu hören, Autos und weiter vorn die Straßenbahn, wie sie quietschend um die Kurve fuhr. Noch mal einzuschlafen, daran war sowieso nicht zu denken. So ging er ins Bad, zog den schweißnassen Schlafanzug aus, pinkelte und schlüpfte in den Morgenmantel, dann machte er sich eine Tasse Kaffee und setzte sich an den Küchentisch. Tatsächlich, fiel ihm jetzt wieder ein, hatte in der Umschulung, das war nun schon mehr als ein Jahr her, ein Westjurist natürlich, einen Vortrag über die Rechtsgrundlagen der Makelei gehalten. Heger nahm seinen Kaffeebecher, ging ins Wohnzimmer und suchte im Regal nach den Lehrmaterialien, die man ihnen damals mitgegeben hatte. Er fand auch noch das alte Skript und fing an zu lesen. Da stand ja alles drin über Gewerbeerlaubnis, Aufzeichnungspflichten, sogar über die Umsatzsteuer! Er hatte das seinerzeit so langweilig gefunden, den trockenen Vortrag des jungen Rechtsanwalts einer großen Münchner Kanzlei. Die Trainings- und Rollenspiele, mit denen sie üben sollten zu verkaufen, hatten ihn viel mehr gefesselt. Ach, hätte er sich doch an die Rechtsgrundlagen eher erinnert! Das mit der Steuer war vielleicht nicht so schlimm, er hatte ja noch keine Rechnung geschrieben und noch nichts eingenommen, versuchte er, sich zu beruhigen. Und die Gewerbeanmeldung, ob er die nachholen

könnte? Vor allem aber, war es möglich, dass Baum ihn tatsächlich um seine Provision brächte, wenn er dieses Geschäft ohne Genehmigung betriebe?
Später suchte er die Unterlagen zusammen, von denen er glaubte, dass sie für die Anmeldung nötig wären. Polizeiliches Führungszeugnis, das müsste er erst beantragen, ebenso die Negativauskunft aus dem Schuldnerverzeichnis, erst dann könnte er bei der Gemeinde die Gewerbeerlaubnis beantragen, so stand es in den Schulungsunterlagen. Wie lange würde das dauern, bis er alle Papiere zusammen hätte und dann vom Rat der Stadt, nein, Stadtverwaltung hieß das jetzt, die Genehmigung, dieses wichtige Dokument erhielte? Das alles würde auch Gebühren kosten! Er holte sich den Ordner mit den Kontoauszügen aus dem Regal. Sein Guthaben war zusammengeschmolzen, damit würde er gerade noch das Nötigste bis zum Monatsende bezahlen können. Die Vorruhestandsbezüge, von denen er anfangs gedacht hatte, sie böten ihm ein komfortables Auskommen, reichten hinten und vorne nicht. Es war jetzt in D-Mark alles so viel teurer. Die Miete hatte sich verdoppelt, die Raten für den Autokredit, das Benzin, überhaupt die ganzen Kosten für den roten Ford Mustang! Auch für Kleidung hatte er mehr ausgegeben als geplant. Den Anzug, der ihm gleich im Winter neunundachtzigneunzig von einem eifrigen Verkäufer aufgeschwatzt wurde, konnte er auch nicht jedes Mal anziehen. Wenn Baum ihm nun noch die Provision verweigerte, vielleicht mit dem Hinweis auf die fehlende Gewerbeerlaubnis, wie sollte er dann zurechtkommen? ‚Gehen Sie zeitnah auf Faber zu', hatte er gesagt, als sie sich neulich nach dem Notartermin verabschiedet hatten, wir werden uns schon einigen. Einigen, das bedeutete natürlich, dass B & K ihm nicht die vollen sechs Prozent zukommen lassen wollte!
Nachdem er die Briefe, Antrag für ein polizeiliches Führungszeugnis und Ersuchen um eine Auskunft aus dem Schuldnerver-

zeichnis, geschrieben und in den Briefkasten geworfen hatte, ging er zur Telefonzelle und rief die Niederlassung von B & K an. Er hatte Glück, Faber sei ohnehin gerade hier und gerne bereit, die Sekretärin am Telefon betonte das ‚Gerne', mit ihm am Nachmittag über die Frage der Provision zu sprechen. Wenn er um sechzehn Uhr kommen wolle.

Er ging in die Fußgängerzone. Der Sturm, der die letzten Tage gewütet hatte, war abgeflaut. Die Luft war kühl und klar, deutlich war die Backsteinkirche im italienisch anmutenden Stil mit ihrer großen Turmuhr am anderen Ende der geraden Straße zu erkennen – es war erst halb elf. Bis sechzehn Uhr war noch viel Zeit, aber er war zu unruhig, um wieder umzukehren und sich zu Hause zu beschäftigen. Er hätte sich gerne bei einem Juristen oder einem anderen Makler Rat geholt, besonders darüber, mit welcher Taktik er in diesem Fall und in der Verhandlung mit Faber vorgehen sollte. Aber er kannte keinen Makler. Sollte er Schubatzki aufsuchen? Wenn er jetzt links abbog, wäre er gleich bei dessen Kanzlei. Aber Schubatzki? Dann musste er ihm gegenüber doch das alles offenlegen und er war einst dessen Ausbilder bei den Grenztruppen gewesen. Nein, so weit würde er sich nicht erniedrigen!

Er entschloss sich stattdessen zu einem längeren Spaziergang. Er schlenderte die Straße entlang Richtung Kirche, zwischen den Läden, die er schon seit langem kannte, waren da und dort einige neue entstanden. Den Süßwarenladen gab es schon fast ein Jahr, hier hatte er die Schokolade für den hochbetagten Herrn gekauft. Die Buchhandlung an der Ecke war in privaten Händen und hieß nicht mehr nach August Bebel. Im Schaufenster Bücher von Autoren, die er nicht kannte, aber Literatur interessierte ihn auch nicht sonderlich. Im gleichen Haus mit Eingang von der Querstraße eine Weinhandlung, die er bisher noch nicht gesehen hatte. Ein paar Flaschen italienischen und französischen Weins im Fenster, Sorten und Lagen, die ihm nichts sagten, kein Roter aus Bulgarien, kein Rosenthaler Kadarka, sicher nur saures Zeug. An der nächsten Ecke ein Bäcker, die Regale voll mit den unterschiedlichsten Brotsorten, die es jetzt überall gab. Die Brötchen von den Bäckereiketten aus dem Westen, voller Luft, fluffig aufgeblasen und dabei krümelig, das mochte er nicht. Da bog er lieber nach rechts ab und ging zu dem alteingesessenen Bäcker, der die Backstube im Hinterhaus hatte, nur zwei Sorten Brot und drei Sorten Schrippen, aber ordentliche, klein, knackig, fest und mit einer anständigen Kruste.

Er merkte, dass er Hunger hatte, vor Aufregung hatte er vergessen zu frühstücken. Er kaufte zwei Brötchen, aß sie im Gehen aus der Hand und bog in das Holländische Viertel ein, das einst ein Preußenkönig hat bauen lassen, um Handwerker ins Land zu holen. Rote Backsteinhäuser mit aufragenden Schaugiebeln. Hier hatte man begonnen, die Straßen zu erneuern, sogar den Unterbau und die Leitungen. Bagger hatten den Boden tief ausgeschachtet. Auch an einigen Häusern waren Bauleute mit der Renovierung beschäftigt, da und dort unterstützt von den Eigentümern oder Bewohnern. Die angrenzende Straße, die ihn zum Park und zum See führte, war jüngst ebenfalls umbenannt worden. Warum behielt man nicht die bisherigen Namen bei, die waren doch gut und man kannte sich damit aus, fragte er sich. Wieso blieb diese Straße nicht der Jugend gewidmet, was hatte man gegen die Jugend?

Dann am Seeufer ein kleines romantisches Gebäude, ganz schief stand es, zur Seite abgesackt in den sumpfigen Untergrund, man würde es wohl bald abreißen müssen. Einige Gebäude der Preußenzeit hatten schon dran glauben müssen, auch die holländischen Häuser wären eigentlich fällig. Aber es gab immer Menschen, die für das historische Erbe eintraten. Künstlervolk und Leute von den Hochschulen waren es, die sich oft für diese alten Sachen einsetzten. Wieso bloß? Konnte man nicht froh sein, die Zeugen des Preußentums loszuwerden? Heger war für das Moderne, er selber hätte auch lieber in einem der Plattenbauten gewohnt, das waren doch schöne Wohnungen, vor allem die an der Havelbucht mit weitem Blick übers Wasser. Wenn er sich aus seinem Wohnzimmerfenster vorbeugte, konnte er sie sehen. Und sie hatten alle moderne Ausstattung, Aufzug, fließend Kalt- und Warmwasser im Bad und in der Küche, Zentralheizung, nicht so, wie in seiner renovierungsbedürftigen Altbauwohnung und nicht so, wie hier in den alten Holländerhäusern.

Er ging in den Park und dachte wieder über die Frage nach, wie er das Gespräch mit Faber heute Nachmittag führen müsste. Sollte er energisch auftreten, auf sein Recht pochen, um die vereinbarte Provision zu kassieren, notfalls mit einer Klage und dem Gericht drohen? Oder sollte er sich konziliant zeigen? Immerhin hatte Baum angedeutet, dass er bereit war, noch weitere Geschäfte mit ihm zu machen. Welche wären das?

Er folgte dem Weg bis zu dem Sommerschloss am See, auf das alle Wege ausgerichtet sind. Hier war er oft gewesen, vor Jahren mit jungen Fähnrichen, die er auszubilden hatte. In diesem Palais war vor neunundachtzig ein militärhistorisches Museum untergebracht. Ausgestellt waren aber nicht nur historische, sondern durchaus auch moderne Waffen. Da konnten die jungen Männer einiges lernen! Aber das war nun auch kein Museum mehr. Alles stand leer, die Waffen und Ausstellungsstücke waren abtransportiert. Er umrundete das Gebäude und stellte fest, dass jetzt der Blick von der Terrasse aus über die Landenge und die Havel dahinter frei war. Seit sie die Grenzanlagen entfernt hatten, war das weiß gestrichene Schloss mit seinen zwei Türmen jenseits des Wassers zu erkennen. Der Zaun und die hohen Sichtblenden waren abgebaut. Abgebaut von den eigenen Leuten, auf Befehl des letzten Verteidigungsministers, eines ehemaligen Pfarrers! Wer keine Zulassung zu einem ordentlichen Studienfach bekommen

hatte, vielleicht weil er den Dienst mit der Waffe verweigert und als Bausoldat gedient hatte, konnte immer noch Theologie belegen. Und so einer war am Ende Minister und oberster Befehlshaber der NVA geworden! Nein, nicht mal das! Minister für Abrüstung war er gewesen. Nichts war mehr in Ordnung!
Die unbefestigten Wege im Park waren noch nass vom tagelangen Regen, mit Sand an den Schuhen und Spritzern an den Hosenbeinen konnte er nicht zu Faber. Also ging er den ganzen Weg zurück, reinigte und polierte zu Hause sorgfältig seine Schuhe und zog den dunklen Anzug mit Hemd und Krawatte an.
Als er Am Bürohochhaus aus dem Ford Mustang stieg, musste er mit großen Schritten über die Pfützen, die seit dem Regen der letzten Tage noch immer zwischen den schief liegenden Betonplatten standen. Oben öffnete ihm die Sekretärin: „Oh, Herr Heger, bitte treten Sie doch ein! Herr Faber wird gleich bei Ihnen sein“, damit führte sie ihn in den Besprechungsraum und bot ihm Kaffee aus der kleinen Thermoskanne und etwas von den Keksen an, die hier immer bereit standen.

Kaum hatte er den ersten Schluck genommen, da kam auch schon Faber, wie gewohnt mit ausholenden Schritten und federndem Gang, reichte ihm aber nicht die Rechte sondern legte seine Linke mit einer fast freundschaftlichen Geste auf die Schulter: „Na, läuft er immer noch gut, der schicke Ford Mustang?“
Heger murmelte etwas Unverständliches, nach Smalltalk über sein Auto war ihm jetzt nicht zumute.

„Ich hoffe, es ist alles in Ordnung mit ihrem hübschen Cabrio“, damit bot Faber ihm einen Stuhl an und setzte sich schräg über Eck zu ihm an den großen Tisch.

Heger hatte gehofft, dass Faber nun zur Sache käme, doch der blickte ihn an, schweigend, abwartend aber entspannt, mit nur leicht hochgezogenen Augenbrauen. Es half nichts. Heger musste sich wieder mehrfach räuspern, wieder diese Heiserkeit, dieser Frosch im Hals: „Also, ähm …, Herr Baum meinte ja neulich, ich solle noch mal auf Sie zukommen, Herr Faber, wegen der Provision." Immer noch blickte Faber ihn schweigend an. Heger kramte in seiner Hosentasche nach einem Taschentuch, da war nur ein raschelndes Päckchen mit Papiertaschentüchern, und als er eines herausziehen wollte, fielen die anderen auf den Boden, er musste halb unter den Tisch kriechen, um sie aufzusammeln, ehe er endlich eines entfalten und sich die feuchten Hände abtrocknen konnte. Faber schaute ihm immer noch zu, ohne eine Miene zu verziehen. „Also wegen der Provision …"

„Ja?"

„Ich wollte jetzt die Rechnung schreiben, sechs Prozent von einhundertsechzigtausend, plus Mehrwertsteuer, macht zehntausendneunhundertvierundvierzig."

„Herr Heger", Faber beugte sich nach vorn, „das ist nicht ihr Ernst! B & K ist ein solides Unternehmen, Herr Heger, aber auch wir müssen darauf achten, dass unsere Kosten im Rahmen bleiben."

Heger unterdrückte ein neuerliches Räuspern und antwortete etwas heiser: „Sechs Prozent sind marktüblich."

„Natürlich, Herr Heger, wenn Sie eine Eigentumswohnung vermitteln für einen privaten Verkäufer und die Provision vom Käufer kassieren können. Aber doch nicht für uns!"

Heger holte tief Luft: „Herr Faber, das ist doch …, das können Sie doch nicht …, ich meine, wenn es da zu einer rechtlichen Auseinandersetzung käme …"

„Ich bitte Sie, lieber Heger! Rechtliche Auseinandersetzung? Betreiben Sie denn ein angemeldetes Gewerbe? Was man so hört, fehlt Ihnen doch die Gewerbeerlaubnis. Da wird es schwer, sich vor Gericht zu streiten! Und überhaupt, wozu streiten und worüber? Doch nicht darüber, nicht über solche Peanuts!"

Peanuts? Erdnüsse? Erdnüsse sagen diese Wessis, wenn sie kleines Geld meinen! Mehr als zehntausend Westmark, sind das Peanuts, fragte sich Heger. Aber Faber fuhr fort: „Machen Sie keinen Ärger, mein Lieber, wir wollen doch weiter im Geschäft bleiben. Sehen Sie, das wird doch ein wunderschönes Projekt. Es entstehen an die hundert Eigentumswohnungen, da brauchen wir einen versierten Vertriebspartner, der die Stadt kennt und weiß, wie man die Kunden hierzulande anspricht. Lieber Herr Heger", Faber betonte das *Lieber*, „das ist doch in ihrem eigenen Interesse, dass wir dann an Sie denken, wenn es soweit ist. Was meinen Sie, wenn Sie uns entgegenkommen und mit drei Prozent zufrieden sind, ist das nicht ein fairer Ausgleich?"

VIII.
Anfang 1992

Martenthaler saß rechts hinten, die Tasche mit den Akten und ein Beutel mit einer Thermosflasche heißen Tees und einem belegten Brot neben sich. Er war froh, dass sie einen VW-Bus mit Fahrer zur Verfügung hatten. Mit Standheizung, wie Frau Leisner bei der Anmeldung ausdrücklich betont hatte. Denn seit Tagen hielt sich grimmige Kälte. Wenigstens kriege ich es zu Hause warm, nicht wie letzten Winter in jener Bruchbude, dachte er. Immer wieder solche Kälteperioden hier im Osten, im milden Kölner Klima hatte er das kaum je erlebt.

„Wir müssen noch die Kollegin abholen", sagte er zum Fahrer, und nannte die Adresse.

Eigentlich wäre die junge Staatsanwältin jetzt selber berechtigt, den Einsatz zu leiten und zu überwachen, nachdem sie ihre Fortbildung sehr erfolgreich abgeschlossen hatte. Stolz hatte sie ihm das Zertifikat, eine Art Zeugnis gezeigt, sie muss genauso fleißig und engagiert in den Kursen mitgearbeitet haben wie im Dienst. Juristen waren nicht gnädig bei der Notenvergabe, ein ‚Gut – Bestanden' kam einem Prädikatsexamen gleich. Dennoch hatte sie ihn gebeten mitzukommen zu ihrem ersten Einsatz draußen, den sie nun selbständig zu verantworten hatte: „Wenn Sie es auf sich nehmen wollen, wir müssen in aller Frühe los, lieber Herr Doktor." *Lieber* hatte sie gesagt! Das überzeugte ihn, und er konnte ihre Unsicherheit auch verstehen. Die erste Durchsuchung draußen, genau erinnerte er sich, wie ihm zumute gewesen war, damals, als frischgebackener Staatsanwalt zum ersten Mal einen Einsatz der Polizei hatte leiten müssen. Wenn es nur nicht so eisig kalt wäre und man nicht schon frühmorgens um vier hätte aufbrechen müssen, wäre es ja auch eine willkommene Abwechslung vom Aktenstudium und Organisationskram am Schreibtisch gewesen. So aber saß er mürrisch und verschlafen auf dem Rücksitz, als das Auto vor dem elfgeschossigen Plattenbau in der schmalen Wohnstraße anhielt. Oben brannte nur hinter einem der vielen Fenster Licht, das jetzt auch erlosch, und bald darauf ging die Treppenhausbeleuchtung an.

Mit einem fröhlichen: „Guten Morgen Herr Doktor", und zum Fahrer: „Auch Ihnen einen schönen guten Morgen", brachte die junge Frau einen Schwall Kaltluft mit ins Wageninnere. Sie setzte sich in die andere Ecke der Rückbank und auf Martenthalers Bemerkung: „Sie wirken ja ganz ausgeschlafen so früh am Tage", antwortete sie lachend, die kalte Dusche hätte sie geweckt, kein heißes Wasser, nicht mitten in der Nacht, nicht hier im Hochhaus. Die Autobahn Richtung Osten war leer mit Ausnahme von einigen polnischen oder holländischen Autotransportern, die verbeulte Wagen auf ihren Pritschen hatten. Das hatte sich zum erfolgreichen Geschäftsmodell pfiffiger Mechaniker und Karosserieklempner entwickelt, westliche Schrottfahrzeuge in Polen aufzuarbeiten und in die GUS-Länder zu exportieren. Ansonsten war draußen wenig zu sehen, ab und zu markierten ein paar trübe, gelbliche Straßenlaternen am Horizont ein Dorf in der flachen märkischen Landschaft, später nur noch Kiefernwälder rechts und links. Die junge Staatsanwältin hatte ihren Mantel auf das Tischchen vor sich gelegt, den Schal behielt sie um den Hals gewickelt und lehnte sich in ihre Ecke. So ganz wach war sie wohl doch noch nicht. Die Augen mit den langen Wimpern fielen ihr zu. Eine Weile noch schaute Martenthaler sie an, ihre vollen Locken verdeckten das Gesicht zur Hälfte, den Mund hatte sie leicht geöffnet, Lippenstift und Wimperntusche, sogar um diese Zeit schon mit sorgfältigem Make up. Das Fahrgeräusch und die warme Luft im gut geheizten Auto ließen auch ihn allmählich einschlafen.

Erst als sie von der Autobahn abbogen und der VW-Bus über ein unebenes Kopfsteinpflaster rumpelte, wurde er wieder wach. Draußen immer noch dunkel, nur Sterne und eine tiefstehende Mondsichel über dem Wald am Ende der weiten Ebene waren zu sehen, in der Ferne markierten ein paar rote Warnleuchten die hohen Schlote eines Kraftwerks, sonst kein Licht, kein Verkehr.

„Hier kenn' ick mir ooch nich aus", brummte der Fahrer. ‚Mir', berlinischer Akkudativ und sein erstes Wort seit der Begrüßung vor anderthalb Stunden. Immer wieder musste er vom Gas, um die unbeleuchteten Wegweiser mit verblichener Schrift zu entziffern. Die alten Schilder hatte man noch nicht erneuert, sie standen schon seit Jahrzehnten an den Nebenstraßen, anders als in Potsdam und an der Autobahn, wo man inzwischen überall neue Verkehrszeichen nach bundesdeutscher Norm aufgestellt hatte. Auch Frau Leisner war jetzt aufgewacht und lächelte entschuldigend: „So früh, das bin ich nicht gewohnt."

Der Fahrer bremste ab und lenkte den VW-Bus auf einen schmalen Waldweg und in eine Lücke zwischen den Bäumen. Diese kleine Lichtung hatte Frau Leisner zusammen mit der Cottbusser Polizeidirektion als Treffpunkt ausgewählt. Die Schiebetür wurde geöffnet und ein rundes Gesicht unter einer Wollmütze mit aufgesticktem brandenburgischen Adler schaute herein. Der Mann salutierte, nannte seinen Namen, fügte den Dienstgrad Hauptkommissar hinzu und ergänzte: „Einsatzleitung von der Volkspo… 'tschuldijung, Polizeidirektion Cottbus."

Jetzt erst bemerkte Martenthaler, dass ihr VW-Bus neben einem Barkas parkte, einem dieser Transporter oder Kleinbusse aus sozialistischer Produktion, wie sie früher nicht nur bei der Polizei und Armee der DDR vielfach Verwendung gefunden hatten, sondern auch heute noch – frisch lackiert und neu beschriftet – als Einsatzfahrzeuge dienten.

„Kommen Sie herein ins Warme! Darf ich bekannt machen: Frau Leisner, die zuständige Staatsanwältin, Herrin des Verfahrens, wenn ich so sagen darf. Mein Name ist Martenthaler, Leitender Oberstaatsanwalt."

„Frau Leisner, jenau, wir ham schon telefoniert paarmal, und ick hab' doch die janzen Verfüjungen jekricht, mit Ihrer Unterschrift." Er zog seinen Handschuh aus und reichte ihr freundlich seine dicke Pranke.

Frau Leisner räumte ihren Mantel vom Tischchen, knipste das kleine Leselicht an und zog aus ihrer Akte den Durchsuchungsbeschluss des Amtsgerichts Potsdam: „Der Beschuldigte ist nicht zur Vernehmung erschienen, trotz ordnungsgemäß zugestellter Vorladung."

„Kenn' wir schon, den janzen Vorgang: Beschuldigter Kossatz." Er nannte die Adresse, den Tatvorwurf samt einschlägigem Paragraphen. „Ergreifung des Verdächtigen, Durchsuchung der Wohnräume und der Nebenräume, Beschlagnahme von Beweismitteln." Der freundliche Hauptkommissar war natürlich im Bilde.

Neben ihrem Ordner breitete Frau Leisner eine amtliche Landkarte aus, Topographische Karte Blatt 3949, eins zu fünfundzwanzigtausend, jedes Haus und jeder Steg waren dargestellt.

„Stasi", sagte der Hauptkommissar und deutete auf die Karte. Frau Leisner und Martenthaler tauschten fragende Blicke.

„Na ja, hatte früher nur die Stasi, so'ne genauen Karten, oder natürlich die Sowjetstreitkräfte, klar. Nicht mal wir von der Vopo bekamen so was, nur vereinfachte Darstellungen. Aber schau'n wir mal drauf." Zu dritt beugten sie sich darüber, um den Einsatzplan nochmals durchzusprechen: „Hier."

Auf der Karte waren drei graue Pünktchen an einer dünnen blauen Linie dargestellt. Viele solcher blauen Linien waren zu sehen, sie verzweigten sich und liefen wieder zusammen, Wasserläufe, die Hauptspree, ihre zahlreichen Nebenarme, die Kanäle und Fließe des Spreewalds, dieser besonderen Landschaft, über Jahrhunderte hinweg von anderen Siedlungsgebieten abgeschieden und schwer zugänglich, Wenden und Sorben hatten hier Fischfang betrieben und angebaut, was auf dem feuchten Boden eben wuchs, Kohl, Gurken, Meerrettich und anderes anspruchslose Gemüse. Heutzutage war der Spreewald ein beliebtes Ziel für Ausflügler, im Frühjahr und Sommer, aber zu dieser eiskalten Jahreszeit natürlich nicht. Und nur die Einheimischen kannten sich hier wirklich aus. Viele der Straßen und Wege führten zu einem Wasserarm und endeten dort, meist an einem Haus oder Gehöft, wie hier am Zielobjekt, manchmal auch an einer Schleuse oder an einem Wehr.

„Hier sind aber drei Gebäude markiert, ich dachte, es handle sich nur um ein einzelnes alleinstehendes Haus." Martenthaler zeigte mit seinem Stift auf das Zielobjekt.

„Haus, Stall und Schuppen, war mal 'ne Försterei, so bis neunzehnachtzig 'rum", sagte der Hauptkommisar.

„Und was bedeutet dieses Symbol wie zwei Pfeile und danach die unterbrochene Linie?" Martenthaler zeigte mit seinem Stift auf die Fortsetzung der Straße, die nach dem Zielobjekt nicht mehr durchgezogen war, sondern gestrichelt den Wasserarm kreuzte.

„Der Doppelpfeil markiert einen Steg. Hier is det so'n typischer Spreewald-Steg aus Holz", erläuterte der Hauptkommisar, „führt über diesen Wasserarm, Treppe auf der einen Seite hoch, auf der anderen wieder runter. Anschließend keen Fahrweg, nur noch'n Pfad, deshalb gestrichelt, jeht durch'n Wald und bis zum nächsten Haus, dem Schleusenwärterhaus, hier." Er wies auf einen weiteren Punkt, der auf der Karte am nächsten Wasserlauf eingetragen war.

„Zu Fuß könnte aber schon einer rüber, über diesen Steg, und sich dorthin entfernen?"

„Schon, aber wir ham dafür jesorgt, det die Zujänge alle kontrolliert wern. Allet abjeriejelt, wir ham Posten vorm Haus und dahinter, am Steg und an der Zufahrt und auch am Schwanstrom."

„Am Wasser? Ist doch zugefroren bei der Kälte."

„Eben! Wer sich hier auskennt, kann auch mit Schlittschuhen abhauen."

Auf der Karte waren die Stellen mit Rotstift markiert: „Hier steht jeweils einer unserer Leute. Arme Kerle, bei dieser Saukälte! Und die Ausrüstung ist ja auch nich mehr wat se mal war."

Auf Martenthalers fragend hochgezogene Augenbrauen fuhr er fort: „Ick meene, die wattierten Schapkas mit Webpelzfutter und die Filzstiefel aus der Sowjetunion, det war jut. Da kommt ja dieset Zeug hier ...", damit hob er die Strickmütze mit dem aufgestickten brandenburgischen Landesadler, die er achtlos auf die Sitzbank geworfen hatte, kurz hoch und ließ sie wieder fallen. „... dieset Zeug hier kommt längst nich mit. Die rheinischen Leihbeamten im Landesverwaltungsamt. Keene Ahnung ham die, wat Kälte is. Die Menschen in der Sowjetunion, ja, die wissen det! Ick jedenfalls, ick hab wen'stens meene Filzstiefel behalten, det merkt ja keener, det die sozialistisch sin." Damit wies er unter den Tisch. „Aber uff'm Kopp, da jeht ja nur die Dienstmütze. Ick saje Ihnen! Und da soll man Einsätze wie diesen leiten. Arme Jungs da draußen, sin mindst'ns zehn Jrad minus. Na, hilft nüscht, Frau Staatsanwältin hat beantragt, det Jericht hat beschlossen, da müssen wir halt ..."

„Ich bitte Sie, Frau Leisner kann doch nichts für das Wetter, und das Gericht auch nicht!"

„Jut, jut, nüscht für unjut, weiter jeht's. Hier den Fahrwech nehm' wa, eene weitere Zufahrt jibt es nich. Woll'n wa uns noch uffwärmen, eh's losjeht?"

Martenthaler nickte und holte seine Thermosflasche hervor: „Darf ich anbieten?" Verlegen kramte er in dem Beutel: „Nur zwei Becher, was machen wir jetzt?"

Der Hauptkommissar grinste: „Hab ooch noch wat bei, kenn det ja, sone Einsätze." Er machte die Schiebetür auf, ein Schwall

Kaltluft kam herein, stieg dann aus, schloss die Tür wieder und ging zum Barkas. Nachdem er zurückkam stellte er eine weitere Thermosflasche und einen Becher auf den kleinen Tisch. Als er wieder saß, zog er noch einen Flachmann aus der Tasche: „Jejen de Dienstvorschrift, aber jut bei de Kälte und vertreibt schlechte Laune. Wenn die Frau Staatsanwältin nüscht jejen hat?“

Frau Leisner hatte nichts dagegen und nahm auch einen Schluck davon in ihren Tee. Der Motor lief auf niedrigster Drehzahl und die Standheizung fauchte leise. Die Autoscheiben beschlugen, Wassertröpfchen rannen daran herunter, sie mussten das Glas freiwischen und zwei Fenster einen Spalt breit öffnen, so drangen von draußen leise die Geräusche des nächtlichen Waldes herein, das Rascheln eines Tieres, vielleicht war es ein Fuchs, mehrmals der Schrei eines üKäuzchens, leises Knacken des Eises auf dem zugefrorenen, nahen Fließ.

Der Hauptkommissar schaute auf die Uhr: „Fast sechs, wir sollten los.“ Er verließ den VW-Bus und stieg in den Barkas. Beide Fahrzeuge bogen langsam in die Landstraße ein und rollten leise zum Alten Forsthaus. Würde der Einsatz planmäßig laufen?
Auf ein leises, fast wortloses Kommando des Hauptkommissars schalteten die Polizisten ihre Funkgeräte ein und bezogen Posten an der Haustür und am Hintereingang des Forsthauses, vor den Toren der beiden Schuppen und an der Treppe zum Steg. Der VW-Bus rollte neben das kleine Auto, das auf dem Hof stand, dabei knirschte der Kies ein wenig unter den Reifen. Den Barkas hatten sie quer auf dem Fahrweg geparkt. Es dauerte nicht lange, bis hinter einem der Fenster das Licht anging. Der Hauptkommissar zog kräftig am Klingelzug, keine elektrische Klingel, darüber hatte sich Martenthaler schon beim Lesen der Unterlagen gewundert.
Drinnen bimmelte eine Glocke, sonst war nichts zu hören, kein Zeichen einer Bewegung. Als er ein zweites Mal energisch am Messinggriff ziehen wollte, erlosch drinnen das Licht. Weiterhin Ruhe

im Haus. Dann hörte er, wie die Hintertür entriegelt und geöffnet wurde, Geräusche wie von einem Handgemenge, das musste der Doppelposten am Hintereingang sein, schnelle aber ungleichmäßige Schritte auf dem Kies, versuchte da einer humpelnd zu rennen?

„Halt, stehenbleiben, Polizei!"

Der Hauptkommissar zu dem Polizisten neben sich: „Hierbleiben!" Selber rannte er los, schneller als man dem rundlichen Mann zugetraut hätte, bog um das Haus, zog und entsicherte im Laufen seine Dienstwaffe und rief: „Halt, stehenbleiben, Schusswaffengebrauch!"

Frau Leisners Stimme zitterte leicht: „Der wird doch nicht ...!"

Martenthaler, der neben ihr mit dem Rücken zum VW-Bus stand, ging mit raschen Schritten auf den Hauptkommissar zu und legte seine Hand auf dessen Unterarm: „Nicht doch! Ruhe bewahren, keine Waffe! Wissen Sie doch."

Der Flüchtige, tatsächlich humpelnd und mit einem Gehstock, wollte wohl den Holzsteg erreichen, versuchte, den Polizisten an der Treppe mit seiner Krücke anzugreifen, der zog ihm aber die Gehhilfe mit raschem Griff weg, bog ihm den Arm auf den Rücken und zwang ihn zu Boden. Die Handfessel rastete ein. Einer der Polizisten half ihm wieder hoch: „Kossatz?"

„Scheiß..."

„Herr Kossatz, wir gehen ins Haus. Gegen Sie liegt ein richterlicher Haft- und Durchsuchungsbefehl vor."

„Ich hab' nix getan. Und ich sag nix."

„Ihr gutes Recht. Gehen wir rein, ist kalt hier."

Kossatz fluchte leise, fügte sich aber. Drinnen war es nicht viel wärmer. Der Hauptkommissar wies den Festgenommenen an, sich auf einen Stuhl am Küchentisch zu setzen: „Sie sind Kossatz?" Er nannte Vornamen, Geburtsort und Geburtstag.

„Ich sag nix."

„Dann leeren Sie bitte mal Ihre Taschen, alles auf den Tisch hier!“

Ein Schlüsselbund, eine Geldbörse, ein Taschenkalender mit Adressverzeichnis, eine kleine Brieftasche mit Personalausweis, Fahrerlaubnis, Bankkarte der Stadtsparkasse Cottbus, Telefonkarte, Sicherungskarte für ein Sparbuch, Krankenschein für das laufende Quartal. Alles auf Kossatz ausgestellt und mit hiesiger Adresse. Das Foto im Ausweis ließ keinen Zweifel offen: „Das sind doch Sie!“

Kossatz nickte: „Will meinen Anwalt anrufen.“

„Dürfen Sie. Darüber müssen wir Sie sowieso noch belehren.“ Der Hauptkommissar legte den Haftbefehl und Durchsuchungsbeschluss vor Kossatz auf den Tisch.

„Fährt mir einer in die Flanke, und mich wollen Sie dafür rankriegen. Ich glaub' es nicht! Will meinen Anwalt anrufen, sofort!“

„Telefonieren wird Ihnen nichts nützen, nicht um diese Zeit. Machen Sie das später, wenn in der Kanzlei ihres Anwalts jemand ans Telefon geht. Und wir machen hier erst mal solange weiter. Am besten, Sie wirken ein bisschen mit. Ist angenehmer für uns alle. Haben Sie noch 'was in den Taschen? Und Sachen am Körper? Bitte alles auf den Tisch!“ Kossatz reagierte nicht.

„Gürtel, Brustbeutel oder so?“

„Eh' Sie an mir rumfummeln“, maulte er und zog unter dem Rollkragenpullover ein kleines Ledertäschchen mit Halsriemen hervor. Darin weitere Schlüssel und ein Zettel mit Zahlen.

Die Gebäude, Wohnhaus, Stall und Remise waren nicht nur äußerlich frisch renoviert, auch im Innern wirkte alles wie neu, in der Küche eine Essecke, wo Kossatz nun am Tisch saß, sonst moderne Einbaumöbel und Geräte. Auch der große Wohnraum und zwei weitere Zimmer waren offenbar frisch gestrichen, die Einrichtung ordentlich und ziemlich leergeräumt, ein großer Kamin, darin noch Reste eines Feuers. An der Wand ein Bild, Spreewälder Landschaft, sonst noch Polstermöbel und ein Couchtisch mit Glasplatte. Im Obergeschoss zwei Schlafräume, ein Bad und eine Art Büro. Karg eingerichtet aber nicht billig das Ganze, hätte Martenthaler auch gefallen. Im Büro hofften sie Material zu finden, das Aufschluss über die Beziehungen des Festgenommenen zu seiner Partei geben könnte, und vielleicht auch über die Geschäfte, die er mit oder für die Partei gemacht hatte.

Martenthaler verschaffte sich im Wohnhaus zusammen mit einem Polizisten einen ersten Überblick: „Hier muss die Spurensicherung ran", er deutete auf die Feuerstelle und das Brennmaterial, „im Bad und Büro auch."

Währenddessen ging Frau Leisner mit einem anderen der Beamten hinüber zu den Nebengebäuden. Die Schlüssel an Kossatz' Schlüsselbund passten. Der ehemalige Stall war Abstellraum für Angelgerät, Boots- und Autozubehör, auch Werkzeug und eine Werkbank standen da, alles an Wandhaken, in Regalen und auf Paletten geordnet. Eine Leiter führte zu einer Luke im Dachboden. Der Polizist zog seine Handschuhe an, kletterte hinauf und vermeldete nur: „Leer." In der Remise einige Transportkisten, wie sie von Umzugsfirmen verwendet wurden, und eine größere Bretterkiste, eine Art Container. „Schwer", sagte der Polizist, als er versuchte, dieses Behältnis anzuheben. Als Frau Leisner eine der Kisten öffnen wollte, reichte ihr der Polizist ein paar dünne Gummihandschuhe.

„Ach ja, vielen Dank, hätt' ich fast vergessen."

„Neu in diesem Job?"

Frau Leisner nickte und lächelte schwach: „Ja, 'tschuldigung."

„Is ja nix passiert", tröstete er sie.

Vielleicht bilden doch nicht alle Seilschaften, dachte sie, und zu diesem gutaussehenden jungen Kerl würde das auch nicht passen. In der Kiste, die sie öffnete, war reichlich Packmaterial, Noppenfolie und weiches Papier, darin eingehüllt harte Gegenstände, bestimmt empfindliches oder zerbrechliches Gut, das jetzt auszupacken ihr nicht sinnvoll erschien. Man müsste es später ohnehin genau untersuchen lassen.

„Ich glaub', im Dorf kann man jetzt was zum Frühstück holen, der Bäcker müsste offen sein", sagte der gemütliche Hauptkommissar, als sie sich in der Küche wieder zusammenfanden: „Nimm mal den Barkas, da ist auch die Thermoskanne drin, lass' sie dir mit Kaffee vollmachen, und belegte Schrippen für jeden", wies er einen der jüngeren Polizisten an und griff nach seiner Geldbörse.

Martenthaler legte einen Geldschein auf den Tisch: „Ich geb' das mal aus." Und zu Kossatz: „Wollen Sie auch was zum Frühstück?"

„Die Staatsanwaltschaft lädt ein?"

„Heute mal und ausnahmsweise. Unschuldsvermutung!" versuchte er einen Scherz.

Kossatz nickte und dankte knapp, ein Lachen kam ihm nicht über die Lippen.

„Wir müssen die Räume versiegeln und die Kisten aus der Remise nach Potsdam in die Asservatenstelle bringen, ebenso alles, was wir an Papieren, Akten und Notizen hier im Haus finden."

„Zwei Leute von uns können erst mal hier bleiben und die Räume weiter durchsuchen, bis der Lkw da ist. Wenn der mit dem Frühstück zurückkommt, sag' ich in Cottbus Bescheid. Im Barkas ist das Funkgerät. Und der Beschuldigte?" fragte der Hauptkommissar. „Nach Cottbus?"

Martenthaler blickte Frau Leisner an: „Ja, Amtsgericht, Haftbefehl verkünden. Da müssen Sie bitte mit."

„Ich will endlich meinen Anwalt anrufen!" Kossatz, der bisher kaum etwas gesagt hatte, wurde laut.

„Beruhigen Sie sich", sagte Frau Leisner, „wir bringen Sie nach Cottbus, von dort können Sie mit ihrem Anwalt telefonieren, und dann werden wir sehen, was der Amtsrichter sagt. Aber ich denke

Eingriff in den Straßenverkehr mit Gefährdung von Leib und Leben, Fluchtgefahr und Verdacht der Vernichtung von Beweismitteln, das müsste reichen."

Wirkt ziemlich souverän, wie sie das macht, dachte Martenthaler und nickte ihr ermunternd zu.

„Sie können solange ein paar Sachen zusammenpacken, von Cottbus wird man Sie wohl erst mal nach Potsdam in U-Haft bringen", fügte der Hauptkommissar an.

Kossatz zuckte mit den Schultern, tat plötzlich lässig, stand auf und ging nach oben, einer der Polizisten begleitete ihn.

Homann nahm die Straßenbahn. Irgendwie war ihm doch nicht wohl bei dem Gedanken, im BMW vorzufahren. Es war ja auch direkt vor dem Rathaus eine Haltestelle, und er konnte die Staatskanzlei ohne Umsteigen erreichen, ein paar Stationen nur. Die städtischen Verkehrsbetriebe hatten ihre Fahrzeuge in den letzten Monaten nach und nach ein wenig modernisiert. Man hatte neue Sitze eingebaut, und anstelle des alten orange- und beigefarbenen Anstrichs waren die Wagen nun hellgrau lackiert mit dunkelgrün abgesetzten Frontpartien. Die auffälligste Veränderung aber bestand in der bunten Reklame außen an den Längsseiten. An der Bahn, die soeben ratternd herankam und anhielt, machten ein Baumarkt und ein Händler für Fernseh- und Phonogeräte Werbung. Trotz des neuartigen Erscheinungsbildes waren es die alten Tatra-Bahnen. Die Hydraulik der Türen zischte laut, als sie sich öffneten und schlossen. Eine alte Frau mit Stock und schwerer Tasche versuchte auszusteigen und strahlte Homann dankbar an, als er ihr eine helfende Hand reichte. Sportlich wie er war, nahm er selber natürlich mit Schwung die hohen Stufen ins Wageninnere. Er bewegte sich gerne durch die Stadt, ob im Auto oder der Straßenbahn, zu Fuß schlendernd oder im Laufschritt bei seinem morgendlichen Training. Seine Stadt und ihre Veränderung, das war es doch, was ihn antrieb und bewegte. Er war aber auch sehr mit dem Studium von Akten und Berichten seiner Mitarbeiter, mit Sitzungen, Konferenzen und Diskussionen beschäftigt, auch die Reisen in den Westen, nach Bonn, Köln oder Düsseldorf, wo Parteien und Verbände ihre Geschäftsstellen unterhielten, hatten sich in letzter Zeit gemehrt. Vieles davon war interessant und informativ, oft war er auch der Einzige, der in solchen Runden konkret und aus erster Hand über die Probleme der Kommunalpolitik in den neuen Ländern berichten konnte – all das war wichtig. Aber ein Blick aus dem Fenster der dahinschaukelnden Bahn half ihm, die nächsten Schritte und zum Glück auch schon erste konkrete Ergebnisse zu bedenken.

Allein schon das Stadttor, ganz nah am Rathaus, zeigte wie beklagenswert der Zustand der ganzen Stadt war, Putz und Farbe großflächig abgeblättert und verrußt durch die Abgase von immer mehr Autos, die auf beiden Seiten vorbeibrausten. Es ging nicht nur um das Tor, es ging um all die vielen alten Gebäude. Und auch die Verkehrsführung hier schien ein kaum lösbares Problem zu sein.

Wenigstens in einem der schönsten Teile der barocken Altstadt war schon vor neunundachtzig mit einer Art Sanierung begonnen worden. Komplexe Rekonstruktion hatte das im sozialistischen Staat geheißen. Zumindest war so dieses Quartier erhalten geblieben. Das war vor allem den vielen stadtgeschichtlich engagierten Bürgern zu verdanken, die sich gegen den Abriss dieses geschlossenen Ensembles roter Backsteinhäuser im holländischen Stil eingesetzt hatten. Jetzt konnte er daran anknüpfen und die Erneuerung der Straßen im Viertel voranbringen. Aber was die einzelnen Häuser anlangte hing neuerdings vieles davon ab, ob sich die Eigentumsverhältnisse zügig klären ließen. Restitutionsansprüche der Alteigentümer überzogen die ganze Stadt. Welch' gewaltige

Aufgabe lag da vor ihm, der Stadtregierung, seinen Mitarbeitern, den wenigen, die wirklich engagiert waren und sich in die neuen Rechtsverhältnisse und Rahmenbedingungen einarbeiteten.
Homann fuhr am Theaterprovisorium vorbei. Fast wirkte die gebrauchte, aber hier wieder errichtete Industriehalle klein auf der großen Brachfläche am Fluss. Im Volksmund hieß sie verächtlich Blechbüchse. Aber welche Möglichkeit hätte es stattdessen denn gegeben, mit den begrenzten Mitteln, die sie in der Stadt nun einmal hatten? Seine Kollegin, die Stadträtin für Kultur, hatte sich vehement dafür eingesetzt, dass auch nach dem Abriss der Bauruine wieder eine Möglichkeit für Konzerte und Theateraufführungen geschaffen werden müsse. Er selber hatte zwar keine besondere Neigung, solche Veranstaltungen zu besuchen, aber man musste natürlich für die Potsdamer Künstler 'was tun. Viele von ihnen hatten in den letzten Jahren der DDR dazu beigetragen, den SED-Staat zu Fall zu bringen.
Schwankend bog die Straßenbahn auf die Lange Brücke ein. Auch darum müsste sich sein Tiefbauamt kümmern, Materialuntersuchungen und statische Berechnungen waren schon in Auftrag gegeben. Es sah sehr danach aus, als wäre eine gründliche Reparatur unaufschiebbar, wenn nicht überhaupt ein Neubau erforderlich würde. Ob das über dreißig Jahre alte Bauwerk dem immer stärker angeschwollenen Fahrzeugstrom noch lange standhielte? Immerhin führt eine Bundesstraße hier über den Fluss, da wird es hoffentlich mit der Finanzierung aus Bundesmitteln des Programms Verkehrswege Aufbau Ost klappen, hoffte Homann. Nur der Bahnhof, gleich hinter der Brücke fiel nicht in seine Zuständigkeit, wenigstens das nicht. Das war Sache der Bahn, die kam leichter an Mittel aus Bonn.
Als er vor der Staatskanzlei ausstieg, überkam ihn wieder dieses merkwürdige Gefühl, eine Art Aufatmen, dass alles gutgegangen war, vermischt mit Stolz auf das Erreichte. Hier hatten sie der

Menge der SED-Betriebsgruppen gegenübergestanden, zwei Tage nach der Maueröffnung. Die führenden Leute der Partei hatten ihre Basis mobilisiert, so gut es noch ging in jenem Herbst, um eine *machtvolle Demonstration für Frieden und Sozialismus* auf die Beine zu stellen. Aber alle oppositionellen Gruppen, nicht nur von hier, sondern auch aus den umliegenden Gemeinden, waren dem Aufruf der Kontaktgruppe gefolgt und standen mit ihren selbstgemalten Transparenten dem Block mit den roten Fahnen gegenüber. Und sie waren viel mehr, viel, viel mehr als die anderen. Das Ganze hatte sich tatsächlich hier, an dieser Stelle, vor dem Rat des Bezirks abgespielt! Damit hatten sie das Ende der SED-Herrschaft in der roten Bezirkshauptstadt eingeläutet. Damals war ihm das noch nicht so klar, aber im Rückblick wurde es deutlich. Und er hatte dazu beigetragen!

„Der Kollege Abteilungsleiter wird gleich da sein, Herr Homann", sagte die Mitarbeiterin, die ihn in ein kleines Sitzungszimmer der Staatskanzlei führte. Im Westen, wo er in letzter Zeit öfter zu Veranstaltungen unterschiedlichster Art gewesen war, hätte er Derartiges nie zu hören bekommen, nicht Kollege und Genosse schon gar nicht, nicht einmal bei der SPD. Aber hier wurde Kollege gesagt als wäre es ein Ehrentitel, der vor dem Namen oder der Amtsbezeichnung genannt werden musste. Gerade solche Kleinigkeiten machten den Unterschied aus, sofort konnte er erkennen, ob er es mit Einheimischen zu tun hatte oder mit jemandem von drüben, etwa mit nordrhein-westfälischen Leihbeamten. Diese ältere Büroangestellte hier, soviel war klar, hatte lange Zeit im Rat des Bezirks gedient und war von der neuen Landesregierung übernommen worden. Sie konnten ja nicht auch noch die unteren Chargen mit Personal aus dem Westen besetzen. Er selber legte alles daran, sich solch ostiges Verhalten abzugewöhnen. Aufmerksam hatte er bei allen sich bietenden Gelegenheiten auf die Details geachtet, die den Wessi kennzeichneten. Und wenn es

ihm gelang, dass ihn ein fremder Gesprächspartner nicht sogleich als Ostdeutschen erkannte, empfand er ein kleines bisschen Genugtuung.
Das alte Gebäude war jüngst renoviert worden, kaum noch etwas erinnerte an die früheren Diensträume des Rates des Bezirkes. Neue Beleuchtungskörper, ein heller Wandanstrich und ein farblich dezent abgestimmter Teppichboden wirkten zurückhaltend und doch elegant. Auch der Geruch von Fungizid, der früher alle öffentlichen Gebäude erfüllt hatte, war zusammen mit dem alten Mobiliar und den Fußbodenbelägen verschwunden, stattdessen roch man noch ein wenig die frische Farbe, übertönt allerdings von Küchendünsten, in der Kantine war schon das Mittagessen in Arbeit. Homann fand, die moderne Ausstattung passte gut zum Regierungssitz eines neuen Bundeslands, bescheiden, aber eines Ministerpräsidenten würdig. Es hätte ihm gefallen, wenn auch das Rathaus der Landeshauptstadt nun endlich renoviert würde. Eigentlich wäre das Aufgabe seines Bauamtes gewesen, aber diese Mehr-Parteien-Koalition, von der die Stadtregierung getragen wurde, war zu mutigen Entscheidungen nicht in der Lage. Irgendeiner der Beteiligten führte immer ins Feld, was statt eines beabsichtigten Vorhabens besser mit dem vielen Geld anzufangen wäre, Kitas renovieren, Straßen erneuern, die Modernisierung von Wohnungen fördern, alles schön und gut, aber wenn man anständige Arbeit leisten sollte, brauchte man doch auch anständige Räume. Nicht einmal in seiner eigenen Partei konnte er Unterstützung für eine solche Position im Haushalt seines Dezernats erhalten. Damit brauchte er natürlich auch den anderen Fraktionen im Stadtparlament nicht zu kommen. Jetzt würde sich das jedoch ändern, hoffte Homann, zumindest, dass er selber für die merkwürdigen Bedenken und Rücksichtsnahmen und die unsäglichen Blockaden aus den Reihen der früheren Bürgerbewegung geradestehen müsste.

„Oh, im feinen Zwirn!“ Fast wäre Homann über seine spontane Äußerung selbst erschrocken. Eine derart formelle Kleidung, grauer Anzug mit Weste, weißes Hemd, sorgfältig gebundene Krawatte und Einstecktuch, das hatte er bei dem dicken Mann, der da eintrat, überhaupt nicht erwartet. Früher, als sie in der Kontaktgruppe gemeinsam für Demokratie und Freiheit gestritten hatten, erschien er stets in Latzhose und Arbeitshemd, es war sein Markenzeichen. Seither kannte er ihn nur in einer Aufmachung, die irgendwie aussah, als hätte er eine schwere handwerkliche Arbeit gerade eben erst zur Seite gelegt. Auch letzten Sommer, als sie in dem Gartenlokal am See beisammen saßen und er ihn schon damals zum Übertritt in die SPD hatte gewinnen wollen, war der Dicke in Latzhose und T-Shirt erschienen. Aber heute und hier, ganz Führungskraft in der Staatskanzlei.

Der Dicke reagierte mit einem breiten Grinsen und einem leichten, freundschaftlichen Boxhieb gegen Homanns Schulter: „Arbeitskleidung eben … Und du? Haste dich jetzt endlich entschieden? Is doch besser, bei uns haste mehr Rückhalt für deine Position, mehr Gestaltungsmöglichkeiten! Und mehr Karrierechancen, is doch auch ein Aspekt.“

„Ich hab’ mein Aufnahmeformular hier und meine Austrittserklärung schon unterschrieben, die schick’ ich dann an den Vorstand von BÜNDNIS 90.“ Homann zog zwei Schriftstücke aus seiner Mappe und legte sie auf den Tisch. „Zwischen zwei Stühle setz’ ich mich aber nicht“, fuhr er fort, „wir machen das Zug um Zug.“

„Mann! Was denkst du denn, wer wir sind? Wir lassen so einen wie dich doch nicht hängen. Könnten wir gar nicht, der MP begrüßt diese Entwicklung, beobachtet ganz genau, was in dieser Stadt vor sich geht. Is wichtig, was in der Landeshauptstadt abläuft und hat Bedeutung für die ganze Partei, nicht nur in Brandenburg, sondern auch im Bund. Alle anderen neuen Länder fest im Griff der CDU, in Sachsen und Thüringen sogar Westimporte als MP! Wenn man in der SPD an die Ostländer denkt, dann doch an Brandenburg. Du wirst in der Presse als der starke Mann der Stadt gehandelt. Der OB dient unter Homann, heißt es in den Zeitungen und sogar im Fernsehen. So einer ist mehr als willkommen bei uns. Und dich zwischen zwei Stühle fallen lassen wäre ein Skandal, den wir uns hier nicht leisten können. Uns reichen die Skandale in der West-SPD, denk nur an Schleswig-Holstein und so… Übrigens, der MP wollte noch kurz reinschauen, dir wenigstens ‚Guten Tag' sagen als dem neuem Mann im Team, er lässt sich aber entschuldigen. Wie das so ist, dringende Termine."

„Übrigens, Skandale… Red' mal mit eurem Bauminister. Wenn das an die Presse kommt, mit diesen Grundstücksgeschäften, die er da vorhat, dann habt ihr, dann haben wir, muss ich ja jetzt bald sagen, auch im Land Brandenburg den schönsten Skandal am Hals! Mit wem der Geschäfte macht, das ist doch Horch und Guck, das ist die Firma, Stasi durch und durch, das kann er doch nicht machen, so was geht überhaupt nicht! Ist euch das eigentlich klar?"

Der Dicke stützte nun sein Kinn in beide Hände, schaute Homann traurig in die Augen und sagte: „Der Minister geht nicht freiwillig. Der hört auf niemanden, ist beratungsresistent. Und beleidigt ist er auch, er denkt, er wäre der bessere MP gewesen." Damit legte er die Handflächen auf den Tisch, beugte sich ein wenig vor und fuhr fort: „Deshalb wollen wir ja dich in den Startlöchern sehen, Mensch! Das habe ich dir doch schon im Sommer gesagt! Vielleicht wirst du erst OB, wie lange der sich hält, wissen wir ja auch nicht so genau. Der macht auch keine gute Figur. Erst OB, dann Minister, du wärst der Mann dafür! Vielleicht brauchen wir dich auch gleich als Minister, wer weiß?"

„Gut", erwiderte Homann knapp und schob den Aufnahmeantrag über den Tisch. „Unterschreib, deine Unterschrift wird ja wohl reichen, Vorsitzender des Unterbezirks. Und ich steck jetzt meine Austrittserklärung hier in den Umschlag, der ist fertig adressiert an den Vorstand von BÜ90. Und erst mal bleibe ich, was ich bin, dann wird man weitersehen."

Der Dicke unterschrieb und steckte das Formular in die Tasche: „Aufnahmebestätigung, Parteibuch, Mitgliedskarte und so weiter kriegst du per Post von der Geschäftsstelle. Aber du kommst am besten schon gleich am Montagabend mal zur Ortsgruppensitzung. Die warten doch alle schon drauf, dich zu begrüßen. Wetten, du kriegst richtig doll Applaus. Und übrigens, wir sorgen für die Information der Öffentlichkeit, die Mitteilung von deinem Übertritt, die macht das Pressereferat unseres Landesvorstands, da sitzen Profis, die das können."

„Die Freunde von BÜ90 werden sich nicht freuen, wenn sie's aus der Zeitung erfahren."

„Ach, keine falsche Rücksicht." Der Dicke machte eine wegwerfende Handbewegung und erhob sich. Er legte seine kräftige Hand auf Homanns Schulter und sagte: „Willkommen an Bord! Und lass uns mal wieder einen trinken gehen, nicht jetzt, keine Zeit, lauter Termine, du kennst das ja, aber mal abends, irgendwo außerhalb, wo sie nicht alle Stielaugen kriegen, wenn wir zusammensitzen."

Als Homann zurück ins Rathaus kam wartete schon der stellvertretende Leiter der Bauaufsicht im Vorzimmer. Er hockte halb auf der Kante des Schreibtischs, ein wenig zu nah bei der Sekretärin, und hatte wohl gerade einen Scherz gemacht, denn Susan kicherte und wurde rot, als ihr Chef hereinkam. Der kommissarische Amtsleiter stand rasch auf und trat zwei Schritte zur Seite.

„Wir haben ein Problem mit dem Bauantrag von B & K", begann er, nachdem Homann ihn mit in sein Dienstzimmer genommen, es sich selber im Chefsessel bequem gemacht und dem Mitarbeiter

einen Stuhl am langen Besprechungstisch angeboten hatte. Der reichte ihm einen Aktendeckel: „Ich habe nachgerechnet, schauen Sie sich bitte die Aufstellung auf der ersten Seite an!"
Homann studierte das karierte Blatt, auf dem sorgfältig mit Kugelschreiber Zahlen aufgelistet waren, ordentlich in Normschrift, wie es Ingenieurstudenten schon im ersten Semester lernen. Wohnflächen, Geschossflächen, Grundstücksflächen, Quotienten, die die Bebauungsdichte entsprechend der brandenburgischen Bauordnung darstellten und so weiter.

„Zu dicht?" Homann schaute seinen Mitarbeiter fragend an.

„Viel zu dicht! Gut zehn Prozent über dem, was der festgesetzte Bebauungsplan zulässt. So ist das nicht genehmigungsfähig, jedenfalls nicht wie hier beantragt!"

„Die haben uns das doch vorgerechnet, damals als sie den Entwurf vorgestellt hatten! Und wir haben das doch so beschlossen! Warum stimmt das denn jetzt nicht?" Homann brachte wenig Geduld auf für das Zahlenwerk, kleinkariert wie das Papier.

„Die wollen einfach mehr bauen, als im B-Plan vorgesehen."

„Nur mal angenommen, wir genehmigen das, eine kleine Überschreitung der zulässigen Dichte, wäre das denn so schlimm? Können wir das nicht auf unsere Kappe nehmen? Gesunde Wohnverhältnisse, wie es im Gesetz heißt, wären das doch immer noch!"

„Aber so eine enge Bebauung ist nicht genehmigungsfähig! Wir können nur das zulassen, was im B-Plan steht!" Der stellvertretende Amtsleiter war ganz empört. „Die haben einfach Baugesuche vorgelegt, aus denen sich eine höhere Dichte ergeben würde. Vielleicht haben sie gehofft, dass wir es nicht merken. Aber ich merke so was! Ich kann doch rechnen, mir macht keiner 'was vor, auch nicht so ein großmächtiger Wessi!"

„Na, na, mein Lieber, jetzt mal mit der Ruhe! Ich werde den Baum anrufen und mal hören, was der sagt."

„Egal, was der sagt, so geht das nicht!"

„Ganz ruhig, ich rede erst mal mit denen, dann sehen wir weiter. Man muss nicht gleich mit der Brechstange rumfuchteln. Wir wollen dieses Projekt, es ist gut für die Stadt, es ist gut für unsere Baubetriebe und bringt uns voran! Überlass' das Weitere mal mir, ein Ablehnungsbescheid wäre das letzte, vielleicht können wir eine Ausnahmegenehmigung vertreten."
Der Amtsleiter vermied, Homann nochmals anzusehen. Er blickte aus dem Fenster und schluckte ein paar Mal, ehe er nickte. Ich muss ihn ein wenig beruhigen, dachte Homann, sonst dreht er durch, und dann fang ich ihn nicht mehr ein. Er fragte ihn, wie es denn sonst so vorangehe, ob sie zurechtkämen im Bauaufsichtsamt, wie sich der Arbeitsumfang gestalte und ob die Mitarbeiter zufrieden wären. Es kam selten vor, dass Homann ohne konkreten Anlass Fragen nach seiner Arbeit und den Zuständen in dem Amt stellte, das er nun schon seit zwei Jahren kommissarisch leitete. So berichtete er über den wachsenden Arbeitsanfall, nach und nach kämen immer mehr Anträge, vorerst für Umbauten und Erweiterungen, hauptsächlich von Alteigentümern, die enteignete Objekte zurück erhielten. Für ein größeres Neubauvorhaben wäre der Antrag von B & K der erste seit der Einheit. Er erwähnte auch die Personalprobleme. Es fehle gar nicht so sehr an Mitarbeitern, das gehe zur Zeit noch, aber deren Qualifikation... Das Interesse der meisten Kollegen an Weiterbildungsveranstaltungen sei gering. Und die neuen Regelungen in der Bauordnung des Landes, die man aus Nordrhein-Westfalen übernommen habe, seien so kompliziert. Der Berater, ein Düsseldorfer Kommunalbeamter, der zwei Tage in der Woche hier sei, täte sein Bestes, um den Mitarbeitern die wichtigsten Neuerungen zu erklären. Er selber hätte auch schon viel von ihm gelernt, fühle sich mittlerweile fit, deshalb bearbeite er das B & K-Projekt auch selbst. Aber die Sachbearbeiter... Ohne Teilnahme an Intensivkursen gehe das nicht, und mal eine Woche an der TU in Aachen oder Karlsruhe, wo

so etwas angeboten würde, dazu wäre keiner bereit. Selbst nach Dresden wolle kaum jemand für ein paar Tage gehen, obwohl das doch hier bei uns sei, wie er sich ausdrückte. An der dortigen TU lehrte jetzt auch ein Baurechtsprofessor, einer aus München, und böte entsprechende Veranstaltungen für Externe an.

„Du musst härter sein. Durchgreifen. Mach deutlich, dass niemand bleiben kann, der sich nicht anstrengt und auf die neue Lage einstellt. Notfalls Abmahnungen, verhaltensbedingte Kündigung, zieh' das mal exemplarisch durch, dann fressen sie dir aus der Hand. Du willst doch Amtsleiter werden, hast dich ja auf die Ausschreibung beworben. Mach' deutlich, dass du so ein Amt auch führen kannst! Führen! Und was das Projekt von B & K angeht, denk dran, wir haben nichts davon, wenn wir bis auf die letzte Kommastelle alles korrekt machen und damit nur potente Investoren verprellen! Diese Akte, die lass' mal hier, ich kümmre mich."

Homann duzte die meisten seiner Mitarbeiter, aber nicht jedem war das recht. Als der kommissarische Amtsleiter ging, wunderte sich Susan, dass er mit einem knappen: „Bis dann", durchs Vorzimmer eilte, ohne einen Scherz und eine freundliche Bemerkung über ihren kurzen Rock, den sie heute zum ersten Mal trug.

Als Homann die Akten durchgearbeitet hatte, die sich auf seinem Schreibtisch und dem Besprechungstisch türmten, waren die Flure im Rathaus düster und leer. Es brannte nur noch die schwache Nachtbeleuchtung. Das Klappern des Schlüsselbundes, das er durch den Schlitz fallen ließ, weckte den Nachtpförtner aus seinem Dämmerschlaf. Mit schleppendem Schritt kam er aus seinem Kabäuschen und schloss die schwere Eichentür auf: „Schon wieder der letzte, Herr Homann? Passen Sie bloß auf sich auf, so ein Leben geht doch auf die Knochen. Raubbau ist das!"

„Ist schon in Ordnung so", nickte ihm Homann zu und klappte den Kragen seines warmen Mantels hoch. Nebel war aufgezogen und vermischte sich mit dem Rauch der vielen braunkohlebeheizten Öfen und Heizwerke. Zwei Fenster der gegenüberliegenden Häuser waren noch erleuchtet, kein Mensch war unterwegs, auch die Straßenbahn fuhr nicht mehr und die gelblichen Laternen beleuchteten seinen Weg nur dürftig. Zu Hause stieg er die enge Treppe hoch und versuchte, trotz knarrender Stufen, die übrigen Bewohner nicht zu wecken. Aber in der Küche brannte noch Licht. Als seine Tochter, die ältere der beiden, ihn bemerkte, klappte sie den Zeichenblock zu, der vor ihr auf dem Tisch lag, und räumte ihre Stifte beiseite.

„Kunst? Du zeichnest wieder? Lass' doch mal sehen!"

„Mein Ding! Kümmer' du dich um dein Ding!"

„Wieso giftest du so? Zeig doch mal her!"

„Interessierst dich ja sonst nicht dafür. Bist im Rathaus oder sonst wo, interessierst dich nur für deine Politik. Da brauchst du jetzt auch nicht so zu tun."

Homann ging zum Kühlschrank, nahm sich ein Bier, öffnete es, trank direkt aus der Flasche und wischte sich die Lippen mit dem Handrücken ab: „Jetzt komm, kannst mir ja mal zeigen, was du da machst, interessiert mich schon."

Das Mädchen stopfte Block und Stifte in einen Einkaufsbeutel, klemmte sich diesen unter den Arm und zischte: „Geht dich gar nix an!"

„Wie redest du denn mit mir? Ich frag mich, wann du erwachsen wirst. Mit sechzehn, da könntest du schon etwas mehr Reife zeigen. Auch ein bisschen Verständnis für die viele Arbeit, die dein Vater hat. Das ist wichtig für die Stadt, was wir da machen, wir paar Figuren, die was zustande kriegen, wir müssen uns schon ins Zeug legen. Gerade in diesen Zeiten!"

„Ja, ja, ja… Wichtig seid ihr! Die einzigen, die was zustande kriegen! Toll seid ihr! Die großmächtigen Herren, die die Revolution gemacht haben! Echt, ihr kotzt mich so was von an, ihr mit eurer Aufbauarbeit!"

Homanns Frau kam herein, verschlafen und mit zerzaustem Haar, in Pantoffeln und Nachthemd: „Müsst ihr euch immer zanken, ihr zwei beiden? Weckt die ganze Familie auf. Ich muss auch arbeiten und morgen um halbsechs aus dem Bett. Geh' schlafen!“, sagte sie zu dem Mädchen, und zu ihrem Mann: „Komm, lass' jetzt gut sein und leg dich hin! Und überhaupt, wozu bist du Stadtrat, du könntest für eine größere Wohnung sorgen, was Anständiges für deine Familie, dass wir endlich rauskommen aus diesen paar Dachkammern hier und nicht immer so eng aufeinander hocken. Dann wäre alles ein bisschen leichter, für die Mädchen. Und auch für uns beide.“

Heger nahm die *Allgemeine*, ein paar Briefe und jede Menge Werbeblätter aus dem Briefkasten. Für Werbung hatten sie jetzt Geld, sonst fehlte es an allen Ecken und Enden, dachte er. Die Absender schaute er flüchtig durch, kein Schreiben von der Stadtverwaltung, jedenfalls nichts Amtliches, wo er doch schon so lange auf die Gewerbeerlaubnis wartete. Missmutig stieg er hoch in den zweiten Stock, die Mieten hatten sie erhöht, fast verdoppelt, aber nichts repariert im Haus. Immer noch der zerkratzte Anstrich im Flur und Treppenhaus, der war bestimmt niemals ausgebessert oder gar erneuert worden, nicht in der DDR-Zeit, im Krieg und im Faschismus bestimmt auch nicht, wahrscheinlich auch nicht in den Zwanziger Jahren, Inflation, Wirtschaftskrise, davor der Erste Krieg, und noch davor war das Haus ja ganz neu gewesen. Bis zur Ellbogenhöhe dunkelgrünes Ölfarben-Paneel, darüber eine hölzerne Profilleiste, dann die Oberwände und die Treppenunterseite in einer unbestimmbaren Farbe, die einmal hellgrau gewesen sein mochte. An den Ecken und Kanten alles abgestoßen, die Treppe durchgetreten, der Handlauf abgegriffen und das Linoleum, das einmal anstelle eines Kokosläufers auf den Stufen verklebt worden war, vielfach rissig und gesprungen. Als

die Mieten noch niedrig waren, dachte Heger, hat man ja darüber hinweggesehen, aber jetzt, wieso machten sie denn jetzt nichts?
Oben ließ er die Flamme des Gasherds anspringen, setzte den Kessel mit Wasser auf, kippte Kaffeepulver und einen Löffel Zucker in den Becher und goss dann das kochende Wasser auf. Er schnitt zwei Scheiben Brot ab, bestrich sie mit Butter und Marmelade, eine gelb, eine rot, stellte das Frühstück auf den Küchentisch und breitete die Zeitung daneben aus. Er genoss das Kaffeearoma, anständigen Bohnenkaffee, das wenigstens hatte die neue Zeit gebracht. Während er immer mal von der Schnitte abbiss und einen Schluck von dem heißen Getränk nahm, sah er die Immobilieninserate durch. Vielleicht war etwas dabei. Er musste endlich weitere Objekte akquirieren, es musste irgendwie weitergehen, die Vorruhestandsbezüge reichten nicht und was bliebe am Ende von Baums Provision übrig? Vielleicht war bei den Anzeigen etwas dabei, das Angebot eines Privaten, den er zu einem Auftrag überreden könnte? Die Provision zahlt ohnehin der Käufer, würde er sagen, keine Mehrkosten für Sie, viel Zeitersparnis und weniger Aufwand. Ach, ein Telefon musste endlich her, damit Kunden die Möglichkeit hätten, ihn anzurufen. Den Antrag hatte er an die Post, inzwischen *Telekom*, schon vor Monaten abgesandt. Aber auch das ging kaum schneller als früher, nur teurer, teurer war alles geworden.
Keine geeigneten Immobilienangebote, aber im redaktionellen Teil waren mehrere Artikel, die er unbedingt lesen wollte. Auf der Brandenburg-Seite ein Beitrag über einen Landesminister. Der habe mehrere Grundstücke im Umland erworben, Bauerwartungsland, und der Journalist hatte recherchiert, dass die meisten dieser Liegenschaften vor neunundachtzig von der Partei oder Staatssicherheit genutzt worden waren: Ferienobjekte, Erholungsheime, Trainings- und Schulungseinrichtungen und sogar eine Reparaturwerkstatt für Fahrzeuge war dabei. Der Minister habe die Grund-

stücke jeweils von verschiedenen Privatpersonen erworben und selbst bezahlt. Wie aber waren die Verkäufer an die Grundstücke gelangt, bestimmt Strohmänner, die Stasi-Vermögen zu Geld machen sollten, mutmaßte der Journalist und fragte weiter, woher der Minister zu so viel Geld gekommen sei? Man wisse doch, dass man in der DDR kaum ein großes Vermögen habe ansammeln können und die Ministergehälter seien heutzutage ja auch nicht so gigantisch. In allen Fällen bis auf einen habe die Gemeinde, in der die Grundstücke jeweils lagen, innerhalb weniger Wochen Bebauungspläne aufgestellt und dafür die Genehmigung von dem Ministerium erhalten dem dieser Minister vorsteht, wie im Artikel hervorgehoben wurde. Eine gewaltige Wertsteigerung, vielleicht um das Zehnfache, habe sich so ergeben. Und in jeder der betreffenden Kommunen saß ein SPD-Bürgermeister oder SPD-Landrat. Heger packte der Neid. Wie konnte es dieser Mann, einer von jenen aus der Bürgerbewegung, die vor neunundachtzig in Kirchen und Kultureinrichtungen Unterschlupf gesucht hatten, so schnell schaffen? Wie ging das bei dem, was er selbst nicht erreichte, jedenfalls nicht so schnell und nicht so leicht?
Dann der Lokalteil. Hier fand sich ein umfangreicher Bericht über die hiesige Baupolitik. Das war wichtig, fand Heger, vielleicht gab es Hinweise auf Geschäfte, die er machen konnte. Ausführlich wurde über die vorbereitenden Untersuchungen in den Sanierungsgebieten berichtet. Das überflog er nur, dieser ganze Sozialkram, Begutachtung von Mängeln und Missständen, Beteiligung der Betroffenen, was sie da in der BRD erfunden hatten, Arbeit für Soziologen und Stadtplaner, interessierte ihn weniger. Und hier, so schien es ihm, war das alles auch ziemlich überflüssig. Mehr Aufmerksamkeit schenkte er dem zweiten Teil des Berichts. Da ging es um den bevorstehenden Baubeginn an der ehemaligen Brücke der Einheit, das erste Neubauprojekt hier in der Stadt nach der Vereinigung. Es wurde ausführlich beschrieben, der Bauträger

plane so eine Art Villenbebauung, angepasst an die Umgebung. Dann ging der Autor auf die Widerstände ein, die immer lauter geworden seien. Die geplanten Gebäude würden den Blick auf die Schlösser verstellen, Sichtachsen, die jahrhundertelang die Landschaftsgestaltung geprägt hätten, würden verbaut, der Blick über die Gewässer und zu den gegenüberliegenden Ufern würden zerstört. Verschiedene politische Gruppierungen und die ganze Szene der Denkmalpfleger und Kunsthistoriker aus der Verwaltung der Stiftung Schlösser und Gärten, seien sich darin einig. Weltkulturerbe, der Antrag auf die Aufnahme in die UNESCO-Liste sei doch gerade erst gestellt worden. Das alles sei nun gefährdet. Auch von der PDS gebe es Widerstand, teure Eigentumswohnungen entstünden da, für reiche Wessis würde gebaut. Und wann endlich gibt es Wohnungen für die Einheimischen? Vielleicht, mutmaßte der Journalist, sei auch Geld aus dunklen Kanälen geflossen, es wäre ja nicht das erste Mal, dass ein Immobilieninvestor die Entscheidungsträger geschmiert hätte. Dem Vernehmen nach jedenfalls, so schloss der Bericht, fahre der zuständige Baustadtrat ein Auto, das in der Bilanz des Bauträgers geführt würde.

Eigentlich stimmte Heger der Auffassung der PDS zu, Wohnungen für die Einheimischen brauchen wir dringend, dachte er, aber in diesem Fall wäre es doch schade, wenn das Projekt platzen würde. Dann wäre auch seine Provision in Gefahr … Bei diesem Gedanken fiel ihm ein, dass er die übrige Post durchsehen müsste, war da nicht ein Brief von der Stadtsparkasse darunter, vielleicht ein Kontoauszug? Und tatsächlich, er fischte den grauen Umschlag aus dem Papierstapel heraus und riss ihn auf. Er blätterte die querformatigen, rot umrandeten Seiten durch, ein rascher Blick auf die letzte Zeile, immerhin, ein Pluszeichen vor der fettgedruckten Zahl, ein Guthaben wenigstens, aber welch geringer Betrag! Am Monatsende noch die Raten für den roten Mustang und gleich am kommenden Ersten wieder die Abbuchung der Miete! Man kann ja jetzt sein Konto überziehen, hatte er gehört, früher ging das nicht, und disziplinloses Geldausgeben war ihm eigentlich auch zuwider. Aber was sollte er machen? Kosten über Kosten und immer noch keine Provision von Baum, das konnte so nicht bleiben. Entschlossen raffte er die ganzen Papiere zusammen, stellte Kaffeebecher und Frühstücksteller in den Ausguss, räumte den Küchentisch leer, band sich eine Krawatte um, zog das Sakko an und den Mantel.

Er musste zu seinem Ford-Mustang ein Stück gehen, immer mehr Autos parkten hier. Jeder, der es sich irgendwie leisten konnte, hatte ein Auto gekauft, ein Westauto natürlich, und sei es noch so alt. Die Straße war vollgeparkt gewesen, als er gestern nach Hause kam, erst zwei Querstraßen weiter hatte er einen Platz gefunden, groß genug, um Kratzer im roten Lack zu vermeiden. Kein Cabriowetter an diesem kalten Wintertag, so fuhr er mit geschlossenem Verdeck und hochgedrehter Heizung über die Brücke und weiter zum Bürohochhaus.

„Oh, Herr Heger, sind Sie denn angemeldet?“ Die junge Frau zog die Augenbrauen hoch. „Herr Faber ist aber nicht hier, den ganzen Tag nicht, er hat viel Arbeit in der Zentrale. Aber unsere anderen Herren sind ja bestens im Bilde.“

Heger glaubte nicht, dass ihn ein Gespräch mit den *anderen Herren* irgendwie zum Ziel führen könnte und bedankte sich. Er musste nach Berlin, notfalls mit Baum selber sprechen. Vom Bürohochhaus war es nicht weit zur Autobahn, er hatte sich inzwischen an die hundertsiebzig PS gewöhnt und trat nicht mehr wie anfangs mit voller Kraft aufs Gaspedal. Der Mustang legte auch so ein beachtliches Tempo vor, wenn er nicht aufpasste mehr als zulässig. Wo früher auf der linken Seite die Grenzkontrollstelle war, bemerkte er rechterhand zwischen den kahlen Bäumen ein rosafarbenes Gebilde: Was stand denn da auf dem Sockel wo früher der T34, als Denkmal der siegreichen Roten Armee, gen Himmel gestürmt war? Heger ging vom Gas, im Vorbeifahren sah es aus wie ein Räumgerät, so ein kleines Fahrzeug, mit dem man im Winter Bürgersteige und schmale Wege vom Schnee befreien konnte, und ganz rosa, als wäre es in eine Farbwanne gefallen. Sollte das ironisch gemeint sein? Heger kam diese Art von Scherzen unangemessen vor. Auch wenn man an die unverbrüchliche Freundschaft mit der großen Sowjetunion nicht mehr glaubte, man musste das Andenken an die Befreier vom Faschismus doch nicht so mit Spott übergießen, mit rosafarbenem Spott! So weit war es gekommen, und Schuld war am Ende doch dieser Gorbatschow, dieser Generalsekretär. Nein, das war ja schon kein richtiger Generalsekretär mehr, Staatspräsident war zuletzt sein Titel. Verraten hatte er sie, keine Dankbarkeit, keine Erinnerung mehr daran, wie sie unverbrüchliche Freundschaft bewiesen hatten, zum Beispiel damals, achtundsechzig im Prager Frühling. Er war gerade als Freiwilliger in die NVA gegangen, da hatten sie mit Panzern den sozialistischen Brüdern in der ČSSR beigestanden, brüderliche Hilfe gegen Dubček und die Konterrevolution. Und jetzt, kein Beistand gegen die Kapitalisten, nirgendwo.

Inzwischen gelang es ihm mühelos in dem Gewirr der Zu- und Abfahrten am Funkturm die richtige Spur zum Kudamm zu finden und auch der dichte Verkehr irritierte ihn nicht mehr so sehr. Es gab heute sogar in einer Seitenstraße einen freien Parkplatz. In den konnte er den Mustang problemlos hineinbugsieren. Immer noch beeindruckte ihn irgendwie das polierte Schild, auf dem die ganzen Firmen der B & K-Gruppe aufgeführt waren. Er nahm heute nicht den Aufzug, sondern die breite mit einem roten Kokosläufer belegte Treppe zum Empfang. Welch ein Unterschied zur Treppe, die zu seiner Wohnung führte! Auf sein Klingeln hin öffnete die junge Empfangsdame, die hier immer am Tresen arbeitete und strahlte ihn an: „Herr Heger, nicht wahr? Kommen Sie bitte, was kann ich für Sie tun?“

„Ich müsste eigentlich Herrn Baum, oder wenn das nicht möglich ist, zumindest Herrn Faber sprechen, wegen meiner Provision … ähm, meiner offenen Rechnung, also …“

Sie führte ihn ins Besprechungszimmer mit dem langen Tisch und den großformatigen, starkfarbigen Bildern an den Wänden, bot ihm Kaffee oder Wasser und Kekse an, die da bereit standen. Mit einem: „Ich kümmre mich“, entschwand sie und kam nach einer Weile zurück: „Herr Baum lässt ausrichten, Sie mögen doch bitte eine Kopie Ihrer Gewerbeerlaubnis nachreichen, wir wollen doch nichts Illegales tun, hat er noch gesagt. Und auf Ihrer Rechnung fehlt die Umsatzsteuernummer“, fuhr sie fort. „Sie haben wohl gar keine Umsatzsteuer geltend gemacht, da können Sie noch die vierzehn Prozent draufschlagen, aber Sie müssen das natürlich auch abführen, Umsatzsteuervoranmeldung, meine Güte, wem sag ich das, das wissen Sie doch alles selber!“ Nett, dass sie annahm, er wisse das …

„Die Gewerbeerlaubnis … Auf die warte ich noch, die Stadtverwaltung arbeitet nicht so schnell bei uns.“

„Also hier, hier in Berlin ist ja der Bezirk zuständig, wissen Sie, Herr Heger, in Charlottenburg dauert das auch Wochen, manchmal Monate.“

„Monate?“

„Da hab ich neulich von einem Fall gehört …“ Und sie fing an, eine längere Geschichte zu erzählen von einem Auftragnehmer, der auch eine solche Genehmigung vom Bezirk benötigt hätte, wie oft der dort vorstellig geworden wäre, im Rathaus, man glaubt es nicht, wie lange das dort dauert.

„Meinen Sie nicht, dass Herr Baum vielleicht die Überweisung, oder wenigstens einen Teilbetrag vorab veranlassen kann?“

Sie lächelte ihn an und schüttelte ein wenig den Kopf: „Also Herr Heger, da führt wohl kein Weg dran vorbei, wissen Sie, nichts Illegales, in solchen Dingen ist Herr Baum ganz pingelig.“

„Aber ich brauch' das Geld!" Das war ihm herausgerutscht und sofort ärgerte er sich darüber.

Sie aber sah ihn mit großen Augen an: „Herr Heger, soll das etwa heißen … Meine Güte, Herr Heger, dann müssen Sie eben für eine Weile an Ihre Reserven."

„?"

„Sie haben keine, ähm … Ach, entschuldigen Sie bitte, ich wusste nicht … Ja, also, das tut mir Leid."

Heger stand auf, es gelang ihm nur mit Mühe, ihr Lächeln zu erwidern, und erneut diese Heiserkeit, dieser Frosch im Hals, zweimal musste er sich räuspern, ehe er herausbrachte: „Vielen Dank auch und schöne Grüße an die Herren."

Draußen auf der Treppe mit dem roten Kokosläufer kam sein Ärger erst richtig hoch, dieses Mädchen, diese Tippse, diese Westtussi, Reserven, was denkt die sich eigentlich!

Auch auf der Heimfahrt verflog dieses Gefühl nicht so schnell, was diese Wessis sich einbildeten, Reserven, woher sollte er denn Reserven haben? Das kleine Sparguthaben in Ostmark war schon längst weg, auch die paar blauen D-Mark-Scheine aus dem Versteck zwischen seinen Büchern hatte er gleich neunundachtzig aufgebraucht, als man in den Westen konnte. Und die Vorruhestandsbezüge, ach, davon waren keine Ersparnisse zu bilden.

Am Ende der AVUS stauten sich die Autos. Vielleicht bauten sie wieder irgendetwas an der früheren Grenzkontrolle auf oder ab, immer wieder war da schweres Gerät zu sehen, Männer mit Bauhelm und Warnweste, die irgendwelche Arbeiten verrichteten. Heger vermied den Stau, nahm die davor liegende Ausfahrt und fuhr über die Königstraße, überquerte die Havel und kam direkt auf die Berliner Straße. Da konnte er mal wieder einen Blick auf Baums Grundstücke werfen, schließlich hatte er sie ihm ja vermittelt.

In der Zwischenzeit hatte sich dort etwas getan. Das Gelände war von Buschwerk und Unkraut befreit worden, die Reste des rostigen

Stacheldrahts hatte man entfernt, alles war eingeebnet, auch der Schilfgürtel am Ufer war nicht mehr zu sehen. Dafür stand entlang der Straße ein Bauzaun, verzinktes Metallgitter, nicht alte, zusammengenagelte Bretter, wie man sie zu DDR-Zeiten hatte, sondern blank und neu, Westware. Auch das Bauschild war beeindruckend, eine stabile Konstruktion auf einem Betonsockel, Stahlrohr und eine große Tafel, kunststoffbeschichtet und mit einem Bild, das die künftige Bebauung zeigte. Eine Computersimulation hätten sie machen lassen, das wusste Heger aus einem früheren Gespräch mit Faber. Das Projekt sah auf dem Schild so aus, als sollten Villen in Strandnähe entstehen, in einem südlichen Land unter blauem Himmel. Hier war es bewölkt und kalt, aber mit diesem Bild machte B & K überall Reklame für das Projekt. Imagewerbung hieß das, auch das hatte er von Faber.
Für Werbung, da konnte Baum Geld locker machen, aber bei meiner Provision da stellt er sich an. Was mach' ich, um wenigstens über den nächsten Monat zu kommen? Ihm fiel wieder das Gespräch mit einem Ehemaligen ein, jüngst beim letzten Kameradschaftstreffen des Traditionsvereins war es gewesen, als der gutgelaunt erzählt hatte, wie komfortabel es sei, dass man jetzt sein Konto überziehen könne, ohne weitere Fragen, ohne Probleme. Drei Monatseinkommen betrüge sein Dispo. Diese Abkürzung war Heger neu. Dispositionskredit, hatte der Ehemalige erläutert. Und heute war Donnerstag, da hatte die Sparkasse doch lange Öffnungszeiten, am besten wäre es, Heger ginge gleich dorthin, wenigstens einen Versuch müsste er machen.
Zu Hause schaute er sich noch einmal den Kontoauszug an, das Guthaben betrug nicht einmal mehr hundert D-Mark. Er machte den kurzen Weg zu Fuß, die Stadtsparkasse war gleich vorn am Platz der Nationen, nein Luisenplatz, er konnte sich einfach nicht an die neuen Namen gewöhnen, in dem großen roten Gebäude, der ehemaligen Kaserne. Ein sehr schmächtiger junger Mann in

dunklem Anzug mit Krawatte und einem weißen Hemd mit viel zu weitem Kragen bediente ihn am Schalter. Obgleich der wahrscheinlich jünger war als je ein Fähnrich seinerzeit in der Ausbildungskompanie, wo er immer ganz junge Männer unter sich hatte. Dennoch musste sich Heger zweimal räuspern, ehe er sein Ansinnen hervorbrachte. Er habe gehört, man könne das Gehaltskonto überziehen, Dispokredit.

Der junge Mann bat ihn mit einem: „Aber selbstverständlich, gerne", an einen kleinen Besprechungstisch, der etwas abseits stand und wo sich der Bankangestellte hinter einen Computerbildschirm setzte und Hegers Kontodaten eingab.

„An welche Summe hatten Sie denn gedacht, wie viel benötigen Sie, Herr Heger?"

„Nun, ich dachte …, also ich habe da ein größeres Honorar zu erwarten, knapp zehntausend D-Mark, aber es zieht sich noch hin mit der Auszahlung, mein Auftraggeber …, nun, ja, also …"

„Ganz ohne Problem, Herr Heger, Sie haben ja ein regelmäßiges Einkommen, wie ich sehe", dabei rückte der Mann den Bildschirm etwas zurecht, so als könne er dann die Zahlen genauer erkennen. „Also das Dreifache ihres Monatseinkommens geht problemlos. Das sind ja nun leider keine zehntausend. Natürlich vorausgesetzt, Sie haben nicht anderweitig noch Kreditverpflichtungen."

Heger schüttelte tapfer den Kopf, den Autokredit verschwieg er, der war von einer anderen Bank, damals vom Gebrauchtwagenhändler vermittelt. Das dreifache Monatseinkommen, dreitausendsechshundert, das müsste reichen, bis die Gewerbeerlaubnis da war und Baum zahlen würde. Der junge Bankangestellte druckte ein Formular aus und schob es über den Tisch: „Nehmen Sie sich ruhig Zeit, Herr Heger, lesen Sie das bitte genau durch und dann bitte hier unterschreiben", damit deutete er auf die unterste Zeile, die mit einem Kreuz markiert war.

Das Formular unterschied sich kaum von dem, das er seinerzeit für den Autokredit unterschrieben hatte. Bei den sonstigen laufenden Verpflichtungen führte er seine Miete und die Krankenversicherung auf, die Raten für den Autokredit ließ er weg.

„Vierzehn Komma acht Prozent Zinsen?"

„Ja, Herr Heger, aber doch aufs ganze Jahr gerechnet und nur anteilig auf den Betrag, mit dem Sie im Soll sind. Das haben Sie ja in der Hand."

Heger räusperte sich, nahm den Stift, den ihm der junge Mann bot, und unterschrieb.

„Wunderbar, Herr Heger, dann machen wir das so und Sie sind fürs Erste flüssig."

„Und, ähm ..., also, ab wann ..."

„Ich geb' die Daten nachher gleich ein, Herr Heger, das wird über Nacht verarbeitet in der EDV und ab morgen können Sie verfügen", sagte der schmächtige junge Mann mit einem Lächeln.

Das hätte es früher nicht gegeben, dachte Heger, so ein Bürschchen und kann entscheiden, ob ich noch Geld kriege und wie viel. Bestimmt einer von hier, ein Sachse, sprach zwar eigentlich hochdeutsch, aber man hört es doch heraus, Dresden, vielleicht sogar Erzgebirge. Das sich so einer so schnell in einen Wessi verwandelt, in einen Banker, haargenau wie die von drüben. Kopfschüttelnd verließ Heger die Sparkasse. Es hatte angefangen zu regnen und der Wind fegte unangenehm über den Platz.

Baum hatte sich mal wieder im Tennisclub verabredet. In der ruhigen Atmosphäre des Restaurants ließ sich diskret über Geschäfte reden, besser vielleicht als im Büro. Es musste ja nicht gleich jeder wissen, mit wem er zusammensaß. Wieder war es sein Bekannter aus alten Zeiten, ehemals Beamter in der Bauverwaltung, der nun die Berliner Behörde aufgebaut hatte und seither leitete, die sich um die offenen Vermögensfragen zu kümmern hatte. Ein Jurist, der sich in allen Feinheiten, die mit der Rückgabe des in der DDR enteigneten Grundbesitzes und den Fragen der Entschädigung von Alteigentümern wie kein Zweiter auskannte. Er spielte in diesem vornehmen Berliner Club schon seit Jahrzehnten Tennis und hatte Baum vorgeschlagen, man könne sich doch am besten mal nach seiner Trainingsstunde am späteren Nachmittag im Clubrestaurant treffen.

Draußen war es noch nicht ganz dunkel, durch die bodentiefen Fenster konnte man zwischen den Zweigen der alten Bäume den Wasserspiegel des kleinen Sees hinter den Tennisplätzen sehen. In Ufernähe bedeckte noch eine dünne Schicht Eis die Oberfläche, ansonsten war alles aufgetaut. Die tiefhängenden Zweige der Weiden am Ufer zeigten schon ein zartes Grün, ob es erste Blattknospen waren oder sich bloß die Rinde schon frühlingshaft einfärbte, konnte Baum von seinem Sessel aus nicht erkennen. Der Kellner hatte Champagner gebracht, Pommery Imperial brut, den Baum so mochte, und wie immer eine Platte mit sorgfältig angerichteten Kanapees. Baum wandte seinen Blick von der Aussicht, hob sein Glas und nickte seinem Gegenüber freundlich zu: „Geht es voran mit der Rückgabe von Grundstücken? Man liest ja so viel vom Ärger zwischen den jetzigen Besitzern und den Alteigentümern, schwierige Sache nehme ich an."

„Ja, ja... Aber bei uns landen ja nur die Widersprüche, die erste Bearbeitung obliegt den unteren Behörden. Deshalb haben wir natürlich vor allem die schwierigen Sachen. Die bisherigen Besitzer sind oft verängstigt, wenn sie von so einem Antrag erfahren. Nur die wenigsten wissen, dass wir mehr als die Hälfte ablehnen, weil gar keine berechtigten Ansprüche bestehen, jedenfalls nicht im Sinne des Gesetzes. Und das ist wiederum für die Alteigentümer schwer erträglich, da geht schon der eine oder andere in Widerspruch.

Klagen sind auch schon anhängig, Urteile gibt es aber vorerst nur wenige, die meisten in unserem Sinne, die Gerichte erkennen, dass wir nach Recht und Gesetz und ordnungsgemäß arbeiten."

Baum lachte: „Ja, das kann ich mir denken, dass ihr ordnungsgemäß arbeitet. So seid ihr, ihr Verwaltungsleute, langsam aber ordnungsgemäß, ha ha ha! Aber was macht denn so ein Antragsteller, wenn er seinen Grundbesitz zurückbekommt, verkommen und verlottert und das Gebäude kurz davor ist, zusammenzukrachen? Die meisten können doch gar nichts damit anfangen, oder?"

„Weiß ich nicht, das erfahren wir nicht. Wir erteilen den Bescheid, bei uns wie gesagt meistens auf einen Widerspruch hin. Bei Rückübertragung wird das Grundbuch korrigiert und der Alteigentümer steht dann wieder drin oder, so ist das ja meistens, dessen Erben. Was die machen ist ihre Sache. Viele werden's wohl auch verkaufen. Mancher Alteigentümer verkauft auch bereits seinen Anspruch, bevor er einen Bescheid hat. Da gibt's schon einen regen Handel. Ach, das wissen Sie doch selber, lieber Baum!"

„Ja, ja das überlegen wir auch schon, so einen Anspruch zu erwerben. Der Faber, den kennen Sie doch noch von früher, meine rechte Hand, der hat mit unserem Notar geredet, wie das gehen könnte. Aber irgendwie kommt mir das komisch vor. Da soll ich einen Haufen Geld auf das Treuhandkonto des Notars legen, der kassiert fette Gebühren, vielleicht über Jahre, denn Ihr arbeitet gründlich und nach Recht und Gesetz, ha, ha, ha …" Baum wischte sich die Lachtränen aus den Augen und fuhr fort: „Und dabei weiß ich doch nicht, ob der Anspruch, den ich gekauft habe, durchgeht oder abgewiesen wird. Kann man da irgendwie Sicherheit reinkriegen in so ein Geschäft?"

„Sie haben Ihr Potsdamer Projekt im Sinn, stimmt's?"

Baum nickte.

„Ein pfiffiger Rechtsanwalt kann schon beurteilen, ob ein Anspruch auf Rückübertragung aussichtsreich ist. Setzen Sie doch einen Anwalt ran."

„Die Jungs kassieren ja Honorare, man glaubt es nicht!" Baum schüttelte den Kopf. Da gibt's ja keinen mehr, der nach Gebührenordnung abrechnet. Die berechnen Stundensätze, ich sage Ihnen! Wenn ich das bezahlen wollte, dann wäre es aus, dann könnte ich keinen Pommery mehr bestellen, mein Lieber! Nein, nein, wir haben ja ein Investitionsvorrangverfahren zu laufen, drüben in Potsdam." Baum beugte sich vor, blickte sein Gegenüber an und kniff das rechte Auge zu: „Sie haben doch so einen guten Draht zu Ihrem Potsdamer Kollegen. Das haben Sie doch erzählt, damals, als wir in der Lüneburger Heide waren, in diesem netten Hotel, mit den Mädels am Pool, Sie wissen schon ... Können Sie nicht mal mit dem reden, vielleicht dass er sich drum kümmert, meinen Antrag etwas schneller zu bearbeiten, vor anderen. Mit Vorrang sozusagen, heißt ja auch Investitionsvorrangverfahren, ha ha ha ..." Baum lachte lang und anhaltend über seinen eigenen Witz.

Sein Gesprächspartner ließ sich Champagner nachschenken und nahm noch zwei Kanapees: „Mal sehen ... Übrigens, vorzüglich wieder, was Sie so servieren lassen, mein lieber Baum, vielen Dank auch."

„Mir geht das alles zu langsam da drüben", fuhr Baum fort, „was da schon an Kapital in diesem Projekt gebunden ist. Bisher kostet mich das alles nur Zinsen! Haben Sie mal die Zinsentwicklung beobachtet? Die Geldpolitik unserer lieben Bundesbank, des famosen Herrn Schlesinger? Die meinen, Sie müssten bremsen. Einer Konjunkturüberhitzung gegensteuern. Dass ich nicht lache, ha ha ha ...! Überhitzung! Dabei tut sich ja so jämmerlich wenig im Osten und in Potsdam schon gar nichts. Jedenfalls, es ist doch ein Elend, man zahlt Zinsen und Zinsen und Zinsen, bloß damit die Beamten, wie sagen sie? Bloß damit die nach Recht und

Gesetz und ordnungsgemäß arbeiten können. Und in aller Ruhe, nehm' ich an." Baum, den er sonst meist lachend sah, seufzte: „Ich wäre Ihnen schon sehr dankbar, wenn Sie ein bisschen mithelfen würden, dass das etwas schneller geht. Würde mich gerne auch erkenntlich zeigen, Sie wissen schon."

„Ich weiß schon, was ich Ihnen verdanke, lieber Baum! Ich meine jetzt nicht so sehr... entschuldigen Sie bitte... nicht so sehr das eine oder andere, ähm, Wochenende mit, na ja, also in der Lüneburger Heide. Ich meine ihre Unterstützung damals, als ich noch kleiner Beamter beim Bausenator war. Das vergesse ich Ihnen nie! Jedenfalls, wenn Sie mir mal Ihren Antrag, den Antrag den Ihr Anwalt für Sie gestellt hat wegen des Investitionsvorrangs, wenn Sie mir den mal geben könnten, eine Kopie, ich würd' da mal draufgucken und vielleicht mit dem Potsdamer Leiter des ARoV drüber reden."

„Sehr gut! Wunderbar, vielen Dank! Dann ruf' ich mal den Faber an... Baum griff zu einem kleinen schwarzen Kästchen, das bisher unbemerkt neben seinem Brillenetui auf dem Tisch gelegen hatte. Es hat ein paar kleine Tasten und einen winzigen Bildschirm, ähnlich einem Taschenrechner, auf dem er herumtippte.

„Was ist denn das? Was machen Sie denn da?"

„Kennen Sie nicht? Ist ein Funktelefon, die sind jetzt so klein, schauen Sie mal! Die bauen überall ein neues Funknetz auf, D-Netz, da kostet's nicht mehr so irrsinnig hohe Gebühren wie bisher im C-Netz, ist erschwinglicher geworden. Funktioniert nur noch nicht überall, aber in Berlin geht's, in Potsdam, glaube ich, auch und in den meisten Großstädten. Aber das wird sich schon ausbreiten. Können Sie ja sehen, überall auf den Häusern baut man Antennenmasten auf. Wollen Sie mal probieren, können Sie gerne, rufen Sie doch einfach mal Ihre Frau an, dann sehen Sie wie's geht. Sie müssen nur die Vorwahl mit eingeben, also nulldreinull. Und die kleine Antenne rausziehen." Er reichte das

Gerät seinem Gegenüber, der die Nummer eintippte und ganz erstaunt war, dass er mit seiner Frau genau so gut telefonieren konnte, als hätte er das Münztelefon des Clubrestaurants benutzt. Dann gab er Baum das Gerät zurück, der damit Faber anrief und ihn beauftragte, dafür zu sorgen, dass seinem Gesprächspartner die Antragspapiere wunschgemäß und auf möglichst diskrete Weise übergeben würden. Und Faber möge bitte auch den Chauffeur losschicken, er wolle abgeholt werden.

Baums Gesprächspartner verabschiedete sich: „Ich denke, da wird sich 'was machen lassen. Den Kollegen sehe ich demnächst ohnehin, wir haben Ende des Monats eine Fachtagung, da sprech' ich ihn deshalb mal an."

„Ich werde mich erkenntlich zeigen, das wissen Sie ja, können sich drauf verlassen." Damit stand auch Baum auf und die beiden Männer schüttelten einander herzlich die Hand.

Baum ließ sich den Rest Champagner eingießen, leerte sein Glas im Stehen, zahlte und verlangte nach seinem Mantel. Draußen wartete schon Stumm, er stieg ein und die große Limousine glitt ruhig durch das vornehme Villenviertel und danach den hell erleuchteten Kurfürstendamm hinunter. Das Gedränge auf den Bürgersteigen und vor den Schaufenstern war nicht mehr so groß wie nach der Maueröffnung, als man kaum noch zwischen den Besuchern aus Ost-Berlin und der DDR hindurch kam. Gut, dass es jetzt wieder ein wenig ruhiger und normaler geworden ist, dachte Baum. Er sehnte sich ein bisschen nach früher, als man in West-Berlin noch unter sich war.

In seiner Firma angekommen, ließ er gleich Faber rufen: „Haben Sie die Zahlen, die Potsdamer Zahlen?"

Faber war wie immer bestens vorbereitet und legte seinem Chef ein Blatt auf den Tisch, den Ausdruck einer Berechnungstabelle. Schon seit ein paar Jahren verließ sich Faber auf den Rechner, wenn er die Wirtschaftlichkeitsanalysen erstellte. Baum selber benutzte keinen Computer: „Da folge ich lieber meinem Riecher“, pflegte er lachend zu sagen, und fasste sich dabei gerne an seine fleischige Nase. Aber wenn Faber ihm die Zahlen vorlegte, konnte er sie deuten, und als Entscheidungshilfe nutzte er gerne zusätzlich zu seinem Riecher Fabers Tabellen.

„Für unser neues Projekt haben wir mehrere Varianten durchgerechnet“, erläuterte Faber, „mit verschiedenen Zinssätzen und Vorlaufzeiten von einem, zwei oder sogar von drei weiteren Jahren, mit Verkaufspreisen zwischen fünftausend und zehntausend den Quadratmeter.“

Baum schaute auf die Tabelle, die Kästchen mit den entsprechenden Kennzahlen waren mit Filzstift in Leuchtfarbe markiert.

„Kein schönes Ergebnis“, kommentierte Baum die Zahlen, „nur wenn wir acht- bis zehntausend erzielen und in drei Jahren die letzten Einheiten verkauft haben, wird uns das Ganze noch Freude machen. Aber auch dann nur, wenn die Zinsen nicht noch weiter steigen.“

„Wohl wahr, Chef. Aber dass die Zinsen weiter steigen, das glaube ich kaum. Die hacken doch alle schon ’rum auf der Bundesbank und dem Schlesinger. Vor allem auch das Ausland. Und das brauchen wir, also vielleicht nicht direkt wir als B & K, aber Kohl und seine Mannschaft, die Bundesregierung. Und die werden schon Druck machen, so unabhängig wie auf dem Papier ist der Bundesbankpräsident doch nicht.“

„Mag sein, Faber, mag sein, Sie haben recht. Könnt’ aber auch anders kommen, man hat schon viel erlebt. Besser, man bringt seine Sachen in trockene Tücher, so gut’s noch geht. Wie viel haben wir denn schon reingesteckt?“

Faber zog ein anderes Blatt aus der Plastikhülle und legte es seinem Chef vor. Der überflog es und nickte mehrfach: „Wenn wir’s abstoßen, möglichst schnell, noch vor Baubeginn? Ich denk, es wird einen Markt geben für genehmigte Projekte im Osten.

Schon gar hier, vor den Toren von Berlin, das entwickelt sich doch so nach und nach.“

„Die Genehmigung müssten wir aber haben, auf jeden Fall, und die Eigentumsverhältnisse sollten geklärt sein. Dann könnten wir noch was ’rausholen, zwar keine zwanzig Prozent, das wohl nicht, aber wenigstens ohne Verlust, das würde schon gehen, glaub ich. Und der Investitionsvorrang darf dann nicht mehr all zu lange dauern!“

Baum nickte: „Wegen Investitionsvorrang habe ich ja gerade mit meinem Freund vom Berliner LAROV gesprochen. Der hat auch Kontakte hinüber und ist mir noch einen Gefallen schuldig. Also Verkaufsverhandlungen am besten bald, denk’ ich. Hören Sie sich doch mal um, Faber.“

„Umhören? Nach potentiellen Käufern? Vielleicht Kontakt aufnehmen mit den großen Bauträgern, den Münchnern vielleicht und so weiter? Natürlich diskret, das ist sowieso klar. Die Banken dürfen nichts erfahren, denk ich mir. Ich spreche nur bankunabhängige Partner an. Ach und übrigens, Chef, sollten wir nicht eine eigene GmbH gründen für das Projekt? Es besser abschirmen, meine ich, damit B & K nicht voll haftet? Was meinen Sie, Chef, soll ich das mit dem Steuerbüro mal durchgehen?“

„Faber, Sie sind wirklich mein bestes Pferd im Stall, Sie versteh’n mich ebent.“

Baum ist halt ein echter Berliner, er sagt *ebent*, dachte Faber, dem das immer noch auffiel, obgleich er schon über zwanzig Jahre hier lebte, seit er als junger Mann aus Bayern hergezogen war, weil Westberliner nicht zur Bundeswehr mussten.

Martenthaler freute sich jedes Mal, wenn er zum Dienst in das alte Gerichtsgebäude ging. Es war nun frisch restauriert, die gewiss hundert Jahre alte Backsteinfassade, reich gegliedert durch Medaillons, Girlanden und Statuen in Sandstein, strahlte wieder in ihrer einstigen Pracht. Auch im Inneren war die Restaurierung beendet, die Treppenstufen und Säulen gereinigt, die Fliesenböden sorgfältig ausgebessert und poliert, Türen und Holzverkleidungen abgeschliffen und frisch lasiert. Nicht mehr der übliche unangenehme Geruch, nur noch ein leichter Hauch von frischer Farbe hing in den Fluren. Was für ein schönes Gebäude, fand er, und welch ein respektheischendes Selbstbewusstsein verkörperte es! Wie mochten sich die Juristen damals gefühlt haben, als dieses Haus neu war, im Kaiserreich? Damals hatte sich die Justiz noch nicht in den Dienst von zwei Diktaturen begeben, noch konnten Juristen in dem Bewusstsein tätig sein, auf der richtigen Seite zu stehen und dem Recht zur Geltung zu verhelfen. Das ist uns heute nicht mehr vergönnt, dieses ungebrochene Gefühl, dass es einfach nur um Recht und Gerechtigkeit geht. Vielleicht gefällt mir das Gebäude deshalb so gut, weil es eine Sicherheit ausstrahlt, die uns abhanden gekommen ist, dachte Martenthaler. Ist es richtig, wenn wir hier als Westimporte, unsere Vorstellung von Recht und Gesetz durchzusetzen versuchen? Schaffen wir damit wirklich mehr Gerechtigkeit? Man wird das erst in Jahrzehnten beurteilen können und wer kann schon wissen, in welchem Licht nachfolgende Generationen unsere Arbeit hier sehen werden?

Auf der Postmappe lag wieder einmal eine Sendung von der Behörde des Bundesbeauftragten für die Stasi-Unterlagen. Frau Nehlsen legte ihm diese Vorgänge immer zuoberst. Er riss den verschlossenen Umschlag auf. Schliff war also nicht für die Stasi tätig gewesen, jedenfalls hatte die Überprüfung bei der Gauck-Behörde nichts ergeben. Martenthaler las zwei Mal gründlich durch, was auf das entsprechende Auskunftsersuchen des Generalstaatsanwalts hin beschieden worden war. Natürlich konnte das Papier, das er in den Händen hielt, kein Negativzeugnis sein, keine Bestätigung, dass Schliff nicht für die Firma, wie es hier gerne beschönigend hieß, tätig gewesen war. Vielmehr war es nur die Auskunft, dass

sich über Schliff kein Eintrag in der Täterkartei gefunden hatte. Martenthaler fragte sich, was ihm lieber gewesen wäre. Eine Stasi-Verstrickung dieses Mitarbeiters? Dann wäre er ihn wenigstens losgeworden. Aber hätte er sich selber gut dabei gefühlt? Oder wäre er sich vielleicht doch wie der Bluthund vorgekommen, der hier alle weg biss, die sich nicht geschmeidig anpassten und die Zeichen der Zeit nicht erkannt hatten oder sich nicht den neuen Verhältnissen unterordneten? Auf der anderen Seite, Schliff war doch der, in dessen Personalakte einzelne Seiten fehlten. Er hatte das ja selbst festgestellt, als er sie unten im Archiv durchsah. Das war schon ein Jahr her, aber er erinnerte sich noch genau. Wer Blätter aus der eigenen Akte verschwinden lassen konnte, dem gelang es vielleicht auch, Akten des MfS beiseite zu schaffen? Im Herbst neunundachtzig war ja so viel passiert, Papiere waren geschreddert oder verbrannt worden, und Martenthaler hatte den Eindruck, dass keiner einen ganz genauen Überblick hatte, was damals im Einzelnen vorgefallen war. Sogar Leute der sogenannten Bürgerbewegung hatten anfänglich Stasi-Akten vernichtet, aus Sorge, dass belastendes Material die Zeiten überdauern und man es, falls die Revolution am Ende doch scheiterte, gegen sie verwenden könnte. Und natürlich die Stasi-Mitarbeiter selber. Nach allem, was er mitbekommen hatte, und damals erfuhr er in Köln ja nur, was in der Zeitung stand oder im Fernsehen kam, hatte die Kapazität der Reißwölfe im MfS gar nicht ausgereicht, alles zu zerkleinern, was sie aus der Welt haben wollten. Man hatte Papiere sogar von Hand zerrissen. Inzwischen war die Rede davon, die Akten zu rekonstruieren, die Schnipsel wieder zusammenzusetzen. Die Forensiker können ja viel, aber dass es möglich sein sollte, Säcke von Papierfetzen wieder zusammenzusetzen, vermochte sich Martenthaler gar nicht vorzustellen.
Er stand auf und ging zum Fenster. Draußen auf dem Hof standen sein alter Mercedes und ein paar andere Autos, nur noch ein

Wartburg war dabei, sonst alles Westfabrikate, kein Trabbi, kein Lada, kein Moskwitsch mehr. Vereinzelte dünne Schneeflocken rieselten herab und tauten sogleich wieder. Es wird wohl kein Schnee mehr liegen bleiben diesen Winter, dachte er, die Stadt würde grau bleiben, die Luft feucht, die Bäume kahl mit schwarzem Geäst, die kurzen Tage, ohne Sonne und mit verhangenem Himmel würde er wieder einmal schlecht ertragen können wie so manches Jahr. Was machte er hier überhaupt? Handlanger für politische Säuberungen? Das war doch das Letzte, was er vorgehabt hatte, als er sich vor zwei Jahren für den Einsatz im Osten entschlossen hatte! Am liebsten wäre er nach Hause gegangen und hätte sich ins Bett gelegt, die Decke über den Kopf gezogen. Aber er hatte sich für diesen Job gemeldet, genau genommen beworben, und nun musste er erledigen, was zu tun war, jetzt eben Schliff informieren, nun ja, Schliff hatte möglicherweise selbst schon den Bescheid in Händen, aber kommentarlos zur Tagesordnung übergehen, das ging ja auch nicht. Wenn ich den Führungsstil wirklich durchhalten möchte, den ich mir vorgenommen habe, offen, transparent und direkt, dachte Martenthaler, dann muss ich dieses Gespräch führen. Am besten so schnell wie möglich, je später, um so schwieriger.

„Frau Nehlsen, Herr Schliff möchte bitte mal kommen. Unterlagen brauchen wir nicht, aber bitte einen Kaffee für den Kollegen."

Martenthaler bot Schliff einen Stuhl an, nicht gegenüber seinem Chefsessel am Schreibtisch, er wollte es weniger hierarchisch aussehen lassen, sondern am Besprechungstisch, und selbst wählte er seinen Platz so, dass sie übereck saßen und nicht frontal zueinander. Als Schliff umständlich in der Hosentasche nach seinem Portemonnaie kramte, versuchte Martenthaler es mit einem kleinen Lächeln: „Zum Kaffee sind Sie eingeladen."

„Vielen Dank, Herr Doktor, sehr großzügig."

Eine Tasse Kaffee als Großzügigkeit? Ein Scherz? Das hätte ich ihm gar nicht zugetraut, dachte Martenthaler, oder war es ihm ernst? Galt Kaffee immer noch als Luxusgut? Schliff brachte jedenfalls kaum mehr als ein knappes Kopfnicken über sich und in seinem Blick blieb dieser lauernde Ausdruck, den Martenthaler im direkten Gespräch mit ihm schon immer bemerkt hatte.

„Sie wissen ja, auf Veranlassung des Generalstaatsanwalts wurden alle Mitarbeiter einer Überprüfung unterzogen hinsichtlich ihrer Kontakte zum MfS, hinsichtlich ihrer Mitarbeit, formell oder informell. Es kommen jetzt so nach und nach die Bescheide", begann Martenthaler.

„Gegauckt. Alle wurden wir gegauckt. Schliffs Lippen wurden noch schmaler. Aber über mich liegt nichts vor. Ich hab' nichts gemacht, keinem geschadet."

„Nein, sieht so aus, als hätten Sie nicht."

„Sieht nicht nur so aus, ist amtlich. Ich hab' ja den Bescheid schon, meinen. Bin sauber, total sauber."

„Dann sind Sie also im Bilde. Dann ist es auch keine Frage, dass wir weiter zusammenarbeiten werden."

„Oder müssen, Herr Doktor, je nachdem."

„Je nach was?"

„Ich hab' mir das nicht ausgesucht, Herr Doktor."

„Was nicht ausgesucht?"

„Nun, die heutigen Verhältnisse, die hab' ich mir nicht ausgesucht! Dass ich hier arbeiten muss, habe ich mir nicht ausgesucht, und dass aus einer schon in Aussicht gestellten Beförderung nichts wird, auch nicht. Dabei hab' ich keinem geschadet, früher nicht und heute nicht. Aber den Sozialismus, den hätte ich nicht abgeschafft, ich nicht! Es war nicht alles schlecht! Auch nicht in der Strafverfolgung!"

„Sie finden, das war ein Rechtsstaat, die DDR?"

„Phh … Rechtsstaat! Ist auch nur so ein Wort! Was wir gemacht haben, das war nicht schlecht, nicht für unsere Bürger und nicht für unsere Betriebe. Es herrschte Ordnung. Zum Beispiel, wir hatten die Aufsicht über die staatlichen Organe und Einrichtungen, jedenfalls im Hinblick auf deren Gesetzlichkeit. So einen Schlendrian wie heute, das hätten wir nicht zugelassen."

„Schlendrian?"

Schliff hielt mit beiden Händen seine Kaffeetasse, und Martenthaler kam es so vor, als würde er damit ein leichtes Zittern seiner Finger unterdrücken. Er blickte Martenthaler an, die Augen zum Schlitz verengt und wieder so lauernd: „Wir waren rechtserzieherisch tätig, Herr Doktor. Rechtserzieherisch, das wäre heute nötiger denn je!"

„Aber Herr Schliff, den Auftrag, die Gesetzlichkeit irgendwelcher Organe oder Betriebe zu überwachen, den haben wir nicht mehr. Steht nicht in der StPO. Und nur die gilt für uns. Und im Zweifel das Grundgesetz", fügte er hinzu, aber dieser alte Scherz westlicher Juristen verfing hier nicht.

„Ja, ja, alles nach dem Gesetz, rechtsstaatliche Grundsätze, das Rechtsbewusstsein der Bürger entwickeln, StPO, ich weiß schon. Rechtsbewusstsein der Bürger, da meinen Sie bestimmt unsere Bürger, die jetzt am liebsten alle Kapitalisten wären, aber wer erzieht Sie denn zur Gesetzestreue, heute noch? Das ist doch Siegerjustiz! Über unserem Gerichtsportal draußen stehen Friedrich der Zweite und Kaiser Wilhelm mit Pickelhaube. Man möchte meinen, der preußische Militarismus ist zurück. Die Untertanen dumm und der Sozialismus des Teufels …"

War das ironisch? Ironie, das hätte diesen Altgedienten fast ein bisschen sympathisch gemacht: „Also Herr Schliff, da wir nun doch weiterhin zusammenarbeiten, wäre es da nicht besser, wir zögen alle an einem Strang, und zwar am gleichen Ende? Um Rechtsstaatlichkeit und Gesetzestreue durchzusetzen?"

„Durchsetzung ihres Rechtsstaats? Da stellt man sich doch die Frage: Wem nützt es?“

„Wladimir Iljitsch Uljanow.“

„Wie bitte?“

„Lenin. Sie zitieren Lenin, Herr Schliff! Der sagt: *Man sollte stets die Frage stellen, wem nützt es.* Die Klassiker, die müssten Sie doch kennen, oder?“

„Tatsächlich? Lenin? Na, egal! Jedenfalls, all das Neue da aus dem Westen, das passt mir nicht. Gesetzestreu? Das sind doch selber nur die wenigsten! Von denen lasse ich mich nicht erziehen. Nicht von denen!“

Martenthaler schluckte eine barsche Erwiderung hinunter und stand auf: „Also Herr Schliff, ich freue mich, dass nichts gegen Sie vorliegt bei der Stasi-Unterlagenbehörde. Und was unsere Arbeit anlangt, so richten wir uns nach dem Gesetz.“ Noch ehe Schliff seinen Kaffee ausgetrunken hatte, reichte Martenthaler ihm die Hand. Trotz allem. Irgendeine Geste brauchte es ja, um dieses Gespräch zu beenden. Und zu Ende bringen musste Martenthaler das, was sollte er noch sagen?

Nach einer nur knapp angedeuteten Verbeugung ging Schliff, ohne sich noch einmal umzuwenden. Im Hinausgehen murmelte er vor sich hin: „Wladimir Iljitsch Uljanow, na klar. Hätt' ich wissen müssen. Aber dass der Wessi das kennt… wenn man nicht sofort erkennen kann, … sollte man stets die Frage stellen…“ Martenthaler setzte sich an seinen Schreibtisch und nahm eine der roten Akten von dem großen Stapel der noch unbearbeiteten. Aber er konnte sich nicht recht auf die Sachverhalte konzentrieren, die da als Schriftsätze, als Verfügungen, Protokolle, Berichte und Gutachten zu Papier geronnen waren. Für diesen Schliff und für die beiden anderen altgedienten Oberstaatsanwälte und wahrscheinlich auch für eine ganze Reihe der übrigen aus der DDR-Justiz übernommenen Mitarbeiter war er so etwas wie der Vertreter einer

Besatzungsmacht. Siegerjustiz, hatte Schliff gesagt. Jetzt erst hatte er das gesagt, nachdem er sicher sein konnte, dass Martenthaler nichts gegen ihn in der Hand hatte.
Siegerjustiz! Martenthaler fühlte sich nicht als Sieger. Im Gegenteil. Damals vor zwei oder drei Jahren hätte er es sogar ganz gut gefunden, wenn sich in der friedlichen Revolution jene Strömung durchgesetzt hätte, die für die DDR einen dritten Weg zwischen Staatssozialismus und Anschluss an die BRD vorgeschlagen hatte. Jedenfalls von Köln aus betrachtet, war ihm das ganz vernünftig vorgekommen. Er hatte sich im Herbst neunundachtzig ein kleines Büchlein gekauft. Ein Verlag war schnell genug, die wichtigsten Diskussionspapiere und Dokumente der Bürgerbewegung drucken zu lassen und in den Buchhandel zu bringen. Die Texte hatten ihn beeindruckt, der Mut, die Weitsicht, das Verantwortungsbewusstsein. Wenn er zurückdachte, war ihm genau bei dieser Lektüre erstmals die Idee gekommen, in die DDR zu gehen, um diese mutige Bewegung zu unterstützen. Von einem Anschluss an die BRD war damals ja überhaupt noch nicht die Rede. Als Helfer wollte er hingehen und nicht als Sieger. Aber kaum war er hier, erschien ihm die Vorstellung eines dritten Weges völlig illusorisch. Nicht nur wegen der vorherrschenden Stimmung der Menschen, aus „Wir sind *das* Volk“ war ja ganz schnell „Wir sind *ein* Volk“ geworden. Nein, nicht nur im Hinblick auf die Mehrheitsmeinung, auch mit Blick auf die äußeren Bedingungen, egal was man ansah, Geschäfte und Warenangebot, Wohnungen und Häuser, Straßen und Verkehrsmittel, da gab es keinen Mittelweg zwischen West und Ost. Wahrscheinlich war es auch in den Betrieben so, da hatte er keinen Einblick, auf jeden Fall aber war es in der Justiz so, Rechtsstaat oder kein Rechtsstaat, tertium non datur, wie wir Juristen gerne sagen. Es gab keine andere Möglichkeit, das diktatorische Regime der SED zu beseitigen und zugleich die Wünsche und Sehnsüchte des Volkes wenigstens zum Teil zu er-

füllen als den Anschluss an die Bundesrepublik. In Köln war er kein Freund der CDU gewesen, dieser ganze Mief der Rheinischen Republik. Viel zu sehr war er Alt-Achtundsechziger, als dass er jemals die Konservativen unterstützt oder gewählt hätte. Aber neunundachtzigneunzig, da haben der dicke Kanzler und seine Leute erkannt, dass es der richtige Zeitpunkt für die Einheit und dass es der einzig gangbare Weg war. Das musste man ihnen lassen. Trotzdem fand er nicht, dass er deshalb zu den Siegern gehörte, aber es gab Menschen hier, vielleicht nicht wenige, die nur Sieger und Besiegte kannten, die ihn wie einen Eroberer betrachteten. Da war Schliff nicht der Einzige, da war auch diese Frau gewesen, damals in der Ausstellung, die ihren Namen verheimlicht hatte. Er hätte gerne etwas mit ihr angefangen, aber sie machte deutlich, dass sie sich wie ein Besatzerflittchen gefühlt hätte, wenn sie sich auf ihn einließe – auf einen von der Siegermacht.

Draußen dämmerte es und Martenthaler schaute auf seine Uhr. Hatte er tatsächlich schon so lange auf diese eine Seite in dieser einen Akte gestarrt? Er stand auf und wollte Frau Nehlsen noch um eine Tasse Kaffee bitten, aber das Vorzimmer war leer und ihr Schreibtisch feinsäuberlich aufgeräumt.

Also ohne Kaffee, wie sollte er sich da konzentrieren? An eine Bearbeitung der Akten, die er nicht in andere Abteilungen delegieren konnte, war nach dem Gespräch mit Schliff nicht mehr zu denken. Aber er konnte aus dem großen Stapel wenigstens diejenigen Fälle heraussuchen, die mit Wirtschaftskriminalität zu tun hatten. Endlich hatte er dafür eine eigene Abteilung, denn es war ihm gelungen, eine weitere vakante Stelle eines Oberstaatsanwalts zu besetzen. Erst auf die dritte Ausschreibung hin war eine geeignete Bewerberin gefunden worden, und er hatte auf den Einstellungsvermerk an die Generalstaatsanwaltschaft eigenhändig mit Rotstift, *Eilt sehr!* notiert. Damit es schnell ginge, hat er alles zusammen mit den Bewerbungsunterlagen selbst nach Brandenburg an der Havel gefahren. Die neue Abteilungsleiterin hatte vor kurzem ihre Arbeit aufgenommen und er hatte ihr ein paar Mitarbeiter zugewiesen. Für ihn selbst blieben immer noch mehr Akten, als ein OStA im Westen üblicherweise zu bearbeiten hatte, und dass ein LOStA Vorgänge selber bearbeitete, hätte sich drüben keiner vorstellen können. Vereinigungskriminalität, die ganzen unangenehmen Vorgänge, die aufgrund von Anzeigen angelegt worden waren, meist Anzeigen von Betriebsdirektoren oder Führungskräften der ehemals volkseigenen Betriebe, oft gegen unbekannt, manchmal gegen Mitarbeiter der Treuhandanstalt, die blieben nach wie vor an ihm hängen.

Schließlich fischte er nur noch alle Akten heraus, die irgendwie mit Wirtschaft zu tun hatten, packte sie auf einen Stapel, machte eine Liste mit den Aktenzeichen, legte sie oben drauf und verfügte, dass alles an die neue Abteilung W zur weiteren Bearbeitung gehen solle. Das Gespräch mit Schliff ließ ihn nicht los, besser wäre es da, nicht zu spät nach Hause zu gehen und für ein bisschen Ablenkung zu sorgen. So passte es gut, dass er für den Abend mit Ulrich und dessen Frau verabredet war. Als er neulich nach Hause kam, hatte er nämlich auf dem Schiefertäfelchen, das bei ihm wie bei den meisten seiner Nachbarn an der Tür hing, die Nachricht gelesen: Wo bist du? Haben Winterspaziergang im Sanssoucipark gemacht. Ruf' mal an! U. & S.

Martenthaler besaß nach wie vor kein Telefon in der Wohnung, um endlich eines zu erhalten, hatte er sich sogar ein Schreiben mit der Unterschrift des Generalstaatsanwalts beschafft, aus dem hervorging, dass er aus dienstlichen Gründen auch in seiner Privatwohnung einen Telefonanschluss benötige. Das hatte er zusammen mit dem ausgefüllten Formular zur entsprechenden Dienststelle gebracht. Er musste den alten Mercedes nehmen, denn die saßen draußen in Michendorf in ein paar Baracken zwischen Waldrand und Kiesgrube, der Bus dorthin fuhr nur alle halbe Stunde. Er hatte versucht, die griesgrämige Sachbearbeiterin von der Dringlichkeit seines Anliegens zu überzeugen, aber sie hatte nur gebrummt: „Kiekense ma hier“, und auf einen Posteingangskorb gedeutet, der von derartigen Anträgen überquoll. Daraufhin hatte er doch etwas von Staatsanwalt gesagt, was sie erschrocken aufblicken ließ: „Na ja jut, denn will ick's ma obenauf legen. Will ja nix mit der Staatsanwaltschaft zu tun haben.“ Genützt hat das bisher aber nichts. Nun musste er eben sein Diensttelefon für einen Anruf bei Ulrich nutzen. Das war gestattet, anders wäre es auch nicht gegangen, um jemanden zu benachrichtigen. Jeder war es gewohnt, die Telefone in den Betrieben oder Einrichtungen zu nehmen, und mit Null-Eins als Vorwahl wurde das Gespräch als privat gebucht und am Quartalsende abgerechnet. Also hatte er an einem Tag, der, wie er wusste, kein Sitzungstag war, Ulrich im Landgericht Berlin angerufen. Der berichtete sehr fröhlich von dem Winterspaziergang neulich, der Sanssoucipark wäre ja traumhaft, eigentlich auch die ganze Stadt, ziemlich heruntergekommen, das schon, aber mit etwas Fantasie könnte er sich vorstellen, dass das einmal wunderschön werden würde. Und sie hätten ja nun ein provisorisches Theater und einen neuen Chefdirigenten, einen jungen Mann aus einer alten sächsischen Dirigentendynastie, die Rezension des letzten Symphoniekonzerts sei gar nicht mal so schlecht gewesen, gar nicht mal so schlecht… Ob Franz Josef sich nicht mal um Karten kümmern könnte, dass sie vielleicht zu dritt oder ob es wieder eine Frau gäbe an seiner Seite, vielleicht diese füllige Schöne, die ihm im Sommer bei seiner Einweihungsfete so schöne Augen gemacht hätte, ob er der irgendwie nähergekommen wäre. Also, ob er drei oder wenn dem so sei vier Karten beschaffen könnte, ein gemeinsamer Konzertbesuch, das wäre doch schön, und seine Frau lasse herzlich grüßen.

Daraufhin hatte Martenthaler im Laden der Tourismusinformation drei Karten besorgt, für eine vierte gab es keinen Anlass, und heute Abend wollten sie sich treffen vor dem Theaterprovisorium und sich nach dem Konzert vielleicht noch auf ein Glas Wein zusammensetzen. Martenthaler hatte sich fein gemacht mit dunklem Anzug, weißem Hemd und Krawatte. Früher, in Köln und Bonn, meistens war man ja zum Konzert nach Bonn in die Beethovenhalle gefahren, hatten schon mal Jeans und Pullover ausgereicht, die Etikette war immer lockerer geworden im Lauf der achtziger Jahre, selbst in der neuen Kölner Philharmonie. Aber heute wollte er doch etwas formeller sein. Ulrichs Frau, da war er sicher, würde im dunklen Kleid mit Jäckchen auftauchen und Ulrich dem Outfit seiner Frau angemessen. Tatsächlich standen die beiden trotz ihrer warmen Mäntel leicht fröstelnd und etwas unschlüssig vor der Blechbüchse. Der Zugang war nur provisorisch befestigt, ein holpriger Weg aus nebeneinandergelegten Stahlplatten, wahrscheinlich Material aus ehemaligen NVA-Beständen, mit vielen Pfützen dazwischen, beschwerlich für Ulrichs Frau in ihren High Heels.
Drinnen schaute sich Martenthaler ebenso neugierig um wie seine Berliner Freunde, auch er war zum ersten Mal hier. Ulrich und seine Frau blickten eher skeptisch auf die Stahlrohrkonstruktion mit den ansteigenden Sitzreihen, ihm aber sagte eigentlich die industrielle Anmutung dieses Gehäuses zu. Die Gitterträger, an denen die Beleuchtung montiert war, in Signalrot gestrichen, die Wände schwarz, die übrige Konstruktion metallisch blank, die Bühne aus unbehandelten Sperrholzplatten.

„Irgendwie passt das“, verteidigte Martenthaler die Halle, als er die kritischen Blicke seiner Freunde sah, „passt zu dieser Stadt im Umbruch.“ Das Programm für den Abend war allerdings eher konventionell, die üblichen Ohrwürmer klassischer Symphoniekonzerte, Beethoven, Mozart, Brahms.

Der Saal war nicht ausverkauft, das mag wohl früher bei Konzerten anders gewesen sein. Zu DDR-Zeiten waren kulturelle Veranstaltungen begehrt, aber jetzt wurden Karten nicht mehr zu niedrigen Preisen über Betriebe und die Gewerkschaftsorganisation verkauft, so dass die Theater und Konzerthäuser oftmals leer blieben. Natürlich waren die Menschen auch mit anderen Dingen beschäftigt, man darf nicht ungerecht sein, dachte Martenthaler. Das geringe Interesse war ein Problem für das Brandenburgische Landesorchester, es war von Kürzungen des Budgets bedroht. Jede der ehemaligen Bezirksstädte, Potsdam, Frankfurt/Oder und Cottbus, außerdem noch Brandenburg/Havel hatten ein eigenes Theater und Symphonieorchester. Die Presse berichtete über konkrete Pläne der Landesregierung, die Häuser zusammenzulegen und die meisten der Orchester abzuschaffen, *abzuwickeln*. Geringe Besucherzahlen stützten die Argumente des Finanzministers. Um so mehr erwartete Martenthaler, dass die Musiker sich ins Zeug legen würden, ging es doch jeden Abend wenn nicht um ihr Leben so doch um ihren Job. Aber das Gegenteil war der Fall. Zwar machte der junge Dirigent, Sohn und Großneffe bedeutender Leipziger Kapellmeister, eine gute Figur, elegant im Frack und offenbar hochmusikalisch, aber das Orchester hatte er nicht im Griff. Selbst bei einem Standardwerk, wie der zweiten Leonoren-Ouvertüre, entstand der Eindruck, Beethovens ergreifende Musik zerfasere irgendwie und löse sich auf in einzelne Stimmen, die nicht aufeinander bezogen waren. Martenthaler und seine Freunde saßen in einer der vorderen Reihen, er konnte den Musikern geradezu ins Gesicht sehen, mancher kam ihm gelangweilt vor. Oder frustriert? Außer dem Dirigenten gab es nur einige wenige, vor allem jüngere Musiker, die engagiert wirkten und die Musik zu lieben schienen. Besonders eine blond gelockte Cellistin am zweiten Pult vorne fiel Martenthaler auf. Gerne hätte er diese Frau kennengelernt.

„Also, euer Orchester, das sind mir schon rechte Streichbeamte, pensionsberechtigt“, bemerkte Ulrich mit einem Lachen, als sie in der Pause bei einem Glas Sekt zusammenstanden.

„Gar nicht, die sind nicht pensionsberechtigt. Sie haben nicht mal ihren Job sicher. Habt ihr nicht davon gehört“, entgegnete Martenthaler, „da gibt's heiße Debatten um die Kulturpolitik im Land und die Frage wie viele Orchester, Theater, Ballettkompanien sich Brandenburg leisten kann oder soll.“

„Man hat aber nicht den Eindruck, dass sie sich sehr anstrengen, um ihren Job zu behalten“, meinte Ulrichs Frau. „Da springt kein Funke über.“

„Okay, die Berliner Philharmoniker sind's nicht, das kannst du nicht erwarten.“ Wieder verteidigte er seine Stadt und sein Bundesland. Insgeheim aber ärgerte er sich, seine Freunde hatten Recht. Oft dachte er, warum strengen sich diese Musiker nicht an, wo sie doch jetzt so viele Möglichkeiten haben? Es waren ja nicht alle, die so lethargisch und zugleich genervt wirkten, vor allem unter den Jüngeren waren einige, die es besser machten und mehr herausholen wollten. Das erinnerte ihn wieder an die Situation im Dienst, in diesem Orchester schien es ganz ähnlich zu sein wie in der Staatsanwaltschaft.

Nach der Pause Brahms' zweite Sinfonie, die Martenthaler so liebte, vor allem den ersten Satz, melodisch, romantisch, pastoral und voller Gefühl. Gleich der Beginn gab der schönen Cellistin und ihrem jugendlichen Kollegen am Kontrabass die Gelegenheit, ihr Können und ihre Musikalität zu zeigen. Schade nur, dass auch hier wieder kaum einer der übrigen Musiker richtig mitzog. Es sah aus, als strengte sich der Dirigent vergebens an, den Hornisten etwas Begeisterung einzuhauchen. Und ausgerechnet während des zarten Pianissimo in der zweiten Hälfte dieses Satzes fuhr draußen die Straßenbahn quietschend um die Kurve. Keine Schalldämmung in der Blechbüchse, jedes Geräusch drang herein,

wenn nicht die Musik laut genug war, alles zu übertönen. Gut nur, dass alsbald wieder die Hörner und Bässe erneut zum Fortissimo überleiteten.
Martenthalers Konzentration ließ nach. Während Dirigent und Musiker sich mit dem Brahms herumplagten, überlegte er, wo er mit Ulrich und Frau nach dem Konzert noch auf ein Glas Wein hingehen konnte. Im Alten Rathaus gegenüber gab es einen Ratskeller, ein uriges barockes Backsteingewölbe, in das er einmal eingekehrt war. Der Service hatte ihm gefallen, freundlich und aufmerksam, aber die Weinkarte und Ulrichs Ansprüche an einen guten Bordeaux? Ein Bier konnte man da schon trinken und etwas Bodenständiges zum Essen bestellen, falls nach dem Konzert die Küche überhaupt noch geöffnet wäre. Westberliner, die daran gewöhnt waren, zu jeder Tages- und Nachtzeit ein Restaurant zu finden, wo man essen konnte, waren hier nur schwer zu bewirten. Und zu sich nach Hause konnte er sie nicht mitnehmen, der Kühlschrank war wieder einmal so gut wie leer. Das Restaurant des ehemaligen *Interhotels*, jetzt von einer französischen Kette betrieben, hatte zwar einen Manager aus dem Westen, aber ansonsten waren Personal und Interieur noch so sehr vom DDR-Stil geprägt, das wollte er seinen Freunden auch nicht antun. Blieb also der Künstlerclub in dem hübschen Knobelsdorff-Haus gegenüber und nahe genug auch für die High Heels von Ulrichs Frau. Atmosphäre und Küche waren dort immerhin etwas weniger konventionell als in den übrigen Lokalen. Erst Brahms' schwungvolles Finale am Ende des vierten Satzes riss Martenthaler wieder aus seinen Gedanken und nun fand er auch, dass sich die Musiker des Orchesters zu guter Letzt doch noch zusammengefunden hatten. Der Applaus war immerhin freundlich, zwar keine Zugabe, aber der Dirigent kam doch noch zwei Mal nach vorn und die Musiker erhoben sich ebenfalls, um ihrem neuen Kapellmeister mit den Bögen Applaus zu spenden.

„Wie lange wird dieses Lokal noch nach einem Arbeiterdichter heißen“, fragte Martenthaler, als er mit seinen Freunden im Restaurant des Künstlerclubs saß. Die meisten Namen für Straßen und andere Einrichtungen, mit denen sozialistische Größen geehrt worden waren, hatte man inzwischen umbenannt, nur Marx und Engels, Bebel und Liebknecht waren verschont geblieben, ansonsten waren vielfach die Vorkriegsbezeichnungen wieder eingeführt worden. Auch der Vertreter des Sozialistischen Realismus wird hier wohl bald nicht mehr geehrt werden und dem Künstlerclub drohte noch eher als dem Landesorchester die Abwicklung.

Ulrich interessierte sich weniger für die Fragen von Straßennamen und Ehrungen. „Das war doch schon immer so nach Umwälzungen, dass die Straßenschilder ausgetauscht und die Denkmäler geschliffen wurden“, meinte er und studierte lieber die Weinkarte. Dabei schien er gar nicht so unzufrieden zu sein: „Einen Grand Cru von den berühmten Chateaux kann man ja hier wohl nicht erwarten, aber wenn der neunundachtziger Médoc wirklich ein Médoc ist, und neunundachtzig war kein schlechtes Jahr, dann können wir den doch wohl nehmen“, schlug Ulrich vor. „Ich darf dich einladen.“

„Hier einen Neunundachtziger zu trinken ist ja fast schon symbolisch“, sagte Ulrichs Frau, als sie einander zuprosteten.

Sie sprachen noch ein wenig über das Konzert, waren sich aber bald einig, dass dieses Orchester wohl keinen Bestand haben werde. Was sie da gehört hatten, würde kaum die Konkurrenz zum benachbarten Berlin überleben. Ulrichs Frage: „Wie geht es dir denn nun, du bist ja schon anderthalb Jahre hier, oder ist es schon länger“, bot Martenthaler endlich die Gelegenheit, vertrauten Freunden gegenüber sein Herz auszuschütten. Er berichtete von dem Gespräch mit Schliff, dann auch allgemein über die Schwierigkeit, aus einer so heterogenen Mitarbeiterschaft arbeitsfähige Teams zu formen, es gebe ja nicht nur die Unterschiede zwischen

denen, die im Osten aufgewachsen waren und hier studiert hatten, und den Westimporten, völlig unterschiedliche Auffassungen nicht nur über Rechtsanwendung und Rechtsstaatlichkeit, sondern auch große Unterschiede was die Verwaltungserfahrung anlangt, Sorgfalt in der Aktenführung, zum Beispiel fehlende Einträge im Stellbuch, wenn ein Vorgang weitergereicht wird und so weiter… Nein, es gebe auch große Unterschiede zwischen den einzelnen Persönlichkeiten, sowohl bei den Ossis als auch bei den Wessis. „Die einen sind von drüben gekommen", er sagte tatsächlich schon drüben wie seine hiesigen Kollegen, „wegen des unverhofften Karrieresprungs und des doppelten Gehalts, der Buschzulage, andere sind engagiert und voller Interesse, ohne über den Mangel an Bequemlichkeiten zu klagen, den man hier in mancherlei Hinsicht auf sich nehmen muss. Dabei kommt man ja eigentlich, wenn man Lust hat, schnell mal nach Westberlin", fügte er an. Und auch die Ossis, alles andere als eine homogene Gruppe. „Wenn ich da an diese junge Kollegin denke, die Dunkelhaarige, die du vorhin erwähnt hast, hatte gerade das Studium in Jena abgeschlossen und war Staatsanwältin geworden, als die DDR zusammenbrach, und legt sich jetzt mit so viel Engagement und Freude an der Sache ins Zeug."
So saßen die drei Westjuristen, Rechtsanwältin, Richter und Staatsanwalt noch lange beim Gespräch im ehemaligen Künstlerclub der ehemaligen Bezirkshauptstadt, bestellten noch eine zweite Flasche Médoc, sowohl Gäste als auch Getränke aus dem nichtsozialistischem Ausland, das hätte sich der Kellner, der bestimmt schon zu DDR-Zeiten hier bedient hatte, vor zwei Jahren nicht als normal träumen lassen.

„Übrigens", wechselte Ulrichs Frau das Thema, „der Termin steht jetzt fest, dein Scheidungstermin. Ich glaub' nicht, dass Reni selber kommt, persönliches Erscheinen ist nicht angeordnet und sie wird nicht deshalb extra anreisen. Ihr Anwalt wird Untervollmacht an eine hiesige Kanzlei erteilt haben. Ich denke, dass das Verfahren unproblematisch wird. Ich hab' dir das ja schon vorgerechnet, du wirst kaum Ansprüche durchsetzen können und sie kann ja auch keine Ausgleichsforderungen geltend machen. Aber wenn du zur Verhandlung kommen möchtest, ich freue mich immer, dich zu sehen", lächelte sie ihn an, „und zum Landgericht hast du es ja wahrlich nicht weit. Ist immerhin ein Einschnitt, so'ne Scheidung, wie geht's dir denn dabei?"

„Ach, ich bin hier nun doch irgendwie zu Hause, Köln ist weit weg und dass ich mich mit Reni wirklich zusammengehörig fühlte, liegt lange zurück. So kommt's mir jedenfalls vor, und ich hatte auch kaum Zeit, groß drüber nachzudenken, die ganze Arbeit… Sind halt die Kinder, die mir fehlen. Alle vierzehn Tage, wenn's klappt, manchmal auch seltener fahre oder fliege ich dorthin, meistens fliege ich. Und immer ist es irgendwie schwierig, leider. Hab' ja keine Wohnung mehr in Köln, bei Renis neuer Familie kann ich auch nicht bleiben, miete mich dann in dem Hotel in der Nähe ein, wo wir früher mal Freunde oder Familienbesuch untergebracht hatten. Wart ihr nicht auch ab und zu dort? Naja, ich kann die Kinder dann abholen, wir unternehmen was zusammen, Museum, Kino, Theater, Zoo, irgendwas. Das ist schon komisch, Papa kommt wie ein Fremder an. Und sie sind jetzt beide auch in einem Alter, wo man nicht recht weiß, wofür sie sich interessieren. Mir scheint oft, als hätten sie sich zurückgezogen in ein Schneckenhaus, eingesponnen in einen Kokon, irgendwie so.Vor allem der Junge, das Mädchen ist ja schon raus aus dem Gröbsten."

„Und hier? Wenn du hier bist? Keine neue Frau, wie 's aussieht", warf Ulrich ein und erntete einen strafenden Blick seiner Frau. „Tu nicht so, er kann doch nicht so ganz alleine hier…", verteidigte er seine Bemerkung.

„Ach, weißt du, ich glaub', da bin ich noch nicht so weit. Hab' viel zu tun und gerade davon erzählt, dass ich mein Pensum kaum schaffe. Mehr als zwei Jahre mach' ich das schon, und immer noch kein Land in Sicht, immer noch Chaos, kaum routinierte Abläufe, keine einheitliche Linie. Ich mache Sachen, die ein LOStA drüben nie, ich sage euch, niemals selber machen würde. Aber egal, ich habe mir das ausgesucht, da sollt' ich nicht klagen. Und so schlecht ist es ja auch nicht, habe dabei immerhin auch ein paar nette Leute kennengelernt, singe jetzt im Chor, dienstags proben wir immer, ein anderer Wessi, auch Kölner, ehemaliger Kommilitone aus Münster und jetzt Abteilungsleiter im Justizministerium, hat mich mitgeschleppt. Es ist ein gemischter Chor, nicht nur aus Männer- und Frauenstimmen gemischt, sondern auch aus hiesigen Leuten und welchen von drüben."

„Gemischt ist gut", lachte Ulrich, „da wird sich doch 'ne Sopranistin finden."

„Ulrich, also wirklich, nur das eine Thema im Kopf", tadelte ihn seine Frau erneut.

Ulrich hob sein Glas und nickte ihr zu, ein bisschen übertrieben formell: „Nein, nein, Gnädigste, habe alle drei Themen im Kopf, Wein, Weib und Gesang." Er wusste immer noch, wie er seine strenge Gemahlin zum Lachen bringen konnte.

Es war schon spät, als die Freunde sich auf den Heimweg machten: „So richtig glücklich kommt mir der Franz Josef nicht vor", meinte sie, als sie im Auto die holprige Straße Richtung Brücke fuhren. „Hoffentlich wächst ihm das nicht über den Kopf, die Scheidung, das mit den Kindern, die viele Arbeit, und irgendwie ist es hier ja doch wie in einem fremden Land für ihn."

„Ach, das wird schon. Der kriegt schon die Kurve. Franz Josef hat Ausdauer, er hat mal in den Semesterferien das ganze *Kapital* gelesen, alle drei Bände. Wer das durchhält … Und überhaupt, lass' nur so 'ne Sopranistin oder 'ne blonde Cellistin, haste gesehen wie er die am zweiten Pult angeguckt hat, oder diese rundliche Juristin, die er jetzt wieder erwähnt hatte, lass' nur eine von denen kommen oder 'ne andere, die ihm gefällt und die sich ihn schnappt, dann wird alles wieder gut."

„Mann, Ulrich, wenn's Leben nur so einfach wäre! Wenn's so einfach wäre, wie du gestrickt bist mit Wein, Weib und Gesang. Ich bitte dich, Ulrich, das ist doch nicht alles."

„Guck mal, die bauen hier!" Ulrich war froh, ablenken zu können, und deutete auf ein großes Bauschild, rechter Hand kurz vor der Brücke, von zwei Scheinwerfern hell angestrahlt, *Arcadia – Eigentumswohnungen mit Wasserblick*, darunter eine Computersimulation, mehrere Villen unter blauem Himmel, ein Bild wie aus einem Reiseprospekt für Italien. „Die trauen sich 'was", sagte er im Vorbeifahren, „ganz schön risikofreudig diese Leute. Ich glaub', das ist ein Berliner, ein Westberliner, einer von den Großen, einer von denen, über die es ewig Gerüchte gibt, die halbe Senatsverwaltung sollen sie geschmiert haben, um ihre Projekte durchzubringen. Und jetzt rollt er Potsdam auf!"

Ulrichs Frau erwiderte nichts mehr, und als er zu ihr hinüber schaute, hatte sie die Augen geschlossen.

IX.
August/September 1992

Frau Nehlsen streckte den Kopf herein: „Kann losgehen, Fräulein Leisner ist auch schon hier."
„Frau Leisner! Sagen Sie ihr bitte, sie möge sich kurz gedulden, wir gehen gleich zusammen runter."
„O, 'tschuldigung, ja… Frau…, ja, ich sag es Frau Leisner."
Ob sie es noch lernt, fragte sich Martenthaler, während er die Krawatte vom Garderobenständer nahm, sie umband und das Jackett anzog. Er schaute kurz in den kleinen Spiegel. Sieht so ein LOStA aus?
„Ganz die strenge Staatsanwältin heute", begrüßte er die junge Kollegin, die eben mit Frau Nehlsen ein paar Worte über das Wetter wechselte: „Schön diese spätsommerlichen Tage mit milder Sonne und blauem Himmel…" Die Handtasche über der Schulter und die dicke rote, fast überquellende Akte unterm Arm machten es ihr unmöglich, dem Chef die Hand zu reichen. Martenthaler ersparte ihr eine Verrenkung und winkte ab: „Geh'n wir gleich." Im dunklen Kostüm mit weißer hochgeschlossener Bluse, das volle Haar heute straff zurückgekämmt und am Hinterkopf von einer großen Spange zusammengehalten, kam sie Martenthaler noch energischer vor als sonst.
„Also, wie besprochen", fasste Frau Leisner die Unterredung vom gestrigen Tage nochmals zusammen, „ich stelle Fragen für beide Fälle, für Ihren wegen des Grundstücksgeschäfts und für meinen im Hinblick auf Kontakte zur PDS. Nochmal vielen Dank, Herr Doktor Martenthaler, dass Sie mir in diesem Fall die Führung der Vernehmung überlassen wollen."

Er nickte und sie gingen hinunter, ohne die beeindruckende Architektur des Treppenhauses noch wahrzunehmen, man hatte sich daran gewöhnt, die tägliche Arbeit in einem derart üppig dekorierten Gebäude zu verrichten, das seit der Renovierung aussah, als wäre es jüngst erst errichtet worden. Unten, Tür an Tür mit dem Archiv, lag das kleine Vernehmungszimmer, das Fenster wies zum Hof, nicht gerade Souterrain aber doch Tiefparterre. Die Fensterbank war keinen halben Meter über dem Geländeniveau. Möbliert war es lediglich mit einem Tisch, wenigen Stühlen, einem Telefon und einem Regal, in dem ein einzelnes weißes Taschenbuch stand, die Textausgabe der StPO. Als die beiden hereinkamen, erhob sich der Mann, der am Tisch gesessen hatte. Er war klein und schmal mit sehr kurzem, blondem oder sogar grauem Haar.

„Das ist Frau Staatsanwältin Leisner, mein Name ist Martenthaler, Leitender Oberstaatsanwalt, bitte setzen Sie sich doch."

„Bin ich so wichtig, dass sogar der Chef…?"

„Jeder Zeuge ist uns wichtig", entgegnete Martenthaler.

Frau Leisner packte ihre Akte auf den Tisch und nahm eines der vorderen Blätter heraus. Sie lächelte ihr Gegenüber an: „Zunächst sehr herzlichen Dank, dass Sie zu uns gekommen sind."

„Nun ja, muss ich doch, wenn ich vorgeladen werde."

„Ja, schon, aber wir bemühen uns selbstverständlich, wenn es der Gang des Verfahrens erlaubt, auch den Terminwünschen unserer Zeugen entgegenzukommen." Noch ein Lächeln, dann holte sie ein kleines Aufnahmegerät aus ihrer Handtasche, schaltete es ein und diktierte zunächst das Aktenzeichen, Datum, Uhrzeit und *Vernehmung*, ehe sie das Gerät auf den Tisch stellte: „Die Aufzeichnungen werden hier in der Kanzlei geschrieben, Sie erhalten dann die Niederschrift mit der Bitte um Unterzeichnung. Ich darf zunächst mit den Personalien beginnen." Sie notierte seine Angaben, Name, Geburtstag und -ort, Anschrift und so weiter, und ließ sich den Personalausweis zeigen. Dann belehrte sie den Zeugen, wie es das Gesetz vorschrieb, über seine Pflicht zur wahrheitsgemäßen Aussage: „Wir ermitteln wegen Vorteilsannahme und Untreue im Zusammenhang mit einem Grundstücksgeschäft." Sie nannte die Adresse und die Grundbuchbezeichnung dieses Anwesens, Hubertushof. „Verdächtigt werden nicht Sie als Zwischenerwerber, wir haben Sie als Zeugen geladen. Verdächtigt wird die Person, die von Ihnen das Grundstück gekauft hat. Es handelt sich um eine Immobilie, die vor der Einheit der SED gehörte."

„Ja, ja, das Grundstück habe ich gekauft", fiel er ihr ins Wort, „und ich habe es nach kurzer Zeit weiterverkaufen können. Es war ein Geschäft, das mir viel Freude gemacht hat. Ich nehme an, dass Sie meinen Namen dem Grundbuch entnommen haben."

Frau Leisner nickte und fuhr fort: „Sie wissen vielleicht, dass es da eine Kommission gibt, die offizielle Bezeichnung ist etwas umständlich, Unabhängige Kommission zur Überprüfung des Vermögens der Parteien und Massenorganisationen der DDR, kurz UKPV, und noch von der letzten Volkskammer der DDR eingesetzt. Diese Kommission kann selbst Ermittlungen durchführen, soweit es das Parteivermögen der SED betrifft. Vielleicht werden Sie von dort auch noch als Zeuge geladen. Denen geht es aber hauptsächlich um die Frage, was zum ehemaligen Parteivermögen gehört, was davon nach heutigem Recht bei der Nachfolgeorganisation der SED verbleibt, was an die früheren Eigentümer zurückzugeben ist und was einer anderen gesellschaftlichen Verwendung zugeführt werden kann oder muss."

Der Zeuge nickte: „Weiß ich, hab' mich informiert, so was interessiert mich, Vermögen, alles was mit Geld zusammenhängt ist immer interessant."

Frau Leisner lächelte wieder und fuhr fort: „Wir als Staatsanwaltschaft ermitteln unabhängig von der UKPV, soweit es zureichende tatsächliche Anhaltspunkte für eine Straftat gibt. Wir haben erste Hinweise, die uns veranlassen, wegen einiger Geschäfte mit Grundstücken zu ermitteln. Grundstücke, deren Eigentümer Staats- oder Parteiorganisationen der DDR sind oder vor neunundachtzig waren. Sie haben das fragliche Grundstück also gekauft, Auflassung am siebzehnten Oktober neunzehnhunderteinundneunzig und alsbald weiterverkauft, Auflassung am vierten Februar diesen Jahres."

„Richtig."

„Sie handeln mit Immobilien?"

„Sonst eigentlich nicht, ist nicht mein Hauptgeschäftsfeld. Ich bin selbständiger Vermögensberater, Anlageberatung für Privatkunden, Wertpapiere, Fonds, Termingeschäfte, schon auch Immobilien und Sachwerte, aber nicht vorrangig. Makelei nur mal, wenn es sich so ergibt. Meinen Geschäftssitz habe ich in Berlin, Zehlendorf." Er zog eine Visitenkarte heraus und reichte sie Frau Leisner. Sie notierte unter seine Wohnadresse noch die Geschäftsadresse.

„Aber in diesem Falle haben Sie das Grundstück gekauft, den Hubertushof, und es gleich wieder verkauft. Ist das üblich?"

„Eigentlich nicht, schon wegen der Steuer, da fällt ja zwei Mal Grunderwerbsteuer an, das vermeidet man nach Möglichkeit. Aber in diesem Fall sollte ich für das Grundstück einen Käufer finden, meine Auftraggeber wollten, dass es schnell geht, aber für so ein großes Anwesen, verkehrsmäßig kaum angebunden und mitten im Wald, da findet sich so schnell kein Käufer. Dann habe ich mir überlegt, kauf es doch selber."

„Laut Grundbuch war Eigentümerin die SED. Vor dem Eigentumswechsel war das Grundstück unbelastet, mit Auflassungsdatum wurde eine Grundschuld in Höhe von hunderttausend DM eingetragen. Sie haben das Grundstück auf Kredit gekauft?"

„Nicht zu hundert Prozent, die Bank wollte von mir einen Eigenanteil, aber mit meiner Hausbank habe ich beste Geschäftsbeziehungen und allzu viel eigenes Geld wollte ich nicht einsetzen,

Zwanzigtausend haben gereicht und die bekomme ich allemal raus, wenn ich es irgendwie verwerte, hab' ich mir gedacht."

„Und die Zwanzigtausend hatten Sie aus eigenen Mitteln?"

„Aber ja, natürlich, selbstverständlich."

„Und es ist Ihnen dann nach relativ kurzer Zeit doch gelungen, das Grundstück für das Doppelte zu verkaufen. Wie konnten Sie so schnell einen Käufer finden?"

„Nun, das ist mein Geschäft, Beziehungen, Netzwerke, die Nase immer im Wind zu halten."

Unwillkürlich schaute Frau Leisner die Nase dieses schmächtigen Mannes an, kurz, schmal und gerade, wieder musste sie lächeln.

Martenthaler hatte die ganze Zeit geschwiegen, saß auf seinem Stuhl, anfangs mit verschränkten Armen und ein wenig zurückgelehnt, dann aber fand er, seine Haltung könnte allzu desinteressiert wirken, so richtete er sich auf und legte die gefalteten Hände auf den Tisch. Frau Leisner macht das gut, dachte er, freundlich, sachlich, schafft Vertrauen, der Zeuge ist kooperationsbereit.

„Bleiben wir beim Verkäufer", fuhr Frau Leisner fort, „wer hat die SED vertreten bzw. die PDS, die ist ja Rechtsnachfolgerin."

„Das weiß ich nicht."

„Das wissen Sie nicht? Sie waren doch beim Notar, nehme ich an, da wird doch ein Vertreter des Verkäufers anwesend gewesen sein."

„Nein, es wurde mit einer vollmachtslosen Vertreterin, einer Notariatsangestellten beurkundet, die Genehmigung wurde dann später erteilt."

„Verstehe, aber wer stand als Verkäufer im Kaufvertrag?"

„Na, da stand PDS als Rechtsnachfolgerin der SED, vertreten durch den Schatzmeister, dahinter stand dessen Name, den kennt man ja."

„Aha. Und wer hat Kontakt zu Ihnen aufgenommen, der Schatzmeister selber?"

„Nein, mich hat irgendjemand angerufen, beziehungsweise mein Büro wurde angerufen, meine Sekretärin. Sie sagte, es sei eine Mitarbeiterin, auch Sekretärin oder Sachbearbeiterin oder so was von der PDS-Zentrale in Berlin gewesen. Ich würde gebeten, einen Käufer für das Grundstück zu finden, sagte sie, mir wurde die Adresse mitgeteilt, es ist ja dort ein gastronomischer Betrieb, der Pächter und Wirt wäre in der Lage, mir alles zu zeigen, sofern das nötig wäre."

„Bedingungen? Preisvorstellungen der Verkäuferseite?"

„Nun, es sollte möglichst schnell gehen und sie wollten Barzahlung."

„Barzahlung?"

„Ja. Sie wollten einen Teil in DM und einen Teil in Dollar. US-Dollar, zum Tageskurs. Das kommt gar nicht mal so selten vor bei Immobiliengeschäften, dafür kann es viele Gründe geben."

„Steuerbetrug, Geldwäsche oder so?"

„Das kann ich nur vermuten, ich frag' in solchen Fällen auch nicht groß nach, wenn ich ein Geschäft gemacht habe und alles vollzogen ist, reicht mir das."

„Und über die Höhe des Kaufpreises gab es keine Vorstellung beim Verkäufer?"

„Ich sollte eine grobe Markteinschätzung geben, dann wollte man sich das überlegen."

„Und?"

„Ich hab' denen gesagt, also ihnen sagen lassen, ausrichten lassen, hat alles meine Sekretärin gemacht, telefonisch, also sagen lassen, dass es für so ein Objekt gar keinen Markt gibt, dass es sehr schwer würde, einen Käufer zu finden, dass ich aber bereit wäre, das Objekt selber zu kaufen. Und ich habe diese hundertzwanzigtausend geboten. Das war denen zu wenig. Dann habe ich ihnen vorgeschlagen, dass sie die Hälfte des Mehrerlöses bekommen, und zwar ebenfalls in bar, wenn ich das Grundstück innerhalb der nächsten drei Jahre mit Gewinn weiterverkaufe."

„Aha, und das hat die PDS akzeptiert, ohne sich weiter abzusichern?"

„Keiner möchte mit der PDS oder deren Hintermännern Ärger haben, kein Wessi jedenfalls. Man weiß ja nie, wie das ausgeht. Und die wissen auch, dass man keinen Ärger will."

„So was wie ein Gleichgewicht des Misstrauens?"

Der Zeuge zuckte mit den Schultern: „Wenn Sie es so nennen wollen. Jedenfalls, jede Seite weiß, was Sie von der anderen zu halten hat."

„Wie sind denn die Verkäufer gerade auf Sie gekommen, Sie um Vermittlung zu bitten?"

Der Zeuge zuckte erneut mit den Schultern: „Keine Ahnung. Vielleicht kennt man mich in der Szene, ist ja kein ganz unbekanntes Unternehmen, mein kleiner Betrieb."

„Was meinen Sie mit Szene?"

„Kapitalanleger. Leute, die Geld anlegen wollen und dafür eine professionelle Beratung wünschen."

„Kommen wir zum Käufer. Wie haben Sie so schnell einen Käufer finden können?"

„Wie ich schon sagte, ich habe vermögende Privatkunden, die immer mal wieder Bedarf haben, Geld anzulegen."

„Und von denen hat einer gekauft? Wie haben Sie den denn ausgesucht?"

„Ganz normal, ich hab' ein schönes Exposé machen lassen und bin die Kartei meiner Kunden durchgegangen. Da waren einige, von denen ich dachte, sie kennen sich im Osten aus, in Brandenburg, sie können das Potenzial dieses Anwesens wertschätzen und könnten interessiert sein. Viele waren das nicht, vielleicht fünf oder sechs Adressen, und einer davon hat angebissen."

Frau Leisner schaute in ihre Akte und nannte den Namen des Ministers. Der Zeuge nickte.

„Hat Sie das nicht gewundert?“

„Was? Dass es ein Minister war? Also, ich soll ja hier die Wahrheit sagen. Er gehört zu meinem Kundenkreis und gewundert hat mich das nicht wirklich. Ich habe schon manches Grundstücksgeschäft erlebt und wenn man beobachtet hat, was mit einem Grundstück geschah, nachdem es an ein hohes Tier verkauft worden war, hat man sich schon ab und an so seine Gedanken gemacht. Das waren aber immer nur Mutmaßungen. Und wie ich schon sagte, aus meiner Sicht spricht ja nichts dagegen, wenn das Geschäft als solches sauber ist. Was ein Eigentümer nach dem Erwerb tut oder unterlässt, geht mich ja nichts an.“

„Was meinen Sie mit sauber?“

„Na ja, wenn alles legal ist, keine Falschbeurkundung, kein Schwarzgeld, dann ist es doch sauber, oder?“

Frau Leisner blickte wieder in ihre Akte, ohne auf die Gegenfrage einzugehen: „Und? Wissen Sie, was der Käufer mit dem Grundstück vorhat?“

„Nun, wie gesagt, ich habe mich nicht direkt darum gekümmert. Aber in der Zeitung stand, dass er noch andere Grundstücke erworben haben soll, alle von der PDS und alle in Kreisen, wo seine Partei den Landrat stellt. Das wird es ihm wohl leicht machen, Baurecht zu erhalten. Aber, wie gesagt, hab' ich nur so aus der Zeitung.“

„Aber es hat Sie auch nicht gewundert, dass der Käufer das Doppelte ihres Kaufpreises gezahlt hat?“

„Das war meine Forderung und er hat akzeptiert. Ich hab' es als Schnäppchen angepriesen, stimmt ja auch in gewisser Weise. Wer, wenn nicht der zuständige Landesminister kennt die Entwicklungspotenziale einer solchen Lage. Der holt da am Ende noch viel mehr 'raus als das Doppelte, wenn er's geschickt anstellt, bei seiner Position. Aber, wie gesagt, reine Mutmaßung.“

„Aber Ihnen kam das auch sehr zugute, die Hälfte des Mehrerlöses durften Sie ja behalten gemäß dem ersten Vertrag."

„Ja eben, ein Geschäft, das mir viel Freude gemacht hat."

„Haben Sie den Käufer bei der Beurkundung persönlich getroffen, oder ging das auch mit einer Notariatsangestellten?"

„Nein, mit einem Rechtsanwalt, der eine notarielle Vollmacht vom Käufer hatte."

„Und beim zweiten Verkauf wurde auch bar bezahlt?"

„Nein, nein, das ging ganz ordnungsgemäß auf mein Konto."

„Ich komme noch mal auf die Frage der Barzahlung zurück. Der Verkäufer, die PDS, wollte den Erlös in bar, DM und Dollar, und auch den Anteil am Mehrerlös bar in DM und Dollar, richtig?"

„Richtig."

„Und wie haben Sie das abgewickelt? Ihre Bank wird ja wohl den Darlehensbetrag direkt an den Verkäufer gezahlt haben, sicher bargeldlos?"

„Nein, nein. Meiner Bank hat die Eintragung der Grundschuld gereicht, eigentlich sogar die Versicherung des Notars, dass die erste Rangstelle frei war, dann hat sie an mich ausgezahlt, auf mein Konto. Wie ich schon sagte, das ist eine sehr gute Geschäftsbeziehung, eine kleine, feine Berliner Privatbank, die Kunden sind zumeist *high net worth individuals*, da geht das alles etwas persönlicher zu."

„Hei was?"

„Entschuldigen Sie, ich meine hochvermögende Privatkunden, ist so ein Branchenausdruck."

Auf die Frage von Frau Leisner, um welche Bank es sich handele und wer der zuständige Kundenbetreuer wäre, gab der Zeuge bereitwillig Antwort und sie notierte alles. „Wem haben Sie das Bargeld dann übergeben? Das müssen ja wohl sechzigtausend D-Mark gewesen sein."

„Genau."

„Zuzüglich hundertzwanzigtausend vom ersten Verkauf?"

„Richtig. Meine Sekretärin hat das der Mitarbeiterin der PDS-Parteizentrale telefonisch durchgegeben und mir wurde eine Adresse in Berlin-Wilmersdorf mitgeteilt, ein Mann in einer Privatwohnung, dem ich das Geld übergeben sollte. Mir war nicht ganz wohl dabei, denn ich sollte keine Quittung bekommen und ich hatte auch keinen Zeugen für die Übergabe. Aber am Ende, dachte ich, wird es gutgehen, einen Skandal wird die PDS nicht haben wollen, nicht noch einen ..."

„Und, haben Sie es dann so gemacht? Können Sie uns Namen und Adresse des Empfängers der Barzahlung nennen?"

Der Zeuge machte auch diese Angaben ohne Zögern. Für den Bruchteil einer Sekunde gingen Frau Leisners Augenbrauen in die Höhe, dann aber notierte sie alles und fragte weiter: „Sie waren also in der Wohnung des Empfängers der beiden Zahlungen. Bitte beschreiben Sie doch ein wenig, wie die Wohnung aussah und wie das im Einzelnen vonstatten ging."

„Das war eine ganz normale Wilmersdorfer Wohnung, in so einem Altbau, wie es da ganz viele gibt, die Adresse ist ja nicht weit vom Kudamm. Ein schönes Haus, vielleicht Anfang dieses Jahrhunderts erbaut, damals hochherrschaftliche Wohnungen und heute immer noch sehr, sehr begehrt. Marmorfoyer, roter Kokosläufer auf den Treppen und so weiter. Die Wohnung lag im ersten Stock, die rechte von den beiden war es, mir öffnete eine Frau, irgendwie unscheinbar, ich hab' keine rechte Erinnerung an sie. Ich wurde aber offenbar erwartet, denn sie nannte meinen Namen und rief dann nach hinten einen Vornamen, weiß nicht genau, vielleicht Gustav oder Günter, kann auch Gerhard gewesen sein, irgendwas mit G. Dann kam der Gerufene, ein Mann mittlerer Größe und Statur, vielleicht Mitte sechzig oder so und mit Glatze, unauffällig gekleidet, irgendeine braune Hose, blaues Hemd, vielleicht eine Strickjacke, weiß nicht mehr so genau."

„Und die Wohnung, die Einrichtung und so weiter?"

„Normale Berliner Altbauwohnung, zur Straße hinaus, also Vorderhaus, vielleicht auch weitere Räume nach hinten. Ich wurde in eines der vorderen Zimmer gebeten, habe nur den Flur und dieses eine Zimmer gesehen und mich auch nicht lange aufgehalten, übergab das Geld in einem Umschlag, der Mann zählte das nach und nickte. Dann ging ich."

„Lief das beide Male so ab?"

„Beide Male so, mit der Frau und dem Mann."

„Und die Einrichtung, irgendwas Auffälliges, Signifikantes?"

„Ja, da waren lauter alte Möbel, alte Teppiche, die Wände voller Bilder, soweit ich mich drauf verstehe alles Antiquitäten. Kunst und Antiquitäten sind ja heutzutage auch ein Anlageprodukt. Wenn sich einer meiner Kunden für so etwas interessiert und ich könnte das als gute Beimischung für ein größeres Portfolio empfehlen, dann würde ich immer Experten hinzuziehen. Sie glauben gar nicht wie viele Fachleute, Kunsthistoriker, Numismatiker, Archäologen, Archivare und so weiter in Berlin herumschwirren, gerade in Wilmersdorf, Charlottenburg, Schöneberg, die gerne eine Expertise erstellen, wie man's braucht. Also, Fachmann bin ich da nicht, aber die Menge an antiken Sachen, die fiel mir schon auf."

Frau Leisner beendete die Vernehmung mit den üblichen Formalien und dankte dem Zeugen, dann rief sie den Wachtmeister an, dass er ihn zum Ausgang begleite.

Martenthaler öffnete das hochliegende Fenster zum Hof, es war stickig geworden in dem kleinen Zimmer. Sie packte die Unterlagen zusammen, löste ihre Haarspange und fuhr sich mit den gespreizten Fingern beider Hände über die Schläfen und durch die dunklen Locken: „Strengt schon an, so ein Verhör, die Konzentration, immer dranbleiben. Und überhaupt, vielen Dank, Herr Doktor Martenthaler, dass Sie mir die Chance gegeben haben."

„Gut haben Sie das gemacht, wie Sie die Vernehmung geführt haben. Ich musste gar nichts tun oder sagen. Sie können das alleine. Glückwunsch!"

Frau Leisner lächelte ihn an und errötete ein wenig. Das steht ihr gut, die rosigen Wangen, fand er.

„Nun haben wir also für beide unserer Fälle Hinweise, die uns weiterbringen. Ich hatte schon so ein Gefühl, das könnte zusammenhängen. Als alter Ermittler hat man manchmal so eine Ahnung", fasste Martenthaler das Ergebnis zusammen.

„Haben wir nur zwei Fälle, oder jetzt doch drei?"

„Drei?"

„Ich meine schon," antwortete sie, „da ist der Autounfall, dann die Frage des Parteivermögens und jetzt dieser Mittelsmann in Wilmersdorf, das ist doch derselbe, gleicher Name, gleiche Adresse, dem der VW-Golf geklaut worden ist. Geklaut oder wissentlich abhandengekommen, das wissen wir noch nicht, das müssen wir noch ermitteln. Und er hat mit der PDS zu tun, wir wissen nur noch nicht genau was und wie. Gerald heißt er übrigens mit Vornamen. Irgendwas mit G, sagte doch unser Zeuge."

„Und Antiquitäten! Das sind doch all zu oft Geschäfte, die in bar abgewickelt werden. Da gab es doch dieses Unternehmen, das Antiquitäten für die DDR nach dem Westen verscherbelt hat. KoKo hieß es, *kommerzielle Koordinierung*, was für ein hübscher Name", Martenthaler lachte. Ich glaub', die Berliner ermitteln noch in dieser Sache und bestimmt auch die UKPV. Wenn wir das so betrachten, haben wir vielleicht sogar vier Fälle, nämlich einen Minister, der ein riesiges Anwesen mitten im Wald kauft. Eine Geldanlage, um später einmal seine Ruhestandsbezüge aufzubessern, ist das ja wohl nicht. Jedenfalls nicht in dem Zustand, in dem er es erworben hat. Aber, dass das strafbar ist, sehe ich nicht. Noch nicht, es sei denn, er verschaffte sich durch seine Position einen Vorteil beim zuständigen Landrat, wer weiß? Und dann haben wir diesen Gerald Stellmacher, der kurz vor dem Mauerfall von Friedrichshain nach Wilmersdorf gezogen ist, Bargeld für die PDS entgegennimmt und die Bude voller Antiquitäten hat. Vielleicht Vereinigungskriminalität, möglicherweise auch ein Fall für die UKPV. Beides behalte ich wohl am besten vorerst auf meinem Tisch. Der Rest, Frau Leisner, der Crash zwischen dem Volvo und dem Golf, ist genug Arbeit für Sie und Ihr Team."

„Ja, natürlich. Dann bereite ich mal eine Zusammenfassung des Sachstands vor und reiche Ihnen das rein, sowie die Niederschrift, wenn der Zeuge unterschrieben hat. Aber, Herr Doktor, mir geht da immer noch was Anderes durch den Kopf. Ich frage mich, ob nicht die Polizei irgendwo mit unter der Decke steckt. Das wäre dann noch ein weiterer Fall."

„Aber der Kollege aus Cottbus war doch sehr kooperativ, letzten Winter beim Einsatz im Spreewald. Saukalt war's, wissen Sie noch?"

„Ja, sehr, genau!" Sie lachte. „Aber wir konnten immerhin den Kossatz festsetzen. Und wir haben kistenweise Material sichergestellt. Ob es viel bringt, steht noch in den Sternen, aber zumindest sind die Kollegen ganz eifrig bei der Auswertung. Doch das meine ich gar nicht. Ich denke immer noch an die verschwundene Akte, damals als der Fall zu uns ins Haus kam. Erinnern Sie sich, Herr Doktor?"

„Sind Sie da nicht allzu misstrauisch?"

„Vielleicht bin ich das, aber vielleicht sind auch Sie, wenn ich das sagen darf, Herr Doktor Martenthaler, allzu vertrauensselig. Sie haben die Vopo nicht erlebt, ich schon! Volkspolizei, ha…, Volk… das war keine Polizei des Volkes, das war eine Polizei gegen das Volk. Und das sind heute doch noch dieselben Leute. Meinen Sie, dass die so schnell geläutert sind oder die Grundsätze des Rechtsstaats schon verinnerlicht haben? Oder sind da noch welche, denen die guten Beziehungen zu Freunden wichtiger sind, alte Seilschaften…?"

Als sie zusammen die Treppe hinaufgingen, kamen ihnen die drei altgedienten Oberstaatsanwälte entgegen: „'n Tag, Herr Doktor. Na, geht's voran mit der jungen Kollegin?" Das kam von Schliff und die anderen beiden lachten.

„Wir kommen von einer …" Noch ehe Martenthaler seine Antwort beenden konnte, hatten sie die schwere Eichentür geöffnet und das Gebäude verlassen.

„Was sollte das denn?" Er schaute Frau Leisner entgeistert an.

„Ach, die, die sind verbittert und frustriert, giftig und gehässig, Herr Doktor, am besten nicht beachten. Vergessen Sie's einfach!"

Nachdem er Frau Leisner verabschiedet hatte, stand Martenthaler noch lange am Fenster seines Dienstzimmers. Kann man so arbeiten, fragte er sich. Es waren ja nicht nur die Altgedienten, voller Missgunst. Dass er ihnen nicht vertrauen konnte, war schon klar. Aber die neuen Kollegen, diese Westimporte, war denn auf die Verlass? Unter denen gab es auch mehr als einen, dem es nur um die erleichterte Beförderung ging, von engagierter und gewissenhafter Arbeit konnte bei denen auch nicht immer die Rede sein. Am zuverlässigsten waren noch die beiden jungen Mitarbeiterinnen, Leisner und Schmalbach, aber beide hatten keinerlei Erfahrung. Frau Leisner hatte ihn eben als vertrauensselig bezeichnet. Brauchte man nicht ein Mindestmaß an Vertrauen in die Mitarbeiter, in das Funktionieren der Organisation?

In Köln hatten ihn solche Zweifel nie angefochten. Was war dort früher anders gewesen? Der Kölsche Klüngel war allgegenwärtig, Korruption an der Tagesordnung und trotzdem hat man sich dort ganz selbstsicher bewegt. War es einfach die Gewohnheit? Weil jeder damit großgeworden war, weil einem das vertraut war, der Westen, das Rheinland, all das, auch die üblen Seiten? Und hier, zwischen missgünstigen, frustrierten Altgedienten und abgebrühten, karrieregeilen Westkollegen, konnte es mit einem solchen Team unter diesen Umständen überhaupt so etwas wie Erfolg ge-

ben? Ermittlungserfolge oder gar Fortschritte darin, die Grundsätze rechtsstaatlichen Handelns im Bewusstsein der Leute zu verankern? Manche rieben ihm diesen Ausdruck schon unter die Nase als wäre es sein persönlicher Spleen.
Er blickte hinaus. Das warme Ziegelrot des hinteren Gebäudeteils lag im Schein der nun schon tiefstehenden Spätsommersonne. Die Blätter der mächtigen Kastanie färbten sich am Rande bereits ein wenig gelblich und die Früchte hingen grün, dick und stachelig an den Zweigen, darüber ein intensiv blauer Himmel. Bald kommt der Herbst. Es kann so schön sein hier in Potsdam besonders dort, wo Häuser, Höfe und Gärten wieder hergerichtet sind. Aber vieles ist noch grau und verfallen. Es wird noch lange dauern, noch einen Herbst, noch einen Winter und viel länger noch. Ob man es so lange aushält? Ob ich es so lange hier aushalten will?

In der Post war ein Brief von B & K, den Heger noch auf der Treppe aufriss, aber es war nur eine Einladungskarte zum Ersten Spatenstich. Auf der Vorderseite die Computersimulation, Villen im italienischen Stil mit grünen Außenanlagen unter blauem Himmel. Mit diesem Bild machten sie jetzt überall Werbung für die Häuser nahe der Brücke. Faber hatte seine Visitenkarte an der Einladung befestigt, handschriftlich stand darauf: *Würde mich freuen, Sie dort zu sehen, F.* Dem Programm entnahm er, dass die ganze Prominenz mit Grußworten, Ansprachen und Reden vertreten sein sollte, vom Minister über den Oberbürgermeister bis hinunter zum Baustadtrat. Für so was ist Geld da, dachte Heger, aber meine Provision hat er immer noch nicht überwiesen. Dabei hab' ich doch jetzt die Gewerbeerlaubnis. Nach Wochen endlich war sie eingetroffen, und Heger hatte sogleich eine Kopie nach Berlin geschickt. Und der Telefonanschluss hat auch endlich geklappt. Er hatte jetzt eine eigene Nummer und ein elfenbeinfarbener Apparat stand im Flur, so dass ihn nun Kunden anrufen konnten. Doch die Kunden gab es nicht, bisher jedenfalls nicht, keine neuen Kunden, nur B & K und die verzögerten die Zahlung seiner Provision.

Er legte die Einladung neben das Telefon und breitete die Zeitung auf dem Küchentisch aus, wo er sein Frühstück, den täglichen Becher Kaffee und einen Teller mit den beiden Marmeladebroten bereitgestellt hatte. Heger nahm einen Schluck und überflog die Immobilienanzeigen. Kein Angebot, an das er hätte anknüpfen können, um Kunden zu gewinnen. Die müssten doch langsam mal vorankommen, im Amt für offene Vermögenfragen. Nach und nach sollten die ersten Restitutionsverfahren abgeschlossen sein. Da wird es doch manchen geben, der seinen Grundbesitz zurück erhalten hat und nun verkaufen will. Alteigentümer, die schon längst rübergemacht sind, sich im Westen etabliert haben und kein Interesse haben, hierher zurück zu kehren. Solche Leute wären für ihn doch die idealen Kunden. In dieses Geschäftsfeld, dachte Heger, muss ich reinkommen. Aber bisher tat sich nichts. Der Lokalteil der *Allgemeinen* war voll mit der Kontroverse um das Projekt von B & K. Anlässlich des bevorstehenden Baubeginns gab es einen langen Bericht über das, was da entstehen sollte. In einer Kolumne daneben war erklärt, was ein Bebauungsplanverfahren ist, die einzelnen Verfahrensschritte einschließlich Genehmigung durch das Ministerium. Auf einem Zeitstrahl waren die einzelnen Daten des nunmehr abgeschlossenen Verfahrens dargestellt. In einem weiteren Artikel auf derselben Seite wurde über die unterschiedlichen Positionen berichtet. Die sogenannte Rathauskoalition, also alle Fraktionen außer der PDS hatten sich hinter das Projekt gestellt und die entscheidenden Beschlüsse mitgetragen. Nur die PDS, einzige Oppositionspartei im Rathaus, leistete Widerstand und natürlich die Stiftung preußische Schlösser und Gärten. Das Bauvorhaben verschandle das Ufer, eben erst von der UNESCO in die Weltkulturerbeliste eingetragen, es beeinträchtige die Sichtachse von dem gegenüberliegenden Schloss auf die Stadt. Man wolle hier in brutalster Weise einen Uferstreifen bebauen, der noch nie für Bebauung zur Verfügung gestanden habe. Ein abschließender Kommentar war geprägt vom Bemühen, das Für und Wider des Projekts abzuwägen. Er endete allerdings mit der Frage, welche Rolle Baustadtrat Homann in der Sache gespielt habe. Er sei zwar Potsdamer, in Babelsberg aufgewachsen, habe sich aber so schnell wie kaum ein Hiesiger in die neue Zeit und die neuen Verhältnisse eingefunden. Seine Nähe zum Investor müsse doch misstrauisch machen.

Das war jetzt also die Demokratie, die alle so ersehnt hatten, dachte Heger. Ein ewiges Hin und Her, ein endloses Gezerre, keiner weiß, was richtig ist, keiner sagt, wo's langgehen soll. Früher da gab's Leitlinien der Partei und Beschlüsse der staatlichen Organe und dann wurde es so gemacht. War doch nicht schlecht, was sie gebaut haben in den letzten Jahrzehnten. Die Neubauten zwischen Altstadt und Wasser, die dort erst vor wenigen Jahren entstanden waren, die sahen doch gut aus. Die Menschen wohnen gerne in den Hochhäusern an der Bucht, da war sich Heger sicher. Und am anderen Ende dieser Straße das Hotelhochhaus, das Thälmann-Stadion und die PH bilden einen modernen Auftakt. Wenn sie den Theater-Rohbau letztes Jahr nicht abgerissen hätten, dann wäre das alles jetzt auch komplett und ein schöner Zugang in die Innenstadt. Und das Ganze ohne Hin und Her, ohne Bürgerbeteiligung, Gezerre und Streit. Aber so war es nun mal, die Sowjetunion gab es nicht mehr und der Westen, der Kapitalismus hatte gesiegt. Er musste nun sehen, dass er unter den neuen Verhältnissen endlich ein Bein auf den Boden bekam und sei es als Makler.

Also würde er zu diesem ersten Spatenstich hingehen, egal was die einen oder die anderen von diesem Projekt hielten. Er musste sich dort zeigen, klar, immerhin hatte Baum mal gesagt, dass er als Vertriebspartner Käufer für die zu errichtenden Wohnungen finden sollte, und vielleicht gab es bei so viel Bauprominenz auch noch die Chance, weitere Aufträge zu akquirieren oder zumindest nützliche Kontakte zu knüpfen. Außerdem muss ich, dachte er, vorher noch mein Versprechen einlösen und den alten Herren abholen. Jetzt wird man das Gelände überblicken können und die Villa, das Haus seiner Großeltern und sein Elternhaus wenigstens vom Zaun aus sehen. Den Alten sollte ich nicht vergrätzen, wer weiß, ob ihn Faber nicht auch in Baums Auftrag eingeladen hatte. Baum hielt doch viel auf seine Potsdamer Wurzeln. Und vielleicht wird auch Schubatzki da sein, der Betreuer. Da wäre es peinlich, wenn der Alte ihm vorhalten würde, sein Versprechen gebrochen zu haben. Das wäre in dessen Augen bestimmt wieder schlechtes Benehmen. Ein Eklat beim ersten Spatenstich, dem musste er vorbeugen.

Heger klappte das Cabriodach zurück, so ein schöner Tag, vielleicht die letzte Gelegenheit in dieser Saison, im offenen Mustang zu fahren. Zunächst wollte er nachsehen, wie es denn nun auf dem Baugelände aussah, ob man das Haus von der Straße aus gut erkennen konnte. Er selbst war zuletzt vor Monaten dort vorbeigefahren, da stand bereits ein Zaun mit großem Bauschild. Der alte Herr ist ja nicht mehr gut zu Fuß, dachte Heger, über einen Bauplatz kann ich nicht mit ihm gehen und ihn auch nicht im Rollstuhl schieben.

Heute sah es noch genau so aus wie damals im Winter und das Bauschild war inzwischen ein wenig verblichen. Vom Pflaster des Bürgersteigs waren nur noch Reste als unebener Weg vorhanden, den er mit dem alten Herrn wohl kaum bewältigen konnte. Vielleicht müsste er ihm das Elternhaus vom Auto aus zeigen, ohne auszusteigen.

Auf der gegenüberliegenden Straßenseite war ein verwahrlostes Haus, um einiges älter als das des alten Herrn. Heger erinnerte sich, dass vor der Vereinigung und wohl auch noch einige Wochen oder Monate danach hier ein Kinderheim untergebracht war, das sich unmittelbar an der Brücke im Grenzgebiet der DDR befand. Nur Bewohner und Grenzsoldaten durften sich da aufhalten. Als man nach neunundachtzig wieder über die Glienicker Brücke fahren konnte, sah man da im Garten Kinder herumtollen, die von Kindergärtnerinnen betreut wurden. An der Gartenmauer, die dieses Grundstück zur Straße begrenzte, hatte jemand eine Art Transparent aufgehängt, ein altes Bettlaken, das mit zwei Tauen an einigen Maueranker befestigt war. Die Halterung sah professionell aus, aber die Schrift war recht ungelenk mit schwarzer Farbe aufgemalt. *Keine Verschandelung der Potsdamer Kulturlandschaft! Keine Bebauung des Havelufers! Schützt das Weltkulturerbe!* Auch gegenüber auf dem Bauschild, das bemerkte er erst jetzt, klebte ein Zettel, nein eigentlich eine Art Poster, das die Computersimulation rechts unten teilweise überdeckte, nicht handschriftlich bemalt, sondern gedruckt, rot umrandet und mit schwarzer fetter Schrift stand da: *Schande! Potsdam wird ausverkauft!* Auch hier wieder die neue Freiheit, die neue Demokratie, dachte Heger. Sollten sie doch froh sein, dass sich hier etwas tut. Diese Parolen, die kamen bestimmt genau von jenen, die neunundachtzig so dringend die Marktwirtschaft und die D-Mark herbeigesehnt hatten. Jetzt haben sie diese. Früher hätte es so was nicht gegeben, weder neu gebaute Villen an der Havel noch Transparente dagegen.

Heger stieg wieder in den Mustang, wendete und fuhr in die Stadt zurück zum Seniorenheim. Es war fast ein Jahr her, als er den alten Herren zuletzt besucht hatte, damals waren im Inneren noch Bauarbeiten. Inzwischen war das Haus auch außen renoviert, der Putz ausgebessert, die zurückhaltenden flachen Ornamente, die den älteren Gebäudeteil zierten, restauriert und alles in freundlichen Gelbtönen gestrichen. Heger ging flotten Schrittes zum Zimmer des alten Herren. Er wollte den kleinen Ausflug rasch hinter sich bringen. Das schöne Wetter musste er ausnutzen und vor dem Abendbrot, das in einer solchen Einrichtung bestimmt schon vor sechs Uhr gereicht wurde, sollte alles vorüber sein. An der Zimmertür hing ein Zettel, ein Blatt auf dem mit dickem Filzstift stand: Angehörige bitte im Dienstzimmer melden. Durch die Glaswand, die das Dienstzimmer vom Flur abtrennte, sah er zwei beleibte Schwestern an einem kleinen Tisch sitzen eine jünger, die andere mittleren Alters in hellblauen Kitteln und Korksandalen. Jede hatte einen Kaffeebecher vor sich, und auf dem Tisch stand eine geöffnete Pralinenschachtel, die fast leer gegessen war. Als die ältere von beiden Heger im Flur stehen sah, kam sie an die Tür, machte auf und fragte: „Ja bitte?"

„Ich wollte gerne Herrn…"

Als die Schwester den Namen hörte, sagte sie: „Oh, kommen Sie doch bitte herein." Die andere stand auf, bot ihm ihren Stuhl an und verließ das Dienstzimmer.

„Sind Sie denn ein Angehöriger?"

„Nein, nicht direkt, ich wollte ihn nur abholen, schon vor Monaten habe ich ihm versprochen, dass wir uns mal sein Elternhaus anschauen"

„Dann sind Sie wohl dieser Makler, er hat ab und zu von Ihnen gesprochen. Ja, es tut mir leid, Ihnen sagen zu müssen, dass er vor kurzem gestorben ist. Nun, er war weit über neunzig und er hatte es gut bei uns hier."

Heger musste sich ein paarmal räuspern, ehe er ein gemurmeltes: „Oh das tut mir leid", herausbrachte. Was sagt man, in einer solchen Situation? Die Altenpflegerin ist ja keine Verwandte, niemand dem man Beileid ausdrücken musste.

„Das ist unsere tägliche Arbeit, wissen Sie Herr Heger, wir begleiten unsere Alten bis zum Lebensende, der Tod ist hier im Haus ein häufiger Gast. Was war denn Ihre Beziehung zu dem Verstorbenen?"

Wieder musste Heger sich räuspern: „Nun ja, es war eher geschäftlich, ich habe den Verkauf seines Elternhauses vermittelt."

„Er hat ab und zu von Ihnen geredet."

„Ich fürchte, da hat er nicht viel Gutes erzählt", gestand Heger.

Die Altenpflegerin lächelte: „Ja, er war ein energischer Herr! Diese Generation, selber streng erzogen, zwei Weltkriege mitgemacht, den ersten noch als halbes Kind, den Faschismus erlebt, den zweiten Krieg an der Front, dann die Befreiung durch die Sowjetunion. Na ja, er entstammte doch dem Großbürgertum, für ihn war das vielleicht nicht so sehr Befreiung… Jedenfalls, er war gut erzogen, achtete auf Stil und Form, das war ihm wichtig. Und hier hatte er es mit allen möglichen Mitbewohnern zu tun, die auch aus einfachen Verhältnissen kamen. Der Umgang mit ihnen fiel ihm nicht immer leicht." Sie lächelte wieder ein wenig. „Wissen Sie, er hat immer Wert darauf gelegt, bei Tisch eine Stoffserviette zu haben. Das spielte für ihn eine große Rolle. Er hat das Waschen und Plätten der Servietten immer extra bezahlt. Und wenn ihn ein Mitbewohner wegen seines Serviettenkults verspottete, reichte ein scharfer Blick von ihm, und der verstummte oder blickte betreten zur Seite. Und von Ihnen, nun ja, Herr Heger, sprach er auch immer im strengen Ton, zu dem er neigte, wenn ihm Kleidung oder Benehmen eines Mitmenschen nicht gefielen. So war er halt, aber er konnte auch sehr charmant sein, ein Kavalier eben."

„Hatte er Angehörige? Er hat doch zuletzt von dem Verkauf des Hauses ein hübsches Sümmchen erlöst. Anscheinend hatte er also gar nichts mehr von dem schönen Geld, das haben jetzt wohl seine Erben."

„Keine Angehörigen, keine Erben soweit ich weiß. Feuerbestattung, auf dem Neuen Friedhof, ganz oben bei den Urnengräbern liegt er. Es war außer einer Mitbewohnerin, der er sehr zugeneigt war, nur unsere Hausleitung dabei und ich."

„Und, was passiert jetzt mit dem Nachlass?"

„Dafür ist ein Nachlasspfleger eingesetzt, er stand ja unter Betreuung. Das Gericht hat seinen bisherigen Betreuer zum Nachlasspfleger bestellt und wenn's keine Erben gibt, dann fällt das Vermögen an den Fiskus, soweit ich weiß vereinnahmt das der Finanzminister. Haben Sie denn das Bedürfnis nach einem Andenken an ihn, Herr Heger? Ein paar Gegenstände von ihm sind noch hier, Erinnerungsstücke ohne materiellen Wert hat der Nachlasspfleger hiergelassen."

Heger schüttelte den Kopf und stand auf: „Nein, nein, vielen Dank, so eng war unser Verhältnis nun doch nicht. Tja, und meine Bemühungen waren auch vergeblich, das Geld fließt jetzt in die Landeskasse."

Der stellvertretende Leiter des Bauaufsichtsamtes saß wieder einmal im Vorzimmer, dieses Mal aber nicht auf der Kante von Susans Schreibtisch, sondern auf einem der Besucherstühle, wie es sich gehörte. Er trug heute auch nicht Jeans und Pullover, sondern ein Sakko mit geschlossenem Hemd und Krawatte. Seine Haare sahen irgendwie anders aus, ordentlicher, fand Susan. Richtig, er kam vom Friseur, das hätte er längst schon mal nötig gehabt, dachte sie.

„Das wird schon gut gehen", tröstete sie ihn.

Susans Telefon klingelte, sie hob ab und sagte: „Ja, Chef." Und zu dem Wartenden: „Kannst rein gehen. Ich drück' dir die Daumen."
Im großen Dienstzimmer mit den Bogenfenstern saßen Homann an seinem Schreibtisch und neben ihm am langen Besprechungstisch sein Kollege, der Leiter des Hauptamtes, Stadtrat für Finan-

zen, Personal und Allgemeine Verwaltung. Dieser hatte eine dünne Akte vor sich liegen, während Homann sich mit einem Blatt und einem Stift begnügte. Ein dritter Mann, jünger als die beiden, saß ebenfalls am Besprechungstisch, hatte aber seinen Platz mit etwas Abstand von ihnen gewählt.

„Bitte setz' dich“, sprach Homann den Eintretenden an. „Du weißt ja, wir wollen das Auswahlverfahren heute abschließen. Ich lass' mal die Formalitäten weg, wir kennen uns schon ewig, und ich bleib mal beim Du. Du weißt wer wir sind, auch den Vertreter des Personalrats kennst du“, und damit wies er auf den jüngeren Mann, „wir sparen uns eine gegenseitige Vorstellung. Worum wir dich aber doch bitten ist, dass du deinen Werdegang, also soweit es für diese Stellenbesetzung nötig ist, noch mal kurz zusammenfasst.“

Der Bewerber schilderte die Ausbildung, die er neunzehnhundertzweiundachtzig abgeschlossen hatte, Oberschule, Lehre als Betonbauer beim Wohnbaukombinat und Studium an der Fachschule für Bauwesen alles in Potsdam. Erste berufliche Erfahrungen beim Spezialbau-Kombinat: „Das wissen wir ja alle“, sagte er, „der Spezialbau hat für die NVA gebaut und manchmal auch für die Sowjetarmee. Als beim Rat der Stadt im Hochbauamt eine Stelle frei wurde, hab' ich mich dort beworben. Seither bin ich hier im Hause. Nach der Neuorganisation durch dich“, damit wandte er sich an Homann, „durch den Baustadtrat“, damit blickte er die beiden anderen an, „bin ich kommissarischer Leiter des Bauaufsichtsamtes. Eine Weiterbildung im öffentlichen Baurecht, insbesondere zu den Schwerpunkten Bauordnung und Bauaufsicht, habe ich in Dresden absolviert. Es war ein Seminar an der TU für Externe, an achtzehn Wochenenden insgesamt. Das Zertifikat über den erfolgreichen Abschluss liegt bei meinen Unterlagen.“ Auf die Bitte von Homann, noch mal seine bisherige Tätigkeit bei der Bauaufsicht zusammenzufassen, hob er das Projekt an der Glienicker Lake, das erste und bisher einzige große Neubauvorhaben in Potsdam hervor, für dessen Baugenehmigung er selber zuständig gewesen sei. Dieses Vorhaben sei so komplex, dass er es keinem seiner Mitarbeiter habe übertragen können. Die wären auch ausreichend beschäftigt mit den inzwischen zahlreichen Bauanträgen zu Umbau- und Erweiterungsmaßnahmen an bestehenden Gebäuden. Vieles hier in der Stadt sei ja durch den Denkmalschutz komplizierter als andernorts. Er schloss seine kurze Schilderung mit dem Wunsch, dass er sehr gerne die Planstelle des Amtsleiters übernehmen wolle, die Arbeit gefalle ihm, an der Sache sei er interessiert und überhaupt, dies sei seine Heimatstadt und hier kenne er sich aus.

Der Leiter des Hauptamtes gab einige Informationen über die formalen Aspekte, Vergütungsgruppe, Probezeit und so weiter. Dann, fügte er hinzu: „Es steht ja noch die Auskunft der Stasi-Unterlagenbehörde aus."

Der Bewerber nickte: „Mit der Stasi hatte ich nie was zu tun, höchstens dass sie mich überwacht haben. Das hatten sie bestimmt, schon wegen meiner Tätigkeit beim Spezialbau. Da waren wir alle überwacht, war ja jedem klar." Der Personalratsvertreter hatte keine weiteren Fragen. Alle drei verabschiedeten ihn und dankten für seine Bewerbung.

„Wir hatten ja schon zwei Gespräche letzte Woche, drei Bewerber in der engeren Wahl, vielleicht machen wir eine kleine Liste von Kriterien, eine Art Punktebewertung", schlug der Personalratsvertreter vor, als der Bewerber den Raum verlassen hatte. Der Leiter des Hauptamtes stimmte dem zu.

„Also ich bitte euch, das braucht's doch nicht", sagte Homann. „Hab' auch gar nicht so viel Zeit", damit wies er auf die zwei hohen Stapel Akten, die sich rechts und links von der Schreibunterlage auf seinem Tisch türmten.

„Wir sollten hier keinen Formfehler machen“, erwiderte der Personalratsvertreter.

Homann blickte ihm in die Augen, den Unterkiefer leicht vorgeschoben, und sagte sehr leise: „Den Mann will ich hier! Den und keinen anderen. Ich brauch ihn hier! Da willst du mir doch keine Schwierigkeiten machen, oder? Die beiden anderen sind Wessis, wir haben hier schon genug davon! Personalvertretung schön und gut, aber ich muss mit den Leuten hier zusammenarbeiten, muss mich auf die verlassen können. Und Zeit habe ich auch keine, nicht für so'ne Spielchen!“

„Du bist hier nicht der König, Homann! Selbst Friedrich II. musste vors Kammergericht, als einer der Untertanen geklagt hatte.“

„Ach, hör doch auf! Du meinst, du hättest immer auf der richtigen Seite gestanden, ausgerechnet du pochst auf rechtsstaatlichem Vorgehen. Wo warst du vor neunundachtzig? Ich weiß, in der FDJ-Bezirksleitung, dann Kandidat der SED, stets mit gefestigtem Klassenstandpunkt, und jetzt ein Demokrat reinsten Wassers. Pass auf! Ich sage dir, das wird dich noch einholen!“

Der Andere blätterte währenddessen in seiner Akte und schaute weder Homann noch den Personalratsvertreter an. Erst als beide schwiegen, blickte er auf und sagte: „Dann nehmen wir also diesen Bewerber, den bisherigen kommissarischen Amtsleiter.“

Der Personalratsvertreter stand mit einer heftigen Bewegung auf, fast hätte er seinen Stuhl umgestoßen, und sagte im Hinausgehen: „Da kann ich ja gleich bei solchen Sachen wegbleiben und ihr könnt auf unsere Mitwirkung verzichten!“ Damit verließ er den Raum. Susan wunderte sich, wie laut er die Tür hinter sich schloss.

„Musstest du ihn so abbürsten“, fragte der Stadtrat für Finanzen. „Wir hätten das doch mit dem Kriterienkatalog machen können, da wär auch nichts anderes herausgekommen.“

„Ich mach' so'ne Spielchen nicht mit, schon gar nicht mit diesem Wendehals. Hab' genug Ernsthaftes zu tun."

„Wie du meinst. Dann mach' ich den Einstellungsvermerk und einen Termin für die Übergabe der Urkunde. Ohne den OB, oder?"

Homann schüttelte den Kopf: „Nein, da wird kein großer Bahnhof draus. Er ist ja sowieso im Hause, für ihn ändert sich nichts, außer ein bisschen mehr Gehalt und eine neue Amtsbezeichnung. Und er kriegt keinen neuen Chef vor die Nase, ich glaub' das ist ihm das Wichtigste, keinen von drüben als Vorgesetzten. Ich dank' dir, dass du hier mitgezogen hast, es war schon längst an der Zeit, dass meine Bauaufsicht vollends arbeitsfähig wird." Die beiden Männer verabschiedeten sich und als der Finanzstadtrat gegangen war, kam Susan herein, räumte die Mineralwasserflasche mit den Gläsern ab und sagte: „Da ist noch dieser Termin mit Herrn Baum."

Homann nahm eine Akte von seinem Schreibtisch. Eigentlich brauchte er keine Unterlagen, es war ja nun alles klar, aber Susan sollte nicht glauben, dass er etwas anderes vor hätte als einen normalen Arbeitstermin. Er wechselte noch zwei, drei Worte mit ihr, damit sie den morgigen Tag vorbereiten konnte, und verließ das Rathaus.

Unten stand Baums Limousine, und als er auf den Wagen zuging, stieg der Fahrer aus und öffnete die Tür zum Fond. Beim Einsteigen fiel Homanns Blick noch mal auf die Rathausfassade, auf die hohen Fenster, die im Hochparterre mit Bogen überwölbt und im ersten Stock mit Segmentgiebeln bekrönt waren. Der blaue Himmel spiegelte sich in den Scheiben, so dass Homann nicht sehen konnte, wie sein Kollege, der Stadtrat für Finanzen, Personal und Allgemeine Verwaltung, hinter einem der Fenster seines Dienstzimmers stand und hinausblickte. Es war ein Stockwerk über seinem Büro und neben den Räumen des OB.

„Wir holen den Chef ab, der ist noch in der Niederlassung am Bürohochaus", sagte Stumm als er den Motor anließ. Trotz der spätsommerlichen Wärme war es angenehm kühl im Wagen, und Homann hatte fast das Gefühl, als schwebe man mit diesem luxuriösen Auto. Kaum eine Bodenwelle oder ein Schlagloch waren zu spüren. Er hatte schon die Straßenlage seines BMW sehr bewundert, aber dies war nochmal etwas ganz anderes.

Am Bürohochhaus stieg Baum ein, setzte sich neben Homann, reichte ihm zum Gruß die Hand und strahlte ihn mit seinen blauen Augen an: „Das ist aber nett, mein Lieber, dass sie sich die Zeit für mich nehmen. Wir haben doch 'was zu feiern, da wollen wir es uns ein bisschen gutgehen lassen."

Der Fahrer lenkte den Wagen wieder in Richtung Stadt und dann südwestwärts. Baum zeigte ab und zu aus dem Fenster, wenn an der Straße ein besonders heruntergekommenes oder verfallenes Haus zu sehen war: „Da braucht es noch viel Kapital und 'ne Menge Investoren. Für ihre Leute wird das künftig viel Arbeit." An einer Ecke fing Baum an zu lachen: „Das ist ja wie bei uns, könnt Kreuzberg sein, schwarze Flagge, großes A im Kreis, Anarchistenvölkchen, die das Haus besetzt haben. Instandbesetzten statt Kaputtbesitzen ha ha ha … Die haben ihre Parolen aus Berlin mitgebracht! Das will ich mal sehen, wie diese Jungs und Mädels hier etwas instand setzen. Das schaffen die doch nie und nimmer! Bier und Joints, schwarze Klamotten und Nietenarmbänder, harte Musik, Punk und Rock, aber instand setzen? Ha, ha, ha," Baum lachte laut.

„Und von kaputt besitzen kann auch keine Rede sein", ergänzte Homann, „das ist alles restitutionsbefangen, was die besetzt haben. Die Gebäudewirtschaft, also unsere Wohnungsbaugesellschaft, die verwaltet das, mehr schlecht als recht, und wenn die erfahren, dass ein Rückgabeantrag gestellt ist, lassen sie das Haus fallen wie eine heiße Kartoffel."

Baum lachte: „Ein Haus fallen lassen wie eine Kartoffel, ich stell' mir das gerade vor."

„Na klar, die geben dafür kein Geld aus, wenn sie nicht wissen, ob sie's jemals wieder reinholen. Außerdem haben sie sowieso keines, kein Geld, oder wenigstens nicht genug für alle Häuser."

Die Straße führte in ein Waldstück. „Pirschheide", sagte Homann. Dann bog man rechts ab auf einen schmalen Fahrweg: „Geht's ins Bayrische Haus? Oh, vornehme Adresse, ich muss gestehen, da war ich noch nie, war mir immer zu teuer. Selbst bei meinem letzten Hochzeitstag war ich mit meiner Frau bloß im Hotel Cecilienhof, ist ja auch nicht schlecht."

„Sehen Sie, mein Lieber, ein Hochzeitstag ist das nicht, aber irgendwie sind wir ja doch aufeinander angewiesen, Sie und ich, nicht gerade wie ein Ehepaar, aber feiern, dazu haben wir doch jetzt einen Grund… ha, ha, ha!" Baum lachte gerne und viel, am liebsten eben über seine eigenen Scherze.

Der Weg führte einen sanften Hang hinauf und endete auf dem Vorplatz eines Gebäudes, das seinen Namen zu Recht trug. Ein Holzhaus mit ausladendem Dach, einem umlaufenden Balkon mit Geranien bepflanzt, die auch jetzt im Spätsommer noch üppig blühten. Das Gebäude sollte den Eindruck einer ziemlich opulenten bayerischen Gebirgshütte machen. Einst war es ein Jagdhaus, das auf Befehl des preußischen Königs, den man den Romantiker auf dem Thron nannte, Mitte des neunzehnten Jahrhunderts hier in seinem ehemaligen Jagdrevier errichtet wurde. Jetzt war es ein Hotel und Restaurant. Der Eingang befand sich allerdings in einem neueren Anbau, der im Auftrag irgendwelcher SED-Größen errichtet worden war. Ein unsensibel gestalteter grauer Kasten mit flacher Freitreppe vor einer breiten Glasfront.

Der Fahrer lenkte die Limousine in elegantem Bogen vor die Treppe, die beiden Herren stiegen aus, Baum ging voran, die Freitreppe empor, an deren oberer Stufe sich die Tür zum Foyer selbsttätig öffnete. Ein Kellner im schwarzen Anzug begrüßte sie mit leichter Verbeugung: „Herr Baum, freut mich sehr, dass Sie einmal wieder unser Gast sind. Sie haben reserviert. Wenn die Herren mir folgen wollen.“ Der Kellner ging voraus zu einem Tisch am Fenster und rückte den beiden die Stühle zurecht. Man hatte einen hübschen Blick nach draußen, auf einer Wiese vor dem Wald ein Gehege mit einigen Damhirschkühen und ihren Kitzen. Die hässlichen Anbauten lagen auf der anderen Seite und waren von hier aus nicht zu sehen.

„Ich brauch' erst mal ein Bier, ein frisch gezapftes“, sagte Baum zum Kellner, der ihm und Homann eine ledergebundene Speisekarte reichte. „Für Sie auch?“, fragte er seinen Gast.

„Ich weiß nicht, das macht mich immer so müde, wenn ich schon mittags ...“

Baum lachte. „Wollen Sie denn heute Nachmittag noch ins Büro? Ich finde immer, was man nicht bis zwölf erledigt hat, das kann auch warten.“

„Also, wenn ich dran denke, was so alles an Unerledigtem auf meinem Schreibtisch liegt, dann müsste ich.“

„Na gut.“ Und zum Kellner: „Sie haben doch ein Alkoholfreies für meinen Gast. Die kochen hier ganz ordentlich“, sagte Baum nun wieder zu Homann, und tippte auf die Speisekarte. „Kommt in der Qualität fast an mein Stammlokal am Kudamm ran. Und Wild, was Wild anlangt, da sind die hier vielleicht sogar noch besser. Probieren Sie doch mal das Rehrückensteak.“
Homann schaute in die Karte. Wie die das schon ausdrückten, Tranchen vom Rehrücken auf seinem Jus an sautierten Pfifferlingen und Pommes à la Dauphine. Was man jetzt hier so alles bestellen konnte, vielleicht auch in anderen Lokalen der Stadt, die sich um gehobene Gastronomie bemühten, dachte er.

Ohne Homanns Wahl abzuwarten, nickte Baum dem Kellner zu: „Den Rehrücken für uns beide, und ich glaube wir nehmen den Mâcon dazu, ein Roter darf's doch sein zum Reh, nicht wahr mein lieber Homann." Und dann wieder zum Kellner: „Also den fünfundachtziger Mâcon. Und ein Wasser, Medium."

Homann schaute sich um. So also hat die Bezirksleitung der SED getagt.

„Tja, war nicht alles schlecht, auch nicht in der DDR, ha, ha, ha", lachte Baum, als er Homanns aufmerksame Beobachtung der Einrichtung registrierte. „Ja", fuhr er fort, „und jetzt ist es ein Hotel. Betreiber ist natürlich eine internationale Kette, fünf Sterne streben die an, aber da müssen sie noch was tun. Die Küche ist ja schon ganz ordentlich, das werden Sie gleich merken, aber Lobby, Zimmer, Wellnessbereich und so weiter, da müssen die noch investieren. Die wollen natürlich, dass Gäste mit dem Ziel Berlin hier übernachten. Passt ja auch", und Baum machte eine ausholende Bewegung, „ist ja wirklich schön hier, der Blick und die Umgebung."

Der Kellner brachte zwei winzige Gläschen, die mit irgendetwas buntem Gehäckselten gefüllt waren und auf zwei sehr großen weißen Tellern standen: „Ragout von herbstlichem Gemüse mit Wildkräutern, unser *Amuse Gueule* des Tages, die Herren."

„Amüsiergirl?"

„Ach, diese Großmäuler, ich kann das auch nicht leiden, dieses französische Getue. Wörtlich soll das heißen erfreue den Mund, nein, eigentlich erfreue das Maul, französisch, *ta gueule* bedeutet halt dein Maul oder halt die Schnauze oder so was, ganz und gar nicht vornehm. Aber wenn's nicht französisch ist... Ich wette, in Wirklichkeit hat hier keiner eine Ahnung. Ich hab' das ja mal gelernt, war auf dem Französischen Gymnasium, war zu meiner Zeit eine der besten Schulen in Berlin. Und wir Jungs haben natürlich als erstes genau die Vokabeln gelernt, die ordinär oder unanständig waren, ha, ha, ha. Aber was soll's, lassen Sie sich's schmecken."

„Ich wollte mich bedanken, mein lieber Homann", brach Baum ihr Schweigen erst wieder, nachdem der Rehrücken serviert war, er den Mâcon gekostet und der Kellner die Gläser gefüllt hatte. „Das hat ja am Ende doch ganz gut geklappt mit unserem Projekt. Schön auch, dass Sie zum ersten Spatenstich ein paar Worte sagen wollen. Auch dafür danke ich Ihnen! Sie wissen ja, der Bauminister und der OB werden da sein, insgesamt drei Reden oder Grußworte oder wie Sie das nennen wollen, jedenfalls, seien Sie so nett machen Sie's bitte kurz. Und das mit der Baugenehmigung, da danke ich Ihnen ganz besonders. Sie verstehen was vom Geschäft, mein lieber Homann, Sie haben sofort durchschaut, dass wir da ein paar mehr Wohnungen, ein paar mehr Quadratmeter Nutzfläche brauchen, als wir zuerst dachten."

„Ja, Herr Baum, das war nicht ganz leicht", antwortete Homann und schaute sich dabei um.

„Keine Sorge, mein lieber Homann, hier hört uns niemand, und falls hier mal Wanzen waren, sind sie weg, ausgebaut, ha, ha, ha." Wieder Baums Lachen.

„Der Leiter meines Bauaufsichtsamtes hat das natürlich sofort nachgerechnet. Stellvertretender Leiter war er damals noch, als ihr Baugesuch hier geprüft wurde. Ich musste ihn befördern, gut dass gerade eine passende Stelle frei war, jetzt ist er Amtsleiter. Ich hatte Sorge, dass er sonst vielleicht jemand informiert hätte, den das nun gewiss nichts angeht."

„Also, mein lieber Homann, wenn ich noch irgendwas für Sie tun kann, ein Dankeschön über dieses kleine Essen hinaus, dann lassen Sie's mich doch wissen."

Homann beugte sich vor: „Es ist mir ja ein wenig peinlich, Herr Baum, aber die Wohnung, in der wir hausen, meine Familie, Frau und zwei halbwüchsige Töchter. Wir hatten vor neunundachtzig nie die Chance, eine Neubauwohnung zu bekommen, und danach hat sich auch noch nichts getan. Sind wirklich beengte Verhältnisse, und der bauliche Zustand, naja, Sie wissen ja, wie hier die Altbauten aussehen."

„Ja, würden Sie denn in unser Projekt einziehen wollen und eine Wohnung kaufen? Natürlich würde ich Ihnen mit dem Preis entgegenkommen. Und Sie haben ein gutes Gehalt, da kann man ja 'was finanzieren, reden Sie doch mal mit ihrer Bank. Oder, wenn Sie wollen, ich kann auch mal Faber bitten, sich umzuhören, wo es die besten Konditionen gibt. Wir machen so was diskret, darauf können Sie sich verlassen. Was würden Sie denn so brauchen? Hundertfünfzig Quadratmeter vielleicht? Würde ihnen das reichen?"

Ganz kurz war es Homann so, als bekäme er schwer Luft, aber er hatte sich im Griff. Durchatmen, dachte er, man muss das sportlich nehmen.

„Ich will ja nicht zu viel versprechen, aber ich weiß schon, wie man auf solche Wünsche zu reagieren hat", fuhr Baum fort. „Lassen Sie mich mal machen, Sie brauchen jetzt auch nicht zu antworten", brach Baum ab, als er den Kellner bemerkte, der mit dem Käsebrett um die Ecke bog.

Zum restlichen Mâcon wählten sie noch zwei, drei Sorten Käse. Homann war froh, dass Baum ihn bei der Auswahl beriet, er hätte nicht gewusst, von welcher der vielen Sorten er nehmen sollte. Dann brachte der Kellner noch ein Parfait von Waldbeeren, Kaffee und Cognac. Und als Baum fragte, ob er ihn jetzt wirklich zurück ins Rathaus fahren lassen solle, schüttelte Homann den Kopf und bat darum, zu Hause abgesetzt zu werden.

Martenthaler hatte die Handakte *Schnellstraße* mit nach Hause genommen. Eigentlich nahm er ungern dienstliche Unterlagen aus dem Büro mit, besser die Sachen wurden im Gericht weggeschlossen, aber letzte Woche hatte er ein Schreiben der Telekom im Briefkasten gefunden, dass heute Vormittag endlich ein Anschluss in seiner Wohnung gelegt würde. Vom Diensttelefon aus hatte er dort angerufen und gefragt, ob sich der Zeitraum näher eingrenzen ließe, Vormittag erschien ihm zu vage. Am anderen Ende war eine mürrische männliche Stimme: „Könn' wir nich sagen, kommt drauf an, wie lang's bei den andern dauert. Se könn' aber ooch 'n anderen Tach wählen", und er nannte Termine, die erst im November oder Dezember lagen. Dankend verzichtete Martenthaler auf eine Verschiebung.

Also setzte er sich mit der Akte an seinen kleinen Schreibsekretär, der am Fenster zwischen Bett und Kleiderschrank noch Platz gefunden hatte. Frau Leisner und ihre Gruppe waren ein gutes Stück vorangekommen. Es gab nun erste Hinweise auf die Identität des Getöteten. Noack, der sich in Cottbus ja bestens auskannte, konnte auf dem „neckischen" Foto, wie Frau Leisner es genannt hatte, leicht die Bronzebüste der Henriette Sontag in der Rosenlaube im Pückler'schen Park identifizieren. Und die romantisch zurechtgemachte junge Dame, die für das Foto posiert hatte, den Arm um die Statue gelegt, hatte Noack nach kurzer Recherche ebenfalls ausfindig gemacht, eine Mitarbeiterin der dortigen Schloss- und Parkverwaltung. Martenthaler stellte sich den Schock vor, der sie ergriffen haben musste, als ihr klar wurde, dass das Foto aus der Jacke eines bislang nicht identifizierten Unfallopfers stammte. Sein voller Name lautete Bruno Matschinelli, er war Abteilungsleiter der Gartenverwaltung in Branitz gewesen und hatte angeblich ein Verhältnis mit dieser jungen Mitarbeiterin. Daher die Widmung auf der Rückseite des Fotos: *Für den Gärtner meines Herzens*.

Die beiden, Noack und Leisner hatten die junge Frau als Zeugin verhört, Martenthaler überflog das Protokoll nochmals. Es ging ja auch um die Identifizierung des Getöteten. Sie mussten sich mit der Vorlage von Fotos aus der Gerichtsmedizin begnügen, die Leiche war nach der Dokumentation durch die Pathologen ins Krematorium geschafft und die Urne auf Kosten der öffentlichen Hand bestattet worden. Martenthaler fand das ganz beruhigend, der Anblick wäre schwer erträglich gewesen für ein romantisches Seelchen. Dennoch habe die Zeugin geschluchzt: „Oh Gott, der Bruno!" Sie bestätigte den Namen Bruno Matschinelli.

Matschinelli? War das nach Gehör aufgezeichnet? Vielleicht ein Schreibfehler, dachte Martenthaler. Der Name klang irgendwie italienisch, war dieser Bruno ein Nachkomme von Immigranten aus Italien gewesen? Davon hatte es im achtzehnten Jahrhundert nicht wenige in Preußen gegeben. Er notierte auf dem Rand: Schreibweise verifizieren! Matschinelli, Macinelli, Maccinelli?

Dass sie diesen Bruno nicht als vermisst gemeldet habe, begründete die junge Frau damit, dass so viele einfach rübergegangen seien, nachdem es nun leicht möglich war, und gerade Bruno habe immer wieder ominöse Bemerkungen fallengelassen, er werde auch noch rübermachen, auch jetzt noch sei es drüben besser. Auf die Frage, ob er Feinde gehabt habe, hatte sie den Namen Kossatz erwähnt. Wegen der richtigen politischen Linie seien die beiden mehrfach heftig in Streit geraten. Aber Genaueres wollte sie dazu nicht ausführen.

Bei den übrigen Mitarbeiterinnen der Gartenverwaltung, es gab dort außer Bruno M., dem bisherigen Chef, sonst nur Frauen, hatte Noack noch ein paar Fragen nach den Gewohnheiten und Lebensumständen des Getöteten gestellt und dazu Notizen angefertigt. Die Befragten reagierten alle erstaunlich auskunftsbereit. Ohne förmliche Vernehmung, ohne Aufklärung über ihre Rechte und Pflichten. Vielleicht dachten sie, er ist ja eh schon tot. So viel Naivität bei den Leuten hier?

Offenbar war es auch keiner der Mitarbeiterinnen von Bruno M. in den Sinn gekommen, ihn als vermisst zu melden. Und dass er bei einem Autounfall ums Leben gekommen war, löste bei den meisten nicht einmal besondere Trauer aus. Er wurde hier wohl eher gefürchtet als geliebt, wenn man von seiner Freundin absah. Es stellte sich heraus, dass er ebenso wie Kossatz Mitglied

der Bezirksleitung der SED war, auch später noch der PDS. Seine Mitarbeiterinnen in der Gartenverwaltung wussten alle, dass er beste Beziehungen zur Berliner Parteizentrale hatte und im Bezirk entsprechend Einfluss. Bis neunundachtzig tanzte sogar die ganze Schloss- und Parkverwaltung nach seiner Pfeife, ebenso die dortige Betriebsgewerkschaftsleitung. Und auch danach schien es für alle am sichersten zu sein, sich mit der alten Nomenklatura möglichst nicht anzulegen.
In der Cottbusser Geschäftsstelle der Partei war man nicht so treuherzig und auskunftsfreudig. Aber zumindest aus einer Bemerkung einer dortigen Mitarbeiterin meinte Noack heraushören zu können, dass Bruno M. die treibende Kraft hinter dem Ausschlussverfahren gegen Kossatz gewesen sein musste. Dabei sei es auch ums Geld gegangen.
Die Hypothese der Ermittlungsgruppe lautete also, dass es Konflikte innerhalb der Bezirksgliederung der PDS gegeben habe, sowohl um die Frage der richtigen politischen Linie als auch darum, ob und wie Parteivermögen vor dem Zugriff der neuen Behörden in Sicherheit gebracht werden könnte. Kossatz und B. kannten einander also bestens und rivalisierten wohl um Meinungsführerschaft und Strategie. Der Fall erinnerte Martenthaler sehr an den spektakulären Skandal innerhalb des ZK der SED um die KoKo. Diese wurde von der Treuhand abgewickelt, unter höchst dubiosen Umständen, Millionenbeträge sollen da beiseite geschafft worden sein. Und der frühere Chef dieses Unternehmens soll am Starnberger See wohnen. Haben wir es hier mit einer Art Parallele zu tun, verkleinert auf Cottbuser Dimensionen?
Frau Leisner und ihre Gruppe empfahlen natürlich, das Umfeld des Bruno M. genauer auszuleuchten und die Ergebnisse der Untersuchung des Volvo abzuwarten. Eine Tötungsabsicht sei durchaus denkbar, zur Beweislage müsse man aber die Auswertung des in der alten Försterei beschlagnahmten Materials abwarten.

Rsp schrieb Martenthaler an den Rand, *Rücksprache*. Die war hier nötig, mit Frau Leisner und vielleicht mit ihrer ganzen kleinen Ermittlungsgruppe. Zu viele ungeklärte Fragen. Oft war in solch einer Situation ein Brainstorming im Team das Beste, um auf neue Ideen zu kommen. Endlich klappte er die Akte zu und packte sie zusammen mit seinen Notizen in die kleine Mappe, die er nachher zum Dienst mitnehmen würde.

Der Monteur von der *Telekom* war immer noch nicht gekommen, fast zwei Stunden hatte er schon mit diesem Fall und seinen Notizen verbracht, wenigstens keine vertane Zeit. Dennoch wurde er jetzt ungeduldig, das half aber nichts, also machte er sich Tee und nahm die Zeitung. Den amerikanischen Präsidentenwahlkampf hatte Bill Clinton so gut wie gewonnen, bei den Vorwahlen lag er weit vor dem amtierenden Präsidenten und schon gar vor dem unabhängigen Kandidaten. Nach zwei republikanischen Präsidenten mal ein Wechsel in den USA, das wäre eigentlich nicht schlecht. Dennoch haben wir allen Grund, George Bush dankbar zu sein, egal ob ihn die Amerikaner wiederwählen oder nicht. Wenn er sich von unserem dicken Kanzler nicht hätte überzeugen lassen, dass die deutsche Einheit kein Risiko für das Gleichgewicht in Europa darstellt, hätte das wohl nicht geklappt am dritten Oktober neunzig. Wenn sich die USA so verhalten hätten wie Großbritannien unter Thatcher, wäre das vielleicht nichts geworden mit der Einheit.

Sonst gab die Zeitung wenig Interessantes her, außer vielleicht der Lokalteil. Wieder war hier ein Artikel, diesmal sogar eine ganze Seite, über das Bauprojekt nahe der Brücke zu Berlin. Wieder mit Vermutungen, dass die Stadtverwaltung, der Baustadtrat selber vielleicht, geschmiert worden sei. Das hatten die doch früher schon gebracht oder waren das nun doch tatsächliche Anhaltspunkte, ein Anlass, Ermittlungen aufzunehmen? Sollte man diesen Homann verhören? Vielleicht besser erst mal nur den Journalisten vorladen. Aber dann wäre es natürlich sofort in allen Medien. Er riss die

Seite aus der Zeitung und steckte sie vorerst in die kleine Mappe zu den übrigen Unterlagen.
Endlich klingelte der Techniker. Martenthalers Ärger über die lange Warterei hatte sich ein wenig gelegt. Es ist ja sinnlos, dachte er, die Beschäftigten dafür anzumachen. Der Mann war auch ziemlich fix, arbeitete sauber, nach einer halben Stunde stand ein cremefarbenes Telefon im Flurregal. Er drückte dem Monteur fünf D-Mark in die Hand und versuchte sogleich, Ulrich anzurufen. Dort hatte er nur die Geschäftsstelle des Gerichts an der Leitung, aber er bat darum, ihm seine neue Telefonnummer auszurichten. Bei den Unterlagen von der *Telekom* waren ein paar Postkarten, *Meine neue Rufnummer lautet…*, war da vorgedruckt und das Porto bezahlt. Ehe er aus dem Haus ging, füllte er alles aus und adressierte die Karten an Reni, weniger in der Absicht, dass sie ihn anrufe, aber seine Kinder sollten doch die Nummer kennen. Die anderen Karten schickte er an den ehemaligen Studienfreund im Justizministerium und an ein paar engere Freunde in Köln und Münster.
Es waren nur wenige Schritte zum Gericht, dort schaffte er es noch, die Postmappe durchzugehen und einige Verfügungen zu diktieren, die neuen Vorgänge mussten an die jeweils zuständige Abteilung. Eigentlich hätte es noch stapelweise Akten gegeben, die er seinen Dezernenten zuweisen müsste. Noch immer war es nicht gelungen, die freie Stelle eines OStA für Vereinigungskriminalität zu besetzen. Aber am späten Nachmittag, nach so viel unkonzentriertem Hin und Her hatte er auch keine Lust mehr, sich in einen der komplexen Fälle hineinzudenken. Es war ein sonniger Septembernachmittag, trotz der vielen Arbeit, die noch auf ihn wartete, sollte er sich vielleicht mal einen frühen Feierabend gönnen.
Er nahm nicht den kurzen Weg nach Hause, sondern schlenderte die Allee entlang Richtung Sanssouci, die Sonne stand noch über dem Turm der Friedenskirche. Er bog links in die Lindenstraße ein. Noch im Jahr neunundachtzig hatte man hier das Stasi-Gefängnis,

das erst wenige Wochen zuvor aufgelöst und geräumt worden war, zu einem Teil als Gedenkstätte und zum anderen Teil für Büros der Bürgerbewegung und ihrer verschiedenen politischen Gruppierungen hergerichtet und für die Öffentlichkeit zugänglich gemacht. Eigentlich hätte ich das schon längst einmal ansehen sollen, dachte er, nun bin ich schon mehr als zwei Jahre hier und war noch nicht drin – vielleicht ist das ja nicht gerade eine heitere Beschäftigung für einen so schönen Nachmittag, aber länger aufschieben sollte ich das auch nicht, wer weiß, wann ich mich dann dazu entschließe.

Das Gebäude stach unter den benachbarten Handwerkerhäusern heraus, ein geräumiges Stadtpalais, ebenfalls aus dem achtzehnten Jahrhundert, rote Backsteinfassade mit weißen Pilastern und großen Fenstern. Vom Haupteingang aus links kam man zu einer breiten Treppe und den Büros, rechterhand ging es durch mehrere Zimmer, in denen auf Tischen und Schautafeln eine Dokumentation über die Repressionsmaßnahmen der Stasi und über einige prominente Opfer aufgebaut war. Er nahm sich die Zeit, die ausgestellten Fotos und die Kopien von Akten, Vermerken, Protokollen und Urteilen genau zu studieren. Zu sehen waren Anklageschriften wegen Fluchtdelikten, Hetze, Staatsverleumdung und öffentlicher Herabwürdigung der Partei der Arbeiterklasse, Anordnungen zur Durchdringung, Zersetzung und Diversion feindlich negativer Organisationen, Anschreiben und Amtshilfeersuchen, die mit tschekistischen Gruß unterzeichnet waren. *Tscheka* die erste noch von Lenin gegründete Geheimpolizei der KPdSU, galt sie tatsächlich noch bis zum Untergang der DDR als traditionsstiftendes Vorbild für die Stasi? Unfasslich. Die Ausstellung war offenbar von Laienhand und mit einfachsten Mitteln erstellt worden, mit Schreibmaschine getippte Zettel als Erläuterungen unter oder neben den Exponaten, einige größere Hinweise waren von Hand mit Filzstift in Blockbuchstaben auf Kartonstücke geschrieben.

Von der Ausstellung gelangte man in den Zellentrakt und den Hof. Das Gelände war durch eine vielleicht zwei Mann hohe Ziegelmauer mit Stacheldrahtrollen auf der Mauerkrone gegen die benachbarten Grundstücke abgegrenzt. Martenthaler hatte sich erst klarmachen müssen, dass hinter dieser Mauer die Höfe und Gärten der Häuser an der Hauptgeschäftsstraße lagen, am *Broadway*. Er schätzte, dass die Zellen kaum zwei mal drei Meter im Grundriss maßen. Sie waren ausgestattet mit Holzpritschen, es gab kein Wasser oder Abwasser, stattdessen Kübel. Hochliegende, winzige vergitterte Fenster boten einen Anblick, den er geradezu unerträglich fand. Schlimmer noch kamen ihm die sogenannten Freigangzellen vor, mit diesen übermannshohen Mauern umgrenzte und durch schwere Eisentüren verschließbare Abschnitte des Hofs, kaum größer als die Haftzellen, der Boden gepflastert, nach oben offen, ohne Dach oder Decke. Man konnte sich vorstellen, dass Gefangene, wenn sie hinauf schauten, vielleicht einen kleinen Ausschnitt des Himmels sahen, vor allem aber ihre Bewacher, die bewaffnet auf Gitterrosten über sie hinwegpatrouillierten. Er zwang sich dazu, das alles ganz genau anzusehen, sich dem beklemmenden Gefühl auszusetzen. Wieder draußen auf der Straße wurde ihm deutlich wie nie zuvor, was es heißt, frei und unbeschwert in der Abendsonne zu stehen.
Martenthaler hatte während seiner Dienstzeit viele Gefängnisse kennengelernt, fast alle Haftanstalten im Land Nordrhein-Westfalen hatte er aus dem einen oder anderen dienstlichen Grund irgendwann einmal aufsuchen müssen. In keinem Gefängnis war es hübsch, der Zweck solcher Anstalten bestand in der Bestrafung, keine Frage. Und als Staatsanwalt hatte er stets dafür zu sorgen, dass bestraft würde, wer eine Strafe nach Recht und Gesetz verdient hatte. Und wenn Haftstrafe auf ein Vergehen stand und die Schuldfrage klar erschien, so war eine kürzere oder längere Haft angemessen. Er glaubte an die Freiheit des Menschen, wer sich

aus freien Stücken für eine Straftat entschieden hatte, sollte bestraft werden. Neu errichtete Haftanstalten erschienen ihm auch irgendwie akzeptabel oder doch angemessen, aber was die älteren Gefängnisse anlangte, und manch eines war auch in Nordrhein-Westfalen hundert Jahre oder älter, hatten ihn doch manchmal Zweifel befallen, ob ein menschenwürdiger Strafvollzug in diesen Gefängnissen noch gewährleistet war. Immerhin: Die Würde des Menschen ist unantastbar, so beginnt unser Grundgesetz, das muss auch für Inhaftierte gelten. Aber hier, im Stasi-Gefängnis ging es offenbar um das Gegenteil, die Würde der Gefangenen wurde zerstört. Wer in die Fänge der Stasi geriet, und wahrscheinlich konnte jeder, wenn er Pech hatte, in deren Fänge geraten, lief Gefahr, in seiner Persönlichkeit zerstört zu werden. Der Begriff Zersetzung, der in einigen der ausgestellten Schriftstücke verwendet worden war, offenbarte ja auch ganz unverhohlen dieses Ziel. Schliff fiel ihm wieder ein. Was hatte der neulich gesagt? Es war nicht alles schlecht, und angefügt, auch nicht in der Strafverfolgung, wir waren rechtserzieherisch tätig. Was für eine Erziehung zum Recht, wenn der Staat mit der Zersetzung der Persönlichkeit droht!

Er hatte es nicht weit nach Hause, und obgleich ihm nicht nach essen zumute war, kaufte er ein paar Sachen zum Abendbrot ein. Der Kühlschrank war mal wieder leer, und irgendwann würde ihn doch der Hunger überkommen, mit den eben gewonnenen Eindrücken und leerem Magen würde er nicht schlafen können. Zu Hause blinkte das rote Lämpchen am Telefon, der Anrufbeantworter musste etwas aufgezeichnet haben, das konnte nur ein Anruf von Ulrich sein, niemand sonst hatte bisher seine Nummer: „Na, altes Haus, jetzt bist du ja wieder verbunden mit der zivilisierten Welt", schnarrte dessen Stimme etwas verzerrt vom Band.

Er rief sogleich zurück und Ulrich wiederholte seinen Scherz mit der Zivilisation. Martenthaler wehrte zunächst ab: „So unzivilisiert sind wir hier ja auch nicht, bloß weil es mit den Telefonanschlüssen nicht so schnell geklappt hat. Du musst ja nicht so tun, als säßen wir hier in der Wüste."

„Recht so, Franz Josef, verteidige nur dein Potsdam und die neuen Bundesländer. Das wird nötig sein", hänselte Ulrich.

„Ach, Ulrich, mein neuer Lokalpatriotismus fängt schon wieder an zu bröckeln, weiß nicht, ob der noch lange hält. Ich sag' dir, ich war hier im ehemaligen Stasi-Gefängnis, gerade eben erst, ist gleich zwei Straßen weiter. Man hat das zu einer Art Gedenkstätte gemacht, jedenfalls zwei Räume als Dokumentation, den Zellentrakt und den Hof. Wenn du das siehst, wird dir ganz elend!"

„Ist leitender Oberstaatsanwalt und hält den Anblick eines Knastes von innen nicht aus, ich bitte dich, Franz Josef! Wir haben beide genug Knäste gesehen, du in NRW und ich in Berlin. Ein Gefängnis ist kein Sanatorium."

„Darum geht's nicht, Ulrich, ich glaub' du weißt gar nicht, wovon du redest! Du müsstest das selber mal sehen! Komm' her, wir schauen uns das zusammen an, wenn du mal Zeit hast, in den nächsten Tagen oder wann du willst. Das war so was von menschenverachtend, was die hier gemacht haben, die Stasi und so weiter …" Martenthaler verstummte.

Auch Ulrich schwieg einen Moment, holte tief Luft und fuhr dann fort: „Mensch, Franz Josef, sei doch froh, dass das vorbei ist."

„Ist es vorbei? Weißt du, ob es vorbei ist? War denn bei uns alles vorbei nach fünfundvierzig? Das hat doch eine Generation gedauert, mindestens eine, gerade in unserem Arbeitsgebiet! Als es ganz allmählich losging, waren wir noch Schüler. Wir haben die Schwierigkeiten verfolgt, die man Fritz Bauer seinerzeit gemacht hat. Er war ja, wenn man so will, ein Kollege von uns, im Rückblick einer der wenigen, der damals die Ehre unseres …, na ja, meines Berufsstandes gerettet hat mit seinem Einsatz, damit der Eichmann-Prozess in Israel stattfinden konnte. Und dann, da waren wir schon Jura-Studenten, der Auschwitz-Prozess und so weiter.

Die Ohrfeige der Klarsfeld für Kiesinger, das war neunundsechzig, vierundzwanzig..., echt, Ulrich, vierundzwanzig Jahre nach dem Ende der Nazizeit! Fast eine Generation! Und viele von uns fanden sogar damals noch, dass man das besser hätte ruhen lassen sollen. Schlussstrich, erinnerst du dich? Hier sind es jetzt zwei Jahre, erst zwei Jahre, wie lange mag das hier noch dauern? Und ich sage dir, ich habe hier Kollegen, Mitarbeiter mit Ansichten..., du glaubst es nicht! Ich weiß auch nicht, das kriegt man doch gar nicht aufgearbeitet, wir nicht, nicht zu unseren Lebzeiten. Und ich habe hier Fälle, darüber sollte ich besser nicht sprechen, höchstens zu dir, aber nicht am Telefon oder am besten gar nicht. Es ist noch lange nicht vorbei!"

Ulrich antwortete nichts, nur am Geräusch seines Atems war zu hören, dass er noch nicht aufgelegt hatte. Das Schweigen kam Martenthaler vor wie eine Ewigkeit, dann sagte Ulrich: „Franz Josef, ich glaub', du musst mal ausspannen. Du machst das jetzt schon mehr als zwei Jahre, eigentlich ohne Erholung seither und mit einer Arbeitsbelastung, die weit über das Normale hinausgeht, bestimmt eine Sechzigstundenwoche, dazu noch jedes zweite Wochenende nach Köln zu den Kindern und zurück. Das hält die robusteste Seele nicht aus. Darf ich dir einen Vorschlag machen?"

„Hm", brummte Martenthaler zögerlich.

„Mach' dich mal frei, verschieb' alle Termine und Verpflichtungen und komm' in unser Häuschen ins Wendland. Vielleicht Ende Oktober, da kann's noch recht schön sein und deine beiden Kinder haben Herbstferien, du kannst sie kommen lassen, wenn sie wollen, die Zugverbindung ist gut, sie sollen nach Dannenberg fahren, da kannst du sie abholen. Ihr könnt' im Häuschen schalten und walten wie ihr wollt, der Schlüssel ist bei der Nachbarin, die Einzelheiten erklär ich dir noch. Und wenn du dich ausarbeiten willst und dein Junge was zu tun braucht, reparier uns den Zaun, dafür wären wir dir sehr dankbar. Wenn du möchtest, kommen meine Frau und ich übers Wochenende dazu, Platz ist dort genügend."

„Ja, mein Lieber vielleicht… Vielleicht hast du recht und ich sollte mir eine Auszeit gönnen, vielen, vielen Dank jedenfalls für dein Angebot."

„Ach, und noch 'was, Franz Josef, hast du die Seite aus der NJW schon, die wir dir geschickt haben?"

„Da war heute früh was in der Post, habe ich noch nicht angeschaut, war das von dir? Ich dachte, deine Frau schickt mir das schriftliche Scheidungsurteil. Ich hab' den Brief noch nicht aufgemacht, wird ja das Übliche sein, dachte ich. Warte mal." Der Umschlag mit dem Absender der Kanzlei steckte noch zwischen den Seiten der Zeitung. Jetzt zog er ihn hervor und riss ihn auf.

„Meine Frau hat das entdeckt. Sie meint immer, du solltest wieder weg von Potsdam. Sie hat diese Anzeige gesehen und an dich schicken lassen. Ich weiß ja nicht, hab' ich ihr gesagt. Kann er ja selbst sehen, war ihre Antwort. Hat sie ja auch recht, sieh selbst!"

„Welche meint sie denn?"

„Musst mal nachschauen, ich glaub' in Münster suchen sie einen LOStA "

„Münster – wo wir studiert haben? War eine tolle Zeit, Ulrich! Und eine schöne Stadt."

„Ha, und sexy Studentinnen, damals!"

„Ja, Reni hab' ich dort kennengelernt, die schöne Reni, machte Psychologie und im Nebenfach Soziologie. Und du warst immer auf der Pirsch, immer hinter den Weibern her." Martenthaler lachte.

„Denk' mal drüber nach! Münster ist gut. Und die Ideen und Anregungen meiner Frau sind manchmal die besten!"

Die beiden alten Freunde verabschiedeten sich herzlich voneinander und legten auf. Zwischen vielen anderen Stellenangeboten für Juristen fand Martenthaler die Anzeige des nordrhein-westfälischen Generalstaatsanwalts, mit der die Stelle des Leiters der Staatsanwaltschaft beim Landgericht Münster zum ersten Januar des kommenden Jahres ausgeschrieben war. Wiederbesetzung nach Ausscheiden des jetzigen Stelleninhabers. Zweitausschreibung stand noch drunter. Sie hatten im ersten Anlauf keinen geeigneten Bewerber gefunden, hieß das doch. Kein Wunder, dachte Martenthaler, seit der Einheit sind Juristen überall knapp, nicht nur hier im Osten.

X.
Oktober/November 1992

„Eigentlich ein toller Blick von hier", sagte einer der Staatsanwälte aus der kleinen Ermittlungsgruppe *Schnellstraße*, ohne sich nach seinem Kollegen umzuschauen. Er stand am kreisrunden Fenster ihres Dienstkämmerchens im Dachgeschoss des alten Gerichts: „Man sieht die Kuppel des Militärwaisenhauses. Ich hab' gelesen, dass die vergoldete Caritas, die da früher drauf war, wieder aufgestellt werden soll. Sie müssen aber erst das Gebäude selber in Ordnung bringen und den Monopteros sanieren, stand in der Zeitung, sonst würde er die schwere Skulptur nicht tragen. Dieser Preußenkönig, Friedrich der Zweite, die Wessis sagen der Große, musste den Bau so riesig erweitern lassen. So viele Waisen gab es nach seinen Kriegen. Und dann hat er diese Statue aufs Dach setzen lassen. Eine Caritas, Nächstenliebe, welch ein Hohn! Hab' mal ein Buch gelesen über diesen Friedrich, interessanter Mann, hielt aber nicht viel von seinen Untertanen, dumm seien sie, soll er mal gesagt haben. Trotzdem, Potsdam hat er schön gemacht. Nur sehr kaputt ist es jetzt, aber ich denk' mir, das wird schon. Wo bleibt denn die Kollegin, ist doch unser Jour fixe jetzt." Damit wandte er sich um. „Ich finde, dieser Fall hier ist ein echter Scheißvorgang, wir machen schon bald zwei Jahre dran 'rum und keinen Fortschritt."

„Lass' mal deinen Defätismus", entgegnete Frau Leisner, die beim Eintreten den letzten Satz mitbekommen hatte. „Ich finde, wir haben schon 'ne Menge geschafft. Wenn der Chef aus dem Urlaub zurück ist, werden wir Anklage erheben. Wird langsam dringend. Der Beschuldigte hat zwar Haftverschonung, aber trotzdem. Wer weiß, ob er uns nicht doch noch abhaut."

„Hat aber bisher seine Auflagen erfüllt, war regelmäßig bei der Polizei", ergänzte Helmut Noack, der Spreewälder.

„Anklage? Was haben wir denn in der Hand?" Der erste Kollege blieb skeptisch.

„Na hör mal, was ich da rausgekriegt habe, das kann sich doch sehen lassen", fand Noack. „Hab' mich ja auch durchgewühlt wie ein Maulwurf durch die ganzen Papiere aus Cottbus und der Försterei. Das Umfeld von diesem Kossatz, das ist doch jetzt eigentlich klar. Der muss ein ziemlich zwanghafter Typ sein. Hat wohl auch nicht vermutet, dass wir seine Unterlagen finden. Wir haben seinen Kalender, fast eine Art Tagebuch. Er hatte alles aufs Sorgfältigste notiert. Und in den Kisten mit den Gemälden und Antiquitäten lagen sogar Lieferscheine. Sollte alles an diese Starnberger GmbH & Co KG oder eine ihrer Tochterfirmen gehen. Sogar Wertgutachten für die Sachen hatte er in seiner säuberlichen Ablage. Das sind doch Beweise!"

„Beweise, dass er Parteivermögen in den Westen geschafft hat schon, aber doch kein Beweis für eine Tötungsabsicht. Hat doch mit dem Crash nichts zu tun!"

„Vergiss nicht seinen Kalender", ergänzte Noack. „Ne Menge Einträge von der Art: M. steckt mit Berlin unter einer Decke oder M. muss weg oder einer muss M. erledigen, und so … Außerdem hat er eine Liste geführt über M's Fahrten, eine Art Bewegungsprofil, Start und Ziel, Verkehrsmittel mit Eintragungen zu den Linien und Fahrtzeiten und, nun halt dich fest, ab und zu soll der M. einen hellen Golf benutzt haben mit Berliner Kennzeichen. Uns zwar schon vor dem Crash, das belegen die Daten. Gleich, nachdem er von der Bezirksleitung geschasst wurde, hat Kossatz mit den Aufzeichnungen angefangen, er muss den M. geradezu observiert haben. Hat uns damit viel Arbeit abgenommen. Und hier", damit legte er einen Packen Papiere auf den Tisch, „der Bericht der Forensiker. Die haben tatsächlich die Schnipsel aus dem

Papierkorb, geschredderte Notizen und all so was, zusammengesetzt und entziffert. Man glaubt es nicht, was die alles können. Ein Brief an einen Admiral a. D., Traditionsverein der Grenztruppen, mit Dank für irgend so ein Treffen und hasserfüllten Passagen über einen M. und seine Cottbuser Renegatenclique. Lies' nur, früher hätte man die gleich unschädlich gemacht, steht da, jetzt müssen wir uns selber darum kümmern. Beseitigen müssen wir solche Elemente... Und so geht's noch seitenlang weiter. Zwanghaft wie er ist, hat er sogar draufgeschrieben: Abgeschickt und das Datum. M. ist Maccinelli, bestimmt, liegt doch auf der Hand!"

„Gerichtsfest? Sagst du im Plädoyer, das liegt auf der Hand? Beweise sind diese Eintragungen doch keinesfalls, mein Lieber! Für Hass vielleicht, aber nicht für eine Tötungsabsicht!"

„Wird vielleicht schwierig", gab Nancy Leisner zu, „aber wir müssen den Stellmacher nochmal vernehmen lassen, muss die Berliner Polizei machen, ihn mit diesen Ergebnissen konfrontieren und nach seinem Verhältnis zu Maccinelli befragen. Das verfügen wir auf jeden Fall. Ob er dann immer noch schulterzuckend sagen kann, er wisse nicht, wie seine Autoschlüssel abhandengekommen wären? Und nun lasst uns erst mal durchgehen, was wir noch haben. Helmut, du warst noch mal in Cottbus?"

„Nein, nein, ich war nicht nochmal dort. Die Geschäftsstelle der PDS ist ja die ehemalige Bezirksleitung Cottbus der SED. Wir haben die Leiterin als Zeugin hier vernommen, sie war auskunftsbereit, nicht gerade besonders entgegenkommend, aber ich hatte so das Gefühl, sie wollen doch irgendwie kooperativ wirken, die möchten ja vermeiden, dass der Eindruck entsteht, sie hätten was gegen rechtsstaatliche Verfahren." Helmut Noack fingerte das Vernehmungsprotokoll aus seinem Papierstapel heraus und fasste zusammen: „Also, die Zeugin hat nochmal bestätigt, dass Kossatz Schatzmeister der SED des Bezirks Cottbus war, dass er aber schon im Oktober neunundachtzig aus der Bezirksleitung ausgeschlossen worden ist. Sein Stellvertreter hat sein Amt dann übernommen und übt das noch heute aus, für die PDS des Bezirks Cottbus."

„Über Kontroversen innerhalb der Bezirksleitung um die richtige Linie, hattest du ja schon damals nach deinem Besuch in Cottbus berichtet."

„Ja, genau. Kossatz war gegen diese Liberalisierungen, die Krenz vom ZK aus Berlin, Ende neunundachtzig durchstellen wollte. Er war wohl ein extrem konservativer Genosse, galt auch als dickköpfig, als stur, war nicht immer auf Parteilinie, vor allem zuletzt nicht. Gorbatschow muss er regelrecht gehasst haben und Krenz sowieso. Das ganze ZK soll er mal wütend als Renegaten bezeichnet haben, denen er es noch mal zeigen werde, als er erkennen musste, dass sein Ausschluss aus der Bezirksleitung endgültig war. Jedenfalls, bei den Genossen und Mitarbeitern der Bezirksleitung war er ganz und gar nicht beliebt."

„Passt zu seinen Aufzeichnungen", ergänzte Nancy.

„Kann sein, jedenfalls die Richtung. Ich habe sie zu den Fahrten nach Starnberg gefragt, die er laut Fahrtenbuch mit dem Volvo gemacht haben soll. Da sei er im Auftrag der Bezirksleitung unterwegs gewesen, hat die Zeugin gesagt."

„Durfte er denn auch rein private Fahrten mit dem Volvo machen, ohne Auftrag?"

„Ja, scheint so, ab neunundachtzig war das offiziell möglich, davor ging es mehr so unter der Hand. Ich hab' dann nach dem Anlass dieser beiden Fahrten gefragt. Da hieß es, das sei dienstlich gewesen, in seiner Eigenschaft als Schatzmeister, aber um was es sich genau gehandelt habe, das wisse die Zeugin auch nicht. Die Genossen von der Bezirksleitung hätten sich dahingehend nie konkret geäußert. Ich habe dann recherchiert, was für ein Geschäftspartner des PDS-Bezirks Cottbus in Starnberg sitzen könnte, ausgerechnet Starnberg, wo sich die Landhäuser der reichen Münchner eines ans andere reihen. Wisst ihr was? An den Starnberger See ist der Chef der KoKo abgehauen, soll da wohnen in einer Villa am Ufer oder in der Nähe, hat sich Anfang neunzig über Westberlin dorthin abgesetzt."

„Ja, das kam damals in der Zeitung und im Fernsehen", ergänzte Nancy Leisner, „der KoKo-Chef ist doch neunundachtzig von Ost- nach Westberlin rüber, saß dort in Untersuchungshaft, kurze Zeit nur und ging dann nach Bayern, wohin er gute Beziehungen hatte. Klar, hat dreiundachtzig den Kredit für die DDR mit Strauß ausgehandelt."

„Dreiundachtzig? Meinst du neunzehnhundertdreiundachtzig, das Milliardending? Ist unser Kossatz eine so große Nummer, dass er mit dem in Starnberg verhandelt?"

„Vielleicht nicht verhandelt", meinte sie, „aber etwas überbringt, Kurier oder so. Der Volvo wäre groß genug für ein paar Antiquitäten. Oder dass er was abholt. Jedenfalls, versierter Autofahrer, Eigenbrötler, Dickkopf, SED-Linksabweichler, mit Kontakten zur KoKo … Vielleicht agiert so einer auch auf eigenes Risiko und eigene Rechnung. Entweder aus Überzeugung, aus Hass oder er will den wahren Sozialismus retten, Marx, Engels, Lenin und so. Würde zu einem Sturkopf passen. Oder er handelt zum eigenen finanziellen Vorteil. Mehrere mögliche Motive."

„Könnten Motive sein, sind aber keine Beweise für eine Tötungsabsicht", wandte der skeptische Kollege wieder ein.

„Nun ja", fuhr Nancy Leisner fort. „Doch jetzt erst mal zu dem, was von der PTU in Eberswalde gekommen ist. Sie haben jetzt endlich den Bericht von der Untersuchung des Volvo geschickt." Sie zog einige getippte Seiten und jede Menge Fotos aus ihrer Akte. „Die Schäden an der rechten Seite des Volvo zeigen den hellen Farbabrieb vom VW Golf. Man kann also gut sehen, wo die beiden Fahrzeuge aneinander geprallt sind. Diese schweren schwedischen Autos haben einen seitlichen Aufprallschutz, die senkrechten Karosserieteile, Säulen nennen das die Techniker, sind verstärkt und die Türen haben im Hohlraum zusätzliche horizontale Streben. Die Insassen in so einem Auto sind also vor den Folgen eines seitlichen Zusammenstoßes viel besser geschützt, als in anderen Autos."

Helmut Noack pfiff durch die Zähne. „Passt zu dem Material aus der Försterei. Der hatte jede Menge Prospekte von Volvo. Die werben mit ihrem SIPS, Side Impact Protection System."

„Genau", kam es von Nancy Leisner, „Risikobegrenzung! Und man sieht auch gut", dabei schob sie eines der Fotos in die Mitte des Tischs, „dass die Flanke jeweils nur oberhalb oder unterhalb der Verstärkung eingedrückt ist. Und die drei Beschädigungen am VW könnte man so erklären, dass der Volvo mehrfach gegen den Golf gelenkt wurde. Das hieße dann, absichtlich!"

„Könnte auch eine andere Ursache haben."

„Könnte! Zumindest ist aber ausgeschlossen, dass der Volvo Mängel an den Bremsen oder der Lenkung hatte. Das war alles top, schreiben die Techniker. Wir haben also ein Motiv und starke Hinweise auf ein Tötungsdelikt", fasste sie zusammen. „Und dann hab' ich mir noch den Hubertushof vorgenommen."

„Fast hätte ich's vergessen", ergänzte jetzt Noack. „In Kossatz Aufzeichnungen ist auch der mehrfach als Ziel angegeben."

„Dieses Anwesen im Wald spielt auch noch eine Rolle in einem anderen Fall, Grundstücksgeschäfte, die als Vereinigungskriminalität bearbeitet werden, unter dem Doktor selber. Aber ich hab' so das Gefühl, mehr als ein Gefühl ist es nicht, dass die Sachen irgendwie zusammenhängen, unser Fall und der vom Chef. Überall PDS-Kontakte, überall Antiquitäten, schwarze Geschäfte und Bargeld. Wir bitten Frau Nehlsen, dass sie beim Chef möglichst gleich nach dessen Urlaub einen Termin für uns macht, ich denke, wir gehen zu dritt zu ihm, wird wohl das Beste sein."

„Ist es denn denkbar, dass ein SED-Genosse, PDS wollt' ich sagen, dass der gegen andere von der SED oder PDS 'was unternimmt? Dass die einander bescheißen, bekämpfen oder sogar gegenseitig umbringen? Bruderkrieg unter Genossen? Kann mir das gar nicht vorstellen“, sagte der Kollege, der ihre eigene Arbeit immer so kritisch sah.

„Ich schon“, entgegnete Helmut Noack. „Gerade jetzt, wo sie nicht mehr das Sagen haben und die ganze Parteidisziplin bröckelt, wo keiner mehr durchgreifen und Beschlüsse durchstellen kann. Die hadern doch immer noch mit ihrem Schicksal, ihrem Untergang, versuchen die Schuldfrage zu klären.“

„Genau so sehe ich das auch“, ergänzte Nancy Leisner, „und die krummen Geschäfte rund um die KoKo, voller Betrügereien! PDS-interne Auseinandersetzungen, vielleicht zwischen der Berliner Zentrale, ehemals ZK und einem Bezirk. Warum nicht? Ist eigentlich die Erklärung, die mir in diesem Fall am plausibelsten erscheint. Würde heißen, dass der Kossatz den Unfall absichtlich herbeigeführt hat. Und das wären dann niedrige Beweggründe, StGB zweihundertelf, Mord. Aber Genaues wissen wir erst, wenn wir hier weitergekommen sind. Ein hochriskantes Ding, hätte ihn das Leben kosten können!“

„Immerhin, gar nicht so wenig, was wir da haben, mehr als ich dachte“, gab selbst der zu, der alles immer so pessimistisch sah. „Also dann, Anklage erheben. Und darauf sollten wir einen trinken gehen.“

Frau Leisner nickte. Sie freute sich sehr, dass die beiden Kollegen mitzogen. Es war ja doch nicht so leicht für sie, diese Gruppe zusammenzuhalten und zu leiten, gerade weil ihre Führungsrolle keine richtig offizielle war. Immerhin waren die beiden Staatsanwälte ein paar Jahre älter als sie, nicht viel, aber sie hatten doch mehr Erfahrung. Aber der Chef hatte gesagt, dass er ihr die beiden beistelle, und nicht umgekehrt. Wörtlich hatte er gesagt: Sie machen das schon! Wie hatte ihr das gutgetan, dieser einfache Satz von Martenthaler. Ja, ein Glas Wein mit den Kollegen, dazu ein paar Oliven oder belegte Baguettes, das wäre jetzt das Richtige.

Am besten vorn an der Ecke in der netten Weinhandlung, die hatte sich in den letzten Monaten fast schon zu einem festen Juristentreff entwickelt, vor allem die Kollegen aus den alten Bundesländern standen dort nach dem Dienst bei Wein und Käse zusammen. Frau Leisner mochte diese Atmosphäre, das lockere Gespräch, manchmal fachlich, manchmal persönlich. Und ohne Animositäten zwischen Ossis und Wessis, das gefiel ihr, keine der gängigen Sticheleien, die sie überhaupt nicht mochte. Sie fand es gut, wie sich die Dinge entwickelten, ganz allgemein hierzulande, und im Speziellen heute in ihrer kleinen Ermittlungsgruppe. Ein Glas Weißer, das ist jetzt ganz gut und würde die Leute besser zusammen bringen.

Das Bewerbungsgespräch war in Düsseldorf bei der nordrhein-westfälischen Generalstaatsanwaltschaft, und da es Ende Oktober stattfand, konnte er danach seine Kinder bei Reni in Köln abholen. Vor Allerheiligen war eine Woche schulfrei. Das Gespräch war erfreulich, der Generalstaatsanwalt selbst, eine Vertreterin des Ministeriums und eine Dame vom Personalrat nahmen teil. Sie ließen durchblicken, dass sich auf die erste Ausschreibung hin keine geeigneten Bewerber gefunden hätten. Das war ja schon aus der Stellenanzeige deutlich geworden, und Martenthaler hatte das Gefühl, dass er in dieser zweiten Runde der einzige ernst zu nehmende Kandidat wäre. Es sei mit einer sehr kurzfristigen Entscheidung zu rechnen, hieß es am Ende des Gesprächs und ab wann er denn zur Verfügung stehen könnte. Die Zulage für den Einsatz in den neuen Bundesländern würde er in NRW natürlich nicht erhalten, aber traditionellerweise nehme der leitende Oberstaatsanwalt beim Landgericht Münster als Nebentätigkeit einen Lehrauftrag an der juristischen Fakultät der Westfälischen Wilhelms-Universität wahr, Vertiefungsseminar Spezialgebiete der StPO. Er sei ja promoviert und die Fakultät wäre sicher dankbar,

wenn sie weiterhin diese Verstärkung ihres Lehrkörpers in Anspruch nehmen könnte. Finanziell wäre das natürlich kein Ausgleich, aber nach ein paar Semestern Lehre winke der Titel eines Honorarprofessors, ein gewisser Ruf in der Fachwelt und vielleicht Publikationsmöglichkeiten stünden ihm dann doch offen.
Martenthaler setzte sich nach dem Gespräch erst einmal in das Eckcafé nahe der Generalstaatsanwaltschaft, ins Obergeschoss, wo nur ein paar alte Damen Rommée spielten. Er bestellte sich Tee und Kuchen und genoss den Blick auf den benachbarten Park. Wahrscheinlich müsste er sich bald entscheiden, jedenfalls dann, wenn er eine Zusage erhielte, womit er eigentlich rechnete. Was sprach für Potsdam, was sprach für Münster? Lange blickte er in das Geäst der Bäume, zum großen Teil waren sie schon entlaubt, nur Eichen und Platanen hatten noch ein paar bunte Blätter an den Zweigen. Nach dem tagelangen Regen war es jetzt noch mal schön geworden. Die Mittagssonne stand um diese Jahreszeit zwar nicht mehr so hoch, doch der Himmel über dem Park strahlte in klarem Blau. Martenthaler mochte fast eine Stunde so gesessen haben, ehe er zahlte, aufstand und ging.
Es war nur eine kurze Fahrt zu Renis Wohnung in Köln. Sie empfing ihn kühl, ihr Neuer war da, dem er die Hand reichte. Er wollte damit locker wirken, aber fand doch selber, dass er einen recht verkniffenen Eindruck machte. Auch die Kinder standen verlegen im Flur herum, die Reisetaschen schon gepackt und die Jacken über dem Arm. Zum Abschied küssten sie ihre Mutter flüchtig, gingen voraus und die Treppe hinunter. Vor allem der Junge schien ungeduldig auf die Abfahrt zu sein. Er spielte mit irgendetwas in seiner Hand, vielleicht ein Schlüsselbund? Jedenfalls machte es ein unangenehm klapperndes Geräusch.

„Also dann, bis in einer Woche, hier ist die Adresse“, damit zog Martenthaler einen Zettel aus der Tasche und reichte ihn Reni: „Du holst sie doch ab? Oder sollen sie mit der Bahn zurück, von

Dannenberg gibt es eine Zugverbindung, zwei Mal umsteigen, das geht doch, sie sind ja so gut wie erwachsen."

„Wir sind über Allerheiligen sowieso an der Ostsee, da kommen wir vorbei und holen sie", antwortete Reni, und ihr Neuer nickte zur Bekräftigung.

Sie verstauten das Gepäck im Kofferraum und die Geschwister verständigten sich mit einem kurzen Blick. Der Junge stieg vorne ein und das Mädchen machte es sich auf der Rückbank bequem. Sie knautschte ihre Jacke zu einer Art Kissen zusammen, schob sich das unter den Kopf und war schon eingeschlafen, noch ehe sie die Autobahn erreicht hatten. Der Junge hörte nicht auf mit seinem Schlüsselbund zu klappern, bis ihn Martenthaler ermahnte: „Das macht mich nervös beim Fahren."

„Immer noch die alte Kiste, fährt sie noch? Wie viel Kilometer hast du denn jetzt runter?" Es war das erste Wort, mit dem der Junge das Schweigen brach.

„Ja, scheint unverwüstlich zu sein so ein alter Diesel." Martenthaler lachte: „Als wir den neu hatten, deine Mutter und ich, da brauchten wir für dich noch einen Kindersitz, so lang ist das her."

„Ist aber eine müde Karre. Und kein CD-Player drin."

„Kannst Radio anmachen." Martenthaler war froh, mit dem Jungen über irgendetwas Neutrales sprechen zu können.

So unterhielten sie sich eine ganze Zeit lang über Autos, hauptsächlich sprach sein Sohn, er kannte sich besser aus mit den Modellen, die zuletzt auf den Markt gekommen waren, sparsamer im Verbrauch und komfortabler in der Ausstattung: „Ist es nicht mal an der Zeit für ein neues Auto", fragte er, „vielleicht ein Coupé oder Cabrio, wenn du jetzt keine Familie mehr hast, und du kommst ja so langsam in das Alter", grinste er und deutete auf Martenthalers Schläfen: „Da kommen ja schon graue Haare, da braucht man einen Flitzer als Mann."

„So schlimm ist's noch nicht", grinste auch Martenthaler jetzt und wuschelte mit seiner Rechten dem Jungen über das Lockenhaar. Früher hatten sie öfter solche Witze gemacht über ältere Herren und den Symbolgehalt von Sportwagen. Er war froh, dass sich die alte Vertrautheit allmählich wieder einstellte.

Die Tochter wachte erst nach Stunden wieder auf, als sie am Ortsrand von Dannenberg vor einem Supermarkt parkten: „Wat is'n los", fragte sie verschlafen.

„Tiefkühlpizza. Für'n ersten Abend immer Tiefkühlpizza, is Tradition", antwortete ihr Bruder. „Für dich bestimmt wieder Vegetaria, schlank bleiben, wat? Die is nämlich verliebt, und ihr Kerl mag Dünne."

„Du bist so doof, hör bloß auf, hör auf mit dem Scheiß! Echt!" Empörte sich das Mädchen.

Der Junge hüpfte auf dem Parkplatz um das Auto herum und rief: „Verliebt, verliebt, verliebt!"

„Wirklich, lass' das jetzt. Benimm dich, du bist fünfzehn und keine sieben mehr! Und wenn sie einen Freund hat, lass' sie, ist doch normal", versuchte Martenthaler einzugreifen. Eine ganze Woche mit den beiden zusammen, eigentlich habe ich mich darauf gefreut, dachte er, aber wenn das so anfängt.

Es fing so an, aber es ging nicht so weiter. Im Gegenteil, es wurde ein sehr schöner Urlaub mit seinen Kindern. Obgleich er sie alle vierzehn Tage gesehen hatte, meistens jedenfalls, wenn sie nicht mit Reni in Urlaub waren oder sonst etwas dazwischen gekommen war, wurde ihm doch jetzt erst richtig deutlich, wie viel größer und erwachsener sie geworden waren in den zwei oder zweieinhalb Jahren, seit er aus Köln weg war. Die Tochter war jetzt wirklich eine Schönheit, das Backfischhafte, das Ungelenke und Pausbäckige war weg, sie war schlank und groß geworden, fast so groß wie er selber, und sie sah Reni so sehr ähnlich, vor allem ihr

Gesicht und das blonde Haar. Sie sah so aus, wie er Reni in Erinnerung hatte, als sie sich vor zwanzig Jahren kennenlernten. Und der Junge, auch ein hübscher Kerl, aber fünfzehn, nun ja, da hat er noch ein paar schwierige Jahre vor sich, dachte Martenthaler.

„Guck mal, hier, *Atomkraft nein danke!, Kein Endlager in Gorleben!, Stoppt die Probebohrungen!, Kein Atommüll im Salzstock!* Wohnen wohl lauter Atomkraftgegner hier“, fragte der Junge, als sie weiterfuhren, und zeigte auf die vielen Transparente vor den Häusern.

„Mensch, Gorleben, das ist doch hier! Drei Dörfer weiter! Hierher wollen sie den ganzen Atommüll aus den AKWs bringen. Und die Leute hier, die wehren sich, klar. Hättest du gern alte Brennstäbe, strahlendes Material, hochgefährlich, unter deinen Füßen, selbst wenn es paar tausend Meter tief in einem Bergwerk liegt“, gab seine Schwester zurück.

„Dann ist das hier, wo sie immer mit ihren Traktoren die Baustellen und die Zufahrten und die Probebohrungen blockiert haben? Toll finde ich die Leute hier, halten zusammen, Klasse!“
Während die Kinder sich noch über die Atomkraftgegner und deren Aktionen unterhielten, hatten sie Ulrichs Ferienhaus erreicht. Es erwies sich als großes Gehöft in einem kleinen Nest nahe dem Elbdeich. Das Dorf war ein typischer wendischer Rundling mit einem Sandplatz in der Mitte und den ringförmig darum angeordneten Hofstellen, tortenstückähnlich hinter jedem Haus die dazugehörigen Felder und Wiesen. Nur noch auf wenigen der zwölf Höfe wurde tatsächlich Landwirtschaft betrieben, die anderen waren, ähnlich wie das von Ulrich und seiner Frau, zu Wohnhäusern ausgebaut, die meisten offenbar mit viel Geld. Die Fachwerkbalken waren dunkel gestrichen, Bemalung und Inschriften in den Sturzbalken oberhalb der Tore hatte man sorgfältig restauriert. An der Stelle des Scheunentores hatten die neuen Eigentümer meist Fenster oder eine große Glastür einbauen lassen. Auf den

gepflasterten Vorhöfen standen Autos, teure Modelle mit Berliner Kennzeichen. Das Wendland war ein begehrtes Ziel der Westberliner solange die Mauer stand, wenige Stunden auf der Autobahn Richtung Hamburg, nach der Elbbrücke abfahren, zurück Richtung Südosten und hinter Lüneburg war es dann nicht mehr weit. Schneller konnte man von Westberlin aus nicht einfach mal so aufs Land fahren.

Wie verabredet holten sie bei der Nachbarin den Schlüssel. Es gab keine Klingel, sie mussten an der Haustür klopfen, drinnen kläffte ein Hund, den eine weibliche Stimme energisch zur Ruhe rief, dann öffnete sich die Tür und eine Frau mit grauen Haaren in bunt geblümter Kittelschürze öffnete. Dieser Hof war offenbar nicht mehr landwirtschaftlich genutzt, aber auch nicht von begüterten Berlinern schick hergerichtet. Es sah eher aus als hätte die Frau, vielleicht Witwe des Bauern, die Landwirtschaft aufgegeben. Es gab zwar einen Gemüsegarten und ein Blumenbeet mit kleinen Stauden. Die Astern und Dahlien hatten noch ein paar Blüten. Es gab Hühner und ein paar Obstbäume, Pflaumen oder Äpfel die abgeerntet waren. Aber keine Fahrzeuge standen hier, weder im Schuppen, dessen Tor offenstand, noch auf dem Hof, kein Traktor und kein Auto. Die Frau war vielleicht ein klein wenig verwirrt, sie zögerte auf Martenthalers Frage nach dem Schlüssel, und erst als er Ulrichs Nachnamen nannte und sie daran erinnerte, dass sie angemeldet waren, ging ein Lächeln über ihr Gesicht. Sie schlurfte nach hinten, um den Schlüsselbund zu holen: „Wenn Sie was brauchen, oder vielleicht, dass die Heizung ausfällt, da gibt es so ein rotes Knöpfchen, das man drücken muss. Sagen Sie ruhig Bescheid, ich zeig' ihnen das dann.“

„Was hatte die denn für ein Kleid an“, fragte das Mädchen.

„Ne Kittelschürze“, antwortete Martenthaler, „kennst du gar nicht mehr, nicht wahr? Meine Oma trug immer so was, deine Urgroßmutter in der Eifel, bei der Hausarbeit oder eigentlich immer, außer sie hatte sich schick gemacht, sonntags für den Kirchgang oder manchmal wenn sie zum Kaffeekränzchen eingeladen war."

Der Junge aber schnappte sich die Schlüssel, rannte voraus, öffnete das Hoftor und die Glastür im ehemaligen Scheunentor: „Boah, ist das hier schick! Echt! Totaler Luxus! Kommt mal!" Sie inspizierten das Haus, die riesige Diele war als Wohnhalle behaglich eingerichtet, ein großer Kamin, das Brennholz daneben gestapelt, davor Ohrensessel und zwei Sofas, weiter hinten neben der Küchentür ein langer Eichentisch mit acht Stühlen und oben einige Schlafzimmer und zwei Bäder. Die Kinder ließen sich gleich in die Sessel vor dem Kamin fallen, aber Martenthaler scheuchte sie auf: „Erst auspacken, holt euer Zeug aus dem Kofferraum!"

„Boah, haste mal den Schuppen gesehen, komplette Werkstatt, komm mal!" Wieder der Junge, er hatte das Nebengebäude erkundet. Dort wurde der Holzvorrat für den Kamin gelagert, ferner standen dort zwei Fahrräder, außerdem gab es einen großen Grill, einen Rasenmäher und Gartenwerkzeug, mehrere Sägen, darunter auch eine Motorsäge, Akkuschrauber, Winkelschleifer und so weiter. Das Kleinwerkzeug war ordentlich an einem Lochblech mit Halter und Haken über der Werkbank aufgereiht. „Ich hole gleich mal noch mehr Holz und heiz' den Kamin an." Der Junge war nicht mehr zu bremsen.

„Hast du dir den Zaun mal angeschaut?", fragte Martenthaler, „wir sollen ihn reparieren, also, Ulrich hat gesagt, er fände es sehr nett, wenn wir den Zaun reparieren. Ich halte das für einen angemessenen Dank, wenn wir hier schon umsonst bleiben dürfen."

„Ja, ich hab schon gesehen, da liegen Bretter und Schrauben, auch Holzschutzmittel, morgen fang ich gleich an."

Martenthaler und sein Sohn brachten die Vormittage damit zu, den Zaun auszubessern, verrottete Bretter zu entfernen, die neuen mit Holzschutz zu lasieren und anzubringen. Früher hatte er gerne etwas Handwerkliches mit seinem Sohn zusammen gemacht, aber jetzt, wenn er die Kinder in Köln besuchte, konnten sie ja nicht in Renis Wohnung 'rumwerkeln. Nach Potsdam, wo er ihn gut hätte gebrauchen können als Hilfe bei seiner Wohnungseinrichtung, wollte der Junge ja nie kommen: In deinen muffigen, öden, grauen Osten, da kriegst du mich nicht hin, hatte er mal gesagt. Nun waren sie wie früher ein Herz und eine Seele, Vater und Sohn, arbeiteten gemeinsam am Zaun und Hoftor. Ihre Hände zeigten sogar erste kleine Anzeichen von Schwielen. Mittags beendeten sie ihr Tagwerk. Erschöpft, verdreckt aber glücklich wuschen sie sich vor dem Essen Hände und Gesicht. Das Mädchen übernahm die Rolle der Hausfrau, sie hatte im nächsten Dorf einen Hofladen entdeckt, fuhr mit dem Fahrrad dorthin und kam mit frischen Eiern und ökologisch angebautem Obst und Gemüse zurück. Auf dem Bord über dem Küchentisch hatte sie ein Kochbuch für vegetarische Gerichte entdeckt und einige Rezepte ausprobiert. Nach drei Tagen Gemüseeintopf, Gemüsetorte und Gemüseauflauf rebellierten allerdings die beiden Männer, mal ein bisschen Fleisch, wo sie doch so hart arbeiteten, wäre ja auch nicht schlecht.

„Sie will schlank werden, ihr Kerl will dass sie dünn ist", stichelte der Sohn.

„Du bist dämlich! Hör auf, das ist ja so blöd! Wo kriegst du in Köln schon so 'was Frisches, das ist gesund, viel gesünder als immer wieder Salamipizza und oder Hamburger", gab sie zurück.

„Aber ehrlich mal", wandte sich Martenthaler an seine Tochter, „bitte nicht noch dünner, das hast du wirklich nicht nötig!" Aber Sorgen muss ich mir nicht machen, dachte er, sie kocht lecker und isst auch selber gerne, sieht nicht nach Magersucht aus.

„Man braucht kein Fleisch, man muss keine Tiere töten, um sich gut zu ernähren!"

Apodiktisch wie Reni, dachte Martenthaler, nur gut. Aber dann lenkte sie ein: „Der Hofladen hat auch Hühnchen, Lammfleisch und Bratwürste, alles ohne Wachstumshormone und Antibiotika. Schmeiß' doch morgen Abend mal den Grill an", sagte sie zu ihrem Bruder, „dann bring ich Fleisch mit. Wird zwar früh dunkel, aber das Wetter ist ja noch so schön, paar Windlaternen hab' ich hier gesehen, die stellen wir 'raus und zünden sie an."

Sie weiß, wie sie ihren Bruder einfängt, dachte Martenthaler. Aber wie kommt diese traditionelle Rollenverteilung zustande, fragte er sich, sie kauft ein und kocht, und er repariert den Zaun und macht Feuer. Wenn das Renis Freundinnen sähen, würden sie behaupten, das liege an mir und meiner Rollenfixierung. Dabei bin ich schon zweieinhalb Jahre weg und vorher hatten wir die Hausarbeit doch immer redlich geteilt, Reni und ich.

Zwei Fahrräder standen im Schuppen. In Dannenberg liehen sie ein drittes aus, die Kinder fuhren mit den Rädern und Martenthaler nahm den Bus zum Fahrradverleih. Er musste früh aufstehen, denn nur morgens fuhr einer hin und abends einer zurück. Aber so hatten sie jeder ein Rad und konnten die Gegend erkunden. Zunächst einmal fuhren sie durchs Städtchen. Am Markt waren ein kleines Hotel, ein Café und eine Pizzeria, alle hatten sie Tische und Stühle auf die Straße gestellt, die gut besetzt waren. Sonnenschirme brauchte man nicht mehr, mit einer Jacke oder einem Pullover konnte man die schönen Tage noch gut im Freien genießen und freute sich, in der Herbstsonne zu sitzen. Die Geschäfte boten viel eigene Produkte an, Körbe und Keramik, Handgestricktes und Selbstgebatiktes. Aussteiger, vor allem auch Aussteigerinnen aus Berlin, die sich hier niedergelassen hatten und sich mit einem kleinen Geschäft oder Handwerksbetrieb über Wasser halten, Selbstverwirklichung. Es gab aber auch eine Weinhandlung, einen Bioladen und mehrere Bekleidungsgeschäfte mit durchaus modischem Angebot. Hier sah es anders aus als sonst in den westdeutschen Kleinstädten, die Martenthaler kannte. Zahlungskräftige Wochenend-Berliner und auch diejenigen, die mit knappen Mitteln ein alternatives Lebenskonzept verfolgten, bestimmten mit ihrem Angebot, ihren Wünschen, Vorlieben und ihrem Geschmack das Bild. Vieles kam Martenthaler vor wie in Charlottenburg oder Wilmersdorf.

Am nächsten Nachmittag fuhren sie auf dem Elbdeich nach Süden. Mit Rückenwind kamen sie rasch voran: „Zurück nehmen wir aber einen anderen Weg“, sagte Martenthaler, „am besten durch den Wald, habe keine Lust, gegen diesen Wind zu strampeln.“

Linkerhand grünes Grasland bis zum Strom, der Polder, Überschwemmungsland bei Hochwasser. Jetzt weideten hier Schafe, zwischen ihnen einige Störche: „Und in der Mitte der Elbe war die Grenze?“, fragte sein Sohn. „Und wo war die Mauer?“

„Hier war keine Mauer, aber drüben gewaltige Grenzanlagen am Ufer auf DDR-Seite. Mehrere parallele Zäune, der höchste vier Meter; davor, von drüben aus gesehen, ein Sandstreifen, immer geharkt und unkrautfrei, damit man Fußspuren gut erkennen konnte. Dann ein befestigter Weg für die Fahrzeuge der Grenzer, hell beleuchtet. Vor dem ersten Zaun noch Stolperdrähte, damit niemand dorthin rennen konnte. Und in Sichtweite voneinander immer diese Wachtürme“, erläuterte Martenthaler.

„Is’ ja krass! Hat da je einer versucht, rauszukommen?“

„Versucht haben es viele und über achthundert haben ihr Leben dabei gelassen, soweit ich das weiß.“

„Auch hier?“, wollte der Junge wissen.

„Stück weiter elbabwärts, glaub’ ich, da war so ein Todesfall, bald nach der Schließung der Grenze, vor fast dreißig Jahren. Wollte einer ’rüberschwimmen, soll ertrunken sein. Lass’ uns nach Schnackenburg fahren. Ich hab’ gehört, die wollen da ein kleines Grenzmuseum einrichten. Ist aber noch nicht soweit. Dort kann man den Wachturm aus der Nähe sehen, da war die Kontrollstelle für die Binnenschifffahrt auf der Elbe.“

„Wie, Kontrollstelle?“

„Naja, Schiffe konnten doch auf der Elbe fahren, im Grunde von der Tschechoslowakei durch die DDR bis nach Hamburg. Und bei Schnackenburg kamen sie über die Grenze, von der DDR in die BRD. Aber natürlich nicht unkontrolliert."

„Klar, hätte sich einer verstecken können auf so'nem Kahn", sagte der Junge und zeigte über den Fluss: „Dort drüben ist auch noch so ein Wachturm, ziemlich kaputt inzwischen."

Wenn sie gegen Abend zurück waren, klingelte regelmäßig das Telefon, am ersten Tag sagte Martenthalers Tochter: „Is bestimmt für mich." An den folgenden Abenden wussten sie Bescheid, eine Dreiviertelstunde verbrachte sie dann am Hörer. Martenthaler bezwang seine Neugier, er wollte gerne diskret erscheinen und legte seinem Sohn den Arm um die Schultern: „Komm, wir vertreten uns noch ein bisschen die Füße." Eigentlich hatten sie genug Bewegung an solchen Tagen, aber ein Gang über die Feldwege bot schöne Ausblicke, ein wenig Abendnebel über der Elbe und den Wiesen, manchmal Wild am Waldrand, eine rot untergehende Sonne. Die Wege führten oft an Gräben oder übermannshohen Brombeerhecken entlang, und manchmal fanden sie schwarze vollreife Beeren. Einmal nahmen sie eine kleine Schüssel mit, die sie komplett gefüllt hatten, als sie zurückkamen.

Martenthaler hätte gerne etwas mehr über den Freund seiner Tochter gewusst, aber es war schwierig, ein solches Gespräch zu beginnen, wenn sie es nicht von sich aus tat. Nach den langen Telefonaten machte sie sich in der Küche zu schaffen, fröhlich, gelöst, bisweilen eine Melodie summend. Dann akzeptierte sie es gerne, wenn ihr Vater oder vielleicht sogar ihr Bruder anboten, beim Gemüseschnippeln oder Teigrühren zu helfen.

Nach dem Abendessen feuerte der Junge meistens den Kamin an, legte mit der großen Zange die Scheite so, dass sie hell brannten, setzte sich dann in einen der Ohrensessel und starrte in die flackernden Flammen. Ein kleines Glas Bier am Abend genehmigte ihm Martenthaler, jedenfalls im Urlaub und am Ende eines Tages voller Aktivitäten. Was sie sonst machen, dachte er, weiß ich sowieso nicht und kann es nicht beeinflussen, aber solange ich die Verantwortung habe. Er selber fand in Ulrichs Vorräten eine Flasche Roten, von dem er hoffte, dass er weniger Tannine enthalte als die Bordeaux, die sein Freund üblicherweise bevorzugte. Seine Tochter ließ sich auch ein Glas einschenken, das kommentierte er nicht mehr, in Kürze wäre sie volljährig, und auch sonst hatte er den Eindruck, dass sie wusste, was sie tat.

„Ist er gut zu dir?", fragte Martenthaler dann doch. Das Thema veranlasste den Jungen, seinen Platz am Feuer zu Gunsten der Couch vor dem Fernseher zu verlassen.

„Was meinst'n jetz? Denkste ich geh' mit einem, der mich beschimpft oder schlägt?"

„Ich hoffe nicht."

„Du bist neugierig, stimmt's?"

„Klar. Kennst mich doch, seit achtzehn Jahren fast. Dann sag schon …"

„Mama hat ihn schon gesehen. Er heißt Oliver, ist zwanzig, noch ein bisschen größer als ich, sieht toll aus, find' ich, studiert in Köln Wirtschaft, VWL. Ob er gut zu mir ist?" Sie hielt ihr Glas mit beiden Händen und ließ den Wein im Kelch kreisen. Ihre Wangen röteten sich ein bisschen: „Ja, es ist sehr schön mit ihm. Aber Liebe, ach, das klingt so bedeutungsvoll, so nach lebenslang, so nach Ehe, Kinder, Familie …"

„Also ist es eher nicht so was Festes?"

„Ach Papa, schau' dich doch selber an! Was heißt schon fest? Du hast doch bestimmt auch gedacht, Mama und du, ihr würdet zusammenbleiben, wie heißt das in der Kirche? Bis dass der Tod euch scheidet. Und jetzt?"

„Dann pass' wenigstens auf." Kaum hatte Martenthaler das gesagt, ärgerte er sich auch schon darüber.

„Papa, ich bitte dich, wirklich, bitte, lass' das! Fang' jetzt nicht von Aids und Kondomen an, bitte! Mama liegt mir schon Tag und Nacht deswegen in den Ohren. Kein Vertrauen in eure eigene Erziehung, wat? Erzähl' lieber was von dir!", damit nahm sie einen großen Schluck aus ihrem Glas, „keine Frau mehr seit du weg bist aus Köln?"

War das seine kleine Tochter? Inzwischen fast so groß wie er selbst? Sie redete mit ihm auf gleicher Augenhöhe, und eigentlich fand er, zurecht.

„Zwei, drei Versuche, einer war erfolgreich. Was heißt schon Erfolg? Eine Frau aus Thüringen, ich hab' sie bei der Geburtstagsfete meiner Sekretärin kennengelernt, war zwei- oder dreimal bei ihr, sie ein paarmal bei mir. War aber nicht das, was ich gesucht habe." Bin ich jetzt rot geworden, fragte sich Martenthaler, auf meine alten Tage?

„Die war wohl nicht so wie Mama?"

„Nein, war sie nicht, aber daran lag es nicht. Wir hatten zu wenig gemeinsame Interessen, das merkt man halt erst nach einer gewissen Zeit. Übrigens, Interessen… Hast du schon Studienpläne?" So ganz geheuer war es Martenthaler nicht, von seiner Tochter auf diese Weise befragt zu werden. Vielleicht ist es normal, wenn sie erwachsen werden, wollen sie ihren Alten ebenbürtig sein, dachte er, aber mir ist es irgendwie unangenehm. Ist es den Kindern angenehm, von den Eltern befragt zu werden? Seine Tochter jedenfalls antwortete ganz unbefangen und souverän.

„Habe ja noch fast ein Jahr. Ich denke, ich mache Wirtschaft, aber nicht so abstraktes Zeug wie Oliver mit VWL und einem Haufen Mathe, näher dran an den Menschen, eher so BWL. Oder Jura? Vielleicht Jura", damit lächelte sie ihn über den Rand ihres Weinglases hinweg an. Sie hatte Renis wasserblaue Augen.

„Jura, ehrlich? Und dann in die Staatsanwaltschaft, wie dein Vater?" Martenthaler lachte.

„Nö nicht Strafrecht, das ist ätzend, immer nach Vergehen und Verbrechen suchen. Eher so was mit Familien- oder Sozialrecht, solche Sachen.“

Äußerlich ist sie ganz Reni, ansonsten aber eine Mischung, kann bestimmt sein wie ihre Mutter, aber ihre Interessen deuten dann doch eher in meine Richtung. Wenn er nach Münster ginge, sofern er eine Zusage erhielte, wäre er näher bei seinen Kindern, dachte er.

Am Freitagabend kamen Ulrich und seine Frau. Martenthaler und die Kinder, unter Führung seiner Tochter, hatten sich große Mühe gegeben, zum Empfang und als Dank ein hübsches Abendessen zuzubereiten. Sie hatten den langen Eichentisch festlich gedeckt, Besteck für ein Drei-Gänge-Menü, Wein- und Wassergläser, Kerzen, Feuer im Kamin.

„Euch lade ich noch öfter ein, der Zaun sieht ja perfekt aus! Da waren Profis am Werke, das sieht man. Na, alter Handwerker!“ In Freizeitkleidung und Jeans, das karierte Hemd spannte über dem Bauch, stand Ulrich in der Halle und boxte den Jungen freundschaftlich gegen die Schulter. Dann zog er Martenthaler an sich: „Na, Franz Josef, hat's euch gutgetan hier? Ein schönes Ländchen, Lüchow-Dannenberg, nicht wahr? Und das ist… Ich glaub' es nicht… Ist das wirklich deine kleine Tochter? Ich glaub' ich seh' Reni, die war auch so eine Schönheit!“

Die Tochter kicherte nicht und wurde auch nicht rot, sondern dankte und nickte ein wenig. Fast könnte man sagen, die neigt huldvoll ihr Haupt, dachte Martenthaler und war stolz auf seine Große.

Wegen dieses Kompliments jedoch erntete Ulrich von seiner Frau einen ihrer strafenden Blicke. Auch sie war in Jeans, trug aber einen dunkelblauen Pulli und wirkte mit ihrem straff nach hinten gekämmten Haar wie immer korrekter und eleganter als ihr Mann. Sie bewunderte den schön gedeckten Tisch. Dann hauchte sie Martenthaler und den Kindern rechts und links am Ohr vorbei ein

Küsschen und begnügte sich mit einem: „Schön, dass ihr hier seid und dass es euch gefällt.“ Für den Rest des Abends taten sich die beiden Frauen zusammen. Sie kümmerten sich darum, das Abendessen zu servieren und blieben, nachdem sie abgeräumt hatten, an einer Ecke des langen Tisches bei einem Glas Wein sitzen: „Lass' uns einen Weißen nehmen“, sagte sie zu dem Mädchen.

Als wären sie alte Freundinnen, dachte Martenthaler, wie er die beiden beisammen sitzen sah. Dabei ist es Jahre her, sie war wirklich noch ein Kind, als Ulrichs Frau sie zum letzten Mal gesehen hatte. Keine Ahnung, worüber sie die ganze Zeit reden, dachte er, während ich mir erst einen Ruck geben muss, um mit meiner Tochter ins Gespräch zu kommen, läuft's zwischen den beiden Frauen wie von selbst.

Die beiden Männer setzten sich in die Ohrensessel am Feuer: „Und, hast du dich beworben in Münster?“, fragte Ulrich.

„Das ging ganz schnell bei denen, das Gespräch war schon Ende letzter Woche, und ich glaub' die würden mich nehmen. Scheint kaum andere Bewerber gegeben zu haben. Und nun? Was antworte ich, wenn ich eine Zusage bekomme?“

„Ich würd' nach Münster gehen“, aus Ulrichs Sicht schien das ganz klar zu sein: „Bis sich das im Osten so entwickelt hat, dass du da gerne arbeiten magst und Erfolge hast, auch mal einen mit leichter Hand einfährst, Franz Josef, bis dahin bist du alt und pensionsreif. Privat hält dich doch auch nichts in Potsdam, oder? In Münster kannst du deine Kinder öfter sehen, bist näher bei ihnen. Man merkt doch, wie sie dir fehlen!“

„Schon, Ulrich, schon! Aber ich hatte doch was anderes vor. Ich wollte doch nicht nach zwei oder zweieinhalb Jahren wegrennen, sondern 'was auf- oder umbauen, wie du es nennen willst. Jedenfalls, dem Rechtsstaat zur Geltung verhelfen, das wollte ich. Ich hatte doch ein Ziel, als ich mich für den Osten gemeldet habe. Da kann ich doch nicht wegrennen!“

Die beiden Freunde tauschten sich noch lange über das Für und Wider der beiden Möglichkeiten aus. Der Junge hatte sich schon längst ins Obergeschoss verzogen. Das Feuer war heruntergebrannt und die zweite Flasche Bordeaux geleert, nur die beiden Frauen saßen noch flüsternd am Eichentisch, als Martenthaler sagte: „Ich glaub', ich muss ins Bett. Mehr Bordeaux wird jetzt auch nicht mehr Klarheit schaffen. Aber ich danke dir sehr, mein Lieber, diese Woche hat mir wirklich gutgetan, in jeder Hinsicht. Und vor allem das Gespräch mit dir!"
Trotz des vielen Weins schlief Martenthaler erst gegen morgen ein.

Schon von weitem hörte man Blasmusik, beim Näherkommen konnte man neben der alten Villa drei große weiße Zelte sehen, darunter ein paar Stehtische, die so einigermaßen gegen die Regenschauer geschützt waren, die der Wind ab und zu über den abgeräumten, von allem Bewuchs befreiten und zumindest grob planieren Bauplatz trieb. Zum Glück kein Dauerregen, dachte Baum, der zusammen mit Faber und den Mitarbeitern der Niederlassung Potsdam auf seine Gäste wartete. Eine zweite Gruppe von Herren im Anzug, auch eine Dame im dunklen Kostüm war dabei, vertrat den Münchner Bauträger, der erst vor kurzem von Baums Firma die Hälfte des Geländes samt Baugenehmigung und abgeschlossener Planung übernommen hatte. Entsprechend war das Bauschild mit dem Logo und der Firmenadresse von B & K um das des weiteren Unternehmens ergänzt worden. Alle Offiziellen trugen gelbe Bauhelme und gelbe Gummistiefel, auch die Dame aus München. Fünf Spaten steckten nebeneinander im Sand, in einer Linie aufgereiht, nagelneu, die Blätter aus blitzendem Chromstahl. Daneben ein Bagger, orange lackiert und auch fabrikneu, mit schwarz glänzenden Hydraulikschläuchen und blanken Zähnen an der Schaufel, die Aufschrift eines Baumaschinen-Verleihs an der Seite. Mehrere Baucontainer, blau mit dem Schriftzug des

Bauunternehmens, standen am Bauzaun, von dem zwei Felder zur Seite geklappt waren und ein Tor bildeten, daran war eine buntbedruckte Plane befestigt: ARCADIA – erster Spatenstich und das Datum.

Der Chef der Werbeagentur stand an diesem provisorischen Tor, seine grauen Haare klebten ihm nass am Kopf, die modische Strubbelfrisur hielt diesem Wetter nicht stand. Auch seine Brille hatte er nicht ins Haar hochgeschoben, sondern sicher in der Jackentasche verstaut. Den Kragen seines Regenmantels trug er hochgeschlagen, der dünne hellgraue Stoff flatterte um die Beine herum und war an den Schultern schon dunkel vor Nässe. Er begrüßte die Gäste, die jetzt nach und nach eintrafen. Wer sich für einen Schirm entschieden hatte, konnte ihn wegen kräftiger Böen kaum festhalten. Die Zelte aber waren sicher vertäut, auch wenn der Wind in den Planen knatterte. Eine stabile zimmermannsmäßige Konstruktion mit Holzdach schützte Gulaschkanone und Zapfanlage gegen das unfreundliche Wetter, ebenso das Rednerpult und die Lautsprecheranlage. Zwei Helfer der Werbeagentur, ihre T-Shirts mit dem Firmenaufdruck ebenfalls klatschnass, machten sich am Verstärker zu schaffen, einer trat wichtigtuerisch hinter das Mikrofon und teste die Lautstärke: „Eins, zwei…eins, zwei…“

Die Einladungskarten waren von der Agentur nicht nur entsprechend der Gästeliste der beiden Bauherren verschickt, sondern auch in die Briefkästen der Wohnungen in der Nachbarschaft und an wichtige Personen aus den Reihen der Gegner des Projekts verteilt worden, Stakeholder, wie sie von den Werbeleuten genannt wurden. Aber weder Vertreter der Bürgerbewegung noch der Stiftung Schlösser und Gärten hatten sich so leicht einfangen lassen, auch die PDS nicht mit Ausnahme von deren Obmann im Bauausschuss der Stadtverordneten. Der fand, es gehöre zu seinen politischen Aufgaben, hier Präsenz zu zeigen.

Als der Dienstwagen des Oberbürgermeisters vorfuhr, löste sich Baum aus seiner Entourage und ging auf ihn zu, mit breitem Lächeln und ausgestreckter Hand stiefelte er durch den Sand und öffnete seinem Ehrengast die Wagentür, noch ehe dessen Fahrer Zeit dafür gefunden hatte. Er hielt ihm den Regenschirm, der allerdings sogleich von einer Bö umgestülpt worden war. Eine Situation, die Baum mit einem Scherz überspielte, den wegen der Blasmusik keiner verstehen konnte. Aber man hörte sein lautes Lachen, und selbst die sonst stets nach unten gezogenen Mundwinkel des Stadtoberhauptes bewegten sich kurz nach oben. Kaum hatte Baum die Münchner Dame und die Herren dem OB vorgestellt, als Homann ankam, dem Wetter entsprechend in sportlichem Anorak mit Kapuze. Auch ihn begrüßte Baum aufs Herzlichste. Die Limousine des Ministers aber war weit und breit nicht zu sehen. Es war fast eine Viertelstunde über die Zeit und Baum schaute mehrfach irritiert auf seine Armbanduhr. Schließlich griff er in die Jackentasche, holte das Funktelefon hervor, dieses sensationelle kleine Gerät, das er seit einiger Zeit besaß und immer häufiger benutzte, zog die kurze Antenne heraus und wählte die Nummer des Bauministeriums. Man sah Baum mehrfach nicken und den Kopf schütteln, natürlich verstanden schon wegen der lauten Musik nicht einmal diejenigen, die sich in seiner Nähe aufhielten, was da gesprochen wurde. Als er das Telefonat beendet hatte, blickte er über die Gäste, die mit der Zeit in größerer Zahl eingetroffen waren. Dann schien er den Gesuchten entdeckt zu haben und flüsterte Faber, der neben ihm stand, zu: „Der Minister sagt ab, sein Stuhl wackelt ja wohl, hört man. Das Grußwort spricht ein Abteilungsleiter aus der Staatskanzlei, nicht etwa aus dem Bauministerium, soll ein Vertrauter des MP sein, das ist für uns ja noch besser. Begrüße ihn mal und hol' ihn heran, es ist der lange dünne mit dem Bart und der komischen Mütze", damit deutete er in die Menge.

Die Straße war vollgeparkt, Heger musste ein ganzes Stück gehen, den Schirm hatte er im Auto gelassen und den Kragen hochgeschlagen. Fröstelnd erreichte er die Baustelle, die Feuchtigkeit war ihm bis auf die Haut gedrungen. Am Zugangstor zeigte er seine Einladungskarte dem Mann mit dem kurzen grauen Haar. Der suchte den Namen auf einer Liste und hakte ihn ab. In diesem Moment spielte die Blasmusik einen Tusch. Heger fand es schwierig, zwischen all den Köpfen, Mützen und Regenschirmen hindurch zu erkennen, was sich da vorne abspielte. Trotz des Wetters hatte sich eine ziemlich große Gesellschaft eingefunden. Aber dann hörte er eine Stimme über den Lautsprecher, das war zweifelsohne Baum, der die Gäste begrüßte, beginnend mit dem Abteilungsleiter aus der Staatskanzlei in Vertretung des Bauministers, dann den Oberbürgermeister und den Baustadtrat, seine Münchner Projektpartner und schließlich all die vielen Partner, die bis jetzt schon zum Gelingen dieses Projekts beigetragen haben, so drückte er sich aus. Für den Bauminister sprach dann ein Mann, bärtig und mit Goldrandbrille, der die meisten um Haupteslänge überragte. Die Mütze nahm er ab, ehe er das Manuskript aus der Tasche zog. Er überbrachte die Grüße des Ministerpräsidenten und des Bauministers, der bedaure verhindert zu sein, und betonte die Bedeutung dieses ersten neuen Wohnungsbauprojektes in der Landeshauptstadt seit der Einheit. Der Oberbürgermeister, der als nächstes an das grobgezimmerte Pult trat, fasste sich leider nicht so kurz. Bei diesem Wetter, fand Heger, hätten ein paar Sätze genügt, aber der Redner ging in aller Ausführlichkeit auf die Kontroversen um dieses Bauvorhaben ein, auf das Für und Wider, zollte der Initiative des Investors ebenso Respekt wie dem Engagement der Projektgegner, ging auf die Auseinandersetzungen mit der Stiftung Schlösser und Gärten ein und hob die Bedeutung des UNESCO-Weltkulturerbes für unsere Stadt hervor. „Trotz allem“, schloss er, „muss sich unsere Stadt weiter entwickeln, gerade auch hier, nur der Blick auf das historische Erbe allein reicht nicht aus." Nach dieser langen Ansprache blieb dem Baustadtrat, dem letzten Redner, nur noch, dem Vorhaben viel Erfolg und den Bauherren eine glückliche Hand zu wünschen. Da Baum eröffnet hatte, nahm ein Vertreter des anderen Bauträgers zum Schluss die Gelegenheit wahr, die Redner zum feierlichen ersten Spatenstich aufzufordern. Baum hatte bereits seinen Platz hinter dem Spaten am linken Ende der Reihe eingenommen und der Münchner hinter dem ganz rechts. Dazwischen postierte er die Offiziellen. Anschließend seien alle zu einem Teller heißer Erbsensuppe und einem Bier oder vielleicht besser bei diesem Wetter zu ein, zwei Schnäpsen eingeladen.

Die Kapelle spielte noch einen Tusch, die fünf Herren und die Dame mit gelben Helmen und Stiefeln traten gleichzeitig oder doch nahezu gleichzeitig auf die Spaten und warfen das ausgehobene Häufchen Sand vor sich. Dann ließ der Baggerführer den Motor an, die schwarze Rauchwolke, die aus dem Auspuff quoll, wurde alsbald vom Regen niedergedrückt. So stinkt es wenigstens nicht zu sehr nach Diesel, dachte Heger. Mit gebührendem Abstand zu den fünf Sandhäufchen grub sich die Baggerschaufel zweimal in den Boden und hob ein größeres Loch aus, das sich schnell mit Regenwasser füllte. War das nun der feierliche Akt, fragte sich Heger. Wenigstens konnte er sich jetzt einreihen in die Schlange, die sich vor der Gulaschkanone und dem provisorischen Tresen gebildet hatte. Erbsensuppe, nun gut, das sollte rustikal wirken und würde immerhin eine Grundlage für ein paar Schnäpse sein, wird helfen gegen dieses elende Frösteln, dachte er.

Endlich war auch Heger an die Reihe gekommen. Mit einem Schnapsglas in der einen Hand und einer Pappschale, die eigentlich nicht stabil genug für die heiße Suppe war, in der anderen, versuchte er ohne sich zu bekleckern einen der freien Plätzen an einem Stehtisch zu finden. Da trat Faber und ein zweiter Mann auf ihn zu: „Ich muss Sie unbedingt bekannt machen", sagte Faber, und stellte ihm den anderen vor: „Unser Vertriebspartner für Wohnungen, er wird auch dieses Projekt für uns betreuen.“ Auf Hegers erschrockenen Blick hin ergänzte Faber noch: „Natürlich mit Ihnen zusammen, lieber Heger, auf Sie können wir ja nicht verzichten mit Ihren Kontakten. Nun, Sie werden sich schon zusammenraufen, viel Glück, meine Herren. Ich muss noch weiter, mich um unsere anderen Gäste kümmern.“

„Sie sind von hier?“

Immer wollen sie wissen, ob Ossi oder Wessi, dachte Heger. Er versuchte, Suppenschale und Schnapsglas ohne Panne auf einem der Tische abzustellen, um die ausgestreckte Hand des anderen Maklers ergreifen zu können.

„Und erfahren in der Branche, mit reichlich Kontakten, wenn ich Herrn Faber richtig verstanden habe?“

„Nun ja…, also es gab ja bei uns vor neunundachtzig eigentlich keine Makler.“

Der andere lächelte: „Tja, kommunale Wohnraumzuweisung, alles geplant und gelenkt, nicht wahr? Und, sind Sie gut reingekommen in den neuen Job? Angekommen in der Marktwirtschaft?“

„Danke, es geht.“

„Wissen Sie, mein Lieber, wenn wir unsere beiden Kundenkreise zusammenschmeißen, Ihre Suchkunden und meine, da wird das bestimmt ein schönes Geschäft. Macht doch mehr Freude, so eine ganze Wohnanlage zu vermarkten, als immer nur klein klein. Und wenn ich Sie so anschaue, gestatten Sie dass ich das sage, da glaub' ich, dass wir uns nicht streiten werden, auch nicht um die Courtage. Ich denke mir, wenn jeder von uns die Abschlüsse mit seinen eigenen Kunden gegenüber Baum abrechnet, ist das doch fair, finden Sie nicht auch?“

Heger nickte, dann leerte er sein Schnapsglas mit einem Zug. Der andere fragte, ob er ihm noch einen mitbringen solle, er hole sich noch einen: „Man braucht was zum Aufwärmen, bei diesem Mistwetter."

Heger trank einen zweiten Schnaps, dann nickte er dem anderen zu: „Bis dann, wir sehen uns …" Ohne mich gäbe es dieses Projekt gar nicht, dachte Heger. Vor zwei, oder fast schon vor drei Jahren stand ich hier, genau hier, das Wetter war ähnlich wie heute, aber das Gelände war noch voller Stacheldraht, Unkraut und Schilf, und drüben bauten sie die Grenzbefestigung ab, unsere stolze Nationale Volksarmee, auf Befehl dieses Pfarrers, den die Volkskammer als Abrüstungsminister berufen hatte, und ich hoffte auf gute Geschäfte als Makler …

Der Lange aus der Staatskanzlei ließ sich noch einen zweiten Teller Erbsensuppe bringen, und als er den ausgelöffelt hatte, berührte er mit seinem Ellbogen leicht den Oberarm von Homann, der neben ihm am gleichen Tisch stand: „Komm noch mit bis zu meinem Auto!" Zusammen verließen sie den Bauplatz, das Auto der Staatskanzlei war etwas abseits geparkt und auf dem Weg dorthin hatten sie keine Zuhörer.

„Der Bauminister konnte nicht kommen, auch keiner seiner Abteilungsleiter, er hat das ganze Haus in Hektik versetzt, alle die dort etwas Grips haben, müssen an seiner Rücktrittserklärung feilen."

„?"

„Die Staatsanwaltschaft wird ein Ermittlungsverfahren gegen ihn eröffnen. Irgendwer hat ihm gesteckt, dass die Pressestelle des Landgerichts morgen eine entsprechende Mitteilung herausgeben wird. Dem will er zuvorkommen. Er hofft auf ein Come-back, wenn Gras drüber gewachsen ist. Ich glaube nicht, *They never come back.*"

„Die Grundstückssache?"

„Genau die, darüber stolpert er nun."

„Ich hab's ja gesagt, so was geht nicht. Vor drei Jahren war er einer der führenden Köpfe der Oppositionsbewegung und jetzt Geschäfte mit der PDS, das geht nicht. Das musste ihn den Kopf kosten. Er hat gedacht, es kommt nicht 'raus, aber irgendwas kommt immer raus."

„Tja, er hat sich überschätzt. So kann's gehen. Aber ich habe schon alles mit dem MP abgeklärt. Wir brauchen jetzt dich. Erstens bist du der beste, politisch und fachlich, zweitens haben wir sowieso keinen anderen. Der Minister wird morgen um elf beim MP sein Rücktrittsgesuch abgeben und um zwölf geht der MP vor die Presse, da will er dich auch gleich als Nachfolger präsentieren. Er will vermeiden, dass es so aussieht als hätten wir kein geeignetes Personal. Der Eindruck eines Vakuums darf keinesfalls entstehen, hat er gesagt. Vor der Pressekonferenz werden der MP und der Bauminister die Fraktion informieren, vor der Presse, das ist wichtig."

„Und weiß es unser OB schon?"

„Den müssen wir noch informieren, ich kann das tun als SPD-Unterbezirkschef oder du tust es. Vielleicht am besten, wir machen das gemeinsam. Auch vor der Pressekonferenz."

Homann atmete einmal tief durch: „Das geht ja jetzt doch alles ziemlich plötzlich."

„Ja, für Zögerlichkeit ist keine Zeit. Geh' jetzt in dein Rathaus, mach' dir ein paar Gedanken, was du morgen dem MP und vor allem der Presse sagen willst und kümmere dich drum, dass wir morgen früh noch vor elf zusammen einen Termin beim OB haben. Mach' das gleich, du hast nicht viel Zeit."

Der Lange stieg in seinen Dienstwagen, während Homann noch mal zur Baustelle zurückging. Er wollte sich wenigstens von Baum verabschieden. Am Tor erwartete ihn Faber: „Herr Homann, mein Chef hat mir gesagt, Sie suchen was für sich und Ihre Familie, hier in unserem schönen Projekt. Ich habe da mal was 'rausgesucht, fünf Zimmer, zwei Bäder, Blick rüber zum Schloss,

Sie sind doch eingefleischter Babelsberger, das wird Ihnen gefallen. Und eine Finanzierung haben wir auch schon ausgearbeitet. Ein Angebot, das Sie kaum ausschlagen können.“ Faber blickte sich um, aber es stand niemand hinter ihnen, so fuhr er fort: „Ich schick’ es an Ihre Privatadresse, die haben wir ja. So was muss ja nicht unbedingt bei ihrer Dienstpost im Rathaus landen. Übrigens“, damit reichte Faber ihm die Hand, „ich gratuliere!“ Das Letzte kam nur noch geflüstert.

„Sie gratulieren?“

„Nun, man hört, Sie gehen in die Landespolitik, Glückwunsch!“

„Wer hat Ihnen denn das …?“

„Man hat so seine Quellen.“

Die Montagsrunde kam ihm gelöster vor als sonst, oder war er selber einfach weniger angespannt nach dieser Woche im Wendland? Jedenfalls brachte Schliff ihn nicht mehr aus der Fassung als dieser wieder mit der Formulierung, da stellt sich doch die Frage, anfing auf die Korruption im Rat der Stadt und in der Stadtverwaltung hinzuweisen. Er hatte wieder so einen Presseartikel aus der *Allgemeinen* dabei. Der war voller Mutmaßungen über diesen Homann und sein Verhältnis zu den Investoren aus dem Westen, mittlerweile waren es zwei Unternehmen, die das Bauvorhaben an der Brücke gemeinsam realisieren wollten, dieser Baum aus Berlin und ein Münchner.

„Ich denke, das fällt in meine Zuständigkeit, hab’ das im Blick, einer meiner Dezernenten wird dranbleiben“, sagte die neue Oberstaatsanwältin, die jetzt die Abteilung für Wirtschaftskriminalität leitete, „aber hinreichende Tatsachen kann ich bisher noch nicht erkennen.“

Welch ein Glück, dass ich sie eingestellt habe, dass sich endlich eine qualifizierte Volljuristin als Oberstaatsanwältin beworben hatte, sie brachte Berufserfahrung aus einem größeren Wirtschafts-

unternehmen mit, Immobilienbranche, das passte ja gerade zu diesen Fall. Bei ihr kann ich sicher sein, dass sie ordnungsgemäß ermitteln wird, dachte Martenthaler.
Nach der Besprechung stand er wieder einmal am Fenster seines Dienstzimmers und blickte auf den Hof. Die schönen Tage im Wendland waren vorbei, auch das Wetter hatte umgeschlagen, es war kühl geworden und der Himmel grau. Im Hof etliche Autos auf dem regennassen Pflaster, kein Wartburg und kein Trabant mehr, nur noch Westfabrikate. Auch sein alter Mercedes stand nicht mehr dort, sondern vor dem Tor der Autowerkstatt. Auf der Heimfahrt von Dannenberg hatte plötzlich die rote Anzeige des Ölstands aufgeleuchtet. Es war nicht mehr weit nach Hause, aber aus dem Auspuff kam eine dicke blaue Rauchwolke und er hatte sich nur noch bis zum nächsten Dorf getraut. Von der Telefonzelle an der Straße aus erreichte er den ADAC, und als er den Befund schilderte, hatten die gleich einen gelben Abschleppwagen geschickt. So kam er mit seinem Gepäck wenigstens heim und sein Auto zur Mercedes-Niederlassung. Nach dem Dienst müsste er sich darum kümmern. Ob eine Reparatur noch sinnvoll wäre? Und wenn er nach Münster ging, brauchte er bestimmt kein eigenes Auto. Alt und Jung, Groß und Klein fuhren dort Fahrrad, auch die Zugverbindungen in alle Richtungen waren gut, und es gab sogar einen Regionalflughafen. Wahrscheinlich würde er sich von dem liebgewordenen Fahrzeug trennen.
Überhaupt Trennung… Gab es etwas, das ihm hier ans Herz gewachsen war in den letzten zweieinhalb Jahren? Etwas, von dem ihm die Trennung schwerfiel? Die Stadt wurde immer schöner, täglich kamen ein paar Häuser hinzu, die man restaurierte, es ging voran. Er hatte auch ein paar neue Kontakte geknüpft, einige davon waren ihm nicht unwichtig, Sänger und Sängerinnen aus dem Chor etwa. Und die Arbeit, ja, sie hatte ihn belastet, oft auch genervt, aber ebenso gefesselt. Dennoch, die letzte Woche, die

Auszeit im Wendland und die Gespräche mit Ulrich hatten Klarheit gebracht. In der Post, die er Sonntagabend aus dem überfüllten Briefkasten gezogen hatte, lag tatsächlich dieser Brief mit dem Absender der nordrhein-westfälischen Generalstaatsanwaltschaft. Die waren schnell mit ihrer Entscheidung und es war, wie erwartet, eine Zusage: Wir freuen uns, Ihnen mitteilen zu können … und bitten Sie um Nachricht, ob und gegebenenfalls wann Sie die Stelle …
Umgehend würde er mitteilen, dass er die Stelle gerne antrete und dass er vom ersten März des kommenden Jahres an zur Verfügung stehen könnte.

„Die Ermittlungsgruppe *Schnellstraße*, Frau Leisner und ihre Kollegen sind da. Sie hatten um einen Termin gebeten", sagte Frau Nehlsen, den Kopf zwischen Tür und Rahmen, nachdem sich die Abteilungsleiter der Montagsrunde entfernt hatten.

Sie hat tatsächlich *Frau* Leisner gesagt, dachte Martenthaler und antwortete: „Sollen reinkommen. Und Kaffee für uns alle bitte."

Wird mir die Zusammenarbeit mit dieser jungen Mitarbeiterin fehlen, der Anblick ihrer üppigen Gestalt und ihres vollen Haars, fragte sich Martenthaler, als sie ihm die Hand reichte und wie gewohnt die dicke rote Akte auf den Besprechungstisch und ihre Handtasche auf den Stuhl neben sich legte.

„Wir haben neue Ergebnisse", begann Frau Leisner, „Helmut, bitte …"

„Den Ausschluss von Kossatz aus der Bezirksleitung hat Maccinelli betrieben", begann Noack, „seither waren sie verfeindet. Dazu haben wir Zeugenaussagen. Unter den Beweismitteln aus der Försterei fanden sich minutiöse Aufzeichnungen, von geradezu zwanghafter Genauigkeit. Wir haben Beweise über den Transfer von Wertsachen aus dem Parteivermögen zu dieser Handels-GmbH in Starnberg. Und es gibt auch Notizen über einen M. Damit kann Kossatz nur Maccinelli gemeint haben. Tagebuchähnliche Einträge in seinem Kalender zeigen deutlich, dass er dem M. nach dem Leben trachtete. Geradezu Hasstiraden gibt es gegen ihn und andere aus der Parteihierarchie, die man beiseite schaffen müsse. Und er hat ein regelrechtes Bewegungsprofil über Maccinelli erstellt. Darin sind auch dessen Fahrten mit dem Golf vermerkt, der dann in den Unfall verwickelt war, gleiche Farbe, gleiches Modell, und zwar schon aus der Zeit vor dem Unfall."

„Dem Stellmacher wurde in einer zweiten Vernehmung durch die Berliner Polizei dies vorgehalten", ergänzte Noacks anderer Kollege. „Er hat zwar eingeräumt, dass er Maccinelli kannte und dass er diesem ab und zu sein Auto geliehen habe, auch andere Personen hätten es mit seiner Einwilligung gefahren. Er hat aber darauf bestanden, dass er nicht gewusst habe, dass Maccinelli am Unfalltag sein Auto benutzt habe, dies sei ohne sein Einverständnis geschehen. Auch die Frage nach dem Schlüssel beantwortete er nicht, vielleicht ein Nachschlüssel, vermutete er. Von Maccinellis Tod erfuhr er erst bei dieser neuerlichen Vernehmung. Er zeigte sich darüber sehr betroffen."

„Aus dem Fahrtenbuch des Volvo wissen wir, dass Kossatz seit neunundachtzig damit mehrfach nach Starnberg gefahren ist", ergänzte Noack noch. „Obgleich die Fahrten im Auftrag der Partei erfolgten, ergab sich aus den Cottbuser Unterlagen nichts anderes, als wir aus den Quartalsabschlüssen schon wussten. Wahrscheinlich Geldwäsche."

„Zum Hubertushof haben wir auch noch ermittelt", übernahm nun Frau Leisner, „wir haben den Wirt vernommen. Aber das war für unseren Fall nicht sehr ertragreich. Da sind wir selber inzwischen besser informiert über den Grundstücksverkauf. Ich denke aber nicht, dass das etwas mit dem Crash zu tun hat. Zu den Wertgegenständen, die im Hubertushof eingelagert sind, sagte er aus, dass er im Auftrag eines Berliner Antiquitätenhändlers die Sachen verwahrt und manchmal auch etwas auf dessen Rechnung verkauft habe. Nur in bar, das habe der Auftraggeber verlangt. Das Geld habe von Zeit zu Zeit nach telefonischer Ankündigung ein Bote abgeholt. Hauptsächlich sei es aber um die Lagerfläche gegangen, in Berlin hatte dieser Händler nicht genug Platz, deshalb habe er eine der Hütten für geringes Geld angemietet. Als Name nannte der Pächter Stellmacher und dessen Wilmersdorfer Adresse. Persönlich sei er aber niemals mit ihm zusammengetroffen, stets habe er Dritte geschickt. Aber Kossatz und Maccinelli kenne er, überhaupt sei er mit den meisten aus den Bezirksleitungen in Frankfurt/Oder, in Cottbus und Potsdam gut bekannt, und aus alten Zeiten auch mit einigen der Berliner Zentrale."

Ohne Zwischenfragen zu stellen, hörte sich Martenthaler aufmerksam an, was die junge Staatsanwältin und ihre beiden Kollegen da vortrugen: „Alle Achtung, Frau Leisner, meine Herren, sorgfältige Arbeit! Eine Anklage wegen gefährlichen Eingriffs in den Straßenverkehr, StGB drei-fünfzehn b, gibt das auf jeden Fall her. Wir hätten sogar ein Motiv für eine Tötungsabsicht. Aber Beweise?"

„Da ist noch der Bericht von der PTU aus Eberswalde über den Volvo", ergänzte Leisner. „Die Techniker sind davon überzeugt, dass die beiden Fahrzeuge seitlich drei Mal aufeinandergeprallt sind, ohne dass mit dem Volvo ein Brems- oder Ausweichmanöver versucht worden sei. Dabei waren Bremsen und Lenkung uneingeschränkt funktionsfähig, sogar noch am beschädigten Fahrzeug. Wenn ich mal zusammenfassen darf, ich möchte vorschlagen, zügig Anklage zu erheben, nicht nur wegen drei-fünfzehn b, sondern wegen Mord, niedrige Beweggründe."

Martenthaler wiegte zweifelnd den Kopf: „Fahrlässige Tötung, okay. Da haben wir kein Beweisproblem. Aber zwei-zwölf oder gar zwei-elf, Totschlag, Mord? Auch Hasstiraden, ein zwanghaft genaues Bewegungsprofil und Einträge im Kalender wie *‚der muss weg'*, reichen doch nicht! Und ein Geständnis haben wir nicht.

Der Kossatz hat einen Anwalt aus dieser renommierten Berliner Kanzlei … Tja, unsere hundertfünfzigprozentigen Kommunisten, immer wenn's um ihre eigenen Interessen geht, greifen sie doch auf Westexperten zurück. Jedenfalls, dieser Anwalt wird uns das doch vor Gericht zerpflücken. Damit kommen wir nicht durch."

„Es soll Angeklagte geben, die noch im Prozess gestehen. Eine Mordanklage wird ihn unter Druck setzen." Frau Leisner schien sehr überzeugt von ihrem Vorschlag zu sein.

Jung, engagiert, aber keine Erfahrung, dachte Martenthaler. Er holte tief Luft und entschied: „Die Sache mit den Antiquitäten und den Beziehungen nach Starnberg geben wir erst mal an die UKPV ab. Sollen die ermitteln. Wenn sie was Strafbares finden, kommt es ohnehin wieder hierher zurück. Und wegen des Grundstücksgeschäfts, da hängt ja auch der Hubertushof mit drin, da habe ich mich bereits für einen Ermittlungsvorgang entschieden – Vorteilsannahme. Das hat einigen öffentlichen Druck aufgebaut, der Minister ist ja bekanntlich bereits zurückgetreten und vielleicht ergeben sich hier noch neue Entwicklungen, wir werden sehen. Gegen Kossatz erheben wir Anklage, meinetwegen plädieren wir auf Mord. Ich glaube zwar nicht, dass wir damit durchkommen, aber ein revisionsfestes Urteil bei dem Anwalt, den der Kossatz hat, das wäre sowieso ein Wunder. Also, bereiten Sie bitte alles vor. Übrigens, die Sache mit dem Bauprojekt an der Havel, ich habe das neulich ja erwähnt, die wird jetzt in der Abteilung W bei der neuen Kollegin bearbeitet."

Die drei betrachteten das als Schlusswort, standen auf und bedankten sich. Aber Martenthaler fing noch einmal an: „Ich muss Ihnen noch etwas mitteilen, Frau Leisner, meine Herren. Meine Arbeit hier werde ich im Januar beenden, ab ersten März übernehme ich die Leitung der Staatsanwaltschaft Münster in Westfalen, im Februar habe ich noch Resturlaub." Für eine Sekunde starrte ihn Frau Leisner mit weit aufgerissenen Augen an, dann wühlte sie in ihrer Handtasche, zog ein Taschentuch hervor, das sie sich vor Nase und Augen presste, stand auf, schnappte sich ihre Tasche und stürmte aus dem Zimmer. Martenthaler hörte sie im Hinausgehen schluchzen und verstand noch: „Und ich dummes Huhn …"

Ihre beiden männlichen Kollegen standen etwas verlegen am Tisch, räumten die Akten zusammen, auch die von Frau Leisner, die sie liegen gelassen hatte. Einer von ihnen schaute Martenthaler an: „Tja, Herr Doktor, ein wenig überraschend kam das schon. Trotzdem, alles Gute für Sie."

Als sie gegangen waren, kam Frau Nehlsen mit dem Tablett herein, um Kaffee und Tassen abzuräumen und sagte: „Männer! Ahnungslos wie immer!"

Heger blätterte in seinen Kontoauszügen, sie hatten die Größe von einem Drittel eines A4-Bogens und einen roten Rand. Sie waren nach Datum säuberlich abgeheftet in einem speziellen Ordner mit dem Werbeaufdruck der Sparkasse. Am Ende eines jeden Auszugs stand eine rote Zahl, der Saldo, immer im Soll.

„Was ist denn das hier? Immer das Konto überzogen, sogar über dem Dispo! Ich habe Ihnen doch gesagt, Sie müssen Ausgabendisziplin walten lassen, Herr Heger!"

Wer da so mit ihm schimpfte, war ein sehr junger Mann im dunklen Anzug mit Krawatte, der Hemdkragen war ihm viel zu weit. Heger saß nicht in seiner Küche, sondern an einem Besprechungstisch mit hellgrauer Kunststoffplatte. Der junge Mann tippte ärgerlich und hektisch auf der Tastatur eines Computers herum und deutete mit seinem Stift in einer hackenden Bewegung auf den Bildschirm: „Hier und hier und hier, jeden Monat! Jeden Monat zu viel ausgegeben!"

Heger versuchte eine Erklärung, vielleicht sogar eine Entschuldigung, er konnte doch darauf verweisen, dass von Baum noch das Honorar ausstand, aber er brachte keinen Ton heraus.

„Und was soll denn das", fuhr der junge Mann erregt fort, „hier ein Eintrag bei der SCHUFA, Sie haben einen Autokredit! Einen Autokredit, den Sie uns verschwiegen haben, als wir Ihnen den Dispo einräumten. Hier, Ihr Antrag von damals", damit zog er ein Blatt aus einer Schublade, legte es ihm vor und klopfte mit seinem rechten Zeigefinger drauf, „hier, bei weiteren Kreditverpflichtungen haben Sie ‚*keine*' angekreuzt! Sie belügen uns! Wir sind Ihre Gläubiger, wir haben Ihnen doch geglaubt, Herr Heger! Wenn Sie uns belügen, dann beenden wir die Geschäftsbeziehung. Dann stellen wir den Dispo fällig, Herr Heger, das heißt, zehntausend auf einen Schlag zurückzahlen! In Westmark! Dann stehen Sie im Regen!"
Tatsächlich regnete es leise, Heger fühlte die Nässe. Er wachte auf, sein Schlafanzug war durchgeschwitzt. Er stand auf, ging ins Bad, zog die nassen Sachen aus, pinkelte, schlüpfte in den Bademantel, ging in die Küche und machte sich Kaffee. Wenigstens kriegen wir jetzt ordentlichen Kaffee, dachte er – wenigstens das.

Abkürzungen

AL	Alternative Liste für Demokratie und Umweltschutz
AROV	Amt zur Regelung offener Vermögensfragen
AR-Sache	Das Registerzeichen AR wird bei jedem Gericht für Vorverfahren oder sonstige Verfahren (als „Allgemeines Register“) verwendet
AVUS	Automobil-Verkehrs- und Übungsstraße, nördliches Teilstück der Autobahn A 115 in Berlin
KoKo	Der Bereich Kommerzielle Koordinierung, kurz KoKo genannt, wurde 1966 im damaligen Ministerium für Außen- und Innerdeutschen Handel der DDR gegründet, um mittels der Koordinierung kommerzieller Aktivitäten einen maximalen Gewinn in Valuta zu erwirtschaften
„Kleinknecht“	Theodor Kleinknecht (1910–1995), Jurist, Oberstaatsanwalt, Verfasser der Ausgabe 23 bis 35 der „Strafprozessordnung: Gerichtsverfassungsgesetz, Nebengesetze und ergänzende Bestimmungen“
LAROV	Landesamt zur Regelung offener Vermögensfragen
LOStA	Leitender Oberstaatsanwalt
NJW	Neue Juristische Wochenschrift
OHG	Offene Handelsgesellschaft
OFD	Oberfinanzdirektion
OStA	Oberstaatsanwalt
POS	Polytechnische Oberschule (Schulform der DDR)
PTU	Polizeitechnische Untersuchungsstelle
RFT	Rundfunk- und Fermeldetechnik der DDR
StPO	Strafprozessordnung
StGB	Strafgesetzbuch
UKPV	Unabhängige Kommission zur Überprüfung des Vermögens der Parteien und Massenorganisationen der DDR

Dank des Autoren

Zu großem Dank bin ich Herrn Klaus Heratsch, Oberstaatsanwalt i. R., Berlin, verpflichtet, der mich in einige Geheimnisse der Strafverfolgung eingeweiht hat und darüber hinaus die Entstehung des Manuskripts mit Engagement, Empathie und, wie ich meine, mit Freude begleitet hat. Ohne meine Freunde und Gegner, hätte ich die unvergesslichen Erfahrungen in den frühen neunziger Jahren niemals gemacht, auch ihnen gebührt Dank.

Der Autor

Fritz Schmoll genannt Eisenwerth, Jahrgang 1945, lebt in Potsdam. Er hat in Stuttgart Architektur studiert und wurde mit einer Arbeit über die Anfänge der gemeinnützigen Wohnungsunternehmen promoviert. In den Jahren 1973 bis 1989 und 1995 bis 2010 arbeitete er in Berlin in Forschung und akademischer Lehre zu Fragen der Stadtentwicklung und des Wohnungswesens. Die Jahre dazwischen war er im Management eines kommunalen Wohnungsunternehmens in einem östlichen Bundesland tätig. Neben zahlreichen Fachveröffentlichungen ist dieses Buch, nach „Kiezkoller“ (Rotbuch Berlin, 1988), sein zweiter Roman. Der Name Schmoll genannt Eisenwerth ist amtlich und wird seit dem 17. Jahrhundert von seiner Familie geführt; es handelt sich um einen Hofnamen aus dem Mitterheinischen.

Anmerkung des Autoren

Der vorliegende Text ist reine Fiktion, in der Gefühle, Eindrücke und Erlebnisse aus den frühen 1990er Jahren verarbeitet worden sind. Wer wissen möchte, „wie es eigentlich gewesen", wie der Historiker Leopold von Ranke zu sagen pflegte, sollte sich selber den Mühen des Quellenstudiums unterziehen.

Impressum

Bibliografische Information der Deutschen Bibliothek:
Die Deutsche Bibliothek verzeichnet diese Publikation in der Deutschen Nationalbibliografie; detaillierte bibliografische Daten sind im Internet über http://dnb.ddb.de abrufbar.

Buchreihe POTSDAMER *Autoren*
1. Auflage

Text Fritz Schmoll genannt Eisenwerth
Layout & Satz Katharina Strauss
CoverDesign Katharina Strauss

Gesamtherstellung STRAUSS Medien, Potsdam

Printed in Germany

ISBN 978-3-943713-33-6